華文
暢銷作家

清楓聆心——著

霸官

卷三

雁翎寒袖，西風笑

1 都水監丞

「我幫不了你。」節南並不怕崔相夫人的警告，就是不想幫而已。關她鳥事！

「還有，小山是我乳名，請你不要隨便稱呼。」孟元那聲「小山姑娘」，喊得她從頭到腳不舒服。

伍枰沒幫孟元說話。好在他沒幫，不然節南會立刻走。

孟元還算有點氣概。「聽說桑姑娘明日要去鎮江探望玉眞，只要安排我混在隨行僕從之中……」

節南冷笑陣陣。「孟公子消息好準，既然這麼清楚，爲何不自己找上門去？」

孟元才張口，節南卻不讓他開口。「原來孟公子知道崔家防著你上門，但你知不知道，如果我把你帶進去，我姑丈慘了，我也慘了？」

孟元急道：「我絕不說出姑娘之名。」

「我不是玉眞姑娘，花言巧語對我無用。」節南詞鋒一轉。「孟公子不如說些實話，以誠待我，或許我也能以誠心待你。」

孟元不明。「什麼實話？我對玉眞之情，天地可表，日月可鑑——」

節南打斷這句聽爛的戲詞。「就說說你被大今俘虜的那段日子怎麼過的，又是怎麼逃出來的？」

聽崔衍知說起之後，她就惦記著呢。赫連驊打起十二萬分精神來，也有了興致。

孟元的臉色卻轉成紙白，只給了兩句短短的回答。

「生不如死那麼過。趁人不注意，逃了出來。」

「怪不得御史臺對你疑心重重，也怪不得吏部革了你的職。孟公子這話，令人十分猜忌，怎敢再用你爲官？哪怕只是一名小小官匠，將來也有不可限量的機會，身家不清不楚，如何是好？」敷衍她沒關係，節南純屬好奇。

「我與烏明那等貪利小人毫無干係，雖然被俘，逃出亦是僥倖，但我問心無愧，只不想再提那段生不如死的日子。」孟元眸底幽若寒潭。

節南斂起笑。「不提，你的官運就到頭了，你與玉眞姑娘的緣分也到頭了。這麼看來，孟公子對玉眞姑娘的情還不夠深，因爲一段過去比你們的將來還重要。」

孟元愣住。

他沒想過這些，只對同樣潮濕陰暗的地方驚懼得無以復加，生怕答錯一句就萬劫不復，故而咬緊牙關不多說一個字。對於御史臺雖還他自由，卻因他含糊其辭革去九品官匠之職、且永不復用這件事，他反而不茫然。他非玉眞不娶，玉眞非他不嫁，只要兩人盡快訂下終身，崔家也莫可奈何，最終會苦盡甘來。

想到這兒，孟元心中再定。「在下不會給桑姑娘添麻煩，日後玉眞亦對桑姑娘感激不盡，山水有相逢，有朝一日桑姑娘若需我們幫助，我們也義不容辭。」

節南發現，孟元這人還是挺能說的，不像劉睿，讀書讀得沒了舌頭，不懂怎麼跟活人說話。

「小山，妳誤會他了。」伍枰到底是孟元的知交好友，即便猜不到好友眞心死，也爲他兩肋插刀。「如今孟老弟一介布衣，倒也有自知之明，只想見上崔姑娘一面，同她有個交代，而非一聲不吭遠走天涯。我同莊裡請了幾日假，其實已經陪孟老弟走過一遭，奈何崔府別院守衛森嚴，根本進不去。我願爲他擔保，絕不會做出帶人私奔這般無恥無禮之事，連累妳和少監大人。」

節南隨伍枰學造雕版一年，雖非與柒珍那種情同父女的師徒，也挺尊重他。想了片刻道：「就衝伍師傅的面子，我可以答應，但要孟公子發個毒誓，若敢有非分之念，必定死於非命。不是我嚇唬你，崔府別院處於群山之中，你要有那念頭，讓人砍了直接餵山裡的狼，我可不會爲你說一句好話。」

她卻不信孟元會老實遠走天涯。

孟元神情毅然。「我只求見玉眞一面，死而無憾。」

節南挑高了眉。「這可是你自己說的，求仁得仁，求果得果，今後別怨到他人身上。」

如此說定，明日孟元一同上船。

赫連驊目送孟元走遠，追上自顧自走的節南，大發感慨。「我這是聽到什麼啊？一對令人稱羨的金童玉女，本以爲郎情妾意，卻道襄王有意神女無心，國色天香的明珠佳人，竟然喜歡的是孟元這等平庸男子。此事若傳揚出去，不知令多少男子扼腕，只因《千里江山》就望而卻步，錯失了佳人青睞。」

節南一口氣慣性卯上，卻哽在喉頭，最後化爲哼笑，沒說話。

赫連驊沒察覺節南笑冷，還很起勁。「想當年，明珠佳人之名傳至大今北燎，大王子和盛親王皆道欽慕，可惜佳人塵埃落定，但連盛親王那般人物都甘拜下風，讚一句天生絕配。」

節南聽得好不新鮮。「還有這等事？」

赫連驊很肯定地說：「那是當然！盛親王那時正在北燎作客，大概酒喝多了，和大王子稱兄道弟，都說明珠佳人如何如何，誰也沒料到他虛情假意，一回大今就進犯北燎邊境。」

「你見過盛親王？」自古英雄愛美人，如同戰利品，愈多愈好，所以節南聽過就算。

「見過啊，四十出頭一大鬍子，相貌凶惡，聲如洪鐘，比呼兒納更像戰神，身高七尺，大塊頭。」赫連驊形容道。

不對。節南卻也不說破。

赫連驊突然想起。「妳那份打雜的活計莫非就在盛親王麾下？」

節南暗道這小子怎麼機靈起來了，不說是，也不說不是。「我只管打雜，不管幫誰打雜，見盛親王的資格都沒有。」

赫連驊想想也是。「聽聞盛親王府裡收藏十方絕色，若論盛親王相貌，著實替那些絕色不值。」

節南笑而不論。

「六姑娘。」江傑早接到莊裡小廝稟報，在作坊門口等半天了。「來得正好。」

節南不慌不忙，招來小廝，讓他帶著赫連驊到會客的偏廳待著。

赫連驊問：「為何我不能跟去？」

節南瞥一眼，看穿他的心思。「這是造弩坊，南頌官府徵用，不能對民間開放。你說為何不能跟？」

還是一個北燎的探子。赫連驊摸摸鼻子，走了。

江傑跟在節南身旁，穿過擺樣子的長石屋和靶場，走進兩道高牆內。牆裡一大片山丘翠林，翠林深處有些紅牆青瓦，看不太眞切的屋舍。丘疊山，山峰高聳，一眼望不進山中。丘途山道中時而有三兩人走動，遠處有流水沖岩的嘩嘩聲，鳥兒成群飛起又飛回，似靜似鬧。

江傑道：「這位難應付的客，挑三揀四，還嫌價貴，又不肯走，非賴著咱們給他百筒開山炮，還要能穿石的三十六架弩床，贈送三百六十支大鋼箭，咱們得送到他指定的地方……」江傑說了一大段，形容這個客人怎麼磨嘴皮子。

節南聽得笑。「哪位官老爺，這麼大胃口，這麼窮小氣？」

王泮林用文心閣的名義擴大了這家弩器坊，客人都來自一家——南頌官府。不過，因權責不同，上門看貨的客人也分三六九品。當然，禁軍武司這些老大級別的，多從軍器司和箭司訂取兵器；輪到官認民辦的、類似文心閣這種官商合作，要麼就是對方單子大又急，軍器司來不及完成，要麼就是二級三級的小司小局，軍器司懶得接，一路推下。

王泮林能直接撂手不管，當然是因爲節南熟知這一行。

江傑其實擔心這姑娘外強中乾，想一女兒家，便是看帳好手、理家好手、經商好手，也未必應付得了弩器坊。一來官府對於民造武器的徵用有一套極其繁複的規格，二來管他三六九品，對於作坊裡的人來說都是官老爺，談買賣絕不似尋常營生，得罪不起，又不能虧了老本。然而節南這聲玩笑，逗得江傑心裡鬆快，同時暗想這位原來懂得不少。

江傑笑答：「都水監丞范令易，正八品。」

這就是弩坊裡特有的了。報客，要報官職、官銜。倒不是勢利眼，而是爲了接下來怎麼做一筆買賣。

節南心裡盤算一下。「都水監丞主管水利工程實施，所需物資都由水司列單、三司批准核實並撥出預算，再經他上官都水司知事蓋官印。他一個照單子點物資的，跑來作甚？」

江傑徹底放了心。「可不是嘛。咱一直都只接弩司的活計，來去也就那幾位大人，但都水司的大人咱還是頭回招待，可他有官印官憑，不招待也不合適。」

節南點頭。「我先瞧瞧人再說。」

兩人說話間就進了一個四方小院，簡單的回字廊，三面有屋，院中和雕銜莊其他院子一樣，沒有多餘的擺設，青石紅磚鋪得平整。

正屋敞著大門，節南能瞧見一位青衣八品官正喝茶，大約三十出頭，看不出半分賴樣，卻十足沉穩。

節南跨過門檻，淡然一笑。「這位就是范大人吧？」

范令易放下茶杯，起身作揖。「敢問姑娘哪位？」

江傑如實作答：「這是我家公子請來坐鎮工坊的——」

節南截話：「帳房。」

范令易打量節南好一會兒。「那就是說姑娘還作不了主？」

「正是。」節南一眼覺得這位難應付。「東家不在，暫不接活，對不住范大人，讓您白跑一趟。」

范令易卻回了座位，從袖中掏出一張折好的紙，墨透出紙背。「一位是工坊大匠，一位是工坊帳房，一切以東家的話爲先，那就好辦了。」

節南頓時兩肩擔山，心想這是著人的道兒了。

偏江傑拖後腿。「六姑娘您瞧吧，俺大字不識幾個。」

節南只好展開紙來讀，讀得雙目瞪亮，抿唇咬牙，最後呵笑。「原來范大人同東家是舊識，早說就好，不至於怠慢了大人。」

紙上寫：今朝打秋風，明日還君情，白紙就一文，我認三百金。

一張借條。一張王泮林寫的、有他落款的，借條。

這年金價貴，一兩黃金就值十幾兩銀子，三百金要四千銀。

「不知東家向范大人白討了什麼，欠下這麼大筆銀子？」節南忽想，姓王的，排九的，其實不是避暑，而是避債去了？

范令易誠答：「前年九公子與我上巴州花樓，第一花魁恰巧抽中我的籤，願意隨我出行一日，九公子以此交換，充作是我，同那位巴州名姬遊玩去了。」

這麼個打秋風？

節南要笑不笑。「怪不得貴呢。能與第一美人同遊山水之間，的確千金難換。」這人不用畫山水之後，喜歡實地采風了！

范令易也許沒聽出其中諷意，語氣不變。「我方才已同江大匠講明，先期需要百筒開山炮，三十六架弩床，三百六十支鋼箭，搖車五十臺，雲梯五十架，千斤吊車五十架，黑火粉萬斤——」

節南忙道：「范大人且慢！搖車這些我們工坊本來就不造，弩床鋼箭開山炮，這張欠條足夠支付，但這黑火粉萬斤，大人還加上一個先期——」搶得比土匪還狠！「范大人要知道，朝廷嚴禁武器私賣，您就算是當今宰相，我們東家自己欠了您幾萬幾十萬貫錢，我們也不能賣這些物件供您私用。」

范令易看著節南。「誰說我自己用？」

節南自有準備。「不是私用，那就是用於水利。就我所知，因去年不少地方大修水利，工期漫長，今年朝廷暫無任何新工事，除非緊急抗災，而范大人所需的物資多用於工程初期。既非公，則為私。」

范令易那張官樣面譜臉卸下，換上詫異。「姑娘知道得不少。」

節南不說自己特別關心南頌朝堂，平時有事沒事讀文心小報，一字一句仔細研究。

「妳說得一點不錯，朝廷暫無新修水利的打算，以正在進行的工程為重，只是今春巴州雨水多，江水上游暴漲，我已向上面提議造堰。」范令易開始解釋。

這些話，他沒跟江傑說，原來也不覺得有必要說，想不到眼前這位女帳房當真不含糊，連都水司今年的部署都知道。

節南「哦」了一聲，緩道：「范大人該知，從提議到過議，再到三司發錢購買物資，沒有一年半載是下不來的。更何況巴州江水常決堤，已成久患，多少年也沒動上一動。如今您那邊才提議，這邊就要我們出這個送那個，我們實在不好做。當然，若您能拿出三司使蓋印公文，確認要造江堰，我們該出力時肯定出力。」

范令易表情終顯一絲無奈。「不瞞姑娘說，我上官不肯受理，除非當地已籌齊先期物資，才願意往上遞摺子。」

所以，這位正八品的大人就自己貼錢？

北都淪陷，頌朝在都安建起新都，連皇帝都另立了一個，更不提官場更替。然而換來換去，換不掉為官之道，換不掉等級分明。像范令易這般想為地方做點事，但上司不肯冒險，叫他籌齊先期物資，根本就是讓他知難而退的藉口。

節南看得出來，范令易卻死心眼子，正兒八經來籌備。

「范大人做了多久的都水監丞？」節南想，看看這傻官能不能救吧。

「今春剛從巴州調上。」范令易回道。

「范大人巴州人？」

范令易搖頭。「不是，在巴州當了三年縣衙主簿，三年知縣。」

「哦，那巴州第一花魁所在的花樓一定不屬范大人管轄。」節南看范令易笑得尷尬。「我沒別的意思，范大人既然知道上有政策下有對策，且容我給你講個都水司的規矩吧。」

「願聞其詳。」范令易並非死板之人。

「都水監知事雖然負責工事，卻沒有在那兒進行水利的直接提權。你就算籌齊先期物資，他也不會上報，范大人您不過白費工夫罷了。」

范令易一怔，隨之笑道：「慚愧，我也犯了人生地不熟的忌諱。為官六年，竟還要由姑娘提醒。」

節南對這位自願籌資的官員搞不了惡劣。「這事你大概可以找主管農桑的巴州地方官。農事最重，江水決堤氾濫，淹沒農桑，秋收慘澹。」

范令易嘆口氣。「早在我還是知縣時就已經向上官提過，知州只道銀錢緊缺，閣部不理三司不允。今年我調任都水監，還以爲終於能促成此事，想不到仍無從做起。」

節南鬼主意多。「范大人肯定是舉子出身，不知是否看過范文正公的《岳陽樓記》？」

范令易道：「自然看過。」

「范文正公一文紅了岳陽樓，也紅了滕子京，卻有多少人知道范文正公當時是看圖作文，滕子京根本沒有重修岳陽樓，倒是借了這篇《岳陽樓記》完成政績。升官走人之後，岳陽樓是由後來的繼任者重修的。人人讚滕子京，我笑人云亦云。不過，反過來看，像這般一首詩、一幅畫、一篇文而紅遍天下的事情，當眞不少。巴州地處偏遠，眾州府中默默無名，若范大人找些當朝名人，詩詞歌賦讚一讚嘆一嘆，沒準傳到皇上耳裡，修堰之事或許也就水到渠成了。」最近的吹捧例子就是劉彩凝這位才女，節南因此有妙想。

范令易眸中驚奇，從未想過這個法子。「……姑娘見地不凡。」他雖疑惑以名人宣揚之力會有用嗎？但仍佩服這姑娘熟知官場之道。

節南哈哈一笑。「范大人別這麼誇我，我這人不讀正經書，就愛找旮旯角落，不知《岳陽樓記》這背後的故事眞還假。不過名賦名畫意義深遠，范大人可以參照一下。水利工事動輒百萬，你東湊西撿，搭上自己家產，買到的物資也只是杯水車薪。我們損失不算大，只可惜大人一片良苦用心化爲泡影。」

范令易連連點頭。「聽君一席話，我茅塞頓開。今日來，原是想聽聽九公子高論，見他不在，才要兌了他那張借條。九公子不重諾，嘗嘗率性而爲，我眞怕他不認帳。」

節南聽了，眼兒轉一圈。「這麼吧，范大人，買賣上的事我作不了主，卻管帳房。鑰匙就在我這兒。你拿著九公子寫的借條來討銀子，按理我當還銀子給你。三百金換五千貫錢，您要覺著好，我立刻給你取去。」

江傑直眼。

范令易是良心官，自然猶豫。「好是好，就怕九公子怪罪妳……」

節南馬上接話。「怎麼會啊！九公子很講道理的，只要帳本和借條對得上，又是他親筆寫下的欠條，事關安陽王氏之高名，應該誇我還來不及。畢竟欠債還錢天經地義，他也了一樁心事。」

說罷，也不等范令易深思熟慮，節南就到庫房裡取了錢箱，當面點清五千貫的鈔子。

范令易見節南如此爽快，也不多說了，接過道謝。「這銀子我絕不私用，等到將來修堰，就當九公子捐給這項工事的，爲他刻碑紀念。」

節南笑得眼睎成線。「這個好！錢財身外物，哪及名留芳。再說，范大人要眞拿下修堰公事，給九公子送上買賣生意，也是返還了嘛。」

「呃——我本不好意思眞拿錢兩，才提出換成實物。如今卻拿了錢，若需物資，可能就要在巴州當地購入了。不能以公謀私，爲友人謀利。」

節南心裡笑不動。「范大人高風亮節，我相信九公子一定明白。」

送走范令易，花出去五千，節南快樂地鎖上庫房門，一回頭瞧見江傑神情古怪看著自己。

「六姑娘，咱帳面沒多少錢。」才想這姑娘懂行，眨眼白送人五千貫。

「九公子不在乎錢。」原來揮霍是件很爽的事，而更爽的是，光明正大胡作非爲！

江傑不知怎麼接話，節南輕巧轉移話題。「江師傅，帶我瞧瞧新造的火銃啊。」

「行。」江傑一想，九公子那麼能幹的人，敢把庫房鑰匙交給六姑娘，輪不到他瞎操心。「六姑娘上回給咱的圖紙太妙。傳聞古有神器飛天鴉，如今早已失傳，但六姑娘的旋式發射器倒似飛天鴉之形，而且半空發箭，解決火銃炸手的毛病。」

節南沒得意。「火銃這東西毛病太多，威力有限，只有你家九公子當寶。」

走過丘頂，漫步入山，茂林之後山路陡下，很快來到一座山谷。

山谷人爲挖成，谷地開闊，造著好幾個大棚。大棚裡工具琳瑯，好多奇形怪狀、見所未見。匠人數十，熱汗揮灑，專心致志。

離大棚較遠的平谷，幾人圍著一大架的木輪鐵弩，忽然「砰」一聲，一物如大鴉嘴，飛上半空，往下噴出五六發鐵箭，鐵箭空中爆火，落地炸起泥石，驚了隔山鳥群。

江傑喜道：「嘿，六姑娘一來，大傢伙就爭表現，這坑炸得肯定大。」

節南抱臂遠觀。「記得別把功勞再歸到九公子身上去，以床子弩改良過的攻城器發射火銃箭，就不能稱之火銃了。」

江傑不含糊。「九公子說了，這東西要成功，那得算作炮。」

炮，頌朝早有其名。

右手還很靈敏的時候，節南和其他人一樣，笑過火銃，瞧不起火炮，覺得那些中看不中用的玩意兒經不起考驗。也難怪各國官部的態度先熱後涼，一度熱鬧的火器淪爲笑話，最終還是回歸平常百姓家，逢年過節放煙花。然而，跟著王泮林打交道，也許是周而復始之中瞧出了些不尋常，也許是出於對匠工們孜孜不倦的欽佩，她那顆對工造冷淡的心時不時會熱起來，甚至無力的右手也生癢。

節南到底還是走過去看坑。

江傑親自丈量尺寸，興奮地報：「一丈七到兩丈，石頭比之前碎裂，箭頭最深釘進兩寸……」

節南跳入坑底，抬頭看看方才飛天鴉的位置，環顧四周。江傑不知節南看啥，只說：「好好好，飛天鴉威力足。」

節南冷不防潑下一盆冰水。「不要再在飛天鴉上花工夫了，不實用。」

江傑哀叫：「爲啥啊？」

「飛天鴉早失傳了，仿不出書上說的霹靂雷霆的威力，肯定就有哪裡不對。飛鴉輪盤上天，從空中再往下吐火箭，若不能解出其中奧祕，本身就是很大的缺陷。上空才發，可容敵人充分準備；無目標旋射，不分敵我；發射床太輕，射高不能射遠，只能兩軍對壘時起個先發。」給圖紙的時候乾脆，等到眞正應用起來，才感到不好。

江傑說：「先發就先發。」

節南卻現實得多。「不，南頌只會守，頌軍也只會守，防禦是今後重中之重，他們不會喜歡這種半吊子的飛天鴉。不能運用，就沒必要鑽研。上回我看你們往木管塡火藥，炸起來碎木片十分驚人。木片殺傷力有限，要是鐵片呢？我看書上記載，曾經有人造石炮，炮管一人雙臂合抱那麼粗，也塡火藥，卻不了了之。」

江傑聽後，想了好一會兒，但搖頭。「火銃都讓人笑沒用，炮這東西還不如床子弩。好歹火銃能打個對面仗。而木管經過反覆試用之後失敗，我們還是認爲用弓弩出色的彈力發射好。」

「這麼嘛。」節南挑挑眉。「看你們對火藥推崇備至，我近來也漸漸期待了，不過只在火銃上寄予厚望，是否眼光狹隘了些？到底你們推崇的是火藥之力，還是弓弩之力？」

江傑愣住。「這……」

「如果是火藥之力，槍能用，炮當然也能用。我們不能只在弓弩上改良，而應該發明全然不同以往的武器。」鐵浮屠之所以強大，正因爲師父和眾匠們不拘泥以往，煉成了一種全新的鐵料。

節南不能造弓了，反而可以跳出弓弩之形，看武器之質。目前這座工坊裡造的都是改良添火藥，試用時能讓人眼一亮，轟聲鳴耳，但滿足感消失得也快，讓她不自覺同當世最強的弓弩比較，就發現其實並不優越太多。

江傑這時腦袋裡全是節南的話，連節南說「走」，也沒反應過來。

直到人走出老遠，他突然一拍腦瓜，衝著節南的背影高呼道：「木管容易炸，就改銅管鐵管，行不行？炮就是大個兒嘛，把槍管放大幾圈，多塡火藥，改裝鐵球，行不行？」

節南回頭笑。「我管庫房，你管工房，你自己瞧著辦。趁著東家不在，胡作非爲又何妨？而且，我十五日後正好要跟人打架，你要能趕上，我直接拿著試手，沒準一戰成名。」

這就趁亂添亂了！

江傑眼珠子凸得白亮，立刻跑向工棚，找眾匠商議去也。

節南回庫房待了一會兒，並不像口頭上說得那般輕巧，出來時拿了幾管失敗品，才悠悠轉到長石屋前，與赫連驊會合。

赫連驊抱怨：「看個帳本要那麼久？」再看節南手上多了一只包裹。「什麼東西？」

節南把包裹往他手裡一塞。「當丫頭的哪兒那麼多話？拿著就是了。」

赫連驊哼。「不巧，我還是左拔腦，有必要提醒幫主，勿沉溺於美色。其他營生打雜不要緊，自己的營生就得把握在自己手裡，別當了擺設還給人背包袱呢。」

節南假裝打呵欠，表示對方乏味。「你別是左拔腦了，我把幫主讓給你，你直接和王九唱反調去。不然只要我當著幫主，就喜歡看俊生——」再加個但書。「只有一種我沉溺不了——比女人還好看的男人。」

赫連驊氣得七竅生煙。「那是故意扮作女相，小爺我堂堂大丈夫，虎王面銅鈴眼——」

節南噗哧笑出。「回去讓小柒給你吃一劑山中王的湯藥，再到我跟前說這話。」明明是粉花臉桃仁目，細皮嫩肉。

赫連驊在柒小柒手裡吃了兩回藥，聞柒喪膽，對這麼古怪的藥名一點也不懷疑，好奇就問：「吃了『山中王』，就能變成虎王面銅鈴眼了？」

節南大笑，笑得眼淚都出來了，在赫連驊意識到自己可能上當受騙時，卻陡然一本正經起來。「我想到了，真能變的。先弄暈了你，再給你額頭上刻個王字，眼皮上紋一對虎目，唉呀，江湖名號都有了……傾城狂肆邪夢虎！」

赫連驊出拳。這一拳，沒有收斂，集他這些年的苦練，洶湧如一股勁流，直撲對面那張狂肆笑臉。

氣死他也！

所以，他沒瞧見節南眼中正恨技癢的炫彩。

節南抬起左掌，彷彿推得很慢，游左游右，似打著什麼，再五指一握，將赫連驊的拳頭捉了正好。

赫連驊本來詫異節南怎敢接拳，但被她的五指捉握的瞬間，就明白自己的勁氣已經被她化解。然而，明白得太晚，那五根蔥白的手指，看著纖細，卻帶千斤力，只覺自己拳頭骨喀喀作響，痛到極點又不痛了，就好像拳頭不是自己的，脫離他的感官之外。

這要換作跩一點的江湖人，早嚇呆了。但赫連驊是丁大先生的弟子，就算自學成才，那也是捧著丁大先生平生絕學的精華要義自學的，加上他又愛鑽研武學，功夫絕對上乘。

讓節南那麼狠狠一握，拳頭麻痹的瞬間，赫連驊突然往前一蹬，借著節南定住自己拳頭的這個點，身體橫騰半空，變幻出一招「橫看成嶺側成峰」，另一手五指化作峰尖，往節南左腕扎去。

怪石屋外，赫連驊被「傾城狂肆邪夢虎」這外號激出鬥心，更讓節南輕而易舉化解了他的拳勢，因而發出全力。他身如劍，指如峰，任是誰的腕子，都未必受得了，而且他自認這招出得極快，對方肯定躲不開。

節南確實沒躲。

赫連驊，起初是讓王泮林送來的，受軟筋散牽制而不得不服，又知道她姓桑，想要從她這兒拿到對燎四王子有利的物證，順勢加入兔幫。所以他無忠心也無誠心，動不動就搞離間，是典型幕僚的做法。節南不須赫連驊的任何心，但他留在她身邊，就必須給她放乖點兒，踏踏實實幹活。既然口頭警告沒作用，就只能動手了。

所以，她這一動，也不留情，抬起右袖就掃向赫連驊的五指尖峰。

赫連驊連想都沒想，當然更不可能猶豫，遇神殺神、遇袖撕袖的一股凌厲奔去切腕。

「啊！」

明明只隔了一層衣袖，卻感覺撞到了一座山，疼得赫連驊急忙縮手。

節南輕笑一聲。

正是這聲輕笑，赫連驊一股不服輸的勁兒又竄上來，喝道：「遠近高低各不同！」同時，縮回去的手刀打出無數道掌。看著遠近高低，影蹤不清，不知要打哪裡的要害。

節南道聲「好」，左手放開赫連驊的右拳，側身一讓。

赫連驊以爲節南要閃，一邊得意一邊喊：「別想躲！」

節南卻出腿，聽聲辨位，看也不看，往側旁高踢一腳——

鏘啷啷——

一只鹿眼大的銅丸撞到石屋大門，滾落地面。

赫連驊大吃一驚。「妳怎麼……」識破了?!

節南嘻道：「我在丁大先生手上吃過這招的虧，不過丁大先生比你光明磊落，一把戒尺早拿手；你玩的是袖裡乾坤，前頭遠近高低無實勁，其實是出暗器來砸我的後背心。赫連驊，我代丁大先生撥正你吧！」

她說罷，神情變得極其認眞，從路旁折下一枝柳，緩吟：「橫看成嶺側成峰——」峰字陡收，足尖看似輕巧一點，人飄來，右袖翻飛如祥雲濤濤，半肩烏髮若山上深林，右手併指刀，毫無淩厲，瑩白似玉。

相同的一招，赫連驊是強勁之勢，節南卻是柔麗清美。

赫連驊不知節南右手廢了，但看節南竟學去他的功夫，還用翻袖改進他的直拳，根本瞧不見她的右手，就不敢硬碰硬，怕像剛才那樣撞打石頭。

所以，赫連驊閃身側讓，倒也不甘示弱，右手成爪捉向節南的肩頭。

他捉了個空。

原本近在眼前的妙影，突然飄左忽右，前後遠近，只聽她淡淡再誦——

「遠近高低各不同。」

赫連驊不及嘆，胸門前、小腿肘子、左臉面，各被她的袖子甩到一記，等他不自禁往後退，就覺心俞穴鑽疼。他心中道糟糕，竟忘了這式的眞正意圖。回頭往下瞧，背上多出一根柳枝，葉子青綠飄飄。

赫連驊當下就哇哇大叫。「桑六娘，妳眞打啊！」

還以爲這根柳枝插到肉裡去了，他趕緊伸手撓背，哪知枝條悠哉落地。

「不識廬山眞面目——」節南的聲音就在赫連驊耳邊響起。

赫連驊叫：「糟——啊——」

兩道黑峰戳眼珠，赫連驊趕緊閉上眼，只覺疼痠出淚。這時，他腳底打轉，雙掌生蓮花，拍出道道掌風，以防節南偷襲。

這一式「觀音座下蓮花渡」也是師門絕學，但等赫連驊打出五六朵「蓮花」都沒拍著什麼，睜眼瞧一圈，居然不見桑節南，正奇了怪——

「只緣生在此山中！」

爽朗笑聲空中落。

赫連驊才知道把眼皮往上翻，卻已經遲了，腦袋上方千斤墜，他「嗷」一聲被打趴在地，吃了一嘴泥。

節南從他後腦勺沿著脊梁骨點下足尖，最後在他腰椎尾躍上，漂亮一個前身翻，雙足落地不起塵，拍拍手，道聲：「丁大先生了不起，能將詩詞融入武學，妙哉！」

赫連驊面撲泥地，沒動彈。

節南道聲「哎呀」，卻聽不出半點內疚。「這就掛掉了？柳枝刺破的只是衣衫，千斤墜減了九百九十九斤，蜻蜓點水的輕功走脊梁，爲保赫兒活生生的傾城姿容，我可是用足了心思。」

赫連驊頓時抬臉，呸出好幾口泥，轉頭怒瞪，也不顧眼淚鼻涕一把流。「桑六娘，別把妳那套邪門歪道的功夫與我師父的相提並論！」

看不明對方的身手，但看得出對方的功力，赫連驊心驚膽戰。

他赫連驊遠不是這姑娘的對手！

而他曾以爲，這姑娘只是讓王泮林操控的草人、面人、泥人，也許有些小聰明，也許長得還不錯，也許會點繡花拳腳舞月劍，哪知——

好到恐怖的身手。不但是身手，還有收放自如的絕殺之氣。

這樣一個高手，只怕不止殺過人，還殺過很多人。

邪門歪道，絕對不是正派武學！

然而，赫連驊內心驚豔於節南的悟性，能將前兩式依葫蘆畫瓢，後兩式全然率性，卻更好拔煉出精髓，比他這個照著師父武笈自學的，強勝得多。他甚至不知道，這四式功夫可以有如此多重的幻化，竟能眞的達到詩詞的意境。

節南笑而不語。

面對木頭腦瓜，她不會浪費唇舌，更何況這小子顯然是拈酸吃醋，嫉妒她悟性高。

2 花魁之約

「赫連。」穩聲喚徒，丁大先生一身蒼衫，廣袖攏成對，從長石屋裡邁步而出。

節南不知丁大先生在門後看了多久，只能猜這位該看的都看齊了，大方淺福。「原來丁大先生也在。」

她戲耍四句詩，隨便施展他的功夫，還添油加醋擅自竄改，他會教訓她，也順便幫徒弟出氣嗎？

丁大先生對節南笑得和善。「我正巧在莊子裡刻版，聽說桑姑娘來了，就來碰個巧，誰知江傑跟我說妳已經出了坊，差點以爲失之交臂。」

節南想來想去，這位沒有跟她碰巧的理由，索性打開天窗說亮話。「丁大先生何事找我？」

丁大先生也就直說。「爲上回祥瑞飯館之事再道一聲『對不住』，也想問問姑娘的傷勢如何了？」

「都陳年老黃曆了，丁大先生毋須介懷，一點小傷早已痊癒。」

節南垂眸淡答，一抬眼，驚見丁大先生已到自己面前，突捉向她的右腕。

節南眼一睜，暫瞇笑，反將右腕主動送上，連帶一大段袖子。

赫連驊起先呆呆聽著，心想師父與桑節南還眞交過手，料不到師父忽然閃動，把那姑娘的手給捉了。哪怕隔著衣袖料子，他也大吃一驚，喊聲——

「師父！」

但赫連驊立刻發覺，不遠處那兩位已經完全無視了他。

丁大先生其實就是給節南診脈，診完後看看節南的左手。

節南立送左腕，眼笑彎彎，還很關心地問：「我這脈象如何？」

丁大先生探過左手脈，沉吟鎖眉。「頑皮活潑固然不讓人生乏味，緊守自尊卻未必討得了好處。桑姑娘對誰都如此防備，今後只會更加辛苦，而我於妳並無惡意。」

脈象平穩。但是，身中赤朱的人，脈象絕不平穩。

這姑娘作假，而且作假的理由就一個：戒備。

節南斂眸，沒再假笑。「丁大先生說得對，只是我長成這樣皆因時勢造人。」

誰會說自己是惡意的？誰會承認自己心懷鬼胎？哪怕眼前這位看上去很正派，還不是會打她後背，突然來襲！她爹之死教會她萬事霸氣開來做，任何時候不能示弱；師父之死教她勝者為王敗者為寇，策無遺漏，詭道占先。而王九也罷，這位丁大先生也罷，都深沉似海，反而叫她不要防備過甚？別好笑了！

「姑娘不累嗎？」丁大先生嘆。

節南笑開懷。「累。」

累得她吐血，累得她暴力，累得她不裝好人，就喜歡添亂澆油，助紂為虐，看那些所謂的好人倒楣。

「但是，累總比死要快樂得多。」她寧可活得累，不要死不累。

「人生不止累、不止死，不過也罷，人各有志。」

以為丁大先生要來一番論，畢竟是出名的理學大家，結果人家容納百川，來了這麼一短句，就從容走開，看自己還在啃泥的小徒弟去了。

節南可以只聽最後四個字「人各有志」，然而腦海裡盤旋的是前頭八個字。要不是赫連驊那個傢伙，她可能會咀嚼出別樣意味來。

赫連驊一叫，節南耳朵裡嗡嗡作響，只剩鬼哭狼嚎。

「師父爲何踢我？」鬼哭狼嚎之後，赫連驊滾站了起來，立得筆直。

丁大先生收回那隻教訓徒兒的腳，文儒之款款。「想瞧瞧你的骨頭是不是讓桑姑娘打斷了，否則怎會趴得如此難看，一點名師高徒的樣子都沒有。」他上下打量一眼。「這不挺利索的嘛。」

赫連驊苦著臉，右手舉左手。「師父，我這五根手指頭肯定被桑六娘打斷了，一動就揪心疼。」

丁大先生還沒細看，節南自覺招供。「丁大先生，您徒兒說的可能是眞話。我今日戴了護腕，單憑令徒那隻比千金姑娘還漂亮的手，確實會反傷了自己。」

赫連驊本來是誇大其辭，一聽節南說戴護腕，馬上跳到他師父跟前，奉上他的左手。

畢竟是師徒，丁大先生認眞驗看了一會兒，隨即轉過眼去望節南。「桑姑娘的護腕可否供我一觀，也好給這個莽撞的笨徒弟確診。」

節南將袖子撩至腕上，露出一繡花緞面包裹的釦環，只有釦接處沒有讓緞面覆蓋，黑沉無亮。

赫連驊沒瞧出材質，但聽他師父輕輕道一句——

「浮屠鐵……那就怪不得手骨斷了三根。」

赫連驊沒在意「浮屠鐵」，大喊：「桑六娘，妳弄斷我三根骨頭，怎麼算?!」三根啊三根！

丁大先生看向赫連驊，手裡突然多出一根戒尺，在他腦瓜頂打一記。「技不如人，還好意思算帳。即便算帳，也不過讓桑姑娘多弄斷幾根骨頭罷了。你怪我沒教你，拿了我給你的書又只會依葫蘆畫瓢，偏偏還自以爲武功高，喜歡挑釁賣弄，所以這骨頭斷得活該。」

赫連驊不敢再大聲嚷嚷，在師父面前乖覺如小孩。「這不能怪我，怪桑六娘功夫邪門，還偷學亂用師父自創……」

丁大先生再打赫連驊一記。「遇到高手還不自知，桑姑娘單看過兩回就能學去，且青出於藍而勝於藍，利用自身輕功上乘，將劍法改爲掌法，氣勁充袖，迷惑你這種自以爲是的對手。一招一式、內功外功皆修爲正派，哪裡用了半點邪門功夫？你若懂得謙遜，就未必輸得這般狼狽了。」

「她才多大年紀，不練邪門速成心法，哪來那等修爲？」赫連驊仍不信。

丁大先生搖頭。「你的悟性終受性格所限，但有些人不僅天分高，還努力，再加上根骨奇佳，就是一代絕頂高手。爲人師者，能收到這樣的弟子，大幸也。」

赫連驊看他師父目光如炬，撇撇嘴。「師父，當著你徒兒我的面，誇別人的徒弟，還扼腕嘆息那不是你徒弟，恨不得破例收人當關門弟子，是不是不妥當？我這個徒兒還活生生的哪！」

第三記戒尺打下，丁大先生不看赫連驊抱頭叫，對節南一頷首。「桑姑娘，待我教訓一下這個笨徒弟，六月十五前把他送回。」

節南表示無所謂。「丁大先生只管拎走，傷筋動骨一百日，十幾日的工夫也養不好。到哪天非但派不上用場，萬一有個好歹，我還對不起大先生您。」

丁大先生卻道：「不過斷了手指頭，胳膊腿都沒事，當個大力棒槌還是可以的。」

赫連驊有氣不敢出，有聲不敢吭。

節南要笑不笑。「那就隨您了。」

丁大先生彎腰拾起方才節南用過的柳枝。「誰家玉笛暗飛聲，散入春風滿洛城。桑姑娘，請接好了！」

話才說完，柳枝筆直飛向節南。

節南右袖一拋，接個正好，正想翻腕將柳枝的疾勁打消，柳枝卻乖落袖中。

這回，丁大先生沒存較勁的心思。

節南雙手輕合，抱了半拳。「此夜曲中聞折柳，何人不起故園情。謝丁大先生不追究我的冒失。」

師父說過，門派之間最忌諱偷學。

今日，節南一不小心犯了忌諱，但丁大先生以詩贈柳，說他不計較這事，所以她要謝他。

節南是個聰明的姑娘，學武成武，學匠成匠，學棋成棋，學詩成詩，偏偏沒有炫耀之心，所以在趙雪蘭眼裡不是才女，在赫連驊眼裡不是高手，在很多人眼裡都不是一下子出挑的。然而，丁大先生與節南打了兩回交道，見識過她的功夫，又試探過她的悟性。自身就具不凡，怎能察覺不出她通透的智慧？

「今後有機會，再讓我徒兒向六姑娘討教。」

赫連驊眼睛澄亮。「師父終於肯教我？」

丁大先生笑而不答，背手走了。

赫連驊衝節南挑挑眉毛，比畫一個「他最強」的手勢，急忙跟著他師父接骨頭去。

節南笑望兩人走遠，卻返身走回長石屋，在雜亂堆砌的弓弩弩床和兵器裡穿看，自言自語。「說什麼來碰個巧，江傑說我走了？這位丁大先生眞不會說謊。」

她出庫房的時候，江傑在山坳裡，根本不知道她離開。從庫房到這裡，她沒見到一個人，和赫連驊一出門就開打，丁大先生竟似從頭看到尾。

那就說明一件事——丁大先生一直在石屋裡。

然而，以她桑節南的耳力，石屋裡如果有人，是躲不過去的，除非那人是功夫好手，刻意隱藏自己的形跡。

問題就來了。爲什麼丁大先生在屋裡卻又隱瞞？

節南走過那張又寬又長的木桌，上面堆著一卷卷的圖紙，還有王泮林用來作圖的炭筆竹尺和調色的白瓷臺。有一卷紙半鋪著，她一眼就看出是兔兒蹬，不由大覺好笑。

這人眞是把畫畫的天賦都轉到造兵器上面去了。

端午那日用來震懾馬成均的兔兒蹬，確實是以神臂弓爲模子改造的。師父去世不久前，節南終於成功還原頌朝強悍的殺傷武器神臂弓，並對弩機進行改進，射程更遠。師父死後，她當然守口如瓶，冷眼看金利一家子爲神臂弓傷神傷腦。

以王泮林成日算計別人的腦袋瓜，恐怕早就看出兔兒蹬與神臂弓的相通之處。

「姓王的，排九的，也有君子之風。」沒想著從她那裡騙，而是憑自己本事來造。

節南一邊自言自語，也不關心王泮林畫得對不對，將屋子各處仔細看了一遍，最後還是回到長桌前，坐進王泮林畫圖的那張椅子。她想來想去，除了那堆亂七八糟的失敗品，大概就這張桌上的圖紙最有價值。

別看王泮林平時摳摳索索，「心懷鬼胎」，還眞是沒有她疑心病那麼重，用人似乎不疑。借文心閣這塊地方弄弩坊，也不找武先生們輪值守護。裡面還好，有江傑他們住著，可是這間王泮林自己花很多精力的屋子，任何人都能隨意進出。門房小廝只是擺設，回回要聽人喚才出來，而且日頭一落就回自己家去了。那一卷卷的圖紙就擺放在桌上，也不放個帶鎖的櫃子，就把祕技攤開著？

節南問過江傑，他這麼回答：「九公子是出錢的東家，這點咱大夥都知道，見了面絕不敢對他瞎咋呼。但這造弩造器上的事，那就得聽咱大夥的了。他才學幾年的木工和火藥，在白紙上塗幾筆，在木頭上刨幾下，難道就能造出神兵器來了？這就叫紙上談兵。起初有人好奇，如今沒人把那些圖紙當回事。九公子自己都笑自己，離成功總差一點點。」

但是，節南是見過王泮林調製火藥的，威力很大，點火的引線也把握得很準。而在更早以前，王泮林帶她來這間石屋，問她追月弓的造圖是否準確，她就已經驚訝於他的觀察力了。她雖不以爲江傑仗著經驗老道，輕瞧了剛剛入門的王泮林，卻覺王泮林還是極具天賦的。這樣的人，哪怕起步晚，也絕不會進步慢，而王泮林還狡猾——節南往後靠上椅背，忽然感覺到有某一塊不平，回身找，見梨木背條上刻著一幅日出江花圖，半輪太陽特別凸高，就禁不住伸手。

按。

按不動。

轉。

轉不動。

然後一拔，半輪太陽掉進手心。

節南這個探子出身、疑神疑鬼的性子，就突然想起當初看見的追月弓來。她記得，那把巨弓上有一個半圓的凹紋，還以爲是月亮的標記。而追月弓一直架在搖齒床上，靠著牆角，沒挪動過。

節南瞇起眼，走到追月弓前，將那塊半圓木湊上凹文，竟然不大不小，正好放入。

她稍稍往裡推進去，便聽到「喀答」一聲，弩床齒輪自己轉了起來，拉開追月弓的弦，弦緊而牆裂，露出可供一人通過的縫隙，有風撲面。

是機關和密道。

節南見怪不怪，但覺就算王泮林藏在裡面，自己也能做到面不改色。隨即取來一根蠟燭，點了火就鑽縫隙。

✥

牆後一條黑咕隆咚的甬道，還放著一臺追月弓床，是用來合牆的機關。對於機關術，節南雖不像柒小柒鑽研深，好在這個機關並不複雜，只須人力搖把手就能重新闔上牆。

甬道造得簡單，節南走了好一會兒才到底，燭光陡然擴遠，照出一間正正方方、不大的石室。不知從哪兒，有幾縷天光漏下，不明亮也不幽暗，還有乾爽的風。

節南突發奇想，笑嘻嘻探風。「九公子在嗎？」

不怕，心卻跳得快，一種揪住某九尾巴的興奮感。

她在王泮林面前似乎保不住任何祕密，即便知道王九是王七，他仍神祕兮兮。

石室很乾淨，乾淨到空無一物，唯一的選擇就是打開石室那頭的門。節南走過去推開，居然看到一串向上的石階。石階之外，天空洗藍，能聽到雀兒啾啾，葉兒沙沙，竟就這麼從「密室」走出來了。

節南索性吹熄蠟燭，拾階而上，然後失笑。

一排古樸卻雅致的木屋，一片白石流清溪；清溪上一座竹橋，橋對面擺著好些奇奇怪怪的大物件。再往外就讓密林環抱，被高坡隔開，連木屋也靠著密林山坡，只有清溪能流出很遠，蜿蜒到人跡罕至的野山中。

這是一塊寧靜的山坳地，小歸小，一人住足足有餘。

節南暗道自己怎麼忘了？王九喜歡柳暗花明又一村，就看南山樓，前園其實是後園，前廳其實是後廳，顛倒正常的奇異思想。按照這一奇思，那間長石屋是雜物房，甬道是長廊，地下方屋是門廳，這裡才是王九畫造圖刨木頭、做正經事的地方。

「王泮林。」節南這回明喊。

她還想起來，小橋外的那片高坡背面就是工坊庫房。每幾日跑庫房一趟，眼見密林起濤，萬萬料不到陰山背後有王九，跟她當著好鄰居呢。

無人應。

節南轉身下石階，穿過石屋，走出甬道，關上牆門，再把半圓的日出放回椅背，將一切恢復如初。

主人不在，她不會隨便進那排木屋，哪怕她可以篤定，丁大先生就是從那裡出來的。

也許有機會的話，能問問王泮林，到底用了多少銀子，讓丁大先生爲他鞠躬盡瘁。如果是她能賺到的數目，也不要處心積慮弄兔幫收小弟了，直接動用整個文心閣，滅神弓門就易如反掌了吧，可能還沒王九這個人難搞！

不過王泮林好東西眞是多，方才椅背上刻的是日景，這時再看卻發現也能是月夜。因爲日頭偏西，屋裡暗下，雕畫中的江浪不知爲何能泛出銀絲，如同月光映江一般。

節南準備走了，忽然再瞥見那半卷兔兒蹬裡還夾著一層紙。

她這人，索性什麼也瞧不見，就能不好奇；但凡讓她瞧見一丁點兒古怪，便會忍不住探究。

「眞是太亂了，我幫你收拾一下，你就不用謝我啦。」朝天說了一句，彷彿這麼就光明正大了，節南彈指而出。

卷軸滾展，炭筆所繪的兔兒蹬部件很潦草，有些地方改了又改，已經看不出原來的線條。節南一挑眉，本來就好奇那層夾紙是什麼，卻因此重新坐下來，看這張造圖了。

兔兒蹬幾乎就是神臂弓，神臂弓除了製弦的講究，還有弩機的祕密。單兵操作，射程卻能達四百多步，這麼神奇的發力多在弩機裡面。

王泮林重畫的，正是弩機，在普通弩機部件的基礎上改進了多次，顯然沒有大進展，很多紅筆批叉，失敗卻還沒放棄。

看著密密麻麻的批注和標明各種尺寸的精細部件，節南突然覺著自己不該再把王泮林當作一個手無縛雞之力的名門子弟了。這樣畫法工整、講究精確的造圖，拿給任何匠人看，都不會以爲出自新手。

就弩司或箭司而言，匠工和畫師是分責的。手藝好的，未必作得好造圖；畫功好的，就更不一定有手藝。成名大匠中，用造圖來造弓的，寥寥無幾；直接就在實踐中摸索，甚至鄙視造圖者也大有人在。這卻是很多傳奇式的名弓失傳的原因之一。或將造圖看得太輕，或將匠人看得太輕，以至於割斷造圖與實器的聯繫，漸漸就造不出來了。

王泮林不僅會畫，而且畫得還精準，完全不具寫意或傳神，就是最大限度地繪出了實物。他自己還動手，兔面具是用來打發時間的小玩意，這間長石屋裡的失敗品也多是他親手所造。

突然，在造圖最後一角，節南發現一隻手繪墨絨兔，耳朵一隻豎一隻貼，大眼警惕地盯住一盤果子。畫得栩栩如生，彷彿能躍出紙上，化作真兔子。

節南沒有就兔子多作聯想，只嘆從氣勢磅礡的山水畫變成規規矩矩的工筆畫，從心懷天下的驕子變成拿刀拿刨的匠人，是走了一條怎樣的心歷道路？只知他大難不死，只知他養傷許久，但誰能真正感同身受呢？就像她所經歷的，師父死在眼前的無力，全家只剩屍骨堆的憤怒，自小被親娘拋棄的痛楚，只能她自己背負而已。

這時，她所感受到的，不過是王泮林再也畫不出磅礡，再也畫不出震撼，對本人而言卻毫無遺憾，甚至對過去的成就棄如敝屣，心無旁騖地鑽研起全新事物。這樣孜孜不倦的王泮林，很難想像他對自己的死亡輕視到了可隨意拋卻的地步，只活今日不活明日，專注於眼前的每件事。

門外出現一道人影，大剌剌站上門檻，絲毫不在乎不能踩門檻的忌諱。夕陽斜照，勾勒出圓呼呼的肩臂，粉澈澈的福臉，還有一刻也不停動的嘴。

節南望了一眼，這才拿起那張夾紙，放心念道：「南山君：巴州一別，白駒過隙，巧遇香州諸友下揚州，妾欣然同行。中途水道顛簸，只得換走山道，雖野狼成群、猛虎耽耽，無畏亦無阻，恨不能騎鶴速至。偏近鄉情怯，寄掛親人健康，更不知虎狼意，心中彷徨，願君入夢來相會，來世再續今生緣……果兒慕筆。」

柒小柒笑。「哎呀，哎呀，好不肉麻！那姑娘直說讓南山君去接就是啦！轉來轉去跟鸚鵡舌頭一樣捋不直，可憐楚楚的，聽得我耳朵都要累聾了。欸——」她突然念了「南山君」兩遍，跳下門檻。「臭小山妳什麼時候裝男子騙姑娘，這生死相許今生來世的，我居然不知道?!」

節南好笑。「我又不是南山君。」

柒小柒不鳥這個師妹。「臭小山，妳藏得了頭藏不了尾，誰不知道節南就是大終南山啊，又稱南山。南山君不是妳還是誰？」

「還是王九。」節南搖著這張皺巴巴的紙，看似淡眼，卻不漏一處地又默讀了兩遍。「王九住的地方叫南山樓，這信就放在他桌上，不是他才怪。」

柒小柒走過來，粉粉的福臉吹鼓了腮，咬著一根木籤子，擠扁的眼汪汪可愛。「小山別傷心，這個有主了，咱再找更好的，沒啥了不起的。妳要是氣不過，我幫妳揍他一頓，把他牙統統揍掉，堆一座小山出來，看他變無齒了，還能不能用一張臉招搖撞騙。」

節南哈哈直笑。「臭小柒妳什麼意思？把王九說成唱戲那俊生，把我說成妳啊？」

柒小柒拿出木籤子，上面串著醃甜梅子，手指頭那麼大，還只被咬了一小口，用來說明她自制。「妳在別人面前只管裝，裝劍童，裝兔幫主，裝打雜，裝侄女，裝千金，要想瞞我就算了吧。王九那麼壓榨妳，以妳的性子早把他大卸八塊了。不提門裡那些，就剛才那笨蛋，妳下手可不含糊，斷他三根手指頭。」

「王九不懂武。」節南並非狡辯。「他要能打，倒是簡單了。我與他鬥的是……棋藝。」

柒小柒將梅子咬回嘴裡去，好像想了一下。「妳敢說妳不喜歡他的模樣？」

節南笑眯了眼。「我不敢說。妳敢說嗎？」

柒小柒又想了想，居然搖頭。「不敢喜歡。妳都應付得那麼辛苦，我就更不用說了，不過作爲妳大師姊，我能做到的就是及時拉妳一把，免得妳輸慘。」

節南氣笑。「我不覺得我輸過他，只是他先盤發力快，看似我被動而已，且妳記住，這人不是敵人便萬幸了。」隨即摩挲著紙上皺褶。「妳來看，這是不是大今軍奴用的草皮紙？」

柒小柒過來湊近了瞧，又嗅一會兒，神情難得鄭重。「是。」

節南道聲「頌境地圖」，柒小柒就從旁邊書架上挑出一卷，鋪開正是。小山在明，她在暗，小山的命比她自己的寶貴，故而早摸清小山會到的地方，並非眞的成日在外找零嘴。如今都城周邊有李羊找來的孩子們當耳朵和眼睛，她更能專注在小山周圍。

這些事不用說，姊妹倆一直是有默契的。

「赫連驊這人，妳可別小瞧了。」看地圖之前，節南突然來一句。

柒小柒粗中有細，並不輕忽。「怎麼說？」

「到雕銜莊門口時，他好像察覺有人在暗中跟著。可見他功夫不差，輕敵爲其一，留手爲其二，妳別小瞧了他。」節南自然知道跟著的是柒小柒。

「不男不女這麼厲害？」柒小柒沒出福娃身材之前，唯一比節南強的功夫就是輕功，目前能和節南拚個半斤八兩，但她有兩個節南那麼重。

「丁大先生的本事我還沒探到底，爲人謙遜得不行；赫連驊是他小徒弟，資質不會差到哪裡，妳我不可小覷。這回收拾過他，之後他實在不服，妳還眞得用藥。咱以師父的名義發過誓，絕不能讓人從背後插刀。」節南做事之活絡，不問良心。

柒小柒無聲拍拍心口，讓節南放心交給她的意思，但問：「妳要地圖幹嘛？」

節南對照著那張信紙，手點建康附近的齊賀山。「堵王九去。」

柒小柒馬上來勁。「本來看妳正兒八經收拾行李，覺得妳最近當千金姑娘上癮，走上歪路還不知道。這才對嘛！蹴鞠有啥好看的，孟元有啥好管的，抓王九私會巴州花魁才是正道。」

節南常對小柒歪七扭八的思路笑不動。「妳正經事懶得開竅，這種一說一個機靈，怎麼就曉得是巴州花魁了呢？」

柒小柒就說啦：「今日不是有個巴州官兒拿了王九的欠條來嗎？王九用三百金換和花魁逛一日。寫這封肉麻信的這個果兒也是巴州來的，一片慕情如此直白，是一般女子能寫得出來的嗎？」

節南點頭道不錯。「我也這麼以爲。」

柒小柒嘻笑。「所以？」

節南又搖頭。「沒妳的奇思妙想，我想的很是乏味。這是軍奴用紙，花魁用來很不恰當。再者，信的內容讀起來就像妳說的，一片慕情可憐兮兮，細究卻另有古怪。她在香州遇到朋友。香州是哪裡？」

柒小柒瞄一眼地圖，發現了。「南頌與大今之間，呼兒納大軍的轄關。」

「正是。呼兒納帳下軍奴數千，不少是俘虜的匠工，專造防禦工事。香州地界雖有頌軍，地處平闊，難免讓大今軍鑽空子，時而打劫完糧草就走，因此各鎮鄉極不安定，小戰不斷，頌軍又來不及打。這些人極可能是從今軍大營逃出來的。」

柒小柒哦哦道：「明白了。」

節南繼續說：「尤其信中提到野狼猛虎，而且棄水路走山路，暗示這行人讓大今追擊，不知能不能安然。最後，這位花魁姑娘說騎鶴，諧音『齊賀大山』；問到親人健康，意指『建康城』。齊賀山這邊就是大江，江面有玉家十萬水軍統管，呼兒納軍帳下騎兵驍勇，遇水則死，所以只要能過齊賀山就能擺脫追兵了。果兒姑娘說夢中相會，就是求救之意，要是王九不出面，大概會死在今人手中。」

王泮林說避暑，多半就是爲這事出城。不過，這個果兒也挺了不起，能說得動他。

「每到這種時候，就不怪師父偏心啦，幾句話讓妳讀出這麼多東西來。」柒小柒再度自覺甘心服從師妹的領導。「我就問一句，王九爲紅顏知己去救人，妳爲什麼去呢？」

節南笑得白牙燦美。「跟師姊妳說的一樣，嫌別的無趣，堵人私會才好玩。」

柒小柒嘟嘴成粉豬。「妳少來。」

節南收斂表情。「同州和談圓滿，南頌大今尊重目前的國境畫分，並表示一切以和爲貴，偏這節骨眼上，從呼兒納軍隊跑出來的俘虜能讓他們冒險追入頌境，我當眞好奇俘虜的身分。」

柒小柒要麼不開竅，一開狂妄。「難道是舊太子？」

舊太子是暉帝之子，當初一起被俘，關在大今都城。

節南就理智得多。「不至於，對於自己沒好處的事，王九是不會做的。」

聰明人不會犯傻。

南頌朝廷有默契，對在大今當俘虜的舊太子基本上不能問、不能救。一朝天子一朝臣，天子已非當年暉帝那支，怎能再把暉帝的太子接回來？再說，這時的皇帝還是崔王兩家給力捧上去的，舊太子回來必定清算。王九雖然率性隨意，還是十分護短的，不可能將自家置於險惡。

「那妳到底幹嘛去？」就像節南相信王泮林不會做無謂的事，柒小柒也相信她家師妹不會做不討好的事。

「我想起呼兒納奴帳裡的一人來，希望這人是花魁果兒的朋友之一。」節南確實是爲了自己。

「誰？誰？」柒小柒連問。

3 分兵有道

是誰呢？

節南將信紙收起來，把地圖放回書架上，走出石屋，也不上鎖。柒小柒這才把梅子吃完，掏了第二粒出來，串上木籤含進嘴裡，沒追著問。

夜幕抬上，遠處小童點燈，燈光與星光一道閃爍起來。

「攻占北都那年，有一日呼兒納帶了三名工匠到門裡，妳還記得嗎？」節南淡道。光影點點，在她的眸瞳中浮沉。

柒小柒擅記人臉，都不太需要想。「當然記得，說是手藝了得的大匠，好一通吹噓，結果咱師父小試牛刀，就戳穿那幾人的真本事。那幾人似乎只想借此逃過俘虜淒慘的境地，但呼兒納面子上下不來，當場砍了倆。最後一個雖然讓呼兒納的人押下去，估計也輪迴去了吧。」

「沒有。」節南笑了笑。「那人沒死，師父說他在呼兒納軍中當工奴，保住了小命。」

柒小柒聳聳肩，不覺所謂。

「那人的命是咱師父保的。」

節南這話一出，柒小柒睜圓了眼。

「這人姓畢，與印刷術的發明大家畢升同姓，是趙大將軍最看重的大匠，還是神臂弓造匠之後，人稱畢魯班，漸漸也就不提他的大名了。」

柒小柒不懂這行。「就說師父怎麼保他就行了。」

「畢魯班被抓後隱姓埋名，不知從哪兒聽說師父通道理，當日就對師父透露了來歷，求他保命。師父設計讓金利沉香闖進來，呼兒納見色忘殺，最後一刀沒砍下去。後來師父暗中差使軍營裡的門人，讓他們把畢魯班送到奴營匠隊裡。師父告訴我這件事時，正是和金利撻芳撕破臉之前不久，那時畢魯班還活著。」

「就算這人逃出來，與我們何干？」柒小柒奇怪。

節南推開一道小門，門裡兩三間屋，照例沒有景致，只是一處巴掌大的客居。「師父說這人手中有一種比神臂弓還強的弓弩造法，集當初眾匠的智慧，以傳說中夸父追日命名，又有蓋過追月弓之別意。我對此雖不以爲然——」

柒小柒終於通了。「呼兒納要是知道了，豈能放走他？」

「師父對這人讚賞有加，曾料他總有一日會逃出奴營，加上今兵對花魁果兒一行人窮追不捨，我就覺得會不會其中有畢魯班。而既然是師父救下來的命，我也不想任之毀在呼兒納手裡。」就是節南一念之間的決意。

柒小柒也是一提師父就血熱。「沒錯，凡是呼兒納想做成的事，就是金利沉香那嗲不死的要邀功的事，不能讓他們稱心如意。」

節南得逞笑起。「所以，和九公子一點關係也沒有。」

柒小柒就是那麼好哄。「和九公子一點關係也沒有。九公子去了，估計也只顧著救花魁，爲她能欠人三百兩金子，怎麼都得賺出本錢。」

節南聽了道：「我覺著妳這話怎麼偏心王九，就好像王九只爲三百金，不是爲了美人？」

柒小柒斜睨節南。「怎麼偏心了？不是妳說自己要有萬一，就把我託付給他嗎？他要是跟呼兒納那廝差不多，看到美人就犯蠢，妳那顆聰明腦袋算怎麼回事？」

「就妳柒小柒最聰明！」節南服了。

柒小柒眉毛得意地揚上去。

因此，姊倆說定改道，一夜再無話。

第二日清早，碼頭上停了兩艘前往鎮江的大船，一艘都安鞠英社，一艘千金觀鞠社。船是水寨的船，船夫都是水寨的兵，小將玉木秀親自帶著，將大旗全撤了，讓人只覺高船尖頭很威風，不知是官兵船。

安全倒是安全，但蘿江郡主一上船就覺得艙室太小太少，行李卻多，隨行服侍的僕從多，便讓人把玉木秀找來。

玉木秀一來，對蘿江郡主要換船的提議直接拒絕，年紀小，語氣可不小。「郡主姊姊，咱不是遊山玩水去的，是比賽去的，雖是水路，不可能遇到戰事，那也難保不長眼的水賊撞上來。妳們的船不經撞，到時候一個個掉水裡，我們到底撈還是不撈？」

蘿江郡主跟玉木秀都是同圈裡一起長大的，說話更不客氣。「你個胖木墩子，我們還就是遊山玩水去的，而且三日水路又不是三個時辰，你們船上像樣的艙室沒幾間，都不夠分，讓我們姑娘家怎麼住？」

玉木秀表情憨憨，嘀咕道：「這是戰船，又不是舫船，船肚子那麼大，裝百號人都鬆動，偏妳們嫌擠。再說，都成親了，還姑娘姑娘的，有本事帶妳郡馬齊上陣，我好男不跟女鬥。」

蘿江郡主氣笑，挽著袖子作勢來打。「嘀咕什麼哪！玉木秀，別以為梅清姊還能護著你！」

玉木秀轉身就跑，結果撞上崔衍知。崔衍知身後還有兩人，一個是林侍郎家二公子林溫，一個是回頌沒多久的拾伍狀元延昱。

這四人往船上一站，真是氣魄文飛武揚，俊得各有千秋，齊齊令光華暴漲。而崔衍知、林溫、延昱三人，從小一起讀書，一起玩蹴鞠，贏得帝都四公子之中的三個席位；另一位是王楚風。這四人成名那時，玉木秀還是個拖著鼻涕跟在後面跑的小個子呢。

蘿江郡主聽瀟瀟菲菲姊妹倆在艙窗後面笑論誰好看，回頭睨她們一眼，讓她們收斂的意思，這才看向四人，頭微仰，傲慢的郡主架勢就端起來了。「玉木秀，你找哥哥們來也無用，我講的是道理……」說到道理，想起最懂道理的節南還沒來，蛾眉微蹙。

玉木秀到底年紀小，做鬼臉也不顯幼稚。「才沒道理，是妳們太嬌氣啦！」

崔衍知劍眉飛拔。「郡主，這也是我們大家的意思，尋常客船不適合不尋常的客，單是郡主妳一人出行，就不可掉以輕心，更何況各家姑娘一起出行。若出意外，讓我等如何同各家長輩們交代？妳們既然非要跟著走，一切還是聽從我們安排的好，否則這會兒還來得及下船。」

玉木秀道：「就是。」

蘿江郡主面對崔衍知就不自禁柔聲柔氣。「五哥哥，就不能換我的船，玉木秀多派些人上船守衛？」

林溫是個倜儻人物，說話不羈。「郡主今後可別再喊五哥哥，郡馬會不高興的。」

蘿江郡主真是天之驕女，坦然嗤笑。「只聽過郡馬替郡主提鞋，不曾聽過郡主要管郡馬高不高興的。」隨之望著延昱。「昱哥哥說說看呢？」

延昱微笑，轉看三位兄弟。「姑娘們出來的機會畢竟難得，盡量不要掃她們的興，讓她們住行舒服，由我們多擔些守護的辛勞，如何？再者，這還是在我們的水域，到江面打出水軍的旗號，敢起賊心的水匪能有幾個？真要有，那就是想造反了，活得今日，活不過明日。」

蘿江俊主就是欺軟怕硬，對玉木秀哼哼兩記。「胖木墩聽到沒有？學學昱哥哥，好姑娘不嫁傻不愣登的小子！」

玉木秀鼓眼。

林溫是哪邊有縫哪邊挑針，他用胳膊肘推推崔衍知，擠眉弄眼。「聽到沒，學著點兒，你這不懂拐彎的性子特別吃虧，討不到好姑娘。」

崔衍知那雙俊目但瞇。「不怕，等延昱成了親，我就可能有機會了，不像你似的，把自己跟最好的女婿人選放一起。媒婆最近都不上你家了吧。」

林溫想著想著，品出味道來。「嘿，崔衍知，你行啊，我說你，你卻把我兜了進去。」

玉木秀哈哈大笑。「溫二哥別擔心，我還沒成親呢，你趕在我前頭就還有救。」

跟著這聲大笑，姑娘們的笑聲也摻和進來，把大名鼎鼎的玉面二郎鬧出個大紅臉。不過，等到商量誰上船領衛守護，林溫還是自告奮勇、當仁不讓的。

最後，由延昱、崔衍知和林溫三公子帶郡主這船。

這年理學自成一家，傑出弟子眾多，大家輩出，但用到這些名門公子姑娘身上，還是很大氣的學問，心胸坦蕩則無鬼，女子也能比較自在地同熟識的男子群體出遊。所以，根本無從想像，改朝換代後，這種學問會變成對女子殘酷的禁錮。

眼看安置得差不離，延昱就問在船頭顧盼的蘿江郡主：「郡主還在等誰？」

蘿江郡主不知延昱救過節南。「工部趙少監的侄女桑六娘還沒到。」

「她呀。」延昱一說就笑，調頭瞧了瞧不遠處正在檢查裝備的崔衍知，才對蘿江郡主道：「郡主何時也容得人比妳遲了？」

「昱哥哥知道她？」蘿江郡主反問，挺稀奇。

延昱點頭。「不久前遇到過。」沒說詳情。

蘿江郡主也沒問。「那姑娘的脾氣挺對我。我和她站一塊兒，做壞事都理直氣壯。不像別人，每回我來氣，就是我任性刁蠻被寵壞，做什麼都是我的錯，但因爲我是郡主，只能讓著我。瞧，這會兒桑六娘還沒到，她可不知道要給誰面子。」

這時，兩個姑娘和兩個抬箱的僕人走上舢板。

蘿江郡主和延昱不認識仙荷，但崔衍知認識，林溫也認識，不知她已經被送到趙府，所以很是驚訝。

林溫上前就問：「仙荷姑娘怎麼來了？」

「碧雲丫頭，妳家六姑娘呢？」而蘿江郡主見過碧雲。

兩人屈膝作禮，仙荷開口：「啓稟郡主，昨日老爺和二夫人回鄉，二夫人想起落下不少必需之物，就讓六姑娘送過去，六姑娘因此一早就出門了。不過，六姑娘交代仙荷轉交這份信給您。」

「什麼必需之物，讓僕人做就是了，還要她親自送。」蘿江郡主有些不快，不過令她不快的是姑母差遣侄女這件事。

但蘿江郡主一打開信，先看到一張銀票貼著，立刻就給延昱他們瞧。「這姑娘討厭不討厭，我跟她說要交這一路上的份子錢，不然就不讓她上船，結果她人不來，卻把銀子交了，故意臊我臉哪。」

仙荷垂眼回道：「郡主誤會，六姑娘不是這意思。她說知道郡主會在哪幾個碼頭休息，說不定她能半道趕上。實在不行，也會到鎮江住地同郡主會合，還要一起坐船回都城，所以這份錢是肯定要交的，而且六姑娘要趕路，帶不了的行李都讓仙荷送上船，又讓仙荷和碧雲仍從水路走。」

蘿江郡主看過節南的信，差不多就那意思，事到如今也沒辦法，讓人帶著仙荷碧雲到原本分給節南的艙房，自己去知會其他姑娘們。

林溫有點惋惜地嘆。「可惜了，一路少了個有意思的姑娘。」

延昱笑著搖頭。「說起那位桑姑娘，雖然颯爽，有股子不同尋常的英氣，我倒不知連林溫你也喜歡這樣的。」

崔衍知本來看著江天一線有些晃神，這時忽道：「他就喜歡活潑性子的姑娘。要不是木秀的姊姊只鍾情宋子安，他中途放棄，不然早就叫木秀小舅子了。」

林溫一聽，抬手告饒。「冤枉！是……」想起自己跟玉梅清發過誓不說。「就當我年少無知。」

原來，宋子安拋開玉梅清這個未婚妻，跑出去讀書讀了好幾年才回到北都參加科考。玉梅清就找林溫這個好弟弟，合演一齣她被林溫追求的好戲，想要宋子安吃醋。唉，那位姊姊也是走投無路，給她自己最後一次機會，要是宋子安再不理會，她就會徹底放手。

誰知，這法子有用。

如今，玉梅清和宋子安成了一段佳話，林溫卻還未擺脫當時的陰影，不但他娘誤會他喜歡比他年長的姑娘，還以爲他將玉梅清的活潑勁兒當作是自己生活的一種常態，受不了那些嫻靜乖巧的姑娘。

延昱想到了什麼似的。「不過，聽說趙大人屬意他的侄女婿最好要有官身，品階小一些但無妨。溫弟若眞有意願，得參加今年大比才行。」

林溫頭一回聽說。「還有這事？」

崔衍知點點頭。「確有此事。」看向延昱。「想不到都傳到你耳裡了。」

延昱笑道：「這等事，瞞得了誰都瞞不了媒婆，偏我近來見得最頻的，就是城中各大紅媒了。我和桑姑娘，一個想娶，一個想嫁，恰好我還有功名在身，自然就有人來探我意思。」

崔衍知垂眸，嘴角抿上。「那來探你意思的媒婆還是直接打發走，免得誤你終身。」

延昱哈哈笑開，隨即正色。「我是打發走了，倒不是她亂牽線，而是我再怎麼著急成家，也不能同自己兄弟搶人。」

林溫一下子就聽明白了，吃驚看向崔衍知，食指拇指夾起下巴。「哦——我一提桑姑娘，你就陰陽怪氣的，把好好的姑娘說得一文不值，原來——」嘿了一大聲。「衍知你早說啊！雖說窈窕淑女君子好逑，咱肯定要先講兄弟義氣。」

崔衍知感覺臉熱得慌。「我……」語氣頓了頓。「不過把她當妹子……」

林溫調侃。「這不就變了嘛？前些日子還沒一句好話，今日就成妹子了？」

江風涼爽，吹不涼崔衍知耳根紅。

延昱瞧在眼裡，幫打圓場。「人非草木，孰能無情？桑姑娘是玉真姑娘的伴讀，時常出入崔府，跟衍知低頭不見抬頭見，彼此熟悉彼此的性情，變得親近了，也無可非議。」

崔衍知藉口走開，林溫不放過，嘻哈追去說話。

延昱淡下笑容，但始終留著一抹微微的笑，俯看碼頭上汲汲營生的人們。

「公子，要起帆了，您要不要到艙裡去休息一會兒？」月娥來請。

延昱走下船頭，面朗如日，大步如弓，忽道：「月娥，我瞧方才那位叫仙荷的姑娘氣質頗佳，不似其他半大不小的丫頭，與妳多半能談得來，我也就不愁路上沒人同妳作伴了。」

月娥溫婉一笑。「謝公子掛懷，仙荷姑娘年紀與我也相仿，說不定真談得來。」

延昱道聲「不錯」。「而且衍知和溫弟都認識仙荷，我瞧那樣子，沒準還是洛水園出來的女子，見識自然不淺。」

月娥露出原來如此的神情。「怪不得沉穩中還能顯得出挑。洛水女子多有自己擅長的才藝，若會司琴，妾身定會技癢，到時還請公子容妾身任性一回。」

延昱朗笑。「容，當然容！我亦能一飽耳福，幸哉！」

這時，碧雲打開艙門，探看外面無人，才插上門栓，靠著門板吁了一口氣，對正在查點行李的仙荷道：「還好郡主和崔公子他們沒有多問。」

仙荷一邊點一邊道：「落了東西要送去，可能是重要的物件，所以交給侄女才放心，有何好多問的？頂多讓人覺得作姑母的有些嚴厲，或寄人籬下的日子不那麼好過罷了。」

碧雲一知半解，但道：「這回七姑娘和六姑娘一道去的，真難得哪。」

仙荷點完行李，就招手讓碧雲過來，囑咐道：「以為只有一船姑娘，想不到還有幾位公子爺，尤其是御史臺推官崔五郎和剛入都的拾伍狀元延公子，文武雙全，十分了得的人物。我不擔心自己，卻擔心妳無意中讓他們抓到語病，等到日後給咱姑娘招惹麻煩。」

碧雲小機靈，馬上來個小計謀。「我裝暈船，就能不出艙了。」

仙荷想想可行。「好。但妳記住，要是有人來問姑娘的事，千萬陪著一百個小心。」

碧雲的腦瓜如小雞啄米，然後再嘆。「我倒不擔心船上，只擔心咱們那兩位姑娘。雖然她倆常神出鬼沒，像這回一起出門，不知爲何，教我心裡慌張，總覺得是大事。仙荷姊姊，六姑娘寫信給妳，妳肯定知道什麼。」

仙荷柔聲。「我知道的是比妳多，但妳不知道最好，萬一漏出不對，我還能幫妳兜著。」

碧雲嗯了一聲。「六姑娘說過，我要是還想將來出去和家人團聚，就不要太多好奇。她說，不顧什麼都不能不顧自己的命，因爲我家裡人多，我的命不止是我一個人的，也歸我爹娘兄弟姊妹三大姑三大姑丈，還有侄子侄女，將來可能好幾十口人。」

仙荷長年在洛水園那種踩著別人往上爬的地方，起初對節南保護碧雲的做法頗不以爲然。她覺得，像碧雲這種難得忠心的丫頭，就該直接培養成心腹。畢竟，要找一個可信之人並不容易。然而，短短半個多月，與聰明又善良的碧雲相處下來，仙荷懂了節南，更懂了王九安排她進來的意義。她和節南小柒都沒有別的家人，碧雲卻有父母兄弟姊妹，很快樂的一大家子人。雖然此時看來她們身處小波小浪，但前方大浪滔天，不知何時就挪過來了。

節南不想利用這份忠心，因其太過珍貴，得之善緣，失之罪孽，反而更加難以背負。

仙荷想到這兒，不禁一笑。

「仙荷姊姊笑什麼？」碧雲問。

仙荷答：「笑咱姑娘光明正大幹壞事，對我這個無親無故的，什麼醜話都撂得出來；對妳這個忠心耿耿的，又直接不稀罕，處處瞞著妳實情。」

一起謀出路，萬一失敗，自己的命自己顧，六姑娘只會多顧七姑娘，她自己顧不了就只能被犧牲。但，這麼聽了之後，仙荷總是沒著沒落的心反而踏實著地了。

碧雲捉著辮子數頭髮。「剛來當丫頭那會兒，我特別想成爲淺春淺夏她們，受二夫人器重，和二夫人共同進退。後來還是六姑娘問我，到底是主人重要，還是家人重要，我選了家人。那時我就明白啦，我只要做好分內的事，賺夠了錢，平安和家人團聚，才是最要緊的。六姑娘不告訴我的事，肯定都是我知道了也沒好處的事，是六姑娘疼我呢。」

仙荷心中又莫名暖和了。住進趙府之後，時常如此。

很奇怪，明知跟著的是麻煩人，小風浪中可嗅到大風浪，偏四周安寧，心中安寧，從未有過的安適之感。爲此，對於節南交代她做的事，她會全力以赴。

「碧雲，妳就在艙裡待著，我去同各家姑娘們打個招呼。」捧起禮盒，仙荷深吸一口氣，走出去。

❖

齊賀山中平家村，正是晌午，炊煙裊裊。

吉平走進村長家的大屋，抱拳稟道：「各路消息傳到，尚未發現果兒姑娘一行。」

堇燊點頭。「好。」但看桌後坐著的人一眼。「九公子可有其他吩咐？」

王泮林翻過一頁《書經》，心不在焉的樣子。「沒有。」

吉平告退，差一步就跨出門檻——

「吉平。」王泮林聲音到。

堇燊無聲換口氣，心想就知道這人會來事。

「是。」吉平比他家老大能忍。

「村長家的姑娘送你的冰鎮西瓜好吃嗎？」

王泮林問得漫不經心。

「……」吉平一愣，一赧。

王泮林卻沒看吉平，再問一遍：「好吃否？」

堇燊代老實的吉平開口。「好吃又如何？不好吃又如何？」

王泮林也沒看堇燊。「好吃，就給小山姑娘送去一些。我們在山中避暑，她在城裡忍受酷熱，不送些消暑的好東西，你們心裡怎麼過意得去呢？」

堇燊聽著，就覺得哪裡特別憋悶，沒說話。

吉平頭腦簡單，又很尊重小山這位姑娘。「我問村長買些瓜，再看一下有沒有多餘的人手，但也不能送多少，山路崎嶇難走，推車至少需要三人。」

「吉平，西瓜而已，都城郊外就有，何須跋山涉水？九公子和我們說笑的。」

堇燊恨鐵不成鋼的語氣，令王泮林笑開。「堇大先生，你是沒吃到村長家姑娘送給吉平的瓜，所以不知其中滋味。那是用山泉水澆灌出來的，用齊賀山冬天的冰鎮了一夜，打開後還一片片撒了百年老桂樹做的花酒，可比珍饈美味。這樣的好東西，找遍三城都沒有。」

堇燊愈聽愈怪。「村裡的瓜我也吃過，哪有你說得那麼好？」

王泮林看到別人鑽進他設的套裡就稱心如意了。「你吃的瓜又不是村長家姑娘送的。」

「九公子……」吉平黑臉變紅銅色。「是送給你的，所以客氣多備了一份給我。」

堇燊總算聽懂了，驚訝地問：「吉平，那姑娘對你有意思？」

吉平擺手又搔頭。「沒有，是……」看一眼王泮林，決定滑頭一回。「對九公子有意思。」

說話間，王泮林已經翻了十來頁，眼睛不離，就好像那是一本十分好看的書一樣。「這要是在城裡，我就當仁不讓了。不過山村裡的人喜歡結實小夥，能下地能吃苦，我這種肩不能挑、手不能提的書生，只讓他們敬而遠之。那姑娘分明借機接近你，你還傻傻分不清。我實在看不下去，提醒你一下，免得錯過好姻緣也不自知。」

吉平哭笑不得。「此行只爲任務，不爲別的。」

堇燊贊同。「九公子管好自己便罷，再說，吉平在城裡有相好的姑娘，拚命攢銀子準備彩禮，與山裡姑娘只怕無緣。」

「老大！」吉平這麼個老實漢子，今日讓人直揭私隱，尷尬勁兒簡直要衝破腦殼頂。

堇燊一擺手。「什麼大不了的，跟村長女兒明示你無意就好！」

王泮林對吉平有相好這消息略略稀奇一下，隨即恢復淡然神態。「暫不要說。這村子由村長說了算，他待我們好，村民就不敢怠慢。萬一因女兒的事鬧將起來，故意把陌生人進山的消息放出去，讓今人探知，會影響全盤大計。」

堇燊又覺鬱悶。「這是何意？還讓吉平出賣色相不成？就算你說得都對，村長家的姑娘喜歡吉平，說開了才顯得誠摯。山民樸實，性子爽直，不至於像九公子想的那麼壞。」

吉平張張嘴，再閉上。他覺得這會兒老大的話更加不中聽一些，但他特別理解老大的心情，壓抑太久，還是爆發出來得好。

王泮林不看臉色，不改語氣。「哪兒需要吉平出賣？往門前一站，人家姑娘就神魂顛倒了。而我防的不過是人性。平家村這一家顯然比其他村民富裕得多，山泉只流到這家的田，冰室只有這家造著，百年桂樹長在村莊另一頭，其他家沒有桂花酒，只有這家有。何故？」

堇燊沒想過這些，只覺村長特別好客，但他一愣之下就嗆：「九公子想得這麼多，又把村長當成欺鄉惡人，爲何非要住進村裡，卻不聽我當初另外紮營的提議？」

「因爲這裡住得舒適……」王泮林略沉吟。「也因爲村長不是惡人，只是有點聰明頭腦，知道如何發家，很容易受利誘。前提是，別惹了他的寶貝女兒。」

王泮林忽然想起某座小山來，也是讓霸爹寵上了天，養得一身霸氣。他覺得小山的霸氣光芒四射，但瞧村長女兒驕縱，卻覺小家子氣，鄙夷不及。

有意思！

「九公子，老大。」吉平一臉爲難地開口。

王泮林幾乎立刻猜到。「你已經跟那姑娘說了。」不由失笑，衝堇燊眨眨眼。「堇大先生，你徒弟沒長相看起來那麼老實，心裡都明白。我說怎麼三日不見那姑娘在吉平周圍轉來轉去，才問吉平——」

尾音隨王泮林的笑容收起。

堇燊起先沒在意。「說便說了，你要防人性，我會派人盯住每個村人。不過，如此一來，就騰不出人手給小山姑娘送瓜去……」但他畢竟是心思縝密之人，一通百通。「九公子，你繞半天，只爲打聽村長女兒不見三日的緣由。莫非你覺得哪裡不對？」

「託了小山姑娘的福，確實察覺到異樣。」王泮林闔上《書經》，鋪展一張做了好多標識的地經。「半個月前果兒姑娘一行已經到了光州地界。她說一定會從齊賀山走，而平家村是約定接她的地方。再看，文心閣弟子傳來的最新消息，就是四日前。在瀘州，發現了果兒姑娘留下的約定標記。這麼算起來，行程雖然慢了幾日，但還在我們的計畫之內，所以這三日消息全無，我並沒有多心。瀘州往東，緊鄰齊賀，也許果兒姑娘謹慎起見，沒再留下標記。不過，如果湊上吉平與村長女兒說清楚的日子，就太過巧合了。」

堇燊對王泮林的爲人處世很有意見，但絕對不會懷疑對方的謀略。「就算你說得對，村長意圖爲女兒抱屈，也不可能知道我們的目的在於救人，而且對付的是混進來的今人，消息更不可能傳遞得那麼快。」

「村長不需要知道我們的目的，只須知道我們是一支外地人，全副武裝，嚴防以待，像在等著什麼人、什麼事。把這個消息散播出去，說者無心，聽者有心，就能達到目的。若傳到今人探子那裡，勢必在必經之路阻截果兒姑娘一行……」王泮林的手指從地經上那片齊賀山脈輕抹過去。「三日無聲無息，早就該警覺，是我疏忽了。」

吉平雙目凜起，跨刀出門。「我去把村長抓來，問個明白！」

堇燊一抬濃眉，沒阻止。

王泮林眼瞼低垂，看著地圖，神情中不見一絲失措，但冷，周身幽寒。

平家黑村

鎮江府城碼頭，一箱箱行李送入一駕駕華麗馬車中，觀鞠社的姑娘們興奮地張望交談，就等著出發到某大家在府城的別業去。

玉木秀笑嘻嘻瞧著。「總算安全送到，還提前了一日，回去就不會讓我爹教訓了。他總說我魯莽，這不放心那不放心的，當我小娃娃！」

林溫忽來一句。「好男兒還是要當兵啊！這回看你在水軍大船上好不威風凜凜，教我眼饞得緊。我給你作伴去，怎麼樣？」

這話一出，玉木秀和延昱皆愣。崔衍知沒聽清，只在看仙荷。

船上這兩日，雖然仍不習慣周遭這麼多女子，但並未降低他的觀察力。他覺得仙荷十分擅長交際，沒有主人撐腰，以一個僕從的身分出入，與各家姑娘，包括蘿江郡主、菲菲瀟瀟在內，不僅有說有笑，還獲得了她們的信任。即便她從開始便明說是洛水園司琴，也沒令任何人輕瞧。她言談風趣，善解人意，琴藝高超，兼具誠信的美德。連他這樣，對女子避之唯恐不及的人，也能心平氣和同仙荷說上一會兒。

他在洛水園見過仙荷，作爲首席司琴，那時的仙荷很能討得客人的喜歡，也很能說話，然而和如今似乎很不同。

「脫胎換骨？」他自問。

林溫卻以爲崔衍知幫自己。「沒錯，我就是想要脫胎換骨！誰說讀書人就不能當好兵?!」

延昱推了一把崔衍知。「溫二爺胡鬧，你怎麼也跟著起哄？他要去當兵，他娘還不找我們哭？」

崔衍知笑了笑，再往仙荷那裡看，因此留意到仙荷和一個魁梧的挑夫說話，還往那挑夫手裡塞了封信，另有個小小香包。

他不知怎麼，就有點介意，撇下兄弟，走過去道：「仙荷姑娘要想送信，可以用我的人。」

仙荷回頭，笑容妍妍。「多謝推官大人，不過這位大哥恰好是咱們老爺的同鄉人，我就請他捎封信給二夫人，看看六姑娘是否還在。方才聽別業的僕人說，六姑娘還沒到，我就想是不是二夫人留六姑娘作伴了。」

挑夫的斗笠點了點，粗聲嘎氣道：「俺說話算話，一定幫娘子捎到信。」說完就走。

崔衍知往挑夫肩上一壓。「等等。」

挑夫轉回來。「這位爺還有何吩咐？」

崔衍知拿過挑夫手裡的香包，看裡頭只有一錠不足半兩的碎銀，就再添一小錠。「好好辦。本官可是御史臺推官，抓違法之人容易得很，別爲一點小俐落就能逃亡度日。」

挑夫嘿應，吆喝著同伴，將箱子抬下去，送進馬車。因爲也是最後一批箱子，送完就走了。

仙荷見崔衍知眉頭不展，微微一笑。「推官大人都那麼說了，誰還敢拿錢不辦事？」

崔衍知回眼瞧來。「非也，我只覺這個挑夫膽子極大而已，聽到官銜不驚不問，十分冷靜，不似普通苦力人。」

仙荷暗咬唇，抬頭卻是懵懂一種驚。「哎唷，莫非遇上了江湖騙子？」

崔衍知反而不多想了。「挑夫之中也有別樣人罷，是我性子不討好，凡事比他人多留心，仙荷姑娘莫怪。」說罷，走回延昱身旁，和兄弟們說話去了。

仙荷微笑目送，一轉身，神情凝重，長吐一口氣，走下舢板。

再說那挑夫。他和同伴混在碼頭的人群中，其實沒走出多遠，繞來繞去就進了碼頭邊上一家客棧的後院。到一間客房後，同伴在外守著，挑夫才摘下斗笠。

不是別人，正是李羊。

李羊將香包和信放在桌上，竟是看也不看，卻捧著扁擔上兩個加厚布擔肩當寶，拿匕首挑開接縫，布團裡就掉出東西來。

那是一只手指厚的薄木匣，木匣蓋一翻，填滿軟泥，軟泥上的蟠龍紋路清晰可見。

李羊打開另一個布團。

同樣精巧的軟泥蓋匣子，只是紋路簡單得多，像一塊水兵隨身攜帶的木牌。

「如何？」李羊問。

原來屋裡還有一老者，白鬍花髮，削臉枯瘦，十指卻長而有力，拿過兩只木匣蓋子，看得極其仔細，然後點頭。「紋路簡單這塊，老朽徒弟們就能做了。蟠龍要花些工夫，給老朽一日夜，明早交工。」

李羊一想，「今晚咱冒險一試，要是一切順利，老人家就跟我上船幹活去吧。」

老者自不推卻，沒道理放著銀子不賺。

齊賀山之東，從鎮江到瀘州的主道，依山傍水的小城得天獨厚，因地利之便，十分繁榮。

山腳茶店裡，老闆轉得跟轆轤一樣不曾歇過，茶客們更換也頻繁。唯有一桌客，坐在角落裡兩個時辰沒挪過，連老闆都快忘掉這張桌子了。

別人會忽略，同桌的人卻忽略不掉，眼看茶水喝了一肚子，腿都發麻了，所以哪怕知道旁邊人對他嫌棄得很，還是開了口。「這兩日風餐露宿趕路，桑姑娘怎麼突然悠閒起來了？」

一身素花棉布裙，從頭到腳沒一件發亮的飾物，卻也沒塗黑臉，面若芙蓉、眸若秋水的漂亮姑娘節南，撿了一粒果子吃著。「孟公子不是抱怨累嗎？所以，我決定在這城裡好好歇一陣，你不用感激我。」

孟元盯著節南的臉，他那雙眼睛比節南還漂亮。「桑姑娘意欲爲何？」

「孟公子這話何意？」節南心想，這人夠能忍，走了兩天才發問。

孟元平常說話多顯得軟綿，發問也軟乎。「所有人走水路，桑姑娘爲何改走陸路？而且愈走愈偏，不但不往鎮江府城走，反而走到齊賀山來了。」

節南不怕孟元盯，反而坦然望進孟元的眼裡。

孟元的長相雖同赫連驊屬於漂亮，卻又很不同。赫連驊有外邦混血，臉型非常適合上妝，妝前妝後截然不同，扮相就如維族女姬，大眼高鼻，長腿長手也不顯突兀；孟元則五官精緻，膚如白玉，唇紅齒白的雋秀，高不成低不就，眼睛偏偏很能傳神。弱，又不容人憐；憂鬱，卻萬分深情。明明什麼都沒有，卻有化作飛蛾之心。

所以，已有千般寵愛、獨缺愛情的崔玉眞，義無反顧墜進去了。

「孟公子難道從齊賀山那邊逃過來的？不然，這一帶大山多了，你怎麼知道呢？」葉兒眼笑尖就是狐狸眼，節南挑挑眉。

孟元瞥開眼。「我若說是，桑姑娘就滿意了吧。」

節南點點頭。「滿意。」

孟元氣結。

這時，柒小柒回來了，接過節南給她倒的茶，一口喝下，拉節南的衣袖擦乾嘴，才道：「往上就沒村子了，要在山裡過夜，等到翻過山，要麼繼續露宿趕路，後天才能到瀘州地界，要麼繞岔道五里，有個甘泉谷，谷裡村莊叫『平家村』，聽說那裡的山泉特別甘甜，山泉澆種出來的西瓜更好吃，也可以補給乾糧。」

「和地經上標示的一樣。」節南記得。

柒小柒「嗯」了一聲，手指頭揉著桌盤裡的果子，磨磨蹭蹭送進嘴裡。「聽說以前沿著這條山道，像平家村那樣的小村落不少。後來打仗，村民怕打過來，多往南遷了。」

「還打聽到什麼？」節南問得隨意。

柒小柒嘻笑。「有啊。聽說平家村的村長著急招贅，但他家姑娘又沒有讓人甘心留下當農夫的美貌。村長小心眼，人家拒絕，就會整治那些人。這不，近幾日到處謠傳，平家村裡有一隊奇客，人人帶刀，好像要做了不得的事，賴村裡七八日不走，江湖響馬，相當不善。聽起來嚇人，但好多人都笑，說肯定是村長爲女兒說親不成，又打壞主意了，這回比以往都厲害，要給客人惹上官非哪。」

節南也笑。「別的且不論，這爹當得可是沒話說了。」

是王泮林嗎？

奇客，帶刀，七八日，加之能讓人因愛生恨的外在條件，似乎非王泮林莫屬啊！

不過，節南沒料到，人家看中的是吉平那隻孔武有力的，不是王九那隻中看不中用的。

「孟公子，你去隔壁飯館買十斤牛肉和二十張乾餅，再把這兩葫蘆裝滿他們最貴的酒，多謝。」

節南將錢褡袋推過去，又拿出兩只大葫蘆。

孟元看看錢袋，看看葫蘆。「我拿不動該如何？」

柒小柒噴茶。「唷，孟公子，我告訴你啊，你要是拿不動這些東西，還是別想著娶誰了，估摸你連洞房的力氣都沒有，嘖嘖。」

孟元似乎想不到有生之年會聽到這麼臊臉子的話，耳根往下發紅，整個脖子都紅了，站起來走出兩步，又回來背上錢袋，抱住葫蘆，悶頭衝進鄰旁的飯舖子。

柒小柒看節南笑得趴桌，反而沒一起笑。「妳不怕他跑了，或者往乾糧裡動手腳啊？」

節南抬頭，一手擦笑淚。「我又沒綁著他，跑就跑唄。還有，他爲什麼要毒死我倆？就因爲我倆帶他兜遠路？」

柒小柒噘噘嘴。「我也不明白，妳爲何不讓仙荷帶他上船，卻跟著我們，礙了自己手腳。」

「仙荷有事要做，不能再讓她分心。崔衍知在船上，怕他認出孟元。看孟元風餐露宿，我心裡痛快。」以上三點。

柒小柒「哦哦」兩聲表示覺悟了。「妳是不是想乾脆把他折騰死了，咱一身輕？」

「沒有。」節南回答得很快。「我通過孟元才知道，看著羸弱的人，往往出乎意料地命長，憑一口氣就能撐到天荒地老。」

「照妳這麼說，我們死了，姓孟的也不會死？」柒小柒不信。

節南望著飯舖子門口，撇一抹冷笑。「的確沒準，有些人爲了活命，不但頑強，還賤……」

柒小柒歪著福圓臉。「妳又來了。」

節南問：「什麼又來了？」

「知道什麼，又不告訴我，故作神祕的臭小山樣子。」柒小柒吐出果核來。

節南伸手捏捏柒小柒的臉。「妳知道我喜歡瞎動腦子嘛，也許是我把人性想得太壞，又沒憑沒據的，就不跟妳說了，省得妳跟著白糟心。」

「妳還是別跟我說，免得我吃不下東西，那可不得了。」柒小柒樂得輕鬆。「橫豎我盯著咱的吃食，他眞敢找死，別怪我手快。」

「誰能阻擋找死的？」節南則是將能做到的做到最好，剩下交給天，就不悔。

柒小柒說回正事。「咱們要去平家村找九公子嗎？」

節南本來是這麼想的，但柒小柒先說出來，她的腦瓜就不禁多轉了幾圈。「如果我們都能知道他在平家村，今兵能猜不到嗎？」

「猜到最好，就知難而退了唄。」柒小柒樂觀向上。

節南蘸著茶水畫齊賀山，默不作聲。

柒小柒看在眼裡，但瞥孟元背著乾糧出來時，就大步上前，將苦臉弱畫師擋在茶店外，不讓他打擾臭小山動腦瓜。無論如何，她家小山雖然老是瞎動腦，十動之內能中五六動，她內心老服帖呢。

不一會兒，節南付帳走出，淡淡的笑容讓柒小柒安心。

「走吧，先上山。」節南從孟元那兒拿過錢袋，背上自己的肩，卻對孟元遞出的葫蘆視若無睹，語氣滿是嘲諷。「方才我表姊一席話驚醒夢中人，我平時只覺公子文弱，趕路已經很辛苦了，就盡量不讓你受累，可完全沒替公子的將來考慮，實在慚愧。」

柒小柒搭唱。「力氣可以練，洞房尚無期，趕得及，趕得及。」

孟元恨得咬牙。「我們不是有馬？」

節南接唱。「山路崎嶇，不能騎馬。」

孟元當真不是太傻。「很多商客帶馬群過山。」

柒小柒是沒道理也能弄出道理的。「本姑娘騎馬騎膩了，總不能你騎著我走著吧？」

孟元遇到這對姊妹，只覺是前世的魔星，剋得他打落了牙往肚裡吞，還不能轉身就走。他已經沒有選擇，要想再見崔玉真一面，桑六娘就是自己最後的機會。

孟元沉默往前走，節南和柒小柒對換一眼，毫不在意那男子的怨憤態度，淡然跟上。

三人在不算窄、絕對能走馬的簡陋山道旁睡過一宿，第二日天不亮就動身，翻過山頭面朝東，密林綿延不見路，直到晌午，終於看到了瀘州界碑。

界碑右邊有一條小岔路，路口不遠釘著木牌，歪歪倒倒寫著「平家村距此五里」。

節南往右走去，柒小柒也往右走去。

孟元背著十斤牛肉二十張餅，兩邊掛葫蘆，站不直，就是不動。

風來，嘩嘩如大江水流之聲。姊妹倆耳力卻都好，聽不到腳步聲，同時回頭。

柒小柒凶道：「你幹嘛不走？」

孟元抬眼，面無表情。「妳們究竟去哪兒？」

節南笑無聲，柒小柒笑大聲。「去哪兒你都得跟著！」

孟元突然將身上的重物卸下。「妳們要是沒打算帶我見玉眞姑娘，我便自己去鎭江。」

柒小柒挽袖子。「小山，我要揍這個沒用的傢伙，比不男不女還討厭。」

節南按下柒小柒的手。「孟公子，我對伍師傅說話算話，一定會依約行事。」

孟元瞇眼懷疑。「那妳告訴我，爲何去平家村？」

「平家村有一口山泉，珍貴無比，用它泡茶造酒烹飪，堪比御貢。崔家別業離山城不過半日水路，我們取了水就走，直接過去，還能比觀鞠社的姑娘們早到一步。」節南悠然換口氣。「孟公子好意思空手去，我卻不好意思。明知寶山在側，怎能裝不知道？」

孟元還是不太信。「……可是……」

柒小柒最看不慣婆婆媽媽。「有勞孟大公子在這兒等我們，好了吧。」

節南同意。「這樣也好。這會兒是晌午，五里山路走不快，卻能趕著明早回來。孟公子多找些樹枝，火光能嚇走野獸，不用怕……」

孟元嘆口氣，認命背起乾糧和酒葫蘆。「我跟妳們一道走，但請兩位姑娘莫戲弄在下，明日就能前往鎭江。」

柒小柒得了便宜還賣乖。「眞是，我們沒嫌棄你走得慢，你還說我們戲弄你。」

節南說聲「別囉嗦了」。

三人重新上路後，居然愈走愈艱難，不出二里，羊腸小徑幾乎都看不出來了，而且要爬山石陡坡，攀著野生的樹幹找斷斷續續的路跡。到了後來，節南主動勸孟元留在原地，因這人拖累姊妹倆的行速，反倒是孟元突然倔得跟頭牛似的，怎麼都不肯留下。

柒小柒把節南拉到一邊，嘀咕道：「妳看妳自找麻煩，乾脆我直接敲暈他背著走，一會兒就到。」

節南摩挲著岩石上交錯的裂縫，忽然聲音傳密。「小柒，盡可能不要在孟元面前施展功夫。」

柒小柒眼睛睜圓，無比慢地眨一下，表示收到。

節南對這姊姊的各種耍寶已經很淡定，回身就同坐在石頭上的孟元道：「我倆商量了一下，幫孟公子分擔些，也能走得快些。」

孟元正巴不得，地上的乾糧和葫蘆一樣不撿，抬步就爬上略平坦的林道。

柒小柒「呸」了一聲。「軟骨頭。」

節南沒說話，彎腰才要去拿乾糧口袋，卻教柒小柒搶過去，一件也沒輪到她。

柒小柒罵完外人，訓自己人。「妳這身脆骨頭，還沒不男不女的骨頭硬，別讓十來斤的東西壓碎了。」

節南還是不說話，嘻嘻爬上去了。

柒小柒想要用功夫，但及時記起節南的吩咐，蕩悠悠跟在後面老遠。

走一會兒，歇一會兒，日頭偏西的時候，三人終於看到一個坐落在半山腰裡的村莊。

村莊不大，多是石屋，一家連一家，也就二十來家。遠處山坡上有幾片高高低低的水塘，魚兒吐泡的漣漪一圈又一圈，又好像雨點滴落。野草地裡散放著馬群，低頭吃得歡。小埂上坐著幾個農夫，蹺腿叼草，吆五喝六聚攏了腦袋。

孟元累得小腿肚子抽，看到這番景象就喜出望外，正要衝下山道。

節南卻一把拉下他，一手撥開草叢，淡眼望下方。「別急。」

柒小柒還落在後面，蹲那兒挑蟈蟈。

孟元以爲節南要等柒小柒。「平家村的泉水那麼出名，又常有山客經過，應該十分好客才對。我先下去打個招呼，看看能否找到舒適的住處。」

節南放開手，要笑不笑。「孟公子，我醜話說前頭，你要是有去無回，可別怨我。」

孟元一怔。「怎會有去無回？」

節南眼兒瞇壞。「這地方很像黑村。」

孟元驚目。「桑姑娘從何得知？」

節南頭一歪肩一聳。「感覺。」

細看之下到處違和，不過沒必要對不熟的人多作說明。

孟元想到自己走得那麼辛苦，好不容易到了地方，這姑娘又說此地不可靠，軟床熱飯突然可望不可及，不禁惱了。「我知桑姑娘不喜在下，和其他人一樣，瞧不起我，覺得我癩蛤蟆想吃天鵝肉，竟敢肖想玉眞那般高貴的姑娘……」

節南看出草叢，又見一些人影在村落裡晃過，同時淡然打斷孟元。「知道就好。」

孟元半張著嘴，有些桃花樣的雙目深斂，稍後冷道：「只要玉眞喜歡我，妳又能奈何？」

節南偏過頭來，盯得孟元漸不自在，才道：「我更正。我不喜歡你這個人，不是因爲你攀龍附鳳，而是你人品不好。」這人方才那種氣勢，是威懾力嗎？

然而，孟元的語氣恢復了一慣懦弱。「桑姑娘心存偏見，我說什麼也無用。」

節南暗道貓也有爪子的，卻不怕孟元眞抓來。「你要是人品出眾，就不會招惹有未婚夫的姑娘。」

眞愛了不起嗎？以眞愛爲名，就能任性搶奪嗎？

「桑姑娘性子刁苛，爲何招惹善良的姑娘？我可不認爲是妳人品不好，只是自己沒有別人有，下意識就招惹了，此乃人之本性。」孟元語氣弱，言辭不弱。

「這種比法可不對。我性子不好，玉眞姑娘性子好，我招惹她，補足自己沒有的，我的確得到了好處，但沒有人因此受到傷害。孟公子也能如此無愧嗎？你的作爲，沒有傷害任何人？」少跟她鬼扯了。

孟元又是張口無言，最後笑不像笑。「好厲害的口才。」

「不是口才好，而是我有道理。好多人喜歡牽強附會，把看似相通、實則不通的事情放到一起比較，理直氣壯得不講道理。」節南撇笑。

柒小柒終於過來了，看到半山腰裡的寧静村莊，奇道：「爲什麼不下去啊？」

孟元撒氣。「令妹感覺那村是黑村。」

節南眼裡一閃，對柒小柒微笑。「妳去。」

柒小柒應了就去，而且不出二刻就回來了。

「黑，太黑了！」柒小柒往草叢裡一坐，福娃娃兩邊搖。「繞到哪兒都有人守著，我進不去村子。」

柒小柒混不進去的地方，那才叫固若金湯。

如此，節南也就確定了。她即刻對柒小柒耳語幾句，柒小柒連連點頭，轉身返回來路，很快不見了蹤影。

節南又站起，對孟元道聲「走」，就往村子走去。這回，輪到孟元拉住節南，愕然問道：「明知黑村還去？」

節南面露厭棄，立刻將袖子從孟元手中抽出。「有事說事，不要動手動腳。黑村也好，白村也好，明知山有虎，偏向虎山行。我原本還想，那麼寶貝的泉水，誰都能分一杯的話，傳言多半虛假。如今看來，因爲泉水眞寶貝，所以才設防。」

孟元那個氣啊，什麼話都讓這姑娘說了。

「你去不去？」節南自覺很有耐心。「你不去也沒關係，等我給玉真姑娘送上泉水的時候，就說孟公子怕有危險，一直趴在草叢裡沒動彈。」

孟元咬牙瞪著節南。節南足尖一挑，將牽起來的兩只葫蘆輕鬆掛到肩上。

孟元脫口問：「桑姑娘會功夫？」

節南裝傻。「怎麼可能。」

孟元奇怪得不行。「那能挑起兩只裝滿酒的葫蘆？」

節南笑得刁。「看人挑擔不吃力，後來才知這兩東西死沉，當然把酒倒掉了。本來就是用來裝泉水的，哪知聞著酒香動饞蟲，但眼睛大肚子小，路上都想不到喝。」

分明刻意整他！想到一路讓葫蘆繩子勒得他多少回喘不上氣——不對，孟元轉頭找乾糧口袋，結果發現那兒都沒有。

節南好心道：「孟公子別找了，小柒要起性子來可不一般，嫌乾糧重，早不知讓她扔哪兒去了。不過你也別擔心我，我眼明手快搶了幾塊肉乾和餅子，夠我吃到下山了。」

橫豎就沒他的一口。孟元但覺胸口那股憋了很久的氣沖到喉頭，一張口卻笑出聲，又像嚇到他自己，兩眼囫圇睜圓，抿薄了唇，可無論如何，沒辦法完全收斂笑意。

「孟公子不想笑就別笑了，好不假惺惺。」節南扯扯嘴角，轉身就走。「我看到起炊煙了，應該能蹭到一頓熱飯菜。」

孟元摸摸自己的臉皮，兩眼陡黯，但等他走起來，還是那副弱不禁風的書生模樣，溫和無害。

兩人走上進村的小路，聚攏一起的農夫立刻滾站起來，紛紛呼喝「什麼人」。

孟元皺起眉，趕上兩步，輕聲對節南道：「的確不太對勁。」

節南笑語清朗，卻非對著孟元，而是對那幾名農人。「聽說平家村有一處神奇泉水，我們正好經過齊賀山，特地繞來見識見識。」

其中一名農人雙臂一展，彷彿暗示身後稍安勿躁，語氣不耐。「村裡最近遭蟲災，家家忙得要命，無法招待外客，二位請走吧。」

節南「哦」了一聲。「怪不得梯田光養魚，沒長作物，我還以爲你們靠甘泉就能養活家裡，不用種莊稼了呢。」

孟元飛快睨一眼節南，才知她並非靠什麼感覺。

領頭農人也怔住，抓耳撓腮，硬著頭皮圓謊。「不是不種，種了也讓蟲吃了。爲了打蟲，還封了泉水眼子，你們進村也見不著。」

節南笑著，一時不應。

孟元忽然朗聲。「幾位大哥，在下姓孟，自都城來，此地山道崎嶇難走，眼看天就要黑了，還請容我們夫婦叨擾一晚，明日天亮就走。」

夫婦？節南垂眸，撇出一絲冷誚。

作死啊！

農人們才不管夫婦還是仇人，拿了地上鋤頭，罵咧咧衝來趕人。

「幹什麼！」

一聲令山林搖蕩的大吼，小路那頭忽現兩人，一位撐龍頭拐杖的年長者，一位身高六尺的魁梧大漢。

農人們立即分兩邊站，低頭不敢望。節南不動聲色打量後方，怎麼沒她的熟人哪？

不一會兒，長者走到跟前，白鬍飄飄，有種山中隱士之感。「對不住二位，平家村一向歡迎五湖四海的客人，不過這年災劫不斷，春季出完疫病，夏季又出蟲災，爲了避免甘泉不潔，只得暫時封住泉眼。大夏天的，瓜果無存，糧食不長，大傢伙心裡都不好受，所以難免氣衝了些。」

孟元這時還真像個能擋在前頭的「丈夫」。「在下明白你們有難處，只是這會兒出村又要風餐露宿，不知老翁可否通融？我願支付吃住銀兩——」轉頭來，看著節南。

節南心中好笑，直接將錢褡袋往孟元肩上一放。「夠不——」

孟元雙膝跪地，「唉呀」一聲，連雙手都支地去了，給對面老翁行一大禮。

節南也不扶，「唉呀」回一聲。「看我，忘了錢袋子二十來斤重。」

什麼都能輕，錢袋不能輕。

孟元狼狽爬起，笑得好不牽強。「不妨事，也是我自己沒當心。」隨即指著那袋錢。「老翁，村裡遭災，想必秋冬二季日子更難熬，這袋錢與我二人實在是負累，就捐給村裡吧。」

嘿，轉手二十斤銅板送出去？節南突然發覺，孟元開始展現不爲人知的一面了。

黑暗面？

老翁先推辭，孟元再堅持，兩相推來給去，最終老翁收下，也同意孟元「夫婦」在村裡過夜，而且就住他家裡。

一進院子，節南就四下張望。

魁梧大漢喝：「看什麼？」

嗓門嚇人！

節南膽包天，眉眼皆笑，問老翁：「我在山下就聽說，您的女兒特別貌美。」

方才，老翁說自己是村長，又說大漢是他兒子。節南估摸這老頭兒會找個女兒不在家的藉口，想不到老翁不慌不忙。「那丫頭做飯呢，等會兒就能見到了，只是她天生不能說話，性子又十分內靜，看到生客可能驚惶無措，萬一失了禮數，請夫人莫惱。」

節南眸中光芒一現。「不會，相逢即是妙緣，怎會惱。」啞巴？

老翁的眼讓白眉遮了大半，只見咧嘴豁牙。「夫人心慈。」又對孟元道：「二位想必疲累萬分，離晚飯還有一會兒，不如先回屋歇息一下。」

孟元道「好」，節南不能不跟。

進屋關門，節南坐到窗邊的桌子，聽外面腳步聲、炒菜聲、說話聲、馬蹄聲，回頭衝著神情忐忑、不知往哪兒站的孟元一笑。「坐啊，別客氣。」

孟元沒動，猶猶豫豫。「妳我實在不像兄妹……」

「我怪你了嗎？」節南眼角削尖時，如蜻螭的尖。

孟元抬眼，與節南的目光一對上，就急忙轉開。「妳不用誤會，我心裡只有一人。」

節南呵呵笑出。「唉唷，我的娘，自作多情可是重病，孟公子沒得這病吧。」

孟元再瞠目。

節南佩服自己，才同行沒幾日，這隻弱雞就快被她激成鬥雞了。

孟元說得其實沒錯，他和她絕不像兄妹。兄弟姊妹，就算長相不同，神和氣也會相似。好比她和哥哥姊姊們，雖聽人論過她長得最好看，但五人站一排，都是鼻子朝天眼睛吊上去的，大家一瞧就知道同一家子。說成夫妻，別人還可以當兩人貌合神離。

孟元到底坐過來，沒忘了處境。「除了那幾個農夫一開始的敵意過盛，似乎挺太平。也許，他們真只是為了守護那眼泉水，才顯得緊張。」

「村裡沒女人。」節南撐著下巴，推開窗斜目瞧著。

這樣更能一目了然，放心說話。

孟元皺眉，一瞬不瞬看著節南。「……在家做飯吧。」

「村裡沒有雞叫喚狗叫喚羊叫喚。」孟元固然不是一個實用的同伴，可以說話解悶。「卻有蕭蕭班馬鳴。要不是遇上我們，他們應該準備離開了。」

憑自己看到的、聽到的，節南已經洞穿這夥人撤離的意圖。

「妳……」孟元一頓。「……多慮了吧。依妳所說，這些人不是村民，那就是裝作村民，可這麼做卻是爲何？原來平家村的村民又去了哪裡？」

節南托腮閉眼，半晌沒說話。

孟元以爲她睡著了，坐而不動，但看窗下。窗下長滿青苔，猙獰爬上石屋每一條縫，趁著無人照料，瘋占。他瞧得有些出神，無意中拉回目光，忽然對上一雙濯濯葉兒眼，心驚跳，連忙別開眼。

節南笑了笑，不問他慌什麼，只答他剛才問的。「都到這份上了，我瞞著你也沒意思。告訴你吧，平家村甘泉雖寶貝，甘泉旁更有長生不老的仙瓜……」

孟元實在忍不住，噗笑。

「不信？那就換一種說法。」她很開明地道：「大今軍奴從香州那邊逃過來，今軍不能善罷甘休，追過來——」

孟元神情乍變，面若死灰。「香州是南頌境內，既然軍奴已逃出大今領土，今軍爲何還要追趕？」

節南只當沒聽見。「也許這行人裡面有手握祕密的要犯，也許這行人裡面有傾國傾城的美人，總之是放不得。於是，將齊賀山平家村——」右手五指一抓。「吃下，設陷阱騙人入局！」

孟元語速極快，不似從前溫吞。「不對，齊賀山又不止平家村一個村子，且平家村不在主山道旁，妳怎能料定人會逃進平家村？」

「這有什麼難的？看地經就知，平家村是離開瀘州地界的最後一村，也是今人最後的機會。而平家村遠近馳名，是避暑……看風景的好地方。」陰鬱小生挺有腦，但她揪著某人的尾巴呢，王九肯定在平家村不錯，不過——

這人呢？

「牽強。」孟元還會哼。

這麼下去，他的男子漢氣概很快就要出來了。節南心想，崔玉眞要感謝她。

「二位，出來吃飯吧。」老翁的聲音傳入。

節南起身。「孟公子既然不服氣，那我們賭一把。我賭等會兒上來擺桌的姑娘定然是個美人。要是我贏了，你就——」

孟元以爲節南會說放棄崔玉眞，或交代他究竟怎麼逃出來之類的，正要拒絕這場莫名奇妙的打賭——

誰知，節南語氣一轉。「把剛才你花出去的二十斤銅板還我，而且還得背下山。」

孟元失笑。「我若贏了呢？」

節南認眞眨兩下眼，「你若贏了，我就答應救你一命。」

一般人聽起來這是小本換大贏，其實則是節南這小刁賴根本沒誠意。孟元這種很能死裡逃生的傢伙，個性怯懦，又不是王泮林哪裡能死就往哪裡衝，沒有她需要出手的情形，而且眞有事，她可不怕抵賴。

孟元打開了門，算作默應。節南也走出去。

兩人隨老翁進了堂屋，就見一位身著襦裙的窈窕姑娘背對他們在擺桌。單看身段，足以哇哇稱道，節南的眉毛才要往上挑，那姑娘就回過身來行禮。行過禮一抬頭——

節南的眉毛塌了，孟元的眉毛挑了。

那姑娘塌鼻大嘴，就算節南來判斷，也絕對是天生的樣貌。

「不好意思，讓二位見笑，小女相貌不如人，只有廚藝過得去……」老翁喋喋說什麼傳言誇大。

那姑娘上完菜就下去了，期間一聲不吭，也沒有任何抵抗情緒，十分乖服。

節南還是很輸得起的，神情很快自在，拿起筷子吃飯。三菜一湯，肉是醃的，野菜很香。她邊吃邊讚好吃，還招呼老翁和孟元快坐，似乎全沒在意自己喧賓奪主。

孟元吃了幾口，動作就遲緩下來，眼皮子發沉，忽然趴桌。

「這人怎麼這麼失態……」節南自己也打起呵欠，眼中泛水霧，看白鬍子老頭兒臉上露出一絲詭笑，才覺不對。「你們——」

話未完，也趴了。

老頭兒拍兩下手，大高個兒的彪漢在門外站定。

彪漢目放凶光，做個手起刀落的動作。「殺了？」

老頭兒卻搖頭。「跟其他人一起，都帶回去。」

彪漢樣子霸狠，但對老頭兒的話恭順，道聲「是」，招來四人，把孟元和節南拖下去了。

老頭兒隨即命道：「三刻後出發！」

漢子抱拳嘿應，去了。

再說那四個假農夫走進一間石屋，裡面另有四名看守。

「這兩個什麼東西？」看守之一就問。

假農夫們嘻笑不停，一個負責回答：「一對倒楣東西！在村口就趕他們走，卻非要留下過夜，等著醒過來哭——」

「誰哭？」輕笑奇美，冷寒徹骨。

一道綠光，尚未看清，已從眾人視線裡消失，隨之消失的，還有他們跋扈的性命。

說哭的那人拔腿就跑，算得上反應快，眼看就能碰到門，忽然門板變成姑娘，嚇得他張口大叫。

但他的聲音被同樣的綠光斬斷於喉口，他看到人世間的最後一幕景象，就是那姑娘豎起食指，比鳳仙花還豔的雙唇，無聲吹一口氣。

蜻蜓翅，月上仙，一見——

升天。

5 北燕南來

今夜無月，烏雲走。

節南在搜鑰匙的時候，還從其中一人身上搜出了獅面木腰牌。她挑了挑眉，將腰牌收好，穿上看守的外衣，走向落鎖的門。不管裡面是不是關著她想找的人，她都對痛下殺手的行動不悔。

神弓門是密司，密司儘管各有分工，人人都是探作。探作，也是戰士，而她桑節南近年學得最深刻的，就是戰場之中千萬不要同情敵人。

老翁這幫人絕對是大今過來的，雖然對她和孟元只是下了普通的迷藥，而非毒藥，也不過貪圖多兩個漂亮奴隸罷了。至於這些蝦兵蟹將，自有心軟之人覺得無辜，可她要是慢一步，他們難道會給她活路走？一旦進入戰場，不管情願或是被迫，生死只能由命。

從昏迷的孟元身邊走過去，節南望都沒望，戴上青臉的兔面具，開了鎖，一步踏進裡屋。身側襲來一張板凳，離她腦袋還差兩尺，就被她一腳踹飛，偷襲她的人連帶跌個四腳朝天。

「有沒有腦子？打昏一個，還有三個。」節南漂亮出腿，利索收腿，嘲意濃濃。

「妳……妳是女子？」黑暗裡走出幾人，皆穿破舊男衫，蓬頭垢面，說話那個更是黑得只有眼白，聲音雌雄難辨。

節南盯準那人，黑不溜秋下的五官其實細緻秀氣，身段也纖長，穿著布鞋也顯小女子的骨架啊——

「果兒姑娘。」她吃一塹長一智，再不會讓人渾水摸魚占便宜了。

那人眼裡有驚喜又有小心。「妳是誰？怎知我名字？」

節南不答反問：「你們逃出來多少人？」

果兒看看左右，得到同意後才答：「除我之外，二十七人。」

「這麼多！」節南搖了搖火摺子。喝，一屋子黑炭臉。

果兒皺緊眉。「什麼叫這麼多？單是一座軍營就有成千上百的頌人，能逃出來的只是極少數，而且本來有五十餘人，沒能撐到今日……」一時語噎。

誰都不如她有資格話淒涼，但光有悲憤何用？節南冷笑。「我沒別的意思，不過比我預想的人數多，打亂我原本的計策罷了。」

七八個還能放手闖一闖，二十七八個？

必須等小柒！

節南走到外屋，推開窗子聽動靜。

腳步凌亂，馬鳴嘶蕭，竟似有上百人馬。

果兒出了裡屋，仍和節南保持挺遠的距離，但道：「一開始只有五十餘追兵，進瀘州之後忽然多起來了，我們走到哪兒都被圍堵。好不容易來到平家村，卻不料他們早設下埋伏。」突然再問：「妳究竟是誰？」

節南捉著袖子裡的獅面木牌，笑道：「果兒姑娘，我問一問，你們裡面可有一位叫畢魯班的匠人？」

也許是讓大今的軍鞭打習慣了，也許已有一致對外的準備，果兒身後那些人垂眼淡眉，沒有驚慌失措地交換眼神，讓她不能看出答案來。

果兒也很鎮定。「沒有。」

節南涼聲道：「如此說來，我是誰就一點不重要了，各位自求多福，告辭。」

說話間，她走向大門。

果兒終於破功，這時候哪怕一根稻草都不能放手。「等等！」

節南轉過身來，靠住門板，雙手環臂，笑睨著。「哪位是畢大師？」

二十來人齊齊低著腦袋，擠在一塊兒。

果兒眼神毅然。「妳先說妳是誰。」

「我——」關於這個問題，節南發現不易答，沉吟再三。「我是兔幫的人，我幫求賢若渴，唯才是用，欲開大幫大勢，聽說畢大師一手了不得的工造，特來相請。」

「求賢若渴唯才是用」，說說自己都要笑。但當節南說完，二十來隻扎沙子的鴕鳥中，抬起十幾隻腦袋來，眼裡微亮。

果兒沒注意後面的變化，態度強勢。「瀘州，浙州，直至都府三城的江南道，只知長白統領。什麼兔幫？聽都沒聽過。妳別以為我們不懂江湖事，就可隨意唬弄。」

節南嘻笑。「長白幫不久就要完蛋了，信不信由妳。」

果兒還真不信，不過沒打算在此糾結。「兔幫既想壯大，妳就不能這麼走了，我們這行人多是能工巧匠。」

想兜她進去？節南挑眉，笑著搖頭。「江南人傑地靈，巧匠不計其數，唯大匠難得。你們這裡沒有畢魯班，又面對敵眾我寡，本就無勝算，我沒必要搭上自己的性命。而你們大不了就是讓他們帶回去，他們缺工匠，頂多殺雞儆猴，不會趕盡殺絕的。」

果兒沉聲冷喝：「妳簡直——」

「我就是畢魯班。」人群中顫巍巍走出一位老者。即刻，三四人圍上，扶著、支著他。

果兒回頭嘆息。「大師，您這是何苦？她身分不明，也不知道打什麼主意，說不定是今人派來的。」

被人準確無誤說中自己的身分之一，節南對這位果兒姑娘愈發另眼相看，這才打出某九的名號。「怪道王九公子為了與果兒姑娘出遊，願意欠人三百金，姑娘果真聰穎不凡。」

果兒的眼裡彷彿讓秋陽照亮，璀璨生輝。「妳是泮林公子的人？」

節南聽得彆扭。「不是，九公子與兔幫互惠互利而已。」

果兒馬上得出另一結論。「他雇了兔幫來接我們？」

「情人眼裡出西施，我不和果兒姑娘計較。」節南瞧那姑娘咬唇嬌羞樣，翻個白眼，對畢魯班作揖。「只要畢大師一句話，我自當盡全力救你出去。」

節南心嘆這位大師能否挺得過此劫？

畢魯班臉色蠟黃，垂垂老矣，即使被人扶著，似乎也有些站不穩。

忽然，扶著畢魯班的黑布衫男子微彎下腰，將耳朵湊到畢魯班嘴前聽著，重新站直，對節南道：「姑娘以一殺八，不費吹灰之力，本領高強。只要能救我們所有人出去，畢大師就答應兔幫任何要求。」

畢魯班對節南點點頭，表示允諾。

節南靜思。

果兒心急如焚。「這有什麼好想的！九公子答應會來接應我們，自然要救我們每個人，否則妳如何跟他交代？」

節南看向果兒，葉子眼彎著，似笑非笑。

哪裡像花魁？這是公主啊！

果兒的目光下意識避開節南，卻不小心看到地上幾具屍身，都睜著老大的眼珠子，彷彿控訴死不瞑目，她才突覺眼前這隻兔子姑娘的恐怖，頓時腳底起涼意，倒抽一口氣。

「我來我走，不需要跟任何人交代。」節南不再看果兒，冷冷對眾人道：「能救就救，救不了我也不會和你們抱著一塊兒死。等會兒出去了，各位千萬記住，命是自己的，不要依賴別人。」

貓頭鷹呼呼叫。

節南一笑，立刻以貓頭鷹呼回，同時打開門。

果兒正要斥節南這種做法危險，卻被黑布衫男子攔下，在他搖頭中作罷。而黑衫男子也發現了尙昏迷的孟元，走過去將合撲著的他翻仰，隨之滿面不可置信。他往後倒退好幾步，兩眼漸漸恍然大悟，瞪起沖天怒濤，剎那睜出血絲，緊步撲上前，十指箍住孟元的脖子，要收不收之間，忽讓一道巨大的黑影驚得愣住。

「我回來啦。」柒小柒的聲音無論何時都很歡脫，總讓人錯覺是一團火，卻其實像泉水，沁心舒暢。「面具。」節南的聲音則沉霸，錯覺是寒水，卻才是眞火，可熔毀一切。

屋裡的人們還沒看清柒小柒的面目，突出現一張圓不溜丟的大兔臉，兔牙長得跟豹牙似的，凶神惡煞，全身黑衣。

柒小柒腔調也凶悍起來。「大兔奶奶在此，看什麼看！」

一大半人馬上做回鴕鳥。

節南看到柒小柒就安心不少。「都辦好了？」

柒小柒對準節南的瘦肩拍下胖巴掌，落得快，放得輕，表示辦妥啦，卻朝掐住孟元脖子的黑衫男子喝道：「喂，不想死就放開！」

節南順著看過去，見黑衫男子一臉怒意地掐著孟元，心中悄然豁亮。「你們認識？」

黑衫男子胸膛劇烈起伏，雙目泛紅，咬牙不語。畢魯班也才注意到，看清孟元那張臉，驚訝道：「孟元還活著，太好……」忽而神情肅然。「阿升，你不會認爲他就是那個叛徒吧？」

柒小柒「唷」了一聲，幸災樂禍。節南哼哼，一樣幸災樂禍。

柒小柒和節南咬耳朵。「妳在山下就知道了？」

節南悄聲回：「咱們出來前，門裡接到過南境呼兒納軍營鎮壓軍奴的消息。巧了，我讀過那份東西，居然還是金利泰和寫的。他隨盛親王在外巡察大半年，時不時向他娘打小報告。」

柒小柒眨巴眼，一臉「那又如何」的表情。

節南接著解釋：「我當時覺得逃跑方法挺好的，逃跑路線也精妙，呼兒納居然能步步算計到，耍得那些軍奴團團轉，就以爲是盛親王給他出主意的關係。然而到了今日，才把所有的事連到一起。」叫阿升的男子呼吸促重。「不是他還有誰？他知道我們整個計畫和所有細節，卻在行動前不久突然暴亡，而我們逃亡失敗，死了一百多個同伴，包括孩子們在內。計畫那麼縝密，我覺得萬無一失，今人卻似乎知道我們每一步行動，最終彷彿是他們戲耍了我們，所以我才認爲有叛徒。只是我萬萬料不到、料不到一個死人身上去。今日，我看到這個傢伙，還活著的這個傢伙，我才想通了。是他，是他出賣我們！」

節南聽著，無聲長吐一口氣，原來孟元眞是這麼逃出來的？那就怪不得他不肯說了。

「還是等孟元醒了再問個清楚。你倆當初交情甚篤，不要這般草率定論。」畢魯班到底年長，謹愼得多。

「這不是很清楚了嗎？他明明死了，卻活著出現，而且人在頌地，若不是他用大家的命換自己的命，憑他一人怎能安然逃脫？」擺明的事。

果兒是聰明姑娘，需要動腦的地方肯定當仁不讓。「興許他詐死。」

節南這個聰明姑娘不甘示弱。「不大可能。爲了防這招，一般病死的軍奴被埋之前，兵士會再補戳幾下。」

果兒瞥節南一眼，節南笑兩聲。

阿升矗眉，手上開始用力掐脖。「沒錯，不用問！這種賣友求榮的奸賊，我直接掐死他作數！」

眼看昏迷的孟元出氣多入氣少，將要靜靜死於好夢中，節南原本覺著這種下場還算不錯，卻要死不死的，突然想起之前的賭約來了，還想起了安姑和雞。

「且慢。」她的記性像王九該多好。

「別告訴我，我不在這麼一會兒，妳就瞧上這小白臉了？」柒小柒看不明白，就拿俊說笑。

節南呸她。「願賭服輸。」

柒小柒馬上瞭解。「臭小山，愛顯擺腦子，結果反過來把自己捆住。」

節南已被罵疲，不痛不癢，揚聲對阿升道：「這可不是算舊帳的時候。你們只管跟我們走，把他留給大今人處置，更能解恨。」

孟元是叛徒還是忠狗，是惡劣還是怯懦，她都無所謂。她桑節南來這兒，一來給神弓門找碴，二來給王九找碴，三來完成師父的心願。而幫孟元見崔玉真，是她和伍師傅的約定，也要盡可能達成。師父提到追日弓時候，正是出事前不久。那時，師父聊到很多往事，她聽過就算。師父說，畢魯班一定會逃成功，到那時他就能看一看追日弓的造圖。如今師父去了，就由她這個徒兒代看。雖然柒小柒說她動腦動腦，但她這回也有點瞎貓撞死耗子，想不到畢魯班眞在這行人之中，也想不到孟元和畢魯班曾關在一個奴營。

阿升憤憤。「我們憑什麼相信妳？誰知道你們是不是一夥的？」

節南看向畢魯班。「畢大師，我們兔幫可是專爲救你而來，你已許諾會答應兔幫任何要求，那就是自己人了。孟元與兔幫毫無干係，拿什麼和您比？」

「空口無憑。」阿升又來攪和。

「既然怎麼都說不通，就隨你們吧。」節南喊小柒，兩人就往門外走。

「妳們別走。」果兒是逃亡事件的局外人，能看清眼下形勢。「畢大師、阿升，我請的人失信了，恐怕不會來接我們，所以爲大家考慮，還是先逃離這裡再說。」

節南拉住柒小柒，停在門口。

畢魯班點頭。「阿升，果兒姑娘說得對。沒有兔幫兩位姑娘的幫助，我們也很難順利逃脫。至於孟元，我們最好還是帶他一起走，他到底有沒有做出喪盡天良之事，應該當面問清楚，而不是將他留給大今人。無論如何，我們都知道大今人怎麼殘忍對待俘虜，孟元或許有不得已的理由。」

阿升顯然很尊重長者，儘管不情願，到底還是收了手。「好，我可以等，等到我們出去再問清楚，但我絕不背這傢伙。」

果兒吩咐方才偷襲節南的男子。「舍海，你來背。」

漢子上前，其貌不揚，五短身材，卻能將孟元捉到自己背上。節南知道這人武功不高，這會兒看來，大概有把子力氣。而孟元渾然不知自己這麼快就拿到贏注，保住了小命。

「外面都是對方的人，怎麼走法？」柒小柒一問，眾人不約而同看向——

果兒。

柒小柒這時特別敏銳，嘻嘻笑節南。「原來這裡最聰明的人不是妳。」

節南刁刁笑。「豈有此理，讓我這麼沒面子——」小心眼啊小心眼。「小柒，咱們走吧。」

柒小柒卻信以爲眞，反過來拉住節南。「咱們要是不管，這些人一個都別想活著下山。」明明就是善良的娃。

眾人，包括果兒，終於看過來。

果兒凝視節南半晌，杏眼明澈，彷彿終於下定決心，忽對節南和柒小柒屈膝施禮。「請二位姑娘帶我們逃出去，果兒今後定當湧泉相報，絕不忘搭救之恩。求——」

果兒沒再提王泮林，是因爲她已經感覺到，這位瘦兔臉的姑娘對王泮林很不以爲然，她愈想憑著王泮林的名字攀談，那姑娘就愈撇得乾淨。如今，該來的人沒來，她不能再失去這兩人的助力，而且顯然，還是有備而來的兩人。

「果姑……姑娘，使不得！」扛著孟元的舍海急喝。「就算求人，也該由小的來！」

說罷，雙膝往地上一跪，虎眼猛睜。「求貴幫援手！」

節南淡然看阿升將果兒扶直，不禁瞇眼攏嘴，又慢慢抿開。「小柒。」

柒小柒立刻抱拳。「是。」

「妳帶他們先走，我會拖住追兵。萬一遇到多人攔阻，也不過是烏合之眾，妳一人足以速戰速決，不要慌張。」節南這般叮囑。

「那就好。我還擔心追兵裡有一等好手，想著打不過怎麼辦。」柒小柒語氣頓安。

「高手當然有，不過高手要對付我。」節南自信笑道。

柒小柒「切」一聲。「美得妳！」然後對大家說：「等會兒出去，看到耗子蟑螂別叫喚，跟緊了，萬一掉隊就只能自己摸下山，沒人有工夫走回頭路找你。」

柒小柒走出門，步子沒有說的話狠，邁得輕悄不大。

阿升背起畢魯班，向果兒點點頭，跟出去。這兩人一動，沒有人再有疑慮，個個緊隨其後。

果兒與節南一起出門。

節南忽問：「你們這行人中只有果兒姑娘一位女子？」

果兒道是。

「妳可知任何追兵的身分姓名？」節南再問。

果兒回應：「我們一入村子就被關進了剛才的屋子，不過聽畢大師提到領頭的六尺大漢是掌管奴營的尉官，叫巴奇，白髮老頭卻無人認得。」

眼看就要各奔東西，節南喊住果兒。「並非王九背信棄義，而是果兒姑娘弄錯了。」

果兒立回頭。「我弄錯？」

節南點頭。「王九已在平家村等姑娘。」不用全說出來吧？這麼聰明的花魁。

果兒果然轉得快，恍然之後苦笑。

「是我上了今人的當，以為這裡是平家村，帶著大家自投羅網。」

節南淡道：「失之毫釐，謬之千里。」雖然她第一眼就覺有異，第二眼差點腳底抹油。「所以果兒姑娘沒有信錯人，而且說不準等會兒山路上就撞見了，千萬別冤枉了妳的知己。」

說罷，節南便走，走得飛快，騰身上牆，落在方才招待她的院子裡。

院門外不遠，老頭和大漢正說話，誰也沒想到節南體質特殊，不但迷藥對她不起作用，而且藝高人膽大，不逃不怯，竟敢單槍匹馬直搗黃龍。

節南瞧瞧他倆，又瞧見廚房虛掩的門縫下閃過影子，不禁露齒一笑，無聲推門入內。

正在整理包袱的塌鼻大嘴啞姑娘，見進來一個帶兔面具的人，不由大吃一驚，同時一腳踢出半根燒火棍。

節南騰空踢回，而且極快。啞姑娘卻翻滾下地，姿勢不好看，但好歹躲開了，還很機靈地撒出一大把麵粉，想趁節南揮粉的機會打開門。

「這是妳的東西？」節南張開五指，落下一只五彩線編成的燕子穗兒。

啞姑娘回頭，又立刻翻衣看看自己腰間。

節南瞧得眞切，啞姑娘的腰帶上掛著一模一樣的燕子，心知自己沒猜錯，打起手勢，問道：「妳是神弓門弟子？」

啞姑娘看節南不但知道手勢，又知道自己的身分，連忙打手勢問她是誰。

節南拿下面具。「妳看呢？」

啞姑娘當然記得自己剛剛給人下過迷藥，只是想到她手裡有五彩燕，就試探著打手勢。

「妳既然能問我和柒珍什麼關係，難道還不知道答案？」節南鄭重遞出彩燕。「師父告訴我，他請奴營的門中弟子暗中保護畢魯班，這名弟子佩戴彩燕，若有一日我見到他，就將這只彩燕交給他。不過師父沒說妳是姑娘，而我也直到今日才知師父教我手勢的用意。」

啞姑娘頓時落淚，沒有接穗兒，反而單膝跪地，做出請見的姿勢，並打手勢告訴節南，她叫彩燕，是柒珍安插在奴營的人，雖然知道門中兩番巨變，但因柒珍嚴令過任何情況下都不能擅離職守，所以就一直保護畢魯班。上回畢魯班計畫出逃，她得知有人洩密，最後關頭再次救下畢魯班。

只是，柒珍在世時，直接向彩燕派下任務，而柒珍死後，彩燕不敢貿然聯絡門中，孤掌難鳴，近來已察覺巴奇對自己起了疑心，所以這回主動請纓來捉拿逃奴，其實抱著必死的打算。

節南看明白之後，讓彩燕起來，並將燕子穗兒放進她手裡。「師父說，這只燕子是妳的了，從此天高海闊，妳大可自在。」

她不知師父和彩燕之間有何約定，緣起為何，但她既無意問，也沒有接收彩燕的想法。彩燕緊緊揣著穗兒，朝東方拜三拜。

節南遂問：「那老頭是什麼人？」

彩燕卻搖頭，只告訴節南，巴奇到瀘州才與老頭會合，而且老頭帶來很多人手，對畢魯班他們步步緊逼，最終落入老頭布置的陷阱。

「老頭可是練家子？」節南雖然瞧不出來，但並不輕敵。

彩燕還是搖頭，表示不曾見，然而老頭足智多謀，連巴奇都聽老頭調度。她進村時，村裡已經全是老頭的手下，不曉得平家村的村民去了哪裡，還把進村的山路用障眼法遮去，讓人進得來出不去。當節南說這兒不是平家村，彩燕可半點沒料到。

忽然，外面一聲急報。「軍師，那些逃奴都不見了！」

彩燕看看節南，節南點頭。「是我把人放走的，這會兒應該已經出了村。我來找妳，是想到了師父曾經的囑託，也想畢魯班能活著逃出，定有師父安排的人暗中相助，這人也許就在追兵之中。我看到妳時，就想到神弓門，所以才來試探。如今既然完成師父託付，妳不用再執著任務，趕緊離開吧。」

彩燕卻疾步上前，飛快打手勢，想把柒珍交給她的任執行到底，將畢魯班送至安全地方。

節南沒工夫拒絕彩燕。「也好，我本就打著聲東擊西的主意，妳要能同我裡應外合，那就最好不過。但是，如果會惹人懷疑，妳還是不要冒險。那些人要是再被抓回來，只能靠妳營救，所以不到萬不得已，盡量不要暴露自己的身分。當然，一旦暴露，先顧自己。」

彩燕微愣，但立刻明白了節南的意思，目光閃笑，手語表示知道了。

節南從廚房出去，再到之前和孟元待過的屋子裡，果然看見裝銅板的錢褡袋還在，暗笑二十幾斤又怎樣，死沉死沉的，財大氣粗的金主才不稀罕拿呢。

想得多，節南手卻不慢，將兩只袋子裡的銅錢一股腦兒拎出來，就好像紙錢似地扔到一旁，背起半鼓的褡袋飛身翻牆。

事出倉促，彩燕不知節南的打算，也不知自己該如何幫，只得趕到門外，裝作一無所知，攔住正要去追的巴奇，比畫著問怎麼了。

巴奇不耐煩，但彩燕沒什麼實權，卻極其擅造防禦工事，又不求名、不求功，屈居在他手下幹了這些年的活兒，縱使他懷疑她暗中護著那群軍奴，也沒捅破，只等這回要是追不回畢魯班，就讓她當替死鬼，直接說她知情不報，幫畢魯班隱藏真實身分。所以，巴奇耐下性子跟彩燕說畢魯班他們剛逃出村口，大概有高手護航，一路竟然過關斬將，殺得悄無聲息。

彩燕連連點頭，又對老頭打手語，神情挺焦急。

老頭看不明白，但覺可能在說重要的事，就問巴奇。他再讓彩燕慢打手勢一遍，才道：「這丫頭怕高手可能是江湖中人，覺得我們這些當兵的雖然會打仗，區區幾十人也未必對付得了一個，所以問軍師您是否還有別的法子。」說到這兒，嗤笑一聲。「長他人志氣，滅自己威——」一個「風」字還沒出口——

砰！砰！砰！連著幾聲炮竹響動，水田坡頂傳來一片慘呼，還有馬兒們不絕的嘶鳴，令人十分不安。

巴奇瞇眼見坡上紅光一閃一滅，再也邁不開腳步，問老頭：「難道他們已經知道眞正出村的路在上頭，打著聲東擊西的主意，讓我們追錯方向？」

老頭捋鬚，沉吟之後，呵呵一笑。「也有可能故弄玄虛，其實從那裡來的還從那裡走。要是有人帶他們從大路走也就罷了，若不認路還要找路，得不償失，而且依我看，救人者也只有那對假夫妻了，多半故作中了迷藥。如果這樣，他們就只知從我們闢出的小路逃。」

彩燕原想鼓動他們往反方向追，忽然記起節南的吩咐，沒再多言。

轟！轟隆！轟隆隆！

炮竹聲變成滾雷聲，泥塊濺進水田，水田一層層往下鋪出白浪，竟有瀑布之觀。而那些集結在上面等出發的人，一個個飛的、跳的、翻的，掉進水田裡，哇呀呀的叫聲此起彼伏，比烏鴉叫還晦氣。

別說巴奇和老頭，連彩燕都看傻了眼，不知什麼東西，居然可以引發這般駭人的景象。

「軍師說的雖有道理，不過也難保對手狡猾，起初就意圖讓我們混淆。你瞧坡頂上的動靜，咱們的人都被炸飛了，實在不像虛張聲勢。退一步說，就算坡頂上是虛鬧，以那群人的腳程走那樣一條下山道，估計能要了畢魯班半條老命，我篤定再回頭追也趕得及。」巴奇差點拍胸脯保證能兩者兼顧。

老頭心裡也挺驚，不知水田坡上什麼態勢，這般洶湧，又覺巴奇說的有理。「爲保萬無一失，巴將軍和彩燕姑娘上坡去，我領一支人從田埂那邊追，任何一方發現畢魯班等人，就發傳訊煙花告知，還可以及時返回增援。」

巴奇聽了卻不贊同。「軍師還是同我一道，由那丫頭追另一邊，我是愈想愈覺得自己不會錯，那些傢伙肯定從坡上逃了，沒準還搶了咱的馬，只怕追趕不易。軍師不在，我心裡沒底啊。」

坡頂還著起火來，火色直沖一方夜色，燒得老頭也發了虛，頻頻點頭，和巴奇率多數人策馬上坡，只留給彩燕一句與他們哪裡會合。

彩燕瞧著，一邊嘆服，一邊納悶，不知節南單槍匹馬怎能鬧出霹靂雷捲雲火，氣勢洶洶如大敵殺到。但她也沒耽擱，便帶著手下幾隻老弱殘兵，往反方向去了。

這時彩燕以爲沒能起到內應的作用，卻渾然不覺正是巴奇對她疑心，才將她的贊同當作居心叵測，促使巴奇更加堅持反向而行，無意中幫節南推了一把。

彩燕還沒料到的是，這一去，再不用返回大今，逃過凶劫，大幸也。

6 獅吼七殺

這晚是鞠英社總賽前一場熱身賽，都安的蹴鞠小將們正準備同鎮江分社大戰一場。玉木秀雖非社員，但也喜歡蹴鞠，所以一早就同崔衍知他們湊到一起了。

「少將軍！少將軍！」

玉木秀看到是自己帳下尉官，還這麼心急火燎喊自己，立覺不妙。「千萬別說是我爹找我。」

尉官緊張回稟：「不是大將軍找您，而是巡水支營來問，咱總寨向借他們的船何時能歸還。」

玉木秀莫名其妙。「水師總寨爲何向小小一個巡營借船？可笑！」

崔衍知就在旁邊聽著，不由問道：「有借船一說否？」

玉木秀聳聳肩。「這個嘛，反正江南道水營或水鎮都屬我們水寨，平時當然也有船隻調配的情形，不過都是水寨往下發船，還沒聽過水寨問巡營借船的。」

「事有蹊蹺，你最好找巡營的人來問個清楚。」崔衍知很敏銳。

尉官忙道：「人跟著我來的，就在外面等少將軍召見呢。」

玉木秀便讓尉官帶人進來。

很快，巡營裡的一個小吏來見禮，挺不好意思道：「少將軍，本來沒多大的事，營官聽說您恰巧在城裡，就遣我來問一問。那晚夜深，突然來了水寨的人，向營裡借走最好的戰船一隻，事後想想著實有些倉促，雖然看到人人配著兵戶牌，還有前鋒將領專用的鐵蟠龍，不過那位領頭尉官卻是生面孔……」

玉木秀截斷。「等等！那位尉官叫什麼？」

「只知姓孫。」小吏訕訕一笑，不敢說那位耀武揚威，一塊鐵蟠龍在手指上轉得跟風車似的。因爲營官說看不清，還拿鐵蟠龍狠狠砸了一下營官的腦袋，罵成了瞎眼狗。不過，倒不是說眼前這位小將軍、或是玉大將軍治下不嚴，畢竟十萬水軍，哪兒能個個一樣？

玉木秀臉色頓時不好看。「前鋒將領我都認識，沒有姓孫的，是不是你們沒聽清楚？」

小吏嚇一跳，心想媽呀，千萬別讓營官猜中，而且營官事後愈發覺著不對，才打發他這個倒楣鬼來打探的。

小吏不能實話實說，苦笑遮掩。「不可能吧？那位官爺瞅著就是能征善戰的勇將，手下個個像久經沙場的老兵。」

玉木秀自己也猶豫起來。「難道是我這些日子不在，大將軍提拔了新人進前鋒？要說孫姓，中軍和左右大營裡頭倒有不少。」

小吏心裡吃了秤砣，鬆口氣。「可能的。那位孫尉官說密差在身，不能驚動總寨諸人，故而才到我們營房徵調船隻。」

「密差？」玉木秀問歸問，並沒太吃驚。

小吏才道是，崔衍知卻說：「木秀，謹慎其見，你還是派人向大將軍確認一下，以免讓人鑽了空子。」

玉木秀笑。「難道還有人敢冒充我們玉家軍騙船不成？」

小吏額頭發汗了。

崔衍知一直留心著小吏，見其狀可疑，眼鋒就削厲起來。「你緊張什麼？」

小吏支支吾吾，說不出話。

崔衍知冷笑。「你適才說那孫尉官密差在身，不能驚動總寨。既然不能驚動，你上官爲何又派你來問少將軍何時還船？也不看看眼前是誰，竟敢信口雌黃！還是老實點兒吧，到底怎麼回事？」

玉木秀也瞪了眼。「快給我說實話，不然軍法伺候。」

小吏軟跪，哭喪著臉。「少將軍饒命！下官方才所言並無虛假，只是船被借走後，營官始終不安，覺得沒瞧清那塊鐵蟠龍，但又覺冒充水寨將領這事實在不大可能。正好聽說少將軍護送鞠英社過來比賽，就派下官來探一探，若少將軍也知曉這事，那便皆大歡喜。」

玉木秀看看崔衍知。「五哥，你看呢？」

崔衍知劍眉攏川。「我看不對勁。密差之說雖不能無端懷疑，但如今朝廷正爲友好盟約歡欣不已，有何密差要你們水寨去辦？甚至連你這個帳下前鋒也不知道？再者，不是說沒看清鐵蟠龍嗎？若是眞物，爲何虛頭八腦不讓人看個清楚？」

玉木秀倒也不是不動腦子。「五哥說得不錯，不過就算有人冒充玉家軍偷了一艘我們的船，頂著掉腦袋的危險，要幹什麼用？」

崔衍知再厲害，也猜不出來，但道：「無論作何用處，這可是老虎臉上拔鬚，膽子夠大。」

玉木秀一拍腦袋。「五哥提醒我了，哪怕對方偷著玩兒，那也是向咱挑釁，不能放過他們。我這就派人去問我爹！」

崔衍知又出主意。「等你爹傳消息過來，都幾日過去了。不如同時以你的名義，下令這一帶的水師巡船暗裡尋找對方行蹤，一旦找到也不要驚動對方，咱們看他們究竟想幹什麼。」

玉木秀大覺這主意好，立刻吩咐下去，也讓苦瓜臉的小吏通知營官見自家老爹去。

崔衍知還和玉木秀說定，在事情水落石出之前，暫不對任何人提起。

崔衍知換上比賽的短衫紮褲往場地走，正逢延昱和林溫走出觀帳，後面跟著月娥和仙荷。兩女子年齡相當，氣質皆嫻靜成穩，溫言溫語，聽不出聊什麼，神情但歡喜，一看就是好姊妹。

林溫今日歇場，閒得沒事幹，只能動嘴。「最新消息，桑姑娘就快到了，應能趕上明日的總賽，衍知兄可以安心。」

崔衍知被屢屢調侃，到如今已能面不改色，說聲「那就好」，便抱拳下場去了。反而是林溫自己，說笑的意味更多，見崔衍知這般自然，不由正經顏色。「昱兄可知，我只是同他說笑？」

延昱微笑。「我知。」

林溫嘆息。「那位桑姑娘也許眞的很不錯，但她的身分也的確配不上崔相五子，尤其在長輩眼裡。」

延昱看著場下熱身的崔衍知。「的確不相配，而你我認識的崔相五子對父母極孝，即便喜歡一個姑娘，若家中反對，十之八九會放棄，毋須你我幫著操心。」

林溫想想也是。「昱兄和衍知一樣，皆是大孝子。」

延昱目光朗朗。「若能娶自己心愛的、又讓父母喜歡的女子，就可以孝愛兩全。」

林溫望空搖頭。「兩全其美談何容易？」

「不容易，所以遇到就絕不能放手，卑鄙也無妨。」

林溫聽了這話，怔了怔，但看延昱突然眨眨眼，便當成玩笑，全沒放在心上。

節南的眼淚嘩嘩流。

請注意，不是傷心，而是被煙燻的。

不過，看到那些假農夫如鳥獸散，讓王九作坊裡的失敗品弄得頭破血流吱哇亂叫，以及坡下往這兒來的大隊人馬，節南心裡感覺非常爽。

總結自古的發明，多有一個無心插柳柳成蔭的開頭，而她自從看到木筒炸得讓書童躲在盾後，就一直有個念頭——

這玩意兒肯定能找到適合它發揮的地方。

就像現在，動靜嚇人，再以不輕的皮外傷襯托，意外營造出一大片死傷的假象，簡直太適合聲東擊西了！

坐在大樹上，節南一邊抹淚，一邊大嘆自己沒問江傑要些地老鼠。能炸沉兩條船的地老鼠啊！她在庫房裡翻了半天也沒找著，只能懷疑某九表面大方，其實把眞正的好東西都藏了起來，防她敗光呢。

節南承認，她花錢如流水，賺的不夠花的，遠不及她爹開源的本事，時常就覺著要吃老本了。想到這兒，也不怪別人小氣，蹬足上了唯一的大樹，一口氣攀至樹頂，坐下來，冷淡睨著地面，看巴奇毫無章法地亂叫亂罵，再看老頭冷靜道破這場雷聲大雨點小的虛勢，並且對上自己的視線。

老頭仰望，眼中當然不會有敬意，隱隱囂橫，語氣卻和緩。「閣下何人？」

節南嘻嘻一笑，點一支短竹筒扔下，看老頭單手揮開。「我是做煙花的，不知老人家是何人？」

老頭看那支竹筒歪開著金花，根本只是劈啪熱鬧，不禁失笑，對慌亂的手下吼道：「一群蠢貨，煙花筒有什麼好怕的?!」

眉輕輕一挑，節南瞧這聲獅吼喚回笨蛋們的神智，自己很快成爲眾人矚目的焦點。

「巴奇，我們上了當，畢魯班從另一邊跑了，所有人趕緊原路返回。」老頭看清形勢之後及時作出應對，居然不打算要追究樹上的節南。

巴奇一點頭，勒轉韁繩，等老頭一起走。

「辛苦你們。」節南手捏一支竹筒，朝天放出五顏六色的彩球。「不知這個像不像貴幫武器堂獨創的傳訊筒？」

老頭原本已經背對節南的身影僵住，隨即對巴奇道：「想不到這人還是個硬扎子。你帶大家先去，待我解決她，隨後就到。」

巴奇十分聽話，帶走了主部。

老頭背手轉過身來，再次抬頭仰望節南，笑容可掬。「閣下又是何必呢？老朽本想看在妳是女子的份上，不同妳計較。」

樹下除老頭外，只剩八人。巴奇帶走其餘人，包括原先慘叫唧唧的傢伙們。水田裡浮起幾具半身，不知是被炸到了要害，還是自己把自己嚇死的，也叫活該。

也就是說，這八人是老頭的親信。

節南不知怕。「老人家又是何必呢？放著種田的太平日子不過，非要給人當走狗，搖頭擺尾吐吐舌頭，醜態百出。」

老頭倒退出八人的包圍圈，絲毫不爲節南所激，冷聲問道：「橫豎要死，不如說說妳如何看出我們的來歷？」

節南掏掏袖子，扔下從看守身上挖到的牌子。「要是不認識長白幫的腰牌，我就有眼無珠了。」

老頭低眼掃過地上，低罵一聲「蠢東西」，再看節南時殺氣難掩。「雖然是我的人做了蠢事，卻只能委屈妳去死——」聲音轉厲，下令：「動手！」

八人一齊翻開左腕，右手連撥腕上輪盤一樣的東西，立刻飛出無數奇形怪狀的暗器。暗器所到之處，削葉削枝。前頭負責開路，後頭不但對準節南，還封殺節南所有退路，形成很多輪收緊的鋸刃圈，欲將人削成肉片。

節南在樹枝間閃來閃去，幾次閃避，到最後卻讓一圈刃光追上，倒頭栽了下來。老頭心頭一得意，正歪嘴要笑，卻見節南栽向他八大手下之一的腦袋頂，然後甩出一道耀眼的光弧，看得他眼刺痛，暗道不好。

他尖吼：「破——」

那聲吼，如獅嘯山，如浪碎岩，令原本已經缺枝少葉的大樹顫抖軀幹，也令樹下七人摀住耳朵還顯得痛苦，更令節南下方那名手下口噴鮮血，倒地滾了出去。

光弧化爲光盾，那隻兔子原本速落的身子輕似一片落葉，飄然翻轉落地，手中那柄翼紋薄劍泛出妖異的綠，兔子臉上惡笑的大嘴教人分外膽寒。

「哈哈哈，老人家果然深藏不露。」笑聲壓過吼聲，不似銀鈴，但似明爽的風。

吼聲戛然而止。

節南對那名吐血滾地的漢子一挑眉梢。「你得謝謝你家軍師救命之恩，若不是他——」手腕一翻，蜻螭森青。「豈能容你多活片刻。」

老頭喊道：「擺陣！」

除開被震得七葷八素的那位不能動彈，另七人突然擺開一個陣形。

「貴幫眞喜歡擺七人陣，是照北斗七星擺，還是照著蛇頭七寸擺的？」節南想起和王泮林去雲茶島的那回，守門的也是七名長白人。

老頭不理節南嘲諷，食指中指豎嘴前，不停發出呼哨聲。七人步法似醉似飄，將節南包圍，並隨呼哨長短頻率變換位置，一邊近身攻擊，若是失手，另一邊就用暗器相補；一邊暗器發上盤，另一邊暗器發下盤，四面八方天上地下，全方位攻防。

節南一時找不到陣法的破綻，虧她天賦異稟，功夫還挺不錯，將一柄蜻螭使得好似游龍藏雲，攻防亦無破綻，令七人也討不到便宜。

她還繼續嘲、接著笑。「我知道了，這是照著七仙女織布擺出來的，不然你們一個個扭腰踩蓮步，腳下功夫如此妖嬈？堂堂七個大男人，用女人的本事打女人，嘖嘖！不過你們實在裝不像仙女，不如到海煙巷，沒準有客人瞧得上。」

「海煙巷」是三都出名的煙花地，不過裡面皆男姐兒，好男風者爲客。

一個大漢本來打算虛晃一招就撤回去，好死不死知道海煙巷，氣不打一處來，虛招變實招，想趁節南分心擋暗器時，打得她一佛出世。哪知節南就等著誰不聽老頭呼哨呢，不用往回看，就覺後頭來風，而且由虛化實，終於要按她心意來啦——

蜻螭尖劃出漂亮的圓，嗡嗡輕振，將最後一枚暗器往旁邊拍開，便化作一道碧波，蕩漾，卻又凌厲，往那個「有主見」的大漢湧去。

不管這個陣有多大的名堂，實質就是以多打少，七人經過不斷磨合達到動作默契，讓她顧頭難顧尾，觀前難觀後。絕頂高手，遇到還算好手的車輪戰，即便一開始遊刃有餘，體力終究有限，進入持久戰後勢必不利。節南也一樣，更何況她右手還不能發力，一旦讓七人發現這個弱點，專攻右翼，將十分堪慮。

所以，必須在那之前，破壞陣形。

節南聽身後勁風化實，回身這一劍已經凝聚她十成功力。

碧海千層雷音劫，梵唱非歌消魂孽。此招共三式，乃柒珍劍法大乘，唯有蜻螭獨有的破空、天才的內力、幻妙的身法，才能發揮出極致。

大漢只見眼前青雲蒸騰，蓮花與雷光交雜，誦經聲聲打擊他的耳鼓，心中才覺空靈，一朵極其耀眼的青蓮開出來，又漸漸從視線中消失，沉入無邊黃泉——

對其他人而言，大漢之死不過瞬間，死於一式快劍而已，怎能不驚！

他們八個，自小接受軍師嚴格的訓練，比不得江湖榜上有名的俠邪，也絕對是一等一的好手，尤其合陣起來從未輸過。而那漢子雖說衝動，那也是八人中功夫最好的一個，卻讓人一劍就幹掉了？

六名漢子面面相覷。

節南沉斂雙眸，抽出刺入大漢胸口的蜻螭，不看鮮血滴答，突覺哪裡不對。

呼哨聲何時停的？

節南一掃眼，不見老頭。

早已氣絕的大漢直挺挺立在那兒，胸口陡現一隻五指戴鐵爪的手，向節南惡狠狠襲來。

節南大吃一驚，蜻螭不及出，只能向後折腰。鐵爪掃了個空，但削掉她幾根頭髮絲兒，已經讓她大感憤怒。

娘的，她的頭髮受之她爹，可以隨便她自己拔，怎麼能讓一個糟老頭削掉？

節南一上火，折腰也照樣出劍，快狠地削向老頭腳踝。

老頭鐵爪本要壓下，讓節南匪夷所思的一劍逼退，罵道：「好妳一個毒丫頭！」

節南趁勢躍起，罵回去：「你才是又毒又糟的臭老頭，六親不認，都不給自己人留全屍，刨心挖肚腸，還在鐵爪上塗毒！」呼——

好險好險！

老頭張大口，衝節南一聲綿綿長長獅子咆哮。

節南一直警醒，即便如此，丹田內氣仍不受抑制，直接震到五臟六腑，一股血泉突破胸臆，連嚥回去的機會都不給，噴了出來。

死了，離老頭太近！

然而站得近的，又何止她一個？半包圍著她的六大漢，比她還慘，讓老頭那記幾十年修爲的「終極獅子吼」震得七竅流血，一下子全倒，捧著腦瓜昏滾。

雙膝撞地，蜻螭軟弱點地，節南卻緊握劍柄不放，袖子緩緩擦過嘴角，抬眼看向神情猙獰跋扈、眼中殺氣騰騰的老頭，淡然笑得好不可惡。「你吃的鹽比我吃的米還多，有何得意？」

語氣那般輕鬆，心中卻嘆，不是她功夫不到家，實在是老頭厲害，她打算步步攻克，才吃了對方一子，對方卻能棄掉自己所有的棋子，攻殺她一人。

「而且——」節南死要面子來也，撐著軟劍欲起身。「一對一了。」

一動卻咳，咳得她替老頭著想，覺著這是結束她性命的最佳時機。

哪知，老頭動也不動，只是眯冷了眼，凝在節南身後。

節南才想轉頭跟望，卻驚見一道青影，如同大鵬，從自己頭上飛過，落在她身前。

大風起兮雲飛揚，衣袂簌簌拍萬濤；兩只青袖盛戰鼓，一杖鏽劍擎半空。

青衫人低眼回眺節南，兔面半張，似笑非笑，大掌突然輕按她的腦瓜頂。

節南愕然坐回地上，這人掌心的暖意，彷彿能令她體內難以抑制的血氣平靜，終於可以重新調息。然而奇異的是，居然連她的心裡也暖了。

這是王泮林？

爲何有「會當凌絕頂」的驚人氣勢？爲何拿那麼重一把破劍還能飛？

「原來還有幫手？怎麼到人半死不活才出來？這丫頭五臟六腑都讓我吼碎，活不了多久了！」說得凶狠，老頭卻覺莫名不安。

大掌忽重，青兔面按著節南的腦瓜，俯彎了腰，面具後漆黑無底的雙眼定定看住她，聲音輕嘲：「這就碎了？」

節南一皺眉，左握劍，右抬手，揮開那隻與自己腦袋親暱接觸的大掌，對老頭哼冷。「臭老頭安心，你碎成渣，我都不會碎，本姑娘神功護體，百毒不侵……」

被揮開的大掌再無賴覆上，湊到節南耳邊的青兔，簡直嘲意興濃。「我雖想看妳死要面子到幾時，但變成死兔子就沒意思了，還是睡一覺，起來再接著撐。」

節南嗤笑，張口道：「我不睡，我要看你裝高手，被人打碎的樣——」

兔嘴讓青衫人捣住，同時感覺被餵了什麼東西，直接在舌頭上化開，隨口水嚥下去了。

節南大叫：「什麼——」

頭一歪身一軟，腦袋卻讓王泮林托住。他耳語帶笑。「與赤朱不相斥，請幫主寬心歇息。」

歇息個鬼！

節南努力瞪王泮林，可惜全身無力，手腳動彈不得，視線裡的青兔臉漸漸模糊。

王泮林慢慢將節南放到地上，絲毫不覺自己的動作多輕柔，只是一起身，就瞧見趕來的黑兔們衝自己發呆。

「你們朝火光方向追，幫主這裡留兩人。」也無意關心他們發什麼呆，他單手握住插立地面的唐刀刀柄。

立刻有人跑到節南身邊。

然而，爲首的黑兔堇燊不解其意。「你——」

正想問，卻見王泮林一步步往前走，連帶那把唐刀錚金出鞘，驚得他無以復加。

那把唐刀，其實就是劍，只因是大唐造法，統稱唐刀。而自從南頌禁刀令實施後，幾乎沒人用唐法造刀劍，反而流傳到東瀛，深受武士浪人喜愛。

王泮林那支劍，鞘很寬，出鞘之後，刀身卻淺彎如月眉，不過二指粗，長約四尺，原本是雙面刃，卻以鼎紋燙銅封了一刃。

堇燊看到刀鞘時，從未想到鞘中是這樣一把劍，更沒想到這把劍還是自己十分熟悉的。

丁大的劍！

山中林，喧嘩似水鬧。

王泮林懶洋洋拔出劍後，問愣著的堇燊：「這麼稀奇我會用劍？」

堇燊很想問個清楚明白，但他知道此時時機不對。雖然很難相信王泮林竟有丁大的劍，卻對王泮林的分派沒有半點疑問，讓他追就追。於是，他命大家跟上，再不看老頭一眼，朝火光奔下。

老頭暗鬆口氣。

高手都怕群攻，還是一看就知強中手的一支人。

「小子，你會後悔讓同夥先走的。」老頭凜目，抽嘴角撇笑。「如果你知道我是誰的話。」

「套句江湖話：馬上要死的人，我不必知道你是誰。」王泮林單手拖劍，拔出來之後就沒再走前一步，但攤開另一隻閒爪。「我倒是眞想衝老人家吼這麼一句，誰讓我偏偏知道你是誰呢——長白幫武器堂遠歲遠堂主。」

劍刃寒若冰色，可惜落在一個不倫不類的人手裡，也顯得那麼不倫不類，全無一絲半縷當年的張狂得意。

老頭滿眼皆是殺紅。「所以，你手裡拿著一把好劍，就以爲自己是高手、能與我匹敵了嗎？」

王泮林笑。「怎會？遠堂主的獅吼功排名江湖前——」多少來著？

他回望不遠處睡得挺香的節南一眼。「那姑娘都讓遠堂主打成重傷，更何況我這連劍也舉不起來的人。我把人遣開，不過想跟遠堂主單獨說兩句話而已，還請遠堂主看在這把好劍的份上聽一聽。」

老頭神色剔涼，看看節南那邊，已決定一個不留。「我跟你有什麼話可說？」

「遠堂主同大今攪和在一起，之前藏得那麼深，如今卻放棄一切，拱手奉送長白幫給其他當家，我實在爲你可惜。」第一句話。

老頭往王泮林這邊走來。「不用你可惜，今夜這裡就是你們的葬身之地，一個都跑不了。既然你們死光了，就沒有拱手奉送這說法了。」

王泮林不退也不進，語速更慢。「遠堂主與馬成均夫婦的死可有干係？」

老頭步子不慢。「知道我最討厭什麼人？就是馬成均這種自以爲是的傢伙，沾點親帶點故便野心勃勃，想撿現成便宜。如今夫妻倆死得不明不白，是老天爺的意思，純屬活該。」

王泮林呼氣吐氣，聲音有些啞。「那就不是遠堂主。」

老頭一哼。「我還沒準備動手。」

王泮林笑咳，顫得好似唐刀就要從手裡掉出去，最終被他拿住，當了拐杖。

「遠堂主何時投靠大今？」

老頭目光轉蔑。「馬上要死的人，我不必告訴你。」

王泮林陡然咳得很厲害，咳完再抬眼，與老頭不過一丈左右。「其實你不說我也知道。瀘州追兵一夜增了三倍不止，行動力大過以往，而且人一進齊賀山就音訊全無，害我們在平家村苦等，卻想不到你們竟用障眼法把人引到隔壁山頭，弄出了一個假平家村。如此足智多謀，手段不知高出原本的領軍多少。遠堂主大概早就得到大今朝廷的看重。此番委以重任，甚至讓你替代呼兒納帳下將軍，大有提拔你之意。」

老頭難免飄飄然。「本該如此，長白幫如今已由我說了算，即便我去了大今也操控自如——」兩眼珠子鬥雞。「你敢套我的話！」

他眼珠子轉過來，放出惡狠。「我也撂句實話，和那女的一交手，我就知道她是兔幫幫主。兔幫幫主是女子，長白上下皆知。歐四在你們手裡吃了啞巴虧，馬成均的船是讓你們弄沉的，馬成均因此而死，你還問我有無干係？不過——」

老頭表情陰惻惻。「眞有些干係。是我找人作僞，騙白髮人送黑髮人的幫主，還有他的寶貝兩孫子，說親眼瞧見你們幫主殺了他女兒女婿。還不怕告訴你，長白幫那個糟幫主快死了，我讓人每天給他的補藥裡下毒，他都不知道。」

「哦，原來如此。」王泮林咳嗽過去，雙手舉刀擺勢，怎麼看怎麼古怪。「長白幫裡通外國，私運兵器，殘害頌民，我們兔幫替天行道，欲取而代之，以正江湖浩然之氣。」

老頭哈哈仰天大笑，笑聲一停，鐵爪疾狠抓出五道毒線。「都讓你說中了又如何？無權無利，混個鳥江湖！浩然之氣算屁，我遠歲終有封王拜相的一日！」

「請問遠堂主今年貴庚？」王泮林若要毒，誰能比他更毒？

一句話把老頭堵噎嗓子，鐵爪差點抓了自己。

同時，王泮林向老頭正面劈劍。

不像節南，招招式式精妙無窮，這位劈劍就跟劈柴一個動作，簡單到無招無式，直不打彎。

老頭就算氣堵，也能從容閃開。「原來你就這點本事，高看你了！」說罷，兩只鐵爪烏光粼粼，急風暴雨之勢，正面朝王泮林攻去。

王泮林單手向後掄劍，看上去就像劍掄起了他，整個人被往後掰似的，但確確實實做出了和烏雞爪子硬碰硬的動作。

老頭自覺看穿王泮林，心道就是繡花枕頭，大概會一點輕功，出場才能擺個高手架子，動上眞刀眞槍就原形畢露，不禁喝道：「小子，我看你就一樣是眞的，眞不怕死！」

這場本來應該速戰速決的比鬥，可謂枝節橫生。

他先是小看了白兔子，以致七個廢一個死，逼得他獅子吼兩回，此刻只剩三成功力。再來這隻青兔子，一出來就氣勢驚人，他差點撤，然後發現此子的腦袋才叫厲害，將他的身分、這回的布局、長白幫的現狀，甚至將來的野心都料到精而準。

但如今，他慶幸還好這位不是眞高——

鏘唧唧！鐵劍與鐵爪相撞。

嘶——

老頭睜大兩眼，看那把刀光如冰水的劍切進鐵爪手套、切進他的手掌，再切進他的手腕，最後一個橫削，只剩拇指食指和半隻巴掌連著他的腕子。

發生了什麼事？

老頭另一手捉住這半隻手發怔，倏地跪地，大聲慘叫。「啊——啊——」

「身體髮膚受之父母，遠堂主要記住這切膚之痛，今後——」王泮林又把唐刀變成了拐杖，兩眼冷然無情，卻很計較用詞。「下輩子不要隨便削人頭髮。」

「別說斷……斷半隻手……就算掉一隻胳……胳膊，我也死不了！」

老頭也算能人，眼睛暴凸，想要張口，將三成功力吼出來，卻覺有人捉住他的腳，又有人騎上他的肩，在他脖子上狠狠拉了一刀，但聽有人低吟淺唱——

遠歲，老來無所成，今世非王也非相。

7 不能相忘

遠歲死了。

死得好像挺容易，讓人一刀割喉，其實沒那麼容易。因爲，他撞到了桑節南、王泮林手裡。錯就錯在他無知，不懂這兩人要是遇到一塊兒，破壞力和天災差不多，他應該在撤退念頭起來的瞬間就趕緊跑，或許可以逃得一命。畢竟，很難想像桑節南和王泮林氣喘吁吁追敵的樣子。這兩隻，一隻懶骨頭，一隻要面子，基本做不出掉價的事兒。

遠歲沒跑，沒預見自己會讓那麼直不楞登的一招削了手，也沒預見浩然正氣的傢伙玩偷襲，更沒預見就這麼把小命弄丟了。

王泮林垂睨著老頭的白髮，深深皺眉。「你倆下手太快，我還沒問出他多老。」

抓腿的青年叫二馬，騎肩的少年叫大馬，而大馬在歐四家裡同王泮林和桑節南較量過弓弩戲。兩人還是馬成均和鄭鳳的兒子，長白幫主的孫子。

二馬哥哥沒說話，眼珠子動也不動盯著遠歲的死樣子，嘴巴一鼓一鼓，最終忍不住，跑到一旁乾嘔去了。下手割喉的是弟弟大馬，匕首早在遠歲倒地時扔下。第一次殺人的震駭是尋常人無法體會的。少年呼吸起伏劇烈，但眼裡更多的是恨和悲，害怕卻又無畏，捏著雙拳拱起肩，像一頭孤伶伶的小豹子。

以爲沉浸在悲涼中的小豹子，突然出聲。「四十七。聽說他二十七頭髮就全白了，裝老頭都不用易容。幫腦公子，我爺爺還有救嗎？」

王泮林的目光落在遠歲死白的臉上。「對不住，當你七十四。」這才看向大馬。「你要以他爲戒，莫長成小老頭。大人的事自然由大人解決，比如你兄長。」

彷彿應王泮林這一聲，哥哥二馬從乾嘔變成眞嘔。

大馬噗哧一笑，卻立即斂起。「有件事要請幫腦公子記著，我才是我家的戶長。多謝公子知會我弟兄二人，並教我如何割斷敵人的脖子。我回去就告訴爺爺所有實情，請他肅清遠歲同黨。」回眼看看睡著的桑節南。「六月十五之約就此取消，等我查出爹娘眞正的死因，要是還和你們有關，再來找你們。」

王泮林淡笑不語。

弟弟大馬對遠歲吐口唾沫，拉了二馬哥哥的背心就走。「有沒有點出息？看見死人就吐成這樣！」

二馬哇哇大叫。「大馬，你沒大沒小的，別以爲我沒聽見你裝家裡戶長……」兄弟倆熱熱鬧鬧吵著架走了。

王泮林對水田那兒瞥了一眼。「出來。」

水田邊上，水田面上，突然站起數人，皆一身農夫衣裳。其中一人但抹把臉，露出歐四那張不錯的壯青貌。

「歐四爺到底還是來了。」王泮林抬劍入鞘，拖至節南身前，雙手撐著刀鞘就地盤坐，吐出長長一口氣。

「還好幫主睡著，不然要笑我這煙花筒炸不死一人，以爲被炸死了的，卻是詐死……」繞得他自個兒發笑。「她不會因失敗品就體諒它們的。」

剛剛得知幫中發生這樣的變故，且擔心老幫主中毒的事，歐四完全沒有心情笑，但對王泮林啪響抱拳。「今日之事，歐四銘記於心，等理清幫中賊兀，必奉大禮答謝貴幫相助。」

日前，歐四收到兔幫來信問責，說長白幫討好今人，勞師動眾在齊賀山一帶追拿南頌工匠，此舉如同叛國謀逆，若不自清，就由兔幫清了。

歐四不信，又不能不查。畢竟一個幫的，很快就查出來遠歲眞去了齊賀山，正好他在附近巡看生意，由幫中兄弟帶到這裡，及時見證遠歲所作所爲。

「相助？」王泮林呵笑。「歐四爺誤會，兔幫並非相助長白幫，而是想讓你們看明白爲什麼我們要取代長白罷了。」

歐四冷下臉。「遠歲不過幫中老三，我長白總舵當家就有九位，怎可能眞如他所說的被他操控？幫主還在，我也問心無愧，更相信其他當家……」

王泮林打斷。「不如遠歲所說，但如我自己所見。長白江河日下，無道無義，已成朽蟲賊窟，不單單曰『清理』一詞就能復原。歐四爺信與不信，都與我幫無關，只須謹記覆巢之下焉有完卵，自己小心吧。還有剛才那對兄弟，已經痛失雙親，又要送走祖父，歐四爺能幫就幫一幫。」

歐四咬緊牙根，對屬下們呼一聲「走」。雖然嘴上強硬，心裡卻也沒底，想想這些年幫中各種情形，豈能當眞不知長白的變化。只是他一個孤兒，靠長白幫養育成人，發跡發家，自然不能說長白沒得救。

經過王泮林身旁，歐四忽聽他道：「我代幫主允諾，兔幫隨時恭候歐四爺大駕，前提是歐四爺得做好淨身出戶的準備。兔幫不是長白，沒那麼好混進來，進來之後也沒那麼好混。」

歐四身形一頓，不發一言，再抱拳，無聲告辭。

王泮林垂眼望著身側的節南，漆眸笑得促狹，挑高她的白兔面具，手指幾乎要碰到那張漂亮的睡顏時，卻改爲撥開她額前的髮，凝視她額頭上那道疤。

他凝視了她不知多久，才注意到眼前多出一雙道人鞋，抬眼看上去，再在那身廣袖白袍上逗留一會兒。「先生怎麼也來了？」

「卦象有險。」丁大先生彎身拿起唐刀，右手拔刀出鞘，立刻把翩翩大師的風度拋沼澤地裡去了，高聲責怪：「你以爲自己有幾條命？竟敢沖穴動氣！」

漆眸無底，王泮林神情如常。「自然是萬不得已才出手。」絲毫不提看到桑節南噴血的剎那怒火滔天，回過神來已經動氣。「先生莫怪，我這會兒遭到報應了——瞬間想不起自己還有師父。」

這話像玩笑，卻絕不是玩笑。

丁大先生到底只是關心則亂。「我看你想不起我這個師父，卻想得起這位姑娘。」

王泮林從懷袋中掏出一個瓷瓶，倒出一粒火紅藥丸服下，難得老實得一塌糊塗。「那倒沒有，突然看到身邊有隻兔子，覺得好玩，結果是個漂亮姑娘，才想調戲，瞧見她額上的疤——」

丁大先生從來拿這小子沒辦法，不管是摔下懸崖之前還是之後，失笑道：「怪不得，原來你師父我身上沒有讓你長記性的標識。要不要我在臉上劃一道？」

王泮林很認眞地看看丁大先生。「先生要是情願，或者可行。」

丁大先生一記毛栗子，快打到王泮林的腦袋時，想到這徒弟可憐的記性，慢慢收回去。「我不情願。」

他低眼瞧了瞧節南，忽然想起可以給這姑娘把脈了，丁大先生趕緊捉袖探出三指。

「先生悠著點，還好我是明白的，先生在小山姑娘那裡吃了啞巴虧，所以一看有機可趁，才心急慌忙補做好事。但要是別人瞧去，定以爲您爲老不尊。」王泮林原本準備調息，見丁大先生這樣，就忍不住好笑。

丁大先生卻聚精會神，在節南左手脈上停了半晌，凝目收手。「當眞厲害。」

王泮林心驚，臉上卻看不出驚。「按月服用的解藥無用？」

丁大先生搖頭，指指睡得人事不省的節南。「不，我說她功夫厲害。別人讓獅子吼震得肝膽俱裂，到她身上就是一口血的事，內傷並不重。加之你給她服了保氣丹，醒來又能活蹦亂跳了。都是收徒弟，我怎麼就收不到像她這樣的呢？」

王泮林笑得沒自覺。「我倒還好，不過羨慕小山的師父厲害。」

這是說他這個師父不厲害？丁大先生正打算訓徒，卻看徒弟閉上眼運轉藥力，他只得按下不表，自己消化一肚子的悶氣。

別人是大難不死必有後福，王泮林大難不死之後，卻落下了病根。

這病說奇很奇，至於重不重，要看各人怎麼想。

王泮林從懸崖摔下，箭傷令他神智迷糊，施展不出輕功，還好命大，讓樹傘略卸去下落的速度，最後雖然斷了十來處的骨頭，好歹保住了命。等他養過兩個月，骨頭重新長好，箭傷也癒合，連爲他治病的醫鬼都再診不出異樣，他自己卻發現不對勁——

他的記憶變差了。

換作普通人，可能經年都察覺不到異樣，然而王泮林是誰？自小就是記性超凡、一目十行、看一遍即可牢記的神童。很多東西就算他想忘，腦子都不容他忘。誰知摔過懸崖以後，年少時候的好些事都想不起來了。幼時讀過的四書五經，忘了；幼時學過的琴棋書畫，忘了。

以爲這不算太糟，反正他那時滿腔都是對官黑的怒憤，只覺琴棋書畫和讀書這些一律無用，忘了正好，可以專心練武。

丁大先生還沒來得及高興大徒兒突然發憤，豈料王泮林只要催動內力練功，就不止記憶差，腦袋竟似被掏空了一般，變成失憶，自己都不認識自己。練功愈久，內力催得愈強，失憶也持續愈久。最長有過七日。因王泮林不信邪、不聽勸，和丁大先生以及醫鬼大打出手，七日不認得任何人、不記得任何事。就在醫鬼以爲他可能永久損腦時，毫無徵兆地回過神來了。

這種全面失憶，暫時只在王泮林動氣用武之後發作，因此丁大先生不得不封住王泮林幾處大穴，就是希望能阻止王泮林妄動內力。醫鬼甚至調製了一種藥丸給王泮林，讓他能自覺處於乏力的狀態，又不影響正常生活。

然而，即便如此，王泮林的記憶仍在消失，只是消失得很慢。七八歲以前的童年忘得差不多了，之後挑著忘，愈是無關緊要的人和事，忘得愈快。

還有，近幾年的記憶漸漸也變得不穩定，要是不用心記，就會發生前言不搭後語、看著像要無賴、實則是無奈的情形，或者不分東南西北、找不到來時路的時候。

丁大先生爲了這個徒弟操碎心，幾年來四處尋找病因，卻是一無所獲。他和醫鬼一樣，都覺得是箭毒引起，可望聞問切皆診不出來，病症又那麼罕見。不知病因，就無從治療。

反觀王泮林，起初焦灼暴躁，再沒有半點劫後餘生的慶幸；後來今朝有酒今朝醉，全部忘乾淨才是最好的自生自滅。到如今回家來，終於能重新面對王希孟——

丁大先生知道，這個大名大山、小名小山的聰明女子激起了徒兒的好勝心，而且這女子不止聰明，還獨特。

人，只要不服輸，就還看得到未來。

不過，如今這個徒弟對小山姑娘懷著什麼心，可不好說。

「先生，說來好笑，我方才沖穴運氣，本打算瀟灑施展您的絕學，誰知想不起一招半式，只有一股子許久沒用的蠻氣。偏偏遠歲獅子吼用掉不少內勁，又小瞧了這把劍，竟敢硬碰硬……」王泮林調息完畢，之前「會當凌絕頂」的氣勢收盡，捉著唐刀都站不起來，不禁笑著接道：「才兩下就削了手，幾乎不費吹灰之力，所以這回忘性也短，眞是有福。要不您把給赫連驊的武功笈本讓我膽一份，我沒事比畫比畫，溫故而知新。」

丁大先生幫王泮林封了穴，神情和語氣皆不佳。「這好笑嗎？」

王泮林笑得還歡。「先生何必一提我這忘病就板了臉？我又不是變成傻子，忘掉一些無關緊要的東西而已，腦袋仍很好用，該記得的都記得，該盤算的，比誰都會盤算——」語氣頓一頓。「至於小山姑娘，我不和她比。她屬兔子的，狡兔三窟，每回以爲算計到她，卻反之受她牽引。再說，我重學書法繪畫，字跡畫風可以全不似從前，沒人懷疑我和王七是同一人。雖說原來背得那些棋譜全忘乾淨了，如今反而下出我之本色，每局贏您。」

丁大先生一點也不覺得這是安慰。「你近年最慣常以記性不好爲藉口，說不知道下棋起手無回，所有的規矩都記成不是規矩，一邊說忘病不算病，又一邊仗著忘病任性，毫無當年七郎一絲君子風采，活脫脫一條滑溜泥鰍。可是，爲師還是很替你慶幸，爲什麼呢？就因爲你沒變成傻子，舊的忘了，還能學新的，哪怕喜新厭舊是無恥之徒所爲。」

兩人皆未察覺，睡著的姑娘睫毛似蝶翅，輕顫一下，醒了。

丁大先生繼續道：「你說忘掉的東西無關緊要，但忘都忘掉了，怎知緊要還是不緊要？你看到你爹娘，不用裝就顯陌生，因你忘了父母養育之情，只念父母生你之恩。你以爲不緊要，我卻長吁短嘆，痛恨治不了你這沒良心的病。」

王泮林笑容若隱若現。「先生……」

「住口，聽你師父我把話說完！」丁大先生這夜火氣大，也是忍王泮林太久的緣故。「你說你心境大不同從前，覺得過去的自己太可悲。但要我說，你心境固然變了，更是你忘了太多，性情才會判若兩人。時事造人，而幼年的經歷塑造一個人的底性；若沒了底性，就成你這樣，善惡難辨，好壞難分，爲人處世劍走偏鋒，將來只會愈發乖戾。」

「先生原來爲我想了許多。」

王泮林不緊不慢的調調只讓丁大先生更惱。「瞧瞧，這等陰陽怪氣，目無尊長，什麼都不在你眼裡，完全否定過往一切。然，王七心性天高雲闊，明睿又尊禮，溫文爾雅……」

王泮林兀然打斷。「正因少年時讀書太多，學得規矩也太多，拘了天性。莊生夢蝶，到底莊生夢中變蝴蝶，還是蝴蝶夢中成莊生？我雖淡忘了年少時候，卻知道如今過得更快活，所以還是不照著書中那些大道理吧。人定的道理，不似天道。聖人的道中，起初講的就是天道；到了後來，天道講完，人們還追著他們講，就只能講他們自以爲是的道了。遵著這種道，就是自己給自己加箍兒，眞是一道道捆得動彈不得。除了別人的讚譽，究竟於我有何好處？到頭來，遭賊構陷，遭親欺騙，表象光芒萬丈，實質是天大的笑話。」

「……歪理。無論如何，這是一種病，等到你把所有的過去都忘乾淨，即便不成傻子，也可能不久人世了。」丁大先生氣嘆，沒再多說，提劍轉身，繞四周足足一圈，確保只有三口活人。

師徒二人論證，徒弟更勝一籌，雖然師父不承認。而王泮林的自嘲自諷，總能讓他自己的悲慘境遇聽起來很不悲慘，替他唏噓都嫌多餘。

走前，丁大先生甩出殺手鐧。「若有一日，你完全忘了小山姑娘，難道也是不緊要的？和醫鬼商量來探討去，兩人都認爲，失憶不是此病的終點。」

對忘了親爹親娘這種事都看很淡了的不孝子王泮林，突然怔住了。

也不用等到那一日。今日一戰後，他坐到節南身旁的剎那，就遺忘了她是誰。

他當然不知那是什麼感覺，只知看到她額頭的疤，竟以爲自己在北都宮裡，節南還是小宮女的模樣。明明屬於記憶，卻鮮明得如同正在發生，瞬間湧起時光倒流的錯覺。隨後，他才記起來了，從他和她大王嶺再遇，直至今日，不知何時，她成了他的中心記憶軸，多了想想就能笑出來的有趣往事。

每天早上醒來，他會覺得自己似乎又忘了些什麼，但可以肯定的是，王七的日子過得一點不有趣，因他看十二弟，就能看到自己當年的影子。

人云王家七郎，君子溫文，謙雅如蘭，才華無雙，傲卻不倨，天海寬心；他王泮林卻云，王七郎爲他人的期望而活，眞是累死自己。

這些不是自己想要的條條框框，忘了很好。

但是，忘了桑小山——

王泮林嫌盤腿都累，乾脆側躺，懶骨頭地撐住他那顆尙且清明的腦瓜，湊近去看節南。四周屍身橫布，風裡有血腥氣、煙燻味，還有水田濕重，卻絲毫不影響王泮林快樂的心情。

簡單說，他就是衝著她回來的，就像他樂此不疲繪《千里江山》，純粹爲了心中那份酣暢淋漓，沒有理由、沒有目的。而這姑娘在大王嶺和成翔府帶給他的樂趣，食髓知味，欲罷不能，總在他毫不留情的謀定之外，給他一個出乎意料的巧反轉。她和他做起壞事那種不約而同的默契，每每令他驚奇驚喜，難掩心中暢快淋漓。

連師父都責怪他不尊不孝、變得乖張的如今，這姑娘就是他的「朋比爲奸」，沒有壞與不壞，只有誰能壞到最後。

他很稀罕她。

他就是很稀罕她！

世上要還能找出另一個桑小山，他王泮林就再從崖上跳下去。

「我若忘了桑小山，該當如何？」王泮林皺攏眉頭，一隻手指頭伸過去，正要戳節南的粉澈臉頰——

節南睜開眼，哼道：「給我縮回去。」

眼中了無睡意，她已經醒來挺久了。看似冷冷淡淡瞪著王泮林，卻漸蒙上一層水霧，往眼角匯聚的時候，節南轉趴在地，雙手伏面，彷彿用肩膀在呼吸。

如果王泮林忘了她——

她腦中也突然一片空白。

王泮林卻展開眉，爪子不但沒縮，五根手爪都覆上節南的後腦勺，摸兔子一樣，笑道：「臭小山，臭小山，還是有法子的。」

這姑娘好面子，丟人的事一概不承認，不會當人面服軟。他不止明白，而且覺得挺好。橫豎他也乖張，受不了哭哭啼啼柔性子的。

結果，節南猛抬頭，眼中紅通通也不管。「別學小柒說話！什麼法子？」

多乾脆！王泮林笑不可遏。「王希孟畫《千里江山》，就算有一天他忘了自己畫過，《千里江山》就變成別人畫的了嗎？」

節南搖搖頭，然後呃道：「所以？」

王泮林回答：「所以同理。」

節南有聽沒懂。

「不然就用第二個法子。」王泮林不解釋，但說笑。「我忘了妳，妳裝不認識我，扯平。」

微紅的葉兒眼一瞬不瞬，裡面已經沒有半點霧氣，光亮如鏡，反射王泮林有些懊惱的表情，然而節南一笑。「這法子不好。」

她爲什麼要覺得傷心，又爲什麼要替他可憐？桑節南本來聰明不過王泮林，這下可以打翻身仗了！

王泮林怔愣。

「你有你的法子，我有我的法子。你要全忘光了，我就裝成你祖母你娘親你姑姑，天天讓你給我磕頭請安，霸占你的工坊你的錢財，還有呃——」

王泮林原來摸兔腦袋的手突然改包住半張兔臉。「還是妳的法子好，總在我身邊。」

他笑望著掌下，被壓扁的面孔變得緋紅。

8 絕地擇生

界碑前，山道上，柒小柒與果兒、阿升起了分歧。柒小柒不上山也不下山，要大家往正前方的山腰林走。果兒和阿升都不同意，說山腰林後是斷崖。柒小柒說她自有安排，果兒表示不信，阿升附和，說沒路了還怎麼安排。

三人爭持不下，眼看追兵的火光愈來愈近，柒小柒又沒有幫手，一張嘴說不過，最後脾氣爆了，直接搶過昏迷不醒的孟元就往山腰林子走。

阿升跳過去攔。「妳歸妳走，就不能帶走孟元！」

柒小柒一巴掌拍開阿升，看他摔個大馬趴，她才高興。「這回算是瞧見白尾巴狼了，調個頭就忘恩負義。這小子是我兔幫抓的，當然跟我兔幫走。」

阿升撲過去，哪知柒小柒一跳就一丈，連帶孟元拖起一路塵。

柒小柒皺皺鼻子，把人扛上肩。「眞是到哪兒都麻煩的傢伙。」

果兒道：「舍海，別讓她走。」

舍海飛身奔向柒小柒，同時腰刀出鞘，半空揮下。柒小柒嘻笑，雙手將孟元抓過頭頂，把這人當棍子來擋刀。舍海急忙收招，側空翻兩圈，雙腳才落地，又往柒小柒的雙腿掃去。

柒小柒似早料到一般，改捉孟元腳踝，人就倒豎過來，接著當棍子使，還有空閒說話。「行，咱誰也別走了，等大今那些人追過來，你們繼續回去當俘虜，我走我的獨木橋。」

畢魯班也瞧見那條火蛇蜿蜒遊近，就勸道：「既然如此，就各走各的吧。」

果兒對留不留孟元本就無所謂，將舍海喊回，也勸死瞪著柒小柒的阿升。「快走，不然讓今人追上，就算知道這個姓孟的是叛徒，都成了白費。」

阿升垂頭捏了捏拳，往畢魯班他們那兒走一步。

柒小柒哼笑。「走吧，走吧，只要你們沿山道走，是上是下都一個樣，自個兒跳回籠子裡去。」

臭小山雖有奇謀，這些人非要自作聰明，又疑神疑鬼，所以生死她不管啦。

阿升回頭問：「說清楚！」

「就不說！」小柒和小山都是痛快姑娘，不高興了就不怕跟人作對，特別是對方自己來找碴的。

忽然，山間發出巨大滾動聲，眾人腳下地面微震，沙礫顫跳。

柒小柒往上山的方向看了看，在食指側邊小心放一顆山楂，大拇指一彈，山楂正好入嘴，慢慢嚼起來。

舍海也朝那方向奔去，稍後回來稟報：「上方山石滾落，已經堵住山道，不能過去了。」

果兒急了。「這可怎生是好？」

柒小柒嗆聲。「那就下山唄。」

阿升這時也顧不得較勁。「我們必須翻過山去，不能再回瀘州，那裡山道口定有今人把守——」

忽而一念閃過，看向柒小柒。「難道山那頭也有今人……」

柒小柒一副「怎麼這麼笨」的樣子。「你才知道？」

果兒聽見兩人說話，故意畫粗的眉毛蹙起。「可妳又如何知道？」

柒小柒看看夜空，眼珠子轉上半圈。「別問我，我聽幫主的，她說不能走山道，那就是不能走。那誰……」往後找到畢魯班。「那位老爺子身上到底有什麼好東西，讓人八百里窮追猛打？」

果兒和阿升異口同聲：「沒什麼！」

柒小柒撇撇嘴，才不稀罕他們說不說。忽聽有人喚「柒姑娘」，循聲望去，瞧見四人從山路跑上來，前頭是一紅兔臉，後頭三人皆戴灰兔面。

果兒低聲道一句：「還眞有兔幫。」一直以爲那兩隻兔子虛張聲勢，想不到又來四隻。如此一來，果兒心中的疑慮減輕不少，

柒小柒粗中有細，心想她家沒紅兔子，不由步步往後退。倒不是她怕打架，而是小山說過，三十六計走爲上策，感覺不對就趕緊跑。

「……是我。」人近，聲音也近。

柒小柒聽出來了。「十……是明琅公子啊。」

又是她家小山囑咐，戴著面具、以兔幫名義行事，不能喊大名、道小名，或者別人一聽就知道是誰的稱呼。柒小柒盤算著「十二公子」大概也太響亮，就順嘴把「明琅公子」兩個字說出來了。

王楚風慢半拍才反應過來柒小柒喊的是自己，居然挺喜歡這個稱呼，回應得十分自得。「是我。」

日後，兔幫有明琅，萬機似無機。

柒小柒顧不上扛孟元，將人往樹林邊一放，拉著王楚風到一旁說悄悄話。「每回挑事的都是九公子，這回怎麼變成十二公子你了？而且你的面具爲什麼是紅的？沒道理，沒道理！」

王楚風看著柒小柒就會不由自主地笑，明明對方戴著面具，腦中卻顯出福福粉粉的可愛姑娘。「九哥需要人幫忙，我正好有空暇。至於這面具，什麼顏色都無妨，九哥隨手給的。」

柒小柒反而爲王楚風挑剔。「九公子不可能隨手給，他和小山的心思都跟機關術似的，環環相銜。」

她圓睜兩隻其實一點兒不小的眼睛，踮著腳尖，湊近王楚風臉上的面具盯看。

在船上給柒小柒餵食之後，已經過去了一個月，王楚風自認，如果再面對柒小柒，可以完全做到平常心。但是，這尊福娃娃才靠近，他就面紅耳赤心跳從速了，而且，而且，面具後的眼睛原來很

大，能盛下這夜星空。

王楚風輕咳，往後退了退。

柒小柒一拍手。「咦？」

王楚風再咳了咳，暗道還好有面具，能掩住臉紅，同時語氣故作從容。「怎麼？」

柒小柒腳尖一踮一踮，拿手比畫。「你居然比我高。」

王楚風笑出。「小柒姑娘的話題是不是偏了？」

柒小柒想起來，也笑。「我就這性子，想到就說。我猜啊，應該是九公子讓你唱紅臉，他自己好唱白臉，由你當壞人。」說著就搖起頭來。「不行，不行，下回見到九公子，我得跟他說，叫他幫你換一個。你何時跟人紅過臉啊？」

王楚風張張口，最後還是決定不說了。其實九哥真不是隨手給，卻道小柒姑娘愛穿紅衣，他戴紅兔面具，可以為兔幫來個相映成輝。

明知九哥惡搞，王楚風就是控制不住自己的手，不但毫無怨言接過去，還心甘情願戴上了。

結果，小柒姑娘今晚一身黑！

「我脾氣沒那麼好。」王楚風從袖中拿出一個小油包，剝開油紙。

柒小柒聞到香甜味，亮眼瞅著油紙裡的小核桃肉，嚥一口口水。「我能吃嗎？我能吃嗎？還從沒聞過這麼香的核桃呢。」

王楚風笑道：「我們府裡特製的蜂蜜小核桃。不多，妳先嘗個鮮，要是喜歡，我再派人送到趙府。」

他不說他已經帶了一個月的小食，每回幾樣，隨身放，不知何時遇得到這個沒東西吃就可能再也吃不下的姑娘，但這麼做，讓他心安。

柒小柒圓溜溜的手指靈巧撿一顆，放到嘴裡，又突地張開圓手，將要碰到油紙包的時候，她的手頓住，眼巴巴盯著核桃。「好吃。」

深呼吸——深呼吸——她柒小柒不能搶東西吃！她是有氣質的姑娘，只有狗才搶吃的！

王楚風看不到柒小柒的表情，卻看得她的動作，還聽得出她的語氣，便順勢將油包放在柒小柒手裡。「好吃就好，我不愛這些零嘴，這包就給了妳吧。」

有些摸到這姑娘的脾性，活潑率性，不拘小節，又懂得優雅。聽著矛盾，但在小柒姑娘身上就顯得很融洽，是一種他從不曾見過的、獨特的、美麗。

「眞的啊？給了就不能要回去了喔！」柒小柒雙手捧住，跟什麼寶貝似的，仔細包好，收進懷中。

王楚風好笑。「給了自然不會再要回去。」

柒小柒的聲音不以爲意。「那是十二公子裡外都俊。偏生有那種賤傢伙，除了俊臉就一無是處，把我也想得膚淺，以爲能哄到好處，結果哄不到，就像潑婦撒野。」

王楚風想起曾讓小柒姑娘跑得勤快的那個戲班俊生，心中突生不快，也笑不出來了。「小柒姑娘既然知道有那種人，今後還是不要以貌取人，看清人心才好。」

柒小柒哈笑。「我連自己的心都看不清，哪來那麼多工夫看路人？長得好呢，就多看幾眼；長得不好呢，省下幾眼。橫豎我要找吃的，順道罷了。」

「路人？」王楚風以爲柒小柒容易動情。

「當然啊。我又不打算跟這些人交朋友，不看臉，看什麼？」柒小柒全然不知王楚風心裡所想，直說她自己的見解。「想同我做朋友，我可挑剔著呢！心長歪了，臉長得像神仙也沒用。小山老說我馬虎，我說她吹毛求疵，所以我能交到十二公子這樣從裡到外都合我心意的好友，她就只能被陰刮刮的九公子算計，不斷送好處給他啦！」

王楚風沒聽進最後的，只聽進那句「從裡到外都合我心意」，之前的不快頓時煙消雲散，連嘴裡都能嘗到甜味了。

原來，這就是喜歡上一個人的感覺，情緒如此輕易地被心上的人牽著走。

「喂，你倆到底嘀咕什麼呢？再說下去，人就追上來了。」阿升實在忍不住，喊道。

柒小柒嗤笑，衝阿升喊回去：「不是早說好了嘛，你們走你們的，我們說說我們的話，關你們什麼事！」

王楚風雖然欣賞柒小柒如入無人之境的直率，奈何自己一時半會兒也學不會，開口還是君子風。「上山路已讓今人截斷，瀘州可能又有陷阱，大家還是跟我們走吧。」

從眾人逃出來的最後一段直岔路，忽然跑過來七八條影子，讓人以爲是追兵殺到，連原本反對得最厲害的果兒都跑到柒小柒和王楚風這邊，更不提其他人了。

一下子，統一戰線。

柒小柒撇撇笑，關鍵時候比誰都大氣，不計較了，但對王楚風道：「好像不對，別看追兵的火光好像挺近，其實這條岔路疊進，要經過幾座山頭，不容易追的。」

王楚風相信柒小柒這面的本事。「確實，他們也沒點火把，似乎有意隱藏行蹤。會不會是小……幫主他們來會合了？」想說小山，臨時改口，身後身旁全是別人的耳朵。

柒小柒卻搖頭。「不，咱幫主哪能跑那麼慢？也許是幫腦。」

王楚風聽著新鮮，大概猜得到幫腦是九哥。

兩人站一塊兒，誰也不知道怕，誰也不管周圍的人怕不怕，靜等那幾道影子跑近。灰兔們則齊齊拔刀，護在兩人身前，三隻如同百隻的氣勢。

因爲皆專注前方，躺在林旁的那人何時不見了，也無一人察覺。而來影化實，是一個塌鼻大嘴的姑娘。她見到五張兔面具，目光快快一掃，開始劈里啪啦打手勢。

別人看不懂，柒小柒看得懂，從小和小山跟師父學這個，一看就知來人無害，馬上也打起手勢來，而且開心得不得了，乾脆上去拉住那姑娘的手，好像看到親人一樣。

高興之餘，柒小柒不忘和王楚風分享。「明琅公子，是我們自己人……」

話未說完，果兒驚道：「什麼自己人？分明是奴營管吏！別以為之前女扮男裝，我就認不出妳！追兵裡能有幾個啞巴？」

眾工雖然認不出彩燕的居多，但對果兒頗為信服，一聽奴營管吏，便面露怯色，反倒是畢魯班和阿升的神情大愕，有些令人尋味。

當然，這會兒也沒人有閒情尋味。

柒小柒一邊對彩燕打手勢，一邊對王楚風說：「眞不能再耽擱了，彩燕說追兵離我們頂多半刻時，而她帶來的這幾人都是她的過命兄弟，可以信任。」

「妳信我就信。」王楚風示意柒小柒她們先走，再對果兒等人一拱手，懶得再文謅謅勸上一番，簡短道：「不勉強諸位，想跟我們走的，我們自當盡力。」

果兒沒了主意，問畢魯班：「畢大師以為呢？」

阿升沉眼看著從身前經過的彩燕。「既然已無退路，只能向前，大家快跟上！」

等人差不多都進了林子，阿升見柒小柒肩上沒扛東西，再看林邊，怎麼也找不見孟元，不禁急問：「胖兔子，那個叛徒呢？」

柒小柒一時沒反應過來什麼叛徒，隨後「啊」了一聲，往回看看，四周一掃，聳聳肩，居然不驚不訝，接著往林裡走。阿升氣壞了，追上去，雙手撐開擋住柒小柒。「妳就這麼走啊？」

柒小柒抓住阿升衣領子，把他整個拎開，聲音森森如鬼。「難道你還期望我去追？別說只是一介懦夫，就算他是皇帝，也沒我自己重要。」

阿升呆住，隨後聽見彩燕那熟悉的聲音說走，才無奈跟了上去。

夏夜長，還好天上有繁星，地上有忙人，都不寂寞。

齊賀山某段山道熱鬧得很，幾批人過去之後，又來兩位快馬加鞭的騎士。馬是健馬，騎士卻不是身手矯捷之士，一個滑著下馬，一個趴著下馬，

「鞋印凌亂，都是往山腰林子那邊去的。」趴著下馬的，是桑節南。因爲有人說受傷該有受傷的樣子，故而動作小心翼翼，難看就難看一點吧，而且她現下也顧不得。「小柒這傢伙，跟她說過麻利點兒，結果還是讓追兵趕上了。」

「應該不是小柒不麻利，而是果兒姑娘不信任她，執意要走山道。」滑著下馬的，自然就只能是懶骨頭的王九公子，屬泥鰍的嘛。

兩人從那個假平家村的大路趕到界碑這兒，本來就是最後離開，又繞的是遠路，騎馬也沒趕上大部隊，不知情形如何。

節南未作停留，朝樹林走去，邊走邊說：「那也不對。依著小柒的作反性子，果兒姑娘不肯跟她走，她自己就走了……不知小柒帶沒帶孟元……」音尾收弱，瞥一眼跟在自己身旁的人。

「小柒雖也是眼裡揉不進沙子的姑娘，但她最是護妳，既然知道妳和孟元有約定，定不會教妳食言，肯定帶了孟元走。」王泮林一雙眼淡淡掃過林外。「不過，果兒姑娘最終還是會跟小柒走，或者說不得不跟著走。」

「不可能。」節南誤會。「小柒這點還是分得清的，咱女子不打女子。」

王泮林呵笑。「我讓十二郎把翻山的路炸堵了，以果兒姑娘的聰明，不可能冒險回瀘州，所以只得跟小柒走。」

「你讓十二公子把山路炸堵了？」節南覺得自己聽錯。

王泮林「哦」了一聲。「五哥剛成親，不好差使；十弟閉關修道，不理睬我；十六弟翹課看雜耍，被罰門禁。其他兄弟不在家，只有十二郎，雖然大忙人，但要小柒出現，就騰得出空來的。」

節南冷哼。「你當心說話，別說得我家小柒和十二公子有什麼曖昧似的。」

王泮林才不怕節南冷哼。「是了，是我說錯了，是小山妳和我說不清道不明，十二想看熱鬧，等著我差使他。」

節南咬牙，想起不久前水田上發生的事，磨齒霍霍，但知空口白話根本威脅不到，因此懶得費唇舌。「行了，我的意思是你堵山路做什麼？」

「小山妳為何讓小柒往這林子對面走，我就為何讓十二郎堵路。」王泮林把問題送回來了。

這要是腦子稍微轉慢一點兒的人，都得先歇口氣再想，可節南腦袋常常快轉中，而且聰明人不說兩家話。哈，不，是聰明人說話不腰疼。

「我本來防的是齊賀山兩頭萬一都有潛入的今兵，想不到大今卻能動用長白幫，臨時起意走水路，也算僥倖。原來，你也想到了。」都說她和他棋路相似。

「我沒妳疑心重，見招拆招而已。」王泮林謙虛之中有暗諷。

「謙虛了。」節南針鋒相對。

兩人已習慣彼此說話的方式，能當作一種樂趣。當然，正常人一般都接受不了。

王泮林接著道：「我在平家村等了數日，果兒姑娘他們卻遲遲不到，留下的記號雖在瀘州府城，一入齊賀便音訊全無。後來查到界碑和平家村的指路牌被挪，廢村裡出現人煙，我就看出對方的伎倆了。不過有一點，我到廢村之前才想明白。這麼多人進山布置廢村，挪動界碑，另闢小路，就發生在眼皮底下的事，為何全然沒有驚動我們布置在兩邊山口的眼線？」

節南當然已有答案。「他們也走了水路。」

不過，知道歸知道，節南並沒有料到。「你看過地圖嗎？齊賀山中確實有一條水道，但是——」

「絕壁天險，歸玉家軍專用。」王泮林也是行家。「卻因多少年沒有水戰，兩頭關卡形同虛設，雖然日日有水軍巡船，仍有大膽民船偷抄近道。我原本建議果兒姑娘走水路，她卻擔心遇到水軍，到時一旦兩邊夾攻就更麻煩，所以才走山路。」

節南奇道：「果兒姑娘是頌人，畢魯班更是北都大匠，那一行人個個是頌民，爲何怕遇水軍？」

王泮林笑道：「小山當眞不出我期待。」又讓節南聽出話中話來。「可是我欠果兒姑娘一個允諾，答應爲她保密，尙不能說。」

節南要笑不笑。「你這人其實不會做買賣吧？」

「怎麼說？」王泮林不懂這個結論從何而來。

「這頭你花三百金，向朋友換到與果兒姑娘同遊一日的機會，那頭遊玩之後，反又欠了人家姑娘一個允諾，爲此避暑都不得安寧，豈不是兩頭虧本？」

王泮林十分詫異。「妳怎知——」然後恍然大悟。「范令易！」

節南卻想，好歹這些事還記得挺清楚。

王泮林笑得訕訕。「那時酩酊大醉，讓范縣令誆哄，才寫下那張欠條，事後追悔莫及。他調任都安之後送來幾回邀帖，我都避之不見。三百金哪！我要從萬德樓私挪，姑姑還不揍我！至於果兒姑娘，說是允諾，卻更是自己應盡之責——」突覺不對。「小山，妳不會——」

「范大人多好的官，自己貼錢想給百姓造水堰，又事關王家名聲，怎能賴債？我從工坊直接走帳，折算成五千貫還他了，所以今後你也不用躲他，還能接著做朋友。」節南非常痛快地告知實情，然後看王泮林的表情變作無可奈何，就哈哈笑出聲來。

王泮林嘆了笑。「本想讓妳幫我管錢，豈知這麼聰明的小山竟也入了俗套，學那些虛榮的，愛往外花錢。」

節南大方承認。「我俗，我虛榮，我愛花錢，我是桑大天的女兒！」

桑家別的沒有，有錢。

「罷了，回頭等姑姑發現再討饒。」王泮林只是驚訝，沒有惱意，畢竟也是不愁錢的主。

經歷這遭，節南再沒「虛榮」過，對方不發脾氣，多沒意思。

眼看樹林走到頭，叮叮噹噹，棍啊刀啊，撞在一起清脆得很。

王泮林試探。「但願妳的船沒和今人的船撞上。」

節南氣定神閒。「早防備著了。今人看到我的船大概逃也不及，因爲那是——水師戰船。」

王泮林的眼，瞬間濯亮。

果然啊果然，桑小山必有後招。又幫他圓滿下完一盤棋！

鎮江府，蹴鞠大賽剛結束，安陽奪魁，都安第二，應該說不出意料。當然，這是正兒八經的全國總賽，哪支隊伍中沒有幾個貴官子弟，所以輸了也不受罰，不像民間那種賭賽。

下場比賽的崔衍知和林溫沒覺得怎麼，畢竟蹴鞠對他倆就是平日消遣。反倒是看比賽的觀鞠社姑娘們難受，個個扼腕嘆息，還似模似樣開了賽後評球，非讓鞠英社小將們旁聽，連百里老將軍都被她們請來，隔著簾子聽她們羅列輸球的原因。最後，弄到老將軍都認眞了，接替觀鞠社，說一番長篇大論。

林溫早早聰明地選了後面坐，還能開小差，對同樣聰明的崔衍知低聲道：「怎麼沒瞧見桑六姑娘？」

「沒趕上吧。」崔衍知說得淡然，心裡卻不輕鬆。

林溫不知道節南的出身，崔衍知卻知道。

自大王嶺重逢至今，桑節南起初未認出他，暢春園突喚他姊夫，鞠園遇險，端午落水，說好的觀鞠社活動卻遲遲不到。發生在兩人之間的每一樁每一件，要麼正巧碰上大事，要麼就像缺失了某一段記憶，桑節南能待之自然而然，他卻覺著哪裡銜接不上。

林溫，甚至延昱，都只以為他對桑節南有心，然而他自覺除了那種令他心慌意亂的情緒，還有一種說不上來的困惑，困惑桑節南身上為何有那麼強烈的神祕感。

說到天上去，這姑娘不過有個霸王爹，還有四個霸兒霸姊，一家子地頭蛇，在鳳來縣那樣的小地方作威作福罷了。

崔衍知不由得想起桑家大火案。也許因為桑節南在眼前活蹦亂跳，也許因為桑節南在趙府安之若素，他也幾乎遺忘了這個案子。

這個案子最大的疑點就是天火。即便全鳳來縣的百姓對桑家人恨之入骨，不願施救，桑府裡也有幾十近百口人。看到著火了，竟然一個不救火，還被燒死在裡面，怎麼都說不過去。而桑節南在大王嶺與他對談，話裡行間明確透露出官府無用的憤憤然，顯然也懷疑天災可能是人禍。

既然桑節南是懷疑的，那麼這半年她過得悠遊自在，反而奇怪了。更何況她的性子和小時候並無大不同。那年的桑節南已是她爹都不惹的小霸王，難道這年就變成寄人籬下的可憐侄女了？

哪裡不對。

到底哪裡不對？

兔子——

崔衍知彷彿就要抓到什麼的時候，玉木秀闖進廳堂，大聲嚷嚷：「別管勞什子的蹴鞠賽了，老將軍，我爹剛到城外巡水營，請您過去！」

崔衍知陡然站起，以眼神詢問玉木秀。玉木秀對崔衍知沉沉一點頭。

能讓水寨大營的玉大將軍突然跑到小小巡營，百里老將軍意外之餘，自然不會耽擱，馬上就走了。他一走，鞠英社的小子們也不好意思再待下去，紛紛跟出去。

崔衍知正要走向等著他的玉木秀，蘿江郡主卻從簾子後面跑出來叫他。瀟瀟菲菲在蘿江身後撩簾子，卻喊著溫二哥，把林溫招過去了。

「何事？」崔衍知一邊問，一邊退後兩步，將這位郡主和他的距離拉開到六尺。

蘿江郡主習以爲常。「蹴鞠看完了，可姑娘們都想去探望玉眞。」

崔衍知沒想到她們有這個打算，下意識拒絕。「不用，玉眞身體抱恙，別業的僕從也少，只怕招呼不周。」

但她哪是任人拒絕的脾氣。「誰說黴五哥是心疼妹妹的好哥哥？一點都不體貼養病中的玉眞。她一人住山中已有數十日，也沒個姊妹陪說話，多寂寞啊！難得我們出門一趟，而且還離得這麼近，居然都不去探望，雖知是五哥不讓，不知道的就以爲我們觀鞠社的姑娘們沒心腸，避諱病中姊妹。」

節南同蘿江郡主商量過，對崔衍知他們只說看大賽，不說探望玉眞的事，不然要是先說了，沒準連蹴鞠都看不成。蘿江郡主雖然答應，卻不以爲意，想不到崔衍知眞會不同意。

崔衍知皺眉，玉木秀又催。

蘿江郡主有些小居心，悄悄挑眉。「再說我們還得等桑六娘不是？」

崔衍知動搖，用這些姑娘能讓玉眞心情好一些的理由說服自己，便同意了，但附上兩個條件。「玉眞的病雖說好了，身體尚且虛弱，妳們不能攛掇著她出莊子，只在莊裡玩耍。還有，讓延昱和林溫送妳們去，路上不能繞到別的地方去。等我這邊完事，就同妳們會合，然後我們一起回都城。」

蘿江郡主連聲道好。「推官大人自管操心國家大事，我們哪兒都不去，等著你、還有桑六娘來。說不定那時玉眞也全好了，可以一道回家，那就太熱鬧啦。」

崔衍知笑笑，將這事交代給林溫，就大步追上玉木秀。

玉木秀的老爹親自過來，小子卻摩拳擦掌興奮樣。「五哥猜猜那條被偷的船駛哪兒去了？」

「你小子別賣關子。」崔衍知不猜。

「齊賀水峽，」玉木秀嘿嘿樂道。「而且據瀘州那邊的消息報稱，尙無看到其他巡營水船，也就是說船進了水峽還沒出去。所以老爹讓我立刻帶兩艘船上江，這會兒剛好順風，子夜之前就能趕到。」

「齊賀水峽是軍用水道，不過一直沒派上用場……」崔衍知想了想。「有關卡吧？」

玉木秀擦過鼻子，表示不滿。「兵部前兩年叫窮，直接撤掉了，如今朝裡主和，也就再沒恢復過。但是，確實還屬於水師，日日巡船查看是否有膽大的民船偷過，每月可以捕到不少罰金。」

崔衍知好笑。「他們偷了船進齊賀水峽，總不會是幫你們做事——」笑臉變推官臉就在一瞬。「爲了嚇開民船?!」

「嚇開又如何？」玉木秀不懂。

崔衍知也不知，只有些頭緒。「清空水峽，自然是因爲他們要做的事見不得光。」

「不管了，咱先殺他們一個措手不及，活捉以後再定心問。居然敢偷水師的船，眞是吃熊心豹子膽，不想要腦袋了。」玉木秀毫不掩飾想跟人幹架的好心情。

「消息可說有看清船上的人嗎？」崔衍知問。

「沒，但報信漁夫的三歲娃子吵吵著看到兔子，好不好笑？」

崔衍知臉色大變。

怎麼可能好笑！

子夜，近。

樹腰林的盡頭就是一片陡坡，坡的盡頭便什麼也沒有了。下面山崖，對面山崖，兩旁有矮峰高峰，一條湍急但還算寬闊的江流橫穿其間，也是節南讓柒小柒通知李羊來會合的地方。

節南從小受到的教導中，所謂天險，就是用來征服的。

懸崖沒有路，就鑿出一條路來；若懸崖夠直夠陡，崖下又有河流江流，便是最簡便且絕佳的撤離。所以，節南讓仙荷偷偷拓下玉家軍的兵牌和玉木秀的前鋒將牌，並安排李羊帶雕刻師傅等在碼頭，看準鎮江城外的水巡營離齊賀最近，冒充玉家軍前鋒大將征船，堂而皇之進水峽。再者，水軍的船一看就和民船不一樣，停在懸崖下，直接廣而告之，目力範圍內哪只船敢靠近？

至於冒充征船的後果——

節南看看王泮林，無聲撇笑。天上怎麼會無緣無故掉餡餅呢？雖然不怕闖禍，留下爛攤子就跑的，常常是小柒。但她和小柒是姊妹，讓同一個師父教出來的，闖禍的本事她也會。

王泮林沒看見節南衝自己笑，只看見陡坡上黑兔堇燊與彪形大漢戰在一起，二十幾隻灰兔對戰人數多出數倍的假農夫。奇怪的是，也有農夫和農夫打起來，不知怎會鬧內訌。

再看紅兔十二郎站在最頂上，正幫拽住布條的一人下崖。這些布條結起的繩子套在不遠處的大石頭上，柒小柒手持一柄又長又寬的重劍，和一位面生的姑娘共同守那兒。圓兔臉顯得凶神惡煞，大有誰敢來砍繩誰沒命的鬼氣。顯然，那塊大石頭也是彪形大漢奮力想要靠近的目標。

「果兒姑娘應該已經安全了。」頂上還有十來人等著下崖，最後兩個是畢魯班和阿升，唯獨不見果兒和舍海，節南再瞧巴奇和他的手下以人數壓制堇燊他們，一步步向岩石靠近，終是按捺不住，蜻螭在手。

「妳受了傷，出去也是拖累堇燊他們，小柒還得分心照顧妳。」王泮林卻冷靜。「此刻看上去敵人人數占優，但我們的人百裡挑一，未必不能控制局面，妳且稍安勿躁。」

節南知道王泮林說得對，她這時不能用力，即便蜻螭削鐵如泥，單憑劍好也對付不了這麼多人，反而成為累贅。

「再不濟，還有我。」王泮林神情自得。

節南譏笑。「哎唷，劍都讓人收走了，又不記得招式，要不是由我先損耗了長白幫那老頭的內力，他又以為你虛張聲勢，完全沒料到你能揮出強氣……」嘖嘖兩聲。「更別提你運功以後的毛病，才是真累贅呢。」

忽然節南凜眸，詫異道：「不對，我事先就讓小柒帶好結實繩子，怎麼變成布條打成的了？怪不得能教人追上。這裡到水面有五六十丈高，撕衣服結布條就要費好一會兒工夫。」

「顯然她們也沒工夫搓布條，所以人不能連著爬下去，否則承不住。」王泮林的眼力也極佳，看得到別人不注意的細節，神情不似方才輕鬆了。「小山，出現意料之外的情形，就會帶來意料之外的麻煩。從山那邊過來的路雖然堵了，從瀘州上來的路卻沒堵，照眼下撤離的速度看，如果長白幫的增援趕來，對我們就非常不利。」

節南明白王泮林的意思，提劍就往林外走。「早說出去了。」

蜻螭一振，嗡嗡沉吟，立刻引來附近幾個農夫，看到又多兩隻兔子，凶猛舉大刀。

節南試著運功，頓覺胸口血氣翻湧，猛咳一聲，卻聽王泮林的聲音近在耳側——

「別逞強，只須記住武功絕頂比不得聰明絕頂。妳帶的煙火筒全用完了？」

節南從腰側摸出三管。「就剩這麼多。」

王泮林搖亮火摺子，淡眼淡笑。「那還等什麼？到了這份上，只怕沒動靜，還怕動靜太大嗎？」

節南睜睜俏目，嫣然一笑。點火，扔。

砰啪！砰啪！驚得打架的忘了打架。

動靜夠大，而且煙啊火啊噴得一片迷濛，等那幾個舉大刀的農夫回過神來，節南和王泮林已經不在樹林邊了。

接著，打架的繼續打架，兩個聰明絕頂的人看似在自家花園裡散步，實則卻是眼尖，會挑路走。

節南嗤笑。「只響了兩聲，又有啞的。」想起王泮林從前造的鐵丸子，也是有爆沒爆的。

「既然歸爲失敗品，就有它的道理，偏生小山霸橫……」王泮林還沒說完。

節南駁回。「啞炮不是失敗品，而是廢品，基本功不扎實；失敗品卻有自己的優點，只不過未必達到創造者的要求，在某些方面不盡人意，是可以改善的。」

王泮林點了點頭。「受教。」

說話間，就到了柒小柒面前。

「九……就知道幫腦你一定會出現。」

柒小柒眼力耳力都好，聽坡下砰砰炸得燻出大煙，看兩人走出煙霧，彷彿過無人之境，轉眼到了自己眼前，還很有空地說什麼失敗品廢品的，終於放下了一顆半懸的心。「你們盯著這塊石頭吧，我揍人去。」

節南撈住柒小柒的胳膊，因爲不能用力，被她連拖兩步，差點仰倒。「我受了內傷，別指望我。」

柒小柒急忙扶好節南，吹鬍子瞪眼。「妳又聰明反被聰明誤了？」

節南特意回想一下與遠歲比鬥的場景，嘻笑安慰柒小柒。「沒有，遇到高手。」再拽一拽石頭上的布條，覺著不牢靠。「這怎麼回事？」

柒小柒鼓起腮幫吐氣。「別提了，我明明綁好繩子才回去找妳，誰知再過來時卻發現繩子不見了，還好船已經等在下面，不然找不到停船點可要命。」

綁繩，一爲了滑下崖，二爲了放記號。

「還有那些人，尤其是那位聰明的果兒姑娘……」柒小柒朝畢魯班那邊撇撇嘴。「婆婆媽媽的，起初不肯聽我的，要不是明琅公子來說上山路被今人炸堵，大概還在跟我爭呢，折騰掉好多工夫。」

「哦——美玉明琅——」王泮林在意這個。

「被今人炸堵？」桑節南在意這個。

「我想來想去，繩子只會是孟元搞的鬼。」柒小柒最窩火的，是這個。

「救命！阿升，救我啊！」

說鬼，鬼到。

9 箭造雲階

無月江心遠。

江水潮味兒涼，狹風嘶呼。

左腳繞勾一段帶刺的野藤，節南整個人倒掛峭壁，左手抓著一根布條，布條下面綁著畢魯班，孟元的腰帶和畢魯班的腰帶結在一起，吊在最下方。身旁丈外，彩燕趴在一塊窄凸石上，雙手死死拽著同樣懸空的阿升。

五人如一杆稱不平的秤，懸在半空，彷彿再多一陣微風，就會徹底失去平衡。

節南俯瞰下方，夜星雖多，江面還是漆黑，而江遠船更遠，只能看出一些豆子般大小的光點，其中有一點豆光蹦上蹦下，她猜會不會是小柒。但想，自己怎麼老是碰上倒掛金鉤撈人這種倒楣差事啊。上回撈了個明珠美人崔玉眞，這回變本加厲一撈二，而且皆發生在自己狀態不佳的時候。不但如此，上方嗖嗖掉著火球箭，有幾支近得似乎擦過頭皮，她都懶得費眼神了。

讓孟元喊救命、逼得她只能跑回來的，正是這支增援巴奇的弓弩隊。弓弩隊約莫三十人，弩型便攜，弩機卻出乎意料強勁，射程大概兩百步，十分適合今日不大的陣地。也是因爲他們的出現，不僅令巴奇的人士氣大增，更是一下子射殺了七八名匠人，讓節南和王泮林這邊的勝算立化爲零。

權宜之計，節南只讓輕功好的柒小柒直接捉兩人下去。柒小柒本想背畢魯班，但這位老人家品德太高尚，脾氣太執拗，她只能隨便背一個，同時將王十二帶下去了。堇燊立即效法，而且也不跟王泮林商量，直接捉走，任意再背上一個。吉平帶走一個，大概也是畢魯班高風亮節讓出來的。

這片突起的混亂之中，在節南一聲「自己安全上船就是我方大勝」的口號裡，不知怎麼，居然變成了她、彩燕、畢魯班、阿升、孟元莫名墊後的情形。

五人不得不冒著布條撕裂的風險下崖，結果讓巴奇的人弄斷這根「燈芯草」。彩燕及時攀住石頭，拉了阿升。節南看準野藤勾個正好，想救畢魯班，誰知孟元和畢魯班的腰帶居然打在一起，就成了這麼一串粽子。

巴奇大概尚未放棄要活捉五人，不肯這麼收兵，箭勢不密，卻也不停。不知這些箭是否對船造成威脅，原本只是微晃的燈火突然移動，似乎讓急流沖得定不住，有點漸行漸遠。

節南掙頭往上瞧，野藤的刺扎得白襪滲出一圈血，然而此時抽氣撕心疼的她，根本顧不上那點皮外傷，只知泥土和新草從兩旁悉悉簌簌掉落，還有從腳傳來的晃感，說明野藤遲早撐不住三人的重量。

再看彩燕，又能那樣抓著阿升多久？

節南不知犧牲一個人會不會換得四個人活命，至少比這樣動彈不得的情形好。她一向當狠則狠，從不猶豫，立即看向畢魯班，冷聲道：「割斷你的腰帶。」

桑節南如果上輩子欠了崔玉眞和孟元這一對苦命鴛鴦，這輩子就還一半罷，下輩子再還另一半。再說，孟元求生力比她強——

「畢叔不可以！」孟元忽然捉著兩人的腰帶往上爬，眼中狠絕。

節南看到更多的泥草掉下來。「姓孟的，不要亂動，這根藤受不住的！」

隔著畢魯班，孟元怒目與節南相視。「是妳先要害我，我爲何要管你們的死活？」

節南可沒有負罪感。「什麼話！上有弓箭手，野藤也支撐不住我們三人，而下面卻有水有船，先讓你一個跳下去，就不會有被踩踏的可能，怎麼成了害你？」

「那麼急的水流，沒有人接應，立刻被沖走了，而且我不會游水。不如換成妳抓著我，讓畢叔先跳。」孟元語氣忽冷。

阿升看得兩眼眥裂。「孟元你這個王八蛋，畢叔救過你的命，剛才也爲你說好話，讓人搭救你，你卻恩將仇報！王八蛋！王八蛋！是不是你背叛了我們？是不是?!」

孟元看向阿升，聲音也冷了。「這全都怪你。」

節南插嘴。「怎麼怪法？」

孟元調轉目光，那張文弱俊美的書生臉盡是幽寒。「其實大今人還是善待工匠的，只要他們願意提供技藝，並且勤奮做事，即便身處呼兒納的奴營，也能吃飽穿暖。而像畢魯班這等手中握有祕技的大匠，更能以此換取自由身、甚至當官的機會。然而他們不但不珍惜大今的善待，日日想著逃回南頌，以至於奴營兵將一直嚴加看管，只要有點風吹草動，就是棍棒燙鐵伺候。這種人不像人、鬼不像鬼的日子，皆拜你們所賜。我不想逃，是你們一廂情願，憑什麼挨打的是我，憑什麼折磨的是我？我眞的受夠了，不想再挨打受罪，所以把你們的計畫全盤托出。人不爲己，天誅地滅。難道兔幫沒有這種人？難道兔幫幫主不是這種人？」

「我當然會爲我自己打算。」世上很多人常用正理引到自己的歪理上，聽著挺像那麼回事，卻有本質之別，而她桑節南不會找藉口。

節南勾起一抹冷笑。「如同我要犧牲你，絲毫不會考慮你的想法，只知你是我們五人當中最卑鄙、死了也不會讓我有罪惡感的那一個。」話鋒陡利。「畢大師，叛徒已經認罪，你還不動手？」

沉默良久的畢魯班手中多了一把小鋸，開始磨割腰帶，痛聲道：「孟元你太讓我失望！」

想不到孟元忽然手腳利索，抓著畢魯班的腳，一下子就攀上他肩頭，像血蛭吸附人身。「你們也太讓我失望！」一手搶過小鋸，架在畢魯班脖子上。「交出來！不然你老命就交代在這兒了！」

節南愕然，一時不明所以。

畢魯班搖頭嘆息。

阿升大笑。「原來你……原來你不止想吃飽穿暖，還想加官晉爵，求取榮華富貴！我承認，我們都小看了你！可惜你太蠢，我們怎麼可能把那麼重要的東西放在身上！」

節南就想，他們在說追日弓？

她不由眉頭一皺，卻與畢魯班的視線對了正好，且讀懂他頷首之意。

孟元正看阿升，沒注意兩人無聲的目光交會，手上使勁，在畢魯班脖子上劃出一到口子。「既然不在你們身上，這老頭也沒用——」

阿升神情一變。「等等！」

孟元才想笑。

「阿升，無論如何，活下去。」畢魯班卻道。

孟元忽覺自己猛地一墜，驚望上方那張兔面。

一支箭帶著火光劃過，瞬間照亮血茶笑大的三瓣唇，而黑洞洞的眼後無底深。

他一張雙臂，伸手卻只捉到幾縷笑裡的森意。仰面朝天，彷彿跌進兔子無底的眼窩，聽不到阿升悲憤的呼喊，但見同樣下墜的畢魯班一臉憐憫。他才明白，是畢魯班和兔子通了氣，不惜同歸於盡。

爲什麼？

他不懂爲什麼這老頭能爲南頌犧牲至此？明明根本是等不到救援、無足輕重的戰俘，明明可以得到榮華富貴，成爲大今重視的名匠，爲什麼心心念念要逃出來？爲什麼如此不識時務？南頌有什麼好？浮華之下陳腐，升平之下暗瘡，退守半壁江山，大今不打過去，他們就喜出望外，不管這個不戰之約需要付出多少眞金白銀，還以爲眞能永保太平，卻不知到嘴邊的肉，大今怎能不吞？

死一個畢魯班，大今不會輸！

死一個孟元呢？

節南瞧著畢魯班直直跌出自己的視線，咬牙轉開頭，聲音十分冷靜。「彩燕，看到石頭下面那些藤沒有？我只要抓住阿升的腳，就可以勾得到它們。我下去後，阿升攀住岩石，妳沿著他下來，咱們三個這樣往下搭梯走，耐心些，便能成功到崖底。」

她一直在找下崖的法子，四個人還勉強些，三個人的機會就大得多。也虧敵人用的是火箭頭，幫她照到那些長得斷斷續續的藤蔓，只要她記牢方位不出錯的話，下去二三十丈還有把握。

阿升卻瘋了一樣亂喊：「是妳！是妳這隻害人兔害死我義父！還想我給妳搭人梯，做妳的春秋大夢……」

彩燕騰開一隻手，出乎意料扇阿升一個大耳刮，怒容滿面。

節南雖然驚訝，也原諒她這不著調的性子。往好笑想，彩燕保護畢魯班這麼些年，估計怨聲載道，所以有機會揍一揍畢魯班的義子，也可以發洩一下。

「彩燕，算了，他把我當成凶手，我卻不會內疚。孟元想要追日弓的造圖，只要你們不肯給，讓孟元勒住脖子的那個肯定會犧牲自己。」節南不會內疚，不表示心裡好受。要是她沒受傷，她絕不任由那位老人鬆手。

然而，事到如今，說什麼也沒用。

讓彩燕一巴掌打清醒，這名漢子其實堅毅。「我大名畢正，人稱畢魯班的，其實是我。升叔是我家老僕，一直希望我腳踏實地做人，可這些年已經沒人記得我的大名，我卻還沾沾自喜。」

畢正抬頭看著彩燕，羞愧道：「多謝姑娘一直照拂。」

彩燕指指節南，對畢正比了個七數。

畢正當年就是求了柒珍才有今日，而且彩燕起初就是以此接頭。他忙問：「這位兔姑娘也認得柒長老？」

害人兔也罷，兔姑娘也罷，節南只道：「有什麼話咱等腳著地了再說。彩燕，抓緊了！」

話音落，箭光來，左手拍峭壁，側空翻出，一腳蹬掉那支箭。

但願，那人能發現她下崖的信號。

❖

「聽到消息沒有？有兩人掉下來，你派的撈人隊還來不及下水，就讓激流沖走了！」柒小柒掄著寬劍，一腳踹開艙門，狠狠瞪著艙裡兩人，倒想罵一聲「狗男女」，但讓王泮林一眼看滅志氣。

「不是幫主。」船上王泮林說了算，當然早得到了這個消息。

「現在不是，等會兒可能就是了，你趕緊把船停到原來的地方。」柒小柒看王泮林撇過頭去，氣不打一處來。「幫腦，你這是要分家？」

王泮林面具未摘，所以果兒不知眼前男子就是她求救之人，只不過在她看來，青兔地位僅次於兔幫幫主，胖兔子就顯得十分沒大沒小。

「崖上射下火箭，夜黑看不清，靠過去實在危險。七七姑娘莫急，等巴奇他們箭支用完……」果兒自覺語氣和緩，是能以理服人的。

柒小柒原本還能稍稍控制一下火氣，聽果兒指手畫腳，心頭立刻變成火山頭，迸發火漿，直接將手中寬劍投擲了出去。

劍入艙壁，劍身錚錚，晃在果兒頭頂上方，相差不過半寸。

果兒嚇得神色戚戚，癱軟在椅子裡，一時氣結。「妳……妳……」

「別妳妳妳的了，本姑娘沒心情聽妳說話，因爲本姑娘對妳有偏見，妳怎麼說我都認爲妳自私，自己毫髮無損，哪管別人死活。」柒小柒嗤之以鼻，幾步上前拔出劍，轉半圈就對準了王泮林的腦袋。「幫腦這會兒腦袋裡面光長桃樹了吧？趁著還沒開花，要不要我幫你砍掉，清醒清醒？」

王泮林臨窗而坐，窗子不見了，可以直接看到山崖頂上落下來的箭火。他目光幽遠，一瞬不瞬，勉強記住方向的自己，必須要集中全副精神，才能根據小山踢出來的信號，計算船最後要停靠的位置，因此對腦袋旁邊的劍完全無視。

不是不把船靠回原點，而是靠回去也沒用，如果小山已經改變下崖的方式。

他傳令：「東南，二十丈。」

李羊在外重複：「東南，二十丈。」

「幫腦自有辦法。」王楚風走進來，輕輕按下了柒小柒舉劍的手。

柒小柒跺腳，還是急腔急氣。「我告訴你們，她要有個三長兩短，我也不活了！」

王泮林一直望進黑漆漆的夜，不漏看任何的光。「她要有三長兩短，不止妳不活，這裡除了果兒姑娘，都該死了。」又問：「是不是，黑兔？」

他再下令，非常愼重。「正北，十五丈。」

李羊喊下。

堇燊的黑兔面具從窗外閃一下，「我並不知……幫主受傷。以幫主之能，下崖輕而易舉。」

柒小柒瞧見堇燊手裡抱著扇窗子。

「柒姑娘呢？」王泮林再問。「帶著明琅，忘了幫主？」

柒小柒「呃」了幾聲。「我給她把脈了，她自己足夠全身而退。」她聽小山，小山讓她走，她就走。

王泮林瞇眼看著箭火忽亮忽滅。「是，幫主威武，幫主厲害，我們都覺得她一人足以安然上船，可是她人呢？」他長吁一口氣。「她讓別人拖住了手腳，如何輕而易舉，又如何全身而退？」

無人能答，無人敢答。

王泮林自問自答：「所以，我們身爲屬下，未能對幫主肝腦塗地，皆該死。」

堇燊抱窗罰站。

柒小柒嘟囔一句。「死就死，誰怕誰。」

「這時救幫主要緊，追究誰的責任有何意義？而且那會兒是幫主下令大家自撤，並非我們撇下幫主。」王楚風一開口，發覺這是承認自己也是兔幫一分子，怔了怔。

王泮林卻又何嘗不知。

當時崖頂上，弓箭手突至，形勢突然一邊倒。

節南叫小柒先走，王泮林聽得分明，只是還沒想出應對之策，堇燊就強行帶他走了。雖然只靠著臨時結出來的一根布繩，以小柒姑娘和堇燊等人的本事而言，不過借些抓力，下崖算得有驚無險，腳不沾水就上了船。

李羊則是經驗豐富的江湖老手，在船翼張開大網，以至於後來布條突斷，吊在繩尾的幾人也讓漁網及時撈住，避過撞礁的凶險。不過，任誰都覺得，關鍵時刻布繩能撐住，已屬奇跡。

王泮林惱堇燊自作主張，又不能眞怪罪，只是上船後立刻想過讓堇燊他們再上崖，但看那片直落而下的鏡壁，就明白了是異想天開。

上山容易下山難，下崖容易上崖難。齊賀水峽，最險的並不是急流，而是水下分布的危險暗礁。直峭入雲的片片鏡壁和暗藏殺機的筍尖石林，近百丈高、二里長，不可攀爬登頂，只能從水峽兩頭進出。故而，水路易守難攻，如此天險是也。

而船停在這兒，有繩萬事足，無繩上下難。

王泮林怎麼想，都不覺得喜歡轉腦子的桑小山會傻到直接跳下來，才讓李羊起錨，但放出一艘小船，以防隨時需要撈人。這麼做，一來避免這條船成爲大靶子，顧此失彼，更重要的是想找一處攀爬的峭壁，他自己足夠上去就行。

結果，船才駛開沒多久，就接到有兩個人掉進水裡的消息。要不是他堅信那姑娘是眞聰明，絕對不是裝聰明，且很快察覺上方幾支火箭轉向突兀，以及後來瞬間閃滅的火摺子微光，皆以斜之字形往崖下移動，他可能會順著水流去找人，哪怕那兩人生機渺茫。

他平生第一回有「生要見人，死要見屍」的執念，還對自己的堅信反覆動搖。即便他已經看到又一點微光亮起又滅，就在他計算的這片峭壁上方三十丈，他心裡也不敢完全篤定。

除非，人在眼前。

想到這兒，王泮林鑽出窗去。「既然都有自覺，那就別閒著。明琅，船下有鍋灶，你煮些暖身的薑湯熱水。小柒——」

「嗯？哦哦，有！」柒小柒迅速瞥一眼轉身而去的王楚風，告訴自己事有輕重緩急，不要和欺負兄弟的九公子計較。

讓明琅君子去煮吃的？太過分了！

記不清第幾回，王泮林長吁一口氣——

胸中還是悶。

記不清第幾回，節南深吸一口氣——

心跳還是快。

目力所及皆是光禿禿的石壁，火摺子再吹不出火光，單憑星點火絲，根本照不見附近有沒有野藤。不過，就算有，節南也不知道自己還有沒有足夠的體力，即使水聲聽上去明明已經那麼近。她先前覺著霸王體質天生給力，又根骨奇佳，四肢靈敏，保證三人安全著地，看來絕對高估自己了。

別說帶著畢正，這會兒讓她只顧自己，大概也就剩一個蠢到透頂的法子——跳水！

但是，就連孟元都知道，這下面肯定有暗礁，跳水跟找死差不多，所以說這法子很蠢。

船呢？

不久前還給她希望，看著愈來愈清晰的火把光呢？

節南對上方一動不動的兩道影子說道：「我倒掛下去看一看，你倆抓穩。」

上方安靜，只看得出兩顆腦袋在點，比她更加精疲力盡。

將藤套在腳上，節南慢慢倒掛，雙手摸過周圍石壁。不出意料，再找不到一根半根藤，可是這麼倒吊著，一時半會兒，比單手攀藤強。

她晃了晃頭，髮髻卻毫無徵兆地散開，長髮一下子讓風吹瘋了，無數髮絲撲上她的臉。

砰！砰！兩顆金球從江面冉冉升上，啪啪爆出五色彩球。

彩球亮了長長久久，節南卻沒能看清兩旁峭壁，沒能看清對面山崖，沒能看清水上那艘威武的戰船，亂髮模糊了眼中所有景象，但是她聽到了自己的笑聲，還吐出一口很長很長的氣。

原本累得沒力氣說話的畢正大喊：「兔姑娘，那船是不是我們的船？」

節南沒有朝上看，只打了個手勢。

畢正看不懂沒關係，彩燕看得懂，只要彩燕一個點頭——

畢正歡呼：「我們得救了！」

嘭嘭！又是巨響。

兩支大鋼箭彷彿閃電，劈進峭壁。箭尾繫著粗繩，黑兔灰兔踩著底繩抓著上繩，很快站上箭身，將火把插在石縫中。

嘭嘭！嘭嘭！嘭嘭！

另有六支大鋼箭釘入，兩位輕功高手借它們的彈力輕鬆飛行，並且套上繩索，插上火把，照出一條明亮的箭梯。

畢正望之心嘆。「峭壁造梯，鬼斧神工也不過如此。」

節南將臉上的頭髮撥開，在頭頂抓成滑稽一大把，對閃閃發光的鬼斧神工毫無興趣，只是怔看船頭那身簌簌青衫。奇怪的是，得救的喜悅沒有淹沒她的感知，卻狂捲著死而無憾的愜意。

突然，她想起春天裡學士閣的往事，王泮林從窗下倒看她，笑說難以形容美醜，只是古怪之極。她此時倒看他，五官根本瞧不清，她卻心跳擂鼓，禁不住用手捉了衣襟。

節南記得今夜不久前的水田上，王泮林的手掌包住她半張臉，小心肝雖然也跳得不知所措，可那時兩人近在咫尺。

此刻，三百尺！

相隔三百尺，她的心就能跳成這樣！

「幫主可將繩索繫在藤上。」黑兔已在三丈外，把繩索一頭繫在石筍上，另一頭拋給節南。節南重新單手攀住藤，依言做了，就讓畢正先下。

「幫腦囑咐，一定要請幫主先行。」黑兔沉聲。

節南瞇眼好笑。「辛苦你。」

手一提，運氣也不覺得疼，身姿輕躍，直接捉了堇大的手臂，下梯上船去。

10 家有賢弟

節南上了船，迎面青衫果然是王泮林。他已取下面具，漆眸中星辰幽明，雙手攏袖似收高遠之雲，淡諷無笑。「小山剛才倒掛紮髮的模樣，讓我刹那以為看見山鬼。」

節南看身上的夜行衣髒兮兮，兩邊長髮亂糟糟的，又是受傷，又爬峭壁，估計臉也不能看了，怪不得王泮林說她像鬼。

但她當然不讓。「我倒掛金鉤看你，才覺一縷幽魂。」

相隔三百尺野馬脫韁的心跳，相隔三尺的此時，跳得不過微快，只是心發燙，不得不拉深每一口呼吸，將燙意換出去。不過——

節南挑眉，有些不確定。「王泮林，你這是在生氣？」

王泮林垂眸，發出類似一聲哼笑。「如果先上船的是畢大師或妳同門，我大概會怒，這時倒還好。今後還請幫主多為兔幫著想，再發生今日諸如此類，不要光是口號好聽，要身先士卒、領著大家撤才是。」

節南懵了半晌，噗笑。「何必跟我兜圈子？直說應該自己管自己逃命，不要想著救什麼人。只是你忘了，我只為自己圖謀，沒有好處的事是不做的。」然後笑顏燦爛。「好了，不管那些，我要告訴你——」

王泮林抬起墨山眉，那種逼狂他的心情，已經隨節南上船漸漸消散。方才一諷山鬼，就出盡了心頭之氣。

他喜歡她相伴，卻看淡自己的生死，故而說得出她作鬼他就作鬼的話來。他還得承認，自少年時就獲得很多姑娘的青睞，雖不會刻意討她們歡心，但比十二還深諳溫潤君子的魅力，不刻意、不經意就能輕易俘獲芳心。

他在大王嶺上就對小山說過，他說話不上心。然而他沒說的是，那是一種可以從小培養成的力量，對什麼人說什麼話，怎樣說話能控制人的喜怒哀樂，同時自己做到漫不經心。

當然，對小山，從不刻意到刻意，到樂此不疲地調侃她、捉弄她，難掩對她的喜愛，甚至也情不自禁，覺得其他女子無法與小山相提並論，是一份如獲至寶的歡喜心情。他，因為她，迄今悅過，懊過，憐過，惱過，開心過，擔心過，別人看來小打小鬧，他以為這就是全部，想著她足以伴他或短或長的一生，必然不無聊。

萬萬料不到，看到她倒吊山崖的剎那，誤以為她死了的剎那，他會痛楚、痛苦，痛到恨，痛到悲絕，心慌意亂，莫名難喻，心裡捲起千層浪！

他恐懼了。

從未恐懼過的一個人，恐懼到不知如何是好，只有疏離漠然，希望重新掌控自己的情緒。哪怕，他見她平安歸來，跳下船頭的身姿漂亮輕靈，輕易引起他的讚嘆，心中也欣喜若狂，卻無力蓋過銘心痛感。

他不知該如何，禁不住就往後退了一步。

節南的笑模樣凝住，微撇頭，心中的燙熱頓時涼下，也退了一步，拍拍左肩，暗道還好沒有頭腦發熱，對他說出自己的心情。眼前這人是王氏兒郎，名門之後，倜儻風流的人物，她雖不在乎門戶之別，但不代表她天真。更何況，喜歡就喜歡了唄，是她桑節南的事，與王泮林有何干係？

葉兒眼裡重泛笑意，雙手抬起，蕩動袖子耍玩。「九公子還真以為我是鬼，竟怕得要逃？」

王泮林看出節南前後兩種笑意，不知怎麼，心頭悵然若失，追問：「妳剛剛要告訴我什麼？」

節南笑意深深。「忘了。」

「臭小山，臭小山，妳害我挨這傢伙訓！」福柒到，公報私仇地將王泮林推開，斜白眼，挑眉噘嘴「嗤」他一聲。「好狗不擋路。」

王泮林苦笑，他訓他們，卻其實是訓自己。

柒小柒把節南從頭到腳打量一遍。「樣子雖然難看了些，氣色挺紅潤——」說著話，胳臂正要掛上節南的肩，卻不料反而讓節南勾進了胳膊肘，並承擔她大半個身子的重量。

「小山？」柒小柒立覺不對，手搭脈，眉就豎起來了。「赤……」

「小聲。」節南將柒小柒拽到左側，用來隔開王泮林的視線。「我說怎麼燙得全身疼。趕緊扶我找個沒人的地方，這毒發作起來，氣質就全毀了。」

不能和小柒講面子，只能講氣質。

柒小柒雖詫異赤朱為何這時發作，倒也不顯擔憂，暗暗帶起節南，似姊倆好地從王泮林身旁過去，又給一白眼。「果兒姑娘來了，小心她瞧見幫腦眞面目，要脅你以身相許。還有，幫主要歇息，你好好打掃犄角旮旯。」

不待王泮林回答，柒小柒往底艙入口走，同時說節南：「直說妳不想王九看到就好。」

節南感覺最後一絲力氣漸漸從體中抽離，勉強下了木梯，看清四周無人，雙腿就軟了，卻還笑呵。「我是不想看到他。」

姊妹心意相通，柒小柒嚇喝。「幹嘛？妳妳妳當當當眞看上他了？」

節南笑得沒力氣。「奇怪吧。」

柒小柒點頭如搗蒜。「太奇怪了！他既沒有明琅公子溫和，又沒有不男不女好看……」她倒出一堆藥丸，挑出幾顆來，餵進節南嘴裡。「算了，妳覺著好就好。師父說，喜歡誰都是自己的事。九公子聰明，有夠壞，要是妳多勾引勾引，讓他反過來對妳死心塌地，那就不虧……」

柒小柒突然驚恐盯住節南的右腕。「爲什麼會這樣？」

節南嚼著藥丸低眼一看，腕上浮起數道墨黑經脈，半晌淡道：「赤朱呈黑年無命，臭小柒妳再偷懶，我就活不過一年了，還說什麼勾引人？」

福娃不福，神情非常沉冷。「一般赤朱毒，只要按月服解藥就死不了，但赤朱若碰到蔦英果實，就變成墨黑的絕朱。蔦英葉子和果實常混在一起入藥，所以我才很小心，不讓妳隨便吃別人的藥，就怕……」

絕朱，顧名思義，月服藥已經沒用，確確實實只剩一年命，甚至更短。

「所以，我今晚可能誤食了蔦英果實？」柒小柒的這些藥丸也沒用了，節南只覺全身灼燙，但這種痛苦並不陌生。

鳳來縣的去年，她被灼至皮包骨，日復一日。

「今晚妳吃過什麼？」柒小柒十指摳進頭髮裡，彷彿那樣就能摳出辦法。

節南將遠歲「村長」準備的那份加料菜單報給柒小柒，並且猜道：「也許在迷藥裡？」

柒小柒抓頭髮搖腦袋。「蔦英不罕見，但也不常見，除了激發赤朱，只有活血化瘀的效用，沒有聽說用來製迷藥的。」忽然神情凝重。「平常人連赤朱都不知道是什麼，而又有幾人知道妳身中赤朱呢？」

原來她的心燙並非因爲王泮林，卻因赤朱惡化成絕朱、毒發了的關係？節南笑了一聲。

「妳還笑得出來？」柒小柒抿嘴，不高興。「本以爲就算師叔不給解藥，手上的月服藥至少還能撐一年。」

「如今仍是一年，而且也是時候試試妳的新方子，除非妳眞偷懶，整日喊著閉關卻是哄我玩的。」

以前和王泮林說那些可以和仇人拚壽命的話，節南只是很樂觀而已。神弓門毀在她手裡，或她逃出神弓門，無論哪種結局，依賴金利那家子解開赤朱的可能性本來就不大，她不會寄望。而像這種時候，就能壓榨小柒，未嘗不是件好事。去年解藥吃光了，在小柒的調理下，她活蹦亂跳一年，雖然樣貌難看些。

「知道了。」

柒小柒確實有新藥，在有解藥的情形下不敢拿節南的身體亂試。是藥三分毒，更何況解赤朱的藥，必定要以毒攻毒。

「不過，妳不覺得彩燕……」柒小柒欲言又止。

節南搖頭。「不會，她上菜時都不知我是誰。遠歲和巴奇也一樣，以為我和孟元只是誤闖者。後來我戴了面具，他們就更猜不到我與神弓門有關。」

柒小柒呼出一口氣。「嚇死我了，不是彩燕就好，難得我倆之外還有掛念師父的人。」

節南柔笑。「疑神疑鬼的向來是我，妳操什麼心？師父去世三年，彩燕如果要投靠金利撻芳，早就投靠了。畢魯班能活到今日，彩燕功不可沒，如今又當著巴奇的面幫我們，已經回不去大今了。她同我說好，等把畢魯班送到都城，對師父交代的任務才算完成，以後去哪兒都是她自己的意願。」

柒小柒嗯了一聲。「天下沒有不散的筵席。」她隨節南，經歷了最淒慘的散席，從此看淡人與人的交往，不會強求任何感情羈絆。

然後柒小柒「啊」道：「我看到妳、彩燕和那個叫阿升的麻煩傢伙，沒瞧見畢老爺子。」

節南將崖上的情形大略說了一下。

柒小柒聽得巴掌拍拳頭。「真教我大開眼界。雖然一直覺得孟元一無是處，卻無論如何想不到這人如此無恥，出賣同伴換來的自在，不躲到深山老林，還敢招搖過市裝情聖。崔玉真要知道他的本來面目，估計悔青了腸子，不過這下總能清醒過來。孟元死得大好，我心裡都解氣！」

「掉下去也不見得會死。」節南心裡不存這種僥倖。

柒小柒卻道：「那時大船離得不遠，又有小船待命打撈，但兩人掉進水裡之後就沒浮上來過，豈不是死定？」

節南舉舉眉。「我想即便孟元不死，大概也不敢再對崔玉真抱有非分之想，畢竟他對我和畢正親口承認了。只是崔玉真對我們的證言相信與否，就不好說了。」

柒小柒聳聳肩，表示無所謂，但還有一事不放心。「我雖不管妳對九公子有何打算，但凡他那種，不知多少姑娘倒貼，妳可千萬別主動表明心跡，不然他才不稀罕。可以給他些暗示，挑逗亦點到爲止，撩得他積極送上門，妳就甩他一臉門板，冷著他晾著他，讓他得不到，煎熬得死去活來……」

節南本來累得不想說了，實在忍不住要笑。「不知道的，還以爲妳是不正經的姑娘，其實連個喜歡的人都沒有。」

柒小柒嘻嘻笑道：「到處聽得到諸如此類的事，耳朵都起繭子了。」

探子探子，別人的經歷就是自己的見識。

「從前我就覺得了，九公子對妳特別不一樣。他欺負妳差使妳，那叫理所當然；看妳受別人欺負和差使，他又容不得。妳不知道，剛才他怪我們自顧自，任妳殿後，不但罰明琅公子去伙房做吃的，連我都敢教訓。那副小氣吧啦的模樣，眞是白長那麼好看……」

說著說著，柒小柒發現變成了自言自語。

節南睡著了。滿頭大汗，皮膚滾燙，也經不住疲憊，睡得很沉。

柒小柒嘆口氣，翻開節南破皮滲血的掌心，開始處理外傷。約莫過了三刻，幫外傷都上好藥、再頭疼節南這身毒的時候，有人敲艙門。柒小柒打開一看，王楚風端著兩碗湯站在外面。

「船上伙房裡沒什麼好食材，我煮了點冬瓜湯，給妳和小山姑娘解乏——」尾音未收，王楚風看柒小柒目瞪口呆的樣子。「怎麼？」

「十二公子眞下廚，不，會做吃的？」還怎麼？還怎麼？君子遠庖廚。就算人家孔老先生原本的

意思並不是男子不該下廚，但是明琅公子洗手做羹湯的畫面，柒小柒不敢想。

王楚風來送湯之前，已經想得很清楚，面對柒小柒那樣爽直的姑娘，自己也要光明正大地坦誠。

「冬瓜湯是我煮的，蜂蜜核桃是我炒的，妳在我祖母壽宴那晚吃空了的一罐四季醬也是我自創的。我很會做吃的，但我不怎麼識字。」

王楚風無聲吐息，緊張望著對面女子的反應。

柒小柒低頭在地上尋什麼。

王楚風不明白。「小柒姑娘？」

柒小柒一抬手。「你先別說話，讓我找找下巴殼。奇怪，掉哪兒去了？剛才還感覺在嘴巴下面的。」

王楚風不知該哭，還是該笑。「小柒。」

柒小柒仰起臉，兩眼冒光。「明琅公子，請你一定要把四季醬的作法教給我，自從吃過一回，我魂牽夢縈，每頓想得慌，胃口都不好了。」

王楚風準備好，聽這姑娘笑話自己，哪知——

「就這樣？」

柒小柒眨巴眨巴眼。「哦，祕密要用祕密交換，你手伸過來——」

柒小柒在王楚風掌心寫了個「柒」，又寫一個「七」，打上叉。「我的名字是疊字，柒小柒。一般人都寫成後面那個七。啊，忘了你不識字，要不要寫在紙上給你？」

王楚風蜷起五指，認眞道：「這個字我識得，柒小柒——姑娘。」

佳人柒小柒，從此記芳名。

泮林一碗。

無邊無際的黑夜，無邊無際的江流，天野荒曠。船艙裡，王泮林和李羊一起看水道圖，吉平舉高燈。王楚風走進來，讓灰兔發冬瓜湯，還給了王泮林一碗。

王泮林瞥一眼。「稀奇。」

安陽王氏名門名流，卻不知子孫多，怪人也多。

寫得天下文章，種得天下植物，卻和書桌一樣高的王五；什麼都不缺，就缺俗心，一心要當道士的王十；還有這位，遇到無良先生，以致讀書障礙，不得已將才華寄託別處，不但廚藝一絕，還擅長掌理宅務，到誰家都能當得「一品主母」的王十二。

當然，在王泮林眼裡，如今這些怪兄弟都不算怪，他自己也走歪了，學火藥造火器開工坊。而王泮林還是王七的時候，曾與十二最好。

十五六歲就讓皇帝選中、進入書畫院擔任待詔的天縱少年王氏七郎，作爲家中最重視的兒孫得天獨厚，也是眾堂弟瞻望的馬首。其中，十二郎聰穎，讀書容易，觸類旁通，文章詩詞皆出眾，又長得極好，自然有人拿他比王七。家人亦如此。十二郎沒有反感，就是喜歡跟著王七，小小年紀學他一舉一動，似模似樣。

也許因爲學得太好，無人察覺十二郎異樣，等到王泮林發現這個弟弟十歲起就沒法識字，也讀不了書，功課統統找人代筆，遇到祖父考課就裝病裝出門各種裝，實在不行就死記硬背，把原本用來讀書的腦子全用於千方百計撐住君子之名。偏偏他自己已經厄運纏身，爲國事朝事焦頭爛額，不久被迫詐死，沒機會矯正過於崇拜他的十二弟。

五年後，王楚風再出現在王泮林面前，風度翩翩，文質彬彬，溫文爾雅，憑藉長年練成的舉手投足，溫和無害的禮節性措辭，加之沒有王七的比較，呈現完美君子之貌，令王泮林哭笑不得。然而，連親爹娘都不能說出的身分，王泮林不提過往，只能對王十二百般挑剔、百般挑釁，希望這人自己能明白，不需要模仿任何人，只要活出自我就好。

哪知，王楚風對這個長得太像「馬首七哥」、性格卻「有辱七哥」的九哥十分瞧不上，故而一路矛盾重重。

回到王家之後，王泮林察覺王楚風雖然不讀書了，成就其實不少，不過這類成就大概在長輩眼裡都屬不務正業，所以他看王楚風繼續裝著。

廚藝，只在自己院子裡鑽研，有什麼成果就裝成他在外頭找到的，教給大伙房裡的廚娘；宅務，哄祖母說自己孝順，可以幫伯母們分擔一些，正好他總能「找到」美食，就順理成章拿下管理伙房的差事，可謂機關算盡。

王泮林拆穿了王楚風，王楚風惱得撂下狠話，從此九哥吃不到他經手的一粒米。現在，王楚風煮的冬瓜湯，他居然會有一碗，王泮林當然說稀奇。

王楚風心情好極，而且為了隱瞞自己無法識字讀書的事實，長年處於說謊圓謊之中，也不在乎說話不算數。「小山姑娘睡著了，多出一碗。」

這時艙裡都是知情人，果兒等人不在。

王泮林心想，能睡得著就好，但喝一口湯，抬眼看看王楚風。

王楚風雙眼不眨，等到看見王泮林微微點一下頭，才鬆口氣。

王泮林心笑，也是一個死要面子、不怕活受罪的傢伙，不過能在巡水大營的戰船上做出這麼一碗鮮香清新的冬瓜湯，當真令他佩服。

「好吃。」他試著誇一下，並準備接收十二郎的殺氣。

想不到之前把王泮林的讚美統統歸為刻意羞辱的王楚風，這回不但從容，還能謙虛。「食材太少，只能將就弄。」

王泮林一抬眉，反應很快。「小柒誇妳了？」見王楚風瞪來，他了然笑笑。「那對姊妹個性不同，卻都不拘小節，不羈風流，目光獨到，具大智大慧，而且天地不怕。」

一直不知該如何勸十二郎坦然，直到端午那日，這人一見柒小柒，就跟蜜蜂見了蜜似的，乖覺繞在人家姑娘前後左右，王泮林才想到，一個愛吃，一個愛做吃的，說不上天生一對，倒也挺契合，所以這回把十二誘過來了。

一誘就出，而且看這時十二的變化，王泮林心頭一動，卻沒再說什麼。

動情容易，動心容易，說喜歡也不難，說生同衾死同槨也不難，但明明那人在眼前，觸手可及，卻恐慌失去，噬骨噬心之痛，令他望而生畏，又讓突如其來的巨大貪念淹沒。

怎能如此？

他好不容易才學會得過且過，視功名利祿為糞土，今朝有酒今朝醉，生死自有天命管，要走走，要留留。現在卻因為那人，想要庸庸碌碌求她比自己長壽，想要汲汲營營謀她比自己福祿，而萬一她輕鬆撒塵，卻留他生不如死！

原以為兩人在一起，對自己好處多多，一勞永逸，人生好樂趣，卻陡然發覺完全不是那麼回事。得之失之，他會變成貪生怕死之輩，且一生要為對方受盡煎熬，時時會像今晚，再不能任性自在。一旦踏出那一步，他就要為桑節南而活，而且也會強求桑節南為他而活。

怎能這麼痛楚——

王泮林想著，反笑出來，看得王楚風莫名奇妙。

「報！東南方有船三艘，往我們的船駛來！」

王楚風驚道：「會是什麼人？」

王泮林卻輕鬆得多，彷彿早已料到。「應該是玉家軍的水船。」遂指著水道圖讓李羊停船，又讓吉平通知船上所有人戴好兔面，架弩上箭，並且請畢正等人上甲板。

王楚風已知這條船怎麼弄來的，聽王泮林大有和玉家軍面碰面之意，立刻反對。「九哥萬萬不可，這船上雖多好手，但敵眾我寡，不宜正面迎戰，還是趁遠繞開，早點棄船得好。」

王泮林搖首淡笑。「哪來的敵人？分明是兔幫助官軍接回我南頌大匠，擊退江湖敗類長白幫。」

王楚風半懵半懂。

兩刻左右，李羊來報玉家軍的船隻有二百步之遙。

11 雙龍爭珠

崔衍知站在水船二樓的望臺上，震驚眺著二百步之遙的一群兔臉，右手緊握腰側劍柄，一時無法置信。

又見兔面！而且，從一隻兔變成一船兔，會是巧合?!

玉木秀聽完打旗手回話，對崔衍知說：「對方居然懂我們的旗語，要求雙方派小船相商，或者他們頭領願意上我們的船。」

「相商？」崔衍知瞇眼抿苛唇。「難道他們假冒官軍偷船還有理？」

玉木秀就道：「照他們的說法，船不是他們偷的，而且有很重要的事急告。」

崔衍知聽出玉木秀挺有興趣，就不做喧賓奪主的事了。「你想聽，就讓他們上船。」

玉木秀正有此意，咧嘴笑道：「就是！他們敢上船，難道我們還怕他們上船不成？咱聽聽他們有什麼可狡辯的！」

於是，打旗手領命下去。

不一會兒，崔衍知就看到對面放下一條小船來，船上大概十一二人，但戴兔面具的只有三人。他很不解，不知怎麼會有戴跟沒戴的，想得腦仁疼，抬手揉眉心。

「徵哥，怎的你今日特別緊張？」玉木秀不知崔衍知在兔子那裡吃了大虧，只覺這位一向冷靜自持的推官大人不太鎮定。

崔衍知哼了哼。「兔子也會咬人。」而且很疼！

「什麼？」風太大，玉木秀聽不清。

崔衍知當然不可能再說一遍，抬步就往樓梯口走。「下去吧，該恭迎兔子大俠們的大駕了。」

他不會忘記，大王嶺那隻兔子自稱江湖人，先是因爲桑大天對之有恩，殺了山賊頭子千眼蠍王，然後說要爲鳳來接官，很像心血來潮，就加入了那一場無名之戰。因爲江湖，那隻兔子想幹嘛就幹嘛；因爲江湖，天子腳下成群結幫不守法；因爲江湖，這群偷官船的兔子不知罪。

崔衍知下到甲板，但見青黑灰三張兔面，青兔刁笑嘲弄，黑兔不怒而威，灰兔憨露兔牙。江南的東西精緻，敢情面具都講究，每一張兔子臉都不一樣。這讓他不由得想起另一張兔子臉來，做工粗糙，看似便宜，和這三張的來路顯然不同。還好不是一路，崔衍知有些慶幸。那隻兔兒賊，武功詭異又高明，行事狡猾又邪勁，真要和這些兔子一路，他還怕玉木秀三條船都未必穩贏。

鳳來戰後，他與宋子安看過縣城每一處，發現爲數不少的兵匪死於快劍，而且一開始喊天馬來了、令呼兒納判斷失誤的決勝之策，也由兔子帶頭。兔子走時還與宋子安見過一面，不知如何花言巧語，宋子安直讚此女肝膽俠義。

不過，經歷那戰後，崔衍知對兔兒賊更多的是好奇和頭疼，而非捉拿歸案。兔兒賊給他的感覺，莫名熟悉，很像——

玉木秀喝道：「給我把這些人圍起來！」

崔衍知看兵士們提槍圍成一個圈，卻見除了三張兔子臉，其他人面相尋常，肢體緊張，神情多顯畏懼，不像江湖好漢，也不像有偷船的膽量。

他就事論事。「木秀，人已經在咱們船上了，不怕他們耍詐。他們既有誠意澄清，我們也該有誠意聽一聽。」

玉木秀揮揮手，包圍圈撤去。「說吧，你們到底什麼人、什麼來歷，爲何冒充我水師前鋒偷我戰船？」

青面兔王泮林答道：「小將軍，我等兔幫人，原是西北開礦運礦的力工挑夫，到江南來討生計。初來乍到，尚未混上一口飽飯，怎敢偷水師戰船？」

玉木秀和崔衍知交換一眼，由崔衍知開口：「睜眼說瞎話！不是你們偷的，你們爲何會在船上？」

王泮林小心不露自己本來的聲音，雖說和這位表親從來不怎麼熟，但崔推官聲名在外，不可大意。「正因我們知道這是巡營的船，正要送回去。」

崔衍知上去兩步，手按劍。「你還沒回答本官的話，你們爲何在船上？」

王泮林暗道好一個推官，可惜他不怕那身正大光明。「大人不如先問問他們？」

王泮林才讓開，畢正就一馬當先，對崔衍知和玉木秀躬身行大禮。

「兩位大人，在下畢正，原是北都趙大將軍帳下弩匠，從香州邊界的大今奴營逃回。這幾位都是與我同營的匠工，被今人俘去造工事。」

前陣子因爲工部失責，出了工匠讓人擄走的事，閣部爲此頒布優先安置北都匠工令，想不到這就碰上了逃回來的北都舊匠。崔衍知將對兔子臉的戒備暫放一邊，上前抱拳打招呼。他也並非不謹慎，隨便相信畢正的身分，而是都安有不少北都官匠，難以蒙混過關。

兩方氣氛融洽不少。

崔衍知心想問那三隻兔子，還不如問畢正，就道：「你們又如何到了那條船上？」順眼瞥青兔。

王泮林聽得很清楚，雙掌一翻一抬，往前送，表示儘管問。

崔衍知撇起嘴角，瞇眸。

畢正應道：「稟大人，我們一行逃入瀘州時本有二十餘人，以爲總算擺脫了大今追兵，不料有個叫長白的幫派，在齊賀山一座廢村裡設下圈套捉住我們，才知他們奉今人命令行事。我們趁夜逃出村子，卻讓長白幫和奴營管軍發現且窮追不捨。他們還提前堵了山路，將我們逼到一處懸崖，命我們順著繩子滑下去，當時水面就停著那條船。」

玉木秀嘿道：「長白幫竟然為大今辦事?!這還得了!」

畢正點頭。「我們也很驚訝。一路來聽過長白幫，似乎江南一帶頗有勢力，想不到甘當大今爪牙。」

玉木秀對崔衍知說：「上回長白幫辦英雄會，我知道地點放在迷沙島群時，就覺得不對勁了。要是真那麼正派，怎麼在水賊的地盤上會英雄，根本蛇鼠一窩嘛。」

畢正不等崔衍知再問，接著道：「恰巧兔幫好漢運貨經過山道，發現山路讓人有意堵死，感覺不對勁，才循跡追到懸崖上來，隨即便是一場血戰。長白幫用弩射殺了好些我的同伴，還好兔幫拚命奪下船，不然我們這幾個大概也死在崖上了。」

兔幫開勢長虹！

這套說辭經過王泮林整理，因為和事實相去不遠，畢正說得情緒自然起伏，很難讓人找到太大破綻，而且官府只要跑一趟齊賀山就能水落石出。

崔衍知心想，唯一可疑大概就是兔幫出現得太巧。

王泮林「老實」道：「和畢匠師他們沒能說實話，卻也不好瞞二位大人。我幫想在江南道立足，長白幫盛勢欺人，處處與我們為難，故而我幫一向緊盯長白。數日前，我幫察覺長白幫武器堂堂主在瀘州聚合兩百幫眾，又在齊賀山裡轉悠，好像要捉什麼人，所以才裝著送貨過山，實則打探，卻想不到長白幫竟然勾結今人。我幫雖說勢單力薄，怎麼也不能眼睜睜看他們為非作歹，捉拿我們南頌百姓，這才搶了他們的船，帶匠工師傅們逃出齊賀水峽。後來聽師傅們說這是巡水營的船，就想著應該還哪兒去，結果大人們就來了。」

不是巧合，而是發覺不對勁，一直緊盯著，才趕上救人。這下好，唯一的可疑也被抹平。

「既知長白勾結今兵，應該立刻報知官府，否則就算你們救了人，大概還傷了人殺了人，頌法視爲持私械鬥私仇，殺人要償命。」崔衍知掃過王泮林三人，沒看到刀劍，但可見二百步外的船舷上搭著弓弩。「你們敢問心無愧說一句不曾傷人性命？」

王泮林知道崔衍知從小就一身正氣，立志考上提刑官，維揚頌法，不過還是頭一回看他執行公務，一面覺著新鮮，一面覺著迂腐。

他毫不吝笑，哈哈道：「當今皇上登基後，修繕頌法，增添緊急戰時法令，其中有一條提到，凡我頌民，皆有保家衛國之責，緊要關頭挺身而出對抗國敵，其行可彰可賞。若有英勇犧牲者，鄉縣地方直至央府，必須向直系遺屬發放撫恤金，照顧範疇與軍屬等同。敢問，今人潛入我頌境追拿我頌民，長白與之狼狽爲奸，二者可否視爲國敵？再敢問，齊賀是否爲我南頌國土？我幫是否皆爲頌民，今日之戰是否保家衛國？懸崖之上不是敵死就是我亡，算不算緊要關頭？大人不表彰不獎賞，卻要我們殺人償命？頌人殺敵，爲敵償命？眞是聞所未聞。」

玉木秀半張著嘴，神情與之前大爲不同，心服口服，就像他特別服他姊夫宋子安，不用拳頭就能讓他五體投地。他還看看崔衍知，爲之捏把汗，又僥倖自己笨嘴拙舌，沒撞上青兔子那堵牆。

崔衍知當然知道這條法令，只是想不到對方如此精通頌法，而且機智靈活，出乎他的意料。他不至於慚愧，但覺這隻青兔絕對是棘手之輩。

雖然他認爲江湖是藐視國法、擾亂秩序的存在，卻很難否認江湖能人異士多，不乏像丁大先生和文心閣那樣有力量的人和群體。如果他們能成爲朝廷的力量——

崔衍知不想讓對方得意。「到底是保家衛國，還是發洩私憤，該由官府查實後才能定論。我本意是指你們越過官府的做法大不妥當。」

王泮林不得不說，崔衍知眞挺能的，就那麼一點點縫隙，都讓他鑽出來了，而不是惱羞成怒拿官帽子壓人。沒去報官這說法，在一般江湖人聽來滑稽，但恰恰最可以追究。

「這個嘛——」不過他王泮林可不吃素，笑道：「也不是人人都像大人熱心爲官的。」

崔衍知聽出這是暗諷官場陋弊，哪怕屬實，也不能坐視。「你好大的膽！」

「不，不，我正是膽小，才先確定長白勾結大今的事實，等到有憑有據，也脫了險，方敢求上大人們的船，把人交給水師保護。如今已經交代清楚事情經過，總算大功告成，還請大人們允咱多借一會兒船，前方十里就有一處碼頭，等咱們上岸，大人們就能拿回船了。」王泮林早打著這主意。

崔衍知垂目沉吟，隨即抬眼冷望。「不行。兔幫是本案關鍵人證，怎能放你們走？如果你所說屬實，的確要表彰獎賞；若有犧牲者，還要幫你們登記在冊，好發放撫恤錢兩。還有，把你們的面具摘了吧。若是本分良民，何必怕我們瞧見真面目？」

玉木秀聽得那個熱鬧，這是反擊啊。

王泮林敢上這條船，怎能料不到要求摘面具。「不行欸。」

那個「欸」尾音，讓人心火旺。

「為什麼不行？藏頭露尾，縱然你說的都是真的，也教人難以信服！」玉木秀搶過身旁兵士的一支長槍，跺腳回身，一招「仙人挑燈」，送了槍柄頭去挑王泮林的面具，同時道：「你別亂動，不然打斷你脖子，我可不負責。」

王泮林沒動，堇燊動了。

堇大赤手空拳跳出去，翻筋斗，雙腿一夾槍桿，化去槍身上的力道，瞬間滑至玉木秀面前，兩隻手如鷹爪抓下，疼得玉木秀腕子發麻，不得不鬆開了長槍。堇大看也不看，腳尖反踢一記，單手往後就捉住重新豎直的長槍，往原來的主人兵士那裡一扔，飛退幾步，淺抱拳。

對招半式，眼睛一花，已經打完。

玉木秀呆怔，臉通紅，眼珠子滾圓。

崔衍知也驚，但反應到底快些，見灰兔背了青兔已經飛上船舷，立刻拔劍出鞘，足尖點追。「往哪裡跑！」

只是遲了一步，灰兔跳下船去，青兔隨之不見，而他再想對付黑兔，哪裡又能找到黑兔的影子？

崔衍知提劍趴船舷往下看，才知不是對方的輕功有多玄乎，而是對方狡猾，上船時就帶了繩索，偷偷套在船頭，可以拉繩直下。

聽身後玉木秀叫快追，崔衍知狠狠一打船舷，對小船上的兔子們，尤其對那隻青臉兔，揚聲高喊：「你這麼跑了，難道甘當江湖賊寇？」

青兔面具嘲看過來。「兔臉防小人，不防君子，而大人心存偏見，多說無益。只要大人記得，我兔幫不守王法、不守江湖規矩，但守天道正心。官府能與長白共存，就能與兔幫共存。若你們想明白了，兔幫願為眼和手，假以時日也能以真面目示你們。玉小將軍何時想要清理迷沙，張榜求兔便是。」

玉木秀忽然回頭下令：「別追了。」

崔衍知默著，靜看青兔面讓暗夜覆沒。

❖

晝夜交割，正是人最乏睡的時刻。

瀘州界內，離齊賀水峽最近的一處大港，兩艘漁船飛快畫出白浪，又急忙在一艘亮滿畫燈的美舫旁煞住。

轉眼，二十來道黑影竄上，氣勢洶洶，震得燈花驚躍。為首大漢身材巨魁，昂藏七尺男兒，一抬手，無聲令下，黑影們分布四周，他自己到舫屋簾子前卻成了溫馴的貓兒，垂頭收肩。

稍即，簾動花香散，走出六個清一色身穿胡裝的少女，在門外排成兩列。

「可以進來了。」一個悅耳的女聲傳出。

大漢彎著脖子進舫屋，單膝跪。「巴奇前來領罪。本來一切順利，已經準備把人帶回，哪知半路殺出一群戴兔面具的傢伙，從來沒聽過的小幫派，救走畢魯班等人，而且他們敢下懸崖走齊賀水峽，不怕死地往下跳。只是畢魯班雖然跑了，二十幾名逃奴就剩七八人……」

巴奇跟著遠歲從齊賀水峽爬上山，所以避開了王泮林布置在兩邊山口的眼線，不過並沒有打算從水路回去，就讓船停在了瀘州山口水岸，結果就追不上了。

「好囉嗦，直說任務失敗就好啦。」女子這回的聲音好像是嘟著嘴說出來的，嗲得很。

舫屋分內外兩間，以一道珊瑚屏風隔開，女子坐在裡間。雖然看不清她的容貌，隱約看得出她衣著華麗，周身閃爍著寶石光輝，還似在繡架前刺繡。

巴奇不敢吭聲。

出身呼兒納近衛的他，知道此女用毒、用計皆心狠手辣，要不是她助將軍贏得戰功赫赫，深得將軍寵愛，這回又偏偏跟她出來執行任務，他可眞不想打交道。

「遠歲人呢？」女子問。

巴奇抬眉。「他還沒回來嗎？當時他與八名親信留在廢村對付一隻兔子，讓我們先追，說好隨後就來會合，但他一直沒出現，我就以爲他率先回來了。」

「怎麼盡是些廢物？虧呼兒納把這人誇得快賽過諸葛亮了，聽說還會獅子吼，結果對付一個名不見經傳的小幫派，還只是其中一人，他就把命搭上了。」女子嬌甜可愛的語調忽地發冷。「死了好，一了百了。」

巴奇也早覺白頭的傢伙凶多吉少，只是對他而言不痛不癢。他不喜歡那些野心勃勃來投誠的頌人，一無忠誠，二無信義。

「還有一事稟報夫人。當時巴奇出面包了三只船，我在山下只看到兩只……」

「那是我另作了安排，由我的人駕第三只船，留在崖下待命，以備不時之需。」女子嬌笑得意。

「看來你們沒追上的兔幫，我的人能追得上。當初是不是巴奇你說的，帶著女人上船晦氣？」

巴奇是鬥敗了的公雞，這會兒只能摸鼻子認栽。

「看來這回功勞又是我的。巴將軍要多吃補藥，軍法處置的時候好熬一些。對了，要不要我開方子給你？」女子愈說愈笑。

巴奇還有些氣概。「不勞夫人費心，只是我提醒夫人不要忘了，此行任務是要帶回畢魯班，到最後妳我把人追丟的話，夫人的過錯可就比我大多了，因爲這回由夫人帶隊，遠歲和我都歸夫人指派。」

屏風後的笑影頓止，聲音氣嘟嘟。「好你個巴奇，敢嚇唬我？除了沒跟你們上山，這一路哪件事不是我操心？而我沒上山，皆因你愛戴的大夫人弄沒了腹中胎兒，身子實在太虛。事前你們一個個誇海口，其實就想搶功勞，事後不成又推卸責任——」

忽然語氣一轉折，好似自言自語。「要不是親王殿下之命，我才不來呢。區區幾個逃走的苦力奴，不能就地正法，非要活捉回去，也不知殿下怎麼想的。這些天吃不香睡不好，膚色都焦了，眞討厭。」

巴奇儘管已經熟知此女說話的調調，就是嬌柔嬌弱嬌蠻嬌壞，看情形出哪張嬌牌，再用那張迷惑男人的嬌美天眞貌一照——

巴奇是愛戴大夫人，因爲大夫人眞正善良。雖然容貌普通，與將軍屬於家族聯姻，將軍對她沒感情，她卻是一個好妻子、好主母，不像屏風後面那隻妖精！

聽到身後門簾響，巴奇往回一看，立刻抽出腰間彎刀，起身詫喝：「怎麼是你……來人！」

走進來的男子，一身舊裳濕漉，長髮披散雙肩，臉色陰沉，目光陰鬱，額頭破了，還有血跡未乾。他一抬手，拿著一顆斗大寶珠，瑩白無瑕，渾然天圓，嵌珠的金座呈塔形，九層九佛至尊意。

這是大今國寶白龍珠，王將它賜給了自己最心愛的兒子，見此珠如見——

巴奇跪下，雙手伏地，拜三拜。「末將參見盛親王殿下，千歲千歲千千歲。」

「起吧。」那聲音分明是——孟元。

「殿下來了？」女子又驚又笑跑出來，穿小管細袖胡人短上衣，高腰月華裙，精繡著炫綠孔雀羽，鑲翠玉，腳踩一雙翹頭革皮鞋。

但她看清男子後，身形頓住，紅唇微努，神情疑惑。「你不是盛親王。」

這男子，五官與孟元十分相似，氣質卻是天壤之別。孟元抱負難展，眉宇間總帶著些憂鬱，眼裡怯弱又多情，不太擅長與人交往，是落魄書生的那種俊美，缺乏果決和力量；而此人眉宇抬揚，眼角飛逸，眸中光華非比尋常，俊美也俊美，更望得見周身彰顯的權耀，且天生富貴。

男子讓巴奇退下，然後直呼女子全名。「金利沉香，妳確定妳所認識的盛親王，眞是盛親王？」

沉香那點小聰明用不上，聽得稀里糊塗，但是嘴強。「我是盛親王的女人，我不認識他，難道你認識他？」還給分析。「見此珠如見盛親王，就是說拿珠子的人不一定是盛親王。」

男子看沉香片刻，笑得冷酷。「你後半句說得很對，前半句我就不明白了。妳以前喜歡本王，本王是知道的，不過妳後來嫁給呼兒納爲側妻，妳我就沒見過面。而妳，今日之前，從未見過本王的眞面目。所以，金利沉香，別再讓本王聽到妳撒這麼蠢的謊。」

孟元，實名時拓北，大今盛親王，離王位一步之遙。

節南自夢中驚醒，猛地坐起，抬手撫額，汗涔涔。不知是船下熱，還是身上熱，有些喘不上氣。推開木窗，望見繁星隱去，呼吸間氣息清新，知道天快亮了。

她盤膝吐納，試著像從前沒有解藥的時候那樣，將毒逼聚一起，卻發現被激化成絕朱的毒十分洶湧，聚了不多會兒就又散至經脈各處，繼續灼刺皮膚。不過，因爲毒初發，這點程度的灼痛尚輕，可以當作酷暑熱，也沒王泮林那麼慘，仍能運功動武。

節南心想，以她自己唯恐不亂的壞性子，要是沒功夫傍身，已無親者痛，卻有仇者快，估計會遭到前赴後繼的報復。於是，她想像著劉儷娘、薛季淑那兩倒楣鬼痛快罵來的樣子，噗哧笑出。

「本想來抱怨分給我這個幫腦的雜活兒太多，看幫主心情這般好，便罷了吧。」虛掩的門輕輕滑一邊，顯出一道修長側影。五官不清，掛在廊木架子上的油燈將那身青衫勾出橙色亮邊。

人不入室，淡靠門外。

節南挑眉，葉兒眼一眯一放，王九又擺這種刻意疏遠的冷漠姿態，這哪裡是當她鬼，分明當她瘟疫！

「幫主我得了瘟疫，要是不想兔幫斷在我手裡，幫腦就多多代勞吧。」

王泮林怎聽不出節南諷刺他站得太遠，忍不住呵笑，眉頭卻難展。「兔幫因幫主而存在，幫主若不在，兔幫自然也不在了。」

他需要一些時候，想想清楚，弄弄明白。一旦下決心，就絕無退路，一意孤行也要走到底。即便他的偏執、他的怪病，可能最後讓兩人都痛苦不堪，那也是不容後悔的了。所以，這決心下去之前，他和這姑娘還能抽身。他對自己的失憶繼續一笑置之，豁出命去爽快報仇，當中死了都能瞑目。小山有機會回歸寧靜生活，嫁個普通的好人，以她的霸氣震服一家子老少，很多年以後成就討子孫喜愛的霸老太太。

誰會不喜愛桑小山呢？

做人似大山堅石，心懷容萬木成林，脾氣似小山易攀，性情呈靜丘動海。無論給人看到何種面貌，都是山色無限。但他為何不能再像之前那樣，輕鬆嘲笑她，討口頭曖昧，從她隨便一句話、一個動作中感受愉悅？

王泮林發現自己又陷入莫名痛楚的情緒中去了，不禁抬手揉揉額角，長吐一口氣。

節南瞧得仔細，不由就問：「又有什麼想不起來了？」

這病看似不急需治，但深想，漸漸忘掉過去所有，自己從何處來、天性如何、本性如何都不知道。即便書可以重讀，武可以重學，然而經歷又怎能重現？實在是愈想愈可怕的一種病。

王泮林一笑即斂。「妳怎的同丁大先生一樣，聰明人問傻話？既然想不起來了，又怎知是什麼。」

「我們不是問傻話，只是你這怪病也就能這麼問而已。」節南答得巧妙，轉得突兀，手掌擦過鬢邊。「幫腦還有何事？」

「快到岸了，準備下船。」王泮林見她擦汗。「下邊悶熱，妳要是已經睡醒，可到甲板上去，至多等上一刻。」

節南道聲「好」，起身走到艙門，卻見王泮林已經走到廊道那邊了，心中更疑惑。但她本性驕傲，先用鬼，又用瘟疫，兩次暗示過，王九還是避重就輕，那就不可能問第三次。也因為驕傲，她閉口不提赤朱轉了絕朱，沒有終解藥的話，就眞只有一年不到的命。

「你給我吃的那睡覺的藥丸，有沒有方子？要是有，給小柒一份。她對任何入我口的藥都要求知道得一清二楚，儘管你有把握，她不親眼檢查是不會放心的。」不提絕朱，不意味她放棄解毒。

「丁大先生那裡應該有，我問他要。」王泮林再聰明也猜不到眞相，更何況他的心思都在身後幾不可聞的腳步聲裡，想等節南近些，又怕太近，忙著調整自己的步子。

節南是那種不太願意在感情上費腦筋的姑娘，就算確定自己喜歡某九的心意，也不會拋開一切全情投入，為揣摩對方的心思而活。

師父說，喜歡一個人的感覺很珍貴，當作好酒，慢慢品嘗就好：千萬別像酒鬼，抱著罎子不放，眼裡再沒別的，結果酒可憐，酒鬼也可憐。而小柒說得沒錯，又看多了金利沉香追男人的那些手段，節南還眞發自內心排斥。她想，她喜歡王泮林，既然不求什麼，就可以不說——

「自斟自飲，」盯著前方不近不遠的背影，節南自言自語。「挺好。」

「妳在自言自語？」樓梯口，王泮林停下望節南，目光無意識淡柔。

節南也停步，抿嘴笑，輕搖首。「我只對魚自言自語，你是魚嗎？」突然想明白一件事，表情變得詫異。「南山樓的魚池，不是你造給我自言自語用的吧？」

王泮林笑。「妳才想到嗎？要聽小山的祕密多容易，我只要往假山後面一藏……」

這毛病，早在鳳來縣劉府，就讓王九撞破了，可是她從來沒想過他因此故意造個魚池！

節南抿攏了嘴，兩眼瞪豎起來。

王泮林笑出聲。就是這樣，總是這樣，讓她輕易撩動心弦，喜悅滿溢。

「你倆還不上來，到岸了。」柒小柒蹲在艙口數核桃肉，還要壞。「九公子，人家果兒姑娘問了無數遍你什麼時候過去，望穿秋水。」

王泮林看看節南。「我送果兒姑娘回都，李羊他們也跟我走。」

節南仍停在原處，眞心道：「九公子快去。」

王泮林蹙眉又抬眉，忍不住。「這裡離崔府別莊只有十五里，妳卻要小心迷路，而且聽說崔府莊外的池子裡養鱷魚，不是讓妳掏心窩的鯉魚……」

節南又瞪了眼。「有完沒完？」

王泮林一笑，上去了。

節南側目看著跳跳的油燈，吐口氣、鬆口氣，敲心窩。「去吧去吧。拉開三十萬尺，妳要還能跳成這德行，我就不姓桑！」

說完一回眼，卻見柒小柒趴在艙口，腦袋彎下，伸長脖子伸長耳朵的模樣，立刻惹得她哈哈笑。這個寶貝姊姊！

船靠岸，王泮林和桑節南背道而馳，目標——

彼此，拉開三十萬尺。

12 鱷魚婆婆

星星沒有了，鳥兒成群叫，灰雲裡滲金。大江在這裡收窄成河流，河流兩岸皆是農田，已有農人拾鋤幹活。

崔玉眞從自家丘亭望著這片日出前的景象，眼中美不勝收，心中卻有說不盡的淒苦。她曾經那麼喜愛這處別莊，少女時期覺著如詩如畫的地方，如今卻成爲幽禁她的牢籠。

又是一夜未眠。

身體疲累之極，心緒紛亂之極，以至於在床上躺多久都是徒勞。即便能恍神一會兒，也會讓惡夢驚醒。她的目光調回手中信紙，消瘦的雙頰才顯出一抹潤色。

信是孟元寫的，前些日子他悄悄進村，想見她卻不得其門而入，就把這封信託付了照料花園的老婆婆。老婆婆是村裡人，對這不能、那不能的規矩看得沒崔府僕從丫頭那麼要緊，所以她才拿到信。孟元在信中說，他會找桑六姑娘想想辦法，看她父母會否允桑六姑娘來探訪，到時他便可以隨同混入。

崔玉眞一面期盼，希望桑節南會幫自己想辦法，畢竟她之前在茶店也幫了自己和孟元；另一面卻不敢抱有僥倖，因自己曾和五哥提過請節南來探望，五哥拒絕了。

如果再也見不到孟元——崔玉眞痛苦得閉上眼。

五年來孟元音訊全無，她以爲他死於戰亂，哀莫大於心死，讓自己變得麻木不仁，只爲父母活著。如今孟元回來找她，是上天的最後機會，她不能由家裡人再破壞一回。她也無法想像，沒有他的日子該怎麼過下去？

這回，不是死，就是活！

崔玉眞一邊這麼告訴自己，一邊睜開雙眼，忽然撐桌站起。

兩個大丫頭立即跑上亭。

自從崔相夫人知道女兒和孟元見過面，不但罰了小丫頭虹兒，還把虹兒調去某個農莊幹活。女兒身邊其他丫頭也一個不留，將她自己的丫頭們調來這裡服侍。

所以，這兩丫頭只忠於崔相夫人，除了照顧崔玉眞生活起居，更是負責看管，一有風吹草動就警惕起來。

崔玉眞冷眸瞥去。「慌什麼，難道我還能從這兒飛上天去？妳倆自己分配，一個告訴門房，讓他打開中門迎客，一個通知膳房，早膳要精緻豐富，都別讓客人覺著受冷遇。」

大丫頭們往丘亭下看，就見一頂油蓬竹轎兩人抬，上坐一位姑娘，也能瞧出大致樣貌，正是自家姑娘原來的陪讀桑六娘。她們雖然奇怪桑六娘怎麼來了，但皆知這姑娘挺討夫人喜愛，又見她隻身前來，就沒多想，照適才崔玉眞的吩咐做事去了。

等大丫頭們一走，崔玉眞就衝到亭欄前，睜大了眼，直往兩個轎夫身上打量。她不知江湖常見易容術，只知可以喬裝打扮，然而這個距離看下去，怎麼都不覺得任何一人像是孟元。

轉眼，竹轎就到了門前，節南下轎，幾乎立刻就發現亭上有人，抬頭看清是崔玉眞，朝之揮揮手。崔玉眞才揮一下帕子，卻見那兩名轎夫未作停留，放下人之後竟就走了。她笑容僵住，呆呆坐回亭欄，望著那頂小轎消失在丘山林蔭中，而田裡的農人依舊忙碌，遠處的小村依舊悠寧。

「玉眞姑娘這裡眞像世外桃源，怪不得養病養得不回都城，原來樂不思蜀。」

崔玉眞聽到節南的聲音，頭也不回，一副興師問罪的口吻。「妳爲何一個人來？」

節南重複崔玉眞的問題。「我爲何一個人來？」

這姑娘相思出魔障來了吧？也不看看亭外兩大丫頭還沒走，對她虎視眈眈，生怕她是孟元變的！

「玉眞姑娘稍安勿躁，蘿江郡主她們應該也快到了，短則今日，長則明日。」節南還想，崔玉眞知道孟元會跟著她來，看來是通過消息了。

崔玉眞回了神，也回了頭，看見丫頭們守在亭外，才知道節南打斷她的緣由，目光頓時充滿歉意，無聲吐出「對不住」三個字。

節南搖頭微笑，表示不妨事。

她不喜歡崔玉眞和孟元一對，但看這位明珠佳人變得如此黯然消瘦，又不禁有些唏噓。她不是崔玉眞，不會明白崔玉眞的感情，還因爲崔玉眞背叛的人是王七，所以從知道這件事的一開始，她就不是以旁觀者的立場看待，而是偏心王七偏得東南西北不分。

然而，無論如何，世上不再有王七。將崔玉眞的變心隨王七的離去一起放下，崔玉眞對孟元癡情是誰都不能否認的。更別說，錯付眞心的崔玉眞，其實也可憐。

節南坐到崔玉眞身旁，繼續聊道：「這回鞠英社總賽在鎭江舉行，郡主好本事，讓百里將軍答應觀鞠社可以隨行。我本來也同郡主她們一道坐船的，誰知臨出發前姑母派我事做，我就沒能上船，改走旱路。原以爲可以在鎭江會合，結果中間有些耽擱，沒趕上比賽，索性就直奔妳這兒了……」

接著節南又從趙大夫人病危講到雪蘭與朱紅成親，再從都城裡的大小消息捋起來，才終於等到那兩丫頭下亭子傳膳。

崔玉眞卻爲趙雪蘭的婚事眞心歡喜。「朱大人儀表堂堂，出身名門，那日見他爲人也不錯……」

節南再度打斷崔玉眞。「孟元來不了了。」

崔玉眞一時怔愣，倏地倒吸一口氣。「……他已非官身，不用再去工部，也可以隨意來去，爲何來不了？是不是我父親，還是我母親，又對他做了什麼過分的事？」

「一個再也當不了官的人，崔相或崔相夫人不需要做什麼了吧。玉眞姑娘應該很明白，像妳這等身分的千金，是不可能嫁給平民的。」不但父母家族不許，恐怕連宮裡都可能干涉。

「無妨。他來不了，我會去找他，我已決意同他遠走高飛。」崔玉真一語驚人。

節南總不能說這姑娘早幹嘛了，只想老天不薄，橫豎崔玉真自己怎麼決意，湊不成雙哪兒也飛不去。

「玉眞姑娘，孟元原本是跟我一起來的。」在說與不說之間，節南選擇前者，因爲紙包不住火。

「是嗎？那他人呢？」

崔衍知走上亭來。不止崔玉眞，連節南都嚇了一大跳。

俗話說，夜路走多要小心。

節南以桑六娘和桑小山兩個身分行走，本來只是仗著鳳來縣和神弓門相隔遠，其實有些討巧。如今趙府和兔幫沒有地域差，她換來換去，時日一久就可能讓周遭人看出共通之處。更何況，這位還是提刑司出身。

提刑司與一般官衙不同，提刑官也與一般官員不同。哪怕欽點狀元，要進提刑司還得另外考試，因此說提刑司的官是萬裡挑一也不誇張。

柒小柒送她過來的路上，已經說過王泮林送畢正他們上水師大船的事，她也知崔衍知在船上，與王泮林可不是相談甚歡，最後雖然沒追上來，大概要歸功於王泮林的本事。然而，本該在齊賀山搜索屍首和證據、確認案子的崔推官，卻和她前後腳來到這裡，不會是因私忘公趕來看妹妹的。

節南鎮定得很快。她性格如此，天大的事可以當被蓋。

「五哥怎麼也來了……」一向喜歡這位兄長的崔玉眞，如今就像老鼠見了貓，不知是否那句遠走高飛也讓兄長聽了去，驚立起來，惴惴不安。

「玉眞妳先去用膳，我與桑六姑娘說幾句話。」

節南立刻聽出崔衍知話裡的強硬，不過還挺好奇，不知對方能料到何種地步。

崔玉眞躊躇著走到亭外，眼看要下石階，突然毅然決然轉身回來。「五哥要是說孟元的事，我就不走了，他的事就是我的事。」

崔衍知凜目，看看節南，暗想這姑娘橫豎一清二楚，也乾脆咬牙直說：「玉眞，我知妳心中怨爹娘兄弟，好似我們不通情理。」

崔玉眞全身繃得直直的，站姿冷絕。「無非就是嫌貧愛富。」

「不是！」崔衍知斷然否認。「即便爹娘看的是門當戶對，我卻不看那些。孟元自私怯懦，毫無擔當，不但出身來歷說不明白，這幾年被大今俘虜的經歷也不清不楚。他若光明正大，爲何含糊其辭？」

崔玉眞固執起來的樣子和崔衍知像足兄妹。「五哥說不看門當戶對，又何必說到出身來歷？被俘還能活下來就已經萬幸，三歲小兒都知今人怎樣對待俘虜，五哥又何必追問不休？揭人不堪回首的傷疤，從小就想伸張正義的五哥怎會變得如此殘忍！」

三聲「五哥」，淚盈盈，眨眼將崔衍知說成惡人。崔衍知卻不在意這樣的指摘，眼中沉痛。「玉眞妳這般執迷不悟，逼得我不得不說出眞相，聽完妳也許不信我，也許更怨我，但無論如何，我不能、也不忍任妳被孟元欺騙，用一生去惦記一個惡棍。」

崔玉眞一眨眼，淚落雙頰，臉色蒼白到幾近透明，但立得筆直，嘴角噙著嘲笑，似打定主意不會聽信惡意中傷她心上人的謠言，哪怕是她親哥哥的話。

節南知道崔衍知要說什麼，如果不說出來，十頭牛都拉不回崔玉眞的奮不顧身。

「孟元這幾年關在香州外的大今軍營，是一名造防禦工事的奴工。約摸兩年前，奴營的工匠們決定逃跑，做了精心準備，孟元也是其中一員。就在計畫即將實施的前幾日，孟元忽然暴斃。同伴們很難過，卻也因此堅定了逃跑的決心。到了那日，百人大逃亡開始，哪知照著計畫每進行一步，都有同伴死在今軍的刀下，最後更是完全掉入今軍的陷阱之中。只有數名幸運者及時得到消息回了奴營，得以保住性命。另外那些讓今軍鎮壓的人中，有老人，有孩子，全是慘死，不留全屍。」

崔玉貞不禁後退一步，搖著頭，雙淚震落。

「聰明如六妹妳，也一定奇怪吧？」崔衍知的神情亦不好受。「明明暴斃的人，爲何一年後能出現在都安，出現在妳我面前？要知奴營暴斃之人，今兵會補刀檢查是否詐死。孟元卻活著出了今人軍營，只能說明一個事實——他用同伴們逃跑的消息換得了他的自由。爲了不引起同伴疑心，他才裝死。因爲有今人包庇，自然不會再補刀。」

崔玉貞兩眼驚白，肩膀因急促的呼吸而劇烈起伏，雙手摀嘴。「不會的！他不是那種人！」忽而放手失笑。「五哥，你爲了讓我放棄，竟能編得出這麼精彩的謊話，我眞佩服你！到頭來你和爹娘一樣，都是勢利小人，還冠冕堂皇給別人扣惡名。」

崔衍知怒極。「崔玉貞，妳能不能醒醒！要不是我今日碰到了從大今奴營逃出來的匠工們，要不是他們跟我說起孟元，我怎能知道這些事！我是不喜歡孟元，因我覺得他配不上妳，但現在我更不喜歡孟元，因他賣友求榮，是個無恥之徒。」

崔玉貞摀了耳朵，大喊著往後退。「五哥你別說了，我不聽——」

崔衍知沒注意崔玉貞已經退到石階邊。「妳若覺得我這個親兄長會騙妳，我可以請那些匠工師傅來跟妳說。他們曾與孟元共患難，曾把孟元當兄弟，直到昨夜遇到活得好好的他之前，他們還在他的忌日悼念他，卻到如今才明白兩年前的計畫爲何失敗，爲何反而落入今人圈套，爲何死了那麼多同伴。」

「我不信我不信……我要問他……我會自己問他……」崔玉貞的頭搖如瘋子，流雲髻散開，那張面容削白，再無驚豔的光華。

「孟元死了，」崔衍知想要施一劑猛藥。「有人親眼瞧見他從齊賀山的百丈懸崖跌落，絕無生還的可能。」

崔玉眞半啓著唇，唇色如紙白，眼淚忽乾，雙眸空洞，彷彿魂魄突然抽離身體。

崔衍知還轉身來看節南。「桑六姑娘，輪到妳來說說，孟元去哪兒了？」

上一眼仍憑欄而坐的桑六姑娘，下一眼如畫的風景中已無芳蹤。

「姊夫眞是——」

清靈喝音已在崔衍知身後。崔衍知猛回頭，嚇得肝膽俱裂。

玉眞一足反蹬，將自己拋向半空，竟打算一頭栽下石階，撞地自絕！

節南自覺已經足夠快，但甩袖，想同玉眞的袖子捲在一起，好把她拉回來，卻沒能捲住，只得收住身勢，眼睜睜看玉眞斜撞下去。

亭不高，階不陡，可是如果有心腦袋撞石頭，也容易。

桑節南和崔衍知自高而下，眼看崔玉眞尋死，已經無計可施。

千鈞一髮，從亭下山石後打出一道銀鏈，捲住崔玉眞的腰，同時銀鏈那頭出現一男子，踢著山石的稜角往空中升騰，連帶拉起了崔玉眞，最終猿臂一展，抱住佳人從山石頂跳下，穩穩落在地面。

崔玉眞但看男子一眼就暈在他懷中，梨花帶雨，悽楚可憐。

男子仰面看入亭中，雙目清湛，聲音朗朗。「衍知，這是怎麼一回事？」

崔衍知驚出一身冷汗，這時才找回呼吸，三步併作兩步下了亭。「多得你相救及時。我們正說著話，玉眞不小心從亭欄後仰，跌了下去，眞眞嚇煞我。」雙臂一伸，手掌一翻，要接過自家妹子。「延昱，我感激不盡！」

來者拾武狀元延昱，將明珠佳人放進崔衍知臂彎，攏緊雙眉，顯得十分擔憂。「玉眞妹妹不要緊吧？臉色恁差，人比紙還輕。」

家醜不可外揚，崔衍知就算和延昱哥倆好，事關親妹妹名節，死也得咬住牙。「病來如山倒，病去如抽絲，養了這些日子，已經好多了。只是許久未見好友，桑六姑娘一來，玉眞就高興得忘了身體還虛弱，手舞足蹈的……」

扶著亭柱，暗中調息的節南聽了，轉頭過去笑，同時心想，還不如說一陣大風，把比紙還輕的明珠姑娘吹下去，這個理由更容易讓人信服。

手舞足蹈的崔玉真？嘖嘖，氣質啊氣質！

還好，亭下兩男子都沒往上看。

延昱道：「你快帶玉真姑娘回屋，請大夫瞧一瞧，別撞傷了哪裡。」

崔衍知點頭應過，走兩步想起來。「林溫和郡主他們都到了嗎？」

「我隨管事先來的，不過其他人晌午前也應該會到。放心，我會照料他們，你照顧玉真妹妹就好。」身處別人的地盤，延昱卻有主人的安適，還不顯得喧賓奪主，一副哪裡都吃香的好相貌、好性情。

「有你我當然放心。」崔衍知這才看向節南。

節南扯開一抹乖笑，學人隨處可安居。「放心，我就算照料不了別人，自己照顧自己還行，崔大人不必掛心。」

崔衍知睇眸，目放兩道冷芒。「桑六姑娘，我倆的話還未說完，妳可別走遠，我稍後再來尋妳。」說完，他轉身離開。

延昱眉鋒悄抬，神情略帶好奇。

節南拿袖拭汗，換到石桌前坐了，倒一杯茶喝下，悠悠吐口氣，對走進亭來的延昱笑道：「恩公要不要喝茶？不愧是貢茶，涼了也香。」

延昱坐在節南對面，回笑道「好」。

節南幫他倒了一杯，指尖輕輕推杯過去。「恩公請。」能看見自己的掌心血痕道道，但巧妙從延昱面前擋去，還主動倒茶送茶。「不知月娥是否也來了？」

「來了。」延昱喝茶的樣子很雅，與他闊肩窄腰的身架子相得益彰。「說起來，月娥與仙荷姑娘十分投契。月娥喜歡撫琴，而仙荷姑娘琴藝高超，有聊不完的話。若桑六姑娘允許，我希望仙荷姑娘能和月娥常來往。月娥初來江南，女子又不似男子，能遇上投緣之人實屬不易。」

「自然允得。」節南應下之後略怔，隨即心笑自己怎麼跟小柒似的，看到俊生就好說話。

「太好了，所幸兩家住得又近，來往十分方便。」延昱笑望節南突然變驚訝的神情，彷彿早等著。「恩公我如果住在隔壁成了鄰居，受恩的桑姑娘是不是要晨昏定省過來上個香、磕個頭拜一拜？」

「趙府旁邊的幾戶人家原來是延公子買下了？」節南一時興起，恩公恩公說著玩，豈料她以爲性格穩重的這位拾伍狀元，原來也能開玩笑。

「桑姑娘總算不喊恩公了。」延昱也不再自稱恩公。「我本想等搬進去，再翻牆過去嚇桑姑娘一跳，只是後來想起答應桑姑娘在先，一旦定下哪裡置宅就要告知妳的，所以今日就說與妳聽吧。哪日要是在府裡見了我，可別喊捉賊。」

節南又被延昱逗樂。「那就要看你運氣了。遇到我，自然不會當賊，遇到我姑丈姑母，或者我表姊表姊夫，延公子還是趕緊跳回自家去得好，免得被當了採花賊，更不得了。」

兩人一起哈哈笑。

這時丫頭們送來早膳，見亭裡沒有主子只有客人，不由自主就往壞處想，大概腦補著自家姑娘私奔了之類的，慌忙端著飯菜就要丟下客人。

延昱喚住，一聲「擺桌布菜伺候著」，兩丫頭頓時被攝了魂似的，乖順服從。

節南一邊自嘆不如，一邊想起從前的事。「三月裡踏青，玉眞姑娘淋了雨，突然不舒服，我這個客人就沒人管了，帶著丫頭到伙房裡找吃的。延公子怎麼做到的，能讓主家的僕從聽你一個客人的吩咐？」

為這位很妙的延公子，也或許因爲三十萬尺的距離到底發生了作用？

不，這位才妙，妙得出乎意料。節南覺得，從鬱悶的昨夜到鬱悶的今早，終於不那麼鬱悶了，因

輪到延昱一怔，隨即大笑。「桑姑娘眞是妙人。」

「欸？」節南一怔就笑。「原來延公子剛才施展的是殺氣啊，我還以爲用的是美人計呢。」

延昱笑眼裡閃清輝。「很簡單——殺氣。」

晌午，蘿江郡主到了，見到節南就道：「這誰啊？敢讓本郡主等了又等還遲遲不到，比公主架子還大！有本事，妳別來啊。」

人與人的交往，隨著瞭解而變化。認識多年的好友，有一日突然覺得陌生，從此各不相干；以爲做不了朋友，一個偶然卻發現同道中人，從此產生默契。當初蘿江郡主的囂張言辭會讓節南退避三尺，如今卻瞭解這位郡主在某些地方的蠻狠，其實與她「臭味相投」，都是不講道理地講道理，霸道嘛。

果然蘿江郡主也就是那麼說說，看到節南高興都來不及，還報告八卦。「借著蹴鞠大賽，劉彩凝讓雲深公子吃閉門羹的事順利散播出去，馬上就有崇拜雲深公子的學生寫打油詩罵劉彩凝有眼無珠。等到咱回都，看她那株蓮怎麼變成蓮藕，吃泥巴。」

節南有點悟出來了。延昱這人也好，這段八卦也好，能減輕她的鬱悶，因爲不用腦、不用心嘛！看過睡著的崔玉眞，眾姑娘三三兩兩到湖邊散心。林溫一枝獨秀，在湖亭擺下一局，瀟瀟下幾子，菲菲下幾子，再請擅長棋藝的同社姑娘來幫忙，熱鬧圍了一圈，驅散大家心中鬱鬱。

「哪裡是好了？分明病得很重。可憐的，臉都沒有巴掌大，瘦成那樣。」不喜歡下棋的蘿江郡主，與節南走上半段石橋，看節南東張西望。「看什麼呢？」

「聽說這裡養鱷魚，我還從沒見過鱷魚呢，想開開眼。」崔玉眞的病無藥可醫，只能自治，節南心知肚明。

蘿江郡主驚瞪了雙眼。「鱷魚……就是滿身長著可怕鐵疙瘩、牙齒像鋸子、在水面裝浮木，讓人以爲能踩著過河，其實一不小心就掉進血盆大口，聽瀟瀟菲菲說、像婆婆那樣的動物？」蘿江郡主捉住節南胳膊肘，躲到她身後，探頭探腦往水面上看，害怕又好奇。「在哪兒呢？我看看像不像我婆婆。」

節南噗笑，感覺連鼻涕都噴出來了，彎腰抱肚。「哎唷唷，郡主欸——」

蘿江郡主也蹲了下來，這時一點貴族架子也無，認眞得不得了。「妳別笑。作爲一個過來人，我可告訴妳，嫁人哪，不看妳要嫁的那位，要看生養了那位的一家子人，尤其是老子娘的品性。有其父必有其子，有其母必有其女。」

節南改坐橋沿，鞋子點著水面。「郡馬隨妳住王府，妳難得才見一面公婆，還感慨？不會擔心薛氏眞敢把孩子生下來吧？」

「那算什麼事？我才不擔心呢！薛氏要是聰明，就知道打掉孩子才是長久之計。我又沒說永遠不讓她生，只要她一直攏得住郡馬的心，等我生下世子，她生到五十歲去，我都無所謂。」成婚之後的蘿江郡主已經定性，十分有主見。「妳不知道，劉家會生事得很。我出發前一日，劉大學士和我公公來見我爹，談到工部這回整改空出不少缺，想讓我爹幫劉睿活動活動，弄一份體面的差事。」

又是工部。

節南笑。「我竟不知工部還是肥差。士農工商，工第三，怎麼還個個想鑽進去？」

「誰知道。」蘿江並不關心工部肥不肥。「我只知工部是六部之一，經手之事從小到大，可涉及江山社稷，就算九品小吏，郡馬也別想做得。我爹其實給他早安排妥當，管都府碼頭的官屬庫房，貢品糧油茶鹽哪樣不先經他手，那才叫肥差，結果人家不稀罕。」

腦中想像劉睿守倉庫的畫面，節南覺得風水怎麼轉都是造化弄人。

「妳爹會幫嗎？」節南問。

「怎麼幫？我爹雖然是皇上的親叔叔，祖宗規矩皇上都不能擅自改。貴族及姻親不能擔任朝中要職，能擔的職務都列得分明，沒有他劉睿想要的工部之職。」同樣都是一對，崔玉眞愛到盲目，蘿江郡主卻是門兒清。「我爹雖然答應幫忙走動，卻也有些煩劉家了。我爹礙著臉面，不好問我公公薛氏的事，想著畢竟是我婆婆該出面管的，薛氏又是我婆婆的侄女，要提也該我公公主動。哪知我公公隻字不提，光說他兒子聰穎過人，當庫官實在屈才，怎麼也要安排一個體面的官職云云。」

果然劉家想要魚肉熊掌兼得，畢竟蘿江郡主所說的祖宗規矩是死的，人是活的，而偏偏朝廷和官府有很多縫可鑽，只要瞅得準。炎王爺怎麼都是皇帝親叔，直系貴族，非一般皇親國戚可比，也大概是劉老爺和劉夫人願意拿兒子當狀元的機會、換取聯姻最誘人的一點。

和蘿江郡主走得近，就無可避免會聽到劉家人的消息，節南已經不排斥，甚至開始覺著以此掌握劉家的動向也不錯，儘管劉家求的是飛黃騰達向上攀登，她求的是擺脫一切重新開始，最終應再無半點瓜葛。不過知己知彼，以防萬一。

節南忽指側旁蘆花蕩外的一段浮木。「那是不是鱷魚？」

蘿江郡主呀呀叫，一邊把瀟瀟菲菲喊來，又和節南咬耳朵。「我本來要說的是，在船上的時候，瀟瀟菲菲聽說溫二郎的母親特別慈藹可親，姊妹倆這就爭上啦。咱坐山觀虎鬥，看誰贏得溫二郎的心，回程也不無聊了。」

瀟瀟菲菲也是一對頗有個性的姊妹花，據說蘭臺夫人教導得好，而蘿江郡主的王妃母親亦給了女兒不少金玉良言。節南想，她沒有娘，所以就算有了喜歡的人，卻不知如何做，只能自己瞎琢磨了吧。

瀟瀟菲菲跑來，聽說有鱷魚，興奮得挽袖子捉棒子，準備鬥一鬥像婆婆一樣的動物，且道嫁人之前先練手，又讓節南笑得前仰後合。這個她曾以為會很難熬的千金社，如今不知不覺融入了，方知偏見當真要不得。

一日喧鬧過去，入夜之後，節南收到別業丫頭送來的信。崔衍知說話算話，這就來尋她了。

還是這座丘亭，只要站對位置，就能對周遭一目了然，盡在掌握。崔衍知一上來，節南就回了身。早上沒能察覺崔衍知聽她和崔玉真說話，卻因為崔衍知刻意放輕腳步，還因為她降低了警覺。然而，此時此刻，她不會再疏忽大意。

亭裡琉璃燈金美，照到每個角落。兩人一個坐石桌後，一個坐欄杆前，亭下有隨從侍立，十分光明磊落。

崔衍知眼下青影明顯，一看就是缺乏睡眠，才轉著茶杯不放。

節南自覺好心。「姊夫黑眼圈這麼厲害，喝多少茶也無用，不如先回去睡一覺，明早再同我說事。」

崔衍知目光落在節南臉上，彷彿打量她話裡有多少眞心，最後卻嘆口氣。「桑六娘，妳究竟是什麼人？」

節南嘻嘻一笑。「姊夫不是問孟元的事嗎？怎麼問到我身上來了？」

無腦無心的時光總是過得特別快，她身陷囹圄，周遭都是漩渦，一步行錯就可能萬劫不復，不用腦不用心，要如何走出這片困境？

崔衍知，是敵是友，是姊夫是推官，也許是時候弄個明白了。

但願今夜不長。

節南這幾日沒睡好，想著跟王泮林搗亂，一路風餐露宿趕去齊賀山，而且看孟元苦得掉臉，心裡也挺爽樂。如今搗完亂，又過了半日悠哉，開始覺著犯睏了。

節南說到孟元，崔衍知從善如流。「好，就說孟元。」

節南點頭。「孟元央我帶他見玉眞姑娘一面，我覺著他既然被革了職，這輩子與官道無緣，和玉眞姑娘自然也就無緣了，與其死守著不讓見面，不如兩人說清楚。像姊夫那般苦口婆心、嘔心瀝血，恨不能掏了心窩，最後卻不管不顧、把孟元的死訊直接甩出去，逼得玉眞姑娘以死明志。要不是延公子及時救下人，姊夫可就害死自己妹妹了。」

崔衍知何嘗不知，今晨那一幕，此時想來都心有餘悸。他也受到了很大的震撼，不知玉眞對孟元用情如此之深，不惜追隨孟元而死。他甚至動搖了，若孟元未死，或許會幫玉眞也說不定。

節南瞧見崔衍知懊惱的神色，也不抓著痛處不放。「帶著孟元，我就不能和你們一起坐船，拿姑母當藉口，改走了陸路。行到半途，孟元聽說齊賀山平家村有神奇的甘泉，消除百病，所以為了玉眞姑娘非要繞道取泉。我沒辦法，只好在山下等他，結果等了兩日也沒見人回來，心想這傢伙會不會先到玉眞姑娘這兒來。再說我與郡主約好會合……」

「事到如今還撒謊。」崔衍知沉眼但嘆。「今早我聽得分明，妳說孟元來不了。照妳剛才的說法，妳只是不知他來沒來而已。」

節南其實說孟元來不了的時候就知道不對，所以當時崔衍知先聲奪人，才嚇了一跳。但是，節南聰明啊。「和姊夫一樣，都是讓玉眞姑娘的固執逼急了，說那話有點兒賭氣的意思。」

「話可以隨便說，但妳救玉眞時顯露一手功底不淺，我親眼所見，妳又想怎麼狡辯？」和節南說得愈多，心裡的無力感愈熟悉。

「我何曾說過不會功夫？」不用狡辯，節南大方承認。「自小離家學藝，還能學什麼？不過學得不精，只能自保罷——」

聲音未落，人與劍已經到了眼前，凌厲堅決。

節南的身法快得不可思議，一折一旋，點欄杆，捉了亭柱飛一圈，落在崔衍知身側。

「好一個自保！」崔衍知手腕走蛇形，劍光如電，又向節南腰間刺去。

崔衍知沒有留手，節南也不還手，腳下搖曳生蓮，如踏水上圓葉，身姿曼妙，閃過一式式凌厲的劍花。隨著他一劍劍落空，還有那一身絕妙讓劍的功夫，崔衍知愈來愈確定桑節南是誰。

他面沉若水，輕喝，一劍分水直刺。

節南終於不再讓，身體忽旋，直奔崔衍知手中劍光，卻靈巧避開鋒芒，同時左手蘭花指，往崔衍知腕上的穴道一彈。

崔衍知五指頓麻，眼睜睜看著自己的劍落向地面，撞出鏗鏘之音。

他怎會忘記這一招？大王嶺上他初帶兵，遇到那隻兔子，一支青碧劍彈傷他的手，也是握不住弓弩。

「姊夫不要逼我嘛。」

那聲音微啞，帶笑，充滿令人心怒的嘲意。

崔衍知猛地轉過身去，氣瞪雙目，看著老神在在的那位姑娘坐回去。

「兔子賊就是妳！」

節南折膝憑欄，遠眺黑夜中村莊裡的星星點點，不望崔衍知一眼。「姊夫知道我為何不能早對你說實話？實在你官腔太重，一份正義不打彎，逢著看不到面目的就是賊，逢著江湖出來的就是殺人犯。明明有智慧，偏要當傻官。成翔府一群鯰魚官雖說不甚好，你被他們孤立，也有你不夠圓滑的緣故。」

崔衍知惱道：「我如何為官毋須妳教。桑六娘，妳自己藏頭遮尾不敢露出眞面目，不是賊心就是賊膽，還道我錯怪了妳？」

「不露眞面的原因多了，可以和賊心賊膽毫無干係。我覺得你眞奇怪，怎麼老是想法偏激呢？身爲推官，首先就是公正公平，而不是直接扣人罪名。」

崔衍知讓節南的話堵噎也非第一回。「好，我這回什麼罪名也不先扣，妳能否如實回答我所有問題。」

「不能。」節南能和王泮林一個幫，絕對同屬一類，都不聽話。「換作我問你，你能回答我所有問題嗎？沒人會喜歡被當作犯人。」

崔衍知沉默了好一會兒，拾劍入鞘，走回石桌坐下，再開口竟緩和很多。「桑六娘，我並無惡意。」

節南微微笑道：「這大概是我認識你以來，聽到你最溫和的語氣了。其實我也知道你無惡意，不過就是名門公子傷及面子，心裡落了陰影，怕同女子靠太近，再發生強求姻緣之類的事。」

崔衍知輕哼。「妳自然能說得輕鬆，但也罷，過去便過去了。」讓節南喊了那麼多聲姊夫，發現自己已經麻木，且不知不覺擺脫長久以來困擾他的陰影。「所以，我遇見妳時，妳在追查妳爹的死因，還認爲千眼蠍王只是凶手之一。而妳爹爲北燎四王子私買糧草武器，妳當時燒掉了他們的通信，是怕桑家捲入更深的陰謀之中……」

節南承認。「也可以說是怕我自己受牽連，儘管對我爹幫人屯養私兵的眞正目的毫不知情，但也要別人相信才行。只是看姊夫那樣，我救了你，你還恨我全家，我就更不敢指望其他人了，所以只好燒了物證，免得落到呼兒納手裡。」

崔衍知有些尷尬。「說是救，我瞧妳玩得不亦樂乎。」

節南不以爲意。「本是霸王女，怎能裝淑女？結果妳沒眞成我姊夫，不就好了。」

「……結果好就好。」崔衍知一怔就回神。「那妳可曾從其他信件中發現凶手的線索？」

節南的眼睛悄悄瞇尖。「那些信不在我手上，也暫無其他線索。」

「在誰手裡？」崔衍知問，卻見節南挑眉不語，想起她的刁性子來，自知無法讓她開口，轉而問道。

「妳與孟元一起去了齊賀山？」

「身爲兔幫幫主，哪有不帶頭的道理？還好去了，否則怎知孟元是卑鄙小人……」

後話都和王泮林之前的說辭接上了，節南也不管沉思的崔衍知，睡覺去了。

13 家書家兄

第二天一早崔衍知就走了，節南她們都沒見到。崔衍知給延昱林溫留了信，大致就是說他公務在身，不得不先走，請他倆照顧著姑娘們，但說不準什麼時候回來，讓大家不用等他一道走。

蘿江郡主道崔衍知來去像陣風，比她王爺爹爹還忙。林溫就笑說他們都是閒人，比不得崔五哥年紀輕輕就擔了朝廷重責，大家能見到大忙人的面就該滿足了。而崔衍知不在，延昱就像眾僕的主爺、眾客的老大，理所應當成了大家長，管起別業裡裡外外的事來。只有林溫，還是不臊臉子地混在姑娘堆裡，和節南蘿江她們爬山、放風箏、摘果子、吃西瓜，高高興興玩了五六日。

這日，崔玉眞終於能出屋子，蘿江郡主和瀟瀟菲菲她們都趕去看望。節南帶了碧雲也正要過去，仙荷進屋來，手裡拿著一封信。

「七姑娘家書。」

節南一聽，眼中閃冷芒。小柒把她送過來之後就去了瀘州，雖然是打探孟元的下落，但姊妹倆聯絡，從不用通信這種留證的方法，一般沒消息就是好消息，要麼回來當面報信。所以，這封信從哪兒來的？

節南展信讀了，讓碧雲到外面等她一會兒。

仙荷立覺異樣。「姑娘。」

「年顏用小柒的名義送來的信，說二夫人的嫁妝舖子出了點麻煩，又不好驚動剛回鄉的老爺夫人，希望我盡快回趙府，代爲出面解決。」信很簡單，寥寥數語。

仙荷已知節南出身來歷，自然就知年顏的來歷。「二夫人的嫁妝舖子不就是神弓門在都城布下的暗堂？既然出了麻煩，必指暗堂發生變故，理應報與二夫人知道，卻反而讓六姑娘趕回去，是何道理？」

這回李羊能偷到巡營戰船，仙荷功不可沒，此時又一語中的，節南大感輕鬆，心道這個幫主也不盡是讓幫腦利用的，還有不少好處。譬如，手下聰明，辦事不愁。

節南應道：「的確沒道理，因爲即便桑浣不在，都安分堂的事也輪不到我解決，我和小柒在門裡輩分不低，但地位很低，只是雜探而已。」

仙荷自知那是節南姊妹倆刻意而爲。「六姑娘說過，神弓門主欲除妳二人而後快，也許要動手了？」說到這兒自己心驚。「仙荷以爲，此事要立刻知會公子。」

節南卻搖頭。「我以爲還不會。金利撻芳若要動手，要麼不驚動門人暗殺我和小柒，但想通過門規殺人，就需要拿捏我姊妹的一個大錯處。然而由年顏來信讓我回去，可我近來根本不曾接過任何任務，哪有錯處可捏？」

仙荷並未像節南那般淡定。「惡人殺人還須理由嗎？」

節南想了想。「不需要，但需要契機，除非是蠢人，而惡人一般都不蠢。」

仙荷覺得有理。「姑娘打算怎麼做？」

「今日宜出門，恰好玉眞姑娘也好些了，等會兒探望過她，我們就辭行。」

本來說好出來七八日，哪知蘿江郡主她們玩起了興，一連住下五六日，算下來已過半個月。再待下去，非但主人家會嫌煩，各千金家的爹娘估計以後也不肯放人出門了。況且，得知心上人死訊的崔玉眞、玩得樂不思蜀的眾姑娘，在節南這個知情人眼中，只覺安慰作用不大，刺激作用大，還是識趣些，還人清靜得好。

於是說好了，仙荷和碧雲就開始收拾行李，節南一人去崔玉眞的居所，路上正巧碰上延昱和月娥，告知兩人將要辭行的打算。

月娥就說想去和仙荷道別，節南和延昱皆允，三人行便成了兩人行。

「我剛才也在想是不是該告辭了。玉眞姑娘需要靜養，而我們這些人吵鬧過分，說來探病，其實只顧自己遊山玩水。我瞧著再這麼下去，大概會加重玉眞姑娘的病情。只能看人開心，她卻哪兒都去不了，豈不是更加抑鬱？」延昱之所以人緣好，因他總能適時替人著想，可靠成穩，又知冷貼暖，是君子，更是大丈夫。

節南哈哈笑道：「我也如此作想，不過蘿江郡主可不這麼以爲。她說玉眞姑娘能出屋子，大夥兒就能陪她說話散心，再留個十來日，玉眞姑娘全好了，大家一起回去。」

延昱也笑。「這個郡主哪裡像嫁了人的，任性一如既往，看來劉郡馬性子太好，拘不住她。」

「只要各家長輩點頭，郡主她們想留就留吧，既然出來了，玩個盡興再回家也好，畢竟難得一回。但我家長輩都不在，只有表姊一人顧家，就怕她辛苦之餘還要擔心我。我之前寫了信，她亦沒回。」節南心道不是劉睿性子好，是蘿江厲害，家裡說了算。

延昱沉默一會兒。「桑六姑娘莫怪我多嘴，這回和觀鞠社的姑娘們同船，聽說一些妳的事。妳姑母似乎對妳管得頗嚴，又當妳家僕一般差遣，而非惜妳爲親？」

這本是節南親手繪出的一幅寄人籬下圖，但聽延昱問起，卻不知其意，謹答：「還好。」

延昱再度沉默片刻，在崔玉眞居園外站定。「我認桑六姑娘當妹妹，可好？」

節南愕然，抬眼望去，見這人嘴角含笑，雙目卻很認眞。

節南脫口問：「我看起來這麼可憐？」

難道這就是看同一幅畫，卻各有各的感觸？

延昱大方與節南對視。「我家中無兄弟姊妹，但與妳相處，就覺得我自己是個要照顧妹妹的兄長，很見不得妳可憐。我也奇怪自己爲何如此，想來大約妳我上輩子是親兄妹……」

節南忍不住噗笑，心中不暖是不可能的。「叫你一聲『大哥』有何不可，認兄妹卻罷了。我近來剛認一乾娘，突然多出一大家子親戚，正為此頭疼。」

延昱問得仔細。「認了哪家夫人乾娘？可足以護妳？」

這事遲早藏不住，節南坦言：「江陵紀家王氏，也是——」

「王家女，芷夫人。」延昱神情但鬆。「好極，能得王家庇護，誰能欺妳無親？而我這個大哥不久將搬至趙府旁，六娘若受委屈，只管找大哥訴苦。」

命不久矣，所以天上不停掉餡餅，讓她撐死先?!

雖然讓餡餅砸得有點暈，看到花園裡病殃殃的崔玉真一見自己就眼睛紅，節南立刻醍醐灌頂，心想這姑娘肯定要找她麻煩了。

果然，崔玉真對蘿江郡主她們說道：「今日天氣好，各位妹妹不用陪我乾坐著，不是說要到山裡看狐狸去嗎？桑六娘會陪我說話，妳們快去吧。」又對一旁玩擲筒的林溫囑咐：「還請溫二爺多照看著些姑娘們。」

林溫應得乾脆，笑著起身。「姑娘們哪裡是來探病，這麼呱噪，玉真姑娘的耳朵也要病了。走走，咱們還是去找狐狸吵去。」

蘿江郡主也站了起來，若有所思的樣子，卻又豁然開朗，左右拉一個姑娘，頜頭就走。經過節南身邊時，對她眨眨眼努努嘴，大有猜到些什麼的通透。

節南撇笑，淡淡點頭，側目送人出了園子，才走到崔玉真身旁坐下。風和日麗，崔玉真半躺在竹榻，腿上蓋著薄錦，臉仍白得沒有血色，給節南秋風蕭索之意。但她什麼都沒說，只是坐著，靜看園中一角瓜地，還有藤上串串葡萄，彷彿崔玉真走到哪裡，都在崔相夫人的羽翼之下。

「六娘，請妳說實話，孟元真不在了嗎？」崔玉真卻不懂節南沉默是希望她沉默。她沉默不了，心如刀絞，身處地獄。

節南沒有馬上回答。

「五哥說妳親眼所見，所以妳才對我說他來不了了，是與不是？」崔玉眞連問。

節南心想，怎能指望崔衍知保守祕密，一個是親妹子，一個是假姨子。

「妳與他眞是到齊賀山取泉水，偶遇從香州逃來的匠人們，與他們起了衝突，不小心從懸崖跌落？」崔玉眞的面色急紅，更顯三分病入膏肓。

節南暗道自己冤枉崔衍知，這人沒把兔幫說出來，卻重拾被他拆穿的謊言，將事情大大簡略化了。

「是。」這樣她也好回應。

只不過一個字，崔玉眞一下子恨豎黛眉，目光在節南臉上打轉，生怕其中有陰謀算計。「妳親眼所見？」

「是。」節南神情平寧。

崔玉眞吸進一口長氣，屏住了，死死咬住唇，在節南幾乎要提醒她呼氣的時候，從唇縫裡吐出了氣。接著幾次急促呼吸，眼中又掙出淚來。

女人是水做的，就算面容枯槁，皮膚乾裂，三魂七魄都抽沒了，還能流淚。

崔玉眞問：「懸崖多高？」

「百丈不……」節南沒說完。

崔玉眞打斷，連珠炮似地，說得又快又忿。「下面是水，掉下去未必會沒命，爲何妳說他死了？他落崖，爲何妳眼睜睜瞧著，卻不救人？還是妳被我爹娘買通，故意引他上山去，趁機害死了他？」

節南嗤笑一聲。

崔玉眞睜著一雙紅眼珠子。「我說中了？你們都恨不得他死！桑六娘，妳當初救我，陪我讀書，卻也和其他人沒什麼兩樣，都只想討好我爹娘，其實就是爲自己打算！」

嗤笑變冷笑。節南起身，抱臂，退後，神情嘲弄。「是啊，人往高處走，水往低處流，玉眞姑娘是明珠佳人，我桑節南是野生丫頭，我倆站一塊兒，什麼都不用做，我就沾妳的光了。玉眞姑娘能看明白我，卻看不明白同樣野生的孟元。就因爲孟元是男的，不會爲他自己打算，只會爲妳神魂顚倒，傾其所有？」

節南哈哈笑出。「罷了，玉眞姑娘非要我給妳一個希望，我何必吝嗇？懸崖下面是江水，那麼高跳下去，只要不撞上暗礁，又會泅水，就可能大難不死。不過，我可不承擔殺人的控訴，孟元不是我害死的，不是讓人逼落懸崖的，也不是他自己跳的，而是他想活命，踩著一位老匠人往上爬，結果那位老人家恨他背叛同伴，割斷了繩子，和他同歸於盡的。」

崔玉眞又沒法呼吸了，不小心反嗆，一陣猛烈咳嗽。

原本去耳房檢查藥材的延昱正好出來，大步趕到，爲崔玉眞倒了杯水，又輕拍她的背，同時看向節南，以眼神詢問怎麼回事。

節南聳聳肩。「玉眞姑娘病糊塗了，我跟她辭行，她就不依，怪我只爲自己著想。」

她是該離開了，眞心不想再幫崔玉眞遮遮掩掩，既然愛得死去活來，到了生死相隨的地步，還有什麼不能承認的，大聲喊出來就是，裝什麼風寒！

延昱對崔玉眞道：「玉眞妹妹，六娘家中——」

啊——啊——啊——

崔玉眞用盡全身力氣大叫幾聲，驚得延昱縮回手，尷尬得不知該不該退避，她又忽然雙手拍起竹榻，像個孩子一般嚎啕大哭，眼淚鼻涕一概不擦。

節南眞是看不下去好好一大美人哭得醜態百出，而且還讓這位大小姐莫名數落一頓，火大起來甩袖就走。

「桑六娘妳別走！」

節南聽到崔玉眞喊自己，卻也不回頭。

「妳陪我去齊賀山，求妳！只要帶我到孟元掉落的懸崖那裡，只要讓我親眼看一看那個地方，無論他是生是死，是好是壞，從此我都不會再提起這個人！求妳！除了妳，沒人會幫我了！」

撕心裂肺的哀求聲，神仙動容，節南更不是鐵石心腸。她氣也是眞氣，但崔玉眞這時理智無存，說得多是不過腦子的瘋話，她要較眞，那她也不正常了。

節南轉身，瞧見延昱眉頭緊皺，忽而了悟又震驚的表情，已經不知該怎麼說才好了。這姑娘何苦鬧騰，以至於知道崔玉眞愛慘孟元的外人，又多一個。

午後，節南告別蘿江郡主等人，帶著仙荷和碧雲，由崔家幾名護院隨同，到渡口坐上了前往鎭江大港的客船。

仙荷見節南沉默寡言，難免憂心。「姑娘怎麼了？」

節南嘆。「有件事我不知道做得對不對，也許眞會害死人。」

她最終還是將孟元的落崖點告訴了崔玉眞，這會兒想來卻感覺自己上了崔玉眞的當，很可能崔玉眞打算去那兒尋死。

罪惡感？不，她桑節南可沒有。

只討厭將要惹來一身腥的感覺，還有一身腥之後，清理起來好不麻煩。

趙府，雅靜如常，燈籠還白，「喪」字已下。

節南一下車，就見趙雪蘭等在門庭，一身鵝黃素裙，雲髻輕綰，橙夕橙晚一個拎大串鑰匙，一個捧一盤簿子、牌子，眾僕恭首謹立兩側等示下，儼然主母之勢已立。

趙雪蘭碎步過來，挽了節南的肘彎，無主母架子。「妳可捨得回來了？」

節南輕氣嘆謂。「終於回家了，累死我了。」

這個屋簷雖小，也非盡善盡美，她卻對之日久生情。除卻桑浣不論，趙琦姑丈眞是老好人，而趙雪蘭又成了明白人，所以愈住愈滋潤。

趙雪蘭本想多怪幾句，見節南如此感嘆，又覺她面色的確不好，轉爲關心。「在家千日好，出門一時難。妳這才出去多久，臉色怎地發焦？還好我一早就讓廚娘燉了燕窩——」回頭囑咐碧雲一聲，又讓橙夕橙晚給眾僕發牌子，才和節南往後庭走。「前幾日收到妳的信，我正焦頭爛額，等我好不容易抽出空要回信，又接到妳要回來的消息了。」

四周只有仙荷，節南放心笑道：「我可就指望妳了，姑姑幾曾給我吃過燕窩啊。」

趙雪蘭撇撇嘴。「拿出對我的一半厲害，妳姑姑也能好吃好喝伺候著妳。」

節南不好說這姑姑不吃她的厲害，笑笑不語。

趙雪蘭自然也沒當眞，說笑過後神情轉凝。「不當家不知柴米貴，妳是不知道——」忽見節南要笑不笑盯著自己。「幹嘛？」

「覺得妳和蘿江郡主當眞能成閨蜜，都是當了媳婦就突然鑽不過錢眼子了，開口家用，閉口帳本，哼一聲都是錢糧。」笑死了。

趙雪蘭一笑卻嘆。「我是說眞的。從前總抱怨我爹偏心二房，以爲好東西都搬給桑姨和弟弟妹妹了，但等到自己成了掌錢的那個，才發現家裡正常開支的名目竟這麼多，哪有閒錢買好東西？我再理了理母親在世時的舊帳，方知爹並未虧待我和娘，物用上盡足我們，還爲母親的病耗去他大半官俸，多虧桑姨拿出私房貼補，勉爲其難撐平公帳。」

節南早在看到趙府這塊地皮時，就知桑浣擅長經營，否則單憑寒門出身的姑丈那點六品官的俸祿，怎麼置得起平蕪坊裡的宅子。

「所以妳爲家裡沒錢買米下鍋愁得焦頭爛額？」桑浣的私房錢，當然不會讓趙雪蘭管著。

「雖然這會兒還沒到那步田地，等下月還清藥舖的欠帳，就不好說了。」趙雪蘭苦笑。「我這輩子還是頭一回，眼巴巴數日子等我爹發俸祿，日日關心米市，怕米價掉了，換不到好價錢……」

南頌官員俸祿算得優厚，以貫錢和米糧的幾種結合形式下發，不過優厚這個東西也是相對的。寒門對比高門，同爲官宦，開銷都不低，但寒門沒有高門一代代積累起來的財底。六品的俸祿比一品的俸祿，那也是天地之差，比如崔五郎他、王九他爹，百萬文年祿。

節南不由發出一聲感嘆。「姑丈要是混上四品三品，那咱能跟崔左王右家的姑娘們拚拚財力了。」發覺自己怎麼又歪到王九身上去了，好像很眼紅他家有錢似的，呸！

趙雪蘭噗哧眞樂。「原來妳比我還會作夢。」

節南頓時「發憤」。「不作夢，咱腳踏實地，燕窩倒了，我不吃，讓妳這小氣鬼省錢。」

趙雪蘭扶住牆，笑得邁不開步子。「我也是欠的，怎麼就還惦記妳這張不說好話的壞嘴呢？」

節南哈哈笑。「還不是妳不會當家，窮要有窮樣子，一出來燕窩一盅，再哭窮卻是晚了。」

「跟妳實話說了，燕窩不是咱家裡的，是紀老爺幾日前送來的。除了燕窩，還有好些名貴補品，雖說帖面上是送給趙府的，信中卻道與妳投緣，特別喜愛妳這個小輩，好似怕我私吞了。」趙雪蘭心性仍高，但本質良善，如今學會了怎樣運用智慧，就變得十分出色。

節南看到趙雪蘭，難免想到崔玉眞，卻不以爲崔玉眞會像趙雪蘭那樣變化。說到底，趙雪蘭的清高是被她娘親和大舅那家子養出來的、爲了嫁高作出來的姿態，而如今顯露出來的皆是本眞。崔玉眞則出生即爲明珠，毋須壓抑本性，對人展現的一切都是自我。

「相公起初不知，問我如何認得江陵首富，我才知很引人誤會，而且前些日子我到綢緞莊，碰到幾位夫人聊天，正說到江陵紀家的二爺風流，小妾娶進一位位。我後來趕緊打聽了一下，雖然這位紀老爺和那位紀二爺不是同一人，但肯定是一家子，妳也不怕——」

「莫怕莫怕，紀老爺對我沒別的意思。」節南不能說只有認親的意思，轉開話題。「妳一個新媳婦，該說的不是這些，而是新姑爺的事。」

趙雪蘭微赧。「他的事有何好說。每日一早就去衙門，差事忙起來晚上都未必見得到人。不過因小叔住進家裡，常同我說些小叔的事，家裡那攤子帳他得空的時候會幫我看看，出些主意，反正就是家裡長短的，沒新鮮。對了，玉眞姑娘身體如何了？」

不炫耀夫君好，就表示夫君眞好。節南心笑，卻對最後那句輕描淡寫。「還要養些時日。」

趙雪蘭從這麼簡單的一句話中察覺綿長深意，回眼瞧瞧仙荷。

仙荷自覺，快步走進青杏居，留兩人說話。

「玉眞姑娘和孟……該怎麼辦？」趙雪蘭是才女，崔玉眞也是才女，才女自有相惜之情。

節南不是才女，還受了一肚子氣，所以淡漠。「妳的信我交給玉眞姑娘了，不過除了以淚洗面，她好像也不能怎麼辦。孟元……」還是決定少八卦。「不能爲官，前途也沒了，崔家無論如何不會同意女兒嫁一平民百姓，大概就這麼耗著，不讓兩人見面，感情慢慢淡了，腦袋也慢慢涼，希望女兒自己能想明白。」

也許，過個幾日，誰都不用想了，人家到天上做夫妻。

「要能想明白，也不會一直不嫁，掛念這麼些年。」趙雪蘭看得清崔玉眞的心。「其實玉眞姑娘要能明白不求而得就好了，天意難違，再煩惱也徒勞——」

忽見年顏站在不遠處，兩眼陰沉盯著節南的難看樣子，讓趙雪蘭有些心驚，蹙眉低道：「也不知桑姨哪兒找來這般醜容的車夫，要不要趁桑姨不在打發了他走？玉眞姑娘如今這樣，將來未必還需要件讀，我本就想著應該將崔府的馬車還回去。」

節南也瞧見年顏了，撇一抹冷笑。「馬車好還，馬車夫不好打發。姑姑這會兒鞭長莫及，而妳掌家一個月不滿，就馬上打發她找來的人，這是挑得她自覺晚年不保，所以不得不拚個妳死我活？」

趙雪蘭沉吟道：「是我心急了。」

節南道：「不用心急，一個車夫而已，頂多把車趕溝裡去。」

趙雪蘭笑笑，可一瞧見年顏的臉又笑不出來，讓節南晚上過去她院裡用膳，蹙緊眉心走了。

節南覺得應該把從大門到青杏居這條路專門取一個名，趙府的家務事一路說下來正好，也不用帶進青杏居繼續煩。她看著趙雪蘭的背影在廊角折過去，聽著年顏幾乎無聲的腳步，回眼淡凝。

年顏長臉如馬，薄唇苛線，眼白多眼黑少，吐氣森森，手中持一塊鐵權杖。「奉門主令，桑長老效命多年，特許功成身退，從此可以安心相夫教子——」

節南忍俊不止。「到功成身退就好，相夫教子這句太囉嗦。師叔從門中隱退之後是相夫教子還是幹別的，門主管得著嘛。」

年顏抬抬眼皮，眼珠子頓然全白，接著傳達命令：「信局等四間舖面由門裡收回，另增海煙巷一處暗堂，皆交與新堂主打理，三城門下聽其調派，不得有誤。」

節南表面不在意，心裡挺驚詫。她好不容易掌握了趙府的主動權，已經能牽制桑浣的後方，這時金利撻芳撤掉了桑浣，換上新堂主？難道掐準她混得如魚得水，桑浣拿捏不住，所以派來厲害親信？還是，終於要對她和小柒動手了嗎？

年顏還沒說完。「堂主明晚海煙巷設宴，款待四大掌櫃和手下人，師叔這邊由妳我代爲出席。」

節南「唷」一聲。「那我回來得眞及時，差一點就只能由你獨自代勞。堂主由誰替任？師叔知道後可說了什麼？」

年顏臉頰拱起，睨住自己的鞋尖，好像在笑，又好像在哭，表情極其詭異，竟不言不語走了。

節南回到自己屋裡，將明晚海煙巷之約說與仙荷聽。

「只怕我之前的擔心不錯，換堂主設新暗堂，明晚專爲六姑娘擺下鴻門宴——」仙荷一臉正色。

「六姑娘有何打算？若無把握，我覺得還是——」

「通知九公子？」節南搖頭笑。「妳可是右拔腦，怎能依賴幫腦。」

仙荷不以為然。「赫兒自比不如九公子，只能想出拔腦這等口頭便宜。九公子對仙荷先有救命之恩，後又指點迷津，仙荷十分欽佩公子的智慧。對仙荷而言，六姑娘和九公子都是自己人，神弓門卻是敵人，所以兔幫應該一致對敵，僅此而已。」

碧雲在外報說燕窩端來了。節南道聲「進來」。結果來的是穿著粗使丫頭裙子的赫連驊。他放下桃木盤，送上碗盅，擺上瓷勺，動作乖巧恭順，卻不刻意擺嬌柔，完全是個穿女裝的男子。

節南挑剔。「赫連驊，你要是不想扮女子了，就穿男裝。要是想繼續裝青杏居的丫頭，穿上女裝就得扮像了姑娘。這麼男女不分的，看得我彆扭。」

赫連驊不管。「這兒又沒別人瞧見，有何要緊？老是裝女腔女調，今後改不過來怎麼辦？我可是頂天立地大丈夫！」

仙荷忽道「有了」，對節南耳語幾句。節南慢慢點了兩下頭，笑得好親善，對赫連驊招招藏尖的手爪。「赫兒來，幫主我給你一件好差事做。」

赫連驊一臉懷疑。「什麼好差事？」

節南過去悄悄說。

赫連驊大叫。「這算好差事？」

「不用女扮男裝的差事，對你不都是好差事嗎？」女子漂亮不愁，男子漂亮愁死。赫連驊男生女相，大概備受異樣目光看待，節南看他這會兒的反應就猜得到。「這差事辦完，我保證再不用你男扮女裝，從此以後大大方方當你的大丈夫，如何？」

赫連驊摩挲摩挲下巴。「一言既出，駟馬難追？」

「當然。」節南張開五指。「擊掌為誓。」

赫連驊一拍而過，隨後往外走。「我這就去安排，妳們等我消息。」

❖

傍晚，有一個小姑娘在青杏居外賣花，仙荷買了幾枝蓮回來，一邊插水瓶，一邊說海煙巷良姊姊病重，有心找人接班海煙巷。下面幾個男姐互別苗頭，正爭良姊姊的位子，所以約定明晚海煙河道比花船，誰的船接到客人的花最多，就是新一任大姊。

節南「哦」了一聲。「仙荷，看來妳我皆太謹慎，神弓門新堂主不是爲我擺宴，而是爲了看花船會才設在明晚。明晚是黃道吉日吧？」

「六月十五。」仙荷道。

「六月十五？」節南想起明日原本該赴長白幫幫主之約，立生死狀比武的，如今卻不知長白幫是何情形。「不用跟長白打架，卻要跟神弓門吃飯，怎麼都逃不出六月十五，所以不是吉日，而是大凶。」

仙荷不愛聽。「姑娘別說不吉利的話。」

節南撇笑。「仙荷妳不懂，小時候我爹就找人幫我算過了，我命格又硬又煞，別人的吉日，肯定不是我的吉日；別人的大凶，就肯定是我的大吉。明晚本要找長白晦氣，看來卻是海煙巷要倒楣。妳看，良姊姊病重，表明那裡凶煞，正好旺我命格。」

從節南半開玩笑的話裡稍稍得了些安慰，仙荷也開起玩笑。「好，好，我的好姑娘，妳說長道短，不就想自己看著辦，不讓九公子插手嘛。我答應，只要姑娘子夜前回府，就不找公子。」

「有何不可。」節南眨眼。

一夜無話，二夜催。

14 海煙之花

小舟嫋嫋，船頭的客人站得悠穩，船尾的船夫搖得悠櫓。兩旁霓燈孤寂映河巷，窄窄折折的各家門前清冷，然而夾雜在水流聲中的樂聲歌聲笑聲，對節南而言，清晰可聞。

海煙巷，龍陽之癖的男子們尋歡作樂的地方，雖然頒法明令禁止，卻有的是強權名貴撐腰，就在天子眼皮底下闢出來的、圈養形形色色卻一律俊美的男子，皮肉生意比洛水園紅火得多。

海煙巷縱橫井字巷，自護城河引水，巷巷靠河，當紅男姐們的宅後必通河道，方便金主們祕密進出。海煙巷看似各家各宅獨立，平時也各做各的買賣，卻有嚴格行規。入住海煙巷，首先定是要從業的男子，根據品貌分三六九等，本身有些資財的，可選上等宅。這種宅子不但占了地利，而且可直接在良姊姊那裡掛牌，從此不愁客源。最末等是年老色衰的男子或無根無蒂的少年，住得差，也拿不到財大氣粗的客人，生活在海煙巷邊緣地帶。有良姊姊的許可，卻無良姊姊庇護；受一層層剝削，卻又別無謀生手段，飽一頓饑一頓，但總能容身。

良姊姊之下有七八名紅姐兒，各自有人擁戴，平時誰也看誰不順眼，一邊恪守自己的地界，一邊拉客搶客。平日裡要是遇上，比富比美，吆喝對罵，和美人爭花魁一模一樣的心態，而且攀比更烈，動輒上手，轉眼滿街就能群架，到底還是有男兒的血氣方剛。倒不是良姊姊壓不住，而是他根本不想壓，樂見底下人互相傾軋，他自己坐穩大姊大的位了。

良姊姊，不是一個名字，是海煙巷大姊的稱謂，一代代傳至今，第九代。

要說這位九代良姊姊，出生在海煙巷邊緣地帶，十七歲上位，今年二十九，十二年榮寵不衰，爲他甘奉全部家財的客人不知凡幾。烏明就是其中一位。

良姊姊的住所，處於海煙巷正中，是一座四層的十六角樓，叫作「海月樓」。海月樓是這片隱晦地帶上最出挑的建築，據說從頂層良姊姊的寢屋可望皇宮城樓，但似乎無人擔心皇帝會發現他眼皮底下大搞男風，反而入幕之賓以此勝景作豔詞豔曲，得意炫耀。海月樓一二樓喝花酒看雜藝，三樓度良宵。除了迎客的都是漂亮男子，和普通花樓別無二致，標準銷金窟。

海月樓左右兩旁華宅美屋，是良姊姊最寵的親信姐兒住處，有他們自己的戲園曲臺吸引豪客，卻乖乖接受良姊姊居高臨下的監視。

「……就跟狗等著主人扔骨頭一樣。」節南立在船頭，聽船夫說完一大堆海煙巷裡的事，得出這麼個結論。

船夫乾笑。海煙巷除了靠臉蛋吃飯的漂亮男人，還有像他這樣憑力氣吃飯的普通男人。除了男人，還有女人、小孩、老人。所以，他也活在海月樓的規矩裡，靠著良姊姊賞口飯吃，只不過客人給了銀子打聽，就避重就輕說上一些人人知道的事，但附和客人的調侃，他卻萬萬不敢。

從來把年顏當石頭，節南側眼瞧瞧船夫露怯的神色，挑眉笑問：「良姊姊病得不輕，其他姐兒卻要辦花船會，不會以下犯上嗎？」

船夫嘆口氣答道：「聽說是良姊姊提議的，要定十代了。」

節南又問：「看你挺喜歡這位良姊姊的？」

「九姐兒窮苦出身，他任良姊姊之後頗爲照顧我們這些苦人，而邊緣破屋裡的少年們較從前少得多了。良姊姊能接收就一定接收，也讓他手下紅姐兒收了不少失沽的孩子。他還很照顧老人們，自己掏腰包請大夫每月給大家義診。」船夫又嘆口氣。「只是今晚花船上的皆是外來，今後海煙巷是否還能想著咱們窮苦人，實在難講。」

節南覺得奇怪。「良姊姊十二年裡既然收留不少少年，難道沒有培養接班人，甚至本地無一人上花船？」

船夫搖頭。「起初大家也奇怪，後來得知今晚花船萬兩租一只，除了九姐兒手下那幾人，誰能負擔得起？不過只要有豪客肯資助，花船會之前都來得及報名。九姐兒收養的孩子中，有一人極為出色，若二位客人願意想助……」

萬兩租一晚花船？與其好奇九姐兒為何不大力資助同鄉，節南發現自己更好奇這花船生意是誰家開的。一晚上就賺三四萬兩，和無本買賣差不多，只要一年開一回工啊。

「我們不是豪客。」年顏陰森的語氣，加上陰森的長相，立刻嚇得船夫不敢再拉客。

節南不以為意。「良姊姊得了什麼病？」

船夫看看年顏，嚥一口唾沫，小心翼翼答道：「不知，只知五月起九姐兒就不見客了，有一回我撐船經過海月樓，正好瞧見他打開窗，瘦了一大圈，臉色白裡透青，一看就是重病，可憐……」

年顏瞥節南一眼。

節南的視線與之對了個恰巧。「看我幹嘛？病人都會瘦，病入膏肓都會白青。」不一定中毒，更不一定是——赤朱？

「對了，我們要去哪裡？」

小舟打彎，前方忽然燈火輝煌，十六角六十四盞大燈，還有從裡頭透出的各種霓色，照映得猶如白晝。

「真是多問了，除了海月樓，還會是哪裡。」節南眼中興趣濃濃。

船夫道：「今晚花船會就在海月樓報名，從海月樓右邊的傍海居門前出發，繞海煙巷一圈後，以海月樓客人們手裡的花為終了，然後就是點花數，花數最多的那位就會接任九姐兒，成為第十代良姊姊。」

「要是九姐兒病好了呢？」節南感覺這事有些倉促。「五月才病，不過一個多月，即便得了風寒還未必痊癒。」

「九姐兒要是好了，十代自然就得等著。」船尖碰椿子，船夫停櫓，說聲「到了」。

年顏一個箭步竄上岸，走出好一段路，回頭看到節南還在等船夫扶她上岸，不由瞇縫了眼好笑。

節南衝年顏白眼。「有什麼可笑？我又不是醜怪跳蚤，也不想讓鞋子浸了水，等會兒席面上坐不住。」

年顏斂起笑，慘色的唇抿直，白眼珠子跟死魚沒兩樣。「桑節南，妳跟我逞強毫無用處，有本事跟上面的人耍嘴皮子去，別裝廢物。」

節南遑論不讓。「承蒙看得起，我今日爭取要一要，看看新堂主能否給我換個不是廢物幹的活兒，好比清理門戶——不對——打掃門面。」

海月樓前兩個花枝招展的男姐兒過來，看到節南一身素布杏裙，熱情就少了一半，再衝著年顏高大的背影去，結果年顏一轉過來，嚇走另一半的歡喜，僵笑好似臉抽。

年顏已經習慣，冷冷遞上一張帖子。「我們要去二樓。」

姐兒接過瞧了，僵笑就軟乎了許多，開始對節南打量個不停，敷粉撲紅的臉上出現媚樣，一隻手甚至勾了過來。「原來是包場的貴客，就說這位小姐姐與尋常姑娘不同，一看便是有大見識的。奴兒櫻哥，小姐姐若相中奴兒，可跟媽媽討我伺候。」

節南微微一讓，櫻哥的手就撈了個空。櫻哥訕訕一笑，但也識趣，走在前頭帶兩人上樓，再不亂拋媚眼。

一級級臺階往上踩，節南禁不住嘲笑年顏。「年師兄怎麼連這種地方都遭人不待——」見字未出口，二樓的景象令她沉沉斂眸。

坐北朝南一張桌，桌後坐一女子，漂亮也是漂亮，卻不是明豔芳豔驚豔，就是嬌美，滴得出水，而且彷彿不經意將她最美最眞的那面展現人前，其實卻是算計好的撩撥。正如此時此刻，此女赤雙足，袖子捲起露一段潔白藕臂，一手握酒杯，嘟唇貼杯沿，兩隻大眼水汪汪，眼神嫵媚。既天真純美，又解萬般風情，各種恰到好處，德才兼備，美貌與智慧並存，還適時誘發男子的保護欲。此女自認花中王，衣裙上多有牡丹，喜歡擺排場，出門至少帶六名女門人，以襯托她這輪月亮。

一身牡丹的金利沉香。

節南哼笑。「我說你從昨日開始就皮笑肉不笑，笑也不像笑，跟縫上了嘴似的，怎麼都不說誰是新堂主，卻原來你的心肝尖來了。」

神弓門兩大護法之一，金利沉香嫁呼兒納兩年，新近還有了身孕，卻居然跑到這兒來接替桑浣？如果來的是金利泰和，她大概還不會這麼驚訝，但是金利沉香？節南只覺金利撻芳這步棋完全在意料之外，別說看不出對方的目的，連對方的下一步是什麼都算不出來。

年顏捉了節南的胳膊就走到中央，讓節南掙脫也不在意，俯首抱拳。「年顏見過香堂主。」

「師姊妳可來了！」沉香笑如黃鶯出谷，起身繞過長桌，赤足踩過嶄新的氈毯，一根連理枝的細金鍊子從腳趾纏上足踝，一對比翼鳥的小鈴鐺發出清脆響聲。

節南知道這妮子的手腕，就用這些小東西吸引人看那對雙足。金利沉香在打扮上耗費的腦子比諸葛亮耗費在三國上的心血還多。小柒也曾開過玩笑，說沉香嫁呼兒納之後大概每晚都會精心畫過眉才睡覺，不然呼兒納哪日醒得早，瞧見一張沒眉毛的臉，可能嚇死，沉香就成雌螳螂了。

節南掃過沉香平坦的小腹，謹慎退開一步，以免眾目睽睽之下，有人突然賴她害滑胎。

沉香作為女人，心思其實比節南細膩，一邊挽住她往主桌走，一邊湊她耳旁低語。「這胎我沒要，用來陷害呼兒納正妻了，等我回去就能坐上將軍夫人的位置。」

節南聽沉香好不得意，也無話可說。

兩人坐定，節南占一半主桌，又靠窗邊，稍稍往外伸脖子，就能看到樓外的河道，自覺這位子挺不錯，但環顧左右兩列桌席，發現眾人看她的目光可不善意。

沉香也瞧得出來，或者說是她故意營造出來的不善意，卻對眾人道：「大家可能不識得桑師姊，所以才奇怪她怎能坐我身邊。不瞞你們，桑師姊本是柒大長老首座弟子，柒長老要當了門主，桑師姊這會兒就不止坐半張桌子了。」

有人在席間恥笑道：「柒長老早化了骨灰，在這兒坐著的多數人已不知有這麼一位長老，且他敢挑釁門主，死得其所，他的弟子也該有喪家犬的覺悟。」

又有人誇讚。「香堂主不愧是門主千金，寬容大量，對方即便是喪家犬，香堂主仍念舊情。聽說柒長老私心極重，香堂主在器冑司學習時提造不少新式兵器，功勞卻都歸給了柒長老的首座弟子。」

多數不知柒珍的人，不善意的眼神轉變為厭惡。

沉香今晚的策略顯然打算抬高節南，由眾人打壓，正好抬高自己。「你們不要這樣，無論柒長老如何，作為弟子，除了聽從師父之命，別無選擇，錯不在桑師姊。如今桑師姊在門中默默做事，事無大小，功無高低，都是忠於門裡，還請大家不要再笑話她。我知道，你們背地稱她廢物，今後若讓我聽見，別怪我以門規處罰。」

好些人一聽廢物就嘻笑。節南留意到信局那桌只是附和，因為讓小柒打得斷骨的不少人都在，不敢嘲笑「廢物」。

「好了，不管怎麼說，桑師姊是姑娘家，給我作伴，大家就別計較了。而今日雖說是喝酒尋開心，但也是請大家多多關照。我年紀輕，對這裡又不熟悉，日後有什麼做得不對的地方，先借這頓酒當作賠罪了。」玉手捧酒杯，仰頭飲盡，沉香再叫來歌舞，上更多酒菜。

約莫過了三刻，忽聽外面銅鑼響，還有人一聲大喝——

「花船會馬上開始囉！」

節南正往下望，突然耳朵裡鑽進沉香一句話，令她猛回頭，這回連假笑都懶得掛。

「妳剛剛說什麼？」

沉香挪到窗邊，聲音嬌美清甜。

「我說，今晚妳必須和拿花最多的姐兒睡覺，銀子我付。」

節南忍了半晚上不說話，看沉香玩著不入流的心計，還覺這人愈活愈回去了，居然用眾口鑠金的破招。時至今日，她要是在乎其他人怎麼看待自己，早改名換姓。但沉香這句話出來，節南才知什麼叫死性不改。

從海月樓跑出十來名少年，提著紅燈，挨家挨戶拍門板，隨後門裡就有人走出來，掛門燈，再點河道旁的豎燈。皆是一色紅燈，星火點點，很快蔓延開去，在上空匯聚，又籠罩下來。燈光濛濛，波光粼粼，似海上生煙波。

再來，有船的坐船，沒船的就在河燈下鋪席，主人們妖嬈多姿爭頭臉，客人們戴著面具享春宵。美酒金樽，美人琵琶，方才還冷清的巷子，眨眼就成了上元燈節的集市，處處喧嘩，又處處神祕。這才是海煙巷，如同海市蜃樓般的豔麗，在陽光裡支離破碎，在夜幕下凝輝放光，過客匆匆不留名，無數新人替舊人，花季轉瞬即滅。

金利沉香說，她桑節南今晚必須和拿花最多的姐兒睡覺。必須，就是沒得商量，新官上任三把火的頭一把，而且確實是這個不要臉女人的做事風格。

「幹嘛這麼凶地看著人家？」沉香作嗲的本事天下第一，眼睛故意睜圓，將天眞和魅惑完美調和，神情施恩不求報。「柒叔在時，喜歡師姊的男子排長隊，巴巴求著師姊青睞。不過今時不同往日，我要是不幫師姊想著，還有誰能想著？」

節南怒極生樂，笑勾嘴角兩頭。

沉香是極致女人，這種女人一般囉嗦，又道：「妳可別以爲我又使壞。撇開今夜選良姊姊的意圖，花船會一年一度，就跟皇帝欽點狀元一樣，接花最多的那位必是大家公認的第一美男，不僅長相好，還具萬人迷的魅力，不然怎能讓人看上幾眼就甘心奉花？來海煙巷的客人，都是看盡天下絕色，對美女已乏味。而能讓男子動心的男子，對我們女子而言意味著什麼，不用我說，姊姊也肯定明白。」

節南終於打破沉默，語氣萬分誠摯。「不，沉香師妹還是說出來得好，妳的想法一向獨到，我們這等平常人不能領會。而我怎麼看，讓男子動心的男子就是娘娘腔而已。」

沉香咬唇嬌笑。「怎麼會呢？男子喜歡的男子乃人中龍鳳，貌美謫仙，十全十美……」

節南聽了一堆無謂的讚美辭，早知此女胸大無墨，說話十句，九句半不點題，還自以爲聰慧無比，毫無自覺是沾了自家老娘的光。但讓她光火的是，這麼個膚淺的女人，偏偏就能騙倒一大片男人。呼兒納當年神魂顛倒不說，年顏至今還死心塌地。所以，既然男人看女人的眼光都不怎麼樣，男人看男人還能好到天上去？

「沉香師妹若只是好意替我想著，我能心領嗎？」無論如何，也不能馬上出蜻螭抹了沉香的脖子，先禮後兵嘛。

「不能。」但凡心氣高的，大都強悍。沉香也一樣，不再作死嗲笑，面容發惡。「師姊這是雜活幹多變笨了？實話說了吧，這是我派給妳的差事，毋須妳感激，也不由妳說不。誰讓小師叔丟了洛水園，如今我接手就只能另想辦法。」

沉香抬抬下巴，傲慢看著那些在河畔吃喝玩樂的男子。「面具下到底有多少報得出名的官員，手中掌握著多少南頌朝堂的消息，可別說妳不知道。」

知道，但這些人這些消息跟她有鳥關係啊。節南睇眼笑，眼角餘光瞥著東倒西歪四大舖子裡的傢伙們，心想他們醉得差不多了吧。

「良姊姊是海煙巷頭姐兒，掌握他，就如同拿捏了那些官員的把柄，我們還有什麼事做不成的？浣師叔每回給我娘的信裡都說這不好弄那不好做，又說都城南遷，從前打點好的人脈已經不可用，要重新打點起來，聽著就讓人操心。可如今我到這兒一看，原來是師叔仗著山高皇帝遠，在偷懶吧。」

沉香和桑浣，二選一，節南選後者。「師叔做事求穩妥。」

「我大今兵強馬壯，眼看就到南下好時候，這會兒最重要的是快。」沉香嬌歸嬌，決斷不含糊。「其實呢，本來小柒最適合擔當這個任務……」

聲音忽然一頓，原來兩名美少年上來斟酒。

「咦，剛才那兩名俊姐兒呢？」沉香這才發現侍酒換了人。

「花船會要開始了，他倆都要跟船，媽媽才叫我們過來伺候。」一只白玉杯子送到節南手邊，少年垂頭，似不敢冒犯。

「等花船會結束，讓媽媽送豹眸那位到我房裡。」沉香吩咐完，揮手讓少年們下去，張口想要繼續方才的話題。

節南神色如常。「沉香師妹深研兵法，門人皆知妳謀略過人，最擅長操控人心。自古常用三十六計定乾坤，妳一計美人就能變化無窮，一片通殺。所謂天縱奇才、絕色無雙，就是指沉香師妹妳了。不過，師妹得天獨厚又精於此道，我卻笨拙得很，而海煙巷的男子不同普通男子，身爲絕色，偏愛男子，對女子自然萬分挑剔，怎麼看都只有沉香師妹自己更勝任。要不然，沉香師妹直接當十代良姊姊，打破常規，將天下美男子歸於囊內，何等風光！」

換句話說，除了美色，能不能換個新鮮點兒的？

「師姊眞是，我要是還沒嫁人，怎好意思讓師姊打頭陣？何況良姊姊名聲響亮，可能會傳到呼兒納耳裡去。要知道，已婚婦人可以找樂子，但絕不能讓夫君沒面子。至於師姊說到我當良姊姊，法子還不錯，就是花工夫，只怕盛親王等不及要看成果。」沉香聽不出嘲諷。

基本上，她是個很自得其樂的女子，優越感十足，節南那番明褒實貶的話，她只會很受用，因爲覺得自己就是天縱奇才、絕色無雙。

柒小柒名言：天有多高，金利沉香的臉皮就有多厚，自己還不知覺。所以，節南必須直接，很直接。「睡一覺就能有成果了？」

「這要看師姊的本事。因我一再退而求其次，最後不得已才選了師姊，但我對妳還是有些信心的。實在不行，師姊都以身相許了，我總不能責怪妳辦事不力。師姊還放心，我不會讓妳受委屈，一定讓良姊姊娶妳爲妻。」

節南哈笑。「唷，金利沉香，妳直說整我就是。」

沉香袖子掩嘴，終現原形。「哦，桑節南，我就是要整妳，不整死妳，就讓妳像柒小柒，人不人鬼不鬼。」

金利沉香自從懂事起，就立志成爲國母，天下女人之首，還能號令男人。然而她這個志向，在桑節南出現後，遭到了很大的打擊。原來應該收她爲徒的柒長老，對節南傾囊相授；原本將她捧護著的門人，對節南服服帖帖。節南聰明，節南根骨佳，節南夠義氣，節南最出色，連瞧不起她的親哥哥都偷偷喜歡節南。還因爲節南，笨蛋柒小柒都排到她前面，她成了第三。

神弓門裡同輩第三，還想什麼國母，什麼天下女人之首？所以，金利沉香恨桑節南！

懷揣這種恨，從女童長成少女，從少女長成女郎，金利沉香視桑節南爲這輩子最大的敵人，與節南的明爭暗鬥從未休止，哪怕柒珍已死，哪怕柒小柒已肥，哪怕她看起來已經是贏家。然而近兩年不見的節南，剛才她的視線與之對上的剎那，她竟然發怯。

一個廢物，明明是個廢物！爲什麼仍能意氣風發，刺痛她的雙目？

這讓金利沉香再度意識到，比起恨，她更怕桑節南。這也讓她更加決心，要摧毀桑節南，將節南踩在爛泥裡，叫人瞧見節南卑賤卑微的樣子，她才能眞正得到勝利的快感！

神弓門門風開放，男女門人合則來不合則去，露水姻緣也常見，節南與同輩門人一起長大，表面玩世不恭，平時愛瞧俊哥，好似起勁得很，然而桃花運雖旺，卻以專心學藝爲藉口，不曾接受任何人的追求。在金利沉香看來，那叫故作清高。不過南頌理學昌盛，禮教比北燎拘謹，節南是頌人，自然守身如玉。

金利沉香本來突然被調到這裡管分堂，遠離大今都城、遠離盛親王，心情可不是一般糟糕，但聽聞今晚花船會的消息，手上又捏著節南的弱點，就想出這麼個踐踏的法子來。什麼掌握了良姊姊就掌握了南頌朝廷，

桑節南不是清高嗎？經過今晚，看她還怎麼清高！

絲竹之音靡靡，眼見第一只花船從傍海居悠悠行出，金利沉香聽不到桑節南的回應。她耐不住性子，冷冷瞧過去，但看那個了不起的桑節南一臉淡漠。

「桑節南，我可不是說說而已，怕妳害羞，我連白帕——」

「金利沉香，我知道問妳要不要臉這種話實在多餘，橫豎妳也樂在其中。」禮數已到，節南要起身，不想再聽這女人說一個字，赤朱轉成絕朱，她可不怕豁出去——

「妳再敢動一動，柒小柒就會沒命。」節南不怕死，卻怕柒小柒死，正因為沉香知道這對姊妹如雙生子一樣彼此依賴，當柒小柒被送到她面前時，她就篤定桑節南逃不過今晚。

節南沒動，只是要起不起的蹲身之姿瞬間帶起劍拔弩張的可怕氣勢，葉目泛寒。「這不是可以不用美人計嘛，何必開口閉口要睡誰？妳以為妳尋歡，卻也是他人的玩物，互相利用罷了。反言之，相互利用達到目的的手段多得是，美人計是最蠢的。」

說她是他人的玩物？還說她蠢？

沉香怒道：「桑節南妳不顧柒小柒的命了？」

「妳動小柒一根汗毛試試。」節南嗤笑。「聰明如沉香師妹，應該知道手裡沒有籌碼的後果。再說，我就是坐得腳麻，又喝了不少，想要出去透個氣，並未說不接香堂主布置的任務。」

沉香強行壓下心火。「所以——」

「所以我去散心，妳看熱鬧，把銀票準備好，今晚妳我好好尋歡作樂一番，別辜負了良辰美

景。」節南站起身，自上而下睨看沉香。「我還要確認小柒是否真在妳手上，妳給我把人提過來。」

沉香心頭一顫。「我馬上派人去。」說罷又懊惱自己怎麼又怯，轉而橫道：「我讓媽媽在三樓留出了幾間屋，妳還是上去醒酒得好。」

節南知沉香怕自己不顧小柒，卻也不多說，上樓就上樓。

沉香掃看年顏，及時擺出嬌美笑顏。「麻煩年師兄給桑師姊領個路，我擔心她酒後率性，萬一得罪海月樓裡有權有勢的貴客。」

年顏點頭，聽著眾人又開始奉承拍馬，大步追上，在三樓樓梯口看到了站著不動的節南。走過節南身側，年顏冷道：「小柒確實在沉香手裡，目前安然無恙，只要妳——」

「乖乖聽話。」節南聲音更冷。「以爲妳對小柒至少還存一絲兄妹之情，卻是我癡心妄想。也對，怎能期望一個連師恩父恩都能背叛的傢伙？」

年顏腳步不停，似乎鐵心無情無義。

節南握拳，快步上前，正要再刮年顏幾句，忽聽樓上傳來一聲響動，她才想起四樓是這代良姊姊的寢居。心頭頓然閃過一念，快得她自己都抓不住，但覺應該上去看看。而她一向果決，膽子又大，當下步子轉上樓梯，直奔四樓。

年顏居然不阻不問，只是跟轉上樓。

四樓窄廊裡無人，門卻虛掩，節南推門進屋，就見儒雅明堂。兩面書架一角棋桌，另一角豎立大格架，皆是文房四寶。書桌比一般的要寬大，鋪一張長畫紙，毛筆蘸飽了墨，不及下筆。

「桑節南！」年顏沉喊。

節南轉頭看不到人，才發現草簾那邊人影晃動，年顏不知何時竟到裡間去了。她掀簾走入，看到地上趴伏一人，後腦勺對著自己，但一身五彩斑斕的絲袍告知了是誰。

她道：「良姊姊。」除了那位，也沒別人了。

年顏道聲「是」，俯身將良姊姊扶起，放到榻上。

節南總算瞧清良姊姊的模樣，然而聞名遐邇的海煙第一美這時不如赫連驊，雙頰凹陷，眼袋瘀青，瘦得尖嘴猴腮，只能從峻拔的鼻梁架子依稀看得出俊俏。

節南走過去，才碰到良姊姊的手腕就驚了驚，趕緊仔細把脈。她遠不如柒小柒精通醫術，只是略懂皮毛，但久病成醫，對中了赤朱的脈象十分熟悉，可以立刻確診。

「眞是赤朱。」

年顏沒說話。

節南也不用年顏說話，腦袋裡轉風車，想弄弄明白。

赤朱不是隨手可得的毒，由神弓門創立最初的門主自製，解藥製法只有歷代門主知道。簡言之，中了赤朱的人，多是和神弓門有關的人。

良姊姊是海煙巷的頭兒，在海煙巷出生長大，要說他和神弓門有關，不是不可能，甚至可能是神弓門埋伏已久的暗探。然而，如果眞是這樣的話，樓下那位肯定會說出來。不是沉香嘴不牢靠，而是她喜歡炫耀她自認得意的成功或籠絡到的能幹手下，比如流產的事。

節南還沒想多遠，榻上的人幽幽吁口氣，醒轉過來。

一雙柳葉目，靜若夜，深如海，眸裡好似藏有無形漩渦，漸漸將對方的魂魄捲走。節南望怔，不是貪瞧那雙眼裡的夜海，而是悲傷那人眼底的悲傷。

「你們什麼人？」音色醇厚，沒有一絲男姐兒的妖嬈豔麗。

節南這才回神，再看良姊姊的眼，除了眼形漂亮，已無睜開剎那的攝人心魄。不知爲何，她覺得鬆口氣，想不到世上眞有像沉香說的那種男女通殺的男子，是她在井底當青蛙太開心，今晚開眼了。

「我姓桑，行六，今晚在二樓吃酒，上三樓時聽到聲響，就來看看，結果見良姊姊暈倒在地。敢問良姊姊得了什麼病？」

良姊姊視線瞥過節南身旁的年顏，再看回節南。「原來是包了二樓的大客。多謝二位掛心，不過如君所見，我已無大礙，倒是不好耽誤二位看花船會，二位請自便吧。」

顯然領了情卻不願多談，有禮貌地逐客。

節南不怕被逐。「良姊姊最近是否吃多少都體重削減，全身發熱，湯藥不能退燒，月圓時候更像被架在火堆上烤，燙到骨髓，痛不欲生之感？」

良姊姊立刻坐撐起來。「妳知道我得了什麼病？」

節南看他的反應不像知道赤朱的樣子，謹慎起見，多問一聲：「你自己不知道嗎？」

良姊姊眼中微微閃芒，彷彿本來已經絕望，突然看到生機。「我要知道是什麼病，何至於束手無策？大夫們診不出來，也就開不了方子。桑姑娘若知，求妳相告，我定當重金酬謝。」

節南沉吟片刻。「告訴你也沒用。不瞞良姊姊，這不是病，是毒，解藥雖有兩種，一種緩解，一種根治，可是並不好拿。」

良姊姊愕然。「我怎會中毒呢？」低頭半晌，抬眼，雖還有迷惑，語氣卻輕鬆不少。「無妨，天底下沒有海煙良姊姊弄不到的東西，請桑姑娘儘管直說。」

節南腦中忽然打進一道明光。「我只知此毒名叫『赤朱』。」

「赤朱……」良姊姊反覆念幾遍，眉頭不展。「桑姑娘可還有別的線索？」

「原是北燎朝廷控制暗探的毒藥，現在只有大今在用。根治的解藥不用我多說，緩解的那一種按月服用，中毒者看上去就與常人無異，十年八年沒有性命之憂。解藥製法絕密，只有製毒的人知道。」良姊姊的生機，可能是她的生機嗎？

一直以來，只能依靠小柒，因爲知道赤朱或身中赤朱的都是門裡人，節南並不能信任那些人，但良姊姊目前看來與她毫無利益衝突，而且，金利沉香有句話說對了，那些面具之下有多少南頌官員，掌握那些人的良姊姊就掌握了南頌朝堂的消息。以此類推，良姊姊認識的人非富即貴，遠不止南頌，所以才說得出天底下沒有他弄不到的東西，那麼自信的話。

金利撻芳那邊基本是死路，但良姊姊這邊呢？

節南的眼也亮亮閃閃。

良姊姊緩緩點頭。「知道是什麼毒、什麼來歷就好，不過，桑姑娘對這毒似十分熟悉——」對王泮林都開不了口，對這位良姊姊卻坦然，節南拉起袖子，給人看手腕上的烏脈。「我原來也中過赤朱。」

良姊姊斂眸，隨即露出喜色。「妳……」

他誤以為節南已經解了毒，卻聽醜容男子吃驚道聲「絕朱」。

良姊姊即覺那不會是解毒的意思，鎮定一下，再問：「何謂絕朱？」

節南不看年顏，對良姊姊笑了笑。「要麼根治，要麼一年命，已經惡化的赤朱之毒。」

良姊姊定定看了節南一會兒。「妳看上去一點不像將死之人。」

「良姊姊別嚇我，我本來就不是將死之人，還有得活呢。」節南拍心口，表情誇張。

良姊姊臉上一絲淡笑。「瞧見桑姑娘這樣，我似乎也不應該等死了。」拉拉床邊的紅繩，只是這一個動作就讓他咳了好一會兒，然後再道：「我本想問桑姑娘的來歷，不過妳大概不會告訴我。」

節南點頭又搖頭，無聲回應良姊姊的話。

良姊姊歇口氣。「而且妳出現得也有些巧，讓我懷疑妳和我中毒是否相干。」見節南雙目湛湛，但道：「可看妳方才的樣子，實在不太像耍了心眼的，我也不記得曾經得罪過妳。」

「你我之前從未見過，雖然我也不信巧合什麼的，不過還信緣分和運氣。」節南拖來一張椅子坐下，從腰際的香囊裡掏出瓷瓶，晃了晃。「良姊姊，既然我倆有緣，不知來歷照樣可以做交易。這是赤朱按月服用的解藥，因為我現在也用不著了，可以先送你一顆。」

良姊姊似乎不愛笑，即便剛剛節南誇張說自己還有得活，也淺得幾乎不成笑。「無論交易成不成，桑姑娘都會送我一顆？」

這是買賣人啊！節南當然上道。「對。」

良姊姊伸出手，節南雙手奉上，笑得很眞誠。「還附贈官窯瓷瓶一只。」

良姊姊咳了幾下，接過瓶子，收進袖子。「桑姑娘好活潑的性子，怪不得說自己有得活。既然無論交易成不成都是送我的，今夜我不想談買賣事，桑姑娘不介意吧？」

節南發覺自己居然就這麼處於被動中了，但也大方。「不介意。」

這時，門外進來一位老僕。

良姊姊吩咐：「將這二位送下樓，再去請翁大夫來。」

老僕應是，側手而立。

節南張張口，想說需不需要留個趙府什麼的，最終卻只是微笑告辭。

這又叫死要面子！

15 搶花之道

「絕朱？」年顏冷笑一聲，手掌推門，門跳開後匡噹噹發抖。

老僕已下樓請大夫，節南照原計畫到三樓某間香閨，門一開就聞到眩暈香氣，屏息走入，打開所有的窗。幾乎同時，她發現這間屋子朝向很好，能清楚看到花船會終點，白橋彩球。窗臺很寬，她拿了墊子坐上去靠著，繡鞋蹬住另一邊窗框，面朝花船會來的方向。

呼哨聲此起彼伏，掌聲一陣一陣，一片霓光夜空裡游著，明月尚遠。

「外頭桌上有酒，給我拿來。」坐舒服了，差一口喝的，節南差使年顏。橫豎這人要看管自己，與其不搭理，不如用他跑腿。

年顏長著臉，出去又回來，將酒壺扔向節南，還是兩個字。「絕朱？」

節南正好抱住，對著壺嘴喝一口。「有話快說。」

「既然知道自己要死了，不趕緊料理後事，還和良姊姊做交易？」寡言的人容易突破極限，一下子說得快且多。「他中的是赤朱，月服藥足已保命，妳居然白送他一粒解藥，兩手空空讓他趕出來。良姊姊的相識遍布五湖四海，只要有一粒，他就有本事弄到三輩子的藥量，根本不用再靠妳。桑節南，妳的八字眞是夠可以，死到臨頭，還要剋死妳身邊最後一人。」

節南好笑看年顏想要跳腳的樣子。「看來你還剩那麼一點點良心，會擔心小柒。既然這樣，你把她從沉香那裡搶過來，我帶她走，藏在誰也找不到的地方——」

「妳以爲我會相信妳的鬼話？」年顏語氣陰森，眞像黑白無常。「桑節南，妳既裝廢物，何不裝徹底？」

節南挑眉。「什麼意思？」

「絕朱是神弓門對叛徒的最終處罰，只有門主能夠激發，而今後任何一個門人看到妳手腕上的墨記，就能格殺勿論，要不是妳沒裝徹底——」

節南兀然打斷。「只有門主一人能夠激發？小柒曾說由蔦英激發。」誰在乎任何門人？他們能對她格殺勿論，卻不表明她能任他們格殺。

「除了門主，如今還能有誰拿得到那東西？」年顏無意中透漏絕朱的最新消息。「小柒在瀘州被捉，那時沉香已經到了這裡。小柒被送過來，押送的門人說她以下犯上，她冒犯的不是門主又是誰？」

節南沒說話，想以這種乖巧的方式引年顏多說。山高皇帝遠，有利有弊，會變得兩耳塞聽，不知「皇帝」動向，萬一「皇帝」來個南巡呢？

年顏卻不說了，大概察覺言多必失。

節南等了許久，沒等到年顏再開口，卻等到了花船。明亮的燈火出現在正前方河道，兩岸人們呼聲忽然高漲，紛紛站起，湧向河沿。不少人手裡拿著一枝花，翹首以盼，交頭接耳。

今晚只有海煙巷的客人才能拿花，一人僅限一枝，花枝上還要繫上寫有名字的絲帶。雖然真名假名無所謂，卻必須和各家登入的名字一致，避免作弊的情形。

剛才點燈的少年們跑上白橋，搖起盞盞琉璃燈籠；又有一名少年，靈活地翻到橋外，單手拿過同伴遞來的線香，點著了彩球裡面。彩球變彩燈，流光四溢。

知道良姊姊身中赤朱的時候，節南想過，只要良姊姊弄清病因，就會著急下樓，告訴大家他無大礙，十代也不用選了，而沉香的惡毒心思自然落空。誰知她誠摯誠懇，那位良姊姊不冷不熱，拿了好處就把她打發了。年顏剛問她的聰明勁兒，她也不知道上哪兒去了。總覺得何時丟了魂，反應也慢，下了樓才感到自己好像失算。

靠不了良姊姊，不能買花作弊，就剩最後一條路。走一步看一步，看哪個倒楣的傢伙收花最多，關起房門再想辦法蒙混過去。

節南這麼想得挺好，卻又實在不喜歡這種坐以待斃的感覺，尤其還是面對沉香這個噁心女。然而，小柒在沉香手裡，意味著她無法搶占先機，連撕破臉都不能。她難得後悔，應該聽仙荷的話，找王泮林商量，反正那麼好的腦子閒著也是暴殄天物——

忽然，水巷那頭爆出起伏不斷的呼聲嘆聲驚聲笑聲，叫好的掌聲陣陣，同時不滿的哨聲隱隱，透露不尋常的意味。

「你去看看怎麼回事。」節南又差使年顏。

年顏沒猶豫，從旁邊一扇窗躍出，大概是從屋頂上走的，沒一會兒就回來了。

他恢復寡言的狀態。「多出三只花船，搶花激烈。」

雖然這回沒從年顏那裡再得到什麼有用的消息，節南很快就親眼瞧見了花船們過來的景象。年顏說得沒錯，的確多出了三只花船，的確搶花激烈。

所謂花船，其實就是一葉小舟，兩頭尖尖中間寬腹。舟上兩人，船夫站船尾，選姐兒立當中。沒有節南想像中的複雜。不表演才藝，約摸就是靠衣裝和化妝，也就是靠外表，吸引客人投花。

有人可能要問，爲什麼是約摸呢？因爲，從節南所處的三樓，看不太清楚。

所有的花船黑燈瞎火，而且花船經過處，岸燈就會詭異熄滅，只能借海月明燈，還有夜空圓月，照亮花船上的人。

然後就有意思了。

前四隻男姐兒敷粉太多，在看不太清的照明中顯得慘白，妝容過猶不及，有點青面獠牙之感。

後三只花船，一看就是多出來的。

頭一只，也是唯一一只燈火如常的花船，所立之人眼深邃，鼻高挺，膚如羊脂玉，身材高挑，穿的是維族絹裙，配飾琳琅，雌雄難辨，令人驚豔。

第二只，無燈，人戴半張純銀面具，一身黑錦融夜，月光照下，黑錦衣上亮出一幅雪林逐鹿的精絕刺繡，立顯男子尊貴，讓人目不轉睛。

第三只，同樣熄了燈，卻是唯一坐著的男子，戴斗笠，垂黑紗過肩，遮去整張臉，也是一件黑衫，手裡卻撥一串夜明珠，顆顆發出月色光華，又教人盯得眼直。

最有意思的是，投給混血美男的花，多數會落到黑衫裡，且風邪乎，一枝都不錯落。

「報——香堂主讓小的送花過來。」瘦猴的影子在格門上瑟瑟。

年顏走到屋外，稍後拿進一只盤子，盤上一枝帶刺的白月季，繫著絲帶，寫著「香主貳」。

香主？還香豬呢！

節南撇撇嘴。「我幹嘛要用她的花？」

年顏將托盤往窗臺一擱，雙臂環抱，白眼珠子坐壁上觀，愛用不用的意思。

瘦猴竟然還沒走，隔著簾子在外回話。「香堂主說一枝花百貫錢，而且……」語氣猶豫，為難不好說，又不得不說。「而且既然是今晚要陪桑姊的人，自己能挑挑眼，不管中不中，都算盡了心力。堂主還吩咐，第五只船不可投。」

節南替瘦猴發汗，這小子老是跟錯主子。

「香堂主總共有幾枝花？」拿起百貫錢一枝的花，節南淡問。

「按咱們人頭算，二十來枝。」瘦猴答。

她就說嘛，這人怎麼突然大方，原來手上花多，故意炫耀。

節南無聲一笑。「你可以走了。」

「香堂主問桑姊屬意哪只船，她看看能否幫一把。」還有最後一句帶話。

「都挺屬意的，請香堂主自便。」

節南心想，她屬意哪只船，沉香就絕不會投哪只船。這麼多年下來，沉香最大的愉快就是看她痛苦，反之她的愉快和沉香半點關係都無，有種你不想打蒼蠅，蒼蠅卻死命繞著你、最後只能拍死蒼蠅的無奈。

瘦猴喏喏退下。

「沉香包場買花是自掏腰包，還是動用公帳？」轉著花枝，節南問年顏。

年顏扭頭看出窗外，咧開醜嘴，笑得像哭。「眞會瞎操心，怎麼都不是妳的腰包。」

「好奇嘛。瞭解清楚，這輩子過完，重新投胎，我就找她娘去，像她那樣吃喝玩樂靠親娘，還能名利雙收。我以前覺得像沉香那麼幸福的姑娘不多，卻原來到處都是讓爹娘寵壞了的女兒，羨慕得我……」七只小舟進入海月樓客人們的投花範圍，節南為眼前突如其來的繁密花雨吃了一驚。

同時，海月樓的明光也讓被黑一路的、前四位男子的美貌重見天日，船底一下子鋪滿了花，讓原本沮喪的他們頓時精神振奮，開始正常施展練就多年的魅力，舉手投足風情萬千，並不輸半路殺出的異邦嬌客，而且很好利用了排船順序上的優勢。花的數量有限，等客人為第五只船上的美人迷了神魂，手中卻沒花可投了。

海月樓才是眞正的決勝所在！

「果然普通的男姐兒就是娘娘腔，卸了妝還不知道什麼樣子，我不喜歡。」離白橋還有十來丈，花雨中出現白月季花，讓節南看出規律。

應該是最後一批花了。

「我去樓下一趟。」年顏頭也不回就走。

節南自然隨他去，但從袖子裡的懷袋裡翻出一堆東西，呵呵樂笑。

赫連驊這會兒壓力山大，方才還是備受矚目的新晉美姐兒，他已經覺著穩贏了，想不到幾十丈的路就能乾坤扭轉。前方花落雷雨，到他這兒卻成了太陽雨，有一朵沒一朵的，看著像要前功盡棄。至於投給他的花怎麼都到第七只船上去——

「請自行查看丁氏祕笈之機關術。」王九說。

放屁！他可是捧著丁氏祕笈自學成才的，怎麼從來不知道師父還會機關術？

王九說一點不玄乎，就像弓弦，又像蛛絲，只須稍稍甩出風來，花就會被線黏住，由夜明珠的手串操控，與裝在船身某處的機關匣子相接，以一定的方式撥動，就發就收，而匣子和弩機有相似原理。黏不住也罷了，一旦黏住，花無旁落。

赫連驊覺著很玄乎，怎麼想怎麼覺著王九糊弄自己。不過巧婦難爲無米之炊，不來花，再高明的機關術也沒用。他這麼想，不平衡的心就變成了好勝心，瞪眼看著那些落不到自己這兒的花，猶豫要不要實行的那一計漸漸立穩。

彷彿天諭一般，前方接連發出砰響，生白煙，生火光。

豁出去了！

赫連驊一蹬足，水袖拋出，翩翩起舞。

那是他在洛水園學的，學得敷衍，但是跳一遍就記住了，天資太高也是愁，而且他發誓，絕對最後一回女裝，最後一回扮女人，今後誰再敢利用他堂堂男子漢的這張臉，他就斷誰三根手指頭！

沒錯，沒錯，他的骨頭還沒長好，心裡鬱悶得很。

袖一拋，袖一收，十成功力，將前方的花枝捲過來，往後甩去。一些花落在銀面具男子的船上，但更多的花飛向斗笠男，再被邪勁的風吹到黑衫上。

雌雄難辨的異邦美人，舞姿曼妙，雙袖似蝶翼，身輕如蝶，不觸花，花自圍繞。

美人舞忘了形，看客們沸騰了，拋花只為騰出手來鼓掌叫好，誰還管前面的船怎麼會著火，誰還管海煙巷當紅的男姐兒跳水沒跳水，誰還管到底算不算作弊。

白橋過，有人歡喜有人愁，不管怎麼樣，搶花完畢。

赫連驊跳下船，經過那位黑錦白林的男子，抬抬眉毛，給一個挑釁的眼神，就逕自走向尾船下來的黑衫人，低聲但得意，邀功。「如何？這回多虧我豁得出去，不然憑你的破機關怎能贏得了？我已經順你的意思扮了女裝，連那麼丟人的舞都跳了，你得說話算話，快把祕笈還我。」

赫連驊原本答應節南混進海煙巷，提前打探，順便接應。誰知他通完風報完信，非要他上船騙花，還用一本他從未見過的師父祕笈勾搭他，他當然很沒骨氣地答應了。

「你是挺豁得出去，我都驚你為天人了。」男子輕笑一聲，聽不出冷熱。「我的條件是幫我贏了之後再給你，現在我贏了嗎？」

赫連驊歪頭看看尾船上的花，不解其意。「滿艙了還不贏？」

男子不緊不慢，手一指。「再看看那只。」

赫連驊順著男子所指的方向看去。「娘咧！什麼時候的事？」

第六只船裡的花也是滿艙。

黑衫微動，斗笠下不知什麼神情。「就是你獨領風騷，忘乎所以，全身心投入，天女散花的時候——」

赫連驊眉毛倒掛，哭也哭不出來，沒聽見黑衫男子的後話——

「——白費了她出手。」

除了第五只船上是非男非女赫連驊，除了前四只船上的動靜是她搞得鬼，赫連驊跳舞的目的她也大致能猜，但後來節南就看不懂了。

「天女散花——這小子當女人上癮了吧。」她也感嘆一樣的事。

起初看赫連驊的花都落向尾船，節南以爲是想讓尾船上的男子贏，自然而然就當作了自己人，甚至想過那可能是某九。畢竟赫連驊聽到了沉香的話，如果會去搬救兵，人選大概也就那麼一個，而且按照那人來的速度，多半仙荷改變主意，不等子夜就去知會。

不過，現在兩條船的花都差不多，是打算以防萬一，而第六船上是十二公子王楚風？

爲何氣質那麼不像？

十二明琅，君子謙謙，而那位一身黑錦，白林逐鹿，君臨天下之尊傲。王楚風能裝得出來嗎？再說，又爲何要裝尊貴呢？

節南跳下窗，酒壺已經喝空。她酒量不大，又是空腹，故而腳下有些不穩，還覺得眼皮子沉。想著數花就能數到下半夜，她和衣側躺在榻邊，閉目養神。這一養神，不知不覺就睡過去了。

等節南睜開眼坐起身，發現蠟燭燒短不少，年顏正好進屋，讓她不由暗道自己醒得及時。

「小柒來了沒？」她問年顏。

年顏「嗯」了一聲，就在外屋的桌旁悶頭坐下。

節南當年顏答是，再問。「知道誰贏了？」

年顏才剛剛搖完頭，門就讓人凶猛推開。

沉香嬌笑進來。「咦，怎麼就年師兄一人？桑師姊呢？年師兄要是只顧她不顧我，我會非常傷心的。想想我還沒認識呼兒納之前，年師兄是我心中最重要的人；我還記得出嫁前，年師兄起過誓，一輩子只喜歡我一個。這才幾年沒見，就變得無情……」說說還眞委屈上了。

年顏沒說話。

節南卻聽得要吐，撩簾走出。「他要是妳那麼重要的人，妳爲何嫁呼兒納？」

沉香一見節南，又恢復了笑顏，再不看年顏一眼，也不答節南的話，開口來句：「我眞羨慕妳。」

節南就想起自己不久前還說羨慕她，反正都是口不對心，因此不以爲意，連問都不想問爲什麼羨慕。

沉香自己就能說得風生水起。「早知花船會的結果這般出乎意料，我就偷偷給自己留著了，如今卻是覆水難收，破鏡難圓……」

節南打了個呵欠，看嘮嘮叨叨的人沒反應，不耐煩道：「什麼結果？」

沉香嘟嘟嘴，一拍掌，門外走進一串男了，一二三。

節南當然眼熟，一豹眼美人，二白林逐鹿，三黑衫斗笠，將海煙巷的四位當紅男姐殺得片甲不留，其中兩人明顯串通作弊。不過，爲何三個都來了？

沉香公布結果。「三人平手。」

節南噗哧一笑。「平手就是三人拿的花一樣多？」這結果，也是作弊的吧？所以，白林逐鹿還是王十二？

「巧得讓人懷疑其中有鬼——」沉香語氣一轉。「妳一定這麼想吧？可惜不是，良姊姊下樓親自核對，又是大家親眼所見，就是有那麼巧的事。」

節南很奇怪，之前看良姊姊，明明淡然，對花船會似乎不打算干預，而且大概很在乎別人看到他的樣子，怎麼突然下樓，還親自核對？

節南沒有奇怪太久。「既然如此——」雷聲大雨點小，挺好。

沉香吃吃笑，讓節南頓生不祥預感的皮厚笑法。

「對了，姊姊不是讓我帶小柒來嗎？」又拍一記掌。

節南心想這一撥撥的，擺什麼破排場？但看到福娃娃怒氣沖沖的圓臉，就不由露出了鬆口氣的笑意。雖然柒小柒臉上有些髒兮兮，頭髮跟茅草差不多，還唔唔唔說不了話，至少精神十足，居然更加胖出來一些。忽見帶柒小柒進來的門人，從油紙袋子裡夾出一大塊油亮的紅燒肥肉皮，扒拉開柒小柒的嘴就塞肉進去——

節南的笑就僵了，總算明白柒小柒怒啥。

雖然小柒沒說起過，可她看小柒近來吃零食比從前節制許多，每次入口的東西就一點點，還細嚼慢嚥吞得慢。本來，小柒解蠱之後得了這麼個可怕的後遺症，抑制不住吃東西的念頭，不停發胖，當初小蛇腰鵝蛋臉什麼的都保不住，很是自暴自棄，然而一段時日之後，小柒想開了變饞了，愈吃愈多，胃口撐大也不收斂，對美食產生莫大興趣，胖成了一尊福娃大神。

節南寵小柒，只要這位姊姊開心就好，從來也沒認真讓小柒節食。小柒開始節食，節南注意到了，卻也不問。只是在小柒節食之後，讓人餵肥肉皮？

節南無比「同情」那位門人，因爲等小柒穴道一解開，他會倒楣，很倒楣的。

「小柒沒事，就是擅自離開都安——」當著外人的面，沉香不能直說。「也不跟家裡說一聲，惹得咱娘生了氣。」

節南也明白。「既然如此，我們還是回吧，省得咱娘擔心。」

一群探子，誰裝不過誰？

「討厭，姊姊怎能掃興！難道我能不顧姊妹情，只想把妳們捉回家不成？千載難逢才能來一趟這麼好的地方，當然要盡興才歸。」

節南心嘆預感果然不錯。

「方才說好的，今晚贏得最多花兒的人，多大價錢我都出，送給姊姊睡一晚。」

柒小柒眼珠子瞪凸了，顧不上那一大口油肉，雙手捣住嘴，驚愕。

節南乾笑。「現在有三人。」

沉香揮手讓押柒小柒的門人出去，等門關嚴實了，才開開心心說道：「所以我決定，咱姊妹仨一人一個，好的讓給妳們，我要這個長得比我還漂亮的。」

柒小柒一大步上來，舉起拳頭，唔唔唔唔。

「妳別不識好歹。」沉香看一眼沉默的三男，清清嗓子，改善了語氣，笑瞇瞇對柒小柒道：「不然妳說怎麼分——」

「我喜歡這位像楊貴妃的姊姊！」赫連驊一個箭步，挽進柒小柒的臂彎，半身掛上，媚眼柔得出水。「請香主成全。」

沉香還沒來得及沉臉，另兩個男子同時往節南那兒走，互相撞了一下，又加快腳步，最後一左一右站在節南兩邊。

竟然，自發自覺，分好了。

就是常常發生這種難堪，她才討厭桑節南！

沉香兩眼冒火，看豹眸美人依在柒小柒身側，想不通柒小柒都讓她整胖成這樣了，為什麼還能招人喜歡？柒小柒小時候明明膽小又傻眞，不知被她騙了多少回，還死乞白賴跟在她屁股後頭。要不是後來柒珍領了桑節南回來，柒小柒從此改人黏，性子變得和桑節南有幾分像，如同胞姊妹，都一樣讓她憎惡，說不準今日柒小柒還是她的跟屁蟲。

沉香板著臉咬著唇，拇指習慣性剝著指甲。從小心裡不舒服，又不能示弱，她就會這麼做，好像那樣可以抽絲剝繭，解開尷尬局面。心裡一遍遍告訴自己，眼前是兩隻喪家之犬，只要她下下狠心，當場命人殺了這對姊妹，雖然事後娘肯定會怪罪她魯莽，那又怎麼樣呢？

神弓門暗潮洶湧也非一兩日了，自柒珍死後，人心渙散，個個看似屈服她娘的威勢，然而既造不出新兵器，也培養不出像樣的弟子，唯一還算運作如常的情報司卻無獨特之處。大今朝廷設有類似的機構，打探能力並不差到哪裡。大家都心知肚明，神弓門已經遠不如北燎那會兒，謀略、冑器、醫藥、武技四司人才濟濟，風光無限。

她娘現在還能拿著浮屠戰甲的煉造法，壓住朝廷裡廢神弓的聲音，但能壓住多久？還聽說，大今工造局已能煉出強度接近浮屠的鐵，遲早不再需要她娘手上的祕煉方，所以她娘比從前花更多人力物力去籠絡高官，有點不敢寄望盛親王的意思。

然而，沉香和她娘的想法已經不同。她覺得神弓門廢不廢無妨，自己專長謀術，手下美人如棋布下，早就獨立神弓門之外，又臨駕於大今情報機構之上，能向盛親王證明她多重要。

沉香想到這兒，終於瞥一眼沉默得彷彿不存在的年顏。她命年顏動手，隨後稍稍勾引一下，就能輕鬆毒殺年顏，回去可以跟娘說一切都是年顏自作主張，她娘也怪不得她了。而這醜男人能死在她親自調製的毒藥下，應該能含笑閉眼。

沉香轉眼看向桑節南，嘴角一點點勾起——

殺吧?!雖然她更想折磨桑節南，讓這個從小就像她頭頂上一片烏雲、擋住她生命中所有可能燦爛的女人，承受一點點她多年的怨念……不過，只要沒有桑節南，她金利沉香就再無敵手，能一路暢通無阻走向國母的話，殺之也痛快！

「年——」她渾然不覺自己平時嬌滴滴的面相此刻殺氣重重。

節南怎能看不出來，右手捉了黑衫男子的手肘，左手放在腰際——

終於到了拍蒼蠅的時刻了?!

然而，沉香連年顏的名字都沒喊全，突然咬著唇就笑開，牙縫裡擠出一個個字。「姊姊今晚桃花盛，我不好奪人所愛，再說海煙巷缺什麼也不能缺了美人，這三位我就都讓給兩位姊姊了，妳們怎麼分都成。我和年顏馬上走。小柒可以用隔壁的屋子，我會讓人外面守著，姊姊們玩高興了，咱明早再會！」

慌得像陣亂風，捲裙要走，居然撞上門板，卻似這屋裡有惡鬼，頭也不敢回，跑了。年顏面無表情，跟了出去，

柒小柒半張著嘴不明所以，更別說腦子時刻轉不停的節南。

她想，蒼蠅難道預見將要被拍死？還是說沉香突然決定洗心革面，今後不再使用這等下三濫的招數，要跟她鬥智鬥勇？不管怎麼說，只是派人門外守著，不打算看她睡誰了，白帕子也沒留——

節南想想就要笑。

門啪啦蹦開，包括瘦猴在內的四大舖子夥計排成兩列，喊聲「柒姊請」，赫連驊拽著柒小柒就走。柒小柒使不出力、說不出話，對節南連連打手勢，讓她把隨身的藥瓶子扔過去。

節南才拋出，小柒才接住，這間屋的門就闔上了。

屋裡，二男一女，微妙。

「我倆——」白林逐鹿男嗓音深沉。「應該怎麼分呢？」

黑衫斗笠的聲音也沉，還悅耳。「這當然要尊重桑姑娘的意願了。」一抬袖子，順便也抬上了節南捉袖的那隻手。「閣下走好，我二人不送。」

節南連忙縮手，撇清關係似的，往身上搓搓。「二位，我說實話吧，我和剛才那位尋歡作樂的妹妹完全不親近，只不過她娘是後媽，我沒法子才來的。二位看著像好人，不如當作什麼事也沒有，大家好聚好散，橫豎銀子照付。」

關起門來還是好商量的吧？

「這怎麼行呢？」黑衫人自覺坐了，拿起酒壺，大概發現是空的，輕笑一聲。「我雖是海煙巷新人，卻抱著一夜成名的決心才租——下花船。方才妳那位妹妹眾目睽睽下一擲萬——金買我三人一夜，要是這麼走出去，我今後還如何在此立足？要出去，就請那位看著不差——錢的出去吧，我瞧他富貴得很，那身衣服上的絹繡就值了千兩，而我卻是借資——」

節南聽著不能再熟悉的聲音，也聽出他總在錢上加強語氣，但還沒弄清楚另一位是誰，就不好嘲笑他敗家子。還有那個金利沉香，今晚花了多少神弓門的公帳了？

黑錦人卻也坐了，顯然不會等人趕。「這位是爲了成名來的，面子上不好這麼出去，可我卻是專爲了姑娘而來的。究竟趕誰，聰明的姑娘一看就懂。」

專爲她而來？節南眼悄瞇。

「這話一聽就是說謊，誰能知道這姑娘要和今晚的勝出者共度良宵？」黑衫一襲，不慌不忙。

「自然是一直看著這位姑娘的人，知道她今夜會被人爲難，特來救她。」黑錦一身，富貴逼人。

節南突然覺得不能這麼耗下去了，今晚所遇盡是高手，一個都難弄，更何況一雙。

「二位聽我一言，不如分成上半夜下半夜？」說得出這種話來，她爹要是還在，估計會很欣慰這個女兒終於像老子了。

黑衫人放手上桌，黑錦人張口欲言。

節南補全。「公平起見，咱抓鬮（注）。」

注：鬮，音同「鳩」。從預先做好記號的紙卷或紙團中，拈取其中一個，以取決事情，用意與抽籤相同。

16 碧落黃泉

柒小柒把啞藥解開了，盤膝調息一會兒，力氣沒回身，看來還須節南解穴才行。但一睜眼，便看到赫連驊半張臉貼著牆板，皺鼻子皺臉。柒小柒問他幹什麼。

赫連驊做個噤聲的動作。「當然是偷聽。妳不擔心妳師妹嗎？羊入虎口了。」

柒小柒撇笑，挑起眉來很神氣。「誰是羊？誰是虎？」又忽然想到自己最討厭的那張臉，氣哼哼。「我就說怎麼這麼不順，原來她找晦氣來了。」

「誰？」赫連驊一心兩用，兩耳一邊。

柒小柒沒說，只瞧清了赫連驊那身明豔。「你又賣風騷啦？眞想當女人還怎麼？」

赫連驊半天沒聽到什麼，敲著痠腰走過來。「還不是因爲幫主一聲令下。不知這張臉到底是倒楣還是運氣，但凡混入煙花之地，不費吹灰之力。不過，你們那位神弓門新派來的堂主，我還眞長了見識，明明是個女子，比男子好色，拿妳要脅幫主，逼幫主睡……」他都不好意思說，卻突然想通一點。「妳說晦氣的不是她吧？」

「只有她才做得出這種厚臉皮的事，自以爲善攻謀略，卻認爲女子最大的武器就是臉蛋和身體，除了派女探子什麼招也不會。」柒小柒一拍桌，酒壺杯子跳了跳。「把我害成這樣，又想害小山。」

赫連驊救起酒壺，瞧上瞧下，看不出柒小柒哪裡不對。「她怎麼害妳了？」

柒小柒從自己的頭指到腳。「她對我下蠱，解蠱之後我就得了必須一直吃東西的病，不吃會脫水至死，一直不停口就一直不停長肉。」

赫連驊恍然大悟。「我還以為妳貪吃，胖呼呼也挺漂——」閉嘴，換一句。「這招太惡毒了！楊貴妃——」

柒小柒嘻嘻一笑。「實話說，你真喜歡楊貴妃那種的吧？」柒小柒眯眼抿嘴做鬼臉樣。「雖然喜歡楊貴妃的就只有唐明皇那老頭，卻表明胖姑娘還是有人青睞的。」

赫連驊讓自己一口口水嗆咳，半晌吹鬍子瞪眼。「妳這姑娘怎麼不識好歹哪！我是為了救妳才那麼一說，而且把妳弄出來，幫主就不用擔心……」咳咳咳。「我絕對不喜歡楊貴妃！絕對不喜歡胖的！」

柒小柒笑聳肩。「哈哈，不喜歡就不喜歡，幹嘛緊張成這樣？」說著還是覺得憂心忡忡，起身要去開大門。「不行了，我放心不下，必須過去看看！」

赫連驊急忙擋到門前。「喂喂，妳才不要瞎緊張，那個好色的女堂主不是已經走了嗎？現在幫主屋裡是二對一，幫主二。」

柒小柒從來不笨。「你都犧牲色相了，肯定有後招，對吧？」

赫連驊「嗯嗯」兩聲。「有幫主的地方就有幫腦，咱們顧好自己就行了。」舉起酒壺。「海月樓的酒是江南第一酒莊特釀，外頭喝不到，這會兒離天亮還早，要不要喝上兩杯？」

柒小柒吃喝在行，不過略猶豫。「真要等天亮？」

「幫腦說春宵一刻——」赫連驊心裡哀嘆今晚舌頭怎麼老打結，又得換一句。「押妳來的人似乎身手不錯，方才那女的不是說明早再會嘛，我們人少，暫時不要鬧翻為妙。」

柒小柒眼底微沉，似乎生自己的氣。「押我過來的兩人功夫了得，不像神弓門弟子。我居然這麼栽了，小山還指不定怎麼笑話我。」

赫連驊張張口，閉了嘴，倒酒奉酒乾杯。

與此同時，鄰屋只有一男一女。一個當然是逃不出今晚的節南；另一個黑衫，戴斗笠，手裡捏著一張紙片。

紙片寫一大字：上。

黑錦男子出房門的時候，遭那排守門的傢伙吆喝，但說了句什麼，就讓外面聲息全無。

已經靜坐一刻，等不到黑衫人開口，節南打破沉默。「你倆不是同夥？」

「我想不起來了。」黑衫人發出一聲很長很長的嘆息，拿下斗笠，眸裡星空，高遠若雲，全然不出節南的意外，王九郎是也。

早聽出來，早看出來，這人一開口卻讓節南大受驚嚇。「你想不起了？」

幫腦好使，就是記性出了毛病，時不時忘掉些腦子裡原來的東西，還不能動用內力，一動會徹底失憶。

「是啊，怎麼都想不起來。」王泮林起身，環顧四周，又走進裡屋去。

節南跟得緊。「你能想起什麼？」

王泮林背手轉身，漆眸星閃，微微歪頭，往後拉遠距離，又往前垂頭近望，臉上露出一絲興味。

「什麼都想不起來，就覺著姑娘看著面善，好像——」

姑娘？節南心一沉！

「對了，月兔。」王泮林站直了，笑容淡抿。

節南眉心皺到疼，這人難道動武了？赫連驊天女散花的時候？

「你知道自己是誰嗎？」想確定是否真失憶徹底。

「那是自然……」王泮林漸漸收起笑容。「我是……呃……我是……誰呢？」

完了！節南撫額，暗道赫連驊畫蛇添足愈幫愈忙，然後立刻想著找那笨蛋算帳，大步就往窗臺去，打算走窗戶到隔壁。哪知，一隻腳才要踩窗臺，肩膀讓人按下，背心貼上一片溫暖。

節南驚轉。

王泮林正好雙掌撐窗臺，傾身湊前，逼得節南不得不後仰。

「月兔姑娘哪裡去啊？」王泮林的笑不慍不火。

節南想起這人大概也屬才子風流，喜歡和名姬花魁之類的混在一起，連忙雙手推住他雙肩，不讓他再靠近，而且也沒法再近了。

她眼冒凶光，磨牙有聲。「月兔姑娘當然要到月亮上去了……」思考思考，轉腦轉腦。「這位公子要不要看月兔奔月啊？你往後退一丈，我馬上奔一個給你瞧瞧？」

王泮林突然垂了頭，碰到節南的肩。

節南感覺肩上酥麻，閉閉眼，想發火，又想到這是病人，深呼吸幾回，讓自己冷靜。「你——」

「哈哈！」王泮林卻發出了笑聲。「月兔奔月……月兔奔月……哈哈！小山……」

節南不敢置信，甚至不知自己該怎麼做，牙咬肉裡。「王泮林你居然給我裝失憶！」

「……」節南牙齒咬肉之時，王泮林說完了他的話。

月光似水，星河恒動，窗前雙影疊成單影，金屋點紅燈，榻上綢被鴛鴦交頸。

「你說什麼？」節南只顧吃驚王泮林裝失憶，沒聽完他的話。

王泮林抬起頭，伸手理過節南的鬓鬢，眸底深深。「我說，小山原來眞是個風流姑娘，以爲妳喜歡俊哥也不過嘴皮子上逞能，想不到今晚面對豔遇一個捨不得丟，上半夜下半夜分著來。」手中紙片嘩嘩搖。「讓我這個拿了上的人壓力很大啊。」

節南沒在意他的調侃。「你剛才哪有說那麼多話？」

王泮林繼續拿紙片搖風。「大概就是這些意思吧，壓力大得腦中空白了，也非裝失憶。」

節南哼笑。「什麼壓力還能擠扁九公子的腦袋？」扯吧！

「作爲一個體質極佳的年輕男子，和一位從頭到腳從裡到外都能合上心意的漂亮姑娘，共處這麼一間春心蕩漾的屋子，有半夜良辰可以消磨體力，要是這姑娘還能精力充沛赴下半夜的約，我顏面何存？」

頭一回覺得這人光是聲音就能讓女子的心化成水，更何況被貼得那麼近，幾乎讓他擁在懷裡的節南，彷彿除了眼睛還在，身體其他部分已經融化了。

眼裡的王泮林，和任何她所見的以往面貌皆不同。明明行爲放浪大膽，音色如夜撩人，淡笑的面龐卻似無瑕白玉，漆眸湛湛星輝，周身氣魄清朗明華，讓她不由自主想嘆一聲：君子當如是。嘆完之後，猛驚乍，苦笑自己犯了花癡。哪有這麼輕佻的君子？但節南的腦中很快又開始一遍遍旋著王泮林的面容。

王七王九，如光如影，仙魔合一。不再遙不可及，不再孤頑難馴，卻變成了此時此刻她能捉住的男人！

節南目光迷離，望著王泮林，不自禁地吐出一口氣，喃喃。「三十萬尺的隔離，失敗了。」

王泮林眉微抬，隨即笑了起來，雙臂一攏，終於將節南抱入懷中，不可再近不能再遠，大方讓她聽他的心跳，回應她的喃喃。「……上窮碧落下黃泉……」

然而，節南又沒聽清。

她的右耳鼓盡是咚咚咚的某人心跳，她的左耳燙得大概掉了。她手足無措，全身使不出力氣。一簇火，從心裡燒起，隨著這個擁抱的持續，轟然包裹周身，連頭髮絲兒都著火的感覺。

節南憋著氣，直到胸臆間再也承受不住，大吸一口氣，趁勢推開王泮林，跳離窗邊。「你……你你你！王泮林，你正經點兒！」

袖雙垂，王泮林定定瞧了節南好一會兒。「也是，這裡的正經事哪有如此無趣的。」

節南豎起雙目，看這位走到榻旁，坐下拍榻沿，又對她招招手。

這位笑道：「小山過來，咱們開始做正經事吧。」

節南怎麼可能過去。瞄一眼窗戶，甚至感覺跳窗也不見得是條好路子！

王泮林看在眼裡，笑在眼裡，右手伸入袖中，取出一枝白月季來，繫花的絲帶上分明寫著「香主貳」。「小山這枝投得正好，直接落在我手裡。」

節南呵笑。「黑燈瞎火，你倒也能看得清，不過上頭寫的是香主，又不是桑小山、桑節南，你怎知這花是我投出來的？」就是不想承認。

王泮林將花重新收回袖裡。「小山一定不知道自己多矚目。但凡有妳出現的地方，總能吸引到我的目光，哪怕只是一抹背影。更何況海月樓明燈輝火，要瞧見在三樓看熱鬧的妳，只須一雙好眼。」

節南整張臉都皺起來了。這人怎麼了？要麼當她瘟疫一樣不肯靠近，要麼沒臉沒皮露骨說些讓她臉紅的話。難道因為這屋子裡的香有問題？還是這人進了煙花地，自覺風流起來了？無論如何，她可不認為這是風流的好時候，哪怕這位風流的物件是她自己！

「王泮林。」節南認真看過去。

王泮林垂眼再抬。「我知道妳要說什麼。」神情終於真正正經。「妳想說新舊權力交替，打亂原本的盤算，對妳有利的大好局勢變得吉凶難卜。而我看那位新堂主，顯然比妳姑姑不可理喻，是妳無論怎麼都討好不了的人物，只要看她要給妳在海煙巷找相公，就知歹毒。」

節南喊聲「阿彌陀佛」。「多謝你肯發慈悲，願意好好說話了。」

王泮林要笑不笑。「我一直都在好好說話，有人不肯用心聽而已。」不過他亦無打算在這等風水不佳的地方表露真情，一個擁抱已是情難自已。

「我該如何做呢？」節南一向很有主見，但她、王泮林、兔幫眾人已經牽在一條繩上，不能隨心所欲自己說了就算。

「敵人的刀一旦拿起，我們還能怎麼做？派一門門主出嫁的女兒來管一個分堂，神弓門得多缺人才？看來不用妳我費神，神弓門就同長白幫一樣，已到強弩之末，日暮之時。」

今夜之前，王泮林也不知該如何做，總以爲自己還可以退，總以爲節南還可以退，只要不再進一步，像這樣純粹享受她帶來的愉悅即可。接著，節南出現在那扇窗後，悠然蹺腳坐靠窗臺，對嘴酒壺暢快飲，在他眼裡都是漂亮，奇異安撫了他的憤怒——對神弓門那個叫金利沉香的憤怒！

而當他看到節南手中那枝花時，他才知道，自己其實早就沒有退路了。他想收那朵花的欲望，勝過了他的仇念，勝過了他的生願。他爲她拋花的時刻準備著，甚至準備拿所有記憶去換。

既然願意付出一切，歡欣也罷，痛楚也罷，還有什麼可在乎？

如此，他心中塵埃落定。

「要是沉香沒再對小柒下蠱什麼的，倒也不怕鬧翻。」節南只知自己心意，不知王泮林心意，而且覺著海月樓裡的風流多少有點媚香作祟，酒大概也不太對，只不過赤朱抗百毒，對她無用而已。

「唯一顧忌的是解藥。」王泮林說完，發覺節南的眼神有些閃避，斂眸淡問：「小山？」

吉平突然掛在窗上，倒著抱拳急報。「燎帝問四王子謀逆罪，四王子已飲毒鴆，全府無人倖免。」

節南和王泮林一齊大驚。

大王子向燎帝進呈了四王子與桑大天勾結、買軍器糧草的來往書信，另有四王子囤養的私兵副將親口證言，說四王子養一支五萬人的兵馬盤踞山關。燎帝老來疑心變重，這麼兩件事實擺眼前，怒雖怒，還有理智，立刻派人前往山關調查。結果，得回來的消息證實副將所言確鑿，只是那支兵馬事先得了消息，撤走了，只留下大量紮營造飯的痕跡。燎帝這才幽禁四王子，同時查抄四王子府，卻什麼可疑也抄不出來。

按理，這算是件好事，僅憑一封可能造假的四王子親筆書信，還有神龍見首不見尾、可能不存在的兵馬，不足以論四王子的罪。但是，燎帝想法與常理不同。他認爲這恰恰說明四兒子有謀反之心，把證據藏得太好了，半點不顯山露水，所以府裡搜不出名堂，只有似假的兩樣證據，卻極大可能是眞的。

因此，燎帝對怎麼都不認罪的四子十分痛心，痛心到後來就變成痛恨，痛恨這兒子心思歹毒還不知悔改，於是一道旨賜死。

至於殺了四王子的家眷兒女，以及家臣家僕的旨意，是大王子帶百官請奏的。斬草要除根，大王子所言不算無理，又有群臣附和，燎帝被迫應允。

「不可能！」

這是赫連驊第一個反應，也是王泮林意料之中的反應。

接到燎四王子服毒自盡、滿府抄斬的消息，沒法再和節南「耳鬢廝磨」上半夜，王泮林讓吉平帶自己走窗，親自告知赫連驊。

赫連驊雖然不知他過往，他卻早知這個小師弟。師父封劍，大半原因在王泮林，爲了給他治傷治病，一年中有十個月雲遊四海，故而不能親自教導小徒弟。他不至於內疚自責，但同門之誼還是有的。赫連驊手上每一本武笈，其實是他養病時畫下的，而非丁大先生所繪。

這時王泮林過來，與其報消息，不妨說潑潑冰水，怕赫連驊頭腦發熱之下，今晚就成師兄弟最後一面。

赫連驊呆坐著，兩眼無光。「四殿下賢明善德，尊父孝母，從未有過任何失當的行爲，更是深受百姓愛戴……」

「謀逆這種罪，本不需要先兆和事實，只須動搖帝心，」同樣被扣過叛國謀逆的王泮林深諳其道。「而且，燎帝怕的就是四王子深受百姓愛戴。再小的國，他還是君王，百姓最愛戴的應該是他，而不是他兒子。四王子禮賢下士，品德高尚，也許只想證明自己具有成爲未來明君的能力，可是燎帝看到的是自己的寶座不穩，又有小人讒言。」

「不，大王子固然卑鄙，專養奸佞之小人，但皇上身邊還有太傅韓唐大人。他深得皇上信任，亦是四王子的老師，不可能不站出來為四王子說話。而且文有韓大人，武有我赫連家，我大哥也會力保四王子。除非……除非……」赫連驊猛地站了起來，雙目寒星。「除非皇上連韓大人和我大哥他們也……」

「消息只說四王子全府上下，沒提到韓唐大人，也沒提到你們家，你不要自己嚇死自己。」柒小柒一直靜靜在聽，看赫連驊跟沒頭蒼蠅似的，忍不住道：「我記得燎帝以前是挺和氣的老人家，也許消息有誤，四王子還沒出事。反正小山說了，凡事盡量往好處想，做到有備無患就行啦。」

赫連驊感覺好受了些，同時抓住柒小柒無意透露的一點。「妳見過我們皇上？」

「當然見過。神弓門本由燎帝直掌，屬於北燎暗司，已經歷經數代，要不是金利撻芳，就是剛才那女人的娘，趁著大今攻入燎都，哄老門主改為投效大今，我師父——」看赫連驊吃驚的樣子，柒小柒沒意識到自己順嘴說出連這位北燎貴族都不知道的大祕密，還很瀟灑。「過去的事，不提也罷。反正小時候我差點燒了燎帝鬍鬚，燎帝都沒怪罪我，怎麼會殺親生兒子呢？」

「神弓門是我燎國暗司？」赫連驊一直以為桑節南是大今探子，萬萬想不到原來和他一國的，怎能不驚訝？

「韓唐大人還是小山勸到北燎去的，算是一等一的大功，燎帝賞小山——」

王泮林打斷柒小柒，對赫連驊強調道：「曾經是，如今已經不是了，連知情的韓唐大人都明白這個事實。而不管文心閣的消息有誤，還是小柒好心安慰你，四王子出事毋庸置疑，你最好還是馬上出發。」

本來想讓赫連驊幫柒小柒應付了明早再走，結果小柒兜出神弓門的底。這事雖然沒什麼大不了，赫連驊也遲早會知道，但這個節骨眼上，赫連驊可能會把節南和小柒當手下使喚，甚至打整個兔幫的主意。所以，王泮林出聲趕人。這時候，他可不需要一個忠心在外的人，儘管他尊重這份忠心。

果然赫連驊沒空多想，躍窗而出，下方就有文心閣的人搖船接應。

吉平等著王泮林吩咐，他確實還有吩咐：「查四王子府有無謀士或四王子親信逃過此劫，平素和四王子交好的大臣有哪些，四王子出事前大王子有否特別重用什麼人，還有……帶活著的赫連回來，打昏迷昏，不管什麼方法都行。要是赫連家已經出事，他就是獨苗了，文心閣不能坐視不理……」

吉平一一點頭記下。

王泮林又寫了一張字條，交給吉平，吉平才跳窗走了。

柒小柒望窗下看看。「跳過齊賀山上懸崖，這都不算什麼。要不要我帶你回小山那兒？」

王泮林知道柒小柒粗中有細，但望明月偏向一旁，淡道：「不必，妳那位師妹下半夜要另換新鮮俊面，看膩我了。」

「看膩了誰也不能看膩了你。」柒小柒一邊嘀咕一邊睨王泮林，心裡突覺未來光景黯淡，要眞成一對，還能鬥得過這兩隻嗎？

王泮林自然聽不清柒小柒嘀咕，只留意柒小柒眼神也閃避。「我聽小山說按月服的解藥方子妳琢磨得差不多了，還缺幾味珍藥，回頭妳寫給我，我來想辦法。」

「那解藥都沒用了，還琢磨什麼？」柒小柒漏出口風。

「爲什麼沒用了？」王泮林眼裡全無情緒，抿出來的那抹笑寒兮兮，沒有一點騙子的蛛絲馬跡。

此時，節南那邊，下半夜的新人進屋來。

17 血濺當場

白林逐鹿，是一段神話，講述一名饑寒交迫的迷途青年發現白色樹林，林中有金鹿，青年奮而追之，進入一片仙境，遇到仙人指點，最終成了一國的王者。這段神話在中原流傳很廣，似乎和逐鹿中原的說法有些異曲同工之妙，但眞正的起源已經難尋。

節南站在那兒，看黑錦男子端坐上位，彷彿對桌上的棋局很感興趣，盯了良久。

王泮林走後，節南可不打算把被子弄弄亂，衣服弄弄薄，塗一層胭脂腮紅，再披頭散髮，裝得自己眞和人打了半夜床架一樣。她只擺了一局棋，一局很輕鬆就能打發一日半日的殘棋，而且，她篤定，除了沉香，今晚進過這屋子裡的人，對春宵一刻絲毫不抱有旖旎之念。

王泮林不知這人是誰，只道這人的花船硬生生插在他和赫連驊的船之間。節南感覺腦裡抓得住一些東西，但她不會貿然行事。

「所以，你二人只是下了棋？」銀面具閃著光抬起，轉向簾後的裡屋看了看，見榻上平整，嘴角勾挑，自問自答了。「眞是沒意思的男人，一局好棋就讓妳打發了。」

節南刁笑，眼角睇俏。「他要名要利，只要不是被我立刻趕出門，讓大家以爲我嫌他伺候得不好。至於關起門來下棋還是上榻，對他而言並無不同，他還省了力氣呢。」

黑錦男子呵笑。

「姑娘這話就不對了，面對美人與香閨，卻想省力氣的男人，一般不是正常人，更加不是海煙巷的男人。」

節南眉一皺，隨即舒展，福身淺禮。「承你誇讚。」說她是美人哪！「下棋傷腦子，我倆聊天吧。」

「躺著聊嗎？」白林一飄，掀簾子，正要進裡邊。

「桑節南參見殿——」節南躬身抱拳，悄悄抬眼打量那人的反應。

白林靜了，金鹿頓了，然後那雙黑鞘皮靴走回了座位，黑錦垂沒鞋面。

「抬起頭來。」音色亮起，尊貴之威。

節南冷冷抿唇，抬眼見那人手裡一顆雪燦之珠，噙起一絲淡笑，垂眸長躬，這才把話說全。「盛親王千歲千千歲。」

呼完千歲，她直起身。

見白龍珠，如見盛親王，這夜來的是本尊了吧。那半張面具之下，又會是怎樣的面目？呼兒納身旁的文儒謀士，還是和北燎大王子喝酒的中年大鬍，亦或是……

而無論盛親王的面目如何，他今夜特來見她的目的，才是她最想弄明白的。

「本王可眞是讓金利門主騙得不輕啊。」斗大的珠子在指尖下轉動，聲音傲冷。「鐵浮屠是她借花獻佛，又借本王的手剷除異己，將有能力的弟子說成廢物，將她平庸的女兒捧成工於心計的美人。本王看金利門主確實有本事，哪知她私心太重，毫無容人雅量，根本做不成大事。神弓門若只有打雜的用處，本王何必給它特權？」

節南心想，王泮林沒料錯，神弓門已是日暮之時。

「桑節南，妳那麼能說，這會兒爲何無話？」盛親王問道。

「殿下說神弓門無用，我卻是神弓門弟子，不知怎麼說，才能不責怪自己，又能不得罪殿下。」

師父還在時，節南的野心是成爲北燎女官；師父不在了，她也對掌握皇權的那類人避之唯恐不及。因爲她明白了，愈接近頂端，愈做不出實事，而且愈正直愈悲哀，什麼謀略都敵不過沒臉沒皮作惡。

盛親王笑了一聲。「這不就在說我的不是了嘛。」

不過，節南這時有話說了。「只不知殿下找我所爲何來？」

「猜。」盛親王給一個字。

「恕我愚鈍。」節南心道猜鬼啊猜，直說不就得了。從前跟師父當高級密探的時候，還覺得這些高來高去的說話腔調有意思，如今也許心野了，和不想打交道的人都懶得客氣。

「明明是來接受桑浣監視的，卻成了趙府大小姐依賴的人；明明應該是可憐兮兮的外親侄女，卻成了崔相女兒的閨中好友；明明看似不起眼，王家幾位公子與妳關係多不錯。對了，還有觀鞠社。趙大人一介六品小官，但那些一品二品家的千金多待妳另眼相看，妳能隨同郡主出遊。」盛親王語氣一頓，情緒難明。「這麼看來，妳還眞是愚鈍，愚鈍得將我當成神弓門那群傻瓜，隨妳擺布。」

節南笑笑，微嘆。「以上皆奉桑師叔之命，讓我混入觀鞠社，多與官貴們打交道，從而獲取情報。殿下——」

盛親王哼冷。「是啊，奉妳師叔之命，妳師叔連自家的地盤都奉送給妳了，妳師叔還不知道。」

節南張張口，閉住，再張張口，搖頭仍不語。

「很奇怪我爲何知道妳這麼多事？」盛親王語氣陡沉。

「既然不愚鈍，自然知道爲何。」好了，她懶得跟他兜圈子了，伸頭一刀縮頭一刀，看誰的刀快。

「殿下知道得那麼清楚，就跟親眼瞧見了似的。殿下的來意我不好猜，倒是可以斗膽猜一猜殿下面具下的樣貌，若殿下不會怪我以下犯上的話。」

「哦——」盛親王似乎不信。「說。」

「與『民爲貴，社稷次之，君爲輕』的先聖五百年前是一家，名字爲混沌初開萬物之始。」說就說，但不願意說出那兩個討厭的字。

盛親王一抬手，除下銀面具，雙目雋飛，眉似青山，孟元的那張俊美面相，此刻貴氣逼人，氣宇軒昂。

猜是一回事，猜中是另一回事，節南寧可猜不中，省得這位要她償命。齊賀山崖之上，她可不止看這位掉下去而已，而且，孟元就是盛親王的事實，比猜想可怕得多。這就意味著，盛親王以孟元的身分，混跡於北都書畫院，讓崔玉眞爲他背叛王希孟，又混到奴營裝俘虜，騙取畢魯班等人的信任，讓呼兒納能夠鎭壓了俘虜們的逃亡行動。

可是，爲什麼？

萬人之上一人之下的千千歲、以一枚親王大印就能代替玉璽的盛親王，究竟爲什麼會做這些無足輕重的事？

節南不懂。

「妳能猜到我是盛親王，大概因爲金利沉香慌張得太明顯了；不過，妳又如何猜出本王是孟元來？」盛親王俊美的臉上並無記恨神色，但也沒有其他表情。

節南輕輕一撥袖子，給盛親王看腕上烏脈。「不如說我先猜這事是孟元做的，而後聽說激發絕朱的只有門主，才想到門主之上的殿下也可能有這特權。孟元落崖，那日水流向瀘州去，小柒追到瀘州被捉，瀘州一定有位高權重之人，然而沉香完全沒炫耀她娘在南頌境內，於是我想來想去就只有殿下了。孟元不見了，殿下就出現，孟元可能就是殿下，殿下可能就是孟元。再加上白林逐鹿這幅畫，當年曾在殿下送來慶賀神弓門與呼兒納聯姻的那份禮單上看過一眼。今晚此時，殿下拿下面具，露出眞容，我才知道自己僥倖猜對。」

「僥倖？」盛親王眼中眞欣賞節南似的。「不，桑節南，柒珍首徒，善謀善工。齊賀山雖是妳堅持要去，收穫最大的反而是我，一路都讓本王另眼相看。要不是妳，本王又怎會捉拿小柒？從她口裡聽說金利偷了柒珍所造的鐵浮屠，還有金利向本王借人殺柒珍的理由亦是假的。而沒有柒珍的神弓門，和普通江湖門派沒有區別。」

從來沒想過會由大今盛親王替她師父平反，節南可不領情。

「小柒還在繈褓中就讓師父撿了回去，自然偏向師父說話，殿下不必太當真。師父臨終前交代我倆不必報仇，勝者為王敗者為寇，自己的失敗自己承擔。也請殿下不要再提齊賀山，我當時要是知道你的身分，怎敢讓你背那麼重的乾糧袋子？」就說她直覺不錯，所以這會兒還能慶幸自己藏住了身手。

「死者已矣，不提也罷，不過齊賀山崖上的事，本王卻很難讓它過去。」笑裡無狠意，盛親王的聲音卻寒沉，天生王者氣勢。「桑節南，妳差點殺了本王。」

節南「欸」了一聲。「那袋乾糧何時差點要了殿下的命，我竟然不知？」

盛親王瞇了瞇眼。「妳跟本王貧嘴嗎？」

節南道：「不敢，但確實不知自己怎會差點殺了殿下。我和殿下被捉，等我醒來，殿下卻不見了，村裡一片狼藉，我趕緊沿著原路返回，就聽到樹林那邊十分吵鬧……」

「桑節南妳真是——」盛親王有些怒了。「妳還想隱瞞多久呢？兔幫幫主閣下。」

「不知殿下何意？我趕到樹林那兒，刀光劍影，不好靠近，卻瞧見殿下和幾個人一起跳下崖……」不可能露出破綻！

節南記得當時在崖上一直戴著面具，盛親王不可能知道兔幫幫主是她。「我和殿下約定過，要帶你去見玉真姑娘，所以才讓小柒沿江而下，到瀘州打探有無你的消息。」

節南倔性，不見黃河心不死。

盛親王收起白龍珠，聽得好笑，卻似雞同鴨講。「的確妳那時倒掛抓著我和畢老頭，尚不知我身分，但妳既是大今暗探，孟元也對大今有貢獻。妳即便戴著面具，隱藏了桑節南真正的身分，也不必做得那麼狠絕。妳若不狠，我亦容情。」

節南突然了悟。「就是那時候……變成了絕朱。」

慘慘慘！怪不得這人如此篤定她是兔幫幫主！自己方才那通鬼扯，成了大笑話。但盛親王沒有大笑，甚至連好笑的表情都不見了。「絕望之後靈光一現，覺得兔子臉下可能是我認識的桑六姑娘，而我曾見過妳骨瘦如柴的模樣，又知妳是神弓門弟子，或許身中赤朱，因而姑且一試。」

節南心想，敢情自己也沒那麼好運，倒楣在這姑且一試之上？

「殿下覺得我狠絕，我卻以爲當時的情形，一個是與我無用的癡情書生，一個是趙大將軍手下的大造匠，我又只能選救一個，自然選後者。他欠我人情，日後打探消息或讓他做事也容易，可我萬萬想不到畢魯班會和殿下同歸於盡——」

「說得其實——不算錯。」盛親王頓了頓。「只不過我必定會——心生怒意，畢竟要不是畢魯班先我撞了暗礁，給我當了肉墊，而暗處藏著我大今一隻船，我可能已經沒命了。」

節南想說千千歲福壽綿延，諂媚話卻始終沒出口，而且想到盛親王口口聲聲畢魯班，似乎不知他的「好友」阿升才是畢魯班。

「殿下之前說特意救我而來，是衝著沉香，還是衝著絕朱？」

「絕朱。」盛親王終於沒說再猜。「既然我能激發絕朱，當然就有解藥。」

節南並未眼紅。「殿下才說對我不能不怒。」

「怒，但本王更看重妳的本事。」盛親王說到了今晚過來的目的。「我要妳找兩樣東西，應該分別在阿升和崔相手中，只要妳找到後交給我，就能換到解藥。」

「爲何不交給金利母女去辦？」節南很好奇那兩樣東西是什麼，然而她不動聲色，只是推託，儘管清楚盛親王不容她推託。

盛親王看得出來。「想不到妳不要命。」

節南搖搖頭。「不是我不要命，而是我對你們手裡的解藥已經不抱希望。」同意王泮林的話，她覺得是分道揚鑣的時候了，無論面對的是沉香還是盛親王。「原本沒轉絕朱前，還願意爲了每個月的解藥替神弓門打打雜，如今既然殿下或神弓門都給不了我希望，那我也不想再幫你們白做工。如殿下所見，我有一幫之力，並不需要在最後一年裡再聽誰差遣。」

盛親王知道節南難對付，反而更覺得她能達成任務。「妳要如何才能相信本王？」

節南緩緩吐三個字。「白龍珠。」

盛親王瞠目，隨即笑出。「好大的口氣！見白龍珠如見盛親王，妳打算拿了直接向金利撻芳要解藥？」

「要是殿下不遵守諾言的話。」節南心道，這主意不錯。

「本王不可能給妳白龍珠，只能給妳一道盛親王命，寫明妳辦好事之後應得的獎賞。桑節南，本王與妳無私仇，不會賴妳解藥，殺妳師父的仇人也留給妳處置。妳不肯，與我無損。」

近來遇到的高手，總讓節南產生一種脖子以外都是餡餅的錯覺，但只要她不要太得意，就能感覺餡餅掐喉。孟元是盛親王的眞相並沒有給她過多震撼，自從身上的毒變了，又知孟元出賣朋友換取自由，她已經對孟元這人的身分起疑。

當初赫連驊說起盛親王出使北燎時，曾感嘆崔玉眞訂婚，而就節南對盛親王的瞭解，此人崇尚梟雄，自古梟雄愛收集天下美人，盛親王宮中有大今丞相之女、魑離部落公主，其他女子皆一方聞名的絕色美人。崔玉眞明珠佳人，又許嫁千里江山王希孟，可謂天下人皆知。而盛親王一旦對崔玉眞起興趣，跑到南頌去見她，在別人看來荒唐荒謬，在節南看來，正是盛親王做事的風格。

盛親王神龍見首不見尾，然而勢力無處不在，任何試圖挑釁他的行爲均被扼殺，可見這人無論身處何地，縱觀全域掌握要脈，是能做大事的奇才。

天降大任於斯人也，就是盛親王這種人了。

盛親王到處插科打諢的表象，並非如她所見。此人年屆二十八，從十多年前就開始著手爭奪王位，苦其心志，勞其筋骨，餓其體膚的這個階段早已成過往，在大今極盛、北燎無望、南頌積弱的江山形勢下，他才能遊刃有餘，親力親爲做些他認爲値得的事。就像蜘蛛，網已結成，可靜待收穫。

節南自認不算笨，但遇到這種人，自嘆不如，也無意較量，所以才和小柒躲在犄角旮旯裡打雜。只是，有時候，人算不如天算罷了。

盛親王親自跑來給她布置任務，拿著解藥當令箭。她拒絕，一年後大凶降臨；她聽話，卻覺背脊發涼、後腦勺會被打的不好預感。

「殿下，我這人不喜歡白紙黑字，徒留證物。除了白龍珠，有沒有紅龍珠藍龍珠的，沒有見珠如見人這麼厲害，但也算得上代表殿下金口玉言的憑信？」節南嘻嘻一笑。

盛親王還困惑。「徒留證物？」

「殿下要是寫下允諾，肯定會有我的名字。我畢竟出生頌地，雖然跟隨師父效命北燎大今，也沒做什麼傷天害理的事。如今師父早已不在，再聽殿下的意思，神弓門遲早要散，那我肯定要回頌養老。殿下一片好意，我也把事情辦成了，白紙黑字落在別人手裡，卻成我通敵叛國之嫌。」

師父教導，探子影子，來時無蹤，去時無痕，切不要留下任何消滅不去的東西。鳳來縣一年，她打探滅門凶手之餘，做得最多的事情就是抹去她的存在，讓桑家變成模糊的傳言謠言，不可追溯眞實。至於是否眞有那些好事之徒，不用看別人，就看王泮林，跟變戲法似的，把她的東西一樣一樣往外掏，還有她不知道的呢。

盛親王覺得他的一道王命保證踏實，但她覺得從此桑節南便和盛親王撇不清，將來後患無窮，所以敬謝不敏。被人嫌棄，還是被人嫌棄他的親筆親印准予褒獎的王命，而且還是被一個女子嫌棄——盛親王出生以來，從未有過這種體驗。孟元的五官是盛親王的眞容，用這張眞容，女子無一不爲他傾倒，他的後宮、他追求的崔玉眞，都很快淪陷。像金利沉香，連他眞面目都不用示，就爲他神魂顛倒的撲火飛蛾，比比皆是。即便金利門主，固然老謀深算，恐怕也對他有一股不敢言的癡戀。女人，在盛親王看來，只有兩種，愛上他的和不認識他的。不是他自大，而是他就身處在這麼一個環境之中。

「桑節南。」因爲這個意外的體驗，盛親王突然發現原來世上還有一種女子。「白龍珠可以給妳。」

節南自覺欠抽，提白龍珠的是自己，盛親王改口答應，就生一股不妙。「白龍珠猶如殿下分身，我太沒分寸，請殿下無視之。」

「美人易得，賢才難求。」還有一種女了，可同他一起，撐起大今國梁。「妳若完成我之所託，本王登基之後，封妳爲一品官，賜妳爲二品爵，爲我大今貴族、子孫承爵，不必受國母命，可與男子同尊。」

節南怔住，心裡仰望老天爺，這麼好的事怎麼早不來？她十五六歲那會兒還傻呼呼堅持著這個志向，有朝一日以女兒身，穿上品官衣，登男子朝堂，對太后皇后之流都不必屈尊。她從未跟她爹說過，但她爹大概聽師父說起，所以李羊才說她爹讚她心懷高志。要是沉香也知道，大概會嘲笑節南比她還不知天高地厚。比起女子上朝堂，入後宮當國母的志向，對於有才有貌的女子，就沒那麼遙不可及了。

因此，節南特別理解十七歲的王七郎，胸中大志，心懷遠圖，自信有才華有實力。別人眼中恃才傲物不知深淺，自己心中急切高飛，想要給黑暗的世道帶來一絲光明。眞是他人笑我太張狂，我笑他人甘平庸。

愚笨的人都知道不撞南牆不回頭，最終還是要回頭才對，反而聰明的她和王七都不肯回頭，抱著撞碎南牆的決心，然後被老天爺打擊到慘。王七自光芒雲端墜落，她自權力中心放逐，迄今再收拾不起當年志向。

盛親王開的條件，剎那令節南心動，也剎那淡然從容。收拾不起，就不會再收拾了。她桑節南已非當年，知道自己幾斤幾兩，所追所求也不再是那份高高在上的榮耀。高處不勝寒，高處也無用。這世上多數的悲苦聲音，永遠到不了高處，所以不如腳踏實地。能報多少仇，報多少仇；能做多少事，做多少事。這是桑小山和王九郎已經達成的默契。兔幫，由此而來，不求貴，不求富，只在民間造福，只在江湖仗義。

「承蒙殿下看得起，節南無意爲官，但可以答應殿下所託，只要殿下允我和小柒一應人等立即脫離神弓門，給我半顆解藥，事成之後將另一半解藥給我，如此即可。」

心平寧，心計出。解藥有什麼？盛親王要她找的東西才重要，勢必具有改變天下格局的力量！

次日清早，沉香滿懷對節南的妒意，前來拜見盛親王，卻被節南告知盛親王已經離開。

沉香露出驕橫之色。「桑節南，別以爲妳同殿下共度了一夜，就能爬到我頭上來了。我早就是殿下的女人，就算妳如今不要臉勾搭了殿下，依妳在神弓門的地位，還得聽我差使，而且要不是我，妳也沒有伺候殿下的機會。」

「殿下的女人？」節南輕笑一聲。「怎麼妳和殿下說得不一樣？」

到了這時，節南有些明白師父爲何讓她放下了。師父說過他雖敗在不夠狠毒，但金利撻芳秉性難以服眾，總有一日自食惡果。沒有盛親王支持，已經拋開生死，神弓門不足爲懼。

沉香不敢問盛親王說了什麼，只能端起堂主架子。「我才不信妳挑撥離間，還給妳相好了夫君。」手舉一枚翠玉，玉上雕弓。「桑節南聽令，即日起嫁於海煙巷櫻哥爲妻，沒有上方令，不得離開海煙巷。」

櫻哥？節南記得那是昨晚海月樓前迎她和年顏的兩個男姐之一，沒注意長相。

她好笑地問。「師妹怎麼出爾反爾？原本不是說要我嫁十代良姊姊的嗎？昨晚雖然沒選出十代，九代良姊姊似乎病得沒那麼重，嫁他也一樣。但是嫁那個櫻哥，對門裡有何好處？」

「我改主意了，想妳嫁給一個更加貧賤低微的男人，這輩子都翻不了身。妳要感謝殿下，如果沒有他，昨晚妳已經死在我手裡。而現在，我也要顧及殿下的面子，留下妳這條賤命，畢竟一夜夫妻百夜恩。不過，我想等妳成了櫻哥媳婦，殿下即便還惦記妳，大概也嫌妳臭了。」沉香咬牙，面容扭曲。

「想法不錯，也像足了妳，明明自己是女子，卻輕賤女子，將她們送給男子當玩物。可惜，金利沉香，這麼些年了妳還沒輸夠，以為我會聽妳安排我的婚事嗎？」節南攤開手掌，一枚和沉香手中相同圖案的木牌分兩半。「妳從小欺負小柒，我一進神弓門就討厭妳了，表面上裝著不把妳當回事，但其實還是做了挺多壞事的，不然大家怎會改為喜愛我了呢？」

她從來不是天真善良的姑娘，靠霸氣本性的話，早嚇跑一大群人了。她和沉香一樣鑽研心計，與什麼人說什麼話，如何利用弱點進行有效攻擊，如何讓人心看似自然，其實都在她掌控中歸靠。要說真有比沉香好的地方，大概就是還算夠義氣。人對她好，她對人好，不會像沉香那樣隨意嫉恨，嫉恨到殺了對方的心都有。她驕傲，自信，不覺得需要嫉妒誰。

無論如何，桑節南絕對不好欺負！

沉香愕然盯著兩半木牌，聽著節南承認黑過她，半晌才道：「桑節南妳敢自說自話退出神弓門，就別怪我對妳門規處置。我早知道妳惡毒，卻連我那個傻哥哥都上了妳的當，反而說我嬌蠻狹隘小女人心思。」

「惡毒嗎？」節南挑挑眉，笑瞇了眼。「由妳這個受害最深的人來說，我是不冤枉。不過，有一說一，有二說二。我並非自說自話退出神弓門，而是盛親王親口應允的。」

「怎麼可能？」沉香第一反應就是不信。

節南表情壞起來。「怎麼不可能？好歹我也是使出了渾身解數，讓殿下不但對我另眼相看，還打算提拔我為他直屬親信。既然要成為盛親王心腹，我又怎能同時替神弓門辦事？殿下因此叫我脫離神弓，而且他會同門主說。妳不信也無妨，但我勸妳等一等妳娘那邊的消息，再來說門規。」

沉香的臉氣得紅了。「姓桑的，妳平時不是假清高得很嘛，什麼男人都看不上，還說我厚臉皮，又輕賤女子，就只會用美人計這一招。卻原來妳也沒分別，不，我至少比妳光明正大，不像妳骨子裡齷齪下——」

齷齪話沒說完，肩膀上壓一支又寬又長的重劍。

柒小柒的聲音同時到。「金利沉香，妳給我閉上臭嘴！別以為是個女的，就跟妳似的，眼裡除了男人，看不進別的！妳再敢說我師妹一個字，我就割斷妳的脖子。」

沉香吃驚。「妳明明中了盛親王手下長風的散功邪。」

盛親王喜歡出門轉悠，當然不可能不帶高手。一名叫「長風」，一名叫「寞雪」，如影隨形，和盛親王的真容一樣神祕莫測。節南只聽說過，不曾見過。

節南根本不知道長風寞雪跟沒跟來，純屬瞎貓撞死耗子，笑道：「妳現在應該明白了，要是沒有殿下吩咐，長風怎會為小柒拔邪？」

沉香尖喊：「年顏！」

年顏竄入屋中，銀鉤轉出一雙月輪，朝柒小柒腰間掄去。

柒小柒這老實福娃也不知道捉沉香當擋箭牌，看年顏不留情面，她兩眼就噴火了。手中闊劍往身後一掃，將那雙銀鉤掃開，又高舉起劍，對準年顏的腦袋瓜劈下。

年顏靈巧往後一躍，轉身奔出。柒小柒追出。

節南就聽門外叮叮噹噹，還有不知哪個男姐兒的細嗓喊著殺人啦、打起來啦。

「桑節南，妳姊妹倆今日就給我死在這兒吧！」沉香一伸手，她的手下丫頭就遞上一管金簫。

金簫擺劍式，沉香眼中再現昨夜殺氣。「就算妳說的都是真的，我殺了妳，也不過挨殿下一頓責罰，但要是留著妳的命，我們金利家的人遲早都死在妳手上。我想得很明白了，這世上有我金利沉香，就沒有妳桑節南，注定妳我只能活一個。」

節南邊笑邊退到門邊。「啊，殿下來得正好，沉香她——」

沉香一聽盛親王就中招，回頭不見任何人才知上當，轉回眼來，門口也沒人了。

沉香持簫就追，怒斥：「桑節南，有本事妳別跑！」

節南當然不是打不過，就是不想讓沉香知道她功夫還在，而且盛親王言談之間似乎也不把兔幫幫主的功夫當回事。那日崖上，孟元引來弓箭手時，節南還沒怎麼出手，就讓大夥撤了。所以，節南跑不停，聽沉香氣急敗壞喊「四大舖子的人攔住她」，然後一路跑下大堂。

有人端來一張太師椅，她挑一個舒服的坐姿，等著。

沉香金簫在手，已經看到樓梯口，卻見她喊來幫忙的那群手下站在樓梯上，個個呆若木雞，就不由氣不打一處來。「廢物，都是廢物，堵在這兒想死啊！」

那群人聽了，連忙往旁邊閃。

沉香也不想這些人爲什麼堵著不動，又爲什麼只讓邊不往下，三步兩步下到樓底，眼裡就只有桑節南那張可惡到極點的臉。左手握簫管，右手拔出兩尺長的金色簫劍，腳下施展輕功，就往桑節南的心口刺去。

忽聽一道破空風音，眼角餘光瞥見了什麼從身旁飛過去，然後身後一大片哇呀驚呼。

沉香回頭看去，雙目陡凜。

一支白羽箭，扎進扶欄，箭尾振顫，嗡嗡作響。

原本傻站在樓梯上的四大舖子人馬，嚇得往後仰倒，一個疊一個，又狼狽又沒出息的樣子，讓沉香大覺丟臉。

「有什麼好怕的？不就是暗箭傷人嘛！你們吃豬食長大的？一個個就知道等死？」

沉香罵完手下，轉回頭來又罵節南。「桑節南，妳個小賤人，有本事倒是瞄準我腦袋——」

話音消散，沉香驚詫瞪圓雙目，到這時才看清大堂滿當當都是人。

清一色黑衣黑褲黑靴子，看著就不良善的傢伙們，卻戴著兔面具。青兔，黑兔，灰兔，顏色深淺不一；喜兔，呆兔，冷兔，兔子模樣不一。一眼覺得這些兔子都要撐破大堂了，仔細再看卻不過數十人，比她帶來的人多一倍而已，然而鬥志昂揚，氣勢如虹，大有百人千人仗勢。前排兔子圍著節南半圈，手持鐵黑勁弩，對著樓梯口。其中一名灰兔正重新上弩箭，顯然就是剛才嚇唬她的元凶。

這麼一來，沉香更覺自己領著一群烏合之眾，心裡那個火啊，都快沖腦門了。同時，她覺得這幅畫面有些熟悉，而且很快想起在哪兒見過。

那是北燎未敗、柒珍還在、且準備接任門主的時候，固定日子裡會帶著桑節南柒小柒那些他的屬下到練武場擺兵列陣，學各種軍中旗語，還有奇門八卦什麼的。她娘知道了，嘲笑柒珍裝模作樣，神弓門既是暗司，說的都是陰謀詭論，幹的都是殺人無形，學什麼兵法陣法。然而柒珍卻道，神弓門是帝王手中的弓弩，有朝一日要代帝王出征、代帝王上陣，神弓門每個門人，都應該能勝任前鋒、奇襲、突圍等凶險非常的任務，不單只是馬前探，否則神弓不神，可以被取而代之。

那時她和她娘一樣不以爲然，如今回想起來，卻不得不承認那時的神弓門確實輝煌。一塊神弓牌，行使皇帝權，無名勝有名，如同無冕之將相。不像現在，器冑和謀略二部幾近荒廢，她娘專注培養用毒和暗殺的門人，配合蒐集情報的能力，與原本打算公開神弓門、成爲掌握實權的皇帝直屬機構的想法已經大相徑庭。她娘覺得，只要能一直當盛親王的代刀，哪怕骯髒齷齪，神弓門就有繼續存在的價值。

而今，沉香看著這群兔子，看著桑節南安坐椅中，奇異感覺到了一股強烈戰氣。她雖沒有真正上過戰場殺過敵，但沒少給呼兒納出詭計送密探，也遠遠看過戰場，所以懂得那是怎樣的地方。

「金利沉香，妳再敢往前一步，立讓妳血濺當場！」

節南一字字沉寒，抬起手，對天畫了一個圈。鐵光森森，前排弓弩兔頓時將箭頭對準了金利沉香。

節南身後的灰兔們，齊刷刷拔出刀劍，刃光無情，腳下走位，直到已經沒有逃生的縫隙，海月樓大門也似乎成了擺設。

雖有刹那，沉香被這個陣仗震懾，隨即又自以爲聰明地識破某人虛張聲勢。「桑節南，妳不但滿口謊言，還敢以下犯上。本門門規，擅自脫離者死。別以爲找些打手湊數，我就會上當！妳既然自己找死，可就莫怪我不留情面了。」

節南瞇眼一笑。「本門門規，長老首徒以上之門人，凡有能力聚眾五十以上，受眾人擁戴爲領袖，即可分門獨立。」

沉香哈笑。「這條門規自從妳師父用過之後就形同虛設，前車之鑑妳都不懂，還是想追隨妳師父而去？」

柒珍要求獨立門戶，金利撻芳假裝同意，爲他設宴送行的那晚，擁護他的多數人臨陣倒戈。金利撻芳就以爲柒珍心懷鬼胎，在她酒裡下毒，意圖取她代之爲藉口，當著神弓門地位最高的一群人，剿殺柒珍及其忠屬，最後柒珍自絕身亡。

「形同虛設，就是規矩還在。」節南鬆口氣的表情。「要是廢了，我才不好辦。」

沉香心裡又是一顫，但想來想去，覺得桑節南和柒小柒有桑浣看著，桑浣不可能察覺不到兩人在外拉幫結派，除非桑浣不管那對小兒女，幫桑節南瞞著她娘。而這是不可能的！桑浣要是可以不顧自己的孩子，當年也不會選擇冷眼旁觀，看著柒珍死了。

「桑節南，妳簡直——」沉香又想到節南還中了赤朱，心中更是大定，再拿出她那塊神弓玉牌來，往前踏出一步。「依照門規，就地處——啊！」

沉香慘呼，不敢相信地看著肩上那支箭，又看著面帶微笑的節南，還有她身後那隻黑面兔子。

「奉幫主之命，靠近一步，血濺當場。」開口的卻是節南左手旁的青兔，音色清遠，還有後話。「再請幫主命，此女已瘋癲，直接宰了吧。」

節南笑爽，沉香氣瘋！

她和桑節南從小鬥到大，再怎麼心裡覺著輸，也從來沒讓桑節南這麼扇臉。如今神弓門已經變成她和她娘的天下，當著那麼多手下的面，桑節南居然敢弄傷她。

「你們還愣著幹什麼？真要看我死了才能動彈嗎？我死了，你們一個都別想活命！」沉香大吼。四大舖子的人這才回過神，呼啦圍上來，喊著保護香主，又拉又拽，將中箭的沉香弄回樓梯口。

節南看沉香被自己人扯得齜牙咧嘴，低聲道：「嘖嘖，她的胳膊要是被扯掉，算咱們的錯，還是算他們自己蠢？」而且，為何有種四大舖子趁火打劫之感？

節南這麼問完，看看右邊黑兔子，黑兔子看看她，又看對面去了，顯然幫主的威信還差那麼一點。她再看看左邊青兔子，青兔子發出一聲冷笑。

「扯掉了她的胳膊算他們的，下一箭穿過她的腦袋就算我們的。速戰速決，我與幫主好說話。」

青兔子這麼一說，黑兔子就舉弩瞄準。

節南沒打算阻止。

今日正式脫離神弓門，將兔幫擺到檯面上，如果沉香蠢到非要殺她，她又何必心軟？即便沉香的死會帶來金利撻芳無休無止的報復，遠不如母女倆湊一日同下黃泉，可她不願想那麼遠。

誰要送命給她，她就收誰。

「統統給我住手！」

聽到一聲令下，人人往門口看去。

良姊姊瘦青著一張臉，身後晨光浮起，眼裡幽海沉哀。「沒有我允許，誰也不能在海月樓殺人。」

彷彿老天爺要跟良姊姊唱反調，上方樓板突然爆裂出一個大洞，柒小柒四腳朝天掉下來，卻在半空翻轉了身，雙手著地，倒立著就打起圈圈。也就相差一眨眼的工夫，年顏跳下。大概沒想到柒小柒還能捲旋風腳，他讓她一腳踢中，飛撞上大堂的一根柱子，重重滑落地面，脖子一歪，被踢暈了過去。

柒小柒嗖一下彈正了福娃圓滾的身軀，袖子抹鼻子，癟嘴嗤笑。「教你小瞧人！」大眼溜溜一轉，看到一張張兔子臉，頓時嗤笑變歡笑。「大夥兒來得好！」回頭掃見樓梯口四大舖子的人，立刻指一指。「給我把這些傢伙扒皮抽筋，一個喘氣的都別留。」

看到肩衣染血扎箭的金利沉香，柒小柒走向節南，同時哇哇喊道：「你們當中誰啊，這麼沒準心，直接一箭穿過腦袋該多痛快！」

青兔子這回遇到眞知己。「不是沒準心，也想很痛快，只不過幫主說血濺當場，沒說血濺五步還要命，我們怎敢不遵從？」

節南斜睨青兔子一眼，但覺這人怎麼回事，似乎刻意避免跟她直接對話，要麼對黑兔子說，要麼對小柒說，無視她啊。

良姊姊哼出來。「看來眞當海煙巷是不用守規矩的地方？」

良姊姊往後退一步，從他身後連著飛出兩列快影，踩著灰兔們的腦袋就來到堂中，在兔幫和神弓門之間排成一行。這些影子，正是昨晚的少年郎們，此時一手捉燈，一掌托拳頭大的鐵球。

「這些孩子手中的東西遇火出毒煙，聞者七竅流血，全身麻痹而死。」良姊姊一揮手，就有兩個男姐兒捉了門板。「你們不住手，我就讓孩子們放煙了。」

柒小柒不太信。「我們死，這些少年也會死。」

「他們的命本來就是我的，」良姊姊夜海般的眼眸滿是涼嘲。「而怎麼趕都不肯走的人，自然要有爲我死的覺悟。」

這句彷彿是動手的暗示，少年們一齊將鐵球往燈火上方送。

沉香尖喊：「等等！本來就是這群兔子臉蠻橫凶殘，想要殺了我們！」

良姊姊不看沉香，看節南。「妳呢？真想壞了我這兒的規矩？」

節南對良姊姊一笑。「怎會！客隨主便，良姊姊不想髒了自己的地方，我這個客人當然要尊重你的意思，今日就到此爲止。」

她和良姊姊昨晚的緣分，還是不當著沉香的面說了。

節南問青兔：「幫腦意下如何？」她態度夠好了吧？

良姊姊抬了抬眉，眼裡頗有興味。「原來兔幫有二主。」

節南道：「我就是一張臉面，擺好看罷了。」

青兔朗聲對良姊姊道：「既然主人不肯出借地方，兔幫也不會強人所難，不過有件事要告訴良姊姊一聲。長白幫近日被查出與大今朝廷勾結，官府已派提刑司立案，江南一帶所有長白堂口不日將被查封。良姊姊手上這些長白幫製造的小玩意，今後拿出來時可要謹慎，免得受長白幫牽連。」

良姊姊皺眉。「竟有此事？」病了一個多月，以爲沒救了，對所有事都意興闌珊，因此錯過這麼重要的消息。「敢問貴家看中何處好風水？」

「這個嘛——」青兔手指一點節南。「她在哪裡，哪裡便風生水起。」

良姊姊看一眼節南，眉頭緊鎖，好像很不情願似的，但道：「也罷，不過恕我多嘴一句，一山不容二虎。」

青兔沒回應，捉了節南的手腕，道聲「告辭」。

節南聽得稀里糊塗，不知兩人打什麼暗謎，又不好當大家的面來內鬥，直到上了一條眼熟的船，才甩開手，放心說話。「良姊姊什麼意思？」

「這人聰明，知道長白不能靠了，就想探兔幫虛實，也有拜山之意，所以問我們堂口在哪兒。我就說幫主妳在哪兒，哪兒就是堂口。」進了船艙，摘掉面具，王泮林捲起節南的衣袖。

節南卻想起沉香還在海月樓。「良姊姊也不一定要拜兔幫的山，沉香可能會說服他爲神弓門效命。」怎麼這麼就離開了呢？還沒看夠金利沉香的狼狽相！

「桑小山。」連姓帶小名，稱呼。

福娃腦袋鑽進門簾，嘰咕道：「這麼就走了？」卻見王泮林盯著節南的手脈，她馬上咧起嘴裝無辜，把腦袋縮出了簾子，在外頭喊：「開船了！開船了！」

節南心知小柒說漏了嘴，立刻抽回手，從腰帶上解下一個香包。「赤朱的最終解藥——」

王泮林神情不見喜意。

「半顆總比沒有好。」聰明的傢伙很難討好，知道她話沒說完，還在等下半句。

王泮林把香包收進自己懷裡，隨意瞧了節南一眼，那意思似乎問她有何不妥。節南嚥下所有反對的話，呵道：「還是你保管得好，回頭我告訴小柒，她要是覺得派得上用場，讓她自己找你。」

「爲何瞞我一人？」傷心。

節南好不想念鳳來縣衙門前大鼓，太冤了。「你不能這麼問，我沒有只瞞你一人，而是只告訴了小柒——」呃……良姊姊不算，盛親王也不算。「王泮林，你可知道這半顆解藥從何得來？」

「轉移話題？」王泮林竟嘆息。「也罷，寵妳總要讓妳，更何況我是眞好奇小山妳下半夜過得到底有多愉快。」

一顆甜棗，一棒槌。

18 詭妙姻緣

良姊姊沉眼看著沉香的船搖遠，冷然說道：「真是不知疾苦的大小姐，說出來的話讓我這麼不喜歡笑的人都忍不住好笑。翁老適才可聽見了？」

被稱爲翁老的是位大夫。他闔上醫箱，很不客氣地從櫃子裡抱出一小壇酒，裝進隨身酒葫蘆裡。

「神弓門尙屬北燎時，雖爲機密，門主有二品官銜，所以如今這位門主的女兒，也算官家千金，難道你還當她眞是女諸葛不成？」

傳聞中，神弓門有個女諸葛。

良姊姊走過去，手剛碰到翁老拿出的酒罈子，讓翁老一聲咳嗽縮回去。「雖沒當眞，還是有小小期許的，畢竟聽多了這個北燎神祕暗影的傳說，作爲一條地頭蛇，怎能不盼望會上一會？」

「日月交替，斗轉星移，輝煌之後必定走向衰落，若沒有後起之秀力挽狂瀾，就只有消亡。國與國的格局都在變，更何況只是一個小小組織。我看那丫頭挨了一箭就大喊大叫，一點兒江湖兒女的灑脫也沒有，請你幫忙就好像施捨你、你是她手下人似的，開口閉口我家主人不得了，跟著她八輩子不愁。一聽你不答應，她就威逼恐嚇，眞是可以表演變臉去了。」翁老說罷，咕嘟咕嘟喝一大口酒。

兩人說起神弓，神祕組織不再神祕，因爲海煙巷知道太多神祕，而神弓門還是兩個國的暗司，只要在官場做事，尤其還做出成績，就很難完全抹去痕跡，總會有些風聲。比如當年，韓唐大人從南頌辭官到北燎去，有人心裡不平，就在海煙巷說起一些事，傳到良姊姊耳朵裡，就聽出別樣不同了。

一代代良姊姊傳至今日，已經積累了一套分析各道消息的經驗，而且懂得何時守祕、何時換利，故而海煙巷興盛不衰。

「也不是都像她那樣驕橫。」良姊姊腦中閃過節南那張臉。「怪不得門下要分出去。」

翁老不耐煩地喝口酒。「別管他人閒事了，你有眉目了嗎？到底誰給你下這麼陰損的毒？」

良姊姊神色淡然。「生死有命，比起年老色衰的淒慘晚景，我能死在這個年歲，也許還是老天垂憐。再說，誰下毒並不重要，翁老想辦法幫我解毒才重要。」

翁老搖頭。「赤朱聞所未聞，又只有一顆解藥，要是能找出我師兄，或許有法子。」

「無妨，我還能再弄些解藥來，翁老只須幫我找一找醫鬼前輩。」忽見窗外人影一閃，良姊姊走過去推開了窗。「今晚明月雖好，我看卻是要變天了，無論江湖，還是朝堂。翁老，我不送你出去了。」

「這年頭，顧好自己就得了。」翁老一拱手，走了。

良姊姊退後幾步。「出來吧。」

窗外閃進一道黑影。

良姊姊目光似寒水。「我將你當作此生難得一遇的知己，你卻下毒害我。死有何懼？只是我不想死得不明不白。告訴我，爲何對我下毒？」

黑影也望明月，答非所問。「阿良曾說過自己有個妹妹，卻不小心和她失散了吧。」

夜海的眼突然綻放光華，良姊姊語氣迫切。「你知道她的下落？」

「你還說過，只要有人能告訴你她的下落，你願意付出一切，不惜性命。」黑影沒轉過身來。

良姊姊雙眼潤亮。「是。」

「既然如此，我拿你這條命作爲答謝自己的報酬，可否？」黑影道。

良姊姊連連點頭，哪裡還會說不可以。「我妹妹在哪裡？」

黑影攀上窗。「等你解了毒，足夠長命讓你妹妹依靠的時候，我就告訴你。」說罷，躍了下去。

良姊姊急忙趴住窗櫺往下看，卻見那道黑影彷彿一簇暗夜幽靈，沿著巷河邊的屋頂飛竄，不一會兒就瞧不見了。

他立刻拉了好幾下鈴繩，等老僕進屋，吩咐道：「你親自跑一趟希姐兒那兒，打探所有和赤朱有關的消息，且告訴希姐兒，他要有法子拿到赤朱解藥，我就力捧他當十代，所有障礙都由我負責給他擺平，他只須回來接位。」

希姐兒是良姊姊培養的少年，因爲太過張揚，被其他人排擠。良姊姊保下他一條命，將他送了出去，但他一直不曾放棄回海煙巷爭位的野心。

老僕應聲退下。

良姊姊在屋裡來回踱步，怎麼都無法定心，最後推開書櫃，走入櫃後一間說不上密室的暗室。這裡放著海煙巷興盛不衰的祕訣，存放的記事冊大概堪比六扇門御史臺的文庫，記載著那一張張面具後的眞實身分，還有他們最怕人知道的醜和惡。

「孟元是盛親王的眞面目？」即便是王泮林，也無法用頭腦想出這個答案，難免驚訝。

節南道「應該不錯」。「盛親王分身好幾個，不過似乎對感興趣的女子才以眞面目示之。」見王泮林瞧著自己若有所思的神情，急忙撇清。「不是對我感興趣，而是——」

「崔玉眞，」王泮林微一頷首。「我明白的。」

節南本來怕這人往自己身上引，結果他的語氣分明瞧輕她，當然就不服氣了。「我謙虛而已。盛親王說了，只要我把事情辦成，別說解藥，還會封我一品官二品爵，與男子同上朝堂，子子孫孫還能繼承爵位。」

「空手套白狼，知道吧？」王泮林眼梢藏笑。「再說盛親王這事情交代得不清不楚。他讓妳找東西，且告訴妳東西可能在阿升和崔相手裡，卻不說到底是什麼。不說妳能不能找出來，卻顯然不信任妳。」

「也並非全然不說，只說那原本是一卷圖，阿升和崔相各持著一部分，還說只要我看到就能辨識。」

王泮林已聽節南說過。「我可以理解那卷圖非常重要，以至於盛親王千里迢迢親自找來，甚至傾國之力也要弄到手。價值連城的寶貝，世上太多。不過，既然那麼重要，爲什麼改讓妳去找？」

節南也想得很仔細。「一來，盛親王就是孟元的這一身分暴露，他成爲崔相女婿這條路已成了死路；二來，崔玉眞信賴我，我又救了阿升；其三，他手上有絕朱解藥，是我活下去的最後希望了吧。」

「最後希望？」王泮林淡淡重複，然後一笑。「未必。」

節南也笑。「至少讓盛親王這麼想，才能對我放心。他也知道兔幫的事，似乎並不太在意，又對神弓門失望得很，所以讓我辦這件事屬於私人請託，我才覺得可以答應。」

王泮林同意。「的確有些像眞看中了妳的能力。如今北燎四王子出事，而盛親王要是沒被妳拉上齊賀山，大概也已經把崔玉眞帶回了大今，極可能——」

柒小柒再次探進頭來，打斷王泮林的話。「到岸了，九公子和我家小山算完帳沒有？」

節南作勢舉起拳頭。「妳個嘴上不裝門的！」

柒小柒吐舌頭嘻嘻笑，縮腦袋跑了。

王泮林往艙門走兩步，見節南沒跟上來，回過頭來等她。「無論如何，北燎朝局變動，盛親王回大今，咱們就不用急著解開妳爹那些信件之謎，找東西也毋須積極，先幫我們自己做好一件事。」

「兔幫揚威。」

節南知道，是時候了。之前所走的每一步費時費力，看似徒勞無功，還處處壓抑，卻終於可以吃子了，還是大口大口地吃。

王泮林道聲「是」。

「希望赫連家裡沒出事。」不知不覺，節南擔負起幫主這個頭銜應有的責任。

王泮林起先沒回應，直到節南從他身邊走過，才輕言一句。「即便眞出什麼事，也不會後悔就是了。」

節南明白王泮林的意思。高官貴族總會面臨權力更替，站哪邊看似是自己的選擇，其實卻是命運的選擇。赫連家要是堅定選擇了四王子，自然會準備好一旦選錯所要承受的後果。

下了船，不見年顏就不見車夫和馬，節南和柒小柒只好坐了王泮林的馬車回趙府。

節南也沒力氣再與王泮林探討今日之後到底該如何，睡了一路，還讓柒小柒背下了馬車，一覺睡到第二日晌午。而後，既沒接到王泮林的消息，又沒接到李羊的消息，文心小報消息平乏，市井傳不出任何勁爆，節南身體哪兒都恢復了，就要以爲天下太平了。

六月二十八這日大清早，蟬聲正吵吵，原本應該明日才回府的碧雲跑進青杏居。

「不得了啦！」碧雲又是上氣不接下氣。

節南給碧雲遞杯茶，心想這丫頭來青杏居後經常跑得喘，要不要自己抽空教下輕功？

碧雲喝完這杯茶。「六姑娘，您猜怎麼著？」

節南雖然覺得不必猜，橫豎這姑娘肯定會自己接著說，但她性子貪玩啊，愛猜愛逗趣。「妳大姑又怎麼了？」

碧雲家閃閃生輝的，絕對是那位大姑奶奶，碧雲家的事十之八九都由她惹出來。

碧雲嗯嗯點著腦袋瓜。「我大姑不是因爲官媒婆找得我大姑丈嘛，平素老有來往，今日一早大姑和那媒婆在我爹的肉舖子前閒扯，讓我聽到一個特別大的消息。」

節南雖然猜大姑，其實以爲碧雲要說的是長白幫或四大舖子的消息。畢竟半個月快過去，都城裡半點傳言都不起，李羊他們查不到，而姑丈又在鄉下，沒有其他管道打探。要不是芷夫人派煙紋送來一大堆補品，讓她好好養身體，可當作王泮林讓她好好靜一段時日的暗示，她可能早就找上南山樓去一問究竟了。

然而，碧雲這個消息是聽媒婆說起的？

節南想到這兒，就覺著不是什麼特大消息——

「崔六姑娘要許人啦！」

什麼？節南一下子站了起來。驚嚇！

一直悶頭吃飯、沒出聲音的柒小柒嗆到，咳得嘴裡東西亂噴，浪費一桌子的菜。

「崔六姑娘能想通，這可是崔家的大喜事，不知下嫁誰家公子？」仙荷不知孟元的存在，就只是感嘆守身如玉的明珠佳人終能放下亡者。

節南心裡驚濤駭浪，五味陳雜，化作一腔怒笑。「對啊，下嫁誰家公子啊？」

難道盛親王還是不能死心，偷偷回去見了崔玉真，這回表明身分——可是，不對，盛親王要娶南頌宰相之女，等同兩國聯姻，要有使團過來提親，還要南頌議親，其中多少條規矩，等到定下來，早弄得民間皆知了。

盛親王要是沒見崔玉真，崔玉真就以爲孟元已死，至少是難逃一死。這時候她許了人？

「你們肯定想不到，是延大公子！」碧雲宣布完畢。

仙荷這才詫異。「延大公子？怎不曾聽月娥提及半個字？而且眞瞧不出延大公子對玉眞姑娘抱有心思。在崔府別莊那幾日，延公子對誰都很照顧，也不見他待玉眞姑娘特別。」說到這兒話鋒一轉。「不過，延大公子有心娶妻孝順雙親，已請媒婆幫他相看。一個當婚，一個當嫁，還挺合適。」

拾武狀元延昱?!節南又是大吃一驚。

碧雲和仙荷不知就裡，但她可是一清二楚。崔玉真對孟元情根深種，魂牽夢縈，短短十天半個月，不可能答應嫁給孟元之外的任何男子。再說延昱，雖如仙荷所說，他早說過要找媳婦，但是他已知崔玉真對一個男子愛得死去活來，又怎麼會向崔玉真提親呢？她提早離開別莊之後，那兩人之間發生了什麼事？

還有一種可能，父母之命媒妁之言。也就是崔玉真和延昱不知情的情形下，雙方父母給兩人定下了親事？話說，延昱他爹娘回都了嗎？延昱又回都了嗎？

節南雖知數日前林溫就護送蘿江郡主她們回城了，沒特意留心延昱有沒有回來，但崔玉真肯定沒回。

拾武狀元和明珠佳人！

震驚之餘，節南不得不同意仙荷所說，這兩人眞挺合適的。兩家都屬世家，崔相一品正紅，延文光肝膽良臣，崔玉眞嫡女，延昱獨子，而且名氣也相當。

只不過，這個時機太不恰當。

這樁姻緣是否能稱作良緣？她應該賀喜呢？還是替誰捏把汗呢？太多的疑問，太多的驚訝，以至於節南只好懷疑是碧雲聽錯了。然而，碧雲一早報來的這個大消息，到了傍晚時分，由慌里慌張到青杏居來的趙雪蘭再報了一遍。

說法不一樣，細節不大同，結果板上釘釘——

崔六姑娘許給了延家獨子。

六月三十，雷雨剛過，萬德樓敞窗敞門，四棟樓的銜門全都打開了，生意興隆。

聽說節南來了，狸子從商樓那邊過來打招呼，還問：「今日從早起開始大做鹽引，六姑娘可有興趣？」

節南笑搖了頭。「你也真瞧得起我，我哪來的本錢。」卻瞧見雪蘭略帶好奇的目光，想起這位正為柴米油鹽傷腦筋。「狸子，為你引見，這位是軍器少監之女，我表姊，趙大姑娘。她手上有的是俸糧，你耳聽八方的，幫忙留意一下糧市。」

趙雪蘭果然眼裡起光。

節南就對趙雪蘭道：「何里，外號狸子，萬德商樓最能幹的夥計，有他盯著，妳就不用日日跑糧市了。」

沒見過豬跑，也吃過豬肉。趙雪蘭自從掌家開始，對萬德商樓也是各種聽說，不但出入巨賈，做百萬千萬的交引買賣，還影響金銀銅米鹽茶各類行市的價格，更聽說如今女子也能入樓做買賣，早就好奇了。

狸子趕緊給趙雪蘭行禮。「只要小的幫得上忙，趙大姑娘儘管吩咐。」

節南補一句。「能幹的人價碼也高，雪蘭妳要記得賺錢之後慷慨地謝謝他。」

趙雪蘭瞥節南一眼，嗔怪。「就妳慷慨。」轉眼認真問狸子：「這位小哥如何收取傭金？」

她已不是要和才子晢比高的觀賞蓮花了。

狸子垂頭答道：「不著急，還沒幫趙大姑娘做成一單。再說您還是六姑娘的家裡人，六姑娘一向給得大方，小的白幫您做也行。」

節南就道：「別啊，該你收你就收，我給歸我給，別算到趙大姑娘的好處裡頭，趙大姑娘可不稀罕。」

趙雪蘭「哦」一聲。「沒錯，我還真不稀罕。」

狸子抬眼笑笑。「今年豐收，糧價要賤，不如趁這會兒還沒跌倒底，換了貫錢買金子。」

趙雪蘭聽了就皺眉。「金價這會兒不好，倒是聽人說朝廷發行的鈔子挺保值的。」

「金價就要大漲。趙大姑娘不買金子，也千萬別買鈔子。那東西早幾年還好，如今大商都在往外拋，很快就貶得不值錢了。」狸子這話信心十足。

節南有了興趣，她手裡那些銅板還在銀號裡積灰。「回頭我讓人送五萬貫錢來，你要覺著價不錯，就幫我換了吧。」

狸子道是。「六姑娘可要緊著些辦，聽紀老爺的意思，也就是明後兩日的事。」

節南點頭，明白賺錢就是一個稍縱即逝的好時機，錯過就得等下一波，而且紀老爺這是透過狸子給她放消息呢。

直到狸子下去，趙雪蘭沒再作聲。

節南覺得這姑娘還眞有當家主母的能力，謹愼穩重，不貪不躁，沒有讓人說兩句就頭腦發熱。賺錢的機會雖然稍縱即逝，但賺錢的機會永遠會有，不可急於一時。

「金價爲何要漲？」趙雪蘭不急著動錢袋子，先不恥下問。

節南眨眨眼。「也許因爲崔家要嫁女兒，需要大量黃金打造嫁妝，各家金舖子坐地起價？」

趙雪蘭沒好氣。「認眞問妳呢。」

節南仍沒認眞得起來，語調老皮。「到去年全線停戰，金價一直跌，跌掉三成，但大商們一直在低價收進，金價最近穩住了，市面買金的人多，賣金的人少，表明是時候漲價了唄。而全城，甚至三城沸沸揚揚熱議延崔聯姻，說不定宮裡都有動作。所謂的萬事俱備東風到，趁著消息還未確鑿、多數人觀望的時候，恰恰是大商們出手的時候。等大家都開始抬價哄搶金子，大商們已經賺完，這就是行市行情。」

「也可能是金價跌更慘，大商故意抬一下？」

節南目光讚許。「這也是可能的。不過，買賣就是如此，不賺即賠，看妳願不願承擔風險。我手上錢不多，平時沒開銷，萬一金子跌得更慘，放個十年八年也不怕。」

趙雪蘭就笑。「對，妳是沒開銷，就開銷家裡的了，要早知妳是小富婆，我應該收妳租錢和伙食錢。」

愈瞭解節南，趙雪蘭就愈欽佩。能讓商樓夥計畢恭畢敬，看似跟從他人，其實心中拿定乾坤，幾萬貫數目雖不多，她爹的月俸就有一萬多，但她自己出嫁前只有三千貫的私房，還沾沾自喜。而節南無父母兄弟可以依靠，看桑姨也不會多替節南打算，一下子拿得出幾萬貫錢，實屬了不起。

同時，趙雪蘭也感覺節南對自己的信任。

「妳只管收，我交給表姊夫。」節南說得半真半假。

趙雪蘭噗哧笑出。「妳個精明丫頭，妳給他，他會收下才怪。行了，趕明兒我把糧食換了錢，湊妳那份，一起買了金子吧。」

「怎麼回事，到處聽人說買金子？」蘿江郡主進了包間，一身百雀裙，烏髮盤螺型髮髻，珠光寶氣，看著就顯身分。

這日，蘿江郡主約兩人來萬德官樓吃飯。

「和雪蘭商量，要買些金子給玉眞打幾套首飾頭面。」節南嬉笑。

「我娘也是一樣，跟我說了一早上送什麼才體面。我就奇了怪了，我是郡主，玉眞是宰相之女，但她總不是公主吧，爲何人人想著送金送銀。我成親的時候，妳倆送我什麼了？」

「此一時，彼一時。郡主成親早了，咱們那會兒還沒熱絡起來。等郡主生下小世子，我倆送六斤金疙瘩給郡主。」

趙雪蘭聽著，心道有些話眞是只有節南敢說。

蘿江郡主笑得哈哈哈。「這可是妳說的啊。六斤，少一兩我都不依。」

三人說笑一會兒，趙雪蘭才問：「聽郡主的意思，玉眞姑娘和延大公子的親事並非空穴來風？」

蘿江郡主奇道：「都在說送黃金頭面了，妳還問來作甚？」

「朱姊夫從衙門裡回來告訴我們的，他也只是聽人說起，」節南代答。「而且這兩日大街小巷都傳開來了，延公子和玉眞姑娘卻不在都城，崔府無人出面，朝廷也沒出公告，究竟是山雨欲來風滿樓，還是……」

蘿江郡主見節南沒說下去，接過話。「還是空穴來風？妳倆，誰能說實話？玉眞得的是心病吧！」

這頓飯，用來逼供。

蘿江郡主這麼一問，趙雪蘭馬上目光游移，自己給自己找事做，居然斟起茶來。

節南卻泰然自若。「這還分實話假話的？管玉眞姑娘得了什麼病，郡主和我們都一樣，只能探病，沒有治病的份。」

「我這人，眼不見為淨，見到了就靜不下心了。那日在雕銜莊避雨，我見到……」蘿江郡主一頓，吩咐自己的侍女們退下。「我見到玉眞和一個俊美男子相擁，哭得跟淚人兒似的。那之後沒多久，咱們到江心街張記小吃吃飯看寶獸，玉眞也消失了好一會兒，後來妳和玉眞一道回來的。當時，玉眞臉色就跟雕銜莊那會兒一樣，其實是去見那個男子了吧？」

趙雪蘭倒抽一口氣。

蘿江郡主挑起眉，轉看氣定神閒的節南。「趙大姑娘不會撒謊，心事都顯在臉上，桑六娘妳還裝得下去嗎？」

節南拿起趙雪蘭斟來的茶，反問：「郡主既然都知道，還問我們作甚？倒是我要問一問郡主，玉眞得了心病這個眞相，說與不說，與郡主、與我們，有何好處？」

蘿江郡主看節南是怪人的表情。「大家都是姊妹，一個姊妹有難，其他姊妹相助，要何好處？」

節南盯著蘿江郡主半晌，然後暗暗好笑。是了，她怎麼忘了，蘿江做事憑心情，完全沒有她想的那麼複雜。

「郡主莫怪，玉眞的事我答應了崔相夫人不說的，卻想不到讓郡主知道，一時也只能裝不知情。」

蘿江郡主是個爽利之人，笑道：「這種事當然愈少人知道愈好，而我其實也是連猜帶矇，猶豫著是否該問問妳們，但這回親眼瞧見玉眞病得淒慘的模樣，就確定玉眞喜歡上不該喜歡的人了。妳們知道我的脾氣，直接就找玉眞問了，她哭求我幫她。我還沒決定，林二郎就收到家信，催著大家回來。想不到，沒回來幾日就傳來玉眞許親的消息，我實在拿不準主意，只好找妳們出來商量。」

節南和趙雪蘭互換一眼，同聲問：「玉眞要妳幫她？」

蘿江郡主鄭重點頭。「桑六娘妳走後第二日，玉眞偷偷塞我一張紙片，讓我幫她做兩件事。第一，幫她到通寶銀號取她寄存的東西；第二，取出來之後放到觀音庵石塔佛龕裡。」

趙雪蘭吃驚道：「玉眞姑娘難道要私奔？」

蘿江郡主「哦」了一聲。「反正我看了字條之後就是這麼想的。」見節南蹙眉沉默，推推她的手肘。「驚呆了吧？瞧玉眞的性子，誰能想到她會下得了那等決心啊。喜歡一個窮畫生，爲他甘願拋開千金大小姐的身分，還有生養她的父母、呵護她的兄弟姊妹，所有一切都置之度外了。說眞心話，我有些羡慕。」

「不，我並非驚訝這個，而是——」節南也不能說沒啥好羡慕的。

趙雪蘭正好幫上腔。「玉眞姑娘既然準備離開家，怎麼突然答應嫁給延大公子了呢？」

「幌子唄！」蘿江郡主看似動了不少腦筋。「肯定是她說服昱哥哥，讓他向崔府提親。崔相夫人可喜歡昱哥哥了，而且崔延兩家算得門當戶對，兩人更是郎才女貌。再說，玉眞如今尋死覓活的樣子，家裡再溺愛，只怕長輩們也要用非常手段。不管怎樣，昱哥哥找媒婆求親，崔府一定會答應，這麼一來，就要把玉眞接回來了。」

「只要玉眞回來，妳把東西放在她指定的地方，她就有機會離家出走。」節南覺得不無可能，而且確實能解釋玉眞爲何突如其來答應嫁給延昱。

「就是說啊，可我眞不知該怎麼辦。幫玉眞吧，感覺對不起崔五哥；不幫吧，眞怕玉眞撐不過去，萬一輕生。就算不輕生，我瞧她也會傷心而死。」蘿江郡主取出紙片，遞給節南和趙雪蘭。「咱們仨都是知情人，妳倆趕緊幫我出出主意。」

趙雪蘭看過之後。「一般而言，沒人會答應玉眞假提親的要求吧。」

蘿江郡主搖手。「一般人不會，昱哥哥會。他從小特別仗義，待人又好，我們都把他當大哥的。」

節南心頭暗笑，雖知這位性子沉穩，有帶頭大哥的風範，卻不知他對誰都像大哥，並非只待自己一人特別。「延大公子回都了嗎？」節南心裡笑完，問道。

「我一得到消息就打聽了，還沒回呢。桑六娘妳那麼機靈，妳說如何是好？」蘿江郡主是眞著急。

節南忽然又問：「那位薛氏怎麼樣了？」

蘿江郡主一怔。「王老夫人勸劉彩凝把人送回我婆婆那兒，我婆婆帶她看了大夫。我回王府那日薛氏跪接敬茶，今後乖乖歸我管……妳問她的事幹嘛呀？」

「一樣的道理，只不過此刻咱們處於劉彩凝的位置，玉眞處於薛氏的位置，崔家則與郡主那時的心情相同。」節南沒有直接回應。

趙雪蘭明白得快。「妳的意思是咱們不該多管閒事。」

節南自認壞，別說白紙黑字留證，說話都很當心，點到即止，請聽者自己領悟。

蘿江郡主也明白了。「話好說，事難做，我何嘗不知，所以才兩面爲難。只是，玉眞著實可憐……」

節南淡道：「崔相夫人難道是玉真姑娘的後娘？崔五哥難道不是玉真姑娘的嫡親兄長？我們又是玉真姑娘什麼人？」

蘿江郡主再怔，好半天幽幽嘆道：「玉真是崔家掌上明珠，親爹娘親兄長還會害她？再說，昱哥哥都能答應和她假訂親了，她想跑還不容易嗎？」

「郡主還是暫時不動爲好，說不定玉真姑娘自己都改變主意了。」趙雪蘭勸得聰明也婉轉。

「聽妳倆這麼說，我心裡就舒坦多了。」蘿江郡主顯然也不想做到幫崔玉真離家出走的地步。「我眞心覺得昱哥哥和玉眞很相配，在一塊兒多好啊，比那個窮小子強多了。」

窮是不窮的，不過，崔玉眞若嫁給盛親王，絕不會幸福太久。一個全心全意，一個片心片意，不對等的感情，很快會在盛親王的後宮中消磨殆盡。

節南看得通透。

「郡主在裡頭嗎？」門外，突然響起郡馬劉睿的聲音。

這回，節南還沒準備好，蘿江一聲「進來」，就和推門而入的劉睿目光相撞。

眼一睇而過，劉睿面無表情，對蘿江郡主躬身行禮。「我與太學裡的幾位大人來喝酒，才瞧見郡主也在。」

蘿江郡主端端抿一口茶，目光往門外探，果然看到對面一間敞著門的包房裡，綽綽幾身青白襦袍，嫣然笑問：「郡馬才來？」

劉睿答且問：「來了一會兒了。郡主呢？」

蘿江郡主回道：「剛坐下。郡馬要是下午沒事了，就等我用完飯，一道回府吧。」

劉睿應好。「若郡主用完飯，還請派人過去喚我，大人們今日興頭高，只怕還要作詩作文章。」

蘿江郡主也回了聲好。「郡馬要是得了好詩，拿回家給我念念。」

劉睿又是一聲好，再瞧向趙雪蘭。「雪蘭表妹近日可好？我爹娘甚是掛念，有空去家裡坐坐。」

「好，要的。」趙雪蘭答得也是不能再簡短了。

劉睿垂眼再行一禮，轉身走了出去。

門闔上，蘿江郡主看趙雪蘭和節南都盯著自己，挑高了眉。「這麼瞧著我作甚？」

節南一笑，沒說話。劉睿裝不認識她，大好。

趙雪蘭誠實開口。「郡主和郡馬還挺好的。」之前聽過蘿江抱怨劉睿呆氣呆板，又聽說了薛氏懷孕躲在劉彩凝那兒的事，她以爲這兩人會相見成仇。

蘿江郡主噗哧堵嘴笑。「吵吵鬧鬧也是過，客客氣氣也是過。那樣的呆子，一心就是讀書入仕，即便風流也不會專情，女子於他不過是陪襯罷了，反而不用我太操心。從最壞處想，要是遇到個癡情男子，偏偏喜歡的不是我，那才慘，鬥一輩子也贏不過。至少妳表兄尊我爲妻，不干涉家裡的事；薛氏孩子沒了，他也不顯在意，我不好因此苛責他。他不管我，我不管他，要是能守到老，做個伴便是。」

趙雪蘭想到自己的夫君，雖說成親時日還短，卻比睿表兄的冷淡不知好了多少，可有時她還覺得他不夠好。再看郡主，對待這麼冷淡的姻緣，心態卻調整得十分愜意。無論是獨立的節南，還是驕傲的蘿江，都活出了一份瀟灑，真是自比不如。

節南則又覺蘿江對她脾性，畢竟當年她也這麼想過。要是老爹非逼她嫁劉書呆，她就嫁，過一種誰也管不著誰的日子，自己快活就行了。

「郡馬謀到工部的差事了嗎？」比起郡主郡馬怎麼培養感情，節南更在意這事，直覺。

「他日日出去應酬，就是到處活動呢。大概今日也是如此。別小看太學那些大人，教出那麼多學生，總有惦念師恩願意賣人情的。郡馬對著我死板板，可討傅大人喜歡呢，通過傅大人引薦，認識六部不少官員，所以應酬多得忙不過來。劉睿要是沒娶我，多半就會娶傅春秋——哈，我說傅春秋看到我怎麼就一臉晦氣，敢情搶了她乘龍快婿！」蘿江郡主自嘲。

節南暗想，傅秦也害過王希孟，而烏明和馬成均都死了，不知這人會有什麼下場。

蘿江郡主本想回府，席間聽雪蘭說起糧市金市這些，一邊是錢眼子裡鑽不過去，一邊正好遇到同好，快快吃完飯，拉著雪蘭要去商樓長見識，還說郡馬沒銀子好用。

節南讓狸子過來帶人，交代仙荷去銀號兌銅板，自己到了南山樓。

19 神仙眷侶

雷雨之後仍有陰雲，絲雨星落，打出一池漣漪，與魚兒吐出的泡泡疊在一起，丹青難繪這番生機勃勃的動景。

沒瞧見音落，沒聽見音落，節南不敢大意，看過一眼魚池就趕緊走，怕王泮林一語成讖，讓人知道她自言自語的毛病，躲假山後面聽祕密。走上長廊，煙雨江南的潮息撲面，湖光山色清新婉約，眞是讓人從眼潤到心，難再有一絲火氣。

書童坐在一張小矮凳上捧書讀，聽到腳步聲，抬眼瞧見節南，說聲「來了」，就繼續低頭啃書。節南習以爲常，自顧自走進樓裡，卻爲眼前的景象呆住，不明所以。

原本空空蕩蕩寬敞的一層，這時到處鋪著三尺長的紙，每張紙上寫著一個大字。白紙黑字之上站著一個小小子兒，湯圓一樣的腦袋瓜紮著沖天辮，紅紅肚兜綁著鼓鼓肚皮，蓮藕般的胳膊和腿上沾了些墨汁，臉上也有。眼睛圓溜溜，完全沒注意到節南，只盯住寫著大字的紙，有一種摩拳擦掌的氣勢。

「商——」節南才想喊娃娃。

「波。」王泮林的聲音從樓上傳下。

小小子兒的腦袋馬上轉得像撥浪鼓，小腿蹬蹬跑到東又跑到西，有時蹲下來，把地上的紙撥撥開，表情專心致志，眼睛忽亮忽暗。

節南這才注意到娃娃腳踝上的金鍊束著一串鈴鐺，又讓一根很長很長的紅繩繫著金鍊。紅繩沿著樓梯往上，最終出現在一隻蹺高樓欄的腳上，同樣繫在腳踝。

這是訓狗呢？

節南失笑，卻見一張寫著「波」的大紙離自己不遠，便走過去，想要撿給可憐的娃娃。雖然不確定這娃娃是在找這張紙，畢竟眼前至少有數百張紙，大人都要花點工夫，更何況一個一歲半的娃。

不確定，又確定，這種矛盾的心情皆來自養這娃的妖孽。

一聲清咳，一張可以迷惑世人的君子面，墨眸帶妖笑。「作弊罰倍，本來這功課就剩四個字了。」

節南連忙站直，走開幾步，擺手道：「沒，我沒幫他作弊。」同時對終於瞧向自己的商娃作眼勢，暗示娃子「波」字就在她附近。但等她作完暗示，不由好笑，抬頭看那張騙死人不償命的臉。

「娃娃才一歲半。」

王泮林下巴擱在扶欄，正是全身沒骨頭的樣子。「就因爲他才一歲半，我只教他認字，不是背默，而且一日一句，才教到『波瀾不驚，上下天光，一碧萬頃』。」

一歲半學《岳陽樓記》？

哪知好可憐的娃娃一點沒有自覺可憐，跑來撿起「波」字，咯咯拍手歡笑，還炫寶似地舉給樓上王泮林看。見王泮林點了頭，娃娃就拖著那張紙，回到剛才站的地方，將紙疊到一堆紙上，重新站上去，玩兒似地跳兩跳，再仰望二樓，眼巴巴等著下一個字。

節南頓時腦裂。完了，商娃化妖了。

她對不起商師爺啊！

「九弟在同誰說話？」樓欄另一邊，王五手握一卷書走過來，看清節南時神情微顯詫異。「桑六姑娘？」

王五看看節南，又看看下巴撐欄杆的兄弟。上上回是在太學書閣撞見這姑娘，那日太學給各家姑娘開大課，所以不算突兀。上回是在後宅遇見，但那時這姑娘和蘿江郡主一起拜訪，也沒什麼不尋常。但今日，這姑娘獨自出現在九弟的居樓，與九弟說話的感覺如此自得，應該是不妥的吧？

節南淺福。「五公子也在？」

說起來，蘿江說已經散播了劉彩凝的壞話，不知王五有切身體會了沒？

「五哥逃三叔嬸的家法，賴在我這兒不走。」王泮林喜歡損兄弟的毛病也不是一日兩日了，看不出骨子裡護短。「小山，妳幫我送客。」

節南瞧王五的眼在她和王泮林之間轉來轉去的，趕緊從袖中拿出白兔面具，往臉上一罩。「五公子看我是誰？」

王五怎能忘記這張粉澈兔面。「劍童！」

節南重新收好面具，呵笑道：「正是。我幫九公子做些事，九公子幫我做些事，如此而已。」

對節南這個說法，王五反而見怪不怪。「以爲桑六姑娘是趙大人的侄女，卻原來並非尋常官家千金，怪不得看著灑脫。」

節南聽出王五釋然的語氣。「要是尋常官家千金，出現在這兒就不妥了。五公子如是想？」

王五露出不好意思的笑容。「的確如此，也怕九弟執拗起來會強人所難，不顧他人感受。」

王泮林歪頭看兄長。「五哥怎麼跟十二弟一模一樣？怕誰不知道你們是一家兄弟？」

「是怕誰將你看成我們一家兄弟，疏忽大意上了你的當。」節南聽了，又發現雲深公子的一個優點——不失幽默。

「上來吧，我考完娃娃功課就同妳說話，這會兒讓五哥招待妳，他閒得要在我這山樓裡種草了，妳即便送不了客，也千萬別讓他得逞。他種的那些玩意兒迎風長，還不把這兒變成深山？」王泮林勾勾手指，然後報出「瀾」字。

節南看商娃就像小狗一樣，在紙片裡快樂地鑽來找去，不好打斷那份無欲無求的童眞，搖頭好笑。她小心不踩到紙，上樓去。

一樓空敞，二樓全是書，節南一心用來觀察玩得旁若無人的一大一小，一心用來聽王雲深說話。

王五似在整理書冊，腳邊全是經義策論。「我本來也不贊成九弟對娃娃過早啓慧，只是這娃娃非常聰明，和老七……」意識到自己說了家裡的禁忌，但見節南似沒留意，悄鬆口氣。「眞是天資聰穎，就想不好好教便可惜了。九弟平時不這麼過分，也是讓娃娃激起好勝心了，姑娘可能不知，九弟他——」

「我知，激什麼，也別激九公子的好勝心，一激起來可不得了，什麼事都做得出來。」把自己吃成泡水饅頭，耍賴扣著她的東西給她辦抓周，看著懶洋洋難得起勁，卻是霸道地讓她頭疼。她領教太多了。

王五一愣，隨即一笑。「看來姑娘領教過了。」

節南看王五了然的表情，還沒來得及撇清，卻聽出王五笑過之後的那聲輕嘆。她想起劉彩凝來，也不怕問王雲深。「爲何三夫人要對五公子用家法？」

王五身上那股少年氣又冒了出來，澀笑。「母親讓我參加今年的州試，我不肯，就氣得要用家法。每三年必來一回，避過母親氣頭上就好。」

「雲深公子的文章爲天下學子爭相抄看，如此學問，爲何不入仕途？」節南其實還眞好奇。

王五從未讓人直問過，卻也不虛應。「因我這副奇短身材。只是爲人母者，總覺得自己的孩子最優秀，不肯面對孩子的缺陷。不過，也是因我的性子不適合，自覺並非當官的料。」

節南想問劉彩凝好不好，面對王五那雙少年大眼，最終沒問出口。靠在窗下看王五整理一堆堆的書，聽王九念字，還有娃娃咯咯的笑，漸漸犯睏。

赤朱轉成絕朱的這半個月，體溫雖然時而竄高，體重略減，卻沒有暴瘦下去，臉色也不顯青惻，倒是變得容易犯睏，一旦放輕鬆就能睡過去。可能是柒小柒新調藥方的作用，也可能是絕朱產生的變化。因爲身邊從來沒有中過絕朱的人，連柒小柒都很難下定論，只好治一步看一步。

忽然感覺唇上被咬，節南猛睜眼，卻見商娃放大的臉盤，還有兩隻水汪汪、卻成了鬥雞的眼。小傢伙砸吧砸吧舔她的嘴，弄得全是口水。

節南連忙將小傢伙抱開，拿腳踢踢遠，袖子抹嘴，一臉嫌棄。「臭小子，男女授受不親，懂不懂？」

娃娃拍手喊抱抱，咯咯笑的樣子能讓心化水。節南才猶豫，就聽王泮林的聲音。

「此子狡猾，專用天真無邪的表情騙美姑娘抱他，小山莫心軟。」王泮林卻一把將商娃抱起，隨手交給身後書童。「方才送五哥出門，一回頭便不見了人，我就知他爬上樓來找妳。」

「他應該認不出我了吧。」剛剛在樓下看小狗叼字，小狗完全沒把她放在眼裡。

「妳是他救命恩人，他怎會認不出來？只不過知道我嚴厲，不敢分心而已。」王泮林揮揮手，書童下樓，娃娃哇哇喊娘娘。

節南嚇一跳。「他喊誰娘？」

「妳不用緊張，要是表情無用，小子就喊美人娘娘，目前為止百試百靈，騙了各房夫人和姑娘們抱他。」

節南笑不止。「小子才降生人世十八九個月，而不是十八九年，你說得也太誇張了。」

「他有沒有對妳又啃又舔？」王泮林突然問。

「……沒……」節南憑直覺，再保小小子一命。

王泮林放下心的神情。「那就好。原以為是凡胎，料不到是小妖怪，妳千萬別被他耍寶的可愛樣子騙了。我決定給他取名『商花花』，以此警告世人，小子古怪，莫要招惹。」

商花花？節南噗笑，然後哈哈大笑，笑得眼淚都出來了。

天才對天才的嫉妒心，可怕！

「喝茶？喝酒？」王泮林往樓下走去。

節南跟下，看到書童將「花花」抱出了樓，盡量不和小娃娃癟嘴欲哭的目光接觸，免得忍不住把他拎回來，不過到底還是出於一個恩人的態度。「花花當小名還成，不然小妖怪長成大妖怪，你卻老了，豈不是鬥不過？」

這話一出口，節南就悔了。

王泮林回過頭來，仰看節南。「我鬥不過？」突然笑得跟神仙似的。「看來我得接著養，養大了才知道我到底鬥不鬥得過自己教出來的小子。」

節南張張口，卻感覺自己這會兒說什麼大概都是火上澆油，改道：「雲深公子他……」

「劉氏回娘家了。」不用節南說完話，王泮林就知道她要問什麼，轉身繼續走。

「劉彩凝回娘家了？」節南倒是沒想到。「爲何？」

「作爲雲深公子之妻，卻以貌取人，輕瞧自己的夫君，又不盡妻子之責，將夫君拒之門外。這回要不是因爲傳聞，我們都不知五哥忍劉氏到如此地步。三夫人聽說後，說了劉氏幾句，劉氏就回娘家了，迄今未歸。三夫人也不讓五哥去接人，同時抓著他考州試，大有要他揚眉吐氣、讓他媳婦悔不當初的意圖。」

「還不如直接休妻。」節南壞笑。

王泮林走到西窗邊。「此處皆爲推門，打開可看日落。」

得，讓她幹活的意思唄。節南將雕花板推開至兩旁，又是一面令人嘆息的湖景。

「祖父不同意，說是劉學士夫妻未對女兒說出實情，那姑娘嫁過來才瞧見五哥樣貌，大概與想像中相距甚遠，故而一時難以接受，所以也並非完全是劉氏的錯。」王泮林不似以往那麼懶，抱了酒和杯子過來。

「不會眞讓五公子去接吧？」節南替王五不値。

「倒也不至於。祖父比我們小的還心高氣傲，即便娘家父母隱瞞了劉氏，劉氏不讓五哥進自己的院子終究過分。嫁雞隨雞，嫁狗隨狗，更何況她嫁的是安陽王氏子孫。再者，這門婚事是劉氏爹娘苦苦爭取來的，祖父只覺劉氏素有美名，應是大方得體的姑娘，怎料傳言偏頗厲害，竟是以貌取人的膚淺女子。大失所望之餘，卻要顧全家族名聲，除非劉家心疼女兒，非要和離（注），否則只能五哥忍。」

「好沒道理。」

節南面湖坐了，小腿懸空，倒酒分杯。王泮林側靠門框，面向節南而坐，拿過杯子。水上的風穿門而過，在明敞寬廣的樓中輕輕迴旋，轉爲沁心涼意。裙襬轉成芙蓉，風袖敞口，似要接住。

書童一腳踏進，看到這幅畫面，連忙退出去，抱起廊下胖娃，輕手輕腳走了。

「葡萄酒？」節南嘗過，舌尖沉著好多種味道。

「十二說去年釀的，不盡園的一棵野葡萄藤，也不知五哥用了什麼土，旁邊長了奇怪的藥草，釀出來的酒味與普通葡萄酒十分不同。好在他自己先飲過了，沒毒。」王泮林嘴毒。

節南一飲而盡。「好喝。十二公子對釀酒有興趣？」

王泮林想小柒都知道的事，沒道理再瞞得死死的。「十二不但釀酒，只要是好吃的，他一定會想法子弄到食譜或作法。」

「十二公子難道還想自己做出來不成？」節南反應不過來。

「他也就那點愛好，所以順便管了伙房，順便管了府裡大大小小的事，才和祖母伯母嬸母們相處得那麼好。」

王泮林愈說得多，節南眼睜得愈大。「明琅公子眞會下廚？」

「明琅公子不明琅了吧，今後改爲炊煙公子，如何？」王泮林眞不爽「明琅公子」四個字。

節南本來驚訝得不得了，讓王泮林這亂取名字外號的本事逗笑。「明琅公子換你當？」

王泮林嗤笑一聲。「別人用的，我不要，妳另想一個。」

節南會想才怪。「明琅公子是小柒開始喊的，又不是我。再說泮林公子還要什麼外號？山之雲泮，水之仙林，泮林雲仙，都非人了。不知誰給你這兩個字，讓我景仰一下。」

「趙大將軍。」王泮林身上的桀驁氣頓然斂淨。「我與他有一回暢飲三日，他道最欣賞我畫中的水畔山林，後來我就用『泮林』當了名字。」

趙大將軍是節南欽佩的眞正戰神，怎能不肅然起敬。「今後絕不拿你名字說笑。」

王泮林反而笑了。「原來妳在說笑？我還以爲妳讚我名字帶著仙氣，比明琅勝過太多，心裡正覺欣慰。」

「那你繼續欣慰……」節南笑大，主動與王泮林碰杯。「還是認眞喝酒吧。祝五公子找到一個比劉彩凝好得多的姑娘。」

王泮林一口一杯。「一定找得到，沒準那姑娘已經在來這兒的路上。今日喝痛快了，明日起戒酒。妳來，是爲了崔玉眞和延拾武的婚事，還是念著我了？」

死也不能承認後者，節南沒留意前頭兩句話，以爲王泮林隨口說著玩。「也不止崔玉眞的事，近來有些過於安靜……」

「山雨欲來風滿樓。」王泮林和節南的想法皆同。

「我們雖然知道了不少驚人的消息，到別人耳裡還需要一段時日，所以七月八月絕不平寧。看妳難得清靜清閒，才叫李羊他們有什麼事都直接報我這兒。目前暫無讓妳操心的動靜，也就如妳我所料，長白幫失勢。官府如今不給它面子，查封多處長白地下錢莊、賭場和武器買賣，誰還敢自稱是長白幫人？原本樹大招風，現在樹倒猢猻散，愈亂愈有人搗亂。名不見經傳的傢伙，雨後春筍一般冒出

注：古代離婚制度的一種。和離，指按照以和為貴的原則，夫妻雙方協議後離婚，而非丈夫單方面的一紙休妻。

來搶地盤，正好讓官府一起整治。」

聽起來也沒那麼平寧，只是這人將亂糟糟的事擋在了外面。

「李羊的賭場……」節南想問。

「就是怕妳瞎擔心。」王泮林搖頭。「我讓他歇業一陣，過些日子，打點好了里長坊官再開。怎麼說他的賭坊也在長白的地盤，難免遭池魚之殃。」

「崔玉真呢？崔相和夫人私自為她作主許婚？」因為與盛親王有干係，節南已經超出好奇的程度了。

「這麼好奇，不如和我一道去見她，妳親自問個清楚明白。」王泮林的眼裡映著酒紅。

節南慢慢蹙起眉來。「崔玉真回來了？」

王泮林頷首，神色淡然。「應該是，否則怎約我今日見面。」

「她約你——」節南眸光凝起。「一個人？」

「信上讓我午時去觀音庵，沒提到別人，不過也難保她喊了十弟、十二弟的，都是一家表親。」

「午時？」節南看看日頭已經偏西，而且這人還請她賞日落。「你沒打算去？」

「為何要去？」王泮林反問。「崔玉真嫁盛親王也好，嫁拾武郎也好，這輩子光為嫁誰一直悲戚戚發愁。我要再給她愁上加愁，她還要不要活？」

王泮林抬袖無聲呵欠，眼角微起水光。

節南嘴角抿翹。「你會告訴她真相，然後讓她愁上加愁，內疚而死。」

「妳覺得可好？」王泮林又反問。

「好。」酒杯往樓板上一放，節南站起身來。「七公子對她情深義重，她對七公子離心變心，我一直替七公子叫屈，很想痛快訓她一回。正好，趁明珠佳人還沒出嫁——走吧！」

王泮林沒動，仰抬了眼，好笑望她。「妳從何得知王七對她情深義重？」

「玉眞姑娘說過，七公子待誰都好，因此待她與其他人一樣，讓她覺得失落。我卻以爲七公子雖是君子，待人禮數周到，可只待最親近的家人才是眞好。七公子待玉眞姑娘好，正因爲已經將她當成了家人。此情此義或許不夠熾烈，皆因七公子是正人君子，而不是風流公子，未成夫妻之前有所保留罷了。」

節南說到這兒，與王泮林直視。「七公子喜歡玉眞姑娘，是也不是？」

王泮林目光不閃不避。「看來是不能含糊過去的事，說清楚也好。王家與崔家世交，老一輩姻親，又想小一輩結親，挑人選還是講究了一下。玉眞是崔家最出眾的待嫁姑娘，王七算是王家最優秀的兒孫，而且兩人一起長大，彼此瞭解熟悉……」

節南打斷。「是，或不是，二者擇一。九公子說那麼多幹嘛？」

王泮林不慌不忙。「讓小山妳說中，王七那時正人君子，即便訂親，尚未成親，再如何也只當她是喜愛的妹妹而已，但不能否認，這份喜愛確實曾隨著兩人訂親而發生過變化，不過很快就隨玉眞的變心煙消雲散，遠不到傷害的地步。」

「很快？」節南這時候抓住了關鍵字，且想來想去還是不改稱盛親王，太彆扭。「孟元坦白之前王七就知道了！」

「這是自然。原本一見自己就臉紅害羞的未婚妻，突然有一日對教她的畫師露出那樣的表情，而且生病也不缺課，說起畫師的才華滔滔不絕，情緒起起伏伏，即便清高如王七，也會明白發生了什麼。只是當時他無暇去想兒女私情，自己厄運纏身也未在意，爲天與民這個崇高理想天眞奮鬥呢。」

說說就笑，王泮林搖起頭來，隨後神情一斂。「小山可知，喜歡一個人很容易。」

「尤其像我和小柒這種看臉的？」節南看看天花板，想得好似認眞。「喜歡過的俊生十個手指頭也數不過來。」

「崔推官算不算一個？」王泮林這時提到崔衍知的用心「險惡」，想讓某姑娘防不勝防。

節南就是防不勝防。「算吧——」

王泮林瞇了眼，墨眸蘊雷，節南下一句卻讓他懵呆。

「要是不喜歡他，就不想著把他和小柒湊一對了。」節南心中的缺憾之一，就是姊夫不是眞姊夫，肥水流到外人田的感覺。

「崔衍知和柒小柒？」王泮林一時不知是該爲自己高興，還是該爲十二嗚呼，最後還是中肯地說：「這兩人八竿子打不著吧？」

「小柒近來開始節食，雖不可能和從前那樣瘦，可只要稍稍瘦些下來，就能和楊貴妃媲美了。但凡絕色美人，男子皆會動心，看明珠佳人即知。」她也會說楊貴妃了。

「其實——」

無視節南將自己歸在對絕色美人動心的男子裡，王泮林想說小柒和十二在船上時看著挺好的，也想說如果節南實在看不上十二，那麼赫連驊也不錯，好歹一個堂弟，一個師弟。而崔衍知那傢伙軟硬不吃，和他一表三千里，套不上交情，還瞅著特別不順眼。

「太陽快下山了，走吧，也不知玉眞姑娘會否一直等著。」節南卻不聽了，催起王泮林。

王泮林慢悠悠起身。「她說會一直等到我去。」

這話，他可以不說，但說了，因爲不覺得有隱瞞的必要。崔玉眞這麼做有何目的，說實話，他猜不出來。

「玉眞姑娘會不會認出你了？」節南愈想愈覺得是。

「認出又如何？」王泮林應道。

節南也猜不出來。

斜陽燒雲的時候，兩人來到觀音庵。這晚七月十五，庵前擺集市，庵裡觀音堂整晚開放，善男信女絡繹不絕，更有不少求子的夫妻一齊來磕千頭。節南看後感慨，反而平凡夫妻見眞情，高門名家中哪有丈夫陪著妻子來磕頭求子的。王泮林來一句要是生出商花花那種小妖怪，不如無子。節南直翻白眼。

白塔林在庵後，王泮林拿出崔玉眞的帖子，姑子才放兩人過去。

沒走多遠，節南就瞧見塔後亭中黯然銷魂的那道倩影，不由想到蘿江郡主提到的信。要是蘿江眞照了玉眞的吩咐辦妥事情，玉眞這時是否已經拿到盤纏遠走高飛了呢？早知如此，她就不該暗示蘿江別管閒事。

想完，節南自己一嚇，不知爲何心情忐忑？

「王泮林，我不去了吧。」她突打退堂鼓。

王泮林聽節南喊自己全名，是認眞呢，還是生氣呢？抬眉藏笑。「是妳非要來的，我不過陪妳，妳若怕了，我也回府了。」

「怕？」她只是……忐忑而已。「怕什麼？去就去！」

王泮林垂眼笑過，跟在節南身後，進入亭中，道聲「玉眞表妹」。

崔玉眞居然是一人獨坐，聽到王泮林的聲音，猛地站起，回神就是福禮，緊緊垂頭。「九哥助我！」

美人，到哪兒都有人扶。

崔玉眞喊聲「九哥助我」，又是福禮又是低頭，等到抬眼，卻見眼前一張大眼翹唇的白兔面，嚇得她倒抽口氣，往回跌坐石凳上。

王泮林坐靠亭階旁的憑欄，淡眼看她花容失色，語帶微諷。「二十多歲的姑娘了，還被這種小玩意嚇到。」

崔玉眞咬唇。「我……我以爲九哥會一人前來。」

王泮林好笑。「男未婚女未嫁，單獨相見稱之幽會，讓人誤解實在不大好，玉眞表妹應該早就懂得這個道理。」

崔玉眞這日的模樣較養病時好看了很多，在髮式上花了心思，戴了些飾物，衣裝素雅大方，卻看得出特意挑選，只是面容仍蒼白如雪，再讓王泮林一嘲諷，簡直要哭了。

節南看在眼裡，清咳一聲。

王泮林笑意就入了眼。「我家劍童是個熱心姑娘，家中有事，她卻覺得怎麼都不能讓玉眞表妹等落空，這個時辰了，還非拉我出門。」

節南開始磨牙，這傢伙乾脆直說她是誰就好。

「我的意思是，玉眞表妹放心，妳想對我一人說的話，都可以轉對我家劍童說，她要是肯助妳，就是我肯助妳。」

別人聽來，劍童能作主子的主；劍童聽來，有人懶到推卸責任。

「表姑娘莫在意，九公子愛說笑，誰能做得了他的主？他的意思是，表姑娘只管說妳的，他都聽著，能幫一定幫。表姑娘快說吧，天要黑了。」節南說罷，聽到王九一聲輕笑，立刻回頭白他一眼，也不管自己戴著面具。

「我不想嫁延大公子。」無論王泮林，還是桑節南，絕非崔玉眞這株菟絲花能對抗，即便心裡萬般不舒服，也不知爲何會順從聽話。「雖然他人很好，知道我如此不堪，仍願搭手相幫，可我不能……不可以……九哥，你娶我，好不好？」

前面聽著沒啥感覺，崔玉眞讓王泮林娶她那話一出來，節南心裡一下子竄起大把大把的火，手比腦快，錚——蜻翅振出，然後腦子動了，蜻翅收回。

一振一收，極快。

崔玉眞只看到兩道身側劃過的碧光，還有那張白兔身上的無常森煞，驚得目瞪口呆。

節南長吐口氣，雖覺自己衝動，居然用蜻螭砍花，簡直有辱這柄神劍，但卻半點不後悔，只怪自己手太快，哼道：「表姑娘這見人就喊救命的毛病眞要改一改。誰家女兒不是捧在手心長大的，就妳能撒嬌不成？矜持一些，堅強一些，靠自己，雖然會嚇走不少男子，也是好事。畢竟狂蜂浪蝶之中好男人沒幾個，多是等著妳示弱來占便宜的。」

王泮林哈哈大笑。

節南聽在耳裡，眞是滿滿嘲諷，不禁氣瞪。「姓王的，你給我笑小聲點——」

「兒」字音未來得及捲，原本無骨懶坐的人，眨眼站到她面前，一手捉她的袖子抬高了，一手托她的腰，以一種霸道又溫柔的力道，逼她踮起腳尖，然後笑得魔魅奪魂，親住了翹兔嘴——

明明隔著面具，節南卻感到一團火從自己唇上往胸臆裡燒，將心中火氣轟然燒變了滋味，入髓發酵，骨頭都要酥成灰了。

她僵立著，感覺自己神魂要飄離身體，看向那雙凝夜星眸，唇齒縫裡咬字不清，逼出一絲清明。「你——在——幹——嘛？」

王泮林雙手鬆開，凝視著面具後那雙明亮眼睛，為奪目的璀璨癡迷了心，笑意卻清淺下來，背手握住熾熱，退坐回方才的位置。「突覺自己做的這張兔面太逼眞了，把妳當了眞兔子，忍不住抱起來……」

呃？嗯？節南禁不住握手成拳，心裡踹著一隻兔子似的，蹦得歡脫，仍抿唇擠字。「你給我閉嘴——」

「我親的是面具的嘴，又不是妳的嘴，妳可以正常說話。」食指抹過自己的唇片，星眸淡淡抬起，似笑非笑，藏起意猶未盡的貪念。

節南這才意識到自己口齒不清，連忙正常說話——

「王泮林！」

不想卻成了大喊，急忙捣嘴。

王泮林笑道：「在。」隨眼一瞥，眸裡頓然清冷。「我家劍童委實討人喜歡，故而總是寵著她玩兒，讓玉真表妹看笑話了。方才，妳說什麼？」

崔玉真看都看傻了。雖然讓兩人的袖子擋住，但也不是那麼傻，大致想像得到那對袖子後面發生了什麼。她歪坐著，半身掛石桌，幾乎要摔下地的姿勢，根本想不到王九竟當著她的面如此作爲。等王泮林問了，才回過神來，尷尬得卻不知看哪裡好，恨不得化作透明。

節南一時不留神，心裡又騰出大火，直奔崔玉真去，橫著。「對啊，表姑娘剛剛說什麼，我也沒聽清。」

崔玉真好不容易重新坐穩了，一聽這話眞是要哭了。沒聽清就凶成這樣，聽清了是不是就要她的命？

「沒……沒什麼。」她說錯了，她不該來，她怎能因著九哥長相與七哥肖似，就期望他會像七哥那樣溫柔對待自己，對她的要求總給予最大滿足？

偏生節南對這回答不滿足，橫豎戴上面具更加肆無忌憚。「表姑娘特意找九公子過來，癡等半日，一開口就是求助，結果這便沒了？」

崔玉眞沒見過這般霸橫的人，想想也起了氣性。「這也不成，那也不成，妳要我如何？」

節南心想這才是崔玉真大小姐，和初見時一樣，高傲的，清冷的，看似孤寂，卻是刻意疏遠人群。「我要表姑娘把話說清楚、說詳細，不要出口無章無序，令人誤會。」

崔玉眞冷幽幽撇起嘴角。「若只有嫁人才能讓我爹娘不再管我的事，我會嫁。然而，比起喜歡我的延大哥，我想請九哥娶了我。九哥長得像七哥，我若堅持非九哥不嫁，我爹娘也不會疑心，定然以爲我喜歡上了九哥。然後等風頭過去，我就會離開都城去找孟元。」

「妳想和九公子假成親？」出乎節南的意料。

「難道還是眞成親？」崔玉眞看悠然自得的王泮林一眼，彷彿看到了活生生的七哥，刹那恍神，內疚道：「七哥，對不住，我心裡只容得下一人。」

王泮林笑容不改。「玉眞表妹，我勸妳一句，還是出家吧。」

節南聽著，這法子，抄她的啊！

「出家？」崔玉眞也想起趙雪蘭那會兒的事。「假出家？」

「要是我得到的消息不錯，那位孟元孟公子似乎已遭遇不測。玉眞表妹心中只有他一人，然而父母不容，兄弟不容，如今婚事也已經定下，除了眞出家，我替妳想不出別的辦法。」王泮林加了一個「眞」字。

「我去看過他跌落的懸崖，下面是水，他一定漂到哪裡去了，也許受了傷，但還活著！」崔玉眞這時是無處可攀附的菟絲花，明明身處夏日明夕，卻讓寒心包裹，可憐瑟瑟。即便霸如節南，看著崔玉眞這副模樣，就覺自己是劊子手似的。

仔細想一想，這姑娘自從變心喜歡上孟元，如同眾叛親離，誰也沒支持過她，而她對孟元的深情自始至終，並未再變，已經不是少女的天眞，而是刻骨銘心了吧。再想一想，如果崔玉眞沒有與王七郎的婚約，節南自覺說不定還會暗中幫崔玉眞一把。而今，自己也許該做到的是，不要再爲王七去苛責崔玉眞了？

節南因此語氣緩和了些。「爲何不能嫁延大公子？妳和他也是假成親吧？他答應幫妳，妳同意之後，事到臨頭又爲何後悔？」崔延聯姻已鬧得人盡皆知，哪裡還有轉圜的餘地？

「他……他……」崔玉眞難開口。

「因爲延昱一直傾心玉眞表妹，而玉眞表妹原本以爲他只是好心而已。」王泮林淡道。

崔玉眞默然點了點頭。

節南詫異。「你怎麼知道？」

「聽十二說起，延拾武與崔五郎是至交好友，半大不小就出入崔府，每年玉眞表妹生辰，他都費心備禮。不過延拾武一直都是人人口中的好兄長，玉眞與七郎又訂親早，無人瞧得出來他那點心思。只有十二，那會兒閒得無聊，又充風流混風流堆，對這種事特別靈敏，曾有過猜測。如今傳出兩家聯姻，他才提到當年。也算應證了緣分天定，該是誰的就還是誰的。」

聽王泮林這麼說，節南心嘆，這位延大哥哥的心思眞隱藏得夠好，無論同她說起玉眞，還是當她的面對待玉眞的時候，她竟半點瞧不出延昱傾心玉眞。藏得那般深，是因爲知道玉眞有了心上人，也不想破壞兩人之間的兄妹情誼？雖說延昱喜歡玉眞這事，跟她沒多大關係，不過以爲不用腦不用心就能相處愉快，是否一廂情願了些？

「我也才知道不久，之前從不知他對我……」崔玉眞神情痛楚又迷惘。「延大哥帶我上齊賀山找孟元，一到崖邊我就想跳下去了，是延大哥死死拉著我不放。我當時暈死過去，等醒來時已經回到別莊。聽丫頭們說是延大哥背我回來的，不止僕人們都瞧見了，我娘和玉好也剛到別莊。出門時我請延大哥不要帶人，所以那樣狼狽著回來，我娘怎麼可能就此甘休？與延大哥商談之後就擅自把婚事訂下了。我聽說後死命反對，我娘哪裡會聽，直接回府等媒人提親，然而延大哥讓我安心，說他從小喜歡我，對這樁婚事心甘情願，而且成親之後他也不勉強我，會暗中幫我找孟元，如果孟元還活著，他願意成全我們。」

「一個願打一個願挨，這不就好了嗎？」王泮林語氣雲淡風輕。「延昱願意和妳裝夫妻騙過妳爹娘，妳爲何還要找我當假新郎？」

「我……我也不知道，我就是覺著這麼做不對，但是找九哥的話，九哥對我並無感情。」原先還確定不了，經過方才那一幕，崔玉眞確定了。「我將來要走，你就能放我走，也不會傷心難過。」

王泮林哈笑。「喜歡自己的人太多，也是生爲絕色美人的煩憂？玉眞表妹是不是過於自信了？喜歡妳的男子其實並沒那麼多，願意爲妳捨生忘死拋卻一切的，更是一個也無，只是妳自尋煩惱罷了。還不如我家劍童——」

「又關我什麼事？」崔玉眞那種招引狂蜂浪蝶的面相和體質，她桑節南一點不稀罕。

王泮林只瞧崔玉眞。「確實不關她的事，有人自找的。爲她輾轉反側，怕自己命太短病太重，累她將來受苦；好不容易說出一兩句情話，她都正好耳鳴聽不清，全然不理會此人從來不懂如何表述相思刻骨，只知如何行爲而已。」

崔玉眞呆喃：「這人是你。」

王泮林望向節南，漆眸星亮。「這人是我。」

節南一瞬不瞬看著王泮林，沒有說話。

華燈初上，夜無月，一棵參天大樹，延入亭中三兩枝，散開著一些小小的白花。

忽然，王泮林一甩袖，小白花兒旋捲而起。

節南才覺什麼東西掉下來，一仰頭，但見花兒飄落，她只來得及抬袖，就落了她一身。髮間，袖中，手心裡，淡淡花香。

這人爲了逗她玩，居然用上內力？

「王泮林——」節南氣笑，心亂撞。

「紅豆生南國，春來發幾枝，願君多採擷，此物最相思。」一朵小花旋入他手，王泮林輕輕撚轉。「妳可知這是什麼花？」

節南怔住，不由往亭外大樹看去——

已經結起青莢的相思樹。

「這三兩枝上的相思花開得最晚，也錯過了結果的佳期，與其明日空落亭中，不如贈與我家劍童添髮香，更哪怕稍解我一絲相思情切。」

王泮林起身，將花插在節南耳鬢，又退了回去。

節南立得筆直，只是慢慢握起五指，也握緊了手心裡的香。

崔玉眞再也待不下去了，撐起瘦冷的身子，步履蹣跚走出亭子。

她好不恍惚，覺得自己要瘋了，眼前怎麼瞧都是七哥，那般令她熟悉的溫柔，又令她陌生卻撼心的熾情。她曾渴望七哥能給予自己，而今卻見他給了一張連眞面目都不露的女子。

不，不，不，他是九哥，不是七哥！

從來不知原來有人可以如此表情，送心愛的女子一懷相思花香——

爲何孟元沒這麼做過？爲何事到如今她能想起來的，只有孟元對她說過的話？那些支撐了她幾年的甜蜜情話，又爲何在此時此刻突然蒼白無力？爲何她竟然希望九哥是七哥，她是那劍童？

上蒼啊，她受懲罰了嗎？水性楊花的懲罰?!

20 小吵怡情

相思豆，相思花，相思樹，相思人。

節南不知王泮林這回是眞是假，若像以往那般不上心的胡說八道，她自己一頭腦熱，傻呼呼只顧感動，就有意思了。可是，直覺又告訴她不會。這人迄今再如何，也不會說得這般直白，更不提這一身花香——

相思情切！

王泮林口頭便宜占得那麼多，節南也不一句句去記，但讓他這一袖子，花落入了心，刹那湧起大潮。

她定了半晌，尚未想到如何打破沉默，忽見一道黑影至亭下，不由輕喝。「誰？」

「吉平。」王泮林卻已看清來人。「何事？」

「早前在觀音庵四周布眼線，剛發覺約有幾十名悍徒，喬裝混在香客遊客之中，不知身分來歷，也不知有何意圖，特來稟報公子，請公子和幫主立即離開。」

節南奇道：「衝著我倆來的嗎？」

「屬下認爲很可能是長白餘黨。長白老幫主相當合作，已宣布金盆洗手，將分布江南的各堂口收回，準備解散長白。各當家中但有不服的，皆遭到官府嚴厲打擊，而這些人說不準也是其中一支不服管的。方才幫主以白兔面具進了觀音庵，可能讓人以爲是兔幫弟子，那些人才會出現。」

經過長白老幫主配合官府進行查實後，知道未與武器堂遠歲勾搭成奸的當家，只有歐四和排行最末的一位，其他當家或與遠歲聯手，或另有打算。原來一群熱血好漢代代傳下，劣驅逐良，詬病多多，各堂口爭權奪利，自己人互相傾軋，早已失去仗義江湖的初心。遠不止樹大有枯枝的地步，而在有心人的陰謀下，根爛心腐，無可救藥。

「一張白兔面具就能讓人心有戚戚焉？」王泮林卻不以爲是。「我近來請人趕出千張兔面，正好七夕節將至，一下子就賣完了。再者，要是知道哪兒有兔面具就趕哪兒算帳，能拿到這麼及時的線報，長白幫就不會讓人喊作過街老鼠。」

「那就不是長白幫？」節南原本還挺同意吉平的。

「可能是長白餘黨，但不會衝著妳來。這回打擊長白幫是由御史臺、刑部六扇門和郡衙三方聯手。御史臺那邊崔推官首當其衝，與其他指揮官不同，喜歡親力親爲，手段可謂雷厲風行，相當令人欽佩。李羊前一陣還收到一則傳聞，說長白某當家出高價買崔推官人頭，不過酒醉清醒後又不認了。」

「崔……」節南這才發現。「崔玉眞不見了！」

吉平回道：「崔姑娘剛剛往前頭佛堂去了，有兩個姑子跟著。」

「我是想，會不會是衝著玉眞姑娘來的？」節南反應著實不慢。「崔衍知手段厲害，把人得罪狠了，那些人找不到機會對他下手，而眾所周知崔衍知疼妹妹，明珠佳人又聞名遐邇，玉眞姑娘午時入庵，今日又是初一，來來往往這麼多人，傳進那些人的耳裡也不難。」

吉平抬眉，再看看王泮林。

王泮林竟是頷首。「不錯，崔推官的人頭難砍，明珠佳人卻容易捉——」話說到這兒，就聽前面傳來聲聲驚呼。

「吉平，你戴上兔面，通知大家，如有凶徒傷人，可以兔幫名義行事。」節南說完，吉平就去了，很快瞧他腦袋上多出兩隻長耳朵。

王泮林拿出青兔面具一張，不急不緩戴上。「妳對崔玉真也算仁至義盡，以後別再往來。她八字不好，紅顏禍水命格，若無法割捨塵緣，將來注定還要多難。」

「你何時成了算命先生？」又是八字，又是命格，想起之前王泮林說自己八字好，讓仙荷來沾她的旺氣。「我本來就沒怎麼幫過她，實在能力不及，但要保護吉平和文心閣。吉平是文心閣武先生，戴著兔面具就不會暴露身分，長白幫和官府都找不上門。」

「文心閣就算了，吉平還是要多照顧一下的，他正攢錢準備娶媳婦，別耽誤他成親。」王泮林在平家村聽到的好玩消息，跟節南分享一下。

「吉平那張方方正正的老實臉，怎麼都不像會哄姑娘家開心的，想不到都要娶媳婦了。人不可貌相，海水不可斗量。」節南覺著好玩。

「他差點成了平家村村長的女婿，那姑娘十分熱情主動，一天送一顆西瓜。要不是吉平拒絕得太快，我們在平家村的消息也不會被村長放出去，讓遠歲想到移花接木，以假平家村將果兒姑娘等人誘捉。」

「對了，差點忘了九公子的紅顏知己果兒姑娘……」節南手掌一翻，把手心的花兒送進袖袋裡，心潮漸漸平靜，只是不停泛著絲絲漣漪，可以輕鬆忽略。

王泮林見節南走出那些相思花，就知今晚也只能到此爲止，卻不好怪吉平來得不是時候，或者他已經心滿意足。「小山，果兒姑娘她……」

一顆紫亮的火球沖上夜空。

王泮林仰看著，直至火球消失，長吁一口氣，卻不是鬆口氣。

「又出什麼事了？」節南不懂那顆信號火彈的意義。

「那是我們工坊專爲官府所造的訊火，分爲五色，紫亮系爲朝中出了人命官司，必須立刻封鎖各個城門，以免走了凶手。」這下王泮林也不閒定了，搶前出亭子。

「朝中出人命官司，就是官員遇害。」節南的語氣雖凝重，頑性不改。「今晚不宜出門吧？」跟在王泮林身後，踏出亭子時，回眼望一眼那地相思花，還有三兩枝隨風搖曳的相思枝，抿嘴不自覺一笑。

出了亭子，兩人就走得極快，穿出小門，見崔玉眞已被綁在一張木板上，往庵門跑，前頭後頭二三十人，開道的，押後的。崔玉眞這回居然沒暈，一邊掙扎一邊尖叫放開她。

連吉平在內，只有七八隻灰兔，一時沒法救到崔玉眞，又要顧及其他被那些漢子攻擊到的無辜香客。

節南已經反戴了凶兔面，毫不猶豫抽出蜻螭，提氣點地，身法如蝶，飛過那些押後的腦袋們，手腕一翻就是四朵死亡之花——

「小心暗箭！」王泮林叱道。

數支疾箭！

節南聽風，往旁邊翻了兩圈，就看到那些箭釘入地面，發出響尾蛇一般的絲絲鈴響。周圍有吉平等多名灰兔，正與劫持崔玉眞的大漢們纏鬥在一處。

她認識這種箭，蜻螭一撐，「蹬蹬蹬」就往後退，同時叱喝。「箭放毒煙！快走——」

一聲「走」還沒收尾，就見這些箭爆出褚色煙，迅速彌漫成一片霧。

節南本已在霧圈外，但不見吉平他們出來，心道不妙。她想都不想，掏藥瓶子撿一顆吞了，扔給王泮林。

「白色，一顆。」

不待再看，她以袖子掩口鼻，衝回煙裡去拉人。這煙劇毒，嗅多了性命難保。她知道，因爲這是神弓門造箭。

這種毒的萃取方式在金利投靠大今時即被師父毀去，所以剩餘的箭支讓金利當寶貝一樣藏了起來，節南卻想不到會在佛門清淨地碰上。這也讓節南馬上想到金利沉香。那女人上回在海煙巷吃了她的大虧，半個月聲息全無，還以爲正盤算著報復她呢，結果卻是劫持崔玉眞？這屬於哪門子謀略？聲東擊西？敲邊震鼓？殺雞儆猴？如果不是金利沉香的動作，而是長白幫自己搞出來的，這毒箭卻從何處來？

「這裡。」煙裡一道黃影，從頭到腳覆一片紗，腳踩一個痛哼的人。

蜻螭輕振，節南無懼上前，隱隱看出黃影踩的那人戴著兔面，不好分辨是吉平還是文心閣其他弟子，卻能分辨黃影的邪氣。「你是什麼人？」

「我？」聲音雌雄難辨。「來警告你的人。」

「警告什麼？」節南就算心裡戒備，面上仍很淡定。

「警告妳別擋我們的路，立刻解散兔幫，有多遠滾多遠，要是再讓我們看到一張兔子面具，就會落得如此下場——」黃影一蹲一立，手中多一把金刀，一張灰兔面具，鮮血從兔面往下滴答，腳下的人已經安靜。「見一個，宰一個，不論男女老少。」

節南怒嘯，出手不猶豫不收斂，使出螭龍三變——「蜻螭龍吟叱九天，無相無形生碧海，三魂七魄滅輪迴」。瞬間捲起滾滾濃煙，殺氣無孔不入，往黃影襲去。

黃影本身功夫絕不弱，也沒將一個戴著兔子面具的女子放在眼裡，蜻螭未到之前，還哈哈笑。「女人膽子倒不小，也不打聽打聽老夫的名號，就敢——」忽然住嘴，竟看不清對方的劍在哪裡，只有一面青芒朝自己壓來，逼得他不得不往旁邊閃。然而，一道月光凶狠揮來，他縱到半空，又讓朵朵飛來的劍逼回地面。青芒，月光，劍花，如此周而復始，連喘口氣的工夫都沒有，快得令黃影咋舌。

橫行黑道數十年，幾曾見過這種劍招？似無幻化卻看不到劍，似能防住卻無力反擊，人分明在他面前轉來轉去，他卻怎麼也抓不到，反而讓這一道道的青光，割得衣服破皮膚裂，血痕猙獰散布。

好不容易抓了個空隙，他跳出劍光，就地打滾捉起自己的關月大刀，卻發現除了變薄的煙色，眼前並無一人。他哪裡還笑得出來。原本以爲用不上兵器，這會兒拿在手上也不敢再大意，左揮右掃前後切，自以爲防得滴水不漏。

「小娘兒們有些道道，怪不得能領一幫漢子，不過終究力氣不濟，光蹦得快有個鳥用！老子──」忽然脖頸後面豎寒毛，猛地轉頭瞧。

「這裡。」

黃衣人聽到腦後一聲冷冰冰的沙音，連忙扭回頭，驚見那兔牙暴血紅兔唇的女子，不知何時落在他的大刀上。他腦中尚且空白，那女子就點刀躍起，一劍刺向他的咽喉。

這一式，是他唯一看清的劍式，看得清，卻躲不過。太快，快得連一眨眼的工夫都不到，喉頭就被釘住了。眼珠子往下轉，這回甚至看清了劍身上的蜻蜓翅膀紋。

「蜻──」

說完此生最後一個字，黃衣人站著，嚥氣。

煙散去，中毒的香客們在地上呻吟，看到沾著一身血的節南，嚇得直哆嗦，節南也顧不上，只是極快掃過附近每一處，想找到方才被黃衣人刺中的灰兔。

「這裡。」王泮林清朗的聲音響起。

節南循聲找見了王泮林。他正蹲在那名灰兔身旁，撕開灰兔的衣衫，查看胸口。

節南的心直往下沉，邁不開步子。

師父死的那夜，還有平日像家人那般親近的一批門人，一個個在她眼前被殺，那種撕心裂肺之痛，以及對自己無力之恨，她發誓再也不會經歷一回。故而，她和小柒相依爲命，不結親不交故，很看淡情誼，不會挽留她們喜歡的人，也不想成爲彼此的牽念。生離，總好過死別。

兔幫本來是王泮林的兒戲，人手都是他找來充門面的，但她這日，看到黃衣人一刀下去，癒合的傷口頓時撕裂。王泮林製作的兔面每一張不同，她未必認識面具下的每個人，卻認識這張屬於吉平。吉平救過她，幫過她，不知幾時起開始稱她幫主，是個誠實忠義的好漢子。

王泮林餵了吉平什麼，又讓沒有吸到毒煙的灰兔在吉平胸膛戳戳點點，最後灰兔們將吉平抬走。

節南遠遠看著這一切，一動不動，直到王泮林走上前來，將她揪住衣袖的十指一根根揉展。

「吉平？」她咬牙，眼底泛紅。

王泮林點頭，聲音輕和。「傷得很重，但會活下來，我已經吩咐他們直接送去給小柒治。」

小柒，是一尊除了絕朱和不可抑制失憶症之類的怪病，其他毛病基本能治的大地福娃。

「小柒喜歡亂跑，可能不在青杏居！」節南起急。「我趕回去，萬一——」

王泮林捉了節南的手腕。「小柒在十二那兒學做菜，這幾日都吃過晚膳才離開十二的居所。」

因爲擔心吉平，節南也就沒對小柒和十二之間有任何深想。「那我們趕緊回你家。」

「吉平完全失去意識之前，給了我這個。」王泮林拋給節南一樣物什，往撐著關月刀不肯倒的黃衣人走去，扯下他那身褐紗。「妳來瞧瞧，可認識他？」

節南倒是過去了，卻給死人一腳，直接踹趴，淡淡掃過一眼。「認識不認識，都是衝著崔玉眞。」

隨後，她將手裡的烏鐵牌子扔在死人身上。「用浮屠密煉鐵所造的神弓牌子總共十二塊，前任門主、我師父和金利撻芳各一塊，還有九塊分送給了已經隱退的前輩。這人應是武技堂出來的，使關月大刀，可能做過武將上過戰場，又混過江湖，大概還混得挺不錯，所以打聽名號什麼的。」最後道：「至今，我還沒見過活著隱退了的神弓門人，前任門主讓位不久就病死了，其他人都只是傳說——我不認識他，也沒聽過他的傳說，能這麼死在我劍下的人，也不會有多了不起。走吧。」

節南實在擔心吉平。

王泮林沒撿烏鐵牌子，畢竟只有收集某人所有物的嗜好。「不追了？」

節南冷哼，難免語氣不好。「幫腦要是擔心佳人，可以自己去救。不過，我瞧玉眞姑娘應無恙，說不定那個誰來接她回去當新娘了，皆大歡喜。」

神弓門劫持崔玉眞，自然是授命於盛親王，除非沉香知道了盛親王用孟元這個身分追崔玉眞的事，那就有可能是公報私仇。至於調動出已經隱退的前輩，以沉香她娘的手段，節南也不覺意外。

「若如妳所說，何必眾目睽睽之下動手，引起這麼大的騷動？只須私下接觸，偷偷將人接走即可。」不像盛親王出手，而且那位眞想娶崔玉眞，偷走之外，還可以兩國聯姻，不過禮儀上繁瑣一些，但結果照樣抱得美人歸。

「那就不是皆大歡喜——」節南恍然大悟狀。「又如何？」

「不如何，就是吉平這一刀不能白挨，妳我這會兒趕回去，既不能幫忙療傷，還放跑了眞凶。妳不會以爲簡單殺了一個替死鬼就算替吉平報了仇？那四個放毒箭的弓箭手呢？還有那些傷了其他兄弟的打手呢？小山，冷靜些，想想如何做才是眞正幫吉平。他拚了性命也要搶下這塊腰牌，是因爲他想要幫我們查出是誰。而妳應該清楚，沒有妳，我一人追得上也無用。」

節南的理智告訴自己，王泮林說得對。往吉平身上插刀的雖然是黃衣人，但還有其他凶手，以及計畫劫持崔玉眞的人。

「幫腦口才天下無敵，我怎說得過你。」節南不但服從，還馬上聽起庵外的動靜，不遠處驚呼聲特別亮。「運氣不錯，他們居然還沒走遠。趕緊殺過去，我們來個速戰速決！」

「哪裡是他們沒走遠，是他們不想走遠。」王泮林聽得卻是一串奔馬急蹄，捲了節南的袖子就往庵門走。「我總算知道他們要做什麼了。」

「你這人還眞有點可怕。」節南出口無心。「吉平生死未卜，你即便說得全都在理，我完全不能反駁，卻怎麼也做不到你這般冷靜。」

節南的袖子突然垂落回去，王泮林眼中濃濃嘲意。「我冷靜得可怕，小山妳呢？能眼睛不眨手刃敵人，卻不敢靠近探視吉平一眼。妳做事多圖眼前，與人交往不講長遠，只要和小柒相依爲命就足夠，因爲天下沒有不散的筵席，其他人遲早要離開的。妳不想拖累別人，更不想別人拖累妳。妳眞的膽大包天，還是自欺欺人?!」

節南張口結舌，半晌哼道：「我隨便說說罷了，你這是跟我發脾氣?」

王泮林深望，他這兒恨不得掏心挖肺，滿腔相思直接拋過去，感覺自己把這輩子的情話都給她說了，這姑娘卻道什麼?他可怕?真是捶胸頓足都緩不過這口氣!

「隨便說說?」他反問：「幫主覺得和我也是好聚好散，所以想怎麼說怎麼說，橫豎就同妳對待李羊、那個彩燕，還有小柒對十二，很快大家都會各走各的路，幫主身邊永遠只有一個柒姑娘，是也不是?」

扯到哪裡去了?節南不知道王泮林悵然若失，讓她一句話弄得傷了，只覺得莫名其妙。「我之前沒調侃過你嗎?幹嘛突然非要論個子丑寅卯出來的樣子?要這麼說，你方才說我只圖眼前，不講人情，自欺欺人，我是不是該罵還你一堆?」

「還不放下我妹妹!」外面傳來崔衍知的怒吼。

「哦，姊夫來啦。」一時不當心，漏出她和崔衍知的舊淵源，說完總算還知道抓抓耳朵、弄弄頭髮，連殺神弓門前輩時都沒掉的相思花，就這麼一撥，弄掉了。

王泮林本來也開始覺著自己是否反應過度，一聽這聲「姊夫」，以他那麼聰明的腦袋瓜，怎麼也不會認為是節南想要把小柒和崔衍知配一對，才叫姊夫的。這聲姊夫，有他未知的親近和過往，而且多半也因為這聲稱呼，崔衍知對節南總有些說不清道不明，讓他看得十分不順眼的，曖昧。

「姊夫啊。」他邁出門檻，看一騎青衣馳向那群搶了崔玉真的漢子，嘴角噙淡淡一笑。

集市上的人跑得差不多了，四處狼藉一片，原本被綁在木板上、躺平著抬出去的崔玉真，此時讓那些人懸掛在一家茶舖子外的旗杆上，披頭散髮，哭得鼻涕眼淚一大把，擦又不能擦，哪裡還有傾國傾城的明珠姿容。

「這些人也不懂憐香惜玉，知不知道那可是捧在手掌怕冷、含在嘴裡怕化的崔相千金啊!」節南說著廢話，餘光瞄著某九，希望糊弄過去。

「姊夫呢。」不能怪他，他自知毛病不少，為了到底該不該喜歡桑節南姑娘，經歷了一個自我折磨的過程，如今義無反顧。

「你別陰陽怪氣的，絕不是你想的那種。」這人怎麼了？這人究竟怎麼了？難道因為月亮沒出來？

王泮林早下好套等著的。「這話說得，我就不得不問了，我想的是哪一種啊？」

節南終於覺悟了，這人不達目的不甘休。「行了，我告訴你，全告訴你，其實一句話就講完。崔衍知他曾讓我姊姊們看上，搶回府準備成親。拜堂前正巧讓我撞上，我救了他，給他盤纏給他衣裳，放走了。」

王泮林愕然，隨即哈笑。

「這麼個姊夫。」王泮林想起北都舊事，笑不可遏。「怪不得他看到姑娘家，必定站離一丈以上。人人當他傲慢，連我也以為如此，想不到卻是吃了妳桑家的大虧，讓人搶回家當夫君，從此落下心病。」

節南覺得王泮林就是個冷靜到可怕的傢伙，前方「兵荒馬亂」，後方吉平凶險難料，他還笑得出來。她自問已經算得臨危不亂了，和王泮林一比，還差不少功力。

「好歹是你表親。」節南讓他收斂點兒。「那些人將崔玉真掛在那兒，打算做什麼？」

她才說完，就見一支箭扎進崔玉真頭上木板。崔玉真一聲尖叫。

節南幫崔玉真捏把汗。「暈吧，暈吧，此時不暈，更待何時。」一邊說，一邊找弓箭手。

對王泮林的話，節南打算從善如流，一個個找出來算帳。至於解救明珠佳人，既然那位親哥上陣，就輪不到她了吧。

「天黑了，這裡看不清，我們走近些找。」王泮林也找弓箭手。

這兩人，默契天生。

「崔衍知一人來的。」節南看不到其他官衣。

「多半是對方要求，而我們這邊也只有妳和我了。」今日出行，以為就是來見一見崔玉真，豈料會發生這麼多事。吉平帶來的數名文心閣弟子，要麼受傷，要麼送吉平，要麼去報信，一個幫手也多不出來了。

「你不是說知道那些傢伙打什麼主意嗎？」怕驚動對面任何一方，節南悄步悄聲。

「今日初一，吏部和閣部終於定下這回官員大調動的名單，在萬德樓擺下慰勞宴，同時邀請各部各司的頭官。崔衍知身為御史臺推官，又深得蘭臺大人信任，今晚自然擔任守護之責。那些人想要給崔衍知一點顏色看看，只要讓他怠忽職守。」王泮林也在陰影裡慢慢走。

「那枚訊彈——」節南明白了。「這些人以崔玉真為誘餌，讓崔衍知隻身前來救人，顧不得自己身有公務。不過，萬德樓那邊又不是只有他一人守衛，崔衍知肯定都安排好了，而他一人為救妹妹，並未借公職之便擅自調用府兵官差，已經做到兼顧。再說，出事的可是崔相千金，看在崔相的面子，誰能指摘崔衍知？」

「人情是一面，職責是一面，無論如何，崔衍知不在他該在的地方，又正好出了大事的話，就是失職。」王泮林撇笑，漆眸深不可測。「看來一直平步青雲的崔推官，要遇上降職的劫了。愈看愈不像長白幫的行事，那群失去龍首蛇首虎首的莽漢子，怎想得到兵不血刃、這麼好的計策。」

吼吼叫囂的漢子們在崔玉真吊起的下方架火堆，不少人拿著火把手舞足蹈，火星子亂飛，要是將火堆點著，上面的明珠能立刻變成烤豬。奇的是，這回崔玉真十分能堅持，忽高忽低的尖叫聲表明她完全清醒。

「不是針對崔玉真，而是要對付崔衍知。」已經不能再近，節南站在簷下。「我有沒有告訴你，崔衍知已看出我和兔幫的關係？我也索性告訴他了，手下人多又不犯法，做的是正經買賣營生。」

「小山和姊夫之間的事，無論大小，還是要告訴我為好。畢竟崔衍知是官，對拉幫結派很是不喜，怕他借著和妳的私交，用對付長白的雷厲風行對付我幫，就連累兄弟們了。」王泮林捏著節南的軟肋。

正因這姑娘有情有義，才盡量不與人建立交情；一旦有了感情，每個人都會是她的弱點。桑大天的霸，也是如此罷。只愛自己家裡人，對靠桑家活的百姓嚴苛，恰恰是知道自己其實心軟，所以從來不會在鳳來百姓面前示弱。然而，儘管桑大天的「惡行」罄竹難書，他治下的鳳來卻是富饒。

節南果然應好。「這麼看來，比起崔玉真，盛親王更看重她五哥，怕她五哥成了南頌朝廷棟梁，借長白作亂，要毀了崔衍知前程。孟元那時也是打著這個主意，約你山崖會面，用崔玉真擾亂你的心神，暗中安排殺手偷襲，其實目標就是要將你從皇帝身旁揪下來？」

王泮林從沒想到過這二者的關聯，讓節南一說，沉吟半晌，凝目淡問：「盛親王可曾提過當年我落崖的事？」

節南搖頭。「我還刻意問起，但他只笑你心志不堅，讓他搶了未婚妻就承受不住了，心胸狹窄。可我也不太信他無辜，說不準就是疑心重，自己做過的事不願認罷了。」

「你倆下半夜聊了不少。」王泮林在「下半夜」上加重語氣。好笑的語氣。

節南咧笑。「所以，幫腦今晚打算跟我聊天亮，讓我眼睜睜放過屋頂上的三個傢伙？」恢復了，這種互相調侃，逗彼此一笑，「不上心」的說話方式，心意卻相通。

「找到了？」王泮林懂得。

節南點點頭。

「去吧，我在這兒等著，只看戲。」王泮林道。

節南再點點頭。「連招式都想不起來的人，除了看戲，還能如何？等著吧。」說完一躍，攀簷上瓦，幹活去也。

21 男人戰爭

再說崔衍知，此時心急如焚。

先接到一張字條，說玉眞被劫持，只能他一人前往救人，然後在他趕來的路上，看到官員的出事訊彈，又沒辦法趕回去。雖然來時交代同僚和手下人，而且看到訊彈官衙都有統一的行動方策，他在不在應該一樣，總會有人趕過去，但他心裡就是不安，說不上來。

「崔大人這是在開小差嗎？」群漢當中突然跳出一肥漢，臉上赫然戴著一張兔面。

火光忽然明亮，遠看面目不清的這群悍徒，這時崔衍知才發現居然個個戴兔面具。

崔衍知大吃一驚。「你們是兔幫人？」

藏身簷下的王泮林也沉了眼，心中漸漸惱怒，目光冷然掃視每一處陰暗角落。

是誰？步步爲營，妙計連環，擺出了這麼自以爲漂亮的棋面？

兔幫，戴兔面行走，看似很容易讓人冒充，卻其實也要有膽冒充才行。畢竟，兔幫有兔幫出場的特色，與一般江湖幫派絕對不同。

長燈幽白，短火狂燥，兔面千篇一律。

崔衍知拔出他的佩劍，青鋒三尺，劍光冷冷，聲音沉沉。「……兔幫……」劍一指，鋒芒揮出丈長。「放下我妹妹。」

咚！又一支長箭，這回釘在崔玉眞的腳踝旁邊，只差寸短，又嚇得明珠佳人驚呼啼泣，眼看將成凋零的牡丹。

為首肥漢，體態五大三粗，腰肚子滾圓，面具只能遮住正中的鼻子和嘴，遮不住那張大餅臉。

「崔大人別急，只要您答應兔幫的請求，兔幫就不會傷害明珠佳人。」

「廢話少說，有本事衝我來！」崔衍知喝道。

肥漢大笑。「就是沒本事衝著崔大人去，才請崔小姐幫幫忙。崔大人近來手段辣狠，清理長白那堆雜碎，卻也錯抓了不少我兔幫兄弟。聽說崔大人辦案公理嚴明，還請崔大人把他們放出來。」

一隻瘦兔子蹦出，挑著一根竹竿，竿頭掛一張對聯紙，密密麻麻寫著人名。

崔衍知扯下來一看，抬眼冷笑。「明明是長白幫眾，怎是兔幫人？且這些人已經供認自己的罪行，勾結大今，偷運朝廷嚴禁出關的物資，為大今設計武器、製作暗器，甚至幫大今捉拿我頌民。罪大惡極，正等刑部重判，怎可能放出！」

「大人不知道嗎？他們已加入我們兔幫，打算洗心革面，重新做人。兔幫俠義，有兄弟受難絕不能乾看著，故而請大人網開一面，放名單上的兄弟們出來。大人其實也明白吧？這些都是底下討生活的，上面怎麼說，他們怎麼做，不做就沒飯吃……」

崔衍知不耐地打斷。「我若不放，你們待如何？」

肥漢道：「不如何，就可憐明珠佳人今晚要死在這兒，替咱們兄弟先到黃泉路上探個道。」

崔衍知雙眼凜冽。「敢動我妹妹一根手指頭——」

肥漢爬上柴堆，拿火把梆梆敲著綁崔玉眞的那塊木板，又用拳頭打打崔玉眞的小腿，對著屋頂上大喊：「再來一箭！不要像剛才那麼沒準心，給明珠佳人腿上扎個洞，讓崔大人提提神！」

「五哥——五哥——」崔玉眞拚命喊，面容因羞辱而漲紅。她本來眞想死，第一回跳下丘亭，第二回跳下懸崖，一點畏懼也沒有。然而今日此時，她被這些人抓了綁了吊了，兩支箭沒有射中，卻皆似射中心口。腳下架起那麼高的柴堆，火把明晃晃圍著，隨時就點起來。這種死不了、卻眼睜睜等死，而且一回又一回，彷彿無休無止的驚恐感，突然激起她所有的求生意願。

「六妹別怕，我這就來救妳。」崔衍知提劍大步上前。

肥漢「嘿」了一聲，跳下柴垛，火把對準木頭。「欸，欸，欸，崔大人再往前一步，別怪我手抖。」

崔衍知怒目而視。「你們幫主呢？還有那個幫腦在哪兒？想我答應你們的要求，就讓兩人出來見我，我當面問個清楚。我不跟小嘍囉談條件！」

肥漢「唉唷」，遺憾的口氣。「兔幫名聲大噪，幫主幫腦忙著接待各門各派賀喜的人，這點活計就交給我這個小嘍囉代幹了。今晚不管崔大人談不談，咱不見兔子不撒鷹——」

「誰說我那麼忙？」青兔青影，兔面要笑不笑，嘲弄的表情極其生動，身影修長如竹，走進火光中，燁燁生輝。

肥漢那張面具遮不住的胖臉頰笑皺，光呵呵，不說話。

崔衍知見過王泮林這張青兔面具，轉而提劍向他走去。「你是幫腦也好，二當家也好，今日不解釋清楚，休怪我秉公執法。」

王泮林斜睨冒充兔幫的傢伙們堵住他的來路，緩緩繞著崔衍知走，跟他打太極似的。「崔大人說笑了，你有過不秉公執法的時候嗎？」

肥漢起先不出聲，怕自己認錯人，就冒充不下去了，這會兒聽到崔衍知喊人幫腦，立刻中氣十足。「幫腦先生來得正好，崔大人不給兔幫面子，屬下爲難要不要讓明珠佳人吃些苦頭才行。」

兔幫幫主是女子，功夫尚可；兔幫幫腦是文士，口才不錯。這是他來之前就受過囑咐的。他剛才就看到兔子了，雖然有些驚訝毒煙沒能毒倒全部，也奇怪那位功夫還挺不錯的幫手怎麼不見了，倒也不怕這時出現一隻。本來嘛，充作兔幫的目的很明確，能騙到崔衍知就是撿來的好狗運，不然給兔幫惹一身腥也是好的。正因兔幫破壞江湖規矩，處處和長白幫針鋒相對，才導致他們今日喪家犬一般。

王泮林雲袖乘風，語氣滿滿嘲涼。「你不是已經喊過射人腿了嗎？等這麼久，也沒瞧見第三箭。

身爲嘍囉，你這麼懶散辦事可不行，只好幫規處置了。」

門規，幫規，家規，這些個規矩，破壞和執行最痛快。

肥漢臉肉一抖索，才感到不大妙，又不知能怎麼不妙，就見那身青衫如一片飄雲，不等他反應，便從身旁飄過，他的肚子狠狠挨了一擊。

肥漢摸摸肚子，悶疼，但還忍得住，回頭找到王泮林，火把再次往柴垛送去。「既然幫腦這麼說，我恭敬不如——」離最近的一根木柴不過一尺，手抖得那麼厲害，胳膊竟伸不動了。

「我要收你的命，你就乖乖從命，很好，我會贈你一口好棺——」王泮林話未說完，肥漢嘔出一口血，再一口血，火把滾地，手也抬不起來，張大了嘴，一個音也發不出，就跟泉眼子似的，只不過湧出來的，只是血。最後翻著白眼，轟然倒地。

二十多名漢子嚇傻了眼。

崔衍知冷冷道：「你接下來要說肥兔和你們兔幫沒關係，這些兔子全都是冒充的吧？」

「這還用我說？」王泮林輕咳兩聲，轉頭淡眼看崔衍知。「崔大人是推官，一看這群站沒站相的東西就該知是長白餘孽。再看這些面具，顯然是從貨郎擔上買的便宜玩意兒，不似我兔幫每張面具用上好皮質，獨具匠心，以爲是一張假面，其實又顯三分眞容。」

崔衍知哼了哼。

眞兔子宰了假兔子，氣氛竟沒轉好。

青光揮出刃影，崔衍知即便知道自己賭氣，卻實在無法順這隻兔子的意，更何況他想要看看這人眞面目。

「死無對證，當然隨你說。今日必須摘下面具，否則就休怪我將兔幫當成劫持我妹妹的幫凶。」

他也想不到青兔會武，還是內力極其深厚的高手。

長白幫並非劍宗武派，只像行會一樣，一大堆人抱成團，堂口如同分舖，表面上靠賭場和打鐵等營生撐生計，私底下造兵器暗器，鑽法令的空隙，從所謂的江湖勾當中牟取暴利，同時以長白的名頭耀武揚威，令一般百姓不敢招惹。然而，只要官府下定決心清理，長白幫的力量不至於讓崔衍知頭疼，畢竟其中多數幫眾和普通人並無區別。

兔幫大不同。

桑節南劍術精絕。正因爲崔衍知從師劍宗，師父是聞名的劍客，他才更知道那姑娘天分了得。大概他師父也未必在那姑娘手下討得了好。

兔幫二當家，這個稱之幫腦的人物，比節南更像幫主的人物，絕對是個聰明的傢伙。聰明之餘如果還有一拳把人重創的功力，那就太可怕了。再說，那隻黑兔身法玄妙，功力高深；還有那些灰兔，不說身手如何，紀律嚴明，宛如強軍強兵。

兔幫，絕非魚龍混雜的長白幫可比。

崔衍知近來一直在剿長白，順帶清理那些想要渾水摸魚搶地盤的小幫小派，原以爲也能抓住一把兔尾巴，想不到兔幫全無動靜。然而，兔幫雖沒有行動，他們幾番鬥勝長白的事蹟卻傳遍江南，謠傳原本依附長白的富商和地頭蛇們正打聽兔幫所在，大有拜山之勢。沒有這些真正地霸的擁戴，小幫派再大野心也沒用，全都是跳蚤。

身後起棒風，崔衍知回頭，一劍削斷棒子，又給偷襲他的漢子扎個肩透風，抽回劍，轉回身，繼續與王泮林繞太極圈。

「好劍法，不知比我家幫主如何？」王泮林根本不理會崔衍知要他摘面具。

哪知廢了肩膀的漢子不怕死地又衝上來，這回遇到的是王泮林。王泮林腳下一轉，人就到了漢子身後，戳傷肩，掰腦袋，就這麼扭斷了對方的脖子。

崔衍知皺眉。「你不必殺了他。」

王泮林咳了咳。「像你那樣打法，遲早讓這些人耗乾體力，就算不累死，也會讓他們鑽了空子，把你幹掉。崔大人——」

忽聽一聲細微破空音，王泮林旋起，一腳蹬轉了綁著崔玉真的那塊板。

啪！一支烏頭鐵箭扎入。那原本是崔玉真腦袋的位置！

這一箭彷彿是進攻號令一般，嚇傻眼的漢子們紛紛回神，揮舞著斧頭棍棒，圍住了王泮林和崔衍知。

「好人不長命就是這個道理。好人心軟，好人守法，總替要你命的人著想，結果把自己的命奉送給人。」王泮林腳尖挑起死人身邊的棍子，拿在手裡掂了掂，突然一棍朝崔衍知掃去。

崔衍知沒料到青兔子竟對自己動手，急忙收腹收腰，往後拱身，勉強躲了過去，但讓棍子打到了劍，振得他手發麻。

「看來是我掉以輕心，把你當了好人。」崔衍知怒笑，青劍擺勢刺出。「好，今日先抓了你，兔幫沒了腦袋，自然一拍兩散。」

王泮林大袖流風捲雲，一根棍子當長劍，不擋不躲，木棍敢與寶劍尖相頂，笑聲冷峭。「崔大人這話怎麼酸得很？想我和誰一拍兩散？」

「你什麼意思？」崔衍知腕上使勁，卻覺劍尖一股強氣，暗道這人內功了得，但也不服輸，左手搭右手，配合自身的氣勁，非要將那根礙眼的棍子削成兩半不可。

王泮林最近聽多了節南誇人文武雙全，其實心裡很上火。

想他自幼拜丁大先生門下，主修文，順手學武，結果師父重武輕文，武課比文課多幾倍。他抱怨兩句，師父就摸著他的手骨，說他骨骼輕奇，天資聰穎，就是一代宗師的好苗子，又嘆文心閣後繼無人，而底下那麼多先生要養家糊口。總之，為了騙他繼續學武，軟硬兼施，黑臉白臉輪番來，他才一直練到大。不過，安陽王氏以文采獨領風騷，他從沒說過自己會武，而且也沒有派得上用場的地方，直到他掉落懸崖，憑自小練武的輕奇骨骼救了自己一命，他才慶幸學了武。諷刺的是，等他覺得學武有用，卻因爲怪病，不能施展，也忘了怎麼施展了。

今日又違背師父的囑咐，強行運氣出手。一是形勢已經比人強，光用腦子解決不了；二是眼前這個文武雙全的「崔姊夫」，令他想要一比高下。

這兩人要是聯手，漢子們還眞不敢貿然出手，如今居然互鬥，雖然不明白爲什麼，卻讓漢子們頓時抖擻精神，撲襲了上來。

王泮林空手奪斧，看也不看就反劈下去，正劈中一顆腦袋，同時另一手的棍子掃開湧上來的幾名漢子，大步往前，幾乎頂住崔衍知的肩膀。「崔大人眞傻還是裝傻，明明認識我家幫主，還問我何意？」

崔衍知劍挑一個，抬腳踹飛一個，單掌擊向靠那麼近的青兔臉，結果變成了背對背，卻沒留意這是戰友姿勢，只壓低了聲音，側頭憒憒。「她與你們根本不是一路人，只不過報仇心切。」

背對著，王泮林啪啪啪沿著崔衍知的右臂往下抓。

崔衍知才頭皮發麻。「你幹什麼——」

話音未落，崔衍知發覺右手一空，左手多了一根長棍。

原來，王泮林奪了崔衍知的劍。「好人用打不死人的兵器才對，你的劍就由我來場血祭！」袖滿風，人飛出，劍氣暴漲，一片青光寒芒。但聽慘呼連連，轉眼之間漢子中就倒下七八個，皆一劍挑斷咽喉。

崔衍知不寒而慄，棍子打退四五人，反身舉棍，騰到半空，衝著王泮林的後腦勺打下去。「不准你隨便殺人，否則當你滅口！」

王泮林笑聲發寒，旋身揮出一道半月劍光，對準的也是崔衍知的脖子。「眞是好心沒好報，我先滅了你的口吧！」

節南解決三名弓箭手，吐口氣，心想接下來應該好辦了，結果一看下面的情形，第一反應就是看錯了。揉揉眼，瞇起來再看——

好傢伙，這是什麼跟什麼啊！

兇漢們群起攻之，被圍著的兩人一邊對付他們，又一邊互相對打。王泮林用的是崔衍知的劍，狠削劍的主人；崔衍知的棍法雖不怎麼的，但爲了不讓自己的劍削到，也算超凡發揮了。

好玩的是，這兩人彼此打得白熾，但凡有人攻來，不約而同就變得同仇敵愾，把那些想要偷襲的漢子一個個打趴了，默契挺好。要不是節南想起某九不能動武，很願意在屋頂上觀賞完這場戰。畢竟，看兩個高手這麼打法，會給她一種很過癮的爽快感覺。俗話說得好，棋逢對手未必痛快，但旁邊看棋的一定痛快。

然而，節南一想到王泮林的怪病，哪裡還站得住，用力蹬裂烏瓦，人就飛往場中，高喊：「住手！」

崔衍知聽出節南的聲音就住了手，抬眼瞧見那道輕盈倩影，臉上不由顯出一絲很淡的笑意。

王泮林看得仔細，嗤笑一聲，一手劍花九朵，施展了登峰造極的劍術，毫不留手。「崔大人笑成花癡也無用，我家幫主不但和我們一路人，和我還是一家人，今後我也叫你一聲姊夫罷！」

崔衍知聽那聲「姊夫」，震驚回眼，見到九朵劍花，怎不知那是劍術之巔，不容抵擋，且他心想抵擋，身體卻已讓王泮林的劍氣包圍，壓根就動不了。

眼看劍花化作一片無盡光芒，他唯一能做的，就只有閉上眼，卻覺肩上傳來一道拉力，緊接著身體就能動了。他踉蹌往後退了幾步，睜眼瞧見一隻兔子竄過身旁。

鬼門關前逃過一劫，崔衍知卻一點高興不起來，因爲名叫桑節南的兔子站到了他的對面，那隻青兔的身旁。

節南沒瞧見崔衍知沉黑的臉色，咬牙問王泮林：「你在幹嘛？」

青兔面具轉向節南，半晌無聲，然後忽然開竅一般。「哦，幫主啊。」

「可不就是我嘛，幫腦幹嘛呢？」節南心裡暗咒，這是什麼鬼毛病，嚇得她差點冒冷汗。

王泮林說話比以往慢得多，還呃啊呃，腦子轉不過來的模樣。「這些人……冒充兔幫……幫主不在……只能由我料理了。」然後看看不遠處的崔衍知。「這位大人不分青紅皂白，說我殺人滅口，我就想乾脆滅了他的口算了。」

節南乾笑，這才看到崔衍知的臉色，以爲他對王泮林火大，連忙態度誠懇道：「我家幫腦說笑的，崔大人千萬別當真。」

王泮林笑聲輕緩，卻明顯愉快。「我家幫主說得都對，崔大人見諒。」

節南見幾個鬼鬼祟祟靠近崔衍知的漢子，冷冷撇笑，手中蜻螭一挑，跑步躍過崔衍知頭頂，與小鬼們戰在一處。

我家我家，一聲聲撥著崔衍知早就過緊的心箍，突地綳斷，雙手掄出長棍，打向王泮林。王泮林有些始料未及，讓棍風掃到手背，青劍落地。崔衍知雙膝滑地，將自己的劍接了起來，一腳蹬停，半身轉回，仗劍橫掃王泮林下盤。王泮林想都沒想，騰身而起，同時手掌蓄足十成勁道，往崔衍知胸口打去。卻聽一聲「娘咧」，又見一隻漂亮的手捉了他的手腕往後拽。他一時分神，沒注意手掌偏向，只打中崔衍知的左肩。

崔衍知悶哼，就覺半條胳膊既沒知覺，也使不上力氣。

脫臼！

崔衍知多驕傲的一個人，在連眞面目都不知的傢伙手上連連吃虧，而節南出現後，心裡更有一種從未有過的慌張和不甘。別說脫臼，就算像肥漢那樣吐血，也不足以令他退卻，劍尖一指又襲上去。

他甚至已經不記得自己的妹妹還掛在那兒。

而王泮林此時，感覺體內氣血洶湧，一股巨浪衝擊著他的理智。眼前的火光，跳躍的小鬼，還有這名仗劍的青衣文官，令他求勝欲大起，五指一握，內勁鼓膨了衣袖，任崔衍知的青劍刺入袖中。

崔衍知才以爲會刺中王泮林，忽見那只鼓風大袖彷彿抽光了氣，緊緊裹住自己的劍，正進退兩難時，王泮林的另一只袖子扇了過來。崔衍知這回不驚也不怕，左手握拳，對著那只袖子就打了過去。

誰不會認真打架？

可是崔衍知的拳頭還沒碰到王泮林的袖子，那只袖子就讓一道碧光穿透，隨後碧光一捲，袖子就被拉回。

「住手！別打了！」又是節南及時趕到，語調卻已經沒好氣。

她拉回了王泮林的袖子，崔衍知的拳頭卻沒停，狠狠打中了王泮林的胳膊，而且打中一記還不滿足，趁王泮林吃痛時氣勁消散，將他的劍從王泮林的袖中抽出，反刃上削。一旦削中，王泮林就少半條手臂。

鏘啷！兩柄好劍，撞出火星。

節南手裡的蜻螭略勝一籌，在崔衍知的青劍上劃出一道缺口。

「你也住手！」

右手捉王泮林的衣袖，左手蜻螭擋崔衍知的劍招，處在兩人中間的節南長長嘆口氣。「二位——」

王泮林的手從袖中伸出，一轉腕子，反捉了節南的手，將人拉到他身後，不等節南說話，就點了她的穴，語氣分明要笑不笑。「是男人，就別躲在女人身後。」

節南怎麼也想不到王泮林竟點了她的穴，不能動，但能說話，氣不打一處來，還不能叫他名字。

「……你敢點我穴？」這人不是忘了以前學過的招式了嗎？怎麼還懂點穴？

節南卻忘了，這人現學現賣的能力還正常，因爲齊賀山那時忘了怎麼打架，回來以後狂補。

「噓——」王泮林回頭做個噤聲的動作，語氣卻顯然與對崔衍知的不同。「月兔姑娘稍安勿躁。」

月兔姑娘?!節南熟悉這個稱呼！

不止上回「上半夜」這人裝失憶，還有上上回這人在假平家村眞失憶，總喜歡以一種難以言狀的語氣喚她「月兔」或「兔子」。

那麼，這時的王泮林，是裝失憶，還是眞失憶？

冒充兔幫的漢子們一個不漏，已經全趴。燈下飛沙走石，本來不該打起來的兩人，打得天昏地暗，節南看得眼都直了。

從她經年練武的眼光來看，王泮林內家功力深厚，身法掌式皆幻妙，卻因崔衍知那手很不錯的精湛劍術，一時無法近身，不過獲勝是遲早的事。畢竟，崔衍知練的是劍宗武學，吾輩中優秀，但和王泮林那種非吾輩的天才相比，還是遜了一籌。

然而崔衍知有個很大的優點，堅毅力。

即使在他人眼裡是一本正經，似乎不懂與人來往的圓融，卻其實是他不關心的緣故。國事當前，他也會陽奉陰違，笑裡藏刀，只要他覺得應當。這個人，適合爲官，而且適合爲高官，既有父輩鋪路，又有做事實力，更有堅定意志。

節南想，自己也好，王泮林也好，並不瞭解眞正的崔衍知，所以嘲他正兒八經，對他一腔義正言辭一笑置之，但這人確實青雲直上，一口氣不停。正因爲這種了得的性格，與王泮林對戰也不立刻顯得不敵，憑意志一招招拆、一式式解，艱難卻堅持地防住了，哪怕知道對方功夫高過自己，也咬牙不認輸。

旁觀者節南能看出不久之後的勝負，再一回讓王泮林揮翻出去、單膝著地、撐劍急促呼吸的崔衍知更加明白自己無勝算，但仍站了起來，劍刃折冷光，不服輸的氣勢。

「這位大人劍法學得不錯，可我不想你再在我手下走過三招。」只是王泮林的氣勢更盛，青兔面具之後目中無人，混世魔王那般驕橫，憑本能厭惡面前這身青色官衣。

崔衍知心中詫異，這人無論說話語調，還是凌厲攻勢，與之前大相徑庭，彷彿全然換了個人，令他不光覺得應付吃力，簡直不寒而慄。這人說三招，他知道可不是說大話。他大汗淋漓，單是拆招就已經精疲力盡，瞧這人卻遊刃有餘，對他好不容易能攻出手的劍招，皆是用袖子揮開，那股收放自如的內勁排山倒海，根本不似聽上去那麼年輕。

「你……」他可以用官威壓這人的氣焰，只要兔幫還想在江南混出名堂，青兔既是兔幫人，也許會到此為止。可當他瞧見不遠處觀戰的桑節南，就不由握緊了手中劍。「我不管你是什麼人、有何野心，莫要拖累桑節南。你是江湖草莽，她是……」

「她？」王泮林側眼瞧瞧讓他點了穴的姑娘，垂眼捲半條袖邊，語氣淡然。「大人喜歡她？」

崔衍知脫口而出。「我若說喜歡她，你可會同她畫清界限？你領你的兔幫闖江湖，她回她的家過平靜日子。」

一說完，心頭如同卸下千斤重擔，這麼些日子以來每每想起桑節南就會莫名煩躁，莫名惱火，莫名疼痛，他終於知道了答案。

他對那姑娘早就動了心，多年以來念念不忘，只不過用記恨桑家的方式記住了她，以至於一直無視自己真正的心意。他甚至已經不記得桑節南兩個姊姊的模樣，卻總記得讓他恨得牙癢的小妖女。明知是恩情，絕不想當恩情來報，也不想承認自己好奇她長大後的模樣。比起聽聞桑家滅門的震驚，他當時為桑家么女不在死亡名單中而大大鬆了口氣。

然而這一切，都是他心底最深的祕密，連他自己也不敢碰觸，直到今夜此時此刻，讓這隻盛氣凌人、宣告和節南是家人的青兔子，逼得他再不能繼續自欺欺人。

「不能。」右手撫過左手袖邊，青兔聲音淡而遠，彷彿有什麼困擾著他，接下來一字字卻像背書。「月兔姑娘歸我一人獨養。」

背完了抬起頭來，兔眼後面漆夜無盡。「有意思，原來大人也喜歡我家月兔，怪不得打起來拚了命，可惜我好像不能輕易放手。」

崔衍知覺得有些莫名，心想這人怎麼說得似乎不知爲何打起來，卻也顧不得那許多。「好，既然如此，誰贏誰放手。」

青劍寒光，連起十八式快劍，集了崔衍知幡然醒悟後的全力，突破原本束手束腳的施展，劍法行雲流水，竟然更上一層樓了。

王泮林大概明白。「這才是大人應有的實力呢，好得很，那我也不手下留情了！」雙掌一攏，氣勁不絕，起身落入行雲流水的劍光之中。

節南幾乎都要看不清的時候，忽聽王泮林叱聲「破」，劍光頓散，劍刃斷落，崔衍知捉著劍柄就飛了出去，一聲咳就著一口血噴出。

勝負已分。

節南沒聽到兩人說什麼，反而鬆了一口氣，心想總算打完了。她本想翻白眼，正巧瞄到對面屋簷上多出一顆人腦袋，明顯架著勁弩，對準了崔玉眞。

她明明解決掉三名！居然還有?!

「還有弓箭手！」她急忙大喊：「快把崔玉眞——」

放下來——這話遠遠沒說完，節南就聽一記扳弩機，啊，不對，是兩記?!

爲什麼?還有哪裡?節南迅速搜著四周的屋頂，卻找不到第二名弓箭手。

崔衍知離得遠，但能聽清節南喊什麼，掙扎爬起來，一邊喊：「六妹——」

王泮林聽到兩人大喊大叫，這才注意離自己不遠掛著一個披頭散髮的女子，同時忽覺風動，人就動了，往崔玉眞那塊板趕去。

這時，兩支森寒鐵箭，自兩個方向而來，一支射向崔玉眞，一支射向桑節南！

王泮林看得眞切，但他離崔玉眞近，離節南遠。

桑節南看得眞切，但她動彈不得。

崔衍知看得也眞切，但他兩個都救不到。

王泮林要擰回身。

那只是一個很細微的動作，桑節南和崔衍知都看出來了，兩人同時大喊。

節南喊：「救她！」同時肩一晃。

崔衍知喊：「不！」

王泮林大袖一拍，將吊著崔玉眞的那根竿子踢斷，也不管那支箭是否射空，任崔玉眞慘叫著仰天撞地昏死，他就往節南那兒趕。

原本立著的兔姑娘已倒，身中長箭，暫態一片血泊。

王泮林雙膝跪滑過去，呼吸急促，意識茫然，心卻掩不住痛楚，碰也不敢碰節南，但呼——

「月兔——」

22 兔幫之名

數日後，青杏居，藥香比花香。

橙夕橙晚放下一大堆禮盒，就和碧雲說話去了。趙雪蘭走進節南的寢屋，見柒小柒叉著腰豎著眉鼓著嘴，惡狠狠盯節南喝一碗烏黑烏黑的湯藥。節南一抬頭不喝，柒小柒就馬上往湯藥裡加一顆黃亮的藥丸。

節南苦笑。「我換口氣行不行？」

柒小柒一句話不說，吧嗒，又放一顆，咧嘴無聲哈哈笑。

節南搖搖頭，嘆著氣，這回沒再停，一氣喝完了。她不會被打死，不會被毒死，一定會被苦死！

柒小柒拿著碗就走，也不同趙雪蘭打招呼。趙雪蘭見怪不怪，坐到節南床前，什麼還沒說，先「唉唷」一聲。

節南說話氣力不足，皮性子不改。「幹嘛？一個個對我沒好臉色沒好聲氣，誰說大難不死必有後福的？」

趙雪蘭好笑。「我怎麼沒好聲氣了？唉唷一聲羨慕妳，行不行？」隨手指指外頭。「這些日子，崔延兩家相約比誰會報恩還怎麼著，讓我這個收禮的手都發軟了。還有那位紀二爺又是怎麼回事，外頭那些是他送來的。妳不是說妳認識的紀老爺和紀二爺不是一家的嗎？那紀二爺見一個娶一個，聽說沒有他得不到手的女子，妳究竟怎麼招惹到他的？」

節南一笑就傷口疼，齜牙咧嘴。「真跟我沒關係。」不過，紀叔韌送禮，其心難測。「把東西給他送回去吧。」

趙雪蘭馬上說聲好。「我就是特地來跟妳商量這事的，再好的東西也得看誰送。對了，小柒給妳加的那個黃燦燦的藥是什麼？看著挺名貴的。」

節南忍著不笑。「黃連。妳要不要？我送妳一瓶，妳可以加燕窩裡，特別滋補。」

趙雪蘭撐圓兩眼珠子，稍微想想全明白。「小柒氣妳不愛惜自己身子，罰妳乖乖的呢，這叫姊妹情深。」

「冤枉。」節南覺得委屈。「我不是不愛惜自己，是遇上了倒楣事，妳們個個當我喜歡挨這一箭嗎？」

仙荷走進屋，端了一盅東西。「六姑娘就是不愛惜自己，才跑去陪玉眞姑娘上香。遇到劫持玉眞姑娘的凶徒，聰明如六姑娘，居然不躲起來，反而偷偷跟著想救人，結果差點讓人一箭射沒命。還好老天爺保佑，那箭偏了，但也射中了肩，箭頭扎進去寸深。七姑娘說箭頭有毒，生生挖掉一塊肉，我都替六姑娘疼死了，而且，還會留疤。」

節南對疤痕這種事看得很淡，對那盅東西看得很頭疼。「我剛吃完藥，不能吃補品。」這是要把她餵成豬啊！

仙荷安之若素，倒了一碗捧給節南。「問過七姑娘，她說能吃。」

節南看看仙荷，又看看趙雪蘭，知道她要是不吃，這兩人話更多，只好認命端起來，很慢很慢挖著吃。

趙雪蘭和都城大多數的人，只當她陪回城的崔玉眞到觀音庵上香，不料遇到想要報復崔衍知的長白幫殘餘。對方劫持崔玉眞，崔衍知隻身前來，僥倖得到兔幫一名高手援救，但兩方都沒來得及阻止暗中埋伏的弓箭手。關鍵時刻，節南衝出擾亂弓箭手，因此中了一箭，而且這一箭等於是幫崔玉眞擋災。

節南恢復意識之後，發現自己已回到趙府，仙荷就這麼跟她說了。

她猜想，眞相之所以變成這樣，皆因崔衍知沒辦法，既不能將殺人罪名扣到兔幫頭上，也不能將她是兔幫幫主的身分招出來，加之那晚劫持崔玉眞的人已經沒有一個能開口，她只有還原成趙府桑六姑娘，才能給崔玉眞做個旁證，而且讓她又救崔玉眞一回，才能掩飾她和兔幫的關聯。

對於桑六姑娘又救崔玉眞的這個謊言，雖然感覺不夠利索，節南自覺還當得起。要不是她最先發現弓箭手，要不是她出聲讓王泮林救人，要不是她讓弓箭手懷恨在心，幫崔玉眞分掉一支箭——滿滿都是她的功勞啊。

雖然她也會想，如果當時自己沒有衝開右肩的穴道，如果右手正好沒帶浮屠護腕，好擦了一下原本對準她心口的箭，眞要沒命的話，又當如何？答案是，她打算化成厲鬼，繞著王泮林那個傢伙吹陰風，要讓他一輩子活在她的怨念裡。

要不是王泮林糾纏著崔衍知不放，崔玉眞早就救下來了，她桑節南也不至於讓後來的兩個弓箭手暗算。說起來，這人欠她一個交代，到底爲什麼和崔衍知打得天昏地暗，把她當了空氣？而這人害她中箭之後，王家沒送補品，紀老爺也沒送補品。今日來了個紀二爺，算不算這人送的，尙未可知。

「我來，還有一個消息要告訴妳。」趙雪蘭沒察覺節南出神。「今日一早，官府張貼榜文。」

節南反應有些慢，但猜得很準。「崔延兩家將要聯姻。」

趙雪蘭點點頭。「婚事定在八月十六。妳可能也不知道，延文光大人昨日進城，皇上親自到碼頭接人並宣旨，封延大人爲樞密使、延大公子爲大理寺少卿，另領懷化郎將。」

節南道聲「了不得」。「原以爲延家還有些高攀了崔家，如今才是眞正門當戶對。」

樞密使，掌管樞密院，統領全國十二房，把持軍國要務、兵防、邊備、戎馬等等。以前由宰相兼任，遷都之後一直懸空，由崔相、王中書和御史臺三大閣老共掌。而延昱的大理寺少卿、懷化郎將，均是從五品以上，比崔衍知還高了一階。

國永芳。」

「可不是。」即便不太關心時政的趙雪蘭，也清楚樞密使的重要地位。「延家這時風光無量，還有哪家與之爭輝？市井小娃娃的歌謠都換了。昨日還唱崔左王右，官家無憂，今早變成忠延良崔，南

「王家……」換掉了。

「嗯？」趙雪蘭聽不清節南嘀咕。

節南搖頭表示沒什麼。「可有提到玉眞姑娘？」

「不曾有半點聽聞，仍是受驚靜養那些。只是婚事既然已經確定，玉眞姑娘應該想明白了吧。」

趙雪蘭輕嘆。

節南沒再問。

趙雪蘭一走，碧雲就送了張帖子進來。帖上沒人名、沒落款，節南卻認得上面那幅海煙畫景。

良姊姊來訪。

良姊姊靠窗坐著，看向窗外。從院門走到這兒幾十步路，也就五六間屋，一棵杏樹當亭子，一張石桌還歪倒，院子中間加造一間矮屋，冒著煙，像伙房。到處不見丫頭僕婦，只有這屋兩個不似丫頭的姑娘，一大一小，大的沉穩如貴家少婦，小的動若脫兔活潑自在。

床上乖乖坐著的那位，面白如紙，瘦了一圈，然而葉兒眼裡黑眸明燦，仍可見她在海月樓統領兔幫、與神弓門畫清界限的一分霸氣。所以，良姊姊面對著這樣的節南，心裡不會有半點輕忽。這姑娘是懂得絕地逢生的高手，任何蔑視她的人，絕不可能在她手中討得了好處，即便瞧著此刻虛弱，那雙攏在袖中的手或許有捏命的力量。

海煙巷知道三城以內大多數事，自然也知道觀音庵外的事。外傳崔推官和兔幫高手兩人血戰長

白，良姊姊卻知還有眼前這位的大功。

碧雲送來茶湯，良姊姊聞香就知這是貢茶，到嘴的話就嚥了回去。他本想說這地方當兔幫總舵實在寒磣了些，但這杯盛在普通白瓷裡的貢茶提醒了他一件事實——深水才成龍潭。平蕪坊，王侯相府集中住著，一座六品官的府邸，一個來投親的表姑娘，能闢出這塊算得獨門獨戶的小院子，自己來去自如，客人來去自如，已是極大的本事。

忽見一道身影從杏樹上飛下，良姊姊瞇了瞇眼，對節南道：「若我記得不錯，六姑娘已從神弓門分出來了，這人難道是跟著六姑娘的？」

節南看了一眼就調開目光，專心挖湯盅。「不是，此人是香堂主的護花使者，今日大概來幫她送信。」

仙荷出屋子。

良姊姊見年顏給仙荷一封信。「兔幫名聲大噪，說不準神弓門也想沾沾六姑娘的光。」

節南左顧而言他。「良姊姊氣色好得多了。」她不會同不熟的人討論家務事。

良姊姊立刻明白節南不想談論神弓門，轉而應道：「六姑娘解藥神奇，養了幾日就恢復得差不多了。」

「那就好。」

仙荷進來，把信交給節南。節南拆看後露出一抹嘲意，讓仙荷端了火盆子來，燒去。

良姊姊看著，但沒多話，直到仙荷同碧雲出去，屋裡只剩自己和節南，才站起身，對節南作個長揖。「海煙九代良姊姊雲無悔，拜見兔幫幫主，海煙巷老少總共七百四十九人，今後請兔幫多多看顧。」

節南怔道：「良姊姊不是來同我做買賣的？」

良姊姊長躬不起。「不敢，幫主若有心出讓解藥，我願以萬兩相購。」從袖中掏出一疊厚實的票子，放在桌上。「這裡十萬兩，不夠再補。幫主不肯出讓解藥也無妨，我們可以另議，這些就當海煙巷給兔幫今年的孝敬。」

拜山?!一孝敬就十萬兩，怪不得長白幫養得起千名幫眾！

節南一動肩，傷口疼得抽心，立冒冷汗，說起話來就有些咬牙。「良姊姊不必多禮，我沒打算拿解藥敲詐你一筆鉅銀，只想請良姊姊日後若有絕朱解藥的消息，可以告訴我一聲，互通有無而已。至於兔幫有沒有能力看顧海煙巷，我卻不能自己說大話，要同大家商量，你先把銀票收回去吧。」

良姊姊直起身，夜海無光的眸裡也無情緒，語氣卻微詫。「幫主嫌少？」

節南好笑反問：「良姊姊當兔幫是強盜？」

良姊姊垂眼再抬。「海煙巷多年來一直向長白繳金，由長白提供保護海煙巷的人力物力，我以為兔幫也會是一樣的規矩。幫主打算如何接收這一大片地盤，又如何定規矩，還是盡快告知各方得好。畢竟我今日前來，並非為了自己的私事，各行會行首皆有意讓我打聽清楚，才知他們該如何拜山。」

節南突覺長白垮得太快也不是一件好事。「兔幫若不接收長白的地盤呢？」要是告訴良姊姊，兔幫迄今百人不滿，以前長白提供那些人力物力，兔幫沒法提供，不知這位會如何。

良姊姊攏眉，食指中指搓額心。「既然沒有替代長白的打算，為何又要弄垮長白？」

「長白敗類橫行，與江賊大今勾結，欺行霸市，殘殺頌民……」節南想著長白那些惡行。

良姊姊打斷。「至少長白讓海煙巷免受欺侮，而江湖本來就是仗勢欺人的地方，我們這些勢單力薄的人只能投靠強大的力量。」

「敢情兔幫要害海煙巷的人倒楣了？」節南冷笑。

「正是。」良姊姊表情更冷。「就這半個月之中，我收到的，聲稱海煙巷是他們地盤、要我向他們繳保護費的帖子，就有七八個幫派，更有人上門挑釁鬧事。我海煙巷這一個月死傷的人，比過去一整年還多。」

「你可以報官——」話一出口，節南就知道說錯了。

不愛笑的良姊姊終於笑了。「看來貴幫幫腦說得不對。」

節南挑眉。

「他說妳所在的地方，就是風生水起。」良姊姊收起銀票。「若幫主不介意，還請告知貴幫幫腦所在。我海煙巷近七百餘張嘴，沒有一日不要吃飯。三城混亂無序，皆因貴幫而起，幫主身受重傷，想來有心無力，不如由貴幫幫腦出面……」

「良姊姊這是打算挑撥我幫內訌？」沒錯，她說錯了話，跟這種喝江湖水長大的地頭蛇說到官府，犯了蠢到家的忌諱，不過這條蛇也不至於立刻打起陰險的主意。「可惜我也不知道幫腦在哪兒，良姊姊消息靈通，不妨幫我打聽打聽。」

良姊姊自然不信這話。「桑六姑娘不說便罷，只是我奉勸一句，沒有那麼大的肚子，別盯那麼大的餅。我瞧這地方適合當官家千金的閨閣，稱心愜意，小女兒家自得其樂，等著如意郎君來娶。桑六姑娘江湖快活了一回，也讓咱們這些粗人開了回眼，見識了姑娘的本事，所以，還是給我道中人讓開路吧。」

良姊姊一腳踏出簾外。

「官府閨閣都在江湖之中，天地多寬，江湖多大，良姊姊要是不明白，始終只能在淺灘掙扎。」節南淡淡送客。

碧雲搖著舟櫓，駛入南山樓前的湖灣時，眼睛睜得大大，「哇」了一聲。仙荷也是頭一回來，即便見識廣，仍不由讚嘆。「一面山樓，一面水景，真是好風光。」

盛夏的晨風已暖，節南披著長衣卻不覺得熱，只在水亭和山廊之間尋找王泮林。

碧雲一邊嘆一邊奇。「這麼大的地方怎麼一個人也沒有？」

仙荷上去為節南整理一下披衣，憂心忡忡看著她蒼白的臉色。「六姑娘……」想說傷口還未癒合，實在不該出門。

節南卻答碧雲：「九公子極愛清靜，只在這兒讀個書睡個覺，多數時候在其他公子那裡蹭吃蹭喝，借用他們的僕從，兩全其美。」

碧雲笑。「這倒省心。」

仙荷就沒多囉嗦，橫豎已經出來了，只要悉心照顧著。「咱們青杏居也沒幾個人，人少好，不出么蛾子（注）。」

然而節南知道仙荷想說什麼，也回應：「因為良姊姊讓我帶話，而這條水路可以不經王家大門，一般人卻走不得，所以親自跑一趟。」都是藉口，她就想來問問這人究竟怎麼想的。

碧雲「啊」了一聲。「有船過來了！」

節南看去，果然兩只快鷗飛馳而來，鷗舟上各有五名穿著文衫戴著兔面的人。她立覺奇怪，心想王泮林怎麼在自家後湖都放上兔幫人了，不怕有人摸上王家的大門嗎？

快鷗近前，船頭那人一看清來的是節南，居然就認出她來，立刻抱拳。「幫主，公子不在。」

節南見那些兔面各有特色，看出是王泮林的手法，就道：「他人在哪兒？」

那名年輕人回道：「不知。我等輪流巡守南山樓湖面，已經幾日不曾見過公子，不過丁大先生來交代過，讓我們近來要特別小心船隻靠近。」

「自何時起不曾見過九公子？」節南問。

「那晚幫主與公子一同乘船出湖，就再沒見過公子。」年輕人答。

節南心生詫異，想了想。「丁大先生又在哪兒？」

年輕人道：「應該在文心閣。」

節南抬眼一笑。「我要去文心閣，你找個人給我帶路吧。」

她不問就知，這些都是文心閣的年輕先生們，而兔幫一直以來多靠這些人揚名立威，不過她現在有一種很怪異的感覺——文心閣和兔幫微妙切換中。

年輕人自告奮勇，奉上一塊名牌。「我給幫主帶路。」

節南看那塊牌子上寫著「吉康」。「吉平是你什麼人？」

「我們都是文心閣收養的孤兒，同屬吉字輩，師從堇大，吉平是我大師兄。」吉康回頭囑咐眾人小心巡守，就跳上了節南的小船，還摘下面具。

吉康約摸十七八歲，模樣周正，但不是吉平那種方正臉，卻帶些文氣，問碧雲要搖櫓也是彬彬有禮的，又同節南解釋：「路有些遠，還是我來得好。」

節南道：「多謝。」

吉康微顯靦腆。「幫主不必客氣，我也想趁這機會去探望大師兄。」

節南比吉平幸運，箭傷雖重，卻不及心脈，除了留疤，多花些時日，總歸能養好。但吉平心脈受損，大失血，昏迷至今尚未醒轉。柒小柒說，她已經竭盡所能保住了吉平的命，能不能醒過來，卻要看老天爺的意思。

「正好一道，希望吉平今日醒了。」節南中箭後三日昏昏沉沉，稍稍覺得有了精神，卻讓柒小柒禁足數日，今日方能出門。

江南水路四通八達，出了湖、上了河，沿著內城的河再繞，就到了一片坊區。和高門大戶風景別致的平蕪坊不同，這兒靜雅，白牆青瓦的小巷，鋪著青石的窄街，商鋪多打著書鋪子墨鋪子文房四寶

注：老北京方言，在此指不出差錯、不出問題之意。

的幡布，偶爾有一兩家茶館飯館混在其中，也布置得簡潔清爽。

吉康在前頭領著，節南隨之穿過到處飄著書香的街道，來到一座素沉的鐵釘大門前。門前有兩座大石獅，獅座下皆刻「御」字，獅頭上方一塊匾，不但有「文心閣」三個字，還有一方玉璽雕印，表明是頌朝開國元帝親筆所提。無論牌匾，還是石獅，已顯斑駁疲乏之色。

走入文心閣，發現和暢春園有三分相似，都是江南園林，只不過文心閣的格局要纖巧一些，屋舍皆不高，園子皆不大，植物主要以松竹梅點綴。

吉康找了頂小轎來。「前二庭待客用，中五庭編史撰文出書，還有文庫、書庫、雜庫、帳房等一些公房，後三庭是大家的居所。我問過了，大師兄在丁大先生的居園。到那兒步行要小半個時辰，幫主身體不適，還是坐轎得好。」

節南卻問：「文心小報從哪個庭裡出來的？」

吉康一愣。

節南解釋：「碧雲最喜歡看文心小報上的連環畫，我跟她說雕版，她卻聽不明白，一直很想親眼瞧瞧。」又推了推仙荷。「這位則喜歡收集你們出的琴譜。」

吉康了然，招一個小童過來。「最新一期的文心小報和唐琴譜皆在中一庭做，從這兒大約走一刻時，姑娘們要是不嫌遠，可以跟去看一看。」

碧雲當然不嫌遠，而仙荷聽到唐琴譜，眼睛也亮了亮，兩人卻又擔心節南沒人照顧。

節南上轎，撩起窗紗揮人走。「小柒每日來的，這時候也差不多到了，妳倆自管見識去，過了這村沒這店。」

兩人放心去了。

節南這才好問吉康：「你們為何戴兔面具巡湖？」

「丁大先生吩咐的。」吉康答道。

節南有些意外，有些迷惑，卻沒再多說。

過了不知多久，節南快要被晃睡著的時候，總算聽吉康說到了。一下轎，看到一座九曲橋，橋兩旁開滿荷花，伸手可摘。橋對面一座四方平層水軒，似文心閣其他建築一樣，素雅懷遠。丁大先生一身大袖白袍，立在橋那頭，微笑看她，似乎等她已久。

「丁大先生。」節南慢步走過九曲橋。

「來看吉平？」不待節南回答，丁大先生轉身就走。

節南跟隨，卻發現吉康不見了。

但她只問：「吉平醒了嗎？」

丁大先生已然停下，推開身側一扇門，笑答：「快了。」

節南皺眉走進屋，看到那位好漢子躺平著，呼吸和緩，臉色不算糟糕，還很乾淨相，似睡得很香。節南也不坐，只是探了探吉平的脈搏，感覺雖然弱，好在還穩。

「小柒不愛嘮叨她怎麼給人治病，丁大先生似也略懂醫術，可否告訴我吉平究竟如何了？」她直起身，回頭看丁大先生。「別用快好了、會醒的，這些話搪塞我。」

丁大先生卻道：「人之身體奧妙無窮，腦和心都具有奇異的力量，小山姑娘——」見節南微微瞠目。「妳既是泮林的知交，我就算妳的師輩，就以小名喚妳了。」

節南心想，敢情沒得商量，通知她而已。

丁大先生繼續道：「小山姑娘不要往壞處想。無論小柒姑娘，還是我，都已全力施救。血止了，心跳從停到復穩，外傷一日好過一日，我們大家只須想著吉平一定會醒，他就一定會醒的。」

節南回眼垂眸，再看了看睡相平穩的好漢。「是，吉平你一定要醒。只要你醒過來，討媳婦還缺多少銀子，我給你補上。你們文心閣工錢低，幹得活卻又累又苦，我早有聽聞……」

丁大先生乾咳兩聲。

節南不怕這位師輩，淡定把話說完。「或者你直接辭了文心閣的工，到我那兒去，我很快需要一名大——管事。」

丁大先生笑起來。「小山姑娘既然說起給誰幹活了，正好，我也要同小山姑娘說這事。聽泮林說，小山姑娘下棋不錯，那就陪我來一局。」

節南轉頭看過去，見丁大先生自顧自走出屋去。

她努努嘴。「有這樣的師父，才有那樣的徒弟，說話都不帶商量的。」往門口走兩步，再次回頭對睡沉的漢子道：「吉平，別睡了，閒著沒事多想想，到底要不要去我那兒？我那兒工錢高，而且漂亮姑娘多，萬一你眼下這個娶不著，不怕打光棍。」

忽聞嘻嘻偷笑，節南看到窗下探出兩顆腦袋，其中一個正是吉康。她大方一笑，快步出了門，跟著丁大先生走向水軒另一邊的敞閣。

吉康翻窗而入，聽同伴呆呆道——

「眞人比畫上還好看。」

吉康點頭表示同感。「那是當然，女大十八變，不但漂亮得像仙女，心地也好，比大師兄還講義氣，護短得不得了。一看大師兄受傷，直接把傷他的傢伙——」空手擺出幾個劍式。「割得一道道的，看得我別提多解氣！」

同伴兩眼羨慕。「你就好了，一直跟著公子，能那麼近地瞧她。」

吉康笑呵呵。「誰讓你是文先生，只有聽她故事的份！」笑完又擔心。「不過，你說她能答應大先生嗎？」

同伴用力點點頭。「一定會答應的！你是跟過癮了，我們這些人卻還眼巴巴盼著呢。咱們大先生那麼厲害，她不答應也得答應——」

「她答不答應、她漂不漂亮，都沒你們什麼事。」

聲音即便虛弱到不好捕捉，身為武先生的吉康還是聽得清。看見臥榻上的人睜開了眼，立刻激動奔撲過去。「大師兄醒了！」

另一個也欣喜之極。「我去告訴大先生！」

吉平出聲阻止。「不，讓大先生同六姑娘說完話，不然她聽一半，正好有藉口不聽完，直接走人，再也不來了，你們這些眼巴巴盼著的該怎麼辦？」

這話就跟定身法似的，令那位年輕的文先生腳步僵住。

「我聽了半天，恁沒明白。」另一扇窗蹦開，福神小柒立在外頭，手裡拿一根糖娃娃。那糖娃娃長得跟她很像，圓溜溜，大紅裳，眼睛黑晶晶，所以她吃得非常慢，總不能對自己大快朵頤，啃哪兒都不合適。

吉平想動一動頭，結果使不出半點力氣，反而立冒虛汗。

「別亂動。」柒小柒鑽進窗來，福圓的身子不缺靈巧，走到榻前將吉康拍拍開，給吉平把脈，半晌才放開。「醒了也未必是好事，心脈受損，動一髮而牽全身，稍微嬌氣點兒的人能生生疼死。」

柒小柒看吉平又想開口，立刻扔了一顆藥丸進他的嘴。吉平不由吞下，就覺喉頭清涼到麻，再想開口，竟然不能發聲了。

「嘴巴動也是動，懂吧？」柒小柒聳聳肩。「學學我，我這會兒好奇得要命，很想知道你們文心閣的人到底對小山打什麼主意，但我乖，先救活了你再說——」

柒小柒突然啊呀皺臉。「忘了問你喜歡的姑娘姓甚名誰，本想把她接來照顧你，你日日瞧著心上人，肯定好得麻溜快。」

吉平心想，不能說話也是福。誰知師弟一聽柒小柒這麼說，忙著扯他後腿。「七七姑娘，我知道，大師兄喜歡咱坊市東口舊書舖子裡的魏姑娘。」

柒小柒哦哦兩聲，拉著吉康就走。「那還等什麼？趕緊接人去！」

吉平驚得伸手去拽吉康，卻疼得直哼哼。柒小柒聽見了，側眼瞧吉平一會兒，笑嘻嘻走回來。「不要我去接你心上人？」

吉平咬牙搖頭。

「行。」柒小柒端了張椅子過來，兩手指頭揉著一顆藥丸。「你得把事情原原本本告訴我，爲何你們好像早就認識小山似的，對小山又有何不良意圖，一件不許漏。」

吉平點頭，反正已經到了這時候，也沒什麼可以隱瞞的了。

旭日烈火燒荷塘，節南額髮見汗，剛想摘披風，卻聽丁大先生道「不可」。

「赤朱毒熱，而妳受傷之後體虛身弱，一冷一熱若引發寒症，可不得了。」丁大先生放下一白子。「小柒姑娘的棋是跟妳學的？」

節南眼前視線有些模糊，黑子在手，遲遲不落。「我照著棋譜跟她講講罷了，我自己不喜歡下棋盤。丁大先生不要認眞跟我論高下，不如直接說事？」

「文心閣這塊匾將會交還朝廷。」丁大先生直接說事。

「呃——此話何意？」節南揉著太陽穴，問完漸漸坐直。「文心閣將關張，呃，結束……沒了？」

丁大先生笑著頷首。「就是這個意思。」

節南驚訝。「爲何？」

丁大先生回道：「萬事萬物皆有始終。文心起閣兩百年，如今既非神弓門那般的朝廷暗司，又非長白幫那般的普通行會，雙面刃雖能加倍傷人，同樣也能傷了自己。與其任它成爲惡人眼中釘或手中器，不如由我們自行毀去。」

而且，迫在眉睫。

晴空上方不知何時出現了沉雲，風熱氣悶，節南全身如同掉在火爐裡，感覺腦子都要熟了，丁大先生卻告訴她一個燙手消息——文心閣即將不存。於是，節南試圖擠出一絲冷靜，給自己的頭腦降溫。

「這麼大的決定，想必丁大先生經過了深思熟慮。雖然我瞧不出文心閣有任何麻煩，畢竟是外人，不知所以然。既然來都來了，就問一聲丁大先生，可知你大徒弟在哪兒啊？」

「我打算關了文心閣之後雲遊四海。」丁大先生答非所問。

「應該的，養這麼多人這麼多年，哪能不精疲力盡。且大先生經營有方，到處都有文心閣的生意，肯定賺了不少，可以享享清福了。」節南這叫虛頭巴腦。

但丁大先生挺受用。「不錯，文心閣一百二十八名文武先生、爲文心閣做事的夥計、掌櫃、帳房等等三百二十八名，分布州府縣鄉，生意五花八門，一晃眼我已管了二十餘載，自問勤勉，即便出門在外，也不敢放下一日，但和賺多賺少並無多大干係。」

節南抹過額頭汗，手中黑子滴溜溜滑落棋盤，打著轉，最終定在一格上。

她垂眼看了看，沒撿。「大先生說得是。要沒別的事——」好了，她也不問王泮林了，讓她回家休息吧，她可是病人哪！

「明日朝廷派人來摘匾，從此官府民間再無文心閣。」丁大先生放上白子。

節南瞇了瞇眼，這回很快落黑子，說話卻慢吞吞。「明日這麼快？可我方才還聽吉康說中一庭正出文心小報。」文心閣沒有了，卻繼續出小報？「官府不會追究嗎？」

丁大先生笑了起來。「文心閣的名匾是元帝所賜，朝廷收回去，表明文心閣以後不再有與他們合作的優勢，與一般民營別無不同。出文心小報，或是其他營生，並不會受官府干涉。」

節南明白了。「所以，官府只是把御賜的牌匾收回，文心閣的買賣可以照做。」

「正是。」丁大先生說完，招了招手。

節南順著丁大先生的目光看過去，見一列年輕人捧著托盤走上來，托盤上小盒中盒大盒，讓她想起王泮林辦的那場抓周，感覺不太妙。

「這麼說來，丁大先生毋須關掉文心閣，只須找個接班人就好。」感覺不妙，偏偏頭腦發熱，而且嘴還快。

「已經找好了。」丁大先生一揮手，就有人奉上第一只小盒子。「小山姑娘打開看看。」

節南乾笑著，沒伸手，放一子。「這怎麼好意思，我一個外人——」

「那我幫小山姑娘打開吧。」丁大先生挑開盒蓋。

盒子裡一塊樸實無華的梨木牌，木牌下的一串樟木珠分外眼熟，和堇燊在成翔府給她的樟木珠很像，只是刻字不同而已。

節南突覺自己掉進一個早就挖好的陷阱，說什麼都是多餘。

丁大先生將盒子推過來。「這是我隨身攜帶的木牌，今後就歸小山姑娘了，戴著它，舊閣人人會知道妳的身分。」

文心閣已經變成舊閣了？

節南抹汗。「丁大先生，我全然不懂你在說什麼。您一邊說官府民間再無文心閣，一邊又把這塊象徵身分的木牌交給我，究竟是何打算？」

「小山姑娘卻是揣著明白裝糊塗。」丁大先生覺得以這姑娘的聰明應該想得到。「北燎大王子成爲太子，大今皇帝病危；兔幫聲名赫赫，將取長白而代之，正值新舊更替，人心動蕩，文心閣此時不併入兔幫，更待何時？」

節南驚訝之極。

她雖然察覺文心閣和兔幫之間微妙的切換，那也是一個時辰以前才產生的感覺，以爲自己胡思亂想，心裡根本沒當回事。

「文心閣併入兔幫？」棋盤上的黑白之爭還看不出名堂，眼前這位中年文士已經握著勝局，節南清楚自己頂多能問。「還請丁大先生別再賣關子。」

「如我方才提及，文心閣早就兩頭難討好，樹敵太多，就算我不關了它，也會讓別人毀去或淪爲殺人的刀，然而，四百多人靠文心閣養家糊口。既能讓文心閣從世上消失，又能讓大家沒有後顧之憂，最簡單的方法就是併入兔幫。不然，小山姑娘以爲，兔幫每回向文心閣借人，文心閣每回那麼爽快就出借，是爲什麼？」丁大先生放一棋。

「我沒借過，是你徒弟——」節南腦中閃過一念，同時放一枚黑子。「文心閣併入兔幫，是丁大先生的主意，還是你徒弟的主意？」

丁大先生笑而不答。對節南而言，這是默認了。

她搖頭笑嘆。「怪不得他弄出一個兔幫來，怪不得他堅持壯大兔幫聲勢。與其說文心閣併入兔幫，不如說文心閣改頭換面變成兔幫，擺脫官府的陰影，完全融入民間，而且馬上就能接管長白勢力範圍，讓人以爲兔幫撿了現成便宜，以後慢慢將文心閣的勢力加進來，就不會有人奇怪。」

節南說得篤定，丁大先生只能爲徒弟說好話。「文心閣已無路可走，請小山姑娘莫怪。」

節南奇道：「我爲何要怪他？他厲害才是眞的！」實在令她嘆服。「不過，想來他知道，改頭換面不成，結果成了移花接木，文心閣這朵花接在兔幫這棵樹上。丁大先生也知道吧？」

丁大先生頷首。「人算不如天算，但這個結果也委實不壞，文心閣交到小山姑娘手上，我很放心——」

節南連忙擺手。「等等！丁大先生，文心閣即便併入兔幫，當然應該交給王泮林，而不是我！我與他一向分工明確，我的人歸我管，他的人歸他管，更何況他是您徒弟，本就是文心閣的人。」

她現在很認眞地考慮著，是否應該讓賢，把幫腦扶正。

「小山姑娘要是怕眾人不服，大可安心。文心閣從未有過女先生，能由小山姑娘接掌，個個翹首以盼。再說，泮林早和大夥商量過，本來也會由他先對妳說明，只是明日就要交匾，正好妳又過來，我才開了口。」

節南最後一子下得果斷。「待我見了他，再定。」

23 打死不放

節南起身告辭，忽聽柒小柒的聲音由遠而近。

「臭小山小心上當！千萬別和丁大先生下棋啊——」話音未落，人衝到了棋盤前，雙手撐著，眼珠子貼上，骨碌碌轉了好幾圈之後，歪頭仰看節南。「這棋面黑贏白贏啊？」

節南瞧見這張福臉，不由心情好。「才下了一會兒，看不出來。」

「不分輸贏就走了？」柒小柒開始捲袖子，坐上石凳。「丁大先生，我跟你接著下。」

節南失笑。「誰在那兒大喊大叫，說不能和人下棋？」

「我說的那棋並非這棋，是讓妳別自作聰明，跟丁大先生鬥智的意思。我告訴妳啊，吉平交代，文心閣快垮了，丁大先生不幹了，要找倒楣鬼接手，而妳就是那個倒楣鬼！」柒小柒一手舉白子，一手舉黑子，高低擺。

節南指指黑子，柒小柒立刻扔掉白子，手指靈活玩著黑子，目光不離棋盤。

「吉平醒了？」這大概是近來聽到最好的消息。

「醒是醒了，不過傷得這麼重，今年要想成親，夠懸。」柒小柒嘻嘻一笑，告密。「吉平喜歡的是坊市東頭舊書舖子的魏姑娘。」

「不愧是文心閣裡的武先生，挑媳婦要挑有學識的。小柒，妳的醫術到底行不行？不行就別耽誤吉平，趕緊讓丁大先生另請高明。吉平老大不小，即便還能拖，人家姑娘還不一定肯等，這年頭好姑娘有的是人搶。」節南這些日子揪起的心終於能鬆一鬆。

柒小柒壓低了聲。「不管我能不能治，咱還是別管了。文心閣要垮了，沒銀子了，還想把爛攤子交給妳收拾，咱們給人當長工，白白被使喚。」

丁大先生重新坐了下來，當然將柒小柒的話聽得一字不漏，笑道：「小柒姑娘，文心閣不是垮，而是併入兔幫。」

手指頭盤著顛來倒去的黑子，「啪嗒」掉在棋盤，柒小柒急忙拾起。「這子不算！」然後問節南：「眞的？」

節南淡答：「這只是丁大先生的提議，我尚未答應。」要面子的時候到了。

「對，對！別答應！這裡的人奇怪得很，明明咱們不認識他們，他們卻好像早就認識咱們一樣，背地裡議論咱們。沒併入就如此，併入之後還得了，不等於養了一群狼嘛！」

柒小柒的危言聳聽，顯然惹得那排捧托盤的年輕先生很不滿。

其中一名年輕人跨前一步。「我們並未議論七七姑娘，只是——」看看節南，連忙垂了眼。

柒小柒噘噘嘴，抬高了手，忽然急落，棋子放定。「瞧，心虛了吧。你們背後論小山，就等於背後論我。偷偷摸摸論一姑娘家，丁大先生不管管嗎？」

丁大先生看柒小柒放子的地方，眉心一皺即開，望一眼節南。「小山姑娘莫誤會，並非文心閣人人如此，只是這些孩子畢竟是看著妳長大的，如今瞧見眞人，又將追隨妳，自然無比好奇和熱切，而他們平時都是很好的孩子。」

「看著我長大？」節南本來不覺得什麼，讓丁大先生這麼一說，反而覺得古怪。

丁大先生下了一白子，柒小柒緊接「啪」一聲，黑子就下完了。

丁大先生微微搖頭，神情不動，但吩咐：「你們之中誰，領小山姑娘去看一看，省得她讓你們嚇跑了，不肯接管你們。」

「大先生，我領幫主去。」吉康跑上來。

他冒得突然，立刻遭到其他人的一致斜眼。節南瞧在眼裡，突然有種讓好多年輕才俊暗暗喜歡了的受寵若驚感，決意一定要去看看另一個自己，對吉康道聲謝，隨他走出水閣。

節南一走，那排年輕先生的目光也一齊跟了出去。

丁大先生嘆口氣。「你們也去吧，別跟太近，嚇跑了人，莫來求我。」

看手下這群年輕人跑得那麼快，丁大先生無聲好笑，回頭讓柒小柒兩隻大眼瞧得一嚇，再看棋盤上多出的黑子，不禁嘆道：「小山姑娘沒教小柒姑娘嗎？要是妳能多想一想，棋會下得更好。」

「教了，可我偏不願意多費勁，就圖個痛快好玩。」柒小柒喜歡下棋，最感興趣的事物之中排第三。丁大先生呵然，想這對姊妹眞是難得一見的珍罕人物。前半盤，他棋藝不及；後半盤，他灑脫不及。皆是輸。

而這時，節南隨吉康並沒有走出多遠，走入與水閣相鄰的園子。園中沒有花草假山，平磚方地一口井，一間長屋幾扇門，精巧文心閣中難得的平乏。

「這裡是戒園。」吉康一語道破爲什麼平乏。「做錯了事就在這裡罰抄文、罰馬步，要是罰面壁禁足，那邊耳房裡有一根圓木，只能睡上頭，還有一個小爐子，一瓦底米，只能煮白飯。」

「有白飯吃就不錯了，不過你帶我到這兒——」節南想問爲什麼。

吉康推開長屋中門。風吹入，帶動門後一卷竹簾。一幅裱於簾面的絹畫，在晨光中漸漸顯現。兩尺寬，六尺長，幾乎及簾差不多寬長，比較少見的豎卷尺寸，然而少見的不僅是尺寸，還有畫的本身。

南頌畫題多爲山水花鳥人物，筆觸分爲大小寫意工筆白描，顏色則有水墨青綠五彩繪。其中，以人物的繪畫流傳最少，除卻佛寺有大量的神佛繪，以及帝王名士等用於記載歷史的人物像，各大家很少以一般人物爲繪畫的主題。即便已經自成一派的白描常繪人物，也以寫意重神爲主。

此畫，正是工筆人物，細緻到裙襬上的春杏展花蕊，秋雁錦彩翼；細緻到頭髮絲絲清晰，眼睛裡面有重樓疊影；細緻到那位人物拎著的兔子玉毛絨絨，紅眼長耳，彷彿要躍出畫來。

那位人物，是個十三四歲的少女，宮裝宮髻，拎兔子的模樣淘氣刁壞，一腳踩著山石，一手挑著宮燈，明月當頭，說不上來地靈動。

好吧，不管靈動也好，還是霸蠻也好，節南終於明白「看著她長大」的意思了。

畫中的宮裝少女，齊眉海微微偏旁，露出一點點疤痕線，最重要是那副神氣活現，不是她桑節南，又是誰？

節南慢慢蜷起十指，退了一步，卻又立刻進了一步，跨過了門檻，端詳著這幅畫，眼角發燙。

「不知是誰的畫，也不知畫的是誰，有一日突然就掛在這間屋子裡了。」吉康立在門外，滿眼敬意。「掛了這畫之後，原本偷懶馬虎的人，突然勤奮起來了，都說這畫有靈性，仙女姑娘幫大先生們盯著，要是偷懶，就考不上先生。也是奇怪，自打那以後，在這裡受罰的人都當上了先生，變成不傳之祕。」

吉康斜睨園門外那串腦袋。「那些都是，原來最是調皮搗蛋，讓人頭疼。」明明他自己也是「看著某人長大」，得到「不傳之祕」的一個。「不過，後來我一看到幫主，就知道畫的是幫主了。畫者眞是了得，神韻絲絲入扣，捕捉得絲毫不差。」

畫上沒有落款，節南卻知這是誰的畫，誰的筆、誰的青彩。

十三歲的桑節南，腳下踩的那塊石頭，和《千里江山》裡的山峰，出自同樣的皴法（注）。她曾對《千里江山》無比著迷，偷偷溜進書畫院，看過很多遍，所以絕不會認錯。

「爲何畫我？」節南蜷起的拳輕敲兩下心口。

「這還用問嗎？我們只是瞧著畫裡的姑娘，就能喜——」吉康沒說完，有些不好意思地撓撓頭。「就能感覺到畫者想要表露的喜愛之情了。」

喜愛之情？

任何看過這幅畫的人，都無法否認這一點。那麼細膩的人物畫法，彷彿往每一筆裡都傾注了一份喜愛，而山峰成爲她腳下玩石，月兔成爲她手中寵物，彷彿往每一處布局裡都放任了一份寵溺，觀者一眼便能感同身受。

然而，那麼早以前，十七歲的王希孟，對十三歲的桑節南，有喜愛之情？

今日，就算天塌下來，也得見上那人一面！

節南一步步倒退出屋，對吉康道聲「走吧」。經過那些比自己小不了幾歲的年輕人面前時，淡淡一笑，說了聲「多謝」。

多謝他們喜愛她。只因一幅畫，不用她軟硬兼施，就能喜愛她的人，她眞心感激。

文心閣的馬車穿過熱鬧的街市，碧雲一會兒讓仙荷看泥娃娃，一會兒讓節南看賣蜘蛛的小金盒，恨不得下車去買上一堆。仙荷笑碧雲，說她果然是小女兒家，還盼著過乞巧。

節南看出車窗外，見一群群穿著新衣的姑娘們有說有笑走過去，才想起今日正是七月七，就半途放了碧雲回家同妹妹們過節，然後同仙荷說了文心閣有意併入兔幫的事。

仙荷道：「這是好事。兩日前良姊姊到訪，同姑娘說起保護海煙巷，姑娘猶豫兔幫人手不夠，所以沒能馬上應下，良姊姊還以爲姑娘沒氣性，要找公子商議。一旦文心閣加入兔幫，那就大不同了，長白幫能做到的事，我們也能做到。」

「話雖如此，但兔幫爲何要像長白那般行事？」

節南看來，你付錢我出力，看似一盤公平買賣，其實卻跟長白搶錢差不多。你給錢，我就幫你欺

注：國畫山水樹石中，表現凹凸陰陽之感及線條、紋理型態等的筆法。如披麻皴、荷葉皴、褶帶皴、解索皴、捲雲皴等。

負別人；你不給錢，我就幫別人欺負你。屬於江湖野路子，並不是她的路子。

仙荷啞然，半晌後才道：「六姑娘說得是，我們不是長白幫，要依照長白的做法，不久官府就會來對付我們了。」

節南笑笑，瞧了瞧窗外，忽喚停車。「崔府離這兒不遠，又逢女兒節，妳正好可以探望一下月娥。」

仙荷懂節南的意思。延家這會兒暫居崔府，而崔延兩家又訂了親，她可以借著拜訪月娥探聽一些消息，畢竟這兩家如今掌握著南頌朝堂，與日益強大的兔幫也好，與寄居趙府的節南也好，息息相關。

「六姑娘的傷勢——」仙荷不擔心別的。

「就是熱得有些難受，其他還好。」感覺自己完全成了一只火爐，燒得久也不那麼熱了。「外面有吉康他們，不會有事的。」

仙荷點點頭，下車後又囑託吉康一句，走進人山人海裡去了。

馬車一直馳出城門，最後馳入雕銜莊，停在火弩坊之外。

吉康先進去，不到兩刻工夫就跑了出來，身後居然跟著彩燕和畢正，所以他也不叫幫主了。「六姑娘，九公子不在。」

節南下車，握了握彩燕的手，奇道：「我以為妳早就走了。」

彩燕看一眼畢正，連打幾個手勢，臉羞紅。

節南驚訝得閉不攏嘴。「什麼？妳和他成親？」心眼忽刁。「不好。這人雖然有手藝，性子跟火藥似的，做事沒頭沒腦，保不准妳跟著他受苦。」

驚訝之後，節南想，彩燕暗中保護畢正多年，畢正多少也猜到是誰，如今知道彩燕是姑娘家，心意就不同了吧，這叫患難之中見眞情。

畢正欸欸叫道：「我今後什麼都聽彩燕的，總行了吧。」

節南對彩燕打手勢，告訴她的卻是，畢正這人脾氣雖爆，卻是個有血性的好漢子，自己和小柒都會祝福她，最高興的是不用和她道別，以後可以常常走動。

彩燕含淚，笑哭。

「妳和彩燕說什麼？」畢正懂一些手勢，但節南打得太快，根本跟不上。

「你在這兒幹嘛？」節南就不說。「你不是應該向工部報到嗎？」

畢正聳聳肩。「報是報了，工部如今也沒個作主的上官，推三推四，疑神疑鬼，我一火大，乾脆消了原來的官籍，到這兒給九公子做工了。」

節南嘆，本想跟王泮林比一比，她要能先救到畢魯班，就可以看一看追日弓的造圖，結果白忙一場，不但畢魯班跟了王泮林，還牽走了彩燕。

對了，追日弓的圖不重要——

「王九呢？」

畢正垂下視線。「沒在。」節南看看彩燕，彩燕搖頭，神色坦然。

彩燕是真不知道，吉康也不知道，但畢正心中有鬼！

節南笑了笑。「不在也沒辦法，你們都忙去吧，彩燕陪我去前頭雕坊看看。」

於是，吉康駕車走了，畢正在門口等人走光了才進石屋。

彩燕施展輕功，扶著節南從另一邊的牆裡跳出來，閃身進屋，正好瞧見畢正鑽入密門。彩燕瞪大了眼。

節南要笑不笑。「七夕宜悔婚。」到處找不見的人，她已猜到在哪裡。

彩燕重重一點頭，拉起節南，也進密道。

悄悄走上臺階，一看清上面是藏在山後的清幽天地，彩燕輕扯節南衣袖，眼裡驚奇。

節南來過，知道這是王泮林造那些鐵丸子地老鼠的地方。就像小柒拿來製藥的伙房，她從前的造弓小屋，都屬於絕對自我的領地。所以上回她來時，並沒有進去看。

「你怎麼又來了？」

節南忽然聽見一個女子的聲音，而且立刻聽出是誰，不禁挑眉。

音落。

畢正語氣頗不耐煩。「我找果兒姑娘，與妳無關。」

「阿升？」果兒的聲音傳過來。

節南聽著，瞇眼冷笑。敢情這地方，已經淪爲觀光勝地，什麼人都能到此一遊。不過，畢正仍用阿升的身分，並沒有告訴果兒他的眞正名姓，可見對果兒還有防備。

畢正道：「果兒姑娘，方才桑六姑娘來找九公子。」

「你告訴她了？」一下子著急的人，是音落。

留意到彩燕看她，節南看回去，眨眨眼。

「沒有。」畢正語氣不好。

果兒半晌才「啊」了一聲。「那位桑六姑娘，就是江傑提到過的、幫九公子管著工坊的姑娘。」

畢正道聲是。「只是回頭桑六姑娘若再問起，我就無法幫果兒姑娘隱瞞了。雖說多虧果兒姑娘在香州接應，我們才能順利逃回來，但當時說好，以追日弓的造圖作爲答謝。」

節南蹙眉，想不到果兒與畢正他們並非共患難，而是拿報酬的，拿的還是追日弓造圖。

「如今果兒姑娘既然拿到了圖，我與妳便兩清了。至於我答應果兒姑娘隱瞞這裡，皆因果兒姑娘說自己的落腳處若被人得知，會有性命之憂，所以不好告知桑六姑娘這處隱地。不過，我怎麼想，都以爲桑六姑娘不會對果兒姑娘不利，更何況她要見的是九公子——」

畢正話未說完，聽到「轟」的一聲，前方冒起黑煙。音落喊聲糟糕，往小河那邊的竹屋跑去。

果兒帶著命令的語氣。「阿升，你絕不能說出這裡，因我的性命與九公子的性命綁在了一根繩上，我不能冒險讓陌生人得知此處。」

「可我卻非陌生人。」節南走了上去。

畢正回頭，兩眼瞪成銅鈴，瞧見彩燕也跟著，臉就垮了，急忙跑到彩燕身旁，小聲告饒。彩燕沒理，跟著節南，亦步亦趨。她是一個不會將忠心掛在嘴上的人。柒珍救了她的命，她便一直像影子一樣跟隨，從沒有想過自己；柒珍去了，她已經自由，卻放不下節南和小柒，因她們是柒珍心愛的弟子，對她而言也彌足珍貴。

果兒身姿冷傲。「妳是何人？」

下巴朝畢正那兒一努，節南隨即淡然往小橋那兒走去。「我姓桑，家中行六。」

果兒輕喊。「舍海，給我攔住她！」

節南看著突站橋頭的手下敗將，心頭難免無奈。要是沒受傷，這個大力漢子根本攔不住自己。忽而一隻彩燕從旁飛過，對準舍海的肩頭踢去。舍海不遑多讓，一拳砸向彩燕的腿骨。兩人就在橋上打了起來。

畢正氣急。「果兒姑娘，快讓舍海住手，別傷了彩燕。」

節南一向輸人不輸陣，又知雙方功底。「你將要當丈夫的，怎能對媳婦沒信心？果兒姑娘的那位隨護身手不如何，彩燕足以應付。」

果兒驚詫。「阿升，你竟與大今女子成親？」

畢正不悅。「彩燕是北燎姑娘，而她即便是大今人，那又如何？」

果兒眉頭緊蹙。「尋常人自無所謂，你是能造追日弓的官匠，事關國之大義，怎能娶一外族女子？」

節南才覺這位果兒姑娘擔心得很不一般，但聽一聲長嘯。那嘯聲震耳欲聾，驚得她體內氣血翻湧，更別說不會武的果兒和畢正，一個捣耳抱頭，一個捧心蹲身，臉色皆發了白。同時，也震得橋上兩人住了手。

嘯聲突然中斷，換來一陣不羈大笑。「別住手，接著打！日日關在屋裡喝苦藥，看來看去幾張臉，正覺無聊，總算有件好玩事了！」

王泮林！

節南心道這人終於肯露面了，不過喝苦藥？爲何要喝藥？

她斂眸凝目，見王泮林一身華錦白雲衫，高髻插明珠，腰間掛名玉金珠，還有一只繡著海棠花的大紅香囊，手中唐劍寒光乍目。她笑想，這大概是認識王泮林以來，最像名門貴公子打扮的時候，卻見音落匆忙從一間竹屋裡跑出來，一邊喊著九公子，腰帶上跳動著同樣也是海棠花的香囊，笑容即刻隱去。

這算定情信物？

節南心中正要生出怒濤。

不料，果兒撞到節南的胳膊肘，卻只顧跑上橋，從彩燕和舍海之間穿過，下橋牽起王泮林的手，溫柔問道：「九郎要去哪兒？」

音落上前，拉開果兒，說自己是老太君作主許給九公子的人，讓果兒自重。果兒甩開音落的手，傲然告訴音落，九公子與她早有婚約。兩姑娘柳眉倒豎，肩頂著肩，互別苗頭，互爭高低，然後看王泮林完全沒搭理自己，雙雙拿出一張兔面具，趕到王泮林面前，齊心協力勸人回屋，看得節南心裡不但一點兒也怒不起來，還哈哈笑了出來。

好一場別出心裁的鬧戲，醜得讓她看不下去！

節南揚聲。「彩燕回來。」

彩燕輕輕一縱，回到節南身旁。

王泮林聽到節南的聲音，隔橋望來。節南挑眉，隔橋望回。

畢正絲毫未覺，趕忙對彩燕說「對不住」，卻讓啞姑娘嫌棄囉嗦，被示意噤聲。

音落則一見節南就大驚失色，但咬唇，頭微仰，堅定走到王泮林身旁，冷冷的目光睨過來。果兒卻彷彿想通了什麼，站立原地，左手摩挲著右袖，擺出觀望之姿。

節南全看在眼裡，突然盈盈一笑，轉身就走。

夠了，今日雖是七夕，她可不要來一場一對三的鵲橋相會。

「啊——」

音落的驚呼讓節南忍不住回了頭，正好瞧見王泮林大袖拋揚，將音落甩開七八步之遠。音落直接跌進橋下溪流，從頭髮濕到了鞋，狼狽得眼淚亂爬。

「這位……長得像月兔的姑娘，先別走，妳我從前……可曾相識？」

王泮林漆眸星亮，突如其來一笑，光華奪目。

從觀音庵中落了一懷的相思花開始，節南就怕一件事：王泮林和崔衍知打得天昏地暗、點了她穴、稱她兔子姑娘的時候，節南就有不好的預感。此時此刻，讓兩個女子搶來搶去的王泮林問她可曾相識，節南就知道這件倒楣催的事到底發生了。

丁大先生說過，王泮林有一回同他和醫鬼大戰一場，過後七日什麼都記不起來。這麼算起來，到這日已過了七日，王泮林的記憶還沒恢復，大概不是和崔衍知打得太興起，就是他的怪病變嚴重了。

想到這兒，節南嘆了三口氣，伸手一點不遠處的石頭。「書童，早瞧見你了，還不給我滾過來，說說這人怎麼回事，不然上家規了。」

王家家規很厲害的。

石頭後面冒出書童那顆小腦袋瓜，探兩探，知道躲不過霸王，磨磨蹭蹭走過來，目光不敢和節南對視。「我要先說好，不是我帶音落來的，是大先生讓我過來照顧九公子，她偷偷跟過來的，然後她發現公子記不得以前，就怎麼趕都不肯走了。至於那位果兒姑娘——」

書童往節南的影子裡躲一下，壓低了聲。「我來的時候，她就在了，自稱是九公子的未婚妻，還說九公子爲了她欠人三百金。結果江師傅說眞有這事，而且江師傅也知道她是九公子帶進工坊的人。」

節南好笑。「既然不是你把人招惹來的，你怕什麼？」

書童嘟嘴。「果兒姑娘可凶了，動不動就訓斥我們，也不知九公子看上她哪裡，伺候她就跟伺候公主一樣，要用什麼樣的瓷器盛膳，要用什麼樣的規矩擺桌，膳前用銀盤洗手，膳後用花汁泡手……」

節南心頭一動。「就算不是你帶她倆來的，你怎麼不告訴我？」留她一座空空南山樓，也沒個口信。

「我進來之後都沒出去過。」書童可委屈了，再往節南身後靠近些。「九公子變得異常奇怪，連自己是誰也想不起來，而且性情乖張。妳剛剛不也瞧見了嗎？丁大先生囑咐我們一定要按時送入湯藥，九公子不肯喝，爲了讓他吃藥，我頭髮都要愁白了。就這樣，他還動不動鬧著要出去，但丁大先生吩咐了不行，他不順心便扔那些火彈子撒氣，屋子都炸壞好幾間了。」

節南其實並非眞心怪書童不報信。「兔子面具又是怎麼回事？別告訴我這也跟你半點不相干。」

書童訕訕然。「九公子不吃藥，我實在沒轍，就戴上兔面具試著哄一下，哪知眞有用，九公子盯著兔子臉就把藥喝下去了。結果不用我說了吧，讓那兩姑娘一瞧見，把我帶來的兩張面具全搶走。不過這招用兩日就沒那麼靈了，九公子今日一早又鬧著要走，我好不容易才灌下半碗藥，他睡了不到一個時辰就醒了，還發這麼大脾氣。我不是躲妳，是躲九公子呢。」

「丁大先生也不幫著管管，任閒雜人等隨便進入？」節南剛從文心閣來，沒聽丁大先生提到一個字。

「我來以後，丁大先生給了我藥方和藥草，囑咐一番就走了，沒再來。」書童說說又一肚子委屈。「那兩位姑娘我當眞一個都惹不起，還好妳找來了。劍童，我想回府睡個覺，妳替我頂一日，明日我就回來，成不成？」

可憐的少年，數日不見，眞被折騰瘦一圈。

「回吧，明日你也不用來，我今日就把這兒拆乾淨，誰都待不下去。」節南揮揮手。

書童兩眼皮子耷拉，一聽節南讓他回家，哪裡還聽得進別的，一溜煙跑了。

節南又對彩燕那邊打個手勢，彩燕立刻拉著畢正就走。

橋這邊，只剩節南一人之後，她才重新看向王泮林，回答他的問題。「先別管我認不認識公子，公子身邊的兩位美人，我看著實在不順眼，請公子清理一下，你我才好說話。」

王泮林掃過狼狽的音落。「說是我妾室的這位姑娘，妳再不走，月兔姑娘就生氣了，而且我也不想再拋妳一回，請自行上岸走人。」

音落哭成了淚人兒，踢水上岸，對節南狠狠瞪了一眼，捣臉奔下臺階而去。

王泮林再看果兒。

果兒畢竟不是家養丫頭，大擺傲嬌。「九郎，江師傅已給你看過借條，你若不信，就請范大人來一趟。他能告訴你，你爲了見我，花費過多少心思。而你我在巴州訂下婚約，我千里迢迢找來，是你親自將我安頓此處，難道只因你瞧著那姑娘順眼，竟就趕我走嗎？」

王泮林眼底閃爍。「倒不是我要趕你，而是月兔姑娘說要拆了這裡。妳不走，也沒地方住了，不如去找江師傅安頓，等我想起咱倆的事，再來接妳也不遲。」

果兒撇笑，乾脆耍起賴來。「我就不走——」

一片銀光劃過。唐刀斜入土中一寸。

雖然距果兒身側三四尺遠，也嚇得果兒花容失色。她還不知王泮林會功夫，只當他拿著一把裝飾牆面的唐刀嚇唬人玩。

舍海正要下橋保護主人，忽覺腳下搖了搖。

竹橋在動，劈啪劈啪。

舍海往身後一看，那位怎麼看都長得不像兔子的姑娘，不知從哪兒找出來的斧頭，正砍竹橋椿子。竹頭和繩子做起來的竹板橋，本來就不怎麼牢固，讓她劈了幾下後，橋就散架了。

舍海後仰摔下去，起來就懵坐在溪裡，好像撞到頭。

王泮林拔起唐刀，對準摔懵的舍海就刺。

果兒大叫住手，咬牙扶起舍海。「走就走！王泮林，你寧可選個野丫頭，也不要我給你的這個機會，你將來一定會後悔！」

王泮林目送兩人，直至他們的身影消失，轉而深深凝望節南，半晌長嘆。「七夕鵲橋來相會，今日這裡盡妳拆，我卻還打算和妳在橋上看星河的。」

先看音落和果兒得意團團轉，再聽書童抱怨連天，節南要不是親眼所見、親耳所聞，就憑王泮林此時說話的語氣，心底又狐疑起來。

這人哪裡性情大變？

「橋斷，緣斷，我尚不知自己是誰，妳卻是要棄我了？」

劍光如新月，映入王泮林的眼，忽幽忽明，霎時彈淚。

節南驚紅雙目。

忘都忘了，他哭什麼?!她才想哭啊！

陽光鋪灑，月光握在手，山坳裡無風，只有山上松濤聲聲，喧嘩流轉。

王泮林伸手摸到自己眼裡彈出的那滴淚，完全不知所以然。

數日前，他一覺醒來就在這兒了。

不知道自己是誰，不認得任何眼前晃動的面孔，聽那位丁大先生說他得了一種失憶的怪病，聽那名少年書童說他是安陽王氏的子孫王九郎；聽那兩個女子，一個說是他的妾室，一個說是他的未婚妻。有著他字跡的借條和信件，還有他常用的物什、他常讀的書，以及他造過的火弩火器，這幾日加起來，可以開一間舖子，可他一點熟悉感也沒有。

每日吃四回湯藥，仍是什麼都想不起來，反而愈來愈覺得全身乏力，一日裡睡過大半日。這麼三四日之後，他便不肯吃藥了，懷疑自己被一群人聯手欺騙，其實卻是幽禁。這些人爲了不讓他出去，在湯藥裡動了手腳，所以才使不出力氣。而他不吃藥之後，身體果然大感不同，一拍桌子就散，一揮劍就能劈裂山石。

他本來可以就此走人，那書童卻戴著兔面出現，終於讓他抓住一縷記憶。老氣橫秋的，活潑搗蛋的，委屈生氣的，破涕爲笑的，一張張面容，一張張身影，在他混沌的腦海中清晰浮現，均是同一人。

書童說他還有個劍童，還說他一向偏愛劍童，就連親手做的第一張兔面也是送給劍童的，所以等劍童來了，也許就能幫他記起過去的事。

他信了，爲了恢復記憶，明知音落刻意戴面具想引他踰矩，他也忍下了削斷她脖子的念頭，直至今日才把人丟進溪水裡，小懲大誡。相對音落的急切，那位果兒姑娘，同樣想對他動之以情，卻讓他感覺到了一絲不尋常。此女只想利用他而已，雖不知爲了何事，但也絕非兒女情長這麼簡單。

如此又過了幾日，兔面具再喚不出更多熟悉感，心中愈發煩躁，體內氣流亂沖，令他遏制不住想要破壞些什麼，才似乎能抓住些什麼。

然而，此時此刻，月兔姑娘終於從片縷的記憶幻化成真，王泮林感覺總算可以撥雲見日，正想向她問個明白，卻讓她那只斧頭一頓劈，連他的心都劈開了一樣，疼得掉出這淚來。

「告訴我妳的名字。」王泮林望著對面驚紅了雙目的姑娘，左手撫著袖子的裡邊。

她和他記憶中的少女不一樣，卻又分明是那個少女。

她是他心裡無底的黑洞中唯一一簇火焰，但她似乎對他淡然，要不是他以音落引她回眸，她早已調頭而去。而她劈橋亦無情，並非要對付舍海，倒像借此同他畫清界限一般，讓他生氣。生氣之後，卻是深深的失落和恐慌，恐慌忘卻所有的自己抓不住她了。

「男兒有淚不輕彈，就算一滴也是淚。」節南望著斷橋那邊的王泮林，眼角還熱，心頭難平，對於劈橋全無反省的意思，不答反問：「我還沒哭，你哭什麼？」

「我問姑娘名姓，姑娘爲何顧左右而言他？莫非我得罪了姑娘，姑娘正好趁我想不起以前的事，裝不認識我，還劈橋以示恩斷情絕？」

王泮林這幾日茫茫然不知前塵往事，更不知接下來何去何從，如今突然見到自己覺得可以全心信任的人，而且心中止不住流溢歡喜之情，隱隱明白自己待這姑娘與眾不同，哪知這姑娘眞跟兔子一樣會跳，難以捕捉，怎能不心浮氣躁？

節南葉兒眼就笑成了彎月。「沒錯，我就是瞧你左擁右抱，心裡不爽快，把竹橋當鵲橋劈了，怎麼的？不過你放心，我可是你小姑奶奶，既是長輩，幹嘛裝不認識侄孫——」

大袖如鵬翅，王泮林騰身過斷橋，華錦似白雲，直落節南眼前。

「我不跟你打架，你點了我的穴，害我受了一箭，這會兒還頭昏眼——」節南上身往後倒，剛要退開腳步。王泮林左臂繞過節南的背，捉緊她的肩，右手托住她腦後，讓她不能退開，一俯頭，四唇相貼。

節南雙手抵著王泮林的胸膛，感覺他的心彷彿在她手心裡跳躍，比起觀音庵中隔著兔面的戲吻，她這時卻覺自己化成了水，指尖發涼，全身發顫，想推卻使不出半分力氣，只能閉上眼，任這人將灼熱的體溫傳了過來，還有他狂肆的溫柔。

不知過了多久，王泮林的唇沿著桃紅面頰滑到燒紅的耳邊。「桑節南，桑小山。小山啊小山，我眞愛喚妳的名。」

節南終於能推王泮林了，呼吸隨心跳起伏急促，手背壓著嘴唇。

「你……你想起來了，還……還……」

王泮林伸手過來。節南哪能再讓他偷親自己，忙不迭退開。「你敢！」

王泮林手臂長，輕輕捏一下節南紅彤彤的臉頰，好笑道：「小姑奶奶，侄孫不敢，只是讓妳看一眼我這衣袖裡邊，妳就知道冤枉我了。」

心擂如鼓，只要這姑娘稍加留意，就會發現他的緊張。

節南一邊「戒備」，一邊夾起王泮林的袖邊，翻開一看，起先大呆，隨之好氣又好笑，最後斂起笑容。

一眨眼，左袖子抹過去，再一眨眼，右袖子抹過去，但很快眼淚掉得比眨眼還快，袖子再也接不住，還是哭花了臉。她擤著鼻子抿著嘴。「我最討厭當人面哭了！王泮林，你能不能少招惹我？這天底下還有比你更厚臉皮的人嗎？」

王泮林的袖邊裡，繡著一副對聯加橫幅。

對聯兩句：月兔爲我一人獨養，節南是我一人小山。

橫幅四個字：打死不放。

崔衍知曾讓王泮林同節南畫清界限，王泮林正是如此回答了崔衍知：「月兔歸我一人獨養。」

那時，王泮林已經記憶模糊，卻看到了袖子上繡著的話，才始終「死咬著」節南不放。

「所以，妳不是我小姑奶奶。」王泮林抬手，拇指輕柔抹去節南的眼淚。

節南張張嘴，嗤一聲。

「所以，妳以爲我左擁右抱，生氣了，吃醋了。」

節南張張嘴，哼一聲。

「所以，妳其實，是我的妻。」

節南嚇得嘿喝。「不是！」

24 追究桃花

女兒家們拿下泥娃娃，收起小金蛛，過完乞巧節的時候，吏部出了一大張人事調動的名單。這是遷都之後，南頌朝廷最大的一次官員變動。

工部以尚書譚計為首，一半官員調出工部，或外派、或派往清水衙門，十年內基本就和升官無緣了。新任工部官員中，郡馬劉睿赫然在冊，官職不大，卻是一份實差的掌記官。

另外，趙府經歷三個多月的沉悶，這日終於揚眉吐氣。趙琦是這批平調或貶官當中的特例，不但留任工部，還升任了侍郎。消息一傳開，趙府上下精神抖擻，將每個角落拾掇得一塵不染，沒幾日趙琦就帶著桑浣和一對小兒女，高高興興回來了。

當日，趙琦去吏部領任命，桑浣把節南叫到主院。

這些日子發生了這麼多事，節南早準備挨上桑浣一頓訓斥，卻想不到桑浣從容得很，還給她大包小包的土產，像個真姑姑似的。

桑浣看節南眼神探究著自己，怎能不知她心裡想什麼。「這麼看我做甚？門主讓我功成身退，從此可以安心相夫教子，我高興還來不及。而妳既然不要命都要脫離神弓門，我這個隱退的小師叔還能把妳如何？」

桑浣失勢，對節南而言，是必然的結果，只不過她還不會掉以輕心，趙府就剩這人沒拿下了。

「姑母苦心經營的舖子店面都成了沉香的，神弓門是否當真讓妳閒退也未可知，我倒不怕妳把我怎麼樣，卻擔心神弓門會把妳怎麼樣。」

桑浣一笑。「我從未將那幾件舖子店面眞當了自己嫁妝，論起錢生錢的本事，連妳師父都不及我。」

節南馬上明白了，桑浣另外有賺錢的門路。「那就好。」

「與其擔心我，不如擔心妳自己。除了讓我卸下分堂事務，門主並未提及妳和小柒。不過，妳在海煙巷和沉香鬧翻的事，我已略知一二，以沉香的性格，勢必不會善罷甘休。我猜她下一步，會讓我趕妳出府，讓妳失去趙家這個靠山。」

節南有些詫異。「姑母這是給我通風報信？」

桑浣目光沉著。「妳有盛親王撐腰，金利撻芳不會妄動，但沉香卻任性驕縱，撒起潑來，我也扛不住。」

節南呵然。「原來姑母以爲盛親王看上我了。不知那幾間舖子當中，誰是姑母的死忠，連盛親王給我撐腰的事姑母都知道了。」

桑浣當然不會說，但問：「盛親王沒看上妳，爲何允妳退出神弓？」轉念一想。「桑節南，妳不會眞自己掰裂了牌子，卻假借盛親王之名？那可是找死了！」

「姑母放心，盛親王親口允的。至於沉香，姑母猜對了，她前幾日派年顏送來一封信，讓我主動搬出趙府，否則就要向官府揭穿我是兔幫幫主的身分，當我是江洋大盜呢。」

桑浣沒有驚訝，或者已經驚訝過了。「說到這兔幫，我也挺佩服妳。爲此，沉香特意寫信給我，說妳在我眼皮子底下建兔幫，我竟半點沒察覺，問責我是否包庇了妳。」

節南淡道：「同姑母說句實話，這兔幫我也就掛個幫主的名，並非我所建。」

「事到如今，說這些已無意義。我與妳們同門緣分已盡，但將妳們逐出趙府，也不是沉香那沒腦子的丫頭想得那麼簡單的。妳們在我這兒住了半年多，都城有頭臉的官戶，誰不知妳們是我侄女？妳們自己出去也罷，我趕妳們出去也罷，我和老爺怎麼都逃不了虧待妳們的閒言碎語。」

節南「啊」了一聲。「還以爲姑姑打算背著神弓門幫我，卻還是爲了幫趙家。」

桑浣神情不動。「那是自然。神弓門我得罪不起，至於妳呢，從前我還能拿輩分壓著，如今妳翅膀硬了，我已無力管束。妳當我不知嗎？妳一直拉攏雪蘭，不但讓她重新振作，還爲她和朱紅牽線，令她對妳心存感激，從而能夠牽制我。」

節南垂眼。「姑母若不改初衷，還是認爲相公兒女最重要，那麼雪蘭以及朱紅這個能幹的女婿，就都是姑母的家裡人。沉香今日能要脅公開我的事，明日就能公開姑母大今密探的身分，姑丈如今升了工部侍郎，金利母女怎可能任姑母眞逍遙。家裡人，還是門裡人，姑母總要抉擇。姑母難道仍以爲，我是爲了自己才挑唆妳？」

桑浣回到鄉下之後太悠閒，終於想明白節南的布局，可惜太遲了，趙府雙主母已然定勢。

桑浣還擔著分堂事務時，不知大今那邊勢態，對有著盛親王這座靠山的神弓門不敢有叛離之心。然而，看節南這回分立出去，盛親王反而成爲助力，就讓她有些明白，神弓門恐怕不如從前那般受盛親王的寵了。如此一來，她的心思，就比節南剛到趙府那時，活泛得多。

「時候到了，我自己會有數，不用任何人多說。只是我這人，就爲自己著想罷了。我會告訴沉香，兔幫幫主要是從趙府裡逮出去，我這個神弓門人也會暴露，分堂可能被南頌官廷連根拔除。」其實桑浣也鬱悶，這麼明顯的後果，還要自己去提醒沉香。「不過，拖得了一時，拖不了一世，妳不可能借趙府藏一輩子。我叫妳來，就是提醒妳，若不想受我這個姑母的逼迫，還是早些自謀出路。妳我只要保持姑侄的身分，許多事我就能替妳作主。沉香想不到，門主想得到，眞到那時就太遲了。」

回到青杏居，節南坐在石桌前，若有所思。

「妳姑母找妳說什麼？」一隻漂亮的手，推了一杯茶過來，青袖擦過石桌面。

「讓我盡快自謀出路。」節南拿起茶杯喝一口，嗆到。「怎麼這麼苦？」

「藥。」青袖連青衫，青衫人生了一雙漆夜的眼，淡笑起清風。姓王，排九。「這地方雖小，住著眞挺舒服。」

「也不想想我費了多少心思才能整得挺舒服，結果住不到一年，還沒等到鄰居，就要換地方了。」節南把藥喝得乾乾淨淨，省得「黃連無窮」。

至於王九嘛，在青杏居賴幾日了，仗著失憶，打死不走！

寧拆一座廟，勿拆一座橋，尤其七夕的時候。

王泮林對終於露面的丁大先生說雕銜莊沒法住了，又不能讓別人看出他失憶，不好回南山樓。丁大先生就讓節南想辦法，先說鮮少人知王泮林是他大徒弟，不能帶回文心閣住，又直接誇大說她既然把那地方拆了，就應該對王泮林的起居負起責任來。面對這對強大的師徒，節南那點小口才哪裡夠用，最後只好乖乖把人帶到她的青杏居。

好在之前收留過赫連驊，雖然這回收留的人更加了不得，但仙荷碧雲她們很快便淡定了，一如既往幹好院子裡的活。

只因這位了不得的安陽王九不願意扮作丫鬟，仙荷乾脆關了院子的大門，碧雲每一刻都會繞一圈院牆，以防其他人闖進來。

「九公子，您的湯藥好了，請趁熱服用。」仙荷小心翼翼端上藥盅，放上帕巾，恭首退立一旁。仙荷一直感激王泮林救她一命，還幫她安置到趙府，這回終於能夠有機會略盡報答，從端茶遞水到煎藥送藥，事事親力親爲。

別人看著可能有些過於殷勤，節南卻瞭解仙荷的心性。滴水之恩當湧泉相報，一滴水，還一眼泉，報恩本就是一顆純心而已，只是有些人拿著報恩當幌子，其實心思並不單純，才有了以身相許這種莫名其妙的報恩之法。仙荷對王泮林的感恩，並不摻一絲雜質。

而她桑節南，也不怕別人對王泮林起不純心思。說實在的，王泮林大好年華，出身名門，長相俊美，氣質貴傲，吸引不了女子的目光反倒奇怪了，她要是見一個疑一個，還不累死自己。再說，她和王泮林縱是親密得有些過頭，只要不及談婚論嫁，她也沒立場管他的桃花。

節南思及此處，不由想到那個音落。「書童今早急匆匆過來，說音落怎麼了？」音落這朵桃花，卻配不上王泮林，她眼裡實在容不下。

節南絲毫沒有自覺心生醋意，王泮林卻立刻心情大好，原本不情願喝藥，也積極喝完，渾身氣散也不以為意。

「不過就是在祖母那裡哭告妳這個劍童一狀，然後暈死了過去，祖母就差使書童找妳去問話。」那個音落，出乎王泮林意料，竟還能生事。

「告我家六姑娘什麼？」節南還沒好奇，仙荷先好奇起來，一副要拿小鬼的架勢。

「把妳是趙府表姑娘的身分捅了出去，說妳一個千金小姐不知禮數，仗著自己學過一些劍術，與我廝混，又心胸狹隘不能容人，罰她看管魚池不說，還見不得她服侍我，故意害她落水，心懷殺意……」

仙荷蹙眉。「這話雖說誇張，但六姑娘充作九公子的劍童卻是事實，只怕老夫人會往歪裡想。」

「對她心懷殺意？」節南神情無憂。「那我下回就只能要她的命了。畢竟，我的心都想殺她了，她還能活著，教我這面子往哪兒擱？」

仙荷沒有節南那般樂觀。「我的好姑娘，那是安陽王氏的大宅，不是海煙巷、觀音庵，說不通就動手的那一套放不進去。」

「為何放不進去？」節南和王泮林，異口同聲。

仙荷立啞，失笑。「好，當仙荷多嘴，安陽王氏家裡不用講規矩，誰能打誰就贏。」

王泮林拿起帕巾擦過嘴。「我並非此意，動手之前還是要說說規矩的，只不過若是非顛倒、黑白不分，那就不用囉嗦了。即便是我祖母，也不能不通道理，任一個丫頭信口開河。」

節南點頭道沒錯，一指王泮林。

「是音落服侍的這位公子爺推她下水的，她胡說八道，我怕什麼？」

仙荷掩嘴笑，再無半點煩惱，撤下空杯空碗，識趣退開。

節南突然撐桌近瞧王泮林。他也不問她這麼瞧他有何意，反而托住她的粉腮，湊得更近了，與她額頭相貼。

節南嚇坐回去。「我就想看你心不心虛罷了。」

「心虛？」王泮林笑眼深望。

節南撇開視線，感覺讓他望得燥熱，乾咳清嗓。「你其實已經恢復記憶了吧，不然怎知你祖母會如何？」

丁大先生說，崔衍知不能與他或醫鬼的功力相比，所以觀音庵前那場比鬥並不會令王泮林耗盡內力。即便失憶，十有八九還是會恢復，只不知這回需要幾日。而王泮林在青杏居已住三日，失憶滿了十日，說不定什麼時候就想起來了。因此，節南時刻留心，怕這人從眞失憶變成裝失憶，自己又被耍得團團轉的。

王泮林搖頭。「沒有，只覺既爲長輩，就該不偏不倚，不會像仙荷所擔心的，找妳過去就是一通責罰。」

節南信了。「確實，你祖母挺通道理。」那回看蘿江郡主到王家抓薛氏，那位老夫人頗有氣量。「不過那個音落對你苦苦糾纏，似是眞心喜歡你，可你以王九的身分回家也才半年，並無特別傑出之處，她這番不顧一切的傾心實在有些突兀——」節南沒說下去。

這三日，她雖同王泮林說了不少事，但不包括王希孟。

「無論音落有何理由，這般巧言令色，無恥欺騙，就不值得同情。要不是妳身上有傷，我還眞想同妳一起去一趟，當著祖母面將她趕出王家，省得再生波折。」王泮林眼底幽冷，見節南盯著自己，抬眉問道：「怎麼？」

「丁大先生曾說，你若忘卻以往，其實也是失去自我。而今我覺得他說得不對，此時的你才是眞正的你。」

王希孟的溫柔、謙遜、沒有瑕疵的明華，只是王泮林展現出來的最美好的一面。

王泮林聽了，有些不解其意，卻只關心一件事。「失憶前，失憶後，妳喜歡哪一個王泮林？」

「我喜歡──」節南突覺圈套，急忙轉換。「你說，我往哪兒搬呢？」

王泮林失憶之前是厚臉皮，失憶之後是沒臉皮。「這有何爲難？書童今日還拿來了家譜，等我背出來，妳就隨我搬到南山樓。」

節南沒好氣，才想呸他，碧雲就進了院子。

「崔府來了人，要接大姑娘和六姑娘過府一趟。」

節南便帶碧雲走了。王泮林站在伙房外頭，喊聲「小柒」。

柒小柒走出來，四下看看。「小山呢？」

「到崔府去了。」王泮林招手。「我要去萬德樓吃酒，妳去不去？」

柒小柒高興了。「去，去！因爲九公子來了，小山都不讓我出門，悶死我了。」

王泮林讓仙荷備了馬車，帶柒小柒到了萬德樓。

大掌櫃親自來迎。「九當家可來了，客人們一直在問您何時到。」

王泮林點點頭，上了茶樓二樓，走進包間。包間裡坐著歐四，一見王泮林進來，就站了起來，抱拳行禮。

王泮林剛要招呼，卻被柒小柒拉出包間。

柒小柒上上下下打量王泮林兩遍。「你，你！該不會恢復記憶了吧？」

「多虧小柒妳給我扎針。」王泮林知道柒小柒最愛聽什麼話。「昨晚上還糊里糊塗的，今早起來突然想起不少前塵過往。」

柒小柒睫毛扇兩扇，得意的小模樣就冒了出來。「臭小山一開始還不讓我給你扎針，說我把人給扎結巴了，別再給你扎出什麼毛病來。哈哈，等會兒回去堵臭小山的嘴。」

王泮林手裡多出一張紙。「小柒啊，雖然我記憶恢復了不少，不過並未全恢復，還要多喝幾日妳的藥。這是十二做百香豆的祕方，他不肯告訴妳，我這兒有，只要妳幫我同小山保密——」

柒小柒搶過紙去，打開一看，眼睛發光。「保密，保密。九公子只管在青杏居住下，臭小山嘴上趕你，其實不知道多高興早晚有個俊哥兒在眼前晃呢。」

「剛恢復了些，手頭要處理的事不少，我又不想找文心閣的人，暫時要麻煩小柒妳隨我走動。妳也知道，我服用的湯藥專爲散氣。」王泮林知道，這姊倆愛看俊郎，不過光說不練，心思其實單純得緊。

柒小柒是看著丁大先生的藥方爲王泮林抓藥的。「怎能不知？沒問題，你到哪兒我到哪兒。」從成翔起，柒小柒就是特別旺他運的福娃娃，王泮林吩咐夥計給柒小柒上一桌萬德樓的招牌點心，這才再進了包間。

歐四見柒小柒沒進包間，反倒坐在門前一桌，就知是幫忙守著的，暗道王泮林眞夠謹愼，自家樓裡還多放一雙耳目。「不知幫腦竟是萬德樓當家人，歐四有眼不識泰山。」

王泮林坐下，也示意歐四坐。「兔幫不會爲非作歹，更不會一直以假面示人。歐四爺既能下定決心來見我，我自然要顯示自己的誠意。」

歐四語氣中卻有些遲疑。「當初幫腦邀我加入貴幫，似只邀我一人之意？」

王泮林反問：「聽你的意思，你想帶人進我幫？」

「是。」歐四眉峰攏起。「我無父無母，得長白幫主看重，將幫中賭場和當鋪的營生交給我管，為我做事的兄弟少說有百來人，我怎能拋開他們，只想著自己？」

「其實我並非不懂歐四爺的難處，只是一面有長白的前車之鑑，一面是我幫幫主不喜濫招幫眾，貴在精不在多，更何況我幫不是長白，今後大抵不會走長白的老路，黑吃黑。」王泮林和節南商議過，雖然目前尚無定案，兔幫肯定不會碰賭場和高利貸，也不會強行徵收保護費，與江賊這類人勾結，逢錢就賺那麼黑心黑肺。

「長白原本也只做正經營生。」歐四知道幫眾氾濫的弊病。「只不過名聲做大了，很多事就身不由己了，就像一駕跑起來的馬車，停不下來。」

「的確如此，所以我幫才要另闢蹊徑，既要跑得快，又要跑得穩，還要跑得了遠途。」王泮林不慌不忙。「這樣，我也不讓歐四爺白跑，請歐四爺幫我們做件事。若這事做得好，我再跟幫主商量商量，看能否讓歐四爺帶幾個親信過來，還幫歐四爺安置好你那些兄弟們。」

對方退了一步，歐四也不死倔。「好，只要我能做得到，請幫腦吩咐。」

王泮林蘸著茶水在桌上寫字，寫一個就讓歐四記住一個，等歐四全記住了，字跡都乾去不見，才道：「歐四爺人稱小財神，有沒有法子把這幾家舖子弄垮，裡頭的人再不能在三城立足？」

歐四沉吟，抬起眼，信心十足。「能。」

王泮林淡笑。「那就先謝過歐四爺了。」

再說節南，與趙雪蘭進了崔府，這回沒能到牡丹菜園裡享受華麗的田園風光，只在一座普通的花園裡，同崔相夫人喝茶。

她本以為這位夫人又要恩威並施，一邊敲打她和趙雪蘭繼續幫崔玉眞保守祕密，一邊再許些好處。誰知崔相夫人竟提都沒提崔玉眞錯愛那事，只恭喜趙雪蘭成親，再贈一份賀禮，然後就放她們見崔玉眞去了。

趙雪蘭沒多想，畢竟崔相夫人上回那警告只說給了節南一人聽。節南卻感覺崔相夫人已經篤定了女兒的婚事雷打不動，所以腰板能挺得筆直。

忽然，豆童跑過來行禮。「我家五爺請桑六姑娘說話。」

趙雪蘭瞧瞧節南，目光好不疑惑。「要不要我陪妳一道？」

「不用，碧雲跟著我就行了，妳先去玉眞那兒，我稍後就來。」

節南已經估計到了，崔衍知沒跟她商量，就撒了彌天大謊，如果還能事後道歉，她會大人有大量的。

跟著豆童，走了好一段路，七繞八彎，才見崔衍知等在一道拱門下。節南還沒說話，崔衍知就拉她進了門後的園子，碧雲卻被豆童攔在門口。

節南聽碧雲喊六姑娘，回頭對她揮揮手，讓她等著，然後抽出那只讓崔衍知抓住的衣袖。「姊夫的傷都好了？」

崔衍知猛然立定，也不轉身，背對節南。她不以爲意，橫豎這人老是傲驕。「雖然沒想到姊夫編謊的本事這麼高，也不問我願不願意，就說我是陪著你六妹上香的閨友，不過看在你特意找我來道歉的份上，我就不跟你計較啦。」

崔衍知回轉了身，目光沉沉看著節南。

節南開始覺著不大對勁了。「一大早上的，姊夫沒去御史臺，又休沐？」

「我不是你姊夫，也不想當你姊夫。對妳動了心，該如何是好？」

要麼不吭聲，崔衍知一開口，在節南腦袋裡打了九十九道雷！

碧雲悄悄瞄著節南，總覺得六姑娘神魂不定的樣子，腳下絆了好幾回，要不是讓自己眼明手快拉住，眞不知摔得多狼狽。

當時，她看得很清楚，六姑娘說了兩句話，崔五爺回身說了一句話，六姑娘就快步走回來，帶著她離開了。眼看六姑娘沒瞧見臺階，碧雲趕忙拽回她幾步。「我的姑娘欸，那位五爺到底跟您說了什麼，讓您腳底飄忽的？」

節南還沒回神。「大概是喜歡我的意思，讓我幫他拿主意呢。」

碧雲眨巴眨巴眼，突然瞪圓了，小結巴，大聲道：「欸?!崔……崔相家的五公子，那個傳聞中特別清高、不近女色、有人懷疑可能有龍陽之癖的崔五郎崔推官崔大人，跟六姑娘表……表了情？」

節南終於醒了神，摀住碧雲張得大大的嘴，看看四下。「小聲點兒，讓人聽了報到崔相夫人哪裡，咱還能活生生走出崔府嗎？」碧雲唔唔點著頭，表示知道了。

節南放開手，自己雖然先說漏了嘴，但這種事，除非崔衍知發夢，不然只要他是認真的，肯定還會有後續。別說碧雲，說不準還會鬧到崔相和崔相夫人那裡，壓根瞞不住。

驚訝過後，碧雲卻從小結巴變成小得意。「我就知道咱六姑娘不比那園子裡頭的明珠佳人遜色，這不，崔左王右，兩家的公子都追著咱六姑娘跑。等將來姑娘嫁了其中一個，我也出了趟府，說起服侍過六姑娘，得多有面子啊！」

節南作勢敲碧雲的小腦瓜，嘖嘆。「我還沒得意呢，妳個小丫頭得意什麼勁兒。」

「當然得意啊，雖然知道六姑娘會心煩。」碧雲吐吐舌頭。「不是說一人得道雞犬升天嘛。」

這話還能用在這上頭？

節南笑個不停，九十九道雷總算打過了，只剩轟然迴響，能暫時放一旁，迎著來接她的兩個小丫鬟走了過去。

桌上鋪展著一幅畫，崔玉真正同趙雪蘭一起比照著，調一種青綠色。自從崔玉真重遇孟元，節南還從未見過崔玉真這般愜意的神情。

崔玉真臉色仍顯得有些病白，瘦也是瘦，然而臉上浮著一絲輕淺笑意，終於不再辜負明珠佳人的稱號，到八月十六大婚那日，應該會恢復昔日回眸百媚的傾城國色。

崔玉眞抬頭瞧見節南，笑意微微深了些。「聽說五哥找妳說話，不會是因爲觀音庵的事責備妳吧？」

明知觀音庵前只有兔子沒有她桑節南，但受了箭傷的卻是她桑節南，沒兔子什麼事，崔玉眞要是猜不到她和兔子的關係，就不可能讓人稱之冰雪聰明。這姑娘或許因孟元盲目過，一旦恢復目力，絕非好糊弄之人。

不過，節南也是裝腔作勢的高手。「怎會？五公子問問我的傷勢罷了。」

崔玉眞的視線落在節南肩上，語氣方才顯了眞切。「聽說那一箭射得很深？」

節南客氣。「還好。」

節南也只能客氣。她和崔玉眞，性格不合，八字不合，每回出事，都有王不能見王之逆骨感，儘管對方似乎沒察覺，但她確實屢屢因崔玉眞遭到血光之災。

節南淡然一福身。「恭喜玉眞姑娘與拾武狀元即將喜結良緣。」

崔玉眞神態自若。「多謝。」

節南抬眼，與一旁的趙雪蘭對上目光。趙雪蘭也挺詫異崔玉眞的從容，她比節南早到，卻沒敢提這樁婚事，怕破壞崔玉眞這份難得平寧的心情。

「妳倆不用交換眼色，我既非假裝客套，也沒有打著幌子想逃跑之類的心思，只是接受了而已。」崔玉眞繼續垂眼調青。「若此生與我愛的人已經緣盡，那就嫁一個愛我的人，周圍人也皆大歡喜。」

節南不知說什麼，而趙雪蘭是小婦人了，會說話。「玉眞姑娘想得好。姻緣之事天注定，世上很多夫妻，相處之道各不同，好比我同相公，因緣際會成了親，如今卻過得很好。」

崔玉眞頭也不抬。「是啊，看妳也罷，看蘿江郡主也罷，日子都過得好好的，我想我也不會過得太差。不管怎麼說，延昱他……」聲音一頓。「……待我極是眞心。」

趙雪蘭笑點著頭。「瞧延大公子送來的這些難得一見的珍品彩料，就知他待玉眞姑娘有多用心。」

崔玉眞忽然擱了筆，似自言自語。「難得一見的珍品有何用？怎麼都調不出我要的顏色來。」隨即笑望節南和趙雪蘭。「算了，我不想畫了，咱們去剪些花枝插瓶。今日請妳倆來，其實是想請妳們八月十六過來送我出嫁，也算是最後一次伴讀吧。」

崔玉眞離開畫桌，節南反而走向畫桌。她回過頭，瞧節南拿起一支乾淨毛筆，笑得有些虛氣。

「妳倒想塗鴉——」

音尾消聲，崔玉眞怔看著節南，不但調出了和原畫一模一樣的青綠，還將那一小幅山水一氣臨摹出來。趙雪蘭也看呆了。

節南放下筆，對發怔的崔玉眞道：「玉眞姑娘，我可否將這幅臨摹帶回去？」

崔玉眞難掩驚詫神色。「妳原來會畫？」

節南五指輕觸原畫。「玉眞姑娘既然覓得良緣，有愛妳之人呵護備至，我也就不瞞著妳了。我一直仰慕七公子，從小背摹他的《千里江山》，對這幅他的小綠山水，自問還能做到一氣呵成。我眞羨慕妳，手中還有他的眞跡，雖然身爲他的未婚妻，連他的青綠都調不出來。」

崔玉眞忽然臉紅，怒紅。「桑節南，妳竟敢欺騙我！」

節南自覺拿起摹畫。「玉眞姑娘不要動不動就發大小姐脾氣，從一開始我就跟妳說過行不通。我和其他人不一樣，不求妳施捨我什麼，所以不會看妳臉色。我沒有欺騙妳，只是沒有告訴妳，而這天下仰慕七公子的人多了，並非罪過。反倒是妳，一向我行我素，卻又如此自私自利的行爲，到了今日，明明享受著那麼多人的愛護，還在那兒自怨自艾的，實在讓我不想忍妳。」

伴讀？送嫁？脫離神弓門，桑浣都只能乾看著，她桑節南還會再給崔玉眞當陪襯？

可笑！

節南聲音徹寒。「成親一事，玉眞姑娘能想開最好，我今日確實眞心來賀，但與玉眞姑娘的交情，就到此爲止罷。」

25 淺夢思狂

節南走得快，坐到車上好一會兒，趙雪蘭才上來。

「她可對妳撒氣了？」節南問。

趙雪蘭搖頭。「沒有，眼睛紅紅的，我也沒好馬上跟著走，稍等了一下，她還是問我出嫁那日能不能陪她。」悄眼看節南的反應。「我答應她了。她好像也沒什麼好友，又與家裡妹妹們年齡差得多；而我是過來人，新娘出嫁那日其實很寂寞很緊張，有個說得上話的陪著，那就好多了。我出嫁的時候，是妳陪著的。」

節南淡笑。「我怎麼覺著自己是去看妳好戲的？」

趙雪蘭一臉悠然。「我知道妳這人口硬心軟，隨便妳說，是好是壞我自己會看著辦。」

節南挑挑眉。「我也隨便妳。」

趙雪蘭說回崔玉眞。「妳是眞跟玉眞姑娘絕交了嗎？」

「談不上絕交，我本來就與她不是一類人。起初因爲姑母才陪伴她，後來碰巧撞到她與孟元的事，共用她的祕密，連妳不也和她親近了不少？」

趙雪蘭輕輕頷首。「的確如此。」

「明明被太多人寵壞了，卻總是淒淒慘慘、缺人愛似的，讓孟元花言巧語騙得奮不顧身，眼盲了一樣看不清眞實。索性這輩子不嫁也罷了，結果孟元才消失，就東抓一根浮木、西抓一根稻草，抓著了還好似是她對人施恩、延大公子欠了她的才是。」節南忍無可忍。「橫豎她嫁定了，姑母也用不著我攀崔府這根高枝，而我對她處處看不慣，根本成不了朋友，還是講清楚得好。即便如此，我也虛僞了這麼久，自己沒好到哪兒去。」

趙雪蘭嘆口氣。「妳這人真是敢愛敢恨，只是我做不到妳這般灑脫。」

「妳與崔玉真挺聊得來的，對她也是真心同情，和我這個假惺惺的壞人不一樣。」節南嘻嘻一笑。「想繼續來往，就來往著唄。延府就在趙府隔壁，等崔玉真嫁進去，和妳還是鄰居，住得那麼近，多好。」

趙雪蘭尚不知此事，訝異道：「原來隔壁那幾戶人家是讓延家買下了？」

節南道是，眼中促狹。「妳這位工部侍郎之女，和樞密使、懷德郎、宰相千金做鄰居，感受如何？」

趙雪蘭笑不出來。「不知道，只知妳方才那番話聽得我心裡發悶，總覺得崔延這回聯姻也未必盡善盡美。玉真姑娘對孟元哪兒那麼容易忘卻，不知婚後與延大公子能否和睦？」

「唉唷，妳這是幹嘛呢？媒婆都管不了人家婚後的事，妳個小小管家婆還憂鬱起來了？崔玉真要是這次播亮眼放寬心，有延大公子呵護著，又有妳這個好友不離不棄，日子會過得挺不錯。」反正，她桑節南放出的話不會當成兒戲，從今往後崔玉真的滿腔春思再與她無關。

不過，節南跨進青杏居大門的剎那，想起盛親王交給她的差事來，不由苦笑，自己倒是良心發現，不同崔玉真裝好姊妹了，但怎麼進崔府找東西呢？

仙荷進屋奉茶。「良姊姊今日又來了一趟，只因六姑娘不在，就回去了，也沒留什麼話。」

跑這趟崔府，挨了九十九道雷不說，和崔玉真又說了狠話，節南茶也喝不動，進裡屋打算睡個午覺，歇歇腦子。「我不在，可以找九公子——不對，那位良姊姊是知道幫腦在這兒，才過來的吧？」

「良姊姊只問起六姑娘，不曾提及幫腦，而且，九公子也不在。」仙荷替節南拿去髮簪。

節南脫了外裳。「九公子出門了？」

「和七姑娘一道出去的，說去萬德樓吃酒。」仙荷伸手想接過衣物。

「瞧他的樣子，哪像是什麼都不記得的人。」節南笑著自己掛了衣物，又到百寶閣裡拿了一個瓷瓶出來。「仙荷，妳到我這兒來可不是當丫頭的，現在起也多幫我跑跑外邊吧。上回借船的事，妳就辦得很好。」

仙荷淺福。「我喜歡服侍姑娘，不過一切聽從姑娘安排。這是赤朱的月服藥，姑娘想我跑一趟海煙巷，交給良姊姊。」

「聰明。」節南將瓷瓶放進仙荷手中。「順便幫我帶些話，就說這瓶藥給他了，而他上回跟我說的事，我已轉達給幫腦，不日即有回覆。至於海煙巷那些麻煩，我可以暫時借他一些人手，姑且看看兔幫面具管不管用。要是管用，他也不用給我銀子，怎麼付別人工錢，就怎麼付他們工錢，每日包三餐，按時結清便是。」

仙荷領命出屋，仔細關上兩扇門才走。

節南躺下，沒一會兒髮間就冒出細密的汗珠子，起先熱得翻來覆去，好不容易意識迷糊了，進入一場淺夢。

那好像她某一年的生辰，沒空回家，她爹到門裡來替她慶祝，結果一頓飯沒吃完，她爹提到她娘什麼事，她不要聽，和她爹大吵了一架就跑了。直到第二日她爹回鳳來，她沒再見到她爹，還是師父告訴她，她爹把禮物存在通寶銀號裡了。她也不以爲意，心想肯定是老爹一慣的土俗作派，拿銀子砸出來的値錢東西。

忽覺好熱啊——

節南長吁口氣，想要抬袖擦汗，卻覺抬不起左手，只能抬右手，才要放到額頭，又覺被一股力拽了下去，不得不睜開眼。

不甚清晰的一張臉，唯雙眼美若星夜。

星夜?!

節南睜大了眼，暫態清醒。

一身青衣占了半張榻，烏髮與青絲纏綿纏繞，披髮換衣的王泮林側躺她身旁，身體壓著她的左袖，左手捉了她的右手，五指交扣住她的，竟與她共枕。

不是絕朱的緣故，卻是他傳給她的體溫，令她熱醒了。

「王泮林！」節南咬住牙，臉上燒燙，感覺自己頭頂都要冒煙。「你還不給我滾下去！」

王泮林右手食指繞起了節南一縷青絲。「沒法滾，妳看，那兒那兒都糾纏在一起了，除非妳跟我一道滾地上去。不過妳不怕弄得動靜太大，驚動了小柒？她要是闖進來瞧見我倆在地上，還以爲臥榻都不夠妳我伸展呢。」

「你……閉嘴！」節南閉了閉眼，再睜開時，抿唇咧笑。「我跟你好好說的時候，你最好聽——」

王泮林食指一勾，帶動節南那縷長髮，節南「啊」一聲，卻讓他吃進了嘴裡。

「不過半日，思卿若狂。」他低沉的嗓音接住她的尾音。

午後陽光投在窗上，綿紙如一扇明屛，照得屋裡燦燦生輝。榻上一雙影，彷彿騰在水亮雲間，烏絲青絲散若美麗珠線，手指交纏髮交纏，呼吸交纏唇交纏。然後，青影一翻，熱切壓上纖巧的白影，眸底野火點灼了星辰，再欺上那雙染得瑰豔的唇，已不止忘乎所以，刻意放任了自己情狂。

直到身下的女子一聲痛吟，煙眉蹙川，他才驚覺壓到了她的肩傷，急忙撐起手肘，咬牙翻回她身側。

從沉喘到輕喘，壓制下狂心狂情，他伸手去解她的衣襟。

「王泮林……」想呵斥他，一出口卻是嬌聲轉盈，嚇得節南自己摀住自己的嘴。

「方才碰到妳的傷口，看看有無裂開罷了，小山不要浮想聯翩。」王泮林堅定褪下節南肩頭衣片，認眞看著裹傷棉布，伸手輕輕撫過。明明隔著好幾層棉布，節南卻覺他指尖熾熱，讓她半個身體都酥麻了。她連忙打開他的手，將裡衣拉上脖子，一手揪高了衣襟，眼裡彷彿藏著驚兔，隨時能跳脫出來。

「誰浮想聯翩了？」好吧，她只是浮想，他卻直接動手了，哼哼！

王泮林沒再妄動，只是那雙星眸幽旋，似乎對她深深迷醉。他無聲長吐一口氣，頭躺枕，右手又捲了節南一縷長髮，左臂小心避開她傷口，環她入懷。

節南驚動，想起身了。

王泮林卻不放人。「好，我浮想，我遐思，我差點爲妳化成妖魔了，但妳我只要一日沒成親，我就只能這麼浮想浮想。所以，妳別動，我浮想著睡一覺，看看能不能望梅止渴，免得不管不顧妳的傷，直接吃個乾淨。」

節南聽得全身火燒僵直，等了好半晌才緩過來，側頭氣瞪枕邊人。「想得美，誰要和你成——」

王泮林閉著眼，呼吸均勻，竟睡過去了。

雖然節南也知，親昵到這個地步，早就不知掰斷了多少條男女授受不親的規規條條，好像除了嫁他，已別無選擇。然而，她清楚，他並不在乎這些規矩，也不在乎一紙婚書，但他給她的壓力，生生震得她魂搖魄動。

她瞧其他男子撩姑娘，要麼肉麻得情欲昭彰，要麼大白日下相敬如賓，沒見過王泮林這樣的，彷彿沒心沒肺的是她桑節南，他卻已經挖了心窩子，敲碎了一身傲骨頭，眼淚都爲她流了，三魂七魄都給了她一半。而這番歷經了千錘百煉才出來的情意，深沉如浩瀚星海，她桑節南要是不能還以同等的情意，她就成了不負責任的。但要是如他那般，不止心動情動，不止喜歡喜愛隨自己高興，她爲何已感覺痛楚，還說不定會萬劫不復?!

爲什麼啊？

她看過很多夫妻，聽過很多男女情長，自覺也就那麼回事，嫁誰都無所謂，萬一碰上兩情相悅也不錯。怎麼到了現在，情動還心痛，要死了的感覺？

「小山。」柒小柒推門進屋的腳步傳來。

節南趕緊從王泮林的懷中溜下榻，在柒小柒的手碰到簾子時，搶一步走出裡屋。「幹嘛？」

儘管節南動作挺快，柒小柒比節南高了半個頭，透過簾子瞧見睡著的王泮林，再看看節南只穿一件單裙，衣襟不對邊，臉上紅暈未消，她馬上溜圓眼。

「好啊，臭小山，妳敢偷——唔唔唔——」

節南往妳小柒嘴裡塞了一方帕子，拽著她胳膊走到院子裡，然後撿了一根樹枝，開始捲袖子，笑瞇瞇道：「乖小柒，妳剛剛想說什麼啊？」

即便節南受傷，也絕對不敢挑戰她的劍招，柒小柒拿掉嘴裡的帕子。「沒什麼，沒什麼，妳吃得開心就好。我來跟妳說，我今晚外宿，妳別找我。」

節南「哦」了一聲。「去十二那兒宿？」

柒小柒皺皺鼻子。「妳以為我是妳啊，體虛也不悠著點兒。」一看節南瞪眼，連忙改成笑娃臉。「我在王五的不盡園裡發現不少稀奇的花草，想晚上再去見識見識。」

「還不是宿在王家嘛。」節南想起這些日子小柒往王楚風那兒跑得勤，突覺自己這陣子疏忽了這位姊姊，補一下關心。「妳和明琅公子怎麼樣了？」

柒小柒目光無辜。「沒怎麼樣啊。我原以為明琅公子只可遠觀，如今才知道他不是那麼清高的君子，居然還喜歡動手做吃的，跟他在一塊兒好玩得緊。」

「好玩而已啊。」節南心中好笑，看來暫時不用擔心小柒，她嘴上說得比自己熱鬧，對男女之情其實還沒開竅。「那妳去吧，記得天上不會掉餡餅，妳別光吃人家的，將來人家跟妳算總帳，賣了妳自己都不夠還清。」

柒小柒掏出一把像琉璃那麼漂亮的糖豆子，獻寶似地放進節南手裡。「特別好吃，妳嘗嘗。我沒吃白食，幫他掃爐子刷鍋子打下手，沒跟他要工錢，就拿這些抵了辛苦而已。」

聽著挺公平，節南笑看柒小柒蹦出牆外，也不敢再回裡屋，隨便披件外裳，到杏樹下坐了，想起她之前那個夢。

通寶銀號，要是她沒記錯的話，當家的姓紀啊。這麼一想，節南讓碧雲取來紙筆，寫了一封信，叫碧雲送去。

碧雲走後不久，節南正趴著石桌，百無聊賴又快睡過去的時候，聽到門外鞭炮聲大作，銅鑼鬧鼓，約摸還有舞獅或雜耍，人們不停拍手叫好，喧嘩了兩刻時才消停，她想到今日七月十二，是搬家的好日子。

又過了一會兒，有人拍響側門。

節南去開門，看到兩個裝扮齊整的妙齡丫頭分立兩旁，一個抱著五錦彩盒，一個手持燙金紅帖，中間亭亭玉立的美嬌娘卻是她認識的，拾武狀元的侍妾月娥。

月娥大概沒想到節南親自來開門，怔了一下才福身作禮。「六姑娘見諒，妾身還以為會是看門婆子，一時愣住。」

節南扶起月娥。「月娥姑娘不必客氣，我這院裡本就沒幾個人，這會兒恰好都不在。適才聽到鞭炮聲聲，好不熱鬧，我就猜是延家搬過來了，心想親自接了禮盒子也好。」

不愧是樞密使家裡，禮數好周到。

青杏居外的趙府小門，在一條挺寬的巷子裡。巷子沒有其他人家，兩面長牆，一面屬於趙府，一面屬於延家，而那面牆如今也造了個門。所以，與青杏居算得上門對門了，只不過延家這個側門挺氣派，不像趙府的小門洞。

月娥笑得溫婉。「六姑娘一向親和。」遂從丫頭手裡接過彩盒和紅帖。「這是我家夫人的名帖，還有她親手做的糕餅，一點小小心意。府裡尚在修繕，白日裡嘈雜得很，還請六姑娘多多擔待。」

節南接了，看看對面那道小門。「不知那邊牆裡是延府何處？」

月娥回道：「算是大公子的郎將府。以大公子的官階本可以單獨開府，只是他十分孝順老爺夫人，堅持要一同住。因大公子不日即將娶妻成家，就朝這面另開了一道門，今後大公子的同僚朋友出入也自在些。」

節南這裡耍了個小心眼。「欸？不是大公子疼惜明珠佳人，讓她出入可以自在些嗎？」

月娥笑了起來，大方得體。「也說不準，只不過大公子雖然很會照顧人，卻大丈夫氣概得很，即便眞是爲了少夫人，也不會願意承認。」

節南想想，延昱確實是這種性子。在崔府別莊那會兒，他跟大哥一樣照顧著一群小弟小妹們，自己眼力那麼好，都沒瞧出他待崔玉眞特別。不過，照崔玉眞的說法，延昱愛慕她極深，可見他是那種不喜歡顯露兒女情長給他人看的大丈夫，雖然認妹妹倒是乾脆——

節南思及此，慶幸自己沒答應認這門乾親，不然崔玉眞成她大嫂，又對門住著，她想不來往都不能。

「六姑娘這時要是空暇，不如隨妾身過府，見見我家夫人？」月娥提議。

節南覺著有些突然。「這……你們剛搬來，夫人肯定忙得不可開交，而我今日院子裡沒人，也不及備份回禮，怎好意思空手回訪？」

「擇日不如撞日，再說老爺從不讓夫人過於操勞，家裡的事都由專人打理，而等眾家夫人得知延家搬進平蕪坊，夫人只怕忙著應酬，反而不得閒了。」

節南仍猶豫。她是仗著一身功夫橫行無忌的霸王姑娘，雖說對面是堂堂樞密使府邸，不會有什麼意料不到的事，但此時她身上有傷，功力大減，所以就謹慎起來了。

月娥倒覺得猶豫也正常。「夫人聽大公子說起不少六姑娘的事，一直很想見見六姑娘……是妾身心急了。六姑娘今日既然不方便，改日也是一樣的。」

月娥說罷，轉身往對門走去。

「等一下。」今日自己一衝動，把崔府那扇門給關上了，要再把延府大門不當回事，她是自斷後路嗎？

節南淺笑盈盈。「月娥姑娘說得是，擇日不如撞日，既然妳說夫人今日得閒，我就大膽叨擾了。月娥姑娘稍等，我放了這錦盒就來。」拎盒子進青杏居，很快就走了出來。「煩請月娥姑娘帶路。」

兩人走入延府不久，就有一道人影落進青杏居，極快地竄到節南的屋子，雙手對簾裡抱拳。

「稟報九公子，赫連家全部遇害，韓唐大人入獄，赫連驊不聽堇大勸阻，半路跑了！堇大猜他可能意欲擊殺出使南頌的大王子。」

王泮林睜開雙眼，寒芒冷現。「大王子大概何時到？」

「應該就在三四日內。」影子一動不動，謹首而立。

「命沿途文心閣弟子盯緊，只要一有赫連驊這個笨蛋的影子就抓人，打暈打殘都無妨，絕不能讓他去送死。」憑一人之力擊殺一國王子，與雞蛋碰石頭有何不同？

王泮林坐起，推開窗，看不到他想看到的人。「幫主呢？」

影子道：「適才瞧見幫主隨懷化郎的侍妾去了對門，可要屬下派人暗中保護幫主？」

王泮林一想就明瞭，笑嘆：「不必，那是樞密使府邸，不是海煙巷海月樓，不至於光天化日就把她賣了，而她運氣一向好……更何況我也不忍阻她看俊郎。你去吧，找赫連驊要緊。」

影子喏應，縱出。

26 小六難當

隨月娥走過延昱的郎將府，又走入延家主宅，節南毫不掩飾自己的「土包子」氣質，眼睛亮燦燦，從好氣派、眞氣派，到太氣派，怎麼都是氣派就對了。

聽到身後兩個丫頭的竊笑，月娥嚴厲看回去，嚇得她們立刻安靜。

「這宅子不像北方，更不像南方構建，說不上來的廣袤之感，萬分氣派。」節南前面一句是眞心話，後面四個字純好玩。

「夫人喜歡關外大漠和樓蘭建築，公子找畫工造圖時特意囑咐過，所以草地多平屋少，以樓爲主，放入好些樓蘭建築中的圖案。」月娥解釋。

節南恍然大悟。「延夫人的喜好還挺與眾不同。」

「也不是，只不過她是個念舊的人。」月娥說到這兒，指著前方一棟小樓。「那是大人和公子專爲夫人造的書樓，給夫人做女紅、抄佛經、閣臺喝茶賞景。」

「夫人可有什麼忌諱嗎？就是不愛聽的話、不能吃的東西，這些的。月娥姑娘提醒我一下，免得等會兒說錯話。」節南發現，這位夫人很幸福，被丈夫兒子疼在心裡。

「夫人是我見過的最慈祥的人了，六姑娘只管放心說話。」月娥跨過小樓高高的門檻，招來一個小丫頭，讓她上樓通報。

很快，小丫頭跑下樓來。「夫人一人在西閣臺分茶，請月娥姊姊快帶六姑娘上去，正好幫她品一品。」

月娥往樓上走，對節南道：「六姑娘不用拘謹了吧？」

節南笑而不答。

兩人上了二樓，穿出偏廳，來到西閣臺。夕陽茶火，織霞延展，連起了這片閣臺，望出去無限絢爛。

節南瞧見一位身著素藍羅錦的夫人跪坐在氈毯上，正擺出兩只造型特別的茶碗。大概聽到了她們的腳步聲，那夫人抬起頭來。圓月盤的臉，瞇笑雙眼，鼻頭圓，嘴倒是小巧，但讓發福的臉型一襯，沒法說好不好看。跪坐的身段看似不高，也發福了。

與節南想像的大相徑庭，與延昱高俊的外表全然不似，但確實如月娥所描繪，是一位看著很慈祥的夫人，中年發福而已。

「夫人。」月娥福身。「這位就是工部侍郎趙大人的侄女，桑六姑娘。我方才去送糕點，想著今日夫人得空，就擅自請六姑娘過來作客了。」

「請得好，明日起家裡賓客絡繹不絕，就不知何時抽得出空見一見六姑娘了。」

延夫人的聲音與發福的模樣一天一地，悅耳動人。在節南聽來，頓時年紀一輕的感覺。

節南淺淺屈膝。「延夫人好。」

延夫人仍瞇著眼，拍拍身側氈毯。「六姑娘能否坐我身邊來，讓我瞧清楚些，我目力不甚好。」

節南微愕，看一眼月娥。

可能也不是什麼祕密，月娥直言：「夫人一直陪伴著老爺，這些年輾轉多少地方，顛沛流離，不知流了多少眼淚，把眼睛哭壞了。」

節南暗暗慚愧。最近只想著延家風光無量，卻全然忘記延文光隨暉帝被俘，流放苦寒之地，後來回到大今都城，即便受盛親王禮待，俘虜身分也難逃日子艱苦。不過，這位延夫人好生了得，坐那兒分茶，姿態芳貴，竟顯雍容，嫻雅沉靜，說話親切，比崔相夫人絲毫不讓啊。這世道，難道真要回歸大唐，以胖為美了？怎麼她周圍的福相女子，一個一個生得好？

節南走上前，坐到延夫人身旁。延夫人這才不瞇眼了，端詳著節南的面容，隨後笑及眼底。「六姑娘眞是生得俏麗，這雙會說話的葉兒眼好不慧黠，笑起來也當眞迷人。要不是昱兒的親事已定，我倒想將六姑娘當了兒媳婦。昱兒也是，俗話說英雄救美人，多好的良緣，他乾傻傻地就這麼浪費了老天恩賜。」

「延夫人說笑了。大公子施恩不望報，待我猶如親妹子，也是一種良緣。」

節南心想，這可眞夠慈祥親切的，一上來完全不陌生，自己卻還不反感。同樣的，崔相夫人親切的言辭之間，卻有上下等級的分明界限，不會把自己心愛的兒子湊給她桑節南配對。即便只是開玩笑，也不可能。這叫滴水不漏。

「我中意的，他不中意，而他要是中意的，才不管我中不中意。」延夫人笑嘆。「兒大不由娘。」

這話很微妙。節南聽起來，好像延夫人不中意崔玉眞，不過再一想也不至於。如今傳唱「忠延良崔，南國永芳」，崔延聯姻，三城沸騰，而延昱娶的還是一直放在心上的人兒，在父母之命媒妁之言的一片盲婚啞嫁中，實在稱心如意。大概除了崔玉眞本人，感覺普天都要同慶了。

「別家夫人可能會擔心兒子娶了媳婦忘了娘，我卻以為，為了孝順雙親沒有分府單過的大公子，無論如何也不會有此作為。」節南微微一笑。

延夫人親手端茶給節南。「自古婆媳難處，而我還是壞心眼的婆婆，捨不得我兒。」

節南連忙謝過，對這話卻不好當眞，也不好多論，喝茶正好可以堵住自己的嘴。同時，想起蘿江郡主用鱷魚形容婆婆，心中不由好笑好奇，承認自己是鱷魚的延夫人會和未來的兒媳婦怎麼相處。

等一杯茶喝下，延夫人果然不論婆媳關係了，不過仍是問八卦。「六姑娘這年紀也快許親了吧？妳姑父姑母可有相中的人家？」

節南橫豎篤定是不會嫁延夫人的兒子了，心情一派悠閒。「不著急，姑丈說今年科考，可以來個榜下捉婿，所以我還等著瞧好呢。」

延夫人忍俊不止。「昱兒信中說起六姑娘是活潑大方、不拘小節的性子，與一般養在深閨的千金姑娘不大一樣，問老爺和我是否能認妳當個妹妹。別瞧昱兒交遊廣闊，喊他大哥的人不少，但他想認乾親的，就妳一個。故而，我對六姑娘十分好奇，一直想著見上一見。如今見到了，果真如昱兒所言，是個妙人兒。」

節南笑了笑。

「不知六姑娘哪裡人氏？」延夫人問道。

「……孔山縣人。」節南沒說真話。

「孔山縣？」延夫人想了想，搖頭。「不曾聽聞。」

「是個小地方。」節南簡答，隨後問延夫人：「方才聽月娥說起，夫人喜歡樓蘭建築，因為念舊？」

延夫人道聲是。「我父母曾在樓蘭經商數年，後來老爺被俘，我又到樓蘭住了一段時日，感覺彷彿是我故鄉。老爺和昱兒怕我初來南方不習慣，所以才放了好些樓蘭雕砌。六姑娘看著可覺得古怪？江南到處都是小橋流水巧園靈榭，不似這兒粗獷，還真有一片沙地，也不知他們怎麼想到，竟運來了仙人掌。」

「不古怪，倒是耳目一新，相信各家夫人會很喜歡的。」節南其實也到過沙漠，北燎西接樓蘭。

「那就好。」延夫人用水斗舀一勺清泉，開始煮水。「也不怕六姑娘笑話，我很久沒有應酬過了，要不是因著老爺的關係，我其實更喜歡像這樣，也不用煩惱說什麼話，怎麼說話，招待六姑娘這般不拘小節的小友，不會嫌我土氣老氣。」

節南見延夫人左右轉了轉頭，又看到自己身旁的茶罐子，即刻給延夫人送過去。延夫人接得自然，悠悠挑出茶葉。節南又幫忙揭開壺蓋。

月娥笑道：「夫人和六姑娘眞是默契。」

延夫人側頭望瞭望節南，福態中竟現隱隱華貴，笑容恍若慈母。「我一見六姑娘就說不上來得高興，可惜我那死心眼的笨兒……」

「母親說誰笨兒？」一身五品官服，但已取下官帽，延昱從門中大步走出，昂藏身軀矯健如豹。

節南心想，怨不得延夫人說自己不捨兒子娶媳婦，相貌堂堂如此好兒郎，哪個作母親的捨得？

「我就生了你一個，你說誰是笨兒？」延夫人語氣似帶輕怨，眼裡卻盡是慈母溫柔。「我正同六姑娘抱怨，你這個笨兒子一點不懂爲娘的心思，只顧娶自己喜歡的，卻也不問問爲娘是否喜歡。竟也不等父母回來，就自己談下了婚事，怕父母不肯幫你說親似的。」

延昱對節南作了淺揖，笑得頗無奈，也似尷尬。節南起身，淡淡屈膝。

延夫人看看這個，望望那個，幽幽嘆息。

延昱聽得那聲嘆息，尷尬更甚；節南也聽得那聲嘆息，只覺有趣。

延昱莫可奈何道：「母親，莫教小六兒笑話。」

小……小六兒?!

節南嘴角彎下，抿得要笑不笑，心道延昱這到底是想撇清呢，還是想弄得剪不斷理還亂呢？

「小六兒？」延夫人也不可能漏聽稱呼裡的親昵，反應卻出乎節南的意料。「這個好，我以後也叫六姑娘小六兒，一聽就像自家人，不會覺著生分了。」

節南眞不知該說什麼好，反正這座城裡各種高手，她要盡量謙遜。「今日多謝夫人款待，改日再登門回禮。」

「妳這才剛來，用過晚膳再回去也不遲。」延夫人卻不讓節南走，招手讓兒子坐過來。「你倆幫我盯著這壺茶，月娥隨我走，我去吩咐膳房加菜，很快就回來。」

「母親——」延昱喊了一聲。

延夫人根本不聽兒子要說什麼，將兒子按坐下去，轉身就走。

延昱看看節南，笑了起來。「我母親有些任性。」

節南盯著水壺。「那也是你和樞密使大人寵出來的吧。」

延昱正襟危坐，神情卻輕鬆愉快。「小六兒說對了一半，是我父親寵出來。」

節南卻嫌跪坐累了，索性隨意坐下了，一手拿著竹箸攪動壺裡的茶葉，沒瞧見延昱愉快的神色，卻聽得出他聲音裡的愉快。「延大公子——」

「大哥。」延昱糾正節南。

節南率性。「別莊那會兒倒是無妨，如今再喊你大哥只怕不大好。」

延昱奇道：「爲何？」

「今日我去了趟崔府——」節南頓了頓，總算抬眼看了看延昱，見他一副讓她說下去的表情，心想乾脆說清楚也好，省得這對母子在她身上浪費親情。「和玉眞姑娘算是鬧翻了。而她既然要嫁你，我再叫你大哥，她聽到會如何是想？」

延昱竟無驚訝。「妳與她才鬧翻嗎？我還以爲妳倆在崔府別莊就鬧翻了。」

節南半張著嘴，「哈」了一聲。「也對，那日你都看到了，不過既然你提到這件事，我也正好請教。」

延昱這時可沒有半點大丈夫的不耐顏色。「妳想問那日妳走後究竟發生了什麼，變成如今我要娶她。」但看節南點頭，繼續道：「長話短說也就一句話，女子名節比性命還重，既然已經有了閒言蜚語，我不能不負責任。」

節南手肘支著膝蓋，手掌托著腮幫子，眼角睨著延昱。「大哥說得眞是冠冕堂皇，可我怎麼聽說是大哥自小愛慕明珠佳人，非她不娶，等了這麼多年後，終於實現了夙願。」

這時還是叫聲大哥得好，可以仗勢欺一欺兄長。

「這個嘛——」延昱乾咳著清清嗓子。「小六兒別笑話大哥，大哥確實傾慕玉眞姑娘已久，所以心裡還是很歡喜的。」

節南撇笑。「這個嘛——瞎子都看出來了，若非情深意重，怎會明知玉眞姑娘心儀他人的情形下，歡歡喜喜當新郎官，也不介意當一根救命稻草。」

延昱皺起眉，忽然伸出一隻手來，用大拇指抹平了她臉上那絲歪笑。「小六兒，大哥我不喜歡妳冷嘲熱諷的刁模樣，收斂些吧。」

節南立刻坐直，目光森冷。「不喜歡就用嘴巴說，動手動腳幹什麼？」

就是她親哥哥，敢捏她臉，都得先問上一聲行不行，他一個半吊子的大哥居然碰她的臉？眞是給他三分顏色，他就開染坊了！

「用嘴巴說只怕沒用，這樣妳就長記性了，以後有話好好說，不要太過刻薄。」延昱半點不懼節南的冷然。「妳向我請教，我就好好教妳。喜歡玉眞是我的事，娶她也是我的事，她喜歡誰與我無關。至於妳同玉眞鬧翻，也無所謂，是妳我二人兄妹相稱，與玉眞並無干係。」

節南聽得明白，延昱的意思就是他掐她臉是大哥教訓任性小妹，而崔玉眞是他媳婦，和她這個當妹妹的沒關係，斷交絕交都沒問題。

「你……」聽是聽得明白，就是不太反應得過來，總覺得哪裡不大對，眞像自己有一個正兒八經的兄長，長兄如父那種，還會教訓她。

不是吧？在桑家，她爹是老大，她就是老二了啊，兩哥兩姊根本不敢管她，怕她就和怕爹是一樣的。怎麼事到如今，冒出這麼個傢伙來？起初老親老切地要認她當妹妹，她還小感動了一把，這會兒才發覺是剋星啊，哪裡是多個哥哥，簡直多了個爹！

「延大公子。」想到這兒，節南決定還是要把稱呼徹底掰回來。「我當初沒答應認親，雖然說過叫你一聲大哥也無妨，畢竟喊你大哥的人多得是，不過我再想想，還是矜持一點兒好，我又不是蘿江郡主她們，你們從小一起玩到大的。」

延昱突然笑出了聲。「哈哈，以爲妳這姑娘什麼都不怕，卻原來怕管束妳的人。」

節南扯扯嘴角。「不好笑，大公子饒了我，我自幼野慣了，這種突然跑出一個爹來的感覺，實在不太好。」

延昱大笑。「方才我一時冒犯，雖說並無惡意，行爲卻草率，小六兒見諒。但我也有一句說一句，妳與玉眞之間如何，同我確實無干。」

怎麼還是小六兒啊？節南眉毛扭成蟲，可也沒轍。「隨大公子的意吧。」

茶煮開了，節南拎起茶壺，慢條斯理地斟茶。

「等母親與各家熟悉了，我會請她幫妳留意合適的人選，爲妳挑一門好婚事。」

當誰不知有其母就有其子，而且這位可比他母親厲害得多，帶著命令語氣要給她牽紅線呢！節南覺著頭疼了，而她本來和延昱說話是不用腦的，知道延家搬到趙府隔壁，還挺高興。

「大公子自己姻緣圓滿，就想著給大家都找到好姻緣，這份好意我心領了。」茶壺還半滿，節南卻起了身。「突然累了，想早些回去歇息。大公子應該聽說了觀音庵外的事吧？」

延昱點頭。「知道，小六兒受了箭傷，看著氣色卻不差。妳今日若不來作客，我本打算到趙府探望妳的。」瞬間反應過來。「啊，是不是我提幫妳作媒，又惹得妳煩我？」

節南笑笑，悶頭就走。

大哥啊大哥，一不小心，會不會成爲大禍啊？

節南要走，延昱也不攔，只是跟著下樓，問小丫鬟要了一盞畫燈，悠悠替節南提燈照路。

天空從煙綠到墨藍，一層層青彷彿在織機上編著，很快周圍就暗了下來。風中有乾草和黃沙的味道，眞有身處漠原的一絲錯覺。

身旁這位爲她挑燈的男子，換作任何人，節南都不會覺得怪異，但延昱從鄰家大哥轉化爲霸道家兄，她可一點不享受。也許是她性子本來就怪，與人相處一旦感覺沒來由地不順氣，就會立刻拉遠距離。

要說王泮林也是霸道的，起初慵懶中見狠絕無情，然而他至少講理，讓她還算心甘情願爲之跑腿。不像延昱，今日在自家裡的兩番言談舉止，是毫無理由的霸道，好像眞當她桑節南是親妹子，什麼都得他說了算，她只有乖乖聽話的份。

「趙大人官升工部侍郎，趙府上下應是歡喜一片了吧。」延昱這時的語調一如從前親和。

節南「哦」了一聲。

「那妳可知，崔五郎因私瀆職，蘭臺大人令他停職反省，減半年年俸？」

節南不知，所以語氣微揚。「是不是罰得重了？他也是不得已，總不能放著妹妹不救，尤其那些歹人並未通知崔府其他人。」

「話雖不錯，但他當時身有公務，不經上官允許，只是交代了下屬就擅離職守，又恰巧在他離開時出了事，上峰不可能不問責。」

「到底出了什麼事？」節南忽有所覺，延昱與她閒聊，就沒有那種無法呼吸的壓迫感了。

「太學學院長傅大人讓一夥強盜劫財，才發訊彈求救，雖然巡城守兵及時趕到，卻想不到那夥強盜異常頑劣，竟殺光了第一批守兵。傅大人沒能逃遠，身挨四五刀，還好遇上增援，暫時保得一條性命。」

延府可不像趙府那般清靜，僕從一落落地走動，婢女一列列地穿插，一見延昱，就紛紛行禮喊「大公子」，延昱淡笑而過。

節南等一撥人過去，才問：「爲何是暫時保得性命？」

傅秦遭劫？巧合乎？

延昱笑道：「小六兒當眞聰慧，一抓一處要點。傅大人失血過多，仍處昏迷之中，御醫也束手無策，只能盡人事看天命。本來要是沒有傅大人受傷這事，蘭臺大人還能替衍知擋一擋，但如今傅大人危在旦夕，朝中就有不少大人質疑，是否是崔五郎失職才導致如此嚴重的後果。」

節南這時不由力挺崔衍知。「什麼鬼話！要是指望一人就能改變結果，南頌朝廷也沒希望了！難道除了崔五郎，那晚負責的其他武官都是飯桶？」

「之前我瞧小六兒和衍知橫眉冷對的，還以爲妳會幸災樂禍，沒想到眾人聲討之時，妳反而力挺他。莫非妳性子天生叛逆，非要跟多數人唱對臺？」燈火搖搖，延昱望著前方，側面似若有若無一抹笑。

「就事論事而已。我看傅秦遇襲與崔玉眞遇襲這兩件事大有文章，說不準是關聯的，有人設局想整崔五郎。崔五郎平步青雲，扶搖直上，少不得惹人眼紅。要是我，大概會懷疑帶人增援的武官，或者關鍵時刻救了傅大人的那位人物……」

節南說到這兒，驚覺身邊這位也是新晉武官，連忙瞄一眼，想不到正對上延昱含笑的目光，慌慌張張調開視線。

「從我與小六兒初見，就覺小六兒膽大過人，如今光是佩服已不足以形容，居然光憑我幾句話，竟能深想到如此地步。小六兒若非女兒身，縱橫官場也未可知。」延昱雙眼映著跳躍燈火。「不過，妳身爲女兒家，也甚好。」

節南打哈哈，終於看到延府大門，不由自主鬆口氣。「大公子過譽了，我這人除了膽子大，也就會胡思亂想了，剛才那些話是瞎說八道，你別當了眞。」

「大理寺負責審理這兩樁案子，但因涉案歹徒或被當場擊斃，或是在逃，目前除了受害者的證詞，再無其他參考。提出兩案相關的，妳是第一人。」延昱若有所思，腳步愈走愈緩。「小六兒想要我明日傳喚妳去大理寺，還是這會兒就跟我說說觀音庵的案子？」

這位可是大理寺少卿哪！節南想到，卻也料到會受大理寺傳喚，除了自己剛才的「胡言亂語」，證詞早就準備妥當，與外面傳言八九不離十。

她就說自己陪玉眞上香還願，誰知玉眞讓一群自稱長白幫的歹徒抓走，她暗中跟出觀音庵，不久就看到崔五郎來救人。崔五郎敵眾我寡，快要不敵的時候，出現一位蒙面高手相助，兩人合力擊殺歹徒，她看到屋頂弓箭手，出聲示警，所以才受了一箭，而昏迷之後發生什麼，她就不太清楚了。

延昱沉吟半晌。「妳說的這些，和玉眞說得一致，不過——」

節南心頭一跳，表情卻若無其事。

「不過，妳陪玉眞去還願的說辭有些牽強。妳與她上回在別莊不歡而散，她才回都就找妳陪去觀音庵？而妳爲她受的傷尚未痊癒，今日卻鬧翻了。」延昱不僅不傻，還是非常聰明的。

「我和她也算是歡喜冤家？」節南答道。

「也許吧。玉眞說她身邊也只有妳敢跟她說幾句眞話，不怕她崔相千金的身分。」延昱此時就顯得十分沉穩，沒有半點緊迫盯人的強大氣場。「她雖萬千寵愛集一身，內心卻極其寂寞，失去妳這個朋友，她會很難過。」

「不是有大公子陪伴她了嗎？」節南並不以爲意。

延昱未再圍繞著玉眞，但道：「無論如何，妳提到兩起案子或皆針對衍知，倒是値得往那方向查一查。」

節南很想知道。「若眞讓我猜中，崔五郎是否就毋須爲此事承責？」

延昱抬眉，忽然了悟。「原來妳與衍知才是歡喜冤家，怪道我適才說到妳親事，妳那般反感。看上崔相五子，小六兒眼光當眞高得很。如此一來，妳還眞需要我這個人哥了。」

節南頭疼欲裂。她錯了，她再也不會不用腦和延昱打交道了。

寫著「延」字的大門燈籠就在眼裡晃蕩，節南卻覺得好遙遠。

她正想把自己和崔衍知的關係再撇撇清楚，忽見一盞小小的金琉璃升上門庭，隨之入眼的，還有一襲讓金燈照白了的青衫，令她心情一改鬱悶，神情都顯了雀躍。

她極快作了個淺福。「延大公子留步，管家來接我了，請代我轉告延夫人，多謝今日好茶，改日必贈回禮。」

說罷，不待延昱回應，轉身走向門庭。

延昱看節南的碎步漸漸變了快步，跳過門檻，跑向了門外挑燈的人。那道背影，修長，仿若青竹；一手提燈杆，一手背在身後，風袖折入金色燈華。

只是管家嗎？

延昱心念一動，想跟上去瞧個清楚，卻聽見月娥的聲音。「大公子，夫人找你。」

延昱回頭道聲「好」，再望向門外，節南和那人已經不見了，只有一閃一閃的燈光煙染了深暗。

月娥見延昱不動，上前關心問道：「大公子，怎麼了？」

延昱抬手，輕輕撫過月娥的面頰，眼鋒冷，笑意溫和。「沒怎麼，只是每瞧見小六兒一回，喜歡就多了一分。今日還不由捏了她的臉，她嚇一跳的模樣有趣得緊。」

月娥垂眸，順著延昱的手微仰起臉，享受那份柔情。「大公子喜歡六姑娘，月娥就喜歡六姑娘。仙荷雖然謹慎，妾身自問還能控制得了她，只等大公子有需要之時。」

「好。」延昱收手回袖。「小六兒似乎對崔五郎頗爲中意，妳找個機會往母親那兒捅一捅，看母親的意思吧。」

月娥接過燈去。「大公子不是喜歡六姑娘嗎？爲何將她推給別人？」

延昱笑意入了眼。「妳怎同母親一樣，都想將我和她湊成一對？」

月娥期期艾艾。「那是因爲……少見大公子與人如此親近，還要認了妹妹的。」

「即便那樣，也不表示我這會兒想娶了她，玉不琢不成器。」延昱答得奧妙。

月娥有些擔心。「可夫人她——實在不中意這門親事。」

「母親那點小私心我豈能不知？比起模樣，她更在意性子，嫌玉眞冷清，又曾有過婚約，再同活潑率眞的小六兒比較，她自然諸多不滿。不過，母親識得大體，事到如今也不可能悔婚，會容我任性這一回的。再說，不過就是娶一門親，母親氣過這一陣就會想通了。」

月娥點了點頭，挑燈走到了前面，靜靜引路。

而這時，某塊尙不成器的玉一邊積極地拿過琉璃燈，一邊同「管家」說話。「來得正好，要是再待下去，腦袋就裂成兩半了。」

管家姓王，排九，聞言笑無聲，沒任她搶過燈去，手握了杆，也握了她的手，一道拿穩。「鄰家俊郎怎麼妳了，這般傷腦筋？」

節南嘆。「我自從離開家鄉就極有人緣，想和我攀親沾故的人可多了。來這兒之後，芷夫人，還有這對門，皆有意認我乾親。芷夫人還好，拾武狀元卻把大哥當成了爹，對我管頭管腳的，我受不了。」

王泮林淡然「哦」了一聲，沒多言。

節南一時沒留心，接著道：「剛才他送我出府，問起觀音庵的案子，我嘴快了些，說觀音庵崔玉眞劫持案和傅秦遭劫案可能是爲了構陷崔衍知。不過，倒也從延大公子那裡聽說那晚所發訊彈，是因傅秦讓一夥強盜打劫求救用的，結果他挨了好幾刀，如今還生死難料。這件事你怎麼沒告訴我？」

兩人並肩並行走進趙府小門，王泮林忽然一個轉身，雙臂展開，雙手闔門，同時，一步步近逼，將節南壓在門板上，額頭抵額頭。

「延拾武待妳倒殷勤。」

「他待誰都殷勤。」節南以爲王泮林又要沒臉皮占自己便宜，全身緊張。

王泮林卻笑了一聲，只是從她手裡抽出燈杆，就慢慢退開了去。「這事我也不清楚，如何告訴妳？」

「對了，你腦袋裡空空如也。」節南就給王泮林補腦。「太學院院長傅秦，從前也是北都書畫院的，很可能暗地陷害過你……」

突然沒再說下去，改口道：「這些人和事我也是一知半解，你自己都還在找線索，而今你一時想不起來了，光聽我說，只怕愈發糊塗，還是等你恢復記憶吧。」

「小山，妳眞是——想跟妳生氣，結果卻成我小氣。」王泮林暗道這姑娘確實是當探子的料，美色當前照樣能打聽出消息來，於是，一腔醋意打了水漂，牽著節南的手往院門前走。「聽起來都是陳年舊事，想不起來也無妨，咱們還是說說樞密使大人的府邸怎麼輝煌，讓妳樂不思蜀。」

親也親了，「睡」也「睡」了，讓王泮林捉了手的節南已經不知道要掙脫，聽出王泮林的嘲諷，嗤笑道：「輝煌還是敦煌，不好說，不過延夫人挺好相處，讓丈夫和兒子捧在手心裡，感覺仍有一份少女的無憂無慮。」延昱就不多提了吧，沒準是她自己性子怪，受不得命令約束。

「延夫人是大美人——？」王泮林原本平鋪直敘，想起自己裝失憶中，尾音陡揚。

節南以爲王泮林問自己。「看著嫻雅端莊，沒小柒圓，但也是一臉一身的福氣，大美人不美人，還是不好說。」

兩人走回院子，才說了一會兒的話，仙荷回來了，並帶來良姊姊的口信。

「良姊姊感謝姑娘贈與他解藥，說他只要有赤朱的任何消息，不分大小，都會告知姑娘。他也接受了姑娘的提議，但希望能盡快同姑娘再碰一回面，而且不止海煙巷，還有其他人想要結識姑娘。」

節南推推王泮林。「趕緊給我恢復記憶，良姊姊哪裡是想見我，想見你這個幫腦才對。你不出面，就開不了地頭蛇的大會。」

王泮林但笑。「我方才在妳房裡歇了午覺，神清氣爽之感，好像腦袋裡有什麼要湧出來了。」

仙荷一驚，而後悄笑，當初看這位王九公子神仙公子似的，哪知遇到喜歡的姑娘，各種賴皮的招數都能使得出來，唉唷！

節南瞇眼。「你暗示什麼啊？」

「我在明示妳。」王泮林笑沒了眼。「只要小山肯出借臥榻，保管不用多久，腦思泉湧，百病全消。」

節南舉目望屋梁，天下之大，何處可以不用費腦？

27 多情專情

快入八月時，暗流終於匯成明流，大今北燎兩國時局變動傳入南頌，引得朝堂民間一番大議大論，而其中最大的消息莫過於大今皇帝薨，盛親王時拓北繼位，成為盛文帝。

這位年輕的大今王，雖然早在盛親王時就受到今人無比愛戴，以及大今貴族和主流勢力的一致擁護，已經是隻手遮天了，但如今能如願稱帝，才算接住了天降給他的大任，功德圓滿。而他野心勃勃，令大今兵馬趁勢嘯鬧，南頌北燎兩國邊境重新陷入一種劍拔弩張。

相比萬民振奮的大今，只剩西原一角的燎國卻是雪上加霜，烏雲籠罩朝堂。同樣受民愛戴的四皇子被自己親爹賜毒而死，四皇子一脈盡斷，北燎武將世家赫連滿門抄斬，深受皇帝器重的韓唐大人也受到牽連，被當作四皇子黨羽，鋃鐺入獄。

終於可以太子加身的大皇子，這時聰明地不在自己的國裡待著，表面上跑到南頌來談兩國邊關榷市的開放，其實卻是避開國內聲討。除去四皇子、赫連和韓唐這幾枚眼中釘，通向王位的路就剩一些沒用的小石頭了。

而南頌也是多事之秋。傅秦最終沒挨過刀傷，撐了十來日，還是丟了性命。從大將作烏明到大學士蘇致，再到太學學院長傅秦，三位朝廷命官皆死於非命，官心惶惶。工部大換血，新官們到處放著三把火，引發各種工事停罷。民間江南大幫長白瓦解，一夜春雨冒春筍無數，原長白大小頭目自立門戶，爭搶地盤，江上賊盜一下子猖獗，無辜受牽連的百姓不知凡幾，官府卻無力約束。

要說好事，倒也有一則。

御史臺推官崔衍知，經大理寺查實，受長白餘孽構陷，才處於進退兩難，在當時的情形之下已經竭盡所能做出最好的安排，實不算瀆職。鑑於崔衍知同崔相的父子關係，理當避嫌，故而將他調離了御史臺，改任京畿提刑司監察推官。

牆外知秋的嚷蟬比任何時候都呱噪，青杏居裡卻相當安寧。

節南的箭傷已好得差不多，除了鳩占鵲巢的煩惱，時時擔心睡到一半身旁就會多出一個人來，基本不再有讓她頭疼的事。或者說，都由王泮林出面擋了，她能好好養上一陣，吃得好睡得香，連身上的毒熱也似乎沒那麼厲害了。

時隔半個月，節南這日有約，精心打扮了一下，帶著碧雲，久違地要出門去。在院子裡碰上了書童，他身後挑夫挑著兩擔子書。

書童瞧著節南，就呆了呆，很實誠地誇她。「妳打扮起來眞好看。」

碧雲護主，瞪圓了眼珠。「我家六姑娘本來就好看，不打扮也天生麗質。」

書童老氣橫秋。「才不是，她不打扮的話，看著就野氣，不服老天爺的。」

「誰說的？我可信命了，不過我這人常許願，一定叫老天爺多多實現我的願望就是了。」節南哈哈笑。

書童揉揉腦袋。「嘖嘖，這叫信命的？」突然拉長脖子，往王泮林暫居的客廂看了看，湊近節南跟前。「老夫人那兒妳什麼時候去一趟？她可是家裡的大主母，只要妳想進王家門，躲得過初一，躲不過十五，總要見面的。」

「也不是不能去，」節南想好了。「不過，不能由老夫人隨口一喚我就上門，既然老夫人已知我是趙侍郎的侄女，這見面就得講規矩了，再等等吧。」

「可是音落她——呃！」書童斜眼兒瞧見王泮林從節南的屋裡出來，還穿著一身青綢裡衣，分明才睡醒的模樣，嚇得開始打嗝。

節南回頭瞧一眼，面不改色，叫上碧雲就走了。

「呃——九公子，那個……六姑娘出門了。」書童趕緊讓挑夫放下擔子，催人快走，才打嗝道。

「我瞧見了，她約了人吃好的，卻不肯帶我。」王泮林哀怨的語氣，歪頭瞧見地上兩大落書，瞇起眼。「五公子這是跑了媳婦捉兄弟，要讓我吃書度日嗎？」

書童想起來，替王雲深傳話。「五公子說了，這些書裡都有他做的注解，九公子讀完，就剩一半功課了，而且五公子還說，九公子要是叫苦他也管不著，橫豎少一個不少，連少一個媳婦他也無所謂，更何況他的學生多呢。」

王泮林墨眼明曜。「少一個媳婦也無所謂嗎？好得很，我總會教他後悔說這話的。」

書童不敢應，只是搬起書往客廂走。

「送這屋裡。」王泮林卻指指節南的屋子。

書童張張口，到嘴的話變成：「五公子說花花近來變得有些任性，能否送這兒待一日，說不準會乖些。」

「不能。」王泮林想都不想就拒絕。「那小子太能裝可憐，他要來了，小山眼裡還有我嗎？」

「可是——」書童小心翼翼。「九公子和六姑娘都同屋而居了，成親是早晚的事……」

「誰說的？」王泮林卻打斷書童的話。「別說成親，就這麼賴著，她都能無視我。那姑娘心裡明白得很，我與她哪兒是簡單定下名分就能解決的事。」

書童傻眼，脫口而出。「男婚女嫁難道還不夠？」

王泮林倚門抱臂。「我要名分何用？我要她一顆全心一顆全腦仁，一條全命，三魂七魄繞指柔，爲我生爲我死，歡亦痛，痛亦歡，永不棄我！」

娘咧！書童嚥一口口水，心想，九公子這是要找六姑娘報仇吧？聽著滿滿都是拚命啊！

王泮林蜷緊十指，轉身回屋。

他清楚，他的心意已經全然傳達到桑節南心裡，只怕那姑娘和他性格太過契合，正經歷他之前的痛楚，知道不僅僅兩情相悅就能簡單應付了他，故而這回輪到那姑娘輾轉反側了。他猜她愁的是，她的情是否能與他的情等同，而非一時喜歡他這張俊生皮相，心中偶然泛起一絲漣漪。

不過，他不著急催她，他只須等她。等不到今生，就等下輩子。

失憶都能找到她，喝了孟婆湯又如何？

天長地久，生生世世，到盡頭之前，他王泮林絕不放手就是。

萬德商樓永不衰，錢味兒又臭又香。說臭的，都是酸腐心；說香的，都是財迷心；知道又臭又香的，都是明白心。

今日這裡，不炒引了，大炒金子。

節南喝到第二杯茶的工夫，金價已比之前高出一成，芷夫人就來了。

「一瞧就是坐等發財。」芷夫人笑道。

她照樣扮成紀老爺上樓，一來是多年的習慣難改，二來也是隱藏她是萬德主人的身分。

節南起身，等芷夫人坐了，才坐回去。「託您的福，才換的金子就賺了。」

「就妳那點兒金子，賺了也沒人眼紅。」芷夫人目光淡掃。「不過今日妳我同桌，手中拿著錦關香藥的六姑娘，名氣可就更大了，少不得有人挖出妳的底，會知道妳是趙侍郎家的侄女，再拿謠言編派妳。這世道，女子想做些什麼事，總是不易的。」

節南回道：「無妨，我這人哪裡熱鬧哪裡鑽，要有生事的人，正好給我當了消遣。」

芷夫人笑眼深深。「妳這姑娘生得好氣魄，讓我好奇妳爹娘是怎樣的人。」

「我娘生下我就走了，我是我爹帶大的，又是家中老么，把我寵得無法無天，到處招人討厭。」

節南自嘲。

「看來，我要認妳這乾女兒還真對了。」節南說她娘走了，芷夫人以爲是去世的意思。「妳雖好氣魄，我卻要替妳操此心，趕緊把認親宴擺了，也能讓那些不知幾斤幾兩的傢伙打消念頭。要實在不會掂量，非要送到妳手上當消遣，我就不管了。」

節南就喜歡芷夫人身上那種恰到好處的颯爽英氣，比她野性子強多了，不失貴家女的溫婉柔美。

「一切聽憑乾娘作主。」

「本想等妳從鎮江回來就辦，哪知出了觀音庵的事，好在妳的傷也好得差不多了，我想不能再拖延，乾脆就擺八月初八，雙日子大吉利，然後明日就把帖子都派出去，即便還沒辦酒，也都知道妳是我王芷的乾女兒了，今後不看僧面，還得看佛面。」芷夫人已打算妥當，不過聽出節南的話外音。

「我以爲妳找我，就是爲了定日子，卻其實不是爲了這事？」

「瞞不過您的眼。」和聰明人打交道就是可以節省廢話，節南笑了笑。「今日請乾娘來，是有件事找您幫忙，不過您可別不高興。」

「讓我不高興的事——」芷夫人柳眉一挑。「莫非和江陵紀氏有關？」

節南咋舌。「乾娘厲害。」

芷夫人眼中一抹沉色，隨即搖搖頭。「妳個丫頭，應不會那麼笨，幫紀叔韌勸我。可我又想不出妳還能有別的事。說吧，到底何事？」

「不，不，我是乾娘這邊的，怎麼可能幫紀二爺呢？前些日子紀二爺讓人送來的補品，我一個沒敢要，全給退了回去。」節南可沒天真到仗著芷夫人的喜愛就拔老虎鬚，紀叔韌擺明是芷夫人的死穴。

芷夫人神色輕鬆了些。「他那麼吝嗇的人，能送妳什麼好東西？妳報給我，我回頭備雙份送妳。」

節南心笑，鷸蚌相爭，漁翁得利啊。

「是這樣的，多年前，我隨師父在北燎都城學藝，我爹曾送我一樣小東西，師父幫我存入了通寶銀號。後來大今打過來，我匆匆離開，北燎都城如今也成了大今的城池，只不知通寶銀號還在不在，東西能否拿回來。」

芷夫人明白了。「通寶銀號是江陵紀氏的，所以妳想讓我幫忙打聽？」

節南回道：「是。本來已經過了這麼久，我早忘了這件事，近日卻突然夢到，而我爹去世時也沒給我留什麼東西，大概他託夢給我，所以就有點放不下。一來取物的憑單已經找不著了，二來路途遙遠，我也不能親自去一趟，才想請乾娘幫幫忙。」

芷夫人亦是心孝。「的確要試著找一找的。原北燎都城如今是大今的臨河府，只是通寶銀號是紀大管著，我不知分號是否還在，等我寫信問問他吧。」

節南連忙道謝，芷夫人道小事一樁。「對了，妳師父幫妳存的，用妳的名字桑節南嗎？」

「是。」節南應。

「那就行了，只要分號還在，極可能拿得回來。」芷夫人說完輕嘆。「妳眞是個孝順孩子，我將來就靠妳養老了。」

不知爲何，節南想起紀叔韌那人，就覺芷夫人的這個想法有些虛妄。

「這不是桑六姑娘嗎？」

想曹操，曹操到。

節南瞅著那位桃花目的紀二爺走上樓來，身後又隨三名美姬、數名美婢，她就禁不住扶額，暗道這位爺哪日不能來，偏偏今日撞上，眞叫作死。

節南但看芷夫人，果然發覺她神情冷冽，坐姿僵直，嘴唇緊抿，一張易容後的苛臉更凶三分。

芷夫人低聲道：「六娘，別跟他多說，愈快打發他愈好。」

節南聞言，心想莫非紀二爺不知芷夫人的男裝扮相？

這時，紀二爺上來要挪板凳，節南卻一腳踩上凳子，嘻嘻一笑。「紀二爺，我可沒請你坐。」

她今日綰了琴髻，戴了金步搖，畫了眉，染了甲，一身灩青染墨竹的水袖長裙，比起平日的素淡，整個人明美乍眼，已引得這商樓一半商人的矚目。這會兒她卻蹺腳踩凳，動作明明跟個粗魯的小地霸似的，那笑那刁，竟把全部人的目光都引過來了。

連芷夫人這位美人都打從心底讚嘆，桑節南就是霸起來的模樣最漂亮，閃閃發光！

旁邊的碧雲乾咳兩聲，小姑娘家畢竟皮薄，也不懂男子看女子的眼光，往往和女子看女子的眼光大相徑庭。

紀叔韌回神，居然氣不起來，還覺好笑。「妳這丫頭好大的脾性，二爺我瞧得起妳，才和妳搭一張桌子……」

節南回笑，調皮，絲毫不惹人討厭的那種。「紀二爺帶著三位姨娘呢，我這桌子小，哪裡能容你這尊大佛呀？」招手喚狸子。「狸子，帶紀二爺上甲號桌去。」

狸子想笑不敢笑，也沒敢眞上去請人走，一邊是東家吩咐特別關照的桑六姑娘，一邊是萬德大客江陵紀二爺，他得罪誰也不合適，只能磨蹭著。

紀叔韌卻突然瞇起眼，盯住了芷夫人。

節南一直以爲，紀叔韌上回能在萬德樓設局，就是已經知道了芷夫人以紀連的身分經商。哪知今日，芷夫人明明就在紀叔韌眼皮底下，紀叔韌卻只顧跟她說話，竟全然沒在意芷夫人所扮的紀連。然而，這會兒紀叔韌盯住了芷夫人，踩凳子的凶樣子都不能轉移他的視線。

節南的目光在這對夫妻之間來回，想起芷夫人讓她打發這位二爺。她放下踩凳的腳，剛想站起來，卻讓紀叔韌手裡的扇子輕輕壓住了肩，同時這人就坐了下來。

紀叔韌那對風流桃花眼，此刻深斂，看都沒再看節南一眼，氣勢凌厲，傲慢得當眞不可一世。

「丫頭，別惹惱了江陵紀二能，不然拿妳祭了神龍船，妳乾娘也救不了妳。」

節南想起，江陵紀二能，無本照生財；金銀沒斗稱，借來神龍船；船破江水漲，他還道吾窮。她爲難看了看芷夫人，卻見芷夫人微微搖頭。

紀叔韌看在眼裡。「能和這小丫頭同坐萬德樓，你是王芷的什麼人？」

欸？節南還以爲紀叔韌認出自己的妻了，結果卻是她高估了他？

「在下紀連。」芷夫人板著面孔。

「你就是幫王芷跑外面的管事？」紀叔韌撇笑。「既然姓紀，我怎麼以前從不曾見過你？」

其中一位美姨娘嬌聲怨餓了，芷夫人眼角睇得冷誚，紀叔韌一瞬不瞬瞧見了，但他到底還是讓何里將那三位姨娘帶進了包間。

有些人，天生多情。愛上多情人的專情人，萬劫不復。

「你還沒答我。」紀叔韌不依不饒。

芷夫人眼藏鋒芒。「在下不過是紀氏族裡一個小小管事，二爺即便見過我，也記不得了吧。」臺上掛出幾年來最高的金價，人們的注意力立刻被吸引過去，紀叔韌又正好壓低了聲。「王芷，妳究竟要裝男人到幾時？」

節南手裡的酒杯一跳，潑出半杯。她錯了，紀二爺不愧是情場老手，自家的妻扮成這樣，還是能看得出來的。

「瞧，小的都沉不住氣了。」紀叔韌伸手捉住芷夫人的腕子，雙目灼灼。「王芷，妳也差不多鬧夠了吧，我爲妳住了三個月的船屋，隔三差五上王家找妳，不惜折損百萬貫錢引妳出來……」

節南這唯恐天下不亂的刺頭兒就冒出來了。「不是您不惜折損，而是我乾娘沒上您的當，你不得不折損。」

紀叔韌睨節南一眼，捉舉了芷夫人的手。「她既是妳乾娘，我又該是妳什麼人？小丫頭沒大沒小，長輩的事也是妳管得的嗎？」

節南還就是沒大沒小。「我喜歡乾娘，才認她爲親，而且也就認她一個，至於您，當然不是我的誰，二爺就是二爺，頂多看在乾娘的面上，再客氣點兒，叫您一聲紀二伯。」

紀叔韌聽得凸眼珠子，這丫頭是故意喊他伯伯的吧？他年歲不到四十，平時極重保養，走出去常被當作三十七八，加上相貌天生好，不知討了多少女子歡心。到了這張桌，一個爲了躲他裝扮成醜男子，一個蹺腳踩凳都不讓他坐。所以，這兩人才能成了乾母女？

芷夫人卻讓節南一聲「紀二伯」，心裡好生解氣，臉上就笑了起來。

紀叔韌瞧見王芷笑了，頓時沒了火氣，也笑，竟帶著一絲討好意。「妳笑了，就是解氣了？跟我回家吧。自妳回了娘家，我爹我娘我大哥沒給過我好臉。這不，就把我踢出了家門，說帶不回妳，我也不用回了。」

節南聽了，眞想嘆氣，才覺這位是情場老手，卻原來不過是因爲天之驕子，憑相貌和財力直接招惹了無數桃花，其實本人嘴笨，所以這時候提什麼爹娘大哥的。

芷夫人的笑彷彿曇花一現，暫態冷下，想要抽出手，卻讓紀叔韌抓得死緊。

她惱道：「給我放手！」

紀叔韌皺眉斂笑，語氣驟冷。「不放！王芷，妳究竟要我如何？」

王芷不是節南，即便能穿男裝做買賣，她始終是大家千金，自小受到嚴格的教養，做不出當庭廣眾鬧將起來的事，也沒法笑瞇瞇對自己的丈夫冷嘲熱諷。因此，她只是從婆家跑回了娘家，避而不見，冷眼期望紀叔韌就此放過自己。而王芷甚至沒想過，和紀叔韌再見面的話，應當如何自處。她是安陽王氏，是驕傲的人，很多委屈、很多苦楚，他人看來是她性子不好，她就只能自己承受，也確實承受了很多年，如今只是撐到極限，黯然放棄而已。

節南暗眼觀察著王芷的神情，瞧她從憤然到委屈，再到黯然，臉色竟變得灰敗沮喪，就知這位芷夫人是逆來順受的性子了。也是，身為萬德的當家，迄今上自家商樓還要女扮男裝；明明對丈夫三妻四妾不滿，到頭來，不是趕跑三妻四妾，卻是她自己回了娘家，可見她是擺脫不了名門出身的束縛了。

無論是安陽王氏，還是江陵紀氏，皆名震天下，而乍看起來，紀叔韌也不過就是風流了些。反觀王芷，作為正室大妻，膝下無子無女，七出首條無後為大，便是紀叔韌休妻，江陵紀氏也毋須懼安陽王氏問責。而今，江陵紀氏為了王芷，踢兒子出家門，紀叔韌又是苦苦追妻，住在船屋三個月，誰還能論紀氏一句不是？真要鬧大了，大概也會說王芷不識大體，自視太高，擺名門千金的架子吧。

不過，節南並沒有不屑王芷的逆來順受。她自己已是天地一孤兒，而王芷背負數百年家族榮光，不是單單一字弱就可以斷論的。設身處地，她不會比王芷做得更好。她只能慶幸，她沒有生在名門，只是生在土霸小家，自小唯一犯愁的是，怎麼向旁人證明自己不是土霸，儘管結果不知不覺變成今日這樣，變本加厲，快當起霸王了。

既然如此——

節南突然抓了紀叔韌的胳膊一把，用了內勁。

紀叔韌疼得倒抽口氣，捉王芷的手自然鬆開，冷瞪節南。「丫頭這是當真不識抬舉？安陽王氏得罪不起，我江陵紀氏就能容妳放肆？」

節南起身，喚碧雲，一起扶起表情悽楚的芷夫人。「不敢，只是瞧我乾娘似乎身體不適，還請二爺得饒人處且饒人，今日就到這兒吧。」

經節南這麼一說，紀叔韌才後知後覺發現王芷神情不好，尤其一雙紅眼悲傷欲泣。他頓時心軟，退站了起來，將王芷這副模樣藏在自己的身影之下，以免好事之徒說三道四，又親自陪下了樓，不容分說，非要送人上馬車。

碧雲悄言：「紀二爺真心疼芷夫人呢。」

節南看著紀叔韌顯得那般擔心、等在車窗邊的模樣，嘆道：「乾娘要的可不止這點心疼而已，紀二爺要是想不明白，這對夫妻難以做得長久。」

碧雲一嚇。「我爹待我娘就不像紀二爺這般，捧夫人在掌心裡疼護著，平時老衝我娘大呼小叫的，我娘還傻呵傻呵地伺候他。」

「可妳爹只有妳娘一個，紀二爺卻前後有八個妾。」節南說到這兒，就想起王泮林來。那人的性子和紀二爺雖大不一樣，招桃花的本事大概有過之而無不及，而她又不是芷夫人，沒有半點容人的雅量，萬一就被那沒臉皮的人賴騙進了王家，還沒娘家可回，難道真要鬧出命案才能甘休？

想想就可怕。不是怕手起刀落，而是替自己不值！

她可是姓桑的，一家都是霸性，欺民霸市慣了的，憑什麼到了她這兒，宰個猖獗的小妾和寵妾的丈夫，她卻要吃官司啊？而且，連王芷這樣的嫡千金都在委曲求全，王家的規矩簡直讓她望而生畏！

「丫頭，送妳乾娘回去。」紀叔韌命道。

節南讓紀叔韌一喊回了神，苦笑自己何時變得多愁善感了，難得不還嘴，趕緊鑽進馬車，卻見芷夫人正拿帕子點淚。

「乾娘——」可她安慰不了這人。

她這個天不怕地不怕的丫頭，能想到的、擺脫紀二的法子，對王芷都不合適。反而王芷自己打起了精神，輕輕拍了拍節南的手背。「不妨事，我這眼淚，就跟江南的雨一樣，多的是，不值得人大驚小怪，就圖自己心裡舒坦罷了。」

這說法，不知怎麼，苦得節南也想哭一哭。

「王芷。」紀叔韌撩起窗簾，看王芷臉上有淚，一怔之後就攏皰了眉，眼底沉光，深不可測。

「怎麼眞哭了？不是說我這人無可救藥，不值得妳的眼淚了嗎？」

「又不是爲你哭的，我陪我乾女兒哭呢。丫頭讓你紀二爺嚇到了，不知江陵紀氏打算如何對付她，也不知紀二爺打算怎麼把她祭了神龍船。」王芷拿節南擋煞。

節南認了，還特意配合著，抱了芷夫人趴肩，乾打雷。

紀叔韌顯然聽不得哭聲，好氣又好笑，告饒了。「眞是怕了妳們，我不過就那麼一說。妳認了她女兒，那便也是我女兒，我疼她都來不及，不然怎能一知她受傷，就馬上買了好些名貴補藥送過去。偏生這丫頭向著妳，不收我的好意。只是，芷兒妳也消消氣，妳我夫妻十餘年，雖是父母之命，可我——」

節南的兔子耳朵聽到紀二爺長嘆一聲。

「可我待妳早就眞心眞意了，我不信妳不明白。當著這凶丫頭的面，我今日也豁出面子罷。撇開一向疼妳如女兒的爹娘，還有看重妳經商能力的大哥，我來接妳，自然是我自己想來的。妳該知道，家裡誰也命不得我紀叔韌。容妳在娘家稱心了大半年，我既然親自過來了，當然是決心要帶妳回自家的。而且我也告訴妳，我不可能寫休書，更不可能同意和離，就算妳搬出兩家族長來，我也絕不會放開妳。哪怕妳再厭棄，妳這輩子就得在我跟前待著，百年之後必須與我葬一處。」

節南忘了乾哭，心想原來紀二爺只是對外好面子，其實還是很能打動人心。

王芷語氣卻淡。「身爲你的正妻，不能爲紀氏添丁，而我十六歲嫁你，迄今已近二十載，你待我始終不離不棄，這份心已經足夠，我感激不盡。不過——」

趴在王芷肩上的節南，眼睛溜溜轉，心道來了，這就要發大水了！

「你我是時候放開彼此。你需要一位年輕的正妻爲你生養嫡子，而我也不想再當一個惡婦，每回一有妾得寵或有孕，就鬧得家宅不寧。我爲了你，手上已累累人命，死了定入地獄。所以，只想餘生不再作惡了，你可否行行好？」

節南放開王芷，坐直了，呆望著她。

紀叔韌臉色變得鐵青，一股怒意自眉心急聚。「妳入地獄，難道讓妳那麼做的我就能上天當神仙嗎？作惡？」他哼冷。「妳以爲妳把自己說成惡婦，我就會心軟？王芷，我雖做不到專情，但我此生只待妳一人情長，管妳是惡婦還是毒婦，我只能比妳更惡更毒——」

「我如今住在雲茶島。」王芷突兀打斷。

「我說怎麼找不到妳——」紀叔韌陡地厲聲厲色。「什麼，妳住在連城的雲茶島?!」

節南才被王芷的痛苦震懾，馬上又對這一轉折生出好奇心。

她記得，王泮林設計買了半個島，轉送王芷，王芷就搬到島上去住了。當時她不覺有何不對，但看紀叔韌怒氣狂飆的情形，顯然王泮林挑中雲茶島不是偶然。

雲茶島連城——

王芷化名紀連——

節南瞠目，難道……難道……

「是啊。」王芷神情恢復自若。「你明白了吧。連城他——」

「不准妳在我面前提這個名字！」紀叔韌咬牙切齒，隨後竟哈哈大笑起來。「王芷，妳以爲搬出青梅竹馬，我就知難而退了？姓連的當年娶不得妳，如今妳是我的妻，更娶不得妳！而且，好得很，他敢收留妳，我就敢鏟平他的雲茶島。這麼多年總算讓我找到一個冠冕堂皇的理由弄垮了他！好，好，好！」

連道三聲好，紀叔韌摔簾走人。

節南讓江陵紀二的怒不可遏驚得頭皮發麻，王芷卻安之若素，讓車夫去碼頭。

「乾娘，您和連大島主……」節南覺著這麼問不妥。「紀二爺他不會眞的做什麼吧？」

「等他回到那些美妾身邊，什麼氣都會煙消雲散的。我與他多年夫妻，我早就看明白了。正好，今日帶妳上島，瞧瞧我的新居去。」

王芷眼裡一絲波瀾也無。

28 襄王神女

柒小柒最近很煩躁，非常煩躁。

自從知道小山的赤朱轉變爲絕朱，她心裡就沒底了。本以爲自己還有很多時間可以找解藥，卻因爲這麼一份懶惰心，把之前的三年都浪費了，很是懊惱。急死了，又不知從何著手，誰知前幾日小山說拿到了半顆解藥，在王九手裡。她興沖沖去問王九要，王九居然不肯給，說不相信她。

不相信她？她還不相信他呢！

她和小山本來就想混日子過，要不是王九拉小山到處蹚渾水，弄出一個令人那麼好奇的兔幫，連盛親王都以眞面目出現，以至於現在沒了退路。

她雖然尚未找出最終的解藥來，但月服藥也就差兩味分辨不清，所以小山一年多不服藥，在她的調理下也好好保住了身體，而且即便惡化爲絕朱後，她的新藥很快就給小山降了高熱。

赤朱是一種極熱的毒，若不能控制，全身持續發熱，時間久了就導致五臟六腑衰竭，骨質脆生，稍微得個風寒什麼的，便難以康復，咳嗽不停。而她發現放血卻是一件好事，毒血出，淨血生，交替之間讓小山好過些。故而，小山在冬日裡不僅要穿得單薄，她還用了一種釋咳的藥，時不時吐個毒血，更健康。

她柒小柒文武皆不如小山，可是師父說她對醫藥悟性不錯，還將機關術傳給了她。姊妹倆互幫互助，平時沒事鬥鬥嘴挖挖苦，日子雖艱難，倒也過得輕鬆。想不到，小山都不埋怨她，她卻被王九那傢伙嫌棄。

想那王九剛賴在青杏居的頭幾日，還央她給他扎針，誇她醫術不錯，如今賴成理所當然，小山把寢屋都讓了出來，他比主人還主人，輪到她要解藥，就是不肯鬆手，又不相信她的醫術了。

小人！小人！小人！

「就你腦子好啊?!」偏偏她確實沒找出解藥，抱怨也無力。柒小柒托著腮，坐在曲芳臺二樓聽散曲，唱曲的是位姑娘，模樣好看，音色尚青澀。

「妳說小山姑娘？」對桌的王楚風一邊問，一邊剝栗子。他剝一粒，柒小柒就自覺拿一粒。「不是，說你九哥。」

王楚風知道柒小柒喜歡趕熱鬧，聽聞曲芳臺近日來了一位大家，正好他認識包場的老爺，就要了張請帖，帶柒小柒來玩。

「說起九哥，他大半月未回府，又沒回安陽老宅，也不知他哪裡去了。要不是丁大先生保證這回九哥沒跑，只怕祖父又要派人找他。」遷都不過數年，還沒安穩下來的時局又起驚濤，安陽王氏在官場後繼無人，祖父怎能不急。

這些日子，常跑王楚風那兒蹭吃的，明琅、公子，這些一律省去，直呼十二。

「跑是沒跑……」柒小柒拿栗子堵住自己的嘴，忽然朝樓下看去。「欸？十二，你看，怎麼不唱了？」

王楚風瞧見主人帶著好幾個匆忙往門口趕，臺上的小姑娘已經下去，正放琴與鼓架。「應該是重要的客人來，那位大家終於要上臺了。」

柒小柒往欄外探出腦袋。「什麼重要客人？咱們都坐了半個時辰，卻連那位大家的鞋尖都沒瞧見。」

「是挺讓人好奇的。」王楚風也不說自己是叫得出那位大家的，也沒一直盯著樓下，只因如今看眼前這位福娃娃就滿足了。然而，沒一會兒，王楚風發現剝好的栗子成一排了，但見柒小柒趴著欄杆，也不像方才那般探出頭，卻似偷窺，半張臉藏在欄杆後，只露兩隻眼。

「小柒？」

柒小柒只是伸過手來。王楚風知道她是要栗子，放了一粒進她手心。

柒小柒瞧也不瞧就往嘴裡扔，然後揮揮手。「十二快走。」

這麼讓柒小柒趕著走，王楚風卻也不惱。這姑娘並非無理取鬧的人，所以一定要問清楚。

「爲何？」

「來的不是什麼好鳥。」柒小柒看看四周，想著隔牆有耳，這才察覺有件事很奇怪。「樓下坐滿了，樓上怎麼就咱們一桌？」

王楚風笑回。「一般都在臺下聽曲，二樓喝茶。」其實是他特意關照主人，清空了二樓。安陽王氏，辦這麼點小事，還是很容易的。

他再往下一看，臺下正中的桌子也被整理乾淨，前後各四名挎刀隨從開道，被護在中間的那位身著華服，雖是頌人打扮，髮色呈褐，身材魁壯，五官不像南方人，甚至不像中原人。

柒小柒眞信。「看來今日運氣不錯。」

她和小山一樣，愛拚運氣，同時拉著王楚風的袖子，示意他學自己壓低頭。「別讓下面的人注意咱們。你要湊熱鬧也行，有什麼事都別強出頭，跟在我後頭就行了。」

王楚風聽著這話，覺得彆扭。「小柒把我當這種人嗎？」

小柒直盯樓下，沒在意王楚風說什麼。「那是北燎大皇子。」

王楚風雖然看出對方可能來自西面，卻沒料到這人就是出使南頌的燎皇子，但奇。「小柒妳如何認得北燎皇族？」

「九公子沒告訴過你嗎？」柒小柒以爲王楚風時而幫王九跑腿，連兔面具都戴了，應該知道她和小山的來歷。

「他該告訴我什麼？」王楚風反問。

他迄今只知這對姊妹與眾不同，肯定不是尋常人家的女兒，而他喜歡小柒的瀟灑快活，恣意卻有一顆正心，僅此而已。不過，他一點也不喜歡王泮林對姊妹倆無所不知，而他自己卻一無所知的這個事實。

節南用腦過度，柒小柒則常常一根筋。她從小頂著一張漂亮臉蛋也不知利用，反而讓沉香利用，被欺負了還呵樂，直到師父帶節南這個聰明師妹進神弓門，從此全靠節南罩著。節南說東，她絕不往西，還沾了節南的霸性凶性，也是關鍵時刻眼睛裡面容不得一粒沙子。

「我曾是神弓門弟子啊。」然而，本質上柒小柒的心思就是單純的，比節南更率性，不怕惹禍，其實就是被柒珍和節南寵壞了，想說就說。「神弓門原是北燎皇帝直領的暗司，我當然見過大皇子。」

這話，在王楚風腦裡打了幾個彎才明白，小柒曾是北燎暗探?!

樓下椅子桌子一片挪動，樓上兩人躲在欄板後面一動不動。

柒小柒聽不到王楚風說話，回頭見他愣瞧著自己，笑大了問：「怎麼了？」

「沒……」王楚風溫潤一笑，卻忽然不想裝溫潤了，眸中隱隱情切。「小柒，等今日之後，妳跟我講講從前的事，可好？」

柒小柒歪頭瞧瞧王楚風，應得乾脆。「好，你別嚇到就是。」

王楚風輕道一聲「不會」。

柒小柒調過頭去，看樓下那位大皇子頤指氣使，還大聲呼喝那位散曲大家的名字，讓人快點兒上臺唱曲，一臉急色相，不由撇撇嘴。「也不知燎帝老糊塗了還怎麼，竟要將王位傳給這個飯桶。」

「權位之爭，講究天時地利人和，四皇子卻差了些天時地利。」但凡男子，多關心時勢，王楚風也不例外。「大皇子是飯桶無所謂，龍椅雖然只有一個人坐，卻要靠底下的人扛著扶著運著。大皇子能突然上位，皆因得到了能臣的輔佐。」

「能臣？」柒小柒想了想。「誰？」

「文心閣也查不出來歷，只知可能是一位隱士，並不在北燎朝中。」王泮林交代文心閣查證的，已經傳到二伯那裡，也傳到了王楚風這兒。

「既然都已經是隱士了，爲何還管俗世，還偏偏管的是爛泥扶不上牆的大皇子？我看那位隱士也不是什麼好東西，肯定是衝著大皇子給他的好處。」柒小柒無聲嗤笑。

柒小柒這話雖聽起來魯莽，楚風卻也不覺有錯。「的確，那位隱士並未幫助民心所向的四皇子，反而用卑劣陰謀害人，左右不出權和利二字。」

「也不知道不男不女怎麼樣了，可千萬別犯傻。」柒小柒嘟囔一句。

楚風沒聽清，只因樓下琴起鼓起，美人婉婉唱一首清辭。

大皇子聽了沒兩句就叫停。「本王——本公子聽不了這等清水詞，來一首豔的！要是到本公子懷裡來唱，賞妳一金錁子！」

楚風皺眉，見樓下客人走得差不多了，顯然怕極這位囂張跋扈的客。

「小柒，這熱鬧不湊也罷，不如我們也走了吧。」他不怕，但覺沒必要留下。

柒小柒這時卻比之前還全神貫注。「十二，十二，你快看，那個擊鼓的人是否古怪？」

王楚風順著柒小柒的話往下看，大鼓一面掛高架，鼓前一位赤膊精壯的鼓手，雙手各捉一鼓槌，垂目彎頸，十分恭順立著。

他瞧不出古怪。

「剛才唱的是清曲，根本用不到大鼓，他卻上了臺，裝樣子敲了半支曲子。」曲藝界俊生雲集，加之柒小柒對吃喝玩樂有很深的「造詣」，鼻子比狗還靈。楚風造詣也不淺，無奈今日分心，醉翁之意不在酒，所以並未察覺。

「是嗎？」他是知道小柒喜歡看俊生的癖好，當初還幫小柒擺平過某家戲班子，只是如今再看小柒瞧別的男子，對方還打著赤膊，讓他心裡十分地不痛快。「小柒……」

稍稍一猶豫，王楚風眸底浮上霓燈五彩，難得動作不惱，捉了小柒的腕子就要走。「別瞧了！」

柒小柒讓王楚風拽站起身，聽得他話裡有火氣，挺稀奇。「哦，哦，十二你曾說過自己是有脾氣，這會兒就是在上火吧？」

柒小柒那稀奇的笑語，令王楚風心火更竄高了，語氣卻陡冷。「是很上火。小柒妳爲何以明琅公子稱我？」

樓下開始吵鬧起來，因大皇子貪起散曲大家的美色，指使隨從把美姑娘從臺上揪下來，打算來個無恥的調戲。

柒小柒飛快瞥一眼，回答得難免有些漫不經心。「十二君子斯文，謙謙溫潤，待我這樣的胖姑娘都沒有半分輕視，是眞正的明華美玉，所以喚你明琅公子啊。」

「妳可是喜歡我？」王楚風也留意到樓下的喧吵，但他比柒小柒更專注眼前。

「呃？」這一問，總算將柒小柒的注意力拉回來。

柒小柒期期艾艾，眼睛盯著自己的腳尖，半晌才回：「誰能不喜歡明琅公子呢？」

對她而言，大王嶺上唯一可看的風景，就是王楚風。她還口口聲聲要和小山瓜分十二和王九，甚至往人身上壓一壓呢，只不過——那是她和小山當時的樂趣所在啊！

王楚風不滿意柒小柒模稜兩可的態度。「我問的是，妳是否喜歡我？」

柒小柒當時勸節南該怎麼對待王九的時候，說得一套一套的，突然輪到自己，完全傻懵，心裡讓什麼東西撓得死難受、死尷尬，偏偏自覺腦袋裡靈光一閃，想到了一個好說辭。

於是，她乾哈哈笑道：「我當然喜歡十二！不過你可千萬別誤會，以爲我對你有非分之想。我把你當成——呃——兄長！對！大哥，我從小就想有一個哥哥一個姊姊，結果，小山雖然是我師妹，其實卻像姊姊，然後就認識了你。你是小山之外對我最好的人。我明白的，我長這麼圓，福娃娃一樣，你又是心好的，當我妹妹……」

王楚風眼裡魘深。「我又是心好的……」

什麼？她把他當兄長？

前些日子他好不容易理清自己對柒小柒的感情，知道自己對她心動之後，幾乎泡在膳房裡給她想方設法做好吃的，又擔心她繼續胖下去對身體不好，還費盡心思造不會發胖的零嘴食譜，那般滿腔滿情待她，以為這姑娘也是喜歡自己的。這麼說來，竟是他自己一廂情願？

王楚風本來是當才子的好材料，哪知連字都認不了了，多年來一直處於欺騙別人也欺騙自己的漂亮外殼，心裡雖然渴望做自己，卻又在僞裝中慢慢失去自我，眼看一輩子要當個僞君子，結果遇見了柒小柒。他喜歡她的眞，不經修飾，不會虛僞，那麼灑脫。她也不會在意別人的目光，做自己喜歡的事，吃喝玩樂全隨心，不畏人言。

她讓他羨慕，又想學她，能大大方方告訴長輩們，他喜歡鑽研廚藝，也喜歡打理家中事務，而且比伯母嬸嬸們做得更好。而小柒知道他說不出口的祕密後，絲毫不介懷的那張笑臉，令他不僅怦然心動，更是深深淪陷。

結果，卻只是兄長——

柒小柒忽然將王楚風推到柱子後面，低聲道：「糟了，糟了，那笨蛋果然找死來了！」

因事出緊急，柒小柒推王楚風的動作極快，福娃娃的身子把王楚風擠貼在柱子上，她自己只顧看樓下發生的變故，全然沒注意眞壓上了王楚風。

上回，王楚風只是從柒小柒懷袋裡掏零嘴，就已經鬧得臉紅冒汗，這會兒已經心意不同，又讓這姑娘全身壓上，他的眼神變了又變，卻半點驚羞也沒有了。

「小柒……」王楚風卻未一直低落下去，突然想到自己也還未同這姑娘說清楚，等他告訴她自己的心意，一廂情願變成兩廂情願，就好。

只是，今日注定王楚風表白不了。

那名散曲大家讓侍從們拽下臺，她用來唱曲的嗓子一旦哭鬧起來，真是震天響。然而燎大皇子這個急色胚，哪裡會顧忌一個唱曲姑娘的哭叫，抱住了就上下其手。

這時，連包場的主人都不見了，樓下整個成為燎大皇子自家的後宮。

王楚風看到這等情形，怎麼也不能只想著自己和柒小柒的事。「這位大皇子實在太——」

柒小柒捣住王楚風的嘴，食指豎唇，烏溜溜睜著大眼，靜靜對王楚風搖了搖頭，然後踮腳尖，湊到王楚風耳邊。「十二，你就站這兒，無論發生什麼事，都千萬別動！」

王楚風才覺耳朵讓柒小柒的氣息吹得發燙，卻見柒小柒轉身，動作極其小心，卻又極快，無聲無息就竄到離他幾丈開外的欄板後。

那方向，正對燎大皇子。

柒小柒脫下身上那件大紅綢，王楚風愣然瞧著大福娃變成了小福娃，原本圓得跟吹氣皮囊似的身段頓時縮瘦一大圈。他還來不及驚，又見柒小柒從綢裳裡面摸出好些精巧的玩意兒，熟練裝起來，竟是一排機關小弩。等柒小柒把這些機關裝上扶欄，居然又從綢裳裡掏出一疊肥布墊，仔細藏在梁上，再反穿了綢裳，麻溜地從袖子到上身捆紮起黑帶子，將大衣裳變成貼身衣，又把頭髮束起遊俠兒馬尾，蒙上臉，竟轉眼就變成一個身材中等的黑衣男子。

王楚風雖見過小柒戴兔面具穿鍾馗袍的變裝，但像這般前後判若兩人的變法，還是頭一回見。

這是柒小柒發胖後行馬走探，卻至今未暴露眞身的祕訣之一。不是她不胖，她還是胖姑娘，手臉都胖，但她的身材靠外衣撐圓了一大圈，顯得可笑，讓人很容易記住這樣的身材。

師父教她的易容變裝技巧可不止適用瘦子，而她在這方面花了好多工夫，從自己管不住嘴開始，就一直琢磨怎麼才能克服發胖帶來的變裝阻礙。

的東西。她變裝的方法，連小山都不知道，就像小山從不說自己的劍術到底到了什麼程度，也不說工造上所擅長的全不一樣。

王楚風看呆了，柒小柒卻嚴陣以待，心無旁騖，即便有幾十個明琅，這時她也不會動動眼珠子。

節南是謀探，而她是影探，哪怕在強光之下，也需要隱藏自己的存在感，而且隨時準備，在最後關頭拋卻自己，成為敵人料不到的致命殺器。

忽然，樓下一靜。

柒小柒一邊盯著樓下，一邊將扣發暗弩的絲線繞上手指。她繞得又快又靜，一雙眸子清澈，目光十分淡定。

燎大皇子將懷裡的散曲大家狠狠推開，同時朝她扔出一把明晃晃的匕首，看她狼狽滾開，笑得好不惡狠。「以為本皇子真會上了你們的當？可惜，這要是明珠佳人，本皇子還說不準忘乎所以，而不過一個千夫枕的殘花敗柳，就想勾了本皇子的命，真是癡心妄想。」

侍從們立刻將地上的女子架起，拖到一旁。散曲大家衝著仍站在臺上的琴師和鼓手嘶聲力竭大叫。「大人快走！這是陷阱！」

燎大皇子哈哈大笑，突然往地上摔了一個杯子。幾乎同時，從門外衝進一大幫人，皆穿禁軍統服。

南頌，以禁軍為最強軍力，府兵衙差這些無法相提並論。

燎大皇子閃到領軍之人身旁，笑道：「少卿大人這局中局設得真妙。與其本皇子提心吊膽等赫連驊那小子來殺，不如幫他布下這局，本皇子再大膽當餌，反捉了他和那些殘黨餘孽。不過，還真是險哪，那小唱婦好重的手，將本皇子的衣服都割破了，本皇子絕不能就此作罷，要將此女帶回我驛館，讓她求生不得求死不能。」

少卿大人乃是大理寺那位少卿，新近最受皇上器重的年輕官員，拾武狀元延昱。

延昱抬眼看了看樓上，未見一人，遂語氣淡然答道：「這些人既然是燎國四皇子的暗探，當然聽憑大皇子處置，下官只是奉皇命助大皇子捉拿罷了。」

延昱隨即跨前兩步，揚聲道：「爾等若是束手就擒，本官還能替你們向大皇子求情——」

大皇子卻道：「少卿大人不必多費唇舌，將赫連驊同黨押上來！」

禁軍之外擠進大皇子的一列親隨，嘩啦啦押跪兩排人。

王楚風悄悄看去，竟是包場的主人家，有男有女，有老有少。他沒想到，這位城中頗有頭臉的地主竟是燎國線人。

那主人臉色極差，畢竟全家老少落在敵手，但一開口令王楚風動容。「大人快走啊！留得青山在，不怕沒柴——」

大皇子作個手起刀落的手勢，親隨抓起那主人的頭，就割開了他的喉管。

頓時，哀哭聲一大片。

「住手。」一個聲音，冰寒徹骨。

大皇子挖挖耳朵，吼道：「吵死了。」

一片刃光！

哀哭停了，血流不停，二十來條人命沒了。

鼓手終於抬起頭，雙目戾氣森煞，如魔厲紅。雖然膚色黝黑，五官卻透出驚人的俊美，不是赫連驊，卻是誰？

延昱皺眉。「殿下——」

大皇子卻絲毫不理，從袖中拿出一卷軸帛，對著赫連驊抖開來。「你可別以爲就這麼一家子人，三城裡的線人雖然沒幾個，但你猜猜他們的家小加起來有多少口人？」

赫連驊神情悲憤。「我赫連驊一人做事一人當，這些人都是普通燎人，只不過受我脅迫，不得不幫我而已。不分青紅皂白殺害子民，還血口噴人亂栽贓，怎能讓你這種畜生登上王位？」

落入陷阱、根本動彈不得的赫連驊，突見一串小箭向大皇子射去。

有人暗中助他！

赫連驊悲喜交加，鼓槌抖落，冒出寒光閃閃兩柄刀刺，飛身也往大皇子刺去。

那些親隨上前保護大皇子，其中數人也不過就讓小箭擦破點皮，卻很快臉色發青，口吐白沫，倒地斷氣。

大皇子嚇得抓了兩個親隨擋在身前，大喊大叫。「少卿大人還愣著幹什麼！本皇子若有事，南頌朝廷如何同我父王交代？」

禁軍除了衝進來助陣，殺人沒份，護人也沒份，都在等懷化郎將的命令。

赫連驊一腔怒意，轉眼就劈了大皇子面前的兩塊擋箭牌，蹬著屍身再飛，伸展雙臂，雙柄刺劍朝大皇子兩邊太陽穴急扎。

忽然，大皇子加速後退，一柄銀色長槍橫空出現，將赫連驊左右開弓這一招險險化解。隨後銀槍的主人延昱雙足落地，將袍拍曳，他喝道：「鶴隊速速保護殿下離開，豹隊給我上樓搜有無同夥，龍虎二隊給我把這傢伙圍起來，活捉了他！」

大皇子聞言又大叫。「不用活捉，誰能摘了我燎國叛徒的腦袋，本皇子重重有賞！」又指著不知何時到了禁軍手上的散曲大家。「還有，此女子隨我一起走！」

但他的聲音很快遠了，人讓一隊禁軍「轟」出了門，沒有美人跟隨著。

赫連驊被兩隊禁軍圍了個裡三層外三層，面對威風凜凜的懷化郎將，全無懼色，刺劍劃出兩道光弧，周身殺氣森然，冷看豹隊衝上樓。

豹隊隊長舉著一張小弩往下喊。「稟將軍，樓上無人，只找到機關小弩數張。」

延昱一點頭。「豹隊二樓戒備！」

豹隊眾人齊齊喏應。

延昱這才看向赫連驊。「久仰赫連武神之名，想不到他弟弟如此愚蠢，飛蛾撲火，自不量力。」

赫連驊吐口唾沫。「呸！我即便蠢，總比你給蠢人當狗強！」

延昱並不惱，銀槍在手裡一抖。「你說錯了，打狗還要看主人面，膽敢在我頌土殺你燎人，主人怎能不出面？我再說一遍，你若投降，我或可幫你向燎王求情，沒準你能保一條命。」

赫連驊自知今日已是滿盤皆輸，殺不了大皇子，連三城反對大皇子的燎商也會被大肆清掃，只是他既然來了，就不打算活著走出去。

他有何懼怕，又有何可失去？

赫連驊冷笑一聲，雙刺一接變成一柄長刀，兩頭閃著寒光，「廢話少說！這位郎將千萬別放走了我，放虎回山，後患無窮，知道嗎？」

說罷，赫連驊長刀直刺。

延昱舉槍迎戰，同時對眾人下令：「都不准動手，本將軍要親手拿下此人！」

一個是隱名高手丁大先生的關門弟子，一個是自幼請了各方名師指點的武狀元，兩人一時打得不可開交，樓上樓下的眾人看得目不轉睛，沒人順道瞧一瞧屋頂。

屋頂上，一身黑衣融入夜色，已將王楚風安全送出去的柒小柒伏身觀戰，影探不到萬不得已，絕不能呈現人前。

論單打獨鬥，赫連驊的功夫不比延昱差。延昱和崔衍知是同一路數，學的是正宗正道的武藝，頗爲一板一眼。而赫連驊的路數卻是難以琢磨的，又不成宗也不成派系，算得年輕一輩中的好手，比不得節南那種根骨奇佳的，對付延昱卻綽綽有餘。所以，延昱很快就不那麼從容了。

延昱一個大招放過去，赫連驊卻飄至延昱側翼，長刀疾出，眼看就要刺進對方腰間。周圍禁軍怎能沉得住氣，總不能眼看領將受傷，數人揮刀一齊砍向赫連驊。

赫連驊聞風收勢，激靈靈打了個旋轉開去，背上還是挨了兩刀，剎那皮開肉綻，鮮血直冒。他咬住牙根。「卑鄙！想要一起上，直說就是！充什麼好漢，說要親手拿下我！」

延昱不惱也不躁。「技不如人，本將軍甘拜下風，不過怎麼也不可能放你走，故而手下軍士著了急。抱歉，待你進了大牢，本將軍答應給你找個好大夫。」

赫連驊再呸。「你說話如同放屁，鬼才信你。小爺我今日也不要別人的命，就找你當墊背的，陪小爺我黃泉路上走一遭吧！」

長刀轉出無數銀輪，伴隨赫連驊嘯聲長吟，自延昱頭上罩下。延昱雖然看不清眞幻，但他氣勢長虹，大喝一聲橫槍就抬。卻不料，赫連驊長刀變短刺，右手一劍，一下子刺進延昱的肩頭。然而又有風聲來，赫連驊來不及刺深劍尖，收手躍開，同時也避開一道青光。

青光過後，一人扶住踉蹌往後退的延昱，連氣都不換一口，劍花朵朵飛過來。「京畿提刑司崔衍知，領教閣下高招。」

赫連驊爲避崔衍知的劍，不小心太接近包圍圈，讓禁軍們一片刀光劈下來，背上又多幾道猙獰血痕，更有陰損的偷偷往他腰裡扎入一刀，令他受了內傷，一開口就噴一口血。

「又來一個不要臉的。」赫連驊眼前有些視線模糊，卻眞是鐵錚錚的好男兒，袖子抹過嘴角血絲，冷冷呵笑，雙劍分開一指。「行了，也別裝著和我單打獨鬥了，統統上來，小爺我殺一個是一個。」

崔衍知被臨時調來當差，對他而言只是公務在身，也懶得和赫連驊爭辯，劍招略略一頓，繼續攻來。

突見半空落下一道人影，對著崔衍知面門就是一掌，崔衍知急忙拉回攻勢，才看清那是一名中等身材的黑衣蒙面人。

延昱受了傷也不示弱，幾步跨到崔衍知身旁。「衍知，定是同黨，小心他手裡可能有劇毒的暗器，見血封喉。」

「同黨」柒小柒不吭聲，轉身拽住赫連驊的胳膊，往上蹬足。

哪知赫連驊不肯配合。「不管你是誰，小爺我今日要大開殺戒，毋須任何人搭救，你走吧！」說到這兒，就往禁軍群裡殺去，幾式瞧不見刃的快劍，接連幹掉好幾人。

赫連驊找死，柒小柒卻不想赫連驊找死，眼一瞇，從一名來襲的禁軍那裡空手奪白刃，幾刀砍出一條路，正要再抓赫連驊。

延昱和崔衍知一槍一劍，衝柒小柒身後奔來。

天降一架琴，正好砸在槍頭劍尖之前，錚錚響。

延昱呼道：「忘了琴師！」

29 莫逆之交

王泮林聽到門響，推窗瞧見碧雲走進了院子，卻不見節南。

「妳家六姑娘呢？」

已經入夜，幾近八月的晚風清涼。

碧雲乖答：「我與六姑娘下了碼頭之後，瞧見禁軍封江心街，六姑娘說她想看看熱鬧，順便買一籠張記包子，囑咐我先回來，跟九公子說一聲。」

仙荷正在點燈，聞言蹙眉。「姑娘也真是，禁軍封街，一般人能避多遠就多遠，她怎麼還往前湊？」

碧雲實事求是。「不是啊，看熱鬧的人好多，擠得水洩不通的。」

王泮林吹出一聲哨子音，就從外牆飛下一兔來，正巧落在碧雲身旁，灰兔面具斯文相。碧雲如今也算得膽大了，卻沒料到自家地盤裡還能飛來高去，難免嚇一跳。

灰兔將面具扒拉到脖子，笑得斯文。「碧雲姑娘別怕，我是吉康。」

仙荷將碧雲拉過去，笑著拍拍她的背心。「習慣就好。」

雖說節南想保護碧雲，什麼事也不多說，但隨著兔幫幫主爲人所知，九公子又住了進來，青杏居有腦有心，身居其中的碧雲總會知道得愈來愈多，也愈來愈無法抽身。

好在碧雲是個忠心的丫頭。

「你立刻帶些人接幫主回來，同時知會堇大。之前一直沒有那個笨蛋的消息，估摸今日禁軍封江心街和他脫不了干係，丁大先生不在，還請堇大先生看著辦。」

吉康應聲而去。

王泮林要放下窗。

「公子。」仙荷急急一聲。「我們是否也該去江心街那兒看一看？」

王泮林搖搖頭。「不，只有守住了這裡，妳家姑娘才無後顧之憂。不過妳要是實在擔心，可以去李羊那兒，讓他再加派人手，把青杏居四面的街口全看住，絕不要放過一絲風吹草動。」

仙荷福身。「我這就去。」

等仙荷也走了，碧雲點點自己的鼻子。「公子，我呢？」

王泮林的影子貼在綿紙上，笑聲淡淡。「妳和姑娘到碼頭去作甚？」

碧雲回道：「公子的姑母芷夫人請六姑娘到新居去玩，所以上了雲茶島……」還想說得細緻些。

「今日我們上萬德樓——」

忽聽有人敲院門。

王泮林的影子就不見了，碧雲只能聽到他的聲音——

「應是妳家大小姐。妳只須告訴她六姑娘去過萬德樓後，又到王家拜訪芷夫人，芷夫人留她用晚膳，稍晚才回，莫提其他事。」

碧雲點點頭，開門果見趙雪蘭，不過趙雪蘭身旁還有月娥姑娘。

碧雲心裡雖然不定，面上卻半點不顯，微笑福禮。「碧雲見過大姑娘、月娥姑娘。只是大姑娘來得眞不巧，六姑娘不在。」

趙雪蘭知道節南閒不住，也沒往別處想。「無妨。月娥姑娘送來延府請柬，請我們一家人中秋賞月，也有六娘的一份帖子，所以才帶月娥姑娘過來的。要說青杏居外的小門和延府的側門斜對面，走動起來更方便，我打算向六娘討份鑰匙，今後省得我繞遠路。她既然不在，妳幫我說一聲就行了。」

當初桑浣有私心，想節南替她辦事，又避開趙府裡的閒雜人等，所以將小門畫給青杏居管，鎖門的鑰匙也獨一份，都交給了節南。

碧雲說聲「知道了」。

月娥並未好奇往裡探看，將帖子交給碧雲之後，但問：「仙荷姑娘在嗎？」

碧雲知道月娥和仙荷要好。「仙荷姊姊也不在。」

趙雪蘭隨口問了一聲。「這一個個的，都上哪兒去了？」

「今日我隨姑娘上萬德樓，姑娘又到王家拜訪芷夫人，芷夫人留她吃晚飯，姑娘怕仙荷姊姊擔心，讓我先回來說一聲，然後仙荷姊姊就去接姑娘了。」碧雲如此作答。

趙雪蘭早知王家芷姑姑要認節南乾女兒的事。「我看真的再找些丫頭來，就妳和仙荷兩人替換來去，也夠辛苦的。」

碧雲笑笑。

月娥忽道：「那正好。明日牙婆子會帶些丫頭僕婦到延府給夫人挑，大姑娘可以過來瞧瞧，要是有合適的，便直接帶回家。」

趙雪蘭本來心裡一衝動就想說好，但瞧青杏居裡明燈不弱，碧雲丫頭安然守在門裡，那股衝動勁就過了。「多謝月娥姑娘好意，只是這青杏居由我表妹說了算，我可不能越俎代庖，改日同她商量後，看她的意思吧。」

月娥自不好再說。兩人連門也沒進，就走了。

碧雲上好門栓，長呼一口氣。

「不必緊張，妳已經做得很好。」王泮林從杏樹後面走出來。「好了，妳家姑娘，還有妳的仙荷姊姊都能吃好的，家裡就妳我了，吃什麼呢？」

碧雲當然得自告奮勇。「七姑娘總準備著一大堆吃食，我去伙房瞧瞧。」

等碧雲利索地端上一石桌的小菜，剛給王泮林倒了一杯酒，王泮林卻忽然起身，衝著青杏居的外牆道聲「來了」。

碧雲還沒反應過來，就見一片黑雲升過牆頂，陡地急落，一碰到地就滾成兩團球，最後化成兩道人形，伏趴地面，一動不動。

王泮林快步走過去，將一人扶坐起來，扯掉臉上蒙面。燈火明映那張臉，原本福圓的、像白糯米糰子一樣可愛，這時全是血，而且雙目緊閉，嘴唇發白。

碧雲倒抽口氣，整個人撲過去，眼淚在眼眶裡打轉，也不敢喊，低呼：「七姑娘！」

王泮林用袖子擦過柒小柒的臉，發現她頭上沒有傷痕，再扶住她細細看了一遍，才發現背部讓血染了一大片，但血已經止了，不是要害。

王泮林放下心，讓碧雲扶好柒小柒，又走到另一人身前，翻轉過來一看，無可奈何罵聲「笨蛋」。

赫連驊幾乎成了一個血人，渾身上下沒有一處乾的，臉色白裡發青，跟死人沒兩樣，呼吸時起時歇，氣若游絲。

碧雲驚道：「七姑娘醒了！」

王泮林回頭，瞧小柒推開碧雲，摸著後背走過來，眉眼盡是煞氣。而本來挺漂亮的姑娘，凶面孔竟似惡鬼一般，他心中嘖嘖稱奇。

柒小柒咬牙盯著地上血人，連聲音都惡形惡狀。「混帳東西，害我中了兩箭，敢死試試看！」

王泮林自覺退開。柒小柒兩手將赫連驊橫抓了起來，回伙房，砰一聲踢闔門板。

院裡涼風輕送，碧雲半張著嘴。要不是石板上清晰的血印，她還以爲自己作夢呢。

「九公子，七姑娘她不要緊吧？」

王泮林看看兩手血，走到牆角井邊坐了。「丫頭來，打桶水給我，再把石板沖刷乾淨，別留半點痕跡。」

碧雲這會兒正需要做事分神，跑過來幫王泮林打好水，又很麻溜地把石板沖乾淨了，再去拿了乾巾子來，給王泮林擦手。

王泮林誇一聲。「比我借來的書童強多了，到底是姑娘家，做事心細。」

碧雲領了誇，卻沒忘了方才的場景。「九公子——」

「七姑娘不要緊，赫兒姑娘也不要緊，六姑娘更加不要緊，咱們——」王泮林擦乾了手，示意碧雲一起，走到石桌旁。「吃飯。」

小柒和小山一個樣，所有的苦，放在她倆身上都不會顯得苦。而小柒既然能惦記著赫連驊，小山應該沒大礙，否則以小柒的脾氣，誰的命都得排在小山後頭。

碧雲可不敢和王泮林同桌坐。「我那一份放在自己房裡了。」

王泮林也不勉強，這青杏居裡稱呼上雖然馬虎，該有的主僕之分仍是一清二楚。「那妳去吧。」

王泮林稍微吃了一些，正在斟第二杯酒，聽得有人在門外道——

「我是朱紅，裡頭誰在？」

王泮林放下杯子，自個兒去開了門。朱紅看清了門裡的人，愣呆了半晌，沒能挪動一步，王泮林卻是安之若素。「與朱兄有些日子不見了。」

朱紅總算回過神來，連忙看看左右，踏進門來，關門也快，語氣詫異之極。「你……你怎麼會在六妹妹這兒？前幾日我去你南山樓，書童說你不在府中，我還想都什麼時候了你還有心思出門閒逛，哪知你我竟只隔開一座池塘。」

王泮林作個請勢，舉起酒盅。「喝酒？」

朱紅瞧他毫無客人的模樣，不由好笑，但還是坐了過去，自己斟，碰杯飲。「你如今的性子雖然刁狂，我之前還覺得比過去好，這會兒覺得徹底野了。你便是再喜歡六妹妹，也要把握分寸，這般賴進家裡，她還能稀罕你嗎？」

誰能猜得到，天縱奇才王七郎和小小御馬郎朱紅相交莫逆。而王泮林回三城後，偶然碰見朱紅一回，朱紅竟就認出他是誰了。王泮林否認，朱紅也不多言，還是後來王泮林聽說朱紅的困境，才主動認回了這個莫逆好友。

王泮林擺擺手。「你不明白。那位六妹妹屬兔子的，我要不賴著她，她狡兔三窟，怎麼追得上呢？至於稀罕不稀罕嘛，我自然會讓自己變得非常稀罕就是了。」

朱紅皺眉，又笑。

王泮林問道：「倒是你，雖說與她都住一個家裡，你這表姊夫獨自來敲青杏居的門，似乎不妥。」

朱紅反唇相譏。「總比你這個不沾親帶故的人妥當些。」但語氣一轉。「我同夫人知會過，來問六妹一些事。我夫人都放心，你就莫操心了。」

王泮林恰恰不怕這一點。「芷姑母認了小山當乾女兒，我便是她義兄，比你這個一表三千里的表姊夫更親近。」

朱紅還不知此事，聞言感嘆。「看來六妹妹確實有過人之處，芷夫人哪有那麼容易認乾親。還有你，一直眼高於頂，連明珠佳人都不在你心上，結果卻折在六妹妹手上。」

「朱兄可記得我畫過一幅月兔？」雖是陳年舊事，這樣的記憶絕不想忘卻。

朱紅眼神微閃。「怎能不記得？你那時醉得厲害，一氣呵成的月下兔仙，我親眼所見，佩服得五體投地，好像也是你唯一一幅人物。」

「我也記得自己畫過，可醒酒後那幅畫就不見了。我並沒在意，以爲是自家兄弟拿去的。朱兄當時在場，可知是誰？」王泮林回來後，不曾去過文心閣，不知那幅畫就掛在戒園，一批文武先生看著「兔仙」長大。而本來七夕那時，節南想要找王泮林問這幅畫的事，卻讓音落和果兒攪忘了，壓根沒提起來。

「不知。」朱紅答得飛快。「既然你自己都沒在意，過了這麼些年，還問來作甚？」

「只想再看一眼那幅畫而已。」不知怎麼，近來一直有些想念。

朱紅左顧而言他。「好了，不跟你扯遠了，我來，就想確認六妹妹在不在家。」

「爲何？」王泮林其實也清楚，朱紅不是來串門子的。

「今日燎大皇子到曲芳臺遭遇刺客，其實是懷化郎將設下的局中局。」

「延拾武不愧是赤膽忠心延大人之子，一回來就擔起朝廷重任。這局中局，大約就是延拾武讓燎大皇子假意落入刺客的圈套。他在周邊布局，待刺客露面，就能一網打盡。」王泮林垂眸搖著杯中酒。「朱兄進了郡衙之後，要配合這些急於表現的新官，也挺累心。當初炎王爺爲了補償你，替你求到這份前途遠大的差事，卻不知你信奉無爲，若能娶得郡主，一生庸碌，乃是上上之選。」

朱紅苦笑。「適才我提到明珠佳人，你這會兒就來揭我醜相。不錯，當時我兄弟倆走投無路，可我既不想調任，又不想看朱府那些人的吝嗇嘴臉，故而對那樁婚事抱著極大希望。哪知希望愈大，失望愈大，炎王爺瞧中的是書香劉府。要不是你一番小富則安，我也沒這般稱心如意，而我如今待雪蘭之心，只怕說出來你未必信。」

「你不用說出來，我對你們夫妻倆關起門來怎麼過日子絲毫不關心。」王泮林笑了一聲。「言歸正傳，刺客也罷，局中局也罷，與這青杏居的主人何干？」

朱紅道：「我今晚率衙役守江心街裡一處河渡，聽到曲芳臺那邊鬧將起來，就知局中局設出名堂來了，心想怎麼都不可能逃得出禁軍包圍。大約過了三刻，忽然馳來一匹快馬，馬上騎士乍看是一名禁軍軍官，說奉懷化郎將之命，要借一艘鷗舟到北面皇城報信。我想也沒什麼錯，從南到北，走護城河卻要比馬快些，就准他上河了。」

朱紅略頓，攤開手掌。「然後，我瞧見那人掉了這個。」

一枚金貝殼耳墜。

王泮林眼裡無情緒。「所以？」

「別瞧它普通，乃是我請金匠特地打製，貝殼紋是終南山形，六妹妹也許未在意，卻是我感激六妹妹指點迷津的一點心……」

朱紅的話讓王泮林打斷。「朱兄，指點你迷津的人是我，不是那位六妹妹。她只是非常聰明，懂得借風起勢，順水推舟，布置對她有利的局，加之她那張嘴能言善辯——」眞是，相思無孔不入，令他不由輕嘲自己。「怎的收到謝禮的不是我？」

既然相交莫逆，朱紅自然知曉王泮林往往自嘲，而他還可以反嘲。「我調任郡衙以來，給你送了多少消息，照你的意思當了趙府上門女婿，替你守護佳人，我自覺以身相許也不過如此，你還要我怎麼謝法？」而朱紅的性子，也未必盡是沉穩，沉穩，再沉穩，有他的幽默法。

王泮林哈哈一笑，抱拳告饒。「小弟錯了。」

朱紅笑搖頭。「好了，你且聽我把話說完。我瞧清這枚耳墜之後，大吃一驚，想不明白其中緣故。不消片刻，崔五郎趕來，問我有無看到一個女子經過，還說那女子假扮琴師，不但夥同他人救走刺客，還逃出了包圍圈。我只說一名禁衛上河報信，崔五郎連問那禁衛有何特徵，我手下衙差皆說不出名堂，我亦不提耳墜之事。只是崔五郎到底還是徵用一艘快鷗，追上護城河去了。」

「提刑司的官多是名不虛傳，更何況崔衍知辦過無數案子，你手下人說不出名堂，他卻能感覺出名堂。」王泮林也不詫異。「我代小山多謝朱兄瞞下耳墜之事。以崔衍知的能耐，要是抓住一樣證物，縱然我等嘴皮子能說破天，大概也無法撇得乾淨。」

說著，王泮林就伸手去拿耳墜，朱紅的手掌卻是一合。「告訴我，以另一個身分出現的你、來投親卻絲毫不似可憐孤女的六妹妹，與近來名聲大噪的兔幫，是否有干係？」

王泮林眼睛亮了亮。「自春初始，南都一直熱鬧不斷，即便是靜，也靜得悶雲壓頂，如今簡直是煮沸了，一鍋亂。你能從這麼多亂線當中直抓中心，眞不愧是我之摯友。」

朱紅聽明白了，不得意也不惆悵。「你這人的性子，要麼就是永不再露面，既然回來，肯定是有打算的。六妹妹的事我雖知道得更少，但她當年能進學士閣，跟在韓唐大人身後，而後韓唐大人一離開，她就不見了，想來也不是尋常人。如今她又出現，與你出現的時候恰恰湊到一起……」突覺自己說太多了。

王泮林笑眼如狐。「果然是你拿走了那幅月下兔仙圖，否則你怎知小山是當年韓唐大人身邊的小宮女？縱是我唯一好友，我當初也不曾跟你提過小山半個字。」

朱紅還想搪塞。「那是因爲你畫得傳神——」

「少來。事到如今，還有何不可說？」王泮林不讓朱紅含糊其辭。

朱紅眼見瞞不住，乾笑道：「你小子年少輕狂，幾曾畫過人像？但那會兒崔王兩家長輩正準備定下你與明珠佳人的婚約。結果你一場酩酊大醉，一幅信手塗鴉，驚了你祖父你爹你各位叔伯，以爲你心儀那位月下兔仙。你尙醉得不省人事，他們已經在商議要憑畫找人，將那姑娘遠遠帶開。身爲摯友，怎忍見你心儀之人遭長輩苛待？這才把畫帶出了王家。之後，你沒再提起那畫那人，畫又不見了，事情自然不了了之。而那畫在我書房掛了一陣，有一回在宮裡遇上六妹，一眼就認了出來。」

王七郎之神筆，在朱紅看來，前無古人，後無來者。

「謝你誇讚。」王泮林要笑不笑。「不過你們也眞會小題大作，一時興起作了一幅畫罷了。」他全然想不到竟還能生出這麼一段風波。

朱紅呵然。「如今你喜歡了六妹我才敢說，看了那幅畫，誰能當你一時興起，必是眼瞎。」

「那就要等你物歸原主了。」王泮林愈發好奇。

「不見了。」朱紅瞧王泮林顯然懷疑自己的神色。「眞的，掛在我書房不過數日，突然不翼而飛。我還擔心會給你惹什麼麻煩，結果你與明珠佳人訂了親，連你自己在內，無人提及那幅畫，我也漸漸淡忘了。」

「看來這幅畫要成無價之寶。」王泮林失笑。

「尤其王七郎已然離世，他唯一的人物畫，豈止無價——你我言歸正傳吧，否則別怪我不替你倆遮掩。」朱紅掰回正題。

「你六妹妹是兔幫幫主，我在她手下，讓她戲稱幫腦，其實和軍師差不多。」王泮林起了身。「今日刺殺燎大皇子的人是燎人，卻也是兔幫人，雖說是他個人恩怨，與兔幫無關，但你六妹妹不會任他送死。而哪怕我心裡千不情萬不願，也只能坐在這裡等她回來。她那是江湖道義，我這是兒女私情，朱兄沒將耳墜交給任何人，是義氣也是友情。」

朱紅眼中起驚濤。「烏明已死，馬成均已死，傅秦已死。這三人當年都害過你，所以我並不同情他們，覺得他們死在你手上也是活該。只是，兔幫？」朱紅神情不能釋然。「你可是安陽王氏的子孫，復仇無可厚非，但與魚龍混雜的江湖幫派攪和在一起，還涉入別國皇位之爭，這也太——」

王泮林再打斷。「朱兄冤枉。烏明乃馬成均所殺，馬成均之死亦與我無關，至於傅秦，他死後我才聽說他遭遇了強盜。這三人，也就烏明，我還稍稍有些責任，但烏明為燎國做事，下場咎由自取。你放心，兔幫非你所想的一幫烏合之眾，朝廷目前最大的動蕩不是來自民間勢力，而來自外敵。相信目光通透如你，不可能不知。燎大皇子跑到我頌境花天酒地，讓他嘗一點苦頭，早點打道回府也好。」

朱紅也聽聞不少那位燎大皇子的劣跡，嘆口氣。「奈何我南頌不得不與燎交好。罷了，不說了，但願六妹妹平安無事——」

「我能有什麼事啊？」一聲笑，節南自杏樹枝上躍下，盈身淺福。「表姊夫好。」

琴師就是節南，節南就是琴師。

節南一下碼頭就瞧見禁軍一隊隊過去，人人紛云要封鎖江心街，她那種唯恐天下不亂的心態就跑出來了；而且，她也知道，燎大皇子近日常在江心街混，想著沒準和那個飯桶有干係，接著就想到了某個文心閣找不到的失蹤人口，更加不能坐視不理。

不過，節南從來做事有後盾，雖然單刀赴會，卻囑咐碧雲回家，是有意讓王泮林知道的。

節南的動作比封鎖江心街的禁軍快，從屋頂直搜，想不到看到小柒和十二在曲芳臺聽曲，還不及感慨那兩人的悠閒，就瞧見燎大皇子到了門外。

二樓只有小柒兩人，多半是十二貴公子習氣包了場，節南盤算著即便打起來，小柒帶十二可以輕鬆撤走，故而也不擔心。

節南趕到曲芳臺裡邊，就把禁軍包圍在外的事直接說給赫連驊聽，哪知從前看著挺有腦子的赫連驊突然跟一頭強牛似的，根本聽不進去，她被逼得沒辦法，才同琴師換了裝。

赫連驊這日抱著必死之心而來，斷然不肯就此放棄，也無心勸節南。

兩人就這麼上了臺。

那之後，一切如小柒所見，起先都照著赫連驊的謀畫，很快荒腔走板串了調，反而落入對方的陷阱之中。

對節南而言，有燎大皇子殘酷屠殺在前，又有赫連驊敢死敢拚在後，以及小柒的機關毒弩開道，她才能從容整趴了看守自己的數名禁軍，在小柒被延昱和崔衍知兩大年輕才俊的追殺下，扔琴抗議對自己的冷落，成功將其中一位俊官兒崔衍知引了過來。

小柒與延昱對了數招，一時難分勝負，又無心戀戰，一抓起亂砍亂咆哮的赫連驊，敲昏了就上牆，跑得那麼義無反顧，背上讓延昱砍到一刀也沒回頭。

節南原本的打算是自己帶著赫連驊跑，壓根想不到一向作爲影探存在的小柒會公然在人前現身，爲救赫連驊簡直玩命了。不過，無論如何，小柒帶走了赫連驊，她就沒必要再湊熱鬧，腳底抹油溜得快，又改扮了禁軍一名，大搖大擺到江心街裡的河渡，騙過朱紅，上了鷗舟。直到節南上牆攀樹，聽到朱紅那聲「但願六妹妹平安無事」，才知自己沒有騙過這個人，卻也因此坦然從樹上跳下來。

朱紅聽節南笑嘻嘻問他好，見節南跳下樹後心安理得，還問他能有什麼事，不禁氣笑。「六妹妹從哪裡來？」

節南瞧一眼王泮林，後者斟了杯酒過來，她想也不想喝乾，將杯子遞了回去，正要開口——

「小山可要想好再答，朱大人手上有妳今晚夜遊的證物，妳若撒謊，朱大人可能會去告密。」王泮林又斟一杯酒，這回給他自己，不像節南那麼爽快，咬著杯子啜飲。

節南立刻留意到，桌上就兩只杯，王泮林用自己的杯子盛酒給她，她喝了，他再用同樣的杯子自斟自飲——

節南臉上發燙，希望朱紅不會留意，卻見他盯著王泮林手上酒杯的驚訝眼神，就知他也看穿了王泮林的「無恥心」。節南只好自己裝無腦，一邊保持微笑，一邊若無其事摩挲著衣袖，從左摸到右，然後就知道朱紅手裡有什麼證物了。「我去了曲芳臺聽曲，聽完到江心街的河渡坐船，瞧見了表姊夫。不過，表姊夫那時應該在當差，我也沒好好打招呼，表姊夫見諒。」

好一個輕描淡寫！

朱紅重新將金耳墜拿出來，這次播在桌上。「還好是瞧見了我，要是瞧見了別人，只怕六妹妹很快就被當作刺殺燎大皇子的燎國叛黨了。」

節南靜靜收起耳墜。「表姊夫別誤會，雖然後來臨時加了一臺荊軻刺秦王的戲，我從頭到尾都只是聽客看客而已，要說唯一的不是——」認眞動腦的模樣，笑音卻刁。「就是沒買票，趴屋頂上看的，也沒個人證。」

王泮林噗笑，噴酒。

朱紅嘆。「是了，六妹妹當年就是活潑性子，和妳鬥嘴是我不自量力。」

「當年？」節南又蹙眉又是笑。「敢情表姊夫也是我當年舊識。近來眞是走運，冒出一堆人，我不認識，卻個個認識我。」

王泮林眉一抬。

朱紅卻道：「六妹妹莫跟我貧嘴。妳可知妳上護城河不久，崔五郎就追妳的鷗舟而去，妳要是沒察覺，可就把他引到家裡來了。」

節南不驚，笑意瑩然。別說王泮林，連朱紅都看得出來。

朱紅鬆口氣，同時也好奇。「妳如何甩開他的？」

「我沒甩開他，我讓他追上了，不過——」節南眨眨眼，衝著王泮林。「我是在崔府裡頭讓崔五郎追上的。崔五郎就沒有表姊夫這麼明理，同樣的話我說兩遍，他就是不信，最後沒辦法，只好動了手，讓他睡在自己家裡了。」

「那他可知妳是誰？」朱紅緊著問。

節南搖了搖頭。「表姊夫放心，只要我住趙府一日，我就是趙府的表姑娘，不會給姑丈姑母，還有雪蘭添麻煩的。」

朱紅笑笑。「我並非怕六妹妹連累家裡。」望一眼好友。「卻怕有人為六妹妹擔驚受怕，怪我守護不力。既然妳平安回家來，我就告辭了，只是這幾日少出門，刺客走脫，城裡恐怕會戒嚴，多一事不如少一事罷。」

節南應著，送朱紅出去，反手上了門栓，往柒小柒的伙房走。

「別去了，小柒正教訓赫兒呢，那情形估摸不會太好看。」王泮林話裡的意思很明顯。

節南一聽就懂，走回石桌旁。「小柒傷得不重吧？」

「血流得不少，外傷不要緊。」王泮林斟酒一杯，正要給節南送去，不料節南拿起酒壺對嘴喝。

王泮林無聲一笑。「至於嗎？親都親過了。」

節南拿王泮林這種沒臉沒皮的無賴腔毫無辦法，只能裝耳聾了。

「其實我剛剛沒同表姊夫說實話。」

王泮林哦道：「哪句不實？」

「就從『我是在崔府裡頭讓崔五郎追上的』這句話開始。」果酒有後勁，喉口陡然嗆氣，節南抬袖摀嘴，悶咳幾記。「崔五郎說了，明日登門拜訪。你打算藏哪兒？」

長話短說，就這樣。

30 引狼入室

第二日清晨，吉康就帶來了最新的文心小報，不但有燎大皇子遇刺的事，說他殘害無辜老幼洩私憤，居然還有讓人大快人心的後續。

原來那燎大皇子由一小隊禁軍護送回驛館後，驛館半夜起了火。火勢雖不大，燎大皇子卻不見了，引發不小騷動。結果百姓發現燎大皇子掛在坊樓門的旗杆上，肚皮畫成王八肚，臉上兩隻烏青眼，繪了八字鬍，身上背著一隻可笑的大龜殼。燎大皇子從眾人的哄笑聲中醒來，瞧見自己變成這副可笑模樣，怒火中燒，又蹬又踢。不料旗杆斷裂，人從坊樓上掉下來，還好下面有一車乾草垛子接著，不然就不止嚇暈嚇尿這麼簡單了。

「嚇尿？眞的啊？」碧雲正擺早飯，豎起耳朵聽風吹草動，竟也似兔子。

吉康點點頭。「眞眞的。我蹲了一晚上的點，親眼所見。」

碧雲噗哧笑出來，對一旁讀著小報的節南道：「那位殿下仇人眞多，我要是他，趕緊回家。」

節南闔上小報，笑問吉康：「你們幹的？」

吉康飛快瞥一眼王泮林。「怎麼可能！咱文心閣，不，兔幫，不會想出這種缺德事！」

節南雖然還沒有答應接手文心閣，但吉康等人已自覺是兔幫人。

「你不用看九公子，你們想不出這種缺德事，他可一點不覺得缺德，他可以替你們想，你們照著做就行了。」節南挑挑俏眉，轉而看向悠哉吃著飯的王泮林。「你也不怕燎大皇子拿驛館的人撒氣，再多殺幾名無辜？」

「他住入驛館起，就趕走了驛臣以及所有小吏，裡頭只有他從燎國帶過來的親信侍衛和美婢。他若眞要拿自己人撒氣，誰管得著？」王泮林順便補一句。「不是我幹的。」

吉康的眼瞥向了另一邊的白牆，好似牆上有畫一樣。

節南睇了睇眼，雙手合十，朝天拜。「是啊是啊，不是咱們幹的，是老天爺看不過去，以此悼念那些枉死在燎大皇子手上的老人和孩子。」

王泮林學節南一拜。「正是如此。」

哈！節南沒再說，心裡很是痛快。

「不過既然出了這種缺德的事，若不查個水落石出，只怕影響兩國交往，我想京畿提刑司崔推官這幾日會忙得分身乏術，可能要對小山妳食言了。」

王泮林說到食言，節南就想起曾經的那張泡水包子臉。這世上大概也只有這人能任性到「食言而肥」的地步。

「唉唷，我說怎會無緣無故，原來有人爲了讓崔五郎分身乏術，故意給他找事情做，而非眞存好心，替伙房那位出氣。」

王泮林調頭問吉康。「吉平可好些了？」

吉康也調過頭來，表情不大捨得，好像和牆剛剛培養出不錯的感情，就不得不分別了。「七七昨晨去瞧過大師兄，說是每日可以慢走一刻時，不過大師兄心急，一下榻就不肯躺回去，其他人也不敢硬來。」

節南插嘴。「早說把書鋪子那位魏姑娘請去。赫兒說過，一見美人英雄矬。只要不是吉平一廂情願，魏姑娘肯去文心閣，吉平哪能不矬。」

「所以赫兒甘當拔腦，也是見到漂亮的小柒就矬了的緣故？」一見美人英雄矬，這話聽在耳裡雖讓王泮林大覺懊喪，卻還眞是一點不錯啊。

節南瞧瞧已經一晚上沒出來人的小伙房，要不是時而傳出煙味藥味，還有舂搗聲，她早就踢門進去了。

只要想起昨晚小柒出手的情景，節南心中就難免困惑。小柒在暗她在明，既是兩人的默契，更是師父有意這麼安排的，可以保兩人面對強敵時全身而退。也就是說，除非她面臨生死關頭，小柒不會露面。但是，小柒居然爲赫連驊，走出了影子。

小柒與明琅公子王楚風，一個愛吃，一個餵吃，節南雖然嘴上說不滿意，卻也不得不承認兩人放在一起的畫面眞是萌態可見，讓人心酥。小柒和傾城狂肆邪夢虎，倒是都長相漂亮，兩人平時鬥嘴也具觀賞性，不過赫連驊遭遇滅門慘禍，很難說今後會變成什麼樣，所以節南這會兒又傾向明琅了。

王泮林見節南看著伙房緊閉的門若有所思，大致有些明白她的想法，卻也不多說，只對吉康道：「聽見幫主說了，還不利索執行？」

吉康其實早就看不得大師兄單相思了，這時拿到兩根大雞毛，根本待不住。「我這就去魏氏書舗請人。」

「只消說吉平身受重傷，你要仔細看魏姑娘的反應。要是姑娘著急呢，就請過去；要是連吉平這人是誰她都不知道，你也省省口舌，讓吉平自己折騰去吧。」王泮林身爲幫腦，提一提要點。

吉康跑了。

節南聽進耳，回神笑問：「那姑娘怎麼可能不知道吉平？不是說吉平一直在存錢備聘禮嗎？若非兩情相悅，他一個人起勁什麼？」

「吉平就是那種老實漢子，喜歡卻不開口，有心還得有誠意。我覺他一定會先備聘禮，到時候直接提親，抱著破釜沉舟的敢死之心——」王泮林說著自己就笑了

節南笑得更大。「兔幫改名敢死幫得了，事無大小，都準備從容赴死。」

「改是要改的，敢死幫就罷了。」王泮林抬手，突然撫過節南的眉。「小山的眉色也眞好看，不

然我就有藉口替妳畫眉，討些親近。」

碧雲頓時撇過頭去，此情此景此言此語，太美太好，肉麻兮兮。

節南捉下王泮林的手，玉面變了粉桃花，還是禁不住好奇。「你要給兔幫改名嗎？」

王泮林就任她捉著手，陰謀得逞只爲自己心樂。「兔幫總要有個響噹噹的大名，不會讓民間小瞧了，也不會讓官府當了野幫。」

節南道聲「也是」。「我本來並無所謂，只是文心閣併過來，就覺兔幫這名太馬虎了。」

說到這兒，仙荷帶著李羊進了院子。節南笑起來。「青杏居如今真是地方小了，架不住這一波波的人來。」

李羊聽得清楚，心道正好。「六姑娘是該換地方了，再不換，咱混沌巷的賭場都快讓地頭蛇們拆了！」

也許是那時小柒戴著兔面具坐鎮得勝賭場，長白幫解散之後，這個消息也夾雜在其他謠傳之中，有人就聽說了李羊的得勝賭場可能和兔幫沾點關係，探消息的、找碴的，各路人馬走馬燈一樣串，所以得勝賭場最近興旺得不行。

不過李羊這人本事不小，節南又在得勝賭場下了好些本錢，讓他找的都是數一數二的好手，再加上一幫機靈小鬼，暫時還壓得住。

這會兒李羊提到換地盤，節南指指王泮林。「那得由九公子說了算。」說著，想起文心閣來。「實在不行，文心閣地方大，比文也行，比武更行，還是現成的。」

「小山說遲了，文心閣的園子已經賣掉了。」王泮林的語氣卻不遺憾。「但不用擔心，等拿到那筆銀子，就能擴建雕銜莊，依山傍水，風水極佳，又處在郊外，敲鑼打鼓打群架不怕招來官差。萬一哪日遇到極其厲害的對手，旁邊就是江河，備一條大船下去，就可以跑得一個不剩。」

節南連聲附和。「不錯不錯，不愧是幫腦，兔幫本來不過讓咱們混起日子來有底氣，沒必要搭上誰的性命，別的都好說，退路一定要早早備下。」

「好說。」王泮林謙虛。

身爲幫眾，李羊和仙荷只得苦笑，感覺這兩位眞能樂他人所不能樂。這還沒幹什麼呢，已經想到跑路了。

「李老大今日來，所爲何事？」節南問道。

李羊對王泮林抱拳。「昨晚九公子讓我守住青杏居四面，今日特來覆命。」

沒她什麼事嘛，節南開始吃早飯。

王泮林反倒放下了筷子，頗有興致地問道：「可是有何發現？」

「昨晚六姑娘回府在前，有人跟蹤在後。」李羊確實無事不登三寶殿。

節南見大家都瞧著自己，卻老神在在。「是什麼人？」

李羊搖頭表不知。「只見那人身穿黑衣，頭戴斗笠，在巷口看著六姑娘進門，然後就走了。我的人跟了一段路，但到玉羌坊，那人就不見了，可能被他發現，也可能是玉羌坊昨夜有一場大法事，他混進人群裡，我的人找不著他。」

王泮林對節南道：「興許是崔五郎。」

節南不以爲如此。「不會，莫說他已經知道我住哪兒，他既然說了今日造訪，何必又多此一舉跟著我？」

「玉羌坊有什麼法事？」王泮林沉吟後再問。

「是炎王妃祖父的百歲冥旦，炎王府設下一日流水素宴，招待全坊的百姓，又請了安陽高僧過來作法事，坊間還擺了夜市，十分熱鬧。」李羊做事也細緻，所以答得上來。

節南這才想到。「玉羌坊只有炎王府一家大宅。」

李羊回：「是。」

「那也並不表示跟蹤我的人與炎王府相干。」節南太知道王泮林了，他不可能隨便問問。

「我只覺那人肯定住在玉羌坊。若是擱在平時，我未必能如此斷定。但昨晚恰好逃了刺客，很多人不知後半夜封城宵禁，郡衙抓了不少可疑之徒，朱兄天未亮就去了衙門。那人沒有像無頭蒼蠅亂撞，直奔玉羌坊，表明他熟悉那裡，知道當天有夜市，可以隱藏行跡。」

「玉羌坊沒有宵禁嗎？」節南奇道。

「炎王府辦法事，怎麼都會給面子，頂多關了坊樓。不過李羊的人既然能跟到玉羌坊，那時可能還沒關坊。比起那人住哪兒，我更在意他可能看到妳從曲芳臺出來，從而懷疑妳是刺客。」王泮林擔心。

節南卻「啊」了一聲。「會不會是盛親王的人？他如今登基爲大今國主，不可能再像以前那樣隨心所欲走動，但他讓我辦的事尚無眉目，就算有眉目，我也不知往哪兒報。說不定是他派人來問消息了，沒準還是他身邊的兩大影衛之一長風或寞雪。」

「眞若妳所說，那倒還好。盛文帝想要實踐野心，第一個就會滅了北燎，妳去刺殺燎大皇子，反而是幫了他一把——」忽然聲音一頓，王泮林皺眉。

「怎麼了？」節南看出他想到什麼。

王泮林眸光沉斂，讓李羊仙荷碧雲三人退下，才道：「本來以爲輔助大皇子的那位隱士可能受盛文帝指使，畢竟盛文帝曾讓呼兒納到鳳來縣翻找妳爹與燎四皇子的通信，以及妳爹幫四皇子輸送糧草和兵器的物證，怎麼看這一回四皇子遭遇的變故都像他出手。可就在方才，我想不通了。盛文帝登基之後，在西面悄悄集結兵馬，大有滅燎之決心。」

「他既然已打算滅燎，爲何又要幫大皇子剷除四皇子。這是多此一舉。」節南接道。

「正是。還有，我如今很懷疑幫大皇子的人，其實就是讓四皇子背上屯兵黑鍋的人，這人深受四皇子器重，能模仿四皇子的筆跡，大概還幫他處理公務，而且也是這人，能獲得妳爹的信任——」

節南打斷。「不對，我爹信的是四皇子吧。」

王泮林搖搖頭。「不，我覺不是。桑爹不像是會與皇族攀交之人，他幾乎不出鳳來，去得最多的就是成翔府城，只去過一回北燎大都，還是為妳過生辰去的。妳沒察覺嗎？」

賴在青杏居的日子，王泮林知道很多桑家事。

「察覺什麼？」節南不明所以。

「妳爹也許是因為妳，才助四皇子的。當然，也許是被那人利用，讓妳爹以為如果幫四皇子，妳將來就會很好。」王泮林是旁觀者清。「妳爹雖然老跟妳吵架，我聽李羊說，其實他是很為妳驕傲的。妳那時候在神弓門前途無量，又是心高氣傲的姑娘，妳爹知道妳志氣高，暗中幫妳也極其可能。只是知道妳爹這麼偏疼妳的人，應該不多。」

節南聽著這些話，眼睛漸漸睜大了，呼吸有些加快。「你……你知道是誰害死了我爹……是不是？」

王泮林又是搖頭。「只是起了懷疑。小山，妳也聰明，想想看，神弓門裡知道妳爹是桑大天的人有幾個，而鳳來縣知道妳加入神弓門的又有幾個？而神弓門和鳳來縣之外，有沒有人知道妳兩種身分？」

「神弓門裡除了我師父和小柒，都不知我身世。鳳來縣裡除了我爹，哥哥姊姊都不知我在哪裡學藝，縣裡人就更不可能知道了。」節南蹙緊眉頭想了又想。「所以，只有三人知道我兩種身分。」

「妳能肯定嗎？有沒有酒後漏過嘴？或者妳曾經特別信任過的人，妳跟他提過，自己卻忘了？」王泮林循循善誘。

桑家滅門這件事已經在王泮林心裡盤了很久，直到燎四皇子出事，很多不相干的點突然連成了線。他一向心思縝密，非常敏銳，總能觀察到別人觀察不到的細微，所以有了天縱奇才的美譽，也有了千里江山。只不過，他不會僅憑突然冒出來的一根線，魯莽去找結論。

節南則有直覺。「你應該最能感同身受，忘了的東西我如何想得起來。說吧，你想到了誰？」
王泮林默然片刻。「韓唐。」
節南大吃一驚。「什麼？」
王泮林沒再說一遍。「小山妳聽得很清楚。」
「不可能！」節南立刻否決，隨即好笑。「是我把他帶到北燎的。雖說師父領進門修行在個人，我也不是他師父，可他到北燎為官後，我和師父幫了他很多，他才平步青雲，直升一品……」
王泮林知道節南是個倔強叛逆、但絕不認死理的聰明人，聲音削弱下去，是因她也察覺不對了。
「妳可跟他提過妳的出身？」所以，他更加不依不饒。
節南怔怔盯著王泮林半晌，還是搖頭。「沒有，但是——」
王泮林抬眉，眼神瀲光，等節南說下去。
「但是，我爹來給我過生辰的那日，我和我爹吵架，跑出去的時候撞上了韓唐大人。」這些記憶一下子鮮明起來。「他說要找師父，我生著氣，指了一下就跑了。不過，師父應該會幫我隱瞞的，不可能告訴韓唐大人那是我爹。」
「也可能是韓唐正巧聽到的。那年妳幾歲生辰？」王泮林問。
「十三·就是將韓唐帶回北燎的那一年年尾，我沒法回家，我爹也不告訴我一聲，就自己一個人跑來了，裝成我家的管家……」節南突然想哭，眼裡水亮亮。「如果真讓你這張烏鴉嘴說中了，那我豈不是間接害死了我爹？王九，你腦子那麼好使幹什麼！」
呆笨一點，簡單一點，世道也沒那麼糟糕，是不是？
「妳爹與四皇子開始通信，正是妳那年生辰後的開春。三年後，神弓門投靠大今，北燎丟了大都和半壁江山，退守西原，妳全家則於同年讓千眼蠍王殺害。妳爹在出事前，取走妳的嫁妝，眾所周知他生財有道，萬貫財產卻不翼而飛。時間上，都太巧合了。」

節南猛搖頭。「不對！不對！韓唐憑什麼要幫大皇子？且不說韓唐並未選站任何一位皇子，只是向燎帝盡職，因爲他不講情面，把大皇子好些荒唐事都揭露出來，以至於大皇子對韓唐恨之入骨，而四皇子卻十分尊重韓唐。稍微正常點的人，都會選四皇子當儲君，更何況韓唐不瞎。如果是韓唐陷害四皇子，大皇子怎能連他一起報復？這會兒關在大牢，隨時可能問斬。」

「這有何難解？」王泮林不認爲是問題。「韓唐雖然之前未站邊，但他既然盡職盡責，和同樣認眞做事的四皇子自然有交情。以四皇子禮賢下士求才若渴的性子，韓唐肯定是他想要爭取的人才，但只有維持韓唐在太子之爭上的中立，才對他最有利。所以兩人很小心，不讓別人看出端倪，實則韓唐幫四皇子做事。這麼假設，妳覺得如何？」

節南咬唇，想反駁，卻無法反駁，因王泮林說得極可能不錯。韓唐沒有明顯幫四皇子，但兩人也沒有交惡，倒是對大皇子出手很重——

她終於想到一點。「就算你說得對，韓唐是四皇子黨，那他爲何改幫大皇子了？」

「不，小山妳誤解了。我只說韓唐和四皇子可能私下有交情，四皇子把他當成了自己人，只是這可能是韓唐故意接近四皇子而已，然後利用妳爹，將屯養私兵的罪名扣在四皇子身上，時至今日徹底整垮了四皇子。至於他爲何改幫大皇子，就有好幾種可能了。一種，兩人表面假裝交惡，根本沒有改不改的事；另一種，四皇子知道韓唐背著他養私兵，韓唐一不做二不休，改投大皇子，但爲了保護他的名聲，假裝入獄；第三種，韓唐既不幫四皇子，也不幫大皇子，皆是形勢所需，爲了他自己不可告人的目的。」

節南心中的驚詫化作一聲哈笑。「所以，是我引狼入室，不但害死我爹，還害死四皇子、赫連一家，以及昨晚二十多條人命，讓整個北燎陷入滅國之危？」

王泮林聽出節南聲音中的意氣，不惱，也笑。「小山，引韓唐是妳師父的決定，妳只是執行任務。妳師父都不用領罪，妳就更不用了。當時的韓唐確實是個很能幹很有才華的人，妳並未引錯，可妳不該太天眞。人，本來就是善變的，更何況登入雲堂之後，多少人身不由己心不由己，失去了初衷。妳別忘了，我也是韓唐的小友，在他家蹭吃蹭喝了好一段時日，即便我二人徹夜喝酒，韓唐連早年喜歡的姑娘名字都告訴了我，我卻瞧不出他半點心事。」

節南閉目深深換氣，睜眼已明。「對不住，我亂耍性子。」

王泮林伸手按住節南的頭，目光盡是寵溺。「小山，妳要對我的心意也能這般乾脆回應，該多好。」

節南拍開。「喜歡一個人何其容易，但你這人……」省略不說。「我就這麼一條小命，當然要好好掂量清楚。」

「妳不跟我裝糊塗就好。」王泮林的墨眼流光溢彩。「說回韓唐，其實我也只是疑心而已，畢竟他是迄今唯一一個將妳我手上已知的線索串聯起來的，還是妳我熟悉的人。」

這時，仙荷在門外稟報。「六姑娘，淺春來了。」

節南道聲「等著」，然後對王泮林承認。「是，起初你提及韓唐，我只覺震驚，但冷靜之後細想，確實只有他能恰好塡入大多數疑點。可是，你我無根無據，無憑無證，頂多叫胡思亂想湊了個巧，不能因此斷定韓唐在背後下黑手。」

王泮林也道是。「我雖起疑，卻很希望自己荒謬。韓唐在北燎退守西原後，提出的幾項新政都深入民心，人稱北燎大粱造。政績顯赫，受燎帝器重，而且燎帝不似大今先帝那般病老，五十不到，身體康健，韓唐今年也三十七八了，難道還圖十多年後太子登基，他仍能保住北燎第一官的位子？」

節南沒法作答。她在韓唐身邊當了半年宮女，自覺將這人看得很清楚，不過就像王泮林說的那樣，人會變，而且，神弓門發生變故時，師父說起韓唐大人不方便插手。究竟不方便，還是別的原因，她心裡不是沒犯過嘀咕。但她從來沒有懷疑過韓唐爲官的抱負，如那年韓唐在學士閣裡讓人欺負，幹著雜活，還樂呵呵的，說他要當老百姓的一品宰相，改變這個不平的世道。

世上總有些人，擔負著天命。胸有大志雖不一定都能成就什麼，但這些人絕不可能是胸無大志之輩。節南自認她和王泮林是同類人，韓唐也是同類，不但有抱負，還有能力。韓唐比起她和王泮林，大概就好在天命所歸，千里馬就能遇上伯樂，得到燎帝的賞識且重用，不像她和王泮林一對倒楣蛋，成了別人恥笑空有大志虛有其表之徒。

「六姑娘？」淺春催道。

節南不理外頭，問道：「你定然有所打算。」

王泮林微笑，因這姑娘懂他而心悅。「我已安排救人，等他回到南頌，我們可以當面問。」

節南心想，哪裡是救，分明是綁，卻也明瞭。「若他肯回來，多半你冤枉了好人。」

「若他不肯回來，也可能冤枉好人，沒準他只想和北燎共存亡。可是，小山啊——」王泮林端了飯碗往節南屋裡走。「只要是陰謀，就一定會現形，尤其這盤棋下得這麼大，對方想要的東西肯定不是幾條人命、一筆鉅資這麼簡單，我覺得至少尾巴已經出來了。妳覺得呢？」

她覺得是。陰謀總有目的，更何況是大陰謀，結果怎會悄聲無息？

節南轉身，打開門。

31 今生非妳

淺春連一縷青都沒瞧見，門已經在節南身後關上了。

「姑姑喚我嗎？」節南往荷塘走，仙荷碧雲自覺跟從。

淺春急忙上前。「還有老爺。家裡來了客人，老爺和夫人請六姑娘出去敬杯茶。」

節南一聽這措辭。「什麼客人這麼要緊，特地要我去倒茶？」

看來，不是崔衍知。

淺春語氣不敢半點馬虎。「崔相爺。」

仙荷碧雲兩人面露訝色，節南也驚訝之極。「崔相崔珋崔閣老？」

淺春道聲「正是」。「六姑娘等會兒到了前頭，切記不可直呼相爺名諱。崔相來訪，是咱們府上天大的面子。自從老爺升了工部侍郎，來來往往都是朝堂要員，如今相爺也……」

「相爺找姑丈何事？」節南不想聽嘮叨。

「相爺聽說老爺下得一手好棋，就在涼亭裡擺了一局，結果意猶未盡，又擺了第二局。兩人不知怎麼聊起了六姑娘，老爺就讓夫人將六姑娘請去。夫人說了，這是……」

節南加快腳步，甩開淺春的絮叨，同時心道這丫頭從前沒那麼多話，難道別人是心寬體胖，淺春卻是心寬話多？

不一會兒，就到了荷塘涼亭外，節南看清亭裡的人，下意識就瞥一眼仙荷。

仙荷抿嘴一笑，黛眉輕挑，湊著節南耳旁悄語。「九公子失算了。千算萬算料不到，那位不是一個人來，也不是從小門進，帶著爹走大門，根本不到咱院子去。」

丫頭隨從都候在亭下，亭中四人，崔珋和趙琦還在下棋，趙琦看似傷腦筋，一身常服的崔相卻顯得閒適。節南一到亭外，崔珋就瞧見她了，凝神打量一眼，便又低頭去看棋盤。還是桑浣，和人說話不專心，看到節南就招手。「六娘，快來見過崔閣老。」

坐在桑浣身旁的年輕男子立刻起身，微微頷首。「六姑娘好。」

節南足尖輕點，膝淺屈。「推官大人好。」

姊夫來了！

崔珋聽這一聲「推官大人」，目光淡凜，再度看向了節南。

節南原地再作一標準福禮。「給相爺見禮。」

崔珋點點頭。「六姑娘免禮。」

三人打招呼，都是簡潔到不能再簡，但這種場合總有幫忙插花的主人。

桑浣親手倒了杯茶。「六娘，給崔閣老奉茶。」又對崔珋笑道：「這是自家茶田出產，雖說不是名茶，勝在用心，片片都是眞正早秋芽尖。」

節南端茶過去，又是不言不語，放下杯子就重新退到亭邊。

崔珋沒喝。

桑浣什麼世面沒見過，笑顏不褪。「老爺，您就別琢磨了，閣老面前認輸也不丟人。」

本來完全沉浸在棋局裡的趙琦讓桑浣拽回神，這才瞧見節南。「六娘來啦？閣老剛剛提到妳救了他女兒兩回，我想著機會挺難得，就喚妳過來給閣老敬杯茶。」

節南乖答。「已經給相爺奉過茶。」

趙琦一看果然，忙道：「閣老，這是自家茶田出產，雖說不是名茶，勝在用心，片片都是眞正早秋芽尖。」

崔珈呵呵笑起，夫妻倆竟然說得一字不差。「我曾聽說趙侍郎與二夫人感情深篤，如今親眼見過才知傳言不虛，還是你夫婦二人事先商量好了，所以口徑一致？」

趙琦不明所以。

桑浣失笑。「老爺，剛才您那話，我同閣老說過一遍了。」

趙琦恍然大悟，哈笑。「這本是我弟弟跟我說的。」

崔珈瞧了趙琦半晌，正當眾人以為趙琦說錯什麼時，忽道：「若朝中官員都似趙侍郎這般老實說話，老實做事，何愁國家不興。」

趙琦被誇，自然高興，桑浣也高興。夫妻倆好像多少年沒讓人誇過好，笑得臉上快開花。

節南就不明白了，把她叫來就為了看這兩朵花？

然後，崔珈一問，嚇死人——

「六姑娘可曾許了人家？」

崔珈問節南可曾許了人家，嚇到的是亭外那些人。節南眼觀鼻鼻觀心，顯得很沉靜。她不可能答崔珈，而且崔珈應該也不是問她。

桑浣一詫，飛快往崔衍知那兒看一眼，斂眸，一抹意味深長的笑，隨即笑答。「回閣老，六娘尚未許親。她來趙府不過半年，大夫人前些日子去了，如今老爺又調了新職，還不及幫她相看。」

崔珈端起節南給他的茶，吹燙後喝了一口。「這茶好。我不是只喝名茶貢茶之人，很多所謂的名茶虛有其名，只不過受人捧揚過度而已。養在天地靈氣之間，講究一份心種，即成好茶。」

趙琦恭謹又佩服。「閣老說得正是。下官也如此以為。好茶，可以品心。」

「好茶可以品心——」崔珈嚼著這句，不由點頭贊。「趙侍郎說得好啊，而且棋也下得好。工部尚書剛上任，雖說資歷能力都很足夠，但從未管過工事，趙侍郎卻在工部為官十多年，可謂精道。如今百廢待興，皇上有意往西北造水利鋪官道，鞏固邊關工事，樁樁都是動輒千萬的大工程，我與幾位閣老對趙侍郎的期望可是很高的。」

趙琦受寵若驚。「下官必當竭盡全力。」

「那就好。」崔珋放下茶杯。「趙侍郎能有為侄女榜下捉婿的熱心，想來公職上只會有過之而無不及，本相就拭目以待了。」

趙琦有點不好意思，訕訕一笑道：「當時大夥說起榜下捉婿的笑話，下官長女的親事又剛剛定下，心情特別好，就順口戲言了一句。卻不知怎麼傳開了去，如今竟連閣老都知道了，真是慚愧、慚愧！」

節南想，可不是？自己簡直快成劉彩凝，譁眾取寵，還不是自己情願的。

忽而察覺，崔珋不動聲色又把話題繞回她身上了，節南暗道果真還是大老，談笑風生掌控全場，而且看崔珋，就不由自主想到賴在她院子裡的王泮林。一場死劫砍掉所有心高氣傲的稜角，以他如今的「刁滑無恥」，是要再當了官，說不準哪日也能穿上一品宰相官袍。

「趙少監六品，趙侍郎三品，一夜之間多少大家子弟突然成了高攀，偏趙大人要求還不高，上榜就能當你侄女婿，怎不讓人躍躍欲試？」

崔珋說得一本正經，趙琦還以為是怪他輕率，連忙起身作揖。「閣老，確實是下官草率了。」

崔珋卻笑出聲來，示意趙琦坐下。「哈哈，趙侍郎莫緊張，這事怪不得你，要怪也只能怪那些將你的戲言認真聽去的人。只不過，正好水漲船高，趙少監成了趙侍郎，戲言自然被當了真，且愈傳愈廣。」

趙琦坐是坐下了，手足無措。桑浣突然開口。「請閣老幫忙出個主意，如何才能平息了愈演愈烈的傳言。」

節南對這種事一向腦鈍，聽得稀里糊塗的，不知桑浣還需要跟人討主意。榜下捉婿這話雖是趙琦說的，趙琦不去，難道還能惹了官司不成？莫名其妙嘛！

想到這兒，節南看看靜立一旁的崔衍知，只見面無表情。

崔珋似沉吟，而後又下起棋來。「若是趙侍郎和二夫人放心，貴府侄女婿的人選可以請我夫人幫著把把關，畢竟我夫人比官媒還更可靠些，各家夫人多託她牽紅線。她若說六姑娘的親事歸她管，榜下捉婿的戲言那就當眞是戲言，誰也不會眞到榜下等著趙大人捉了。」

節南聽了，沒太大反應，橫豎崔相夫人早說過要幫她和趙雪蘭找夫婿，只不過光說不練，趙雪蘭與朱紅是王泮林和她撮合的。

桑浣卻一副大喜過望的模樣。「若有相爺和夫人照拂這孩子，是我趙府的福氣。」

趙琦則是看桑浣的反應跟著反應的人，眼落棋盤，說話就更不過腦子了。「還請相爺夫人給六娘挑個好子弟，家境無妨，品行最要緊。」

崔珋的眼掃過表情困惑的節南，目光閃過犀利，回應這對夫妻。「那是自然的，我夫人眼光很高，不是品行出色的年輕人，家世再好也不會接受請託。」語氣一轉。「上回二夫人送的杏枝我夫人很是喜愛，今日來之前，囑我能否向二夫人討要兩枝。」

「當然可以，府裡就屬六娘院裡的杏樹最好。」桑浣這會兒別說杏枝，天上月亮都能想辦法摘下來。「六娘，妳去摘兩枝好看的來。」

節南還沒應，崔珋卻道：「不用勞煩六姑娘摘，犬子會些拳腳功夫，攀樹摘枝這等事該由他來，六姑娘只須領著去就行了。」

崔衍知道聲「是」，轉身就走到亭下，等著。

桑浣瞧節南愣著，眼梢微上挑。「還愣著做什麼，領五公子去吧。」

節南腦瓜轉得慢的時候，動作也顯慢，慢條斯理對崔珋福了福身。出了亭子，叫上仙荷碧雲，往青杏居走去，也沒管崔衍知跟沒跟。

但走到瞧不見涼亭的小花園，聽崔衍知對仙荷碧雲說守園門，節南哼笑著回了頭。「你把這兒當自己家，也得看看主人願意不願意。」

她這才吩咐仙荷和碧雲。「妳倆先回青杏居，東西該收的收，地方該掃的掃，推官大人上門，萬一讓他瞧出咱們夜半埋屍就慘了。」

崔衍知看仙荷碧雲快步走遠。「倒是忠心。」

節南嘻道：「沒辦法，誰讓我是江洋大盜，身邊的人不牢靠怎麼得了。」

崔衍知皺眉成川。「妳就不能好好說話？」

「眞人面前不說假話，推官面前不說胡話，我一字一字斟酌著說的，你要還抱怨，爲人也過於嚴苛了吧。」她桑節南要是正二八經，也就不是土霸子了。「姊夫今日帶著親家公來，唱的是哪一齣？」

上一瞬是推官臉，下一瞬是君子面，崔衍知展眉微笑。「父親今日休沐，得空探訪工部各位新任，我正好無事，就陪他一同。」

節南嗤笑。「姊夫好沒意思，我這兒開誠布公，你卻裝腔作勢。其實，方才相爺一問我許親沒有，我還以爲接下來就要幫你提親了呢。」

崔衍知眼底深深。「若是提了呢？妳如何應？」

「一日爲姊夫，終生爲姊夫。」

從未有過一刻歪念。

小小花園，青銅鈴鐺叮叮響。木格子燈架，細處精緻別致，尤見主人用心。節南則知道，都是桑浣的用心。

桑浣爲了支撐這個家，所花的心思遠比任何人以爲的都要多，所以只要能讓這個家更好，她可以將節南的婚事交給別人，哪怕她清楚自己也未必掌控得了。

然而，桑浣還是挺篤定節南不會當面駁她面子的。

節南只要住在趙府一日，就是來投奔親戚的孤女，她若不滿意一門合稱的、甚至高攀的婚事，都是她桑節南不識抬舉，錯不在桑浣，也不在趙琦。所以這枚原本就已經燙手的山芋，桑浣不負責任丟了出去。

人說，怕什麼，兔幫在手，大不了仗劍江湖。可是哪有那麼容易？

節南霸道歸霸道，到底是良民，不是江湖匪類，需要有光明正大行走的身分。兔幫更不是草寇，會靠合法營生賺錢，頂多劍走偏鋒；而且不得不承認，趙府表姑娘這個假身分給了她很多便利，無論去萬德樓做買賣，還是將來接管文心閣，都可以理直氣壯說自己是趙府表姑娘。

桑浣前些日子提醒節南，讓她盡快另找安身之處，暗示金利撻芳極可能拿她的婚事要脅她們兩個，到時候桑浣不得不唱黑臉，她似乎也只有聽話一途，否則連南頌都待不下去。

節南對金利撻芳並不太忌憚，今日卻突如其來這麼一齣。她起先不明白，因為對崔相的話並未理解透徹，加之一貫對這種莫名提她婚事的意圖是不太在意的，但她走著走著，就覺不大對勁了。

崔相說趙琦戲言榜下捉婿，對侄女婿要求太低，其實就是暗示他做法不妥，不符合工部侍郎這個身分，然後才說讓夫人幫著把把關，美其名日消除謠言，但只要稍微想想就能明白，趙家只要答應崔相夫人插手，可不是普通幫忙而已，等於將節南的婚事交給了對方，崔相夫人哪日指明某人和節南合適，趙琦夫婦不可能不同意。

也不能說桑浣惡劣，而是桑浣在崔家和金利撻芳兩者之間權衡，選擇了崔家。如此一來，金利撻芳就慢了一步，桑浣又保住丈夫的官運亨通，與此同時，大概還以為這麼做對節南有好處，是一舉三得的好事。不過，節南就頭大了。她可以對桑浣說不嫁，因為桑浣和她共擔神弓門這個說不出口的祕密，可以互相要脅彼此牽制。好了，桑浣甩手不管了，崔相夫人接管，她要怎麼要脅崔相夫人，以趙府侄女的身分？而且趙府當官的也不止是趙琦，還有朱紅，說大了，都是崔相手下的官。

她的婚事，本來一直是沒影的事，也不是什麼重要的事，然而經歷這半年，突然在這日，變成了令節南感覺很棘手的事。

「一日爲姊夫，終生爲姊夫？」崔衍知笑，竟無不悅。「我就知道讓妳點頭不容易。」

這讓節南覺得是他把崔相帶來的，儘管他不認，但崔相無緣無故爲何要拿捏她的婚事？

「崔大人到底做了什麼？」太奇怪了，她爲何有種崔衍知才是今日眞正推手的直覺？

「抱歉，我方才對妳說了謊。是我同父親說起對妳鍾情，想要娶妳爲妻，父親就來見見妳。」她當他迂腐、一本正經，那是因爲她還不瞭解他。他也許做事有自己的原則，但絕非一定正直。

「崔大人是不是弄錯了順序？妳鍾情我，應該先問我是否鍾情妳，而不是稟明父母。」節南蹙眉。

「那樣太慢。妳玩心重，對男女之情比我還遲鈍，等妳回應我，不知要過多久。再者，我父親較我母親開明，他的眼光也極好，我相信只要他瞭解妳，就會喜歡妳……」

「等等，崔衍知，妳想先娶了我，再培養夫妻感情？」節南第一次後悔，不該認崔衍知姊夫的。

「在你回答之前，你想清楚。本姑娘眼裡不容沙子。我喊你姊夫，是因你讓我想起家裡人，也眞心將你當成半個家人看待，所以在你面前十分自在。只要你把歪心思撥正，今後我還叫你姊夫，永不改口，你的事就是我的事。」

「六娘，我說了我不想當妳姊夫，我從來也不是妳姊夫。」情根深種，長出來就是直的，有何可撥正？

他崔衍知從小就是認定了便不改的性子，爲官也是，喜歡桑節南也是。

「很好，那我就跟你說個明明白白，我不會嫁你，更不會先嫁你，再來日久生情。」聽著都蠢！從今往後，她桑節南明白一個道理，姊夫是不能亂叫的。

崔衍知笑眼裡自信極盛。「妳是否奇怪，我想娶妳，父親卻將妳交到我母親手裡。我母親那麼挑剔，肯定會對妳我的婚事百般阻撓，最直接的方法就是把妳嫁給他人，所以我根本不該告訴父親？」

節南開始心累。「你告訴誰都一樣，沒人需要為此擔心。」

「妳卻不知道，我早知我父親會這麼做，他是既中意妳也不中意妳，故而讓我母親把關。有玉真的事在前，我要是再不娶合母親心意的兒媳婦，母親定然傷心氣憤，是很可能把妳隨便許人的。」

敢情還是兒子算計了老子？雖然莫名其妙。

節南一字一頓。「崔衍知，崔推官，崔大人，你雖然是個很有趣的姊夫，卻不會是個有趣的丈夫。我倆要是在一起待上幾日，估摸著不是我氣死你，就是你氣死我。」

「不過，我的性子我母親最知道，我與玉真不同，寧為玉碎不為瓦全。我小時喜歡貓，但母親嚴令府中不能養貓，後來我從外面撿了一隻受傷的小貓回來，養了好一陣。母親趁我去學堂時把貓扔掉，我什麼都沒說，上學下學讀書睡覺，直到有一日早上昏迷不醒，母親急忙請大夫。等我醒來，那隻貓就在我身邊，我才吃了那幾日以來的第一口飯。」完全雞同鴨講，崔衍知神情毅然。「所以，妳會嫁給我的，桑六姑娘。」

啪！節南抬手，給了崔衍知一巴掌。

晨陽驕豔，火辣辣曬著崔衍知臉上的指印。節南出手，自然霸氣不讓。

「你到底是誰？」節南開口，仍是讓人啼笑皆非的刁頑。「人皮面具做得不錯，瞧著真真的，還能顯手指印。」

崔衍知眼裡不怒，深邃卻憂鬱。「六娘，我知妳常常言不由衷，一身叛骨，從不會乖乖聽人安排。」

節南瞇眼冷笑。「這麼瞭解我，卻還安排我，推官大人的性子是喜歡迎難而上？」

「我說過，我的性子寧為玉碎不為瓦全，認準了就很難放棄。我不信天資或一眼鍾情這些膚淺認知，相信努力才能得到，無論是理想還是感情。」崔衍知望節南的目光，漸漸和他臉上的指印一般鮮明。「六娘，我會找出桑家滅門的真相，妳就可以不用獨自背負。妳懂嗎？」

節南與崔衍知熾熱的視線直對，心中終於強烈意識到他對自己的感情。但她既對他沒有男女之情，又無法接受他表達感情的方式。

節南當然不會天真以爲崔衍知是傻不愣登的官。他的迂腐，他的一本正經，皆因她和他根本性格不合。而同樣是狡詐，崔衍知爲達目的，會認眞算計親生父母。再看她，哪怕在神弓門混了多年，也不會拿自己所學去對付自己的爹，每次就是大吵大鬧，事後都覺得自己傻，但下一次還是一樣。

「我不懂。」她眞心不懂啊，崔家到底怎麼養孩子的，平時瞧著人中龍鳳，關鍵時刻出其不意，能嚇掉人下巴的性格缺陷。

「六娘，好好想想，行嗎？別因爲不認同我的做法，就立刻心生抵觸。我確實是個不知情趣的人，甚至對妳早動了心自己都不敢承認，我也不知道如何討妳歡心，卻又怕妳嫁了別人，所以只能這麼做。」每每那張青兔面從腦中閃過，就能讓他無比心焦，同時也讓他清楚自己該怎麼做。

「妳當我姊夫，至少是有些信任我的，是不是？既然如此，就多信任我一些，我——」

崔衍知突然朝節南跨一大步，抬起手，掌心成勺，幾乎要舀住半張桃花粉面。

那是兩人之間，正常狀態下，從未有過的近距離。第三近距，要數踏青時候撐傘那回。

節南沒有退。她的驕傲，不允許她退；她平靜的心，告訴她毋須退。她冷冷看著他，幾乎能感覺到他手心的熱力，也不避開。

崔衍知蜷起拳，退回原地，眼中莫可奈何。這姑娘周身凜氣，讓他忽覺只能將話說完，今日該到此爲止了。

「我今生非妳不娶。」

節南想，這麼土俗的話要換成王泮林說，她可以一笑了之，但由崔衍知說來，眞是字字千斤重，因爲這是一個很認眞的男人，不會花言巧語，情話就是字面上的意思，不必聽者瞎琢磨。

「六姑娘。」仙荷快步過來，停得兩丈遠，手裡兩根杏枝。「等了半晌不見姑娘回來，就幫選了兩枝，要是五公子看不上——」

「可以。」崔衍知伸手一招，本來只想和節南單獨說會兒話，如今這個目的已達到。

仙荷送上杏枝。

崔衍知往池塘方向走了幾步，卻聽不見節南的腳步聲，回頭一瞧不由失笑，那姑娘頭也不回，穿過花園，看著應該是回青杏居了。

但見仙荷跟上來，崔衍知挑眉。「不跟著妳家姑娘走？」

仙荷垂眸，柔聲回道：「六姑娘吩咐，送崔大人回涼亭，順便幫她同老爺夫人說她身體不適，不能送客。」

崔衍知何曾聽節南囑咐過仙荷，卻立刻明白這正是仙荷的聰明之處，不用主人眞吩咐，就有眼光分辨形勢，隨機應變幫主人收拾殘局。

「之前一直未有機會問仙荷姑娘，以妳洛水園一等司琴的身分，怎會甘心在趙府當一名小小侍女？」崔衍知對心上人的任性這時全然放任，轉身又走了起來。

仙荷跟後。「大人抬舉了，仙荷不過是一名官籍樂姬，身分低微，能分配到趙府，在六姑娘手下當差，已是我這輩子不幸中的大幸。」

崔衍知沉默一會兒，直到涼亭在望，才放慢腳步，等仙荷走上前來。「仙荷姑娘見識不凡，既然喜歡跟著六姑娘，她的下個去處，大概妳也是很在意的。」

仙荷一笑。「自然。」

崔衍知就道：「那妳就幫我勸勸那位倔強的姑娘，讓她甘心嫁給我。我與她雖有一輩子那麼長，但我當眞希望她早些過上快活的日子，而非寄人籬下，心懷仇怨，結交一些烏煙瘴氣的朋友，目無王法。也請提醒她，桑家怎麼說都是大地主，桑六娘本該是千金姑娘，她兩個姊姊，過得比公主還嬌氣。那種無憂無慮的生活，我會傾其所有，奉給她。」

仙荷不語。

崔衍知抬眉，沉聲問：「爲何不應？」

仙荷抬起眼，目光明慧。「仙荷要是應了，去跟六姑娘說這些話，就白白浪費了崔大人的一片眞心。如果連我這個傳話的都覺崔大人埋怨六姑娘這不好那不對的，不知以六姑娘的傲氣，要怎麼想了。」

崔衍知眉宇之間皺起困惑。「我不是那意思。」

「是，我也相信大人不是那意思，但說者無意聽者有心。從前在洛水園的時候，我瞧大人就不會哄姑娘，只不過園子裡的姑娘和園子外的姑娘不同，你不會哄她們，她們反過來哄你，而六姑娘又和園子外的大多數姑娘不同，大人可明白？」

不會哄就不用說了，一般的哄法根本沒用，而這位爺以推官辦案的雷厲風行來追姑娘，碰到六姑娘這種興風作浪的，簡直就是往石頭上死磕。

看崔衍知沒應就走了出去，仙荷就知，這人沒明白。

不過，仙荷心想，就算崔衍知能明白，也是遲了。一個若是水，一個就是火，水火不容；而青杏居裡那位，與六姑娘同屬性。一個敢囂天，一個敢掀地；一個整陰謀，一個整陽謀，即便靜了下來，卻是潤物細無聲，無孔不入，無縫不鑽，不在一道，勝在一道，三魂七魄都纏在一起——

命中注定！

〈卷三完．故事未完〉

國家圖書館出版品預行編目資料

霸官：〔卷三〕雁翎寒袖，西風笑／清楓聆心著；
--初版--台北市：春光出版：家庭傳媒城邦分公司發
行；民107.3
ISBN 978-986-96119-4-7（平裝）

857.7　　　　107001248

霸官：〔卷三〕雁翎寒袖，西風笑

作　　者／清楓聆心
企劃選書人／李曉芳
責任編輯／何寧

版權行政暨數位業務專員／陳玉鈴
資深版權專員／許儀盈
行銷企劃／周丹蘋
業務主任／范光杰
行銷業務經理／李振東
副總編輯／王雪莉
發　行　人／何飛鵬
法律顧問／元禾法律事務所　王子文律師
出　　版／春光出版
台北市104中山區民生東路二段 141 號 8 樓
電話：(02) 2500-7008　傳真：(02) 2502-7676
部落格：http://stareast.pixnet.net/blog　E-mail：stareast_service@cite.com.tw
發　　行／英屬蓋曼群島商家庭傳媒股份有限公司城邦分公司
台北市中山區民生東路二段 141 號11 樓
書虫客服服務專線：(02) 2500-7718 / (02) 2500-7719
24小時傳眞服務：(02) 2500-1990 / (02) 2500-1991
服務時間：週一至週五上午9:30～12:00，下午13:30～17:00
郵撥帳號：19863813　戶名：書虫股份有限公司
讀者服務信箱E-mail: service@readingclub.com.tw
歡迎光臨城邦讀書花園　網址：www.cite.com.tw
香港發行所／城邦（香港）出版集團有限公司
香港灣仔駱克道 193 號東超商業中心 1 樓
電話：(852) 2508-6231　　傳眞：(852) 2578-9337
E-mail : hkcite@biznetvigator.com
馬新發行所／城邦（馬新）出版集團　Cite(M)Sdn. Bhd
41, Jalan Radin Anum, Bandar Baru Sri Petaling,
57000 Kuala Lumpur, Malaysia.
Tel: (603) 90578822　Fax:(603) 90576622　E-mail:cite@cite.com.my

封面設計／黃聖文
內頁排版／極翔企業有限公司
印　　刷／高典印刷有限公司

■ 2018年（民107）3月6日初版　　Printed in Taiwan

售價／350元

城邦讀書花園
www.cite.com.tw

本著作物繁體中文版通過閱文集團上海玄霆娛樂資訊科技有限公司 www.qidian.com，
授予城邦文化股份事業有限公司春光出版獨家發行。

ISBN　978-986-96119-4-7

廣　告　回　函
北區郵政管理登記證
台北廣字第000791號
郵資已付，免貼郵票

104台北市民生東路二段141號11樓

英屬蓋曼群島商家庭傳媒股份有限公司
城邦分公司

請沿虛線對折，謝謝！

愛情．生活．心靈
閱讀春光，生命從此神采飛揚

春光出版

書號： OF0041　　**書名：**霸官：〔卷三〕雁翎寒袖，西風笑

請於此處用膠水黏貼

讀者回函卡

謝謝您購買我們出版的書籍！請費心填寫此回函卡，我們將不定期寄上城邦集團最新的出版訊息。

姓名：＿＿＿＿＿＿＿＿＿＿

性別：□男　□女

生日：西元＿＿＿＿年＿＿＿＿月＿＿＿＿日

地址：＿＿＿＿＿＿＿＿＿＿

聯絡電話：＿＿＿＿＿＿＿＿　傳真：＿＿＿＿＿＿＿＿

E-mail：＿＿＿＿＿＿＿＿＿＿

職業：□1.學生 □2.軍公教 □3.服務 □4.金融 □5.製造 □6.資訊

□7.傳播 □8.自由業 □9.農漁牧 □10.家管 □11.退休

□12.其他＿＿＿＿＿＿＿＿

您從何種方式得知本書消息？

□1.書店 □2.網路 □3.報紙 □4.雜誌 □5.廣播 □6.電視

□7.親友推薦 □8.其他＿＿＿＿＿＿＿＿

您通常以何種方式購書？

□1.書店 □2.網路 □3.傳真訂購 □4.郵局劃撥 □5.其他＿＿＿＿

您喜歡閱讀哪些類別的書籍？

□1.財經商業 □2.自然科學 □3.歷史 □4.法律 □5.文學

□6.休閒旅遊 □7.小說 □8.人物傳記 □9.生活、勵志

□10.其他＿＿＿＿＿＿＿＿

為提供訂購、行銷、客戶管理或其他合於營業登記項目或章程所定業務之目的，英屬蓋曼群島商家庭傳媒（股）公司城邦分公司，於本集團之營運期間及地區內，將以電郵、傳真、電話、簡訊、郵寄或其他公告方式利用您提供之資料（資料類別：C001、C002、C003、C011等）。利用對象除本集團外，亦可能包括相關服務的協力機構。如您有依個資法第三條或其他需服務之處，得致電本公司客服中心電話 (02)25007718請求協助。相關資料如為非必要項目，不提供亦不影響您的權益。

1. C001辨識個人者：如消費者之姓名、地址、電話、電子郵件等資訊。
2. C002辨識財務者：如信用卡或轉帳帳戶資訊。
3. C003政府資料中之辨識者：如身分證字號或護照號碼（外國人）。
4. C011個人描述：如性別、國籍、出生年月日。

請於此處用膠水黏貼